rororo

Michael Hjorth ist ein erfolgreicher schwedischer Produzent, Regisseur und Drehbuchautor. Er schrieb u. a. Drehbücher für die Verfilmungen der Romane von Henning Mankell.
Hans Rosenfeldt ist einer der angesehensten Drehbuchautoren Schwedens und Schöpfer der erfolgreichsten skandinavischen Serie «Die Brücke». Für die britische Fernsehserie «Marcella» erhielt er den British Screenwriters' Award. In seinem Heimatland Schweden ist er ein beliebter Radio- und Fernsehmoderator.

Ihre Sebastian-Bergman-Reihe erscheint in 34 Ländern und wird von Sveriges Television in Kooperation mit dem ZDF verfilmt. Alle Bände befanden sich wochenlang in den Top 10 der *Spiegel*-Bestsellerliste.

Ursel Allenstein, 1978 geboren, übersetzt u. a. Sara Stridsberg, Johan Harstad und Tove Ditlevsen. 2011 und 2020 erhielt sie den Hamburger Förderpreis, 2013 den Förderpreis der Kunststiftung NRW und 2019 den Jane Scatcherd-Preis für ihre Übersetzungen aus den skandinavischen Sprachen.

HJORTH & ROSENFELDT

DIE FRÜCHTE, DIE MAN ERNTET

EIN FALL FÜR SEBASTIAN BERGMAN

Kriminalroman
Aus dem Schwedischen von Ursel Allenstein

ROWOHLT TASCHENBUCH VERLAG

Die Originalausgabe erschien 2021 unter dem Titel «Som Man Sår» bei
Norstedts Förlagsgrupp AB, Stockholm.

Veröffentlicht im Rowohlt Taschenbuch Verlag, Hamburg, Dezember 2022

Redaktion Annika Ernst
Covergestaltung Hauptmann & Kompanie Werbeagentur, Zürich
Coverabbildung Millennium/Ilona Wellmann/plainpicture
Satz Thesis Antiqua bei CPI books GmbH, Leck
Druck und Bindung GGP Media GmbH, Pößneck, Germany
ISBN 978-3-499-27110-6

Die Rowohlt Verlage haben sich zu einer nachhaltigen Buchproduktion verpflichtet. Gemeinsam mit unseren Partnern und Lieferanten setzen wir uns für eine klimaneutrale Buchproduktion ein, die den Erwerb von Klimazertifikaten zur Kompensation des CO_2-Ausstoßes einschließt.
www.klimaneutralerverlag.de

FSC
www.fsc.org
MIX
Papier aus verantwortungsvollen Quellen
FSC® C014496

Also hängt sie hoch
Also hängt sie langsam
Aber hängt sie hoch
Ich sinne auf Rache
An einem frühen Morgen
Als Loser geboren

Kent, «Töntarna»

Wie lange war sie schon weg?

Jahre. Mehrere Jahre. Aber wie viele? Weniger als zehn vermutlich. Egal. Es konnten gern noch mehr werden, dachte sie, als sie durch das Busfenster die Silhouette der Stadt betrachtete.

Was wollte sie hier?

Warum kam sie zurück?

Was war der eigentliche Grund?

Zehn Jahre, und jetzt? Aber kümmerte sie das überhaupt? Es kümmerte sie gar nicht. Sie interessierte sich nicht dafür, wie es irgendeinem der neunundzwanzig Menschen ging, mit denen sie gezwungenermaßen drei Jahre hatte verbringen müssen. Was sie jetzt machten, ob sie eine Familie hatten, welchen Beruf sie ausübten, wo sie wohnten.

Sie pfiff darauf. Pfiff auf sie.

Umgekehrt interessierten die sich wahrscheinlich auch nicht für sie. Sie hatte ihnen nie etwas bedeutet. Ob sie sich überhaupt an sie erinnerten? Manche von ihnen vielleicht. Das sollten sie jedenfalls. Oder vergaß man diejenigen, die man früher schlecht behandelt hatte? Existierten sie nur, solange man sie quälen konnte, und verschwanden dann, wenn sie nicht mehr verwundbar waren? Vielleicht wurden die alten Opfer einfach durch neue ersetzt.

Was wollte sie hier?

Warum kam sie zurück?

Es war keine triumphale Rückkehr. Keine schöne Rache. Weil sie weder berühmt noch erfolgreich geworden war, gab es auch keine Hoffnung, dass sie sich um sie scharen und sie bewundern würden. Sie konnte nicht zurückkehren und es ihnen mal so richtig zeigen. Aus dem hässlichen Entlein war kein schöner Schwan geworden, es war nur älter geworden, abgehärteter, das hässliche Entlein.

Also, was wollte sie hier?

Warum kehrte sie zurück?

Vielleicht wollte sie nur beweisen, dass sie noch lebte, dass sie es wagte und es ihnen nicht gelungen war, sie zu brechen. Doch stimmte das wirklich? Wer weiß, wie ihr Leben aussehen würde, wenn diese Jahre anders verlaufen wären. Besser. Erträglich.

Ohne «das Trio», das bestimmt hatte, dass sie es nicht einmal wert gewesen war, sich über sie aufzuregen. Und sie einfach wie Luft behandelte. Wie ein Nichts.

Ohne die schweigende Anhängerschaft, die so unsicher gewesen war, so angsterfüllt, selbst in ihre Situation zu geraten, weshalb sie es erst möglich gemacht hatte.

Ohne Macke und Philip.

Nein, sie würde nicht dorthin gehen. Nicht jetzt. Noch nicht. Sie verdrängte die Erinnerungen: die Gedanken, die Namen, den Abend. Aber sie musste sich eingestehen, dass sie da sein würden. Sie würde sie treffen. Heute Abend. Auf der Party oder wie auch immer man das nennen sollte. Eine Wiedervereinigung war es jedenfalls nicht. Um sich wiedervereinigen zu können, musste man irgendwann einmal eine Zusammengehörigkeit empfunden haben.

Sie würden da sein.

Vielleicht war doch dies der Grund, weshalb sie zurückkam.

Der Traum.

Der mehrfach wiederkehrte.

Das erste Mal in der Nacht, als sie die Einladung erhalten hatte. Und dann, nachdem sie zugesagt hatte, immer häufiger. Der Traum, in dem sie Genugtuung erfuhr. In dem sie endlich für sich selbst einstand. Und die anderen das bekamen, was sie verdient hatten. Manchmal war der Traum so real, so lebendig, dass sie mit einem Gefühl des Triumphs erwachte. Ein Gefühl, das natürlich sofort verschwand, sobald sie aufstand und sich wieder in der Wirklichkeit befand.

Der Bus passierte die Schilder, die verkündeten, dass sie jetzt nach Karlshamn hineinfuhren, sie also wieder in jener Stadt war, die sie hinter sich gelassen hatte. Aus der sie geflohen war. Das Gefühl in ihrem Bauch, das sie für Reue und Angst gehalten hatte, war in Wahrheit etwas anderes, versuchte sie sich einzureden. Entschlossenheit. Erwartung. Ein leise wiedererwachter Hass, den sie so lange verdrängt hatte. Jetzt wollte sie ihn wachsen lassen.

Deshalb kam sie zurück.

Genau das würde sie tun.

Zurückschlagen.

Die Kungsgatan.

Angelica Carlsson versuchte gar nicht, sich das zufriedene Grinsen zu verkneifen, als sie in die Straße einbog. Es gab größere und luxuriösere Häuser und noblere Wohnungen in Karlshamn, exklusivere Adressen. Doch nach nur knapp vier Monaten war sie mehr oder weniger in eine geräumige Dreizimmerwohnung in der Kungsgatan eingezogen. Das war wirklich nicht schlecht.

Hundertzwölf Tage nachdem sie Nils zum ersten Mal getroffen hatte.

Hundertdreizehn Tage nachdem sie ihn auf einem der vielen Dating-Portale, auf denen sie registriert war und die sie regelmäßig besuchte, kontaktiert hatte. Er war siebzehn Jahre älter als sie. Sah freundlich aus, war geschieden und hatte eine erwachsene Tochter. Sein Profil war ihr perfekt erschienen, genau die Sorte Mann, die sie suchte, aber sicher konnte man natürlich nie sein. Erst beim fünften oder vielleicht auch sechsten Treffen hatte sie begriffen, dass sie genau den Richtigen gefunden hatte. Mit gesenktem Blick hatte sie ein wenig schüchtern ihre Hand auf die seine gelegt und gesagt, sie hoffe, er wolle sie künftig häufiger treffen, sie würde es wirklich zu schätzen wissen, wenn ... wenn mehr daraus würde. Er hatte ein wenig beschämt gelacht und hätte wahrscheinlich eine wegwerfende Geste gemacht, hätte sie nicht seine Hand festgehalten.

«Was willst du denn mit mir?»

Sie ließ sich die aufsteigende Freude nicht anmerken, betrachtete ihn nur ernst, sagte, er sei dumm, und fragte ihn, warum er sich selbst so kleinmache, obwohl er doch offenbar ein wundervoller Mann sei. Deshalb wolle sie auch mehr Zeit mit ihm verbringen.

An jenem Abend waren sie Hand in Hand zu ihm nach Hause spaziert. Zum ersten Mal war sie oben in seiner Wohnung in der Kungsgatan gewesen.

Einige Wochen später erwähnte sie Dick.

Ihren Exfreund, einen hoffnungslosen Idioten.

Niedergeschlagen und ein wenig zerstreut hatte sie Nils nach der Arbeit besucht. Er hatte natürlich bemerkt, dass sie etwas bedrückte, aber sie gab vor, nicht darüber sprechen zu wollen, um ihn nicht zu belasten. Dabei blieb sie so lange, bis sie das Gefühl hatte, dass er bald nicht noch einmal nachbohren würde. Dann tat sie, worum er sie gebeten hatte, und erzählte widerstrebend alles. Als sie ihre Geschichte beendet hatte, war der Abend zur Nacht geworden.

Nun wusste Nils alles darüber, wie Dick und sie sich kennengelernt hatten, als sie noch jung und naiv gewesen war. Wie sie seine hochfliegenden, unrealistischen Pläne, seine verrückten Ideen und seinen sorglosen Lebensstil aufregend gefunden hatte, während unter seiner unbekümmerten Oberfläche aber auch dunkle, kontrollsüchtige Charakterzüge zum Vorschein gekommen waren.

Tränenüberströmt hatte sie erzählt, wie sie nach einigen Jahren schwanger geworden sei, doch Dick habe das Kind unter keinen Umständen behalten wollen und sie gezwungen, sich zwischen ihm und dem Kind zu entscheiden, um sie dann wenige Monate nach der Abtreibung doch zu verlassen. Daraufhin hatte Nils auf dem Sofa die Arme um sie gelegt, und sie hatte sich die Tränen aus dem Gesicht gewischt und sich trösten lassen. Dabei hatte sie überlegt, wie sie weiter vorgehen sollte, doch er hatte ihr mit der Frage auf die Sprünge geholfen, warum sie gerade heute, in diesem Moment, an Dick denke.

Ob etwas passiert sei? Ob er sich gemeldet habe?

Ja, so sei es. Das habe er.

Vor einigen Jahren sei Dick in ihr Leben zurückgekommen, sagte sie. Habe angefangen, ihr wieder Avancen zu machen. Behauptet, er vermisse sie, und es tue ihm leid, wie er sie behandelt hatte. Er habe eingesehen, wie mies er sich verhalten hätte. Inzwischen sei er reifer geworden, hatte er beteuert und gefragt, ob sie es nicht noch einmal miteinander versuchen könnten. Sogar gefleht und gebettelt habe er. Sie sei darauf hereingefallen. Habe geglaubt, er hätte sich tatsächlich verändert und würde ihr nun die Geborgenheit geben, nach der sie sich so gesehnt hatte.

Es hätte gut angefangen, erzählte sie, und nach einem halben Jahr hätten sie beschlossen, zusammenzuziehen und in Göteborg eine Wohnung zu kaufen. Doch schon nach wenigen Monaten habe seine eifersüchtige, kontrollierende Seite wieder die Oberhand gewonnen, erklärte sie. Diesmal sei er sogar gewalttätig geworden. Irgendwann, sagte sie, habe sie die Kraft gefunden, sich zu befreien. Nie wieder sollte es ihm gelingen, sie zurückzugewinnen, ganz gleich, was er auch sagte und versprach. Sie hätte mit Dick abgeschlossen, erklärte sie Nils. Er aber nicht mit ihr, noch lange nicht. In regelmäßigen Abständen melde er sich, stelle Forderungen, bedrohe und erpresse sie, tue alles, was er könne, um ihr das Leben schwerzumachen. Jetzt sei irgendetwas mit der Wohnung in Göteborg und dem Kredit, sie wisse es nicht genau. Sie habe aufgelegt, als er wieder getobt hätte, und seine Nummer blockiert, aber dennoch sei ihr das Telefonat unter die Haut gegangen.

Deshalb sei sie bei ihrer Ankunft in Nils' Büro bedrückt gewesen, obwohl sie doch glücklich sein müsste. Mit ihrem Leben. Mit ihm. Mit Nils.

In dieser Nacht hatten sie zum ersten Mal miteinander geschlafen. Anschließend weinte sie in seinen Armen. Sie erklärte, wie froh und dankbar sie sei, ihm begegnet zu sein. Bei ihm fühle sie sich so geborgen und gut aufgehoben.

«Mir gefällt es, mich um dich zu kümmern», flüsterte er und strich ihr sanft über das Haar. Sie umarmte ihn stumm. Genau das hatte sie hören wollen.

In den darauffolgenden Wochen zog sie mehr oder weniger bei ihm ein. Kam häufiger, blieb länger, nahm Wechselkleidung mit, bekam ein Regalbrett, eine Schublade, Platz im Kleiderschrank. Von der Exfrau hatte sie bislang nichts gehört oder gesehen. Die Tochter wusste von Angelicas Existenz, schien es aber in Ordnung zu finden, dass ihr Vater eine Neue kennengelernt hatte. Nils und seine Tochter hatten keinen besonders engen Kontakt, sie riefen einander höchstens alle vierzehn Tage an. In der Zeit, seit Angelica in der Wohnung war, hatte ihn die Tochter nie besucht, obwohl sie in Helsingborg lebte, nur zwei Stunden entfernt.

Angelica ging die letzten Schritte zur Haustür. Das zufriedene Grinsen musste jetzt endlich aus ihrem Gesicht verschwinden. Einem Ausdruck von Unruhe und Angst weichen. Es war Zeit für den nächsten Schritt: Heute würde sie behaupten, dass es Dick erneut gelungen sei, sie anzurufen, und er mit der Polizei und dem Gerichtsvollzieher und was nicht allem gedroht hätte. Genau verstanden hätte sie seine Forderungen nicht, aber es sei wohl darum gegangen, dass er die Wohnung in Göteborg verkaufen wolle und sie ihm in irgendeiner Weise Geld schulde.

Völlig aufgewühlt und in Tränen aufgelöst wollte sie die Wohnung betreten und den Trost suchen, den nur Nils ihr geben könne. Und den sie auch bekommen würde. Aber sie würde sich dennoch nicht beruhigen. Nicht heute Abend. Dick verlange 235 000 Kronen. Eine unvorstellbare Geldsumme. Wo sollte sie die nur hernehmen?

Bis zu diesem Punkt konnte sie ihre Geschichte planen, danach musste sie sich nach Gefühl vorantasten. Im besten Falle würde Nils sofort anbieten, ihr das Geld zu geben, ohne die Geschichte in Frage zu stellen oder zu überprüfen. Wahrscheinlich würde er ihr vorschlagen, juristische Hilfe in Anspruch zu nehmen oder Anzeige zu erstatten. Dies müsste sie natürlich verhindern und Nils behutsam auf den Gedanken bringen, dass doch nur er derjenige sein könne, der sie ein für alle Mal befreien würde. Ihr Ritter auf dem weißen Pferd. Der ihr einen Kredit gewährte. Eine Summe, die für ihn entbehrlich war, für sie aber lebensentscheidend.

Bis das nächste Problem auftauchen und sie mehr brauchen würde.

Sie steckte den Schlüssel ins Schloss und kniff die Augen zusammen, bis ihr die Tränen kamen. Verdammt, war sie gut!

Übung macht den Meister.

Als sie die Augen wieder öffnete, hatte sie nur noch eine Achtelsekunde zu leben. Wenn überhaupt. Die Kugel bewegte sich mit einer Geschwindigkeit von annähernd achthundert Metern pro Sekunde, nachdem sie das Gewehr verlassen hatte. Mehr als doppelte Schallgeschwindigkeit, deshalb hörte Angelica den dumpfen Knall nicht, ehe sie in der Stirn getroffen wurde und auf ihrer geliebten Kungsgatan tot zusammensackte.

~~Kerstin Neuman~~
~~Bernt Andersson~~
~~Angelica Carlsson~~
Philip Bergström
Aakif Haddad
Lars Johansson
Ivan Botkin
Annie Linderberg
Peter Zetterberg
Milena Kovacs

Die dritte Leiche, der dritte Mord.

Vanja blickte zu dem Krankenwagen hinüber, der gemächlich durch die Absperrungen auf der Kyrkogatan fuhr, wo sich bereits eine Schar Schaulustiger hinter dem blauweißen Flatterband versammelt hatte. Das gelbgrüne Fahrzeug wurde von mehreren Handys fotografiert und gefilmt, ehe es ohne Blaulicht und Sirenen zum nächstgelegenen Krankenhaus mit Kühlraum davonrollte. Vanja hatte keine Ahnung, wo es lag, sie hatte sich noch nicht hinreichend mit der Stadt vertraut gemacht. Ursula wusste es, denn sie war dort gewesen, um sich einen Eindruck von den Verletzungen der beiden vorherigen Opfer zu verschaffen. Davon abgesehen wussten sie nichts weiter über die Toten als jene Daten, die sie auf der Polizeistation hatten nachlesen können, nachdem sie offiziell von den hiesigen Kollegen die Ermittlungen übernommen hatten.

Die erste Tote war eine sechzigjährige Frau, Kerstin Neuman, die erschossen worden war, als sie offenbar gerade die Post aus ihrem Briefkasten an der großen Straße hatte holen wollen. Bei diesem Mord gab es nicht viele Hinweise, denen sie nachgehen konnten, der kleine Hof, auf dem die Frau allein gewohnt hatte, lag einige Kilometer vom nächstgelegenen Ort entfernt. Eine Einsamkeit, die Kerstin Neuman bewusst gesucht hatte, wie Vanja klarwurde, als sie sich in den Fall einlas. Sie war nicht direkt bedroht worden, aber alle in Karlshamn – oder jedenfalls sehr viele – wussten, wer Kerstin Neuman war. Was sie getan hatte. Oder besser gesagt, was sie erlebt hatte, denn man hatte sie offiziell nie verantwortlich gemacht. Für den Busunfall.

Das zweite Opfer hieß Bernt Andersson und war dreiundfünfzig Jahre alt. Auf dem Foto, das an dem Clipboard in ihrem provisorischen Büro in der Polizeistation hing, sah er jedoch mindestens zehn Jahre älter aus. Das Ergebnis eines ungesunden Lebenswandels. Über einen langen Zeitraum hinweg hatte er fast alles konsumiert, was man kriegen konnte. Zuletzt aber vor allem Alkohol, wie die Menschen berichteten, die ihn hin und wieder in Asarum, wo er lebte, umherwanken sahen. Für die Polizei vor Ort war er ein alter Bekannter, schließlich hatte er unzählige Nächte in der Ausnüchterungszelle verbracht, war wegen Störung der öffentlichen Ordnung und wegen kleinerer Drogendelikte festgenommen worden, aber immer mit Geldstrafen davongekommen. Außerdem war er mehrmals angezeigt worden, weil er die verschiedenen Frauen, mit denen er immer nur für kurze Zeit zusammenlebte, bestohlen oder körperlich misshandelt hatte.

Zu einer rechtskräftigen Verurteilung war es jedoch nie gekommen.

Sie hatten ihn, auf dem Sportgerät eines Fitnesspfades liegend, am Rande eines Waldgebiets gefunden, drei Tage nachdem Kerstin Neuman erschossen worden war. Ein Schuss in die Stirn, unmittelbar tödlich und mit demselben Gewehr abgefeuert, wie sich herausstellte.

Zu diesem Zeitpunkt gelang es Krista Kyllönen, der Leiterin der lokalen Polizeibehörde, ihren Vorgesetzten von der Region Süd in Malmö davon zu überzeugen, die Unterstützung der Reichsmordkommission anzufordern. Das war ungewöhnlich, bei einer Ermittlungszeit von knapp einer

Woche, doch in beiden Fällen handelte es sich um einen Heckenschützen, außerdem gab es keine Zeugen und bis auf die Kugeln auch keine technischen Beweise, keine leeren Patronenhülsen am Tatort, keine Reifenspuren, keinen Verdächtigen auf den wenigen Überwachungskameras, die überall in der Stadt verteilt hingen.

Sie hatten keinerlei Anhaltspunkte und brauchten Hilfe.

Es wäre eine Übertreibung zu behaupten, dass Vanja und ihre Kollegen in eine Stadt kamen, deren Bewohner in Angst und Schrecken versetzt worden waren, doch ein dritter Todesschuss innerhalb von acht Tagen würde nun zweifellos für Unruhe sorgen, und dann war auch die Wut nie weit entfernt. Vanja seufzte vor sich hin. Dieser Fall konnte sich leicht zu einem Albtraum entwickeln, und das mussten sie verhindern. Alle Blicke waren auf sie gerichtet. Es war ihre erste große Ermittlung, seit Vanja im Dezember die Leitung der Reichsmordkommission übernommen hatte.

Seit sie Torkel nachgefolgt war.

Sie blickte zurück, die Straße hinunter bis zu der Absperrung an der nächsten Kreuzung, bei der Södra Fogdelyckegatan. Vanja wusste nicht, was Fogdelycka bedeutete und ob es überhaupt ein richtiges Wort war. Es klang wie ausgedacht. Auch dort hatten sich Schaulustige versammelt, aber nicht ganz so viele, und sie hatten auch nicht ganz so viele Handys gezückt. Die Leute standen weiter vom Tatort entfernt und hatten es nicht so leicht, Fotos zu machen, auf denen mehr als eine gewöhnliche Kleinstadtstraße zu sehen war. Vielleicht lichteten sie Ursula ab, die gerade hockend die Stelle fotografierte, an der das Opfer gelegen hatte. Laut dem Führerschein, den sie in ihrer Manteltasche gefunden hatten, handelte es sich um Angelica Carlsson, neununddreißig Jahre alt.

«Vanja.»

Sie drehte sich um und sah Carlos auf sich zukommen. Es war Anfang April, und die Sonne ging allmählich unter, aber es war nicht kalt, jedenfalls nicht so kalt, wie man es hätte vermuten können, wenn man Carlos Rojas sah. Er hatte die Mütze tief über beide Ohren gezogen und trug gefütterte Handschuhe und einen Schal zu seiner dicken exklusiven Daunenjacke, unter der sich, wie Vanja wusste, auch noch ein Strickpullover, ein Flanellhemd und ein T-Shirt verbargen. Zudem war sie sich ziemlich sicher, dass er unter seiner Markenjeans auch noch eine lange Unterhose trug.

Carlos war der Neuzugang in ihrer Gruppe. Das erste Mal hatten sie in Uppsala zusammengearbeitet, als sie einen Serienvergewaltiger jagten. Vanja versuchte, nicht mehr an diese Wochen im Oktober vor dreieinhalb Jahren zu denken. Wie sie beinahe ebenfalls zum Opfer geworden war. So viel Grauen, und davon abgesehen einer der seltsamsten Fälle, in denen sie je ermittelt hatten. In dieser Zeit hatten sie und die anderen von der Reichsmordkommission aber auch Carlos kennengelernt.

Als Torkel aufhörte – *zum Aufhören gezwungen worden war*, korrigierte Vanja sich –, mussten sie ein neues Mitglied ins Team aufnehmen. Die Wahl fiel auf Carlos: unkompliziert in der Zusammenarbeit, kompetent, fleißig, sorgfältig. Eine ganze Reihe von Eigenschaften, die Vanja zu schätzen wusste, vor allem jetzt, wo sie verantwortlich war und alles auf ihrem Tisch landete.

Aber er fror. Immer. Unabhängig von der Außentemperatur.

«Was ist denn?», fragte sie, während er auf sie zukam.

«Da oben wartet eine Zeugin», sagte er und deutete zu dem Glockenturm, der ein Stück den Hügel hinauf hinter einem schwarzen schmiedeeisernen Tor auf der anderen Straßenseite stand. «Sie sagt, sie hätte den Schuss gehört.»

«Gehört?»

«Ja, gehört. Willst du mit ihr sprechen?»

Vanja überlegte kurz. Wollte sie das? Vermutlich würde sie lediglich erfahren, dass die Frau einen Schuss gehört hatte. Aber sie sollte es tun. Sie waren gezwungen, jeden einzelnen Stein umzudrehen ...

Also folgte sie Carlos zu dem beigeverputzten kleinen Turm, der aussah, als müsste er eigentlich zu einer Kirche gehören, jedoch einsam auf dem Hügel thronte; das nächste Kirchengebäude lag ein paar Fahrminuten entfernt. Aus dem Gras lugten hin und wieder Grüppchen von Narzissen hervor, die kurz vor der Blüte standen. Hier ist der Frühling schon weiter fortgeschritten als in Stockholm, dachte Vanja und fühlte sich wie eine Rentnerin. So etwas hätte ihr Vater sagen können. Jedenfalls einer ihrer Väter. Valdemar. Von dem sie geglaubt hatte, sie würde immer zu ihm halten, was auch passierte. Doch nach vielen komplizierten Erlebnissen, Lügen und Enthüllungen hatte sie den Kontakt zu ihm verloren.

Es erleichterte ihr Verhältnis auch nicht unbedingt, dass er im Gefängnis saß.

Stattdessen meldete sie sich hin und wieder bei Sebastian Bergman, den sie jahrelang mit allen Mitteln aus ihrem Leben fernzuhalten versucht hatte. Aber in den letzten Jahren hatten sie, so merkwürdig es auch war, eine annähernd normale Beziehung zueinander entwickelt. Seltsam, wie das

Leben mitunter spielte. Die neue Situation hatte sich durch ihre Tochter ergeben, Amanda. Sebastians Enkelin, die im Juli drei Jahre alt werden würde. Vanja unterbrach ihre Gedanken und verdrängte die Sehnsucht, die sich jedes Mal meldete, wenn sie an Amanda dachte, und das war oft der Fall.

Sie erreichten die Frau, die mit einem braunkarierten Einkaufsroller neben sich auf sie wartete. Die Zeugin war Mitte fünfzig und trug eine verwuschelte Kurzhaarfrisur, die sie sich vermutlich selbst vor dem Badezimmerspiegel geschnitten hatte. Ihre Kleidung war sauber und tadellos, trotzdem machte sie einen etwas heruntergekommenen Eindruck. In der einen Hand hielt die Frau eine Greifzange, und Vanja konnte erkennen, dass ihr Hackenporsche zur Hälfte mit leeren Pfandflaschen und Dosen gefüllt war. Sie stellte sich ihr mit Namen und Titel vor und bat die Frau zu erzählen.

«Ich habe dem da schon alles gesagt», erklärte die und deutete mit dem Kopf auf Carlos. «Ich bin hier langgegangen, abends treffen sich an diesem Ort immer viele Jugendliche, deshalb kann man hier viele Dosen finden, und dann habe ich plötzlich einen Knall gehört.»

Vanja fluchte innerlich. Sie hätte Carlos die Sache überlassen können. Müssen. Prioritäten setzen. Delegieren. Darin war Torkel gut gewesen.

«Einen Knall?»

«Ja, wie einen Schuss.»

«Wissen Sie, woher er kam?»

«Nein, das Geräusch klang, als würde es zwischen den Häusern widerhallen.»

Vanja blickte sich um. Einen Ort «zwischen den Häusern» gab es hier eigentlich nicht. Lediglich zwei niedrige Holzhäuser am Anfang der Straße und etwa dreißig Meter von ihnen entfernt in dem kleinen Park ein großes rotes Gebäude, auf dem *Gemeindehof* stand. Davon abgesehen sah sie nur noch ein dreistöckiges Haus, das einsam und majestätisch auf der anderen Straßenseite thronte. Einen Widerhall konnte es hier nicht geben.

«Sie haben niemanden wegrennen sehen?»

«Nein.»

«Auch sonst niemanden? Kein Auto, das wegfuhr?»

«Nein, aber ich habe den Knall gehört.»

«Gut, dann wird mein Kollege jetzt Ihre Daten aufnehmen, falls wir uns noch einmal bei Ihnen melden müssen. Danke für Ihre Hilfe.»

Vanja ging wieder hinab zur Straße. Sie sah sich um. Wo konnte der Schuss hergekommen sein? Von einem der Häuser an der Kreuzung, die jetzt abgesperrt war? Möglich. Eventuell auch aus dem Park, den sie gerade verließ, was ihr jedoch unwahrscheinlicher erschien. Es gab nur wenige Bäume, hinter denen man sich verstecken konnte, kein hohes, dichtes Gebüsch. Das Risiko, dort entdeckt zu werden, schien zu groß. Eigentlich waren solche Spekulationen sinnlos, sie kannten den Schusswinkel nicht und würden ihn vermutlich auch nie herausbekommen, weil sie nicht wussten, wie Angelica Carlsson gestanden hatte, als sie erschossen worden war. Als man sie gefunden hatte, steckte der Schlüssel im Schloss, was darauf hindeutete, dass sie auf dem Weg durch die blaue Haustür gewesen war. Wenn sie direkt davorgestanden hatte, musste der Schuss von rechts gekommen sein. In diesem Fall von der Södra Fogdelyckegatan ...

Sollte Vanja ein paar Kollegen schicken, um die Anwohner in den gelben Steinhäusern an der Kreuzung zu befragen, von denen aus man den Tatort sehen konnte? Was hätte Torkel getan?

Ohne sich entschieden zu haben, passierte sie genau in dem Moment die blaue Haustür, als Billy heraustrat und ihr zurief: «Ich weiß, wo sie hinwollte.»

Als Vanja die Wohnung im zweiten Stock betrat, dachte sie sofort, dass Angelica hier nicht dauerhaft gelebt hatte. Im Laufe der Jahre hatte sie das Zuhause so vieler unterschiedlicher Menschen gesehen – von Opfern, Angehörigen, Tätern –, weshalb sie diesmal sofort den Eindruck hatte, hier wohnte keine Frau. Sie konnte es an nichts Konkretem festmachen, aber die Einrichtung erschien ihr so ... abgeschlossen. Als wäre jemand in ein Möbelgeschäft gegangen und hätte einfach alles auf einmal gekauft, was er brauchte, nicht mehr und nicht weniger. Es gab nichts Persönliches, keine Auffälligkeiten. Der Bewohner dieser Räume hatte sich mit allem zufriedengegeben, wie es eine Frau nie tun würde. Vielleicht hatte Vanja lediglich Vorurteile, aber die Wohnung kam ihr vor wie eine schnelle – männliche – Lösung nach einer Scheidung.

Auf dem Sofa saß der Mann, der Billys Angaben zufolge Nils Fridman hieß, schätzungsweise sechzig war und eine beigefarbene Chino-Hose und ein kariertes Hemd trug. Sein Haar war bereits teilweise grau und schütter, über die blassen Wangen liefen Tränen. Er saß mit gesenkten Schultern da, und die Hände hingen schwer herab, als müsste er all seine Kraft dafür aufbringen, aufrecht zu sitzen. Vor ihm auf dem gläsernen Couchtisch stand ein unangetastetes Glas Wasser.

Vanja stellte sich erneut vor und fragte, ob er imstande sei, mit ihr zu sprechen. Nils nickte, räusperte sich und zog ein Stofftaschentuch jener Sorte hervor, von der Vanja gedacht hätte, sie würde nur noch von Menschen über achtzig Jahren benutzt. Hastig trocknete er sich die nassen Wangen, ehe er sich schnauzte und das Taschentuch wieder einsteckte.

«Die Frau, die wir draußen gefunden haben, hieß Angelica Carlsson?», fragte Vanja, während sie sich auf die äußerste Kante des einzigen Sessels im Raum setzte.

«Ja.» Seine Augen füllten sich erneut mit Tränen, als er ihren Namen hörte, aber diesmal blieb das Taschentuch, wo es war.

«Sie war auf dem Weg zu Ihnen?» Wieder war es eher eine Behauptung als eine Frage, und er bestätigte die Vermutung erneut, diesmal mit einem Nicken.

«Hat sie hier gewohnt, oder wie kannten sie einander?»

Nils schluchzte, schluckte mehrmals, als wollte er sichergehen, dass seine Stimme nicht versagte, bevor er seine rot geweinten Augen auf Vanja richtete.

«Wir waren ein Paar», sagte er mit belegter Stimme. «Sie wohnte ab und zu hier.»

«Und wenn sie nicht hier war, wo wohnte sie dann?», fragte Vanja und registrierte aus dem Augenwinkel, wie Billy Notizen machte. Nils holte tief Luft, um zu antworten, hielt dann kurz inne, dachte nach und runzelte leicht die Stirn.

«Sie ... sie hat eine Wohnung in Bräkne-Hoby ... Ronneby, irgendwo da ...»

«Sie waren noch nie bei ihr zu Hause?»

«Nein, meistens waren wir hier. Oder besser gesagt, wir waren immer hier, wenn wir nicht gerade ausgegangen sind.»

Letzteres sagte er etwas zögerlicher, und Vanja hatte den Eindruck, ihm wurde gerade erst bewusst, wie seltsam es war, dass er nie bei Angelica zu Besuch gewesen war und gar nicht wusste, wo sie gewohnt hatte.

«Wie lange waren Sie denn schon zusammen?»

«Wir haben uns Ende Dezember kennengelernt, auf so einem Dating-Portal.»

«Fast vier Monate also.»

«Ja.»

«Aber Sie waren noch nie bei ihr zu Hause?»

«Nein.»

Vanja warf Billy einen schnellen Blick zu. Dass Nils nie in Angelicas Wohnung gewesen war, bedeutete wohl, sie hatte ihn dort nicht haben wollen, was wiederum vermuten ließ, dass es irgendetwas gab, das Nils nicht erfahren sollte.

«Haben Sie die genaue Adresse?»

«Leider nein.»

«Kein Problem, wir werden sie schon herausfinden.» Vanja verstummte, betrachtete den zutiefst getroffenen Mann und dachte, dass die nächste Frage noch anstrengender für ihn werden würde. Sie beugte sich vor und senkte die Stimme ein wenig. «Wissen Sie irgendetwas über sie, das erklären könnte, warum sie ermordet wurde?»

Nils schüttelte nur den Kopf, und wie befürchtet liefen seine Augen erneut über, als wäre jede Erinnerung an Angelicas Tod zu viel für ihn. Erneut zog er sein Taschentuch hervor und wiederholte die Prozedur: Tränen trocknen, schnäuzen, zurück in die Tasche. Vanja ertappte sich bei der Überlegung, ob er wohl ein System hatte, um sich den alten Rotz nicht in die Augen zu reiben, verdrängte sie jedoch wieder. Sie musste sich auf die wichtigen Dinge konzentrieren.

«War es nicht derselbe Täter, der auch die anderen beiden erschossen hat?», brachte Nils schließlich hervor.

«Möglicherweise», räumte Vanja ein. «Aber sie hat nie erzählt, sie würde sich bedroht oder beobachtet fühlen oder Ähnliches? Hat sie nichts in diese Richtung gesagt?»

«Es gab da diesen Dick», antwortete Nils nachdenklich.

«Wer ist Dick?»

«Ein Exfreund, mit dem sie in Göteborg zusammengewohnt hatte und der ihr immer noch ab und zu das Leben schwermachte.»

«Inwiefern?»

«Er rief an und sagte, sie würde ihm Geld schulden, drohte mit der Polizei und damit, den Gerichtsvollzieher zu schicken, und solche Sachen.»

Vanja warf Billy erneut einen Blick zu, und ihr war klar, dass sie beide dasselbe dachten, als er sein Handy nahm, um zu prüfen, was über diesen Dick herauszufinden war.

«Wissen Sie, wie er mit Nachnamen hieß?», fragte Billy in der Tür, ehe er das Zimmer verließ.

«Nein, sie hat immer nur von Dick gesprochen.»

«Okay. Danke.»

Eine Weile saß Vanja schweigend da und überlegte. Ein Exfreund. Das verhieß nichts Gutes. Viele Frauen wurden von Männern, mit denen sie eine engere Beziehung gehabt hatten, bedroht, misshandelt, getötet. Viel zu viele. Jedes Jahr.

Ein eifersüchtiger Ex. Ganz und gar nicht unmöglich.

Aber gab es in diesem Fall eine Verbindung zu den anderen Opfern, oder waren die ersten beiden Morde lediglich ein Tarnmanöver, um zu verbergen, dass Angelica von Anfang an das eigentliche Ziel war? Als Vanja den Gedanken in ihrem Kopf formte, klang er ziemlich verrückt und weit hergeholt. Sie wussten zu wenig, vor allem über Angelica, aber im Grunde auch über alle anderen Umstände. Sie wussten nichts.

«Und Sie haben keine Idee, was Angelica sonst noch bedrückt oder beunruhigt haben könnte?»

«Nein, sie war immer so fröhlich ... so zärtlich und liebevoll ...» Seine Stimme versagte erneut, und diesmal konnte er sich nicht beherrschen und brach in lautes Schluchzen aus. Vanja musterte ihn und dachte, dass ihnen Nils Fridman vorerst nicht weiterhelfen konnte.

«Sollen wir jemanden anrufen, damit er Ihnen Gesellschaft leistet?», fragte sie, während sie von dem Sessel aufstand, bereit, den Besuch zu beenden. Zu ihrer großen Erleichterung schüttelte Nils erneut den Kopf. Sie wollte so schnell wie möglich in ihr Büro im prunkvollen Polizeigebäude im Erik Dahlbergsvägen zurückkehren, denn sie hatte das Bedürfnis, allein zu sein, nachzudenken und eine Strategie zu entwickeln, was sie als Nächstes tun mussten, wie sie die Ermittlung vorantreiben konnten. Die Verantwortung lag jetzt zum ersten Mal bei ihr. Und sie spürte, wie sie auf ihr lastete.

Ein drittes Opfer war schlimm genug.

Ein viertes wollte sie um jeden Preis verhindern.

Sie waren so lächerlich. Alle miteinander. So verdammt lächerlich.

Julia verabscheute es, wie leicht sie wieder in ihre alten Rollen schlüpften. Ganz mühelos, als wäre seither nichts passiert, als hätte die Zeit stillgestanden. Die durchschnittlichen, ehrgeizigen, fleißigen Mädchen, die bestimmt studiert und einen guten Job gefunden, Karriere gemacht, eine Familie gegründet und ihre Schäflein ins Trockene gebracht hatten, saßen an dem einen Tischende. Die Jungs, die ein bisschen nerdig oder einfach nur normal waren, hatten sich zu ihnen gesellt. Die beliebten Mädchen saßen in der Nähe der beliebten Jungs, die sich breitmachten, den ganzen Sauerstoff verbrauchten, zu viel tranken und jeden Satz mit *Wisst ihr noch, wie ...* anfingen, und dann folgte irgendeine Gemeinheit, eine Erinnerung an einen erniedrigenden Augenblick, eine Person am anderen Ende des Tisches betreffend, eine Person, die mit einem verkrampften Lächeln oder einem angestrengten Lachen darauf reagierte, weil sie keine Spaßbremse sein wollte und dafür ruhig ein wenig von sich selbst opfern konnte. Eine Person, die ihren Platz in der alten Hierarchie kannte, welche auf magische Weise für einen Abend wiederhergestellt worden war.

Macke war natürlich am schlimmsten.

Der König der 9B.

Er hatte sich kaum verändert. Ein bisschen fetter war er geworden, das großgemusterte Hemd unter dem schlechtsitzenden Sakko spannte über seinem Bauch. Fortgesetzt ungesunde Ernährung und zu viel Alkohol, vermutete Julia. Das gelockte, rotblonde Haar, die breite, einmal gebrochene Nase über den schmalen Lippen und dem hässlichen Schnauzbart. Dieselben blauen Augen, die in ihrer Erinnerung niemals Wärme oder Freundlichkeit ausgestrahlt hatten.

Genauso laut, genauso dämlich.

Genauso furchteinflößend für seine stumme Anhängerschaft, genauso beliebt beim «Trio», das viel zu laut über seine Witze lachte, mit ihm anstieß und ab und zu auf seinem Schoß sitzen wollte.

Julias Blick wanderte zu Philip hinüber. Er hatte sich während des Abendessens auffällig zurückgehalten. Hatte sich anscheinend ein Stück entfernt von Macke setzen wollen, war dann aber doch gezwungen gewesen umzuziehen, als der König es bemerkte.

«Fille! Meine Fresse, Fille!! Du musst bei der eisernen Gang sitzen!»

Für einen kurzen Moment schien Philip protestieren zu wollen, sagen zu wollen, dass er lieber da blieb, wo er es vorgehabt hatte, aber Macke ließ nicht locker und holte das Trio mit ins Boot, das «Fille! Fille! Fille!» skandierte, bis Philip mit einem resignierten Nicken und einer Entschuldigung an seine ursprünglich vorgesehene Tischdame aufstand und sich unter lautem Jubel zu den anderen setzte. Keiner sagte es, aber sie hätten es genauso gut laut aussprechen können.

Er wollte doch wohl nicht bei den Verlierern sitzen.

Den Losern der Grundviksskolan.

Julia war früh in dem Hotel angekommen, als eine der Ersten. War in den großen Raum im ersten Stock gegangen – den «Ballsaal», wie das polierte Messingschild neben den hohen Flügeltüren verriet –, der als Treffpunkt gedacht war, an dem sie etwas trinken und miteinander plaudern sollten, bis alle eingetroffen waren und im Speisesaal das Menü serviert werden würde. Julia war noch nie dort gewesen, aber sie wusste, dass der Raum als Tanzsaal beim Abschlussball der neunten Klasse gedient hatte, bevor sie sich auf verschiedene Schulen verteilt hatten. Auf dem Ball war sie allerdings nicht gewesen. Unter den hohen Decken hingen drei riesige Kristallleuchter, vor den großen Fenstern dicke, schwere Seidengardinen. Glastüren führten auf eine Terrasse, von der aus man vermutlich einmal eine schöne Aussicht gehabt hatte, als das Hotel erbaut worden war. Jetzt blickte man auf ein ebenso hohes, anonymes Bürogebäude, und dazwischen lag eine schmale Straße, die mit ihren Containern und Mülltonnen an die Hintergassen in amerikanischen Filmen erinnerte. Am anderen Ende des Saals befand sich eine Bühne, die erst nachträglich errichtet worden war, ohne dass man überhaupt versucht hatte, den Stilbruch zu verbergen. Und vor der provisorischen Bar, an der man zwischen Bier, Wein oder Gin Tonic wählen konnte, waren Stehtische aufgebaut. Julia bestellte sich einen Gin Tonic und begab sich in eine Ecke, von der aus sie den Blick über den Raum schweifen ließ. Er füllte sich allmählich, als nach und nach die anderen Festgäste eintrafen, die meisten in Vierer- oder Fünfer-Grüppchen. Ein Taxi oder zwei. Sie hatten sich eindeutig schon vorher verabredet und waren zusammen hergefahren. Keiner hatte sich bei Julia gemeldet und gefragt, ob man gemeinsam kommen wolle. Sie ging auf die Toilette, nur damit sie etwas zu tun hatte.

Janet, die zum Trio gehörte, stand vor dem Spiegel und frischte ihr ohnehin schon sehr großzügiges Make-up auf, als Julia hereinkam.

«Julia!», rief sie reflexhaft mit dieser irritierend lauten, hohen Stimme, die anscheinend obligatorisch war, wenn sich angeheiterte Tussis begrüßten.

«Ja», antwortete Julia knapp, und Janet wurde offensichtlich sofort bewusst, dass Julia so eine herzliche, kreischende Begrüßung gar nicht verdient hatte.

«Dein Haar ist lila!», stellte Janet fest, nachdem sie Julia von oben bis unten gemustert hatte.

«Ich weiß.»

Anscheinend war nur das eine Bemerkung wert. Janet steckte ihren Lippenstift in ihre kleine Handtasche und ging wortlos hinaus. Als Julia wieder in den Ballsaal zurückkehrte, war der Rest des Trios angekommen und der Lärmpegel um mehrere Dezibel gestiegen.

Sie waren nicht so viele, wie Julia vermutet hatte. Von ihren neunundzwanzig ehemaligen Mitschülerinnen und Mitschülern waren lediglich neunzehn aufgetaucht. Die Beteiligung aus den anderen Klassen und der anderen Schule schien ähnlich gering, sodass insgesamt vielleicht hundertdreißig Personen anwesend waren.

Nur wenige kamen zu ihr, um mit ihr zu reden. Und diejenigen, die es versuchten, gaben schnell auf, weil Julia ihrerseits keine Fragen stellte und nicht das geringste Interesse für deren Leben zeigte. Sie war nicht hier, um den Kontakt wiederaufzufrischen oder neue Freunde kennenzulernen. Sie war gekommen, um die Wahrheit zu erzählen. Die Stimmung zu verderben. Das war fast schon eine ihrer Spezialitäten. Mittlerweile hatte sie mehr getrunken als nötig, da sie dachte, es würde helfen, sie mutiger machen. So wie im Traum. War sie im Traum angetrunken gewesen? Egal. Jetzt war sie es.

«Julia?»

Sie drehte sich zu der Stimme um. Ein Typ, einige Jahre jünger als sie und die anderen im Raum. Blondes Haar, das an den Seiten abrasiert war, freundliche braune Augen und schiefe Vorderzähne, wie sein Lächeln zeigte. Er trug Kelleruniform und ein Namensschild. Trotzdem dauerte es einen Moment, ehe sie ihn wiedererkannte. Da hatte er bereits ihren leeren Blick bemerkt.

«Ich bin es, Rasmus Grönwall.»

«Ja, ich weiß, ich habe dich erst nicht wiedererkannt, aber jetzt ...»

«Es ist ja auch lange her.»

«Arbeitest du hier?»

«Nur aushilfsweise. Wenn sie mich brauchen.»

«Was machst du sonst? Studierst du?»

«Nee, ich arbeite im Ica Maxi an der Kasse ... Ich weiß noch nicht, was ich danach machen will. Und du?»

«Ich studiere. Jura. In Lund. Bin im fünften Semester.» Das war die Lüge, die sie den ganzen Abend über jedem erzählen würde, der sie fragte, egal wem.

«Ich hätte nicht gedacht, dass du kommen würdest.»

«Ich auch nicht, aber dann ... habe ich mich doch dafür entschieden.»

Rasmus fragte nicht weiter nach, er nickte nur und blickte in den Saal, wo die Lautstärke im selben Takt stieg wie die Zahl der Barbesucher.

«Ganz schön viel los», stellte er fest. «Ich muss weiterarbeiten.»

«Es war schön, dich zu sehen», entgegnete Julia und spürte, dass sie es ernst meinte.

«Fand ich auch. Wir sehen uns bestimmt noch.»

Dann ging er. Julia blickte ihm nach, während er die Gläser und Flaschen von den Tischen räumte, an denen er vorbeikam. Rasmus Grönwall. Rebeccas kleiner Bruder. Wann waren sie sich das letzte Mal begegnet? Vor acht, neun Jahren, damals war er ... vierzehn. Ja, das konnte hinkommen. Jetzt erinnerte sie sich daran. Sie hatten sich im Bus getroffen. Er hatte sich danach gesehnt, endlich fünfzehn zu werden, damit er legal Moped fahren durfte. Die meisten seiner Kumpels hatten schon im Frühjahr Geburtstag, er erst im Herbst.

Als Julia ihn das letzte Mal länger gesehen hatte, nicht nur kurz im Bus, war er vielleicht elf gewesen. Es war auf Rebeccas Beerdigung gewesen. Vielleicht auch danach noch einige Male. Aber ohne Rebecca hatte es keinen echten Grund mehr für sie gegeben, die Grönwalls zu besuchen.

Jäh wurde sie aus ihren Gedanken gerissen, als einer der Männer im Anzug auf sie zukam. Philip. Den sie nicht bereit war zu treffen. Noch nicht.

«Hallo», sagte er und stellte sich einen Meter entfernt neben sie. Schweigend. Zur Menschenmenge gewandt, nicht zu ihr. Sie schielte zu ihm hin. Was wollte er? Warum stand er da?

«Wie geht's?»

«Gut.»

Mehr nicht. Kein *und selbst?* oder *Und dir?*. Oder etwas anderes, das man als Interesse auffassen konnte oder als Aufmunterung, das Gespräch fortzusetzen.

«Möchtest du etwas von der Bar?»

«Hab schon.»

«Okay.»

Er entfernte sich einen Schritt, blieb dann aber wieder stehen und drehte sich zu ihr um. Sein Blick war ernst, als würde ihn etwas bedrücken. Es sah aus, als wollte er etwas sagen, es sich dann aber doch verkneifen. Anschließend verschwand er.

Eine Glocke schrillte, und jemand vom Hotelpersonal oder der Veranstalter des Festes begrüßte alle. Dann wurden sie in den Speisesaal geschickt.

Eigentlich herrschte freie Platzwahl, doch davon konnte natürlich keine Rede sein. Macke und das Trio bestimmten. Nicht nur über Philip. Sie nahmen das eine Tischende in Beschlag und sorgten mit kurzen Kommandos wie «Carl!», «Alva komm her!» und «Milos da!» dafür, dass der Tisch in einer absteigenden Beliebtheitsskala belegt wurde, bis zum hinteren Ende, wo sie saßen. Wo Julia saß.

Das Essen war in Ordnung. Nicht richtig heiß, nicht richtig gut, doch das spielte keine Rolle. Sie war sowieso zu nervös, um etwas zu essen. Bald. Bald würden sie es erfahren.

Sie hatte nicht vor, weiter mitzuspielen. Erneut ihre alte Rolle einzunehmen.

Das Gespräch an ihrem Tischende verlief zäh. Alle wussten sich zu benehmen, hatten Festessen und Bälle und Ähnliches besucht, kannten die üblichen Höflichkeitsphrasen, aber sie waren Fremde, die nur eines gemeinsam hatten: drei Jahre, in denen sie sich täglich gesehen hatten, ohne die Gesellschaft der anderen freiwillig gesucht zu haben, drei Jahre, an die fast alle seither keinen Gedanken mehr verschwendeten. Aber jetzt waren sie wieder da. Auf die schlimmstmögliche Weise.

So lächerlich. Alle miteinander. So verdammt lächerlich.

Julia schwieg das gesamte Essen über. Sie bereitete sich vor. Wartete auf die passende Gelegenheit. Als der Kaffee serviert wurde, stand sie auf. Überlegte, ob sie mit dem Teelöffel gegen ihr leeres Glas schlagen sollte, verzichtete aber darauf. Stattdessen schob sie ihren Stuhl zurück, stand auf und wartete schweigend. Sie sah, wie die anderen einander

Blicke zuwarfen und sie dann fragend anblickten. Julia wollte eine Rede halten? Damit hätte niemand gerechnet. Dann zischte jemand «Pssst!», und die Leute am Tisch brachten nacheinander alle zum Schweigen, bis auf die Gruppe auf der anderen Seite: Macke, das Trio und einige weitere, die für diesen Abend in deren Kreis aufgenommen worden waren. Philip sagte ihnen, dass sie still sein sollten, Macke wandte sich betrunken zu ihm, und Philip deutete mit dem Kopf in ihre Richtung.

«Echt jetzt, du willst 'ne Rede halten?», grölte Macke, hob sein Glas und verschüttete den halben Inhalt auf sich und Janet. «Haltet die Fresse, Leute, Julia will 'ne Rede halten! Fresse halten!»

Richtig still wurde es nicht, Janet konnte sich das Kichern nicht verkneifen, und Emma konnte es nicht lassen, sie laut flüsternd zu ermahnen. Macke forderte die anderen erneut dazu auf, die Fresse zu halten, und richtete seine glasigen Augen auf sie.

Julia schwieg. Es war wie im Traum – und doch anders.

Der Ort, die Gesichter, die Geräusche, die Gerüche, aber das war nicht das Schlimmste. Sie fühlte sich nicht wie in ihrem Traum. Keineswegs. Stattdessen sah sie Macke, erinnerte sich an diesen glasigen Blick, dicht vor ihrem Gesicht, den warmen, fauligen Atem, den Schmerz, die Erniedrigung, und ganz im Gegensatz zu dem Gefühl in ihrem Traum entfachten diese Erinnerungen nicht ihre Wut. Sie machten sie nicht stark.

Sie machten sie klein.

Ängstlich. Unsicher. Unbedeutend.

«Hast du vor, heute noch was zu sagen?», schrie Macke quer über die weiße Leinentischdecke hinweg. «Oder willst du einfach nur dumm dastehen, Gummitroll?»

«Ich werde etwas sagen ...», begann sie, nachdem das Gelächter über den Trollwitz wieder abgeebbt war. «Ich werde etwas über dich sagen.»

Dann verstummte sie erneut. All die Gesichter. Janets Gekicher im Hintergrund. Mittlerweile wandten einige die Blicke wieder ab, fanden die Situation unangenehm, und vielleicht ahnten sie, worauf Julia hinauswollte. Vor zehn Jahren mussten Gerüchte kursiert sein.

«Was willst du über mich sagen?», fragte Macke. Bildete Julia es sich nur ein, oder schwang jetzt eine andere Schärfe in seiner Stimme mit? Eine implizite Drohung, eine Warnung, nicht zu weit zu gehen, ihm nicht den Abend zu verderben. Angesichts dieser Drohung fühlte sie sich noch kleiner.

«Dann sag was oder setz dich wieder, dumme Kuh.»

Sie konnte nichts sagen, konnte sich aber auch nicht wieder setzen.

Wortlos verließ sie den Raum. Hörte noch, wie Macke ihr irgendetwas hinterhergrölte, verstand es aber nicht. Das Blut rauschte in ihren Ohren. Das Trio lachte. Und sicher auch noch ein paar andere. Das Gelächter schien sie den ganzen Weg durch den leeren Ballsaal zu verfolgen, bis sie auf die Terrasse gelangte, die über die gesamte Breite des Hotels verlief, und die große Glastür hinter sich schloss. Sie ging zu dem niedrigen Holzgeländer und atmete schwer. Ihre Hände zitterten, als sie die Zigarettenschachtel herauszog. Sie steckte sich eine Kippe an und blies mit einem tiefen Seufzer den Rauch aus. Wie dumm konnte man sein? Was glaubte sie, wer sie war? Was hatte sie sich nur zugetraut? Ihr kamen die Tränen. Als weiterer Beweis für ihre Schwäche. Wütend wischte sie sich mit dem Handrücken die Wange ab.

«Wie geht es dir?»

Julia fuhr herum. An der Schwelle stand Rasmus, die dunklen Augen voller Mitgefühl.

«Gut, es ist nur ... sie sind so verdammt lächerlich.»

«Sie sind besoffen.»

«Das ist es nicht, es geht um das alles hier, was soll das eigentlich darstellen? Wir haben nichts gemeinsam, und alle machen genauso weiter wie vor zehn Jahren. Als wäre nichts passiert. Keiner will zugeben, dass er sich weiterentwickelt hat oder erwachsen geworden ist. Ich hasse das verdammt noch mal!»

Was auch stimmte, aber es war nicht die ganze Wahrheit. Sie hasste auch sich selbst. Dass sie zu feige war. Dass sie die Chance hatte verstreichen lassen. Dass sie überhaupt geglaubt hatte, eine Chance zu haben.

«Hast du noch eine Kippe?»

Julia reichte ihm die Schachtel, Rasmus schüttelte eine Zigarette heraus, und sie gab ihm Feuer. Er hielt seine Hände über ihre, gegen den Wind. Sie waren warm. Es war seltsam, ihn mit einer Zigarette zu sehen. Plötzlich bemerkte sie, dass er inzwischen richtig gut aussah. Das war ihr früher nie aufgefallen. Aber dafür hatte es auch nie einen Grund gegeben. Er war immer nur Rebeccas kleiner Bruder gewesen, immer im Weg und ehrlich gesagt ziemlich nervig. Ständig hatte er überall dabei sein wollen, sie nie in Ruhe gelassen und sie an die Mutter verpetzt, wenn sie etwas angestellt hatten.

«Warum bist du dann hergekommen?», fragte er und nahm einen tiefen Zug, ehe er den Rauch wieder ausblies. «Es war doch wohl absehbar, dass es so werden würde.»

«Eigentlich hatte ich etwas geplant.»

«Was denn?»

Sie schüttelte den Kopf, all ihre Ideen von Rache, Genugtuung und Widerstand kamen ihr jetzt so kindisch vor, ein naiver Wunschtraum. Sie hätte sich genauso gut ein Einhorn oder einen Nobelpreis wünschen können.

«Nichts, es war dumm von mir.»

Wieder bohrte er nicht weiter nach. Er schien zu spüren, dass sie es nicht erzählen wollte. Eine gute Eigenschaft. Sie standen an das Geländer gelehnt da und rauchten. Julia blickte in den Himmel. Sternenklar.

«Du bist toll.»

«Wie bitte?»

Sie drehte sich zu ihm hin. Hatte sie richtig gehört? Wollte er sich über sie lustig machen? Nichts in seinem Blick deutete darauf hin.

«Du bist toll. Coole Klamotten, und deine Haare gefallen mir. Du siehst aus wie das Mädchen aus *Scott Pilgrim gegen den Rest der Welt*.»

«Kenne ich gar nicht.»

«Ein Film, oder ursprünglich eine Serie. Aber jedenfalls siehst du aus wie das Mädchen im Film.»

«Wirklich?»

«Ja.»

Sie rauchten weiter schweigend. Die Stille war angenehm. Rasmus war gewachsen, in jeder Hinsicht, und trotzdem war er jemand, den sie kannte, der sie kannte, der wusste, wer sie war, und es akzeptierte.

«Wie ist es bei euch zu Hause?», fragte sie. Nicht um das Schweigen zu brechen, sondern weil es sie wirklich interessierte.

«Gut.» Rasmus nahm einen neuen Zug und zuckte mit den Schultern. «Meine Eltern haben sich scheiden lassen, wusstest du das?»

«Nein.»

«Vor vier Jahren. Sie sind nicht mit Rebeccas Tod klargekommen.»

Bist du es denn?, dachte Julia. *Ich glaube nicht, dass ich es bin.*

«Wie traurig», sagte sie laut. «Aber geht es ihnen sonst gut?»

«Mein Vater hat eine Neue, aber ja, ich glaube, es geht ihnen eigentlich beiden ganz gut.»

«Grüß sie bitte.»

«Das werde ich machen. Wie lange bleibst du denn in der Stadt?»

«Ich weiß nicht.»

«Bist du morgen noch hier?»

«Vielleicht. Warum fragst du?»

«Wollen wir uns treffen?»

Sie sah ihn erneut an. Seine freundlichen Augen waren hoffnungsvoll. Wie damals, als er in Rebeccas Zimmer gekommen war und gefragt hatte, was sie vorhatten, und ob er dabei sein dürfe.

«Ja, warum nicht.»

Drei Meter. Mindestens. Nein, mehr.

Vanja lehnte sich auf ihrem Bürostuhl zurück und erlaubte es sich, die beeindruckend hohe Decke für einen Moment auf sich wirken zu lassen. Dieser Raum war mit Abstand der schönste, der ihnen je bei einem Einsatz zugeteilt worden war. Stuck, mattgelbe Barocktapeten an den Wänden, darunter eine etwa einen Meter hohe Kassettenvertäfelung. Breite, geschnitzte Türrahmen, dicke Holztüren mit Spiegeln und ein Parkettboden. Dieses Haus musste einmal für einen anderen Zweck erbaut worden sein, als Schule, Sanatorium, Ordenshaus oder Ähnliches. Völlig übertrieben, niemand würde so viel Zeit, Sorgfalt und Geld in eine Polizeistation investieren. Nicht einmal zu Beginn des 20. Jahrhunderts, als dieses Gebäude vermutlich erbaut worden war, dreißig Jahre hin oder her, Vanja hatte wirklich keine Ahnung von Architektur, aber es war alt und einladend.

Sie fühlte sich willkommen.

Das war unter anderem auch Krista Kyllönens Verdienst. Sie hatte ihre Hilfe haben wollen, was die Zusammenarbeit grundsätzlich erleichterte, und sie hatte dafür gesorgt, dass die Gruppe in dem großzügigen Raum im ersten Stock untergebracht worden war. Krista war knapp vierzig Jahre alt und einen Kopf größer als Vanja. Das dunkle Haar hatte sie im Nacken zu einem lockeren Knoten gebunden, ihre grünen Augen blitzten schelmisch, und sie wirkte durchtrainiert, beinahe athletisch. *Sebastian hätte garantiert versucht, sie ins Bett zu kriegen,* dachte Vanja. Zu der Zeit, als es ihm noch ständig gelungen war, sich bei der Reichsmordkommission einzunisten. Das war schon einige Jahre her, zuletzt in Uppsala, und jetzt war er mit Ursula zusammen. Inwieweit ihn dies daran hinderte, in andere Betten zu springen, wusste Vanja nicht, aber Ursula schien glücklich zu sein, und Vanja wollte es auch gar nicht genau wissen.

Krista hatte bereitwillig alles zur Verfügung gestellt, worum sie gebeten hatten, ermöglichte ihnen die Nutzung zweier Zivilfahrzeuge, antwortete schnell auf alle Fragen, half ihnen, sich in den Fall einzuarbeiten, und informierte sie zügig über alle Ermittlungsfortschritte.

Wie sich herausstellte, waren es verschwindend wenige.

Das war nicht die Schuld der Polizei in Karlshamn, auch wenn Ursula sich wie immer hinter deren Rücken über die mangelnde Kompetenz der Lokalpolizei ausließ. Hoffentlich würde es helfen, dass sie jetzt vor Ort waren und ihre eigene Untersuchung anstellen konnten. Krista hatte ihnen auch ihre Kolleginnen und Kollegen vorgestellt und eine von ihnen, Sara Gavrilis, zu ihrer Kontaktperson ernannt. Wann immer sie Unterstützung brauchten, sollten sie sich an sie wenden. Wenn Sara ihnen nicht weiterhelfen könne, wisse sie, wer statt ihrer dafür zuständig sei. Vanja hatte kurz an Thomas Haraldsson denken müssen, einen Kollegen, dem bei einer Ermittlung in Västerås vor vielen Jahren einmal dieselbe Aufgabe zugedacht worden war – der unfähigste Beamte, den sie je kennengelernt hatte. Auf irgendwelchen ominösen Wegen war es ihm später gelungen, zum Anstaltsleiter der Haftanstalt Lövhaga befördert zu werden, und sie waren einander erneut in einem Fall begegnet, in dem es um den Serienmörder Edward Hinde gegangen war. Anschließend hatte sie glücklicherweise nie wieder mit ihm zusammenarbeiten müssen. Und im Gegensatz zu ihm wirkte Sara Gavrilis, genau wie ihre Chefin, überaus kompetent.

Vanja richtete ihren Blick erneut auf den Bildschirm. Wenig verwunderlich sorgte der dritte Mord für erhebliches Aufsehen. Die Medien machten den Fall groß auf und verkündeten, dass Karlshamn in Angst und Schrecken versetzt worden sei, und selbst wenn das bislang noch nicht zutraf, würde es nicht lange dauern, bis es so weit war. Dafür würden die Presse, die sozialen Medien und die Tatsache, dass ein Heckenschütze sein Unwesen trieb, schon noch sorgen.

Carlos erhob sich von seinem Platz neben der Tür und ging auf sie zu, und Vanja konnte seinem Gesicht bereits ansehen, dass er keine guten Nachrichten hatte.

«Lass mich raten», sagte sie, als er die Computerausdrucke vor ihr ablegte. «Sie ist schon einmal angezeigt worden, und es gab Ermittlungen, aber keine Verurteilung.»

«Ja», sagte Carlos. «Zweimal in den letzten neun Jahren. Heiratsschwindel.»

Vanja richtete sich auf und fing an, das Material zu sichten, obwohl sie schon ungefähr wusste, was sie erwartete. Eine Frau, die sich einem Mann annäherte, eine Beziehung mit ihm einging, die damit endete, dass dieser Mann, wenn die Frau früher oder später Schluss machte oder spurlos verschwand, um eine große Geldsumme erleichtert worden war.

Ein Mann aus Trelleborg, der als Erster Anzeige erstattet hatte, gab an, dass Angelica ungefähr 600 000 Kronen von ihm erschwindelt hatte. Vanja blätterte um. Vier Jahre darauf, bei dem zweiten Betroffenen, der in Växjö zur Polizei gegangen war, waren es 450 000. Mehr als eine Million Kronen also. Im Laufe von neun Jahren rund 100 000 Euro. Entweder hatte Angelica Carlsson weitere Einkünfte, oder nicht alle Opfer waren zur Polizei gegangen. Vermutlich Letzteres. Die Scham hinderte die meisten daran. Sie kamen sich dumm vor, weil sie so schnell auf den Betrug hereingefallen waren und ihn nicht durchschaut hatten. Viele wurden das Gefühl nicht los, dass sie selbst schuld waren. Und Vanja musste dieser Einschätzung teilweise zustimmen, auch wenn sie wusste, dass sie es nicht durfte. Aber man konnte doch wohl durchaus erwarten, dass irgendeine Alarmglocke schrillte, wenn Menschen, die man erst kurze Zeit kannte, plötzlich große Geldsummen verlangten, indem sie etwa um eine Bürgschaft oder um eine Investition in eine plötzliche Firmengründung baten.

«Ich hasse solche Straftaten», sagte Carlos nachdrücklich. «Bei denen die Gutmütigkeit anderer Leute ausgenutzt wird.»

«Ja, das ist nicht nett», pflichtete Vanja ihm bei und war angesichts seiner engagierten Stimme froh, ihre eigentliche Meinung nicht preisgegeben zu haben.

«Es ist unverzeihlich, wie diese Betrüger ältere Menschen mit Bitcoin-Käufen übers Ohr hauen oder sich in ihre Computer einloggen und ihre Konten leeren. Solche Aasgeier!»

Vanja sah zu ihm auf, seine zornige Stimme erweckte bei ihr den Eindruck, dass er selbst einmal betrogen worden war oder es jemanden in seinem näheren Umfeld getroffen hatte. Aber sie wollte ihn nicht fragen. Wenn er ihr etwas mitteilen wollte, musste er es eben erzählen.

«Okay, danke», sagte sie und legte die Ausdrucke beiseite. «Versuche bitte, eine Verbindung zwischen Angelica und den anderen beiden zu finden.»

«Du meinst, abgesehen davon, dass alle drei schon einmal vor Gericht freigesprochen wurden oder das Verfahren gegen sie eingestellt wurde.»

«Ja, abgesehen davon.»

«Klar, mache ich.»

«Danke.»

Vanja lehnte sich wieder auf ihrem Stuhl zurück. Sie hatten den Hauch eines Motivs. Schlimmstenfalls suchten sie einen selbsternannten Gerechtigkeitskämpfer, der Verbrecher bestrafte, in deren Fall die Justiz versagt hatte. Sie hoffte sehr, dass es nicht so war, denn dann konnten sie nahezu unmöglich vorhersehen, wo der Täter erneut zuschlagen würde und bei wem. Mehr Menschen, als man glaubte, waren schon einmal angezeigt worden, aber aus unterschiedlichen Gründen davongekommen, meistens aus Mangel an Beweisen.

Karlshamn bildete da sicher keine Ausnahme.

Billy betrat den Raum, und Vanja merkte, wie sich ihre Laune ein wenig besserte.

«Bitte, überbring mir gute Neuigkeiten», sagte sie mit einem Lächeln, als er sich ihrem Platz näherte.

«Was verstehst du unter guten Neuigkeiten?»

«Dass Dick bei der Armee zum Heckenschützen ausgebildet wurde, dass er ein langes Register von Gewaltdelikten hat, dass er letzte Woche eine Fahrkarte nach Karlshamn gekauft hat und wir wissen, in welchem Hotel er wohnt.»

«In diesem Fall muss ich dich leider enttäuschen», antwortete Billy und erwiderte ihr Lächeln. «Ich kann überhaupt keine Verbindung zwischen Angelica und irgendeinem Dick finden.»

«Ach nein?»

Das war keine große Überraschung, nicht nach dem, was sie gerade von Carlos erfahren hatte, aber Vanja spürte dennoch eine leise Enttäuschung.

«Soweit ich feststellen konnte, hat sie nie eine Wohnung

in Göteborg besessen», fuhr Billy fort. «Weder mit einem Dick noch mit irgendjemand anderem.»

«Hat sie denn nicht einmal in Göteborg gewohnt?»

«Sie war jedenfalls nie dort gemeldet.»

«Carlos hat zwei Anzeigen gegen sie wegen Heiratsschwindel gefunden», erklärte Vanja und deutete auf die Ausdrucke auf ihrem Schreibtisch. «Also müssen wir annehmen, dass sie Dick nur erfunden hat, um ihrem neuen Freund ein wenig Geld abzuluchsen?»

«Nils hat gesagt, dieser Dick hätte ihr mit dem Gerichtsvollzieher und einer Anzeige gedroht ... das klingt wie der klassische Auftakt, um anschließend nach einem Kredit zu fragen.»

«Allerdings.»

«Sie wurde aber nie verurteilt?», fragte Billy und griff nach den Ausdrucken, die Carlos ihr gebracht hatte. Vanja verstand, dass auch er auf der Rächer-Spur war.

«Nein.»

Billy überflog das Material und legte es nachdenklich wieder zurück.

«Was glaubst du?», fragte Vanja.

«Angenommen, der Täter wäre wirklich jemand, der die Rechtsprechung selbst in die Hand nehmen will», sagte Billy und kratzte sich an den Bartstoppeln. Carlos stand von seinem Platz auf und kam näher, um mitzuhören. «Es muss doch Leute in dieser Stadt geben, die Schlimmeres verbrochen haben als diese drei. Natürlich sind bei diesem Busunglück Menschen gestorben, aber die anderen? Kleinere Gewaltdelikte, Diebstahl und Betrug?»

«Du glaubst, dass sie noch eine andere Gemeinsamkeit haben?»

«So muss es sein, oder?»

«Okay, dann werden wir herausfinden, welche», hielt Vanja fest und sah sofort ein, dass dieser Satz in die Kategorie «leichter gesagt als getan» fiel, aber die beiden Kollegen nickten dennoch ernst und gingen wieder zu ihren Schreibtischen. Vanja beschloss, Ursula anzurufen, um sich zu erkundigen, ob die etwas in Angelicas Wohnung gefunden hatte. Sie griff nach ihrem Handy, kam aber nicht mehr dazu, die Nummer zu wählen, weil es im nächsten Moment an der Tür klopfte.

«Entschuldigt die Störung, aber ihr habt Besuch.»

Alle drehten sich zur Tür um, und ein Mann Mitte fünfzig trat hinter Sara Gavrilis in den Raum. Glatze, Brille mit Metallrahmen, ein Jackett über einem karierten Hemd, das bis zum Hals zugeknöpft war, dazu eine Chino-Hose. Vanja erhob sich und warf Sara einen fragenden Blick zu. Sie nahm an, es hatte einen Grund, dass dieser Besucher einfach so in ihr Büro spazieren durfte, anstatt an der Rezeption zu warten.

«Herman Göransson, der Bürgermeister», erklärte Sara mit einer Geste in Richtung des Gastes. «Vanja Lithner von der Reichsmordkommission leitet die Ermittlung.»

Na großartig, das hat uns gerade noch gefehlt, dachte Vanja, während sie lächelnd und mit ausgestreckter Hand auf den Mann zuging. Manchmal musste sie sich eingestehen, dass sie Torkel wirklich vermisste.

Die morgendliche Frühjahrssonne fiel durch die Fenster. *Ich sollte sie putzen,* dachte Sebastian, während die Frau vor ihm weiterredete. Schon seit fünfzehn Minuten ging es um das Thema, das ihre Gespräche in den letzten drei Monaten dominiert hatte: ihre schon lange verstorbene Katze Pyttsan.

«Keinen scheint das zu kümmern, keiner nimmt es ernst, es ist fast so, als müsste ich mich schämen, weil ich um sie trauere.»

Anna-Clara Wernersson war Mitte vierzig und hätte in der Therapie eigentlich verarbeiten sollen, dass sie vor einigen Jahren von ihrem Mann verlassen worden war und ihre Tochter fast jeden Kontakt zu ihr abgebrochen hatte. Aber wenn sie lieber über ihre tote Katze sprechen wollte, war ihm das auch recht. Für 1500 Kronen die Woche hätte Sebastian sich alles angehört.

Er war auf das Einkommen angewiesen.

Das Erbe seiner Mutter war aufgebraucht, er hatte keine neuen Aufträge, hielt nur selten Vorlesungen, sein letztes Buch hatte sich nicht so gut verkauft wie erhofft, weshalb er seine alte Psychologenlizenz erneuert hatte und wieder praktizierte. Jetzt schob er die Gedanken an den Fensterputz beiseite und beugte sich zu Anna-Clara vor. Sie brauchte einen kleinen Gegenwert für ihre Therapiekosten. Er sah ihr tief in die Augen und schenkte ihr jene Aufmerksamkeit, die sie anderswo anscheinend nie bekam.

«Anna-Clara, Sie sollen sich nicht darum kümmern, was

andere Menschen von Ihnen denken, sondern um sich selbst. Pyttsan war Ihnen wichtig, deshalb sollten Sie auch so um sie trauern, wie es sich für Sie am besten anfühlt. Haben Sie Blumen auf Ihr Grab gelegt? Das hatten wir ja beim letzten Mal so besprochen.»

Anna-Clara nickte eifrig.

«Ich habe es genau so gemacht, wie Sie gesagt haben.»

«Das ist gut. Trauer ist wichtig, sie muss genügend Raum erhalten, aber manche Menschen können eben nicht verstehen, wie es ist, ein geliebtes Haustier zu verlieren. Deshalb ist es wichtig, dass Sie den Mut haben, hier darüber zu sprechen, mit mir», fuhr er fort und lehnte sich zurück, ehe er wieder über die Fenster nachdachte. Sie waren wirklich schmutzig. Anna-Clara fuhr fort. Sie war auf eine zerbrechliche Weise niedlich, und in seinem früheren Leben hätte er erfolgreich versucht, sie zu verführen.

Aber jetzt nicht mehr.

Jetzt war es nicht mehr möglich oder gar erstrebenswert.

Vor knapp drei Jahren hatte er einige quälende Monate lang fürchten müssen, dass seine Rumvögelei Konsequenzen haben würde, über die er kaum nachzudenken wagte. Anschließend, nach Uppsala, hatte er seine Frauengeschichten eingestellt und war seriöser geworden, mit Ursula.

Er hatte das Gleichgewicht wiedergefunden. Ganz ernsthaft.

Seine Beziehungen zu den wenigen Menschen, die ihm nahestanden, pflegte er nun, ohne sie ständig zu zerstören und neu wiederaufbauen zu müssen.

In die Reichsmordkommission würde er niemals zurückkehren können, selbst wenn er es wollte. Das hatte Vanja ihm klargemacht, als sie den Chefposten übernommen hatte, und es gab keine Chance, dass sie ihre Meinung ändern würde. Aber das war gut so. Er brauchte Grenzen, geschlossene Türen. In seinem Leben war es viel zu lange darum gegangen, grenzenlos zu sein, das durfte er sich jetzt nicht mehr erlauben. Er wollte es auch nicht. Er wollte sich ändern. Er glaubte auch, dass er es schaffen würde, denn er hatte das Wichtigste von allem bekommen.

Einen neuen Sinn im Leben.

Amanda, Vanjas Tochter, seine Enkelin.

Er war knapp einer Katastrophe entronnen, und indem er sich seither aus Vanjas Berufsleben fernhielt, hatte er eine bessere Beziehung zu ihr und ihrer Tochter aufgebaut. Er war kein richtiger Vater, auch kein Großvater. Er war etwas anderes. Etwas, das wuchs. Etwas, das all das wert war und das er deshalb auf keinen Fall zerstören wollte.

An manchen Tagen vermisste er sein altes Leben, jedenfalls die berufliche Seite, das musste er sich wohl oder übel eingestehen. Als Mitarbeiter der Reichsmordkommission hatte er sich in komplizierte und anspruchsvolle Mordfälle verbissen. Das war zweifellos eine größere Herausforderung gewesen, als in seiner Wohnung zu hocken und Frauen zu helfen, die ihre verstorbenen Katzen betrauerten, aber Letzteres war viel ruhiger, normaler.

Es war das, was er brauchte, auch wenn er es zeitweise stinklangweilig fand. Doch im Laufe der Jahre war er zunehmend davon überzeugt, dass er den richtigen Weg eingeschlagen hatte. Er durfte Amanda regelmäßig von der Kita abholen und mit ihr auf den Spielplatz gehen. Die Stunden mit ihr wollte er nie wieder missen.

Deshalb tat er etwas, das er früher selbst nicht für möglich gehalten hätte. Er benahm sich. Machte keine Dummheiten.

Anna-Clara riss ihn aus seinen Gedanken. «Finden Sie die Vorstellung denn richtig?», fragte sie.

Sebastian hatte keine Ahnung, wovon sie redete, aber das hinderte ihn nicht an einer Antwort.

«Es gibt kein Richtig oder Falsch. Es ist Ihre Trauer, und Sie bewältigen Sie so, wie es für Sie am besten ist», sagte er. «Und ich hätte gern, dass Sie sich als Aufgabe bis zur nächsten Woche von irgendeinem Gegenstand trennen, der Pyttsan gehört hat.»

Er sah, wie sie schon bei dem Gedanken daran erbleichte. Daher beugte er sich vor, fixierte sie mit den Augen und senkte die Stimme.

«Sie schaffen das, Anna-Clara. Sie schaffen das, weil Sie stark sind.»

Am schmutzigen Fenster stehend sah er zu, wie Anna-Clara leichten Schrittes in Richtung Strandvägen verschwand, zufrieden mit ihrer Sitzung. Für heute hatte er keine weiteren Patienten. Das passte ihm ausgezeichnet. Morgen stand eine Sitzung mit Tim Cunningham an, einem australischen Geschäftsmann, der seine Frau verloren hatte. Intelligent. Redegewandt. Er war erst einmal bei ihm gewesen, aber Sebastian hatte sofort den Eindruck gewonnen, dass der Mann interessant war, was eher zu den Ausnahmen gehörte. Außerdem konnte Sebastian sein Englisch auffrischen, ein willkommener Pluspunkt.

Eigentlich wären Ursula und er heute zum Abendessen verabredet gewesen, aber sie und die anderen Mitglieder der Reichsmordkommission waren vor einigen Tagen nach Karlshamn gereist. Ein Heckenschütze. Sebastian kannte ähnliche Fälle aus den USA, aber in Schweden war dieser Tätertyp extrem selten. Vielleicht sollte er ein bisschen recherchieren, alte Täterprofile durchgehen? Nur für den Fall, dass ... Er könnte Ursula erzählen, was er herausgefunden hätte. Sie wäre interessiert, das wusste er. Doch er verdrängte den Gedanken sofort wieder. Es würde nur damit enden, dass er zu sehr in den Fall involviert wäre. Es war nicht mehr seine Aufgabe, komplizierte Morde zu lösen, sondern Vanjas. Sie war gut, und sie gab nie auf. Zwar würde sie nie im Leben einräumen, etwas von ihm geerbt zu haben, aber diese Sturheit kannte er von sich selbst. Sie würde Karlshamn nicht eher verlassen, als bis der Fall gelöst wäre. Was die Möglichkeit bot, dass er sie ein wenig bei Amanda unterstützen konnte.

Mit einem Blick auf die Uhr beschloss er, zu Mittag essen zu gehen, ehe er sich bei Jonathan melden wollte. Wenn Sebastian ihn anrief, kurz bevor Amanda aus der Kita abgeholt werden musste, war die Chance größer, dass Jonathan sein Angebot annahm. Es war stressig, Vollzeit zu arbeiten und ein kleines Kind zu haben, vor allem, wenn der andere Elternteil verreist war. Eine helfende Hand, die sich im richtigen Moment meldete, wurde in der Regel dankbar ergriffen.

Jonathan bedankte sich froh. Er musste noch etwas zu einem Kunden liefern und war ohnehin schon in Eile. Ob es in Ordnung sei, wenn er seine Tochter erst gegen sechs bei Sebastian abholen würde? Mehrere Stunden allein mit Amanda, das war mehr, als Sebastian zu hoffen gewagt hatte.

Ihre Kita, Solstrålen, lag in der Nähe des Tessinparks, nur wenige Minuten von Vanja und Jonathans Wohnung in der De Geersgatan entfernt. Eine fußläufige Strecke auch für Sebastian. Eine Weile hatten Vanja und Jonathan sich für ein Reihenhaus in Sollentuna interessiert, was ihn beunruhigt hatte. Er hatte überlegt, wie er den Kauf sabotieren könnte, wenn sie tatsächlich Ernst machen wollten, doch dann war die Wohnung in der De Geersgatan frei geworden, und alles hatte sich glücklich gefügt.

Stockholm erwachte gerade wieder nach dem Winter. Die Luft war noch nicht warm, aber die Frühlingssonne schien. Sebastian erlaubte es sich, den Spaziergang zu genießen, war aber dennoch schon um kurz vor halb vier im Solstrålen angekommen.

«Sebastian!», rief Amanda fröhlich, als sie ihn erblickte. Dass sie ihn wiedererkannte und ihre Augen vor Freude strahlten, als sie auf ihn zurannte, wärmte ihm das Herz. Während er ihr in Jacke und Schuhe half, redeten sie über Amandas Tag. Sie hatte mit Wasserfarbe gemalt und Makkaroni gegessen. Anschließend gingen Sebastian und sie auf ihren Lieblingsspielplatz. Das Mädchen rutschte für sein Leben gern, und Sebastian hatte viel Zeit investiert, um die besten Rutschen in der Nähe der Kita ausfindig zu machen. Amanda hopste in ihrem etwas zu großen, roten Overall vor ihm her. Er folgte ihr und schob den Buggy. Auch wenn sie ihn nie Opa nannte, fühlte er sich so. Vanja hatte deutlich gemacht, dass Valdemar ihr Großvater war. Sebastian war Sebastian. Der Grund dafür lag wohl irgendwo in ihrer komplizierten Beziehung zu Valdemar, vermutete Sebastian. Er beschwerte sich nicht, genoss es aber, das Wort heimlich für sich zu testen. Opa.

Zu Beginn ihrer Rutschabenteuer hatte Amanda noch verlangt, dass er unten stand und sie in Empfang nahm, doch inzwischen war sie mutiger und wollte immer häufiger alles allein machen, was Sebastian jedoch nicht immer erlaubte. Wer ihn auf dem Spielplatz beobachtete, hielt ihn womöglich für etwas überfürsorglich. Doch die Leute wussten nicht, was er erfahren hatte: dass einem das, was man im Leben am meisten liebte, von einem Moment auf den anderen entrissen werden konnte.

Sein Handy klingelte. Erst wollte er nicht drangehen, doch es konnte Jonathan sein, also zog er sein Handy hervor und warf einen Blick auf das Display. Ursula. Während er Amanda im Auge behielt, beschloss er, das Gespräch anzunehmen.

«Hallo, du rufst mich an?»

«Ja, ist alles in Ordnung?»

Schon bei dieser kurzen Frage konnte er hören, wie müde Ursula war.

«Auf jeden Fall, ich habe gerade Amanda abgeholt, und wir sind auf dem Spielplatz. Wie läuft's bei euch?»

«Wir haben inzwischen ein neues Opfer», antwortete sie und versetzte ihn in Gedanken sofort an einen anderen Ort.

«Ja, das habe ich schon im Fernsehen gesehen ... Kein Durchbruch?»

«Noch nicht. Ich bin gerade in ihrer Wohnung.»

Sebastian blickte kurz zu der spielenden Amanda hinüber, die fröhlich winkte, und er spürte, dass er die richtige Entscheidung getroffen hatte. Diese Welt, aus der Ursula ihn gerade anrief, eine Welt der Finsternis, wirkte nicht mehr so verlockend wie früher.

«Wie geht es Vanja, ist alles in Ordnung?», fragte er. Er machte sich Sorgen um sie. Bei drei Opfern innerhalb einer Woche wusste er genau, unter welchen Druck sie sich setzte.

«Sie wurde wirklich ins kalte Wasser geworfen, aber ich finde, sie macht ihre Sache gut.»

«Pass bitte auf, dass sie sich nicht völlig auslaugt. Sie hat die Tendenz, immer die Beste sein zu wollen.»

«Von wem hat sie das nur?»

«Und das ist bloß eine meiner vielen guten Eigenschaften», sagte er in dem Versuch, scherzhaft seine Unruhe zu überspielen. Es gelang nur mäßig. «Du, es ist gerade ein bisschen ungünstig, wolltest Du etwas Bestimmtes?»

«Ich musste an Torkel denken. Der Jahrestag nähert sich, und ich wollte versuchen, nach Stockholm zu kommen, aber wenn ich es nicht schaffe ...»

«Nein», unterbrach Sebastian sie. «Ich habe nicht vor, dorthin zu gehen.»

Ursula antwortete nicht sofort, er konnte sich genau vorstellen, wie sie sich zusammenriss, um ihre Wut zu unterdrücken.

«Ich möchte nicht, dass er allein ist», sagte sie dann.

«Er hat Exfrauen, Töchter und anscheinend auch Leute, die ihn immer noch als Freund bezeichnen.»

«Du solltest einer von ihnen sein.»

«Ja, aber ich bin es nicht. Also versuch lieber, trotzdem herzukommen ...»

Amanda fiel drüben neben dem Klettergerüst auf die Nase und rappelte sich sofort wieder auf, doch Sebastian nahm es trotzdem zum Vorwand, das Gespräch schnell zu beenden.

Ursula war enttäuscht von ihm. Aber das würde vorbeigehen.

Von allen Frauen, die eine kleinere oder größere Rolle in Sebastians Leben gespielt hatten, war nur noch sie übrig. Sie verstand ihn gut genug, um es mit ihm auszuhalten. Oder war ihm ähnlich genug. Die große Liebe war es nicht, aber trotzdem war irgendetwas zwischen ihnen einzigartig, das musste er zugeben. Von ihren Mitmenschen wurde sie oft als barsch, ja sogar empathielos empfunden. Genau wie er. Aber unter der rauen Oberfläche verbarg sich bei ihr, im Gegensatz zu ihm, ein guter Mensch. Allein die Tatsache, dass sie mitten in einer schwierigen Ermittlung an Torkels Wohlergehen dachte, bewies das.

Wenn er dafür empfänglich gewesen wäre, sich zu schämen, hätte er es jetzt getan. Sollte er sich trotzdem melden? Sie waren immerhin gut befreundet gewesen. Torkel hatte ihn ertragen, Nachsicht mit ihm gehabt, ihm sogar geholfen. Doch das war lange her, und er konnte anderen gegenüber nicht eine solche Fürsorge aufbringen wie Ursula.

Hatte es nie gekonnt. Würde es nie können.

Neuer Mensch hin oder her. Alles hatte seine Grenzen.

Er lief zu Amanda und schlug vor, ein Eis essen zu gehen. Vanja hatte ihm verboten, seine Enkelin zu sehr zu verhätscheln, aber Vanja war in Karlshamn und hatte ganz andere Probleme.

Diese Gelegenheit galt es zu nutzen.

Nervös. Das sah ihr nicht ähnlich.

Die Kombination aus einem beinahe unerschütterlichen Selbstvertrauen und dem Willen, immer die Beste zu sein, hatte ihr in den vergangenen Jahren stets geholfen, ihre Nervosität in den Griff zu bekommen. Aber jetzt stand sie neben Krista Kyllönen und beobachtete, wie der Bürgermeister die Journalisten zu dieser anlässlich der tödlichen Schüsse hastig einberufenen Pressekonferenz begrüßte, und Vanja spürte das unbekannte Kribbeln im Bauch, das sie als Nervosität identifizierte.

«Was machen wir?», hatte Göransson zuvor gefragt, als Vanja ihm einen Stuhl im Büro anbot und sie beide den Kaffee abgelehnt hatten, den Sara ihnen bringen wollte.

«Was machen wir womit?», fragte Vanja und setzte sich auf die Schreibtischkante.

«Mit allem», entgegnete Göransson und breitete zur Veranschaulichung die Arme aus. «Verhängen wir eine Ausgangssperre, schließen wir die Schulen und Geschäfte und Büros, oder was machen wir?»

Vanja studierte ihn ein wenig eingehender. Er war sichtlich aufgewühlt, sie glaubte sogar, kleine Schweißperlen an seinem Haaransatz zu erkennen, aber es war schwer zu sagen, ob ihn tatsächlich die tödlichen Schüsse in Aufruhr versetzten. Vermutlich kannte er die Forderung der politischen Medien, in diesen Zeiten als starke Führungspersönlichkeit aufzutreten, und fürchtete sich vor den Konsequenzen, wenn er es nicht tat. Immerhin waren nächstes Jahr Wahlen.

«Das entscheiden nicht wir», antwortete Vanja ruhig.

«Aber Sie können doch sagen, was Ihrer Meinung nach am sinnvollsten ist?»

Vanja versuchte zu erkennen, ob er aus Sorge um die Bevölkerung fragte oder damit er jemandem die Schuld in die Schuhe schieben konnte, wenn die Maßnahmen scheiterten oder nicht den erwünschten Effekt hatten. Dank Krista hatten sie das uniformierte Personal auf den Straßen schon verstärkt, und auf dem Markplatz stand ein Polizeibus, zu dem die Bewohner mit ihren Fragen und Sorgen gehen konnten. Es war immer gut, sichtbar zu sein, auch wenn die Polizeipräsenz den Schützen vermutlich nicht abschreckte. Sie waren in der Mehrzahl, aber gleichzeitig konnten sie auch nicht überall sein.

Also, was hielt sie für die beste Maßnahme?

Eine Ausgangssperre wäre natürlich gut, denn wenn niemand draußen unterwegs war, konnte auch niemand erschossen werden, aber in der Praxis war das vermutlich nicht umsetzbar. Nicht einmal, als die Corona-Pandemie in Schweden ihren Höhepunkt erreicht hatte, war es gelungen, solche Beschränkungen einzuführen, sondern es hatte lediglich sogenannte Empfehlungen gegeben. Sich frei zu bewegen war ein Grundrecht, und Vanja nahm an, dass es keine kommunalen Bestimmungen gab, die das außer Kraft setzen konnten. Die Entscheidung, was in Karlshamn zu tun war, mussten von dem Mann vor ihr und seinen Kollegen im Rathaus getroffen werden. Sie konnte den Bürgermeister lediglich mit möglichst vielen Informationen versorgen.

Was leicht war.

Denn sie hatten keine. Sie wussten nichts.

«Derzeit haben wir keinerlei Anhaltspunkte und keine

Verdächtigen, und nichts deutet darauf hin, dass der Täter aufhören wird.»

«Gibt es denn Anzeichen dafür, dass er weitermachen wird?»

«Nein», antwortete Vanja und schüttelte den Kopf. «Bisher hat sich niemand zu der Tat bekannt oder weitere Morde angekündigt, aber unsere Erfahrung mit dieser Art von Verbrechen besagt, dass er sehr wahrscheinlich weitertöten wird.»

Sie sah Göransson an, dass er so etwas nicht gern hörte. Sie sagte es ja auch nicht gern. Nichts zu wissen, im Dunkeln zu tappen, Mutmaßungen anstellen zu müssen, zu hoffen. Das hasste sie.

«Und Sie haben keinen Zusammenhang entdeckt? Wenn die Ermordeten vollkommen zufällig ausgewählt wurden, könnte ja jeder Bürger der Stadt das potenzielle nächste Opfer sein.»

Vanja überlegte. Sollte sie ihre Gedanken enthüllen, die einzige Verbindung zwischen den Opfern, die tatsächlich bestand? Sie beschloss, es nicht zu tun. Das trug auch nicht zur Sicherheit der Bevölkerung bei, und es war nicht einmal gesagt, dass sie recht hatten.

«Nein, kein Motiv», entgegnete sie und schüttelte nachdenklich den Kopf. «Noch nicht, wir arbeiten daran.»

«Gibt es sonst etwas, das ich wissen sollte?»

«Leider nein. Ich wünschte, wir wären schon weiter, aber wir sind eben da, wo wir sind.»

Göransson schien sich damit zufriedenzugeben, schlug mit den Handflächen auf seine beige bekleideten Oberschenkel, um zu signalisieren, dass das Gespräch beendet war, und stand auf. Vanja erhob sich ebenfalls und begleitete ihn zur Tür. Kurz davor blieb Göransson stehen und drehte sich zu ihr um.

«Ich habe vor, eine Pressekonferenz einzuberufen», sagte er und nickte entschlossen, als wollte er sich selbst davon überzeugen, dass dies die richtige Entscheidung war.

«Warum das?»

«Damit unsere Bürger sehen, dass wir zusammenarbeiten, und erfahren, dass Sie hier sind und wir den Fall sehr ernst nehmen.»

«Bezweifelt das denn jemand?»

«Es wäre auch gut, wenn wir bestimmte Gerüchte dementieren könnten, die in den sozialen Medien kursieren. Sagen wir 18.00 Uhr?», fragte Göransson in einem Ton, der verriet, dass er keinen Widerspruch duldete.

«Ja, natürlich», antwortete Vanja, denn sie war sich bewusst, dass dies zu ihrem neuen Job dazugehörte und einmal immer das erste Mal sein musste.

Außerdem war es tatsächlich keine schlechte Idee.

Nach allem, was sie gelesen hatte und was die Kollegen, die sich draußen bewegten, berichteten, hatte sich die Stimmung in der Stadt seit dem dritten Mord merklich verändert. Jetzt konnte man sich unschwer vorstellen, dass eine weitere Tat folgen würde, vielleicht sogar mehrere. Der extrem kurze Abstand zwischen den tödlichen Attacken machte die Angst greifbarer, akuter. Im Unterschied zu dem sogenannten Lasermann und Peter Mangs, bei denen zwischen den Verbrechen in beiden Fällen mitunter Monate vergangen waren, hatte man bei diesem Heckenschützen das Gefühl, es könnte jeden zu jeder Zeit treffen. Sich zu zeigen, zu informieren, Fragen zu beantworten – auch wenn sie sie nicht beantworten konnten –, war gar nicht dumm.

Jetzt stand Vanja in jenem Raum im Erdgeschoss des Polizeihauses, den Krista ihnen zur Verfügung gestellt hatte. Mehrere Stühle waren in vier provisorischen Reihen aufgestellt worden, und es waren bereits mehr Leute gekommen, als Vanja erwartet hatte. Die Lokalpresse natürlich, doch auch die Boulevardpresse und die großen Tageszeitungen hatten Mitarbeiter geschickt, die vor Ort berichten sollten. Außerdem waren mindestens drei Kameras aufgebaut, und Mikrophone mit den Logos von SVT, SR, TV4 und TT standen auf dem Tisch, an dem sie selbst sitzen sollte. Sie blickte auf die Uhr an der Wand.

Torkel hatte die Pressekonferenzen immer am liebsten im Sitzen abgehalten, das fühlte sich natürlicher und entspannter an und erleichterte es einem, eine gewisse Ruhe und Sicherheit auszustrahlen, hatte er gesagt. Sie wollte zwar ihren eigenen Stil finden, die Reichsmordkommission zu leiten, aber in diesem Fall befand sie, dass es lohnte, Torkel zu kopieren.

Sie war nervös. Das sah ihr nicht ähnlich.

Die Uhr an der Wand sprang auf 18.06 Uhr, und Göransson stellte sie bereits vor. Es war deutlich, dass er den schwersten Teil ihr überlassen wollte. Warum sollte er ihn auch selbst übernehmen? Sie war diejenige, von der erwartet wurde, dass sie die Antworten hatte, den Fall lösen und den Albtraum beenden würde.

Vanja räusperte sich leise, während sie zu dem Tisch mit dem einzelnen Stuhl ging. Im Raum war es mucksmäuschenstill, als sie sich setzte. Sie räusperte sich erneut, wünschte, sie hätte um ein Glas Wasser gebeten, und blickte zu den versammelten Journalisten hinüber. Zwei glaubte sie wiederzuerkennen, war aber nicht sicher. Bisher hatte sie auf den Pressekonferenzen immer im Hintergrund gestanden, wenn sie überhaupt dabei gewesen war. Bis jetzt. Sie begann damit, sich und die Reichsmordkommission vorzustellen und zu erklären, dass sie nach dem zweiten Mord von den Kollegen in Karlshamn angefordert worden waren. Dann berichtete sie, was sie bisher wussten.

Dass es sich um einen Heckenschützen handelte, der eine Waffe mit Patronen des Kalibers 6,5 × 55 mm verwendete. Vermutlich also ein herkömmliches Jagdgewehr.

Um keinen Rekord für die kürzeste Pressekonferenz aller Zeiten aufzustellen, nannte sie anschließend alle Adressen der Tatorte, die Tatzeitpunkte, wann sie alarmiert worden und wann vor Ort gewesen waren und was sie dort vorgefunden hatten. Ihren Vortrag schloss sie mit der Feststellung, dass die Verschwörungstheorien und Spekulationen in den sozialen Medien genau das waren: Verschwörungstheorien und Spekulationen.

Für diesen Durchgang brauchte sie zehn Minuten, während sie fieberhaft überlegte, wie sie ihn noch verlängern konnte, doch vergebens, weshalb sie anschließend dazu einlud, Fragen zu stellen. Die Hände schnellten in die Luft, und Vanja deutete auf eine Frau, die wohl einige Jahre jünger war als sie selbst und ganz hinten saß. Sie trug ein weißes T-Shirt mit irgendeinem Aufdruck und hatte ihr Haar mit einem Kopftuch bedeckt.

«Nazrin Heidari vom *Expressen*. Ich frage mich, ob Leute, die vor Gericht freigesprochen wurden oder gegen die es eine Voruntersuchung gab, die eingestellt wurde, besonders gefährdet sind?»

«Warum sollten sie das sein?», entgegnete Vanja, noch immer lächelnd, aber sie hörte selbst, dass ihre Stimme ein wenig defensiv klang.

«Alle drei Ermordeten verbindet doch wohl genau das.»

Vanja antwortete nicht direkt. Sie spürte, wie die Frustration in ihr aufstieg. Jemand hatte etwas durchgesteckt. Das passierte in der Reichsmordkommission nicht. Es musste einer der lokalen Kollegen gewesen sein. Entweder dies, oder Nazrin war eine sehr gute, ehrgeizige Journalistin. Was auch immer zutraf, der Umstand war verdammt ärgerlich.

«Ich kann derzeit leider nicht darauf eingehen, welche möglichen Verbindungen es zwischen den Opfern gibt.»

«Aber alle drei Ermordeten wurden doch verschiedener Straftaten verdächtigt.» Diesmal formulierte sie nicht einmal eine Frage und fixierte Vanja herausfordernd. Bestätige es oder lüge. Torkels Worte tauchten in ihrem Hinterkopf auf. Halte Informationen zurück, weiche Fragen aus und rede dich heraus, aber gib ihnen nie die Genugtuung, dich bei einer Lüge ertappt zu haben.

«Sie sind in verschiedenen Ermittlungen aufgetaucht, ja», räumte Vanja ein.

«Und wurden freigesprochen.»

«Ja», antwortete Vanja nur knapp. Sie sah, wie die wenigen Journalisten, die noch mit Stift und Papier arbeiteten, eifrig mitschrieben. Davon abgesehen war es still im Raum, alle saßen gespannt da und wollten kein einziges Wort verpassen. Diejenigen, die filmten, prüften ihre Geräte, ob sie auch wirklich alles aufnahmen.

«Also könnte es ein Fall von Selbstjustiz sein?», fuhr Nazrin fort.

«Das ist natürlich möglich», sagte Vanja mit einem Achselzucken, das ihre Antwort undramatisch wirken lassen sollte. «Aber wir arbeiten in alle Richtungen und gehen verschiedenen Ansätzen nach.»

«Und welche sind das?»

«Darauf kann ich aus ermittlungstaktischen Gründen nicht eingehen.» Vanja biss sich auf die Zunge. «Aus ermittlungstaktischen Gründen» war ein Ausdruck, den sie eigentlich meiden wollte. Häufig traf er zu, aber manchmal – so wie jetzt – war es nur eine verhüllende Phrase dafür, dass sie keine Spur hatten und nichts wussten.

«Wenn es andere denkbare Motive gibt, wäre es dann nicht gut, darüber zu sprechen, damit die Leute es erfahren und ihnen die Angst und Sorge genommen wird?»

«Ich kann aus ermittlungstaktischen Gründen nicht darauf eingehen.»

«Aber sehen Sie denn einen Zusammenhang zwischen den Opfern, oder wurden sie zufällig ausgewählt?»

«Darüber möchte ich nicht spekulieren.»

«Darüber brauchen Sie ja auch nicht zu spekulieren. Sie werden doch wohl wissen, ob Sie bei Ihrer Arbeit von einem Zusammenhang ausgehen oder nicht.»

Vanja spürte, wie ihr das letzte bisschen Kontrolle und Eigeninitiative entglitt. Sie schaffte es nicht, darüber nachzudenken, welche und wie viele Informationen sie preisgeben konnte, und landete stattdessen in der Defensive, gab nur noch Floskeln von sich und Antworten, die keine waren.

«Ja, aber darauf werde ich hier nicht eingehen.»

«Aus ermittlungstaktischen Gründen», murmelte jemand vernehmbar.

Sie sah, wie die anderen Journalisten grinsten, weiter hinten waren vereinzelte gedämpfte Lacher zu hören. Diesen Satz würde sie nie wieder sagen. Diesen einfachen Fehler würde sie nicht wiederholen, sie hatte schon zu viele Fehler gemacht. Die Situation ließ sich unmöglich retten. Nun würde sich die Theorie von der Selbstjustiz weiterverbreiten und zu einer Wahrheit werden. Aufgrund ihrer eigenen Ungeschicklichkeit.

«Danke, dass Sie gekommen sind, wir werden Sie kontinuierlich informieren», sagte sie, um die Situation zu beenden, schob den Stuhl zurück und stand auf. Eine Flut von Fragen begleitete sie auf dem Weg hinaus.

Jetzt stand sie neben dem verglasten Empfang und sah, wie sich der Saal nach und nach leerte. Die Idee war ihr gekommen, kaum dass sie den Raum verlassen hatte: Sie musste doch umgekehrt auch Fragen stellen dürfen. Es war ganz und gar nicht sicher, dass sie eine Antwort bekäme, aber wenn es kein Leck bei der Polizei gab, war die Reporterin vom *Expressen* gut darin, Details auszugraben und Zusammenhänge herzustellen. Also konnte es nicht schaden, sie zu fragen, beschloss Vanja, trat einen Schritt vor und winkte der Frau zu, als die durch die schönen Teakholz-Türen trat.

«Darf ich Sie eine Sache fragen?», sagte Vanja und bedeutete ihr mit einer Geste, dass sie sich ein paar Schritte entfernen wollte, um nicht mehr im Mittelpunkt zu stehen. «Nazrim, richtig?»

«Nazrin, mit n am Ende, nicht m.»

«Ach ja, Nazrin, Entschuldigung.» Für einen Moment dachte Vanja, dass der Name wie ein Nasenspray klang und dieser Gedanke rassistisch war. Nichtsdestotrotz klang er wie ein Nasenspray.

«Was wissen Sie über Angelica Carlsson?», fragte sie. Es gab keinen Grund, nicht sofort auf den Punkt zu kommen.

«Was genau meinen Sie?»

Vanja hatte sich noch keine genaue Taktik für das Gespräch zurechtlegen können, deshalb entschied sie sich für die Wahrheit, zumindest anfangs.

«Wir wissen, dass sie zweimal wegen Betrugs angezeigt wurde. Kennen Sie einen oder mehrere Betrogene?»

Nazrin legte den Kopf ein wenig schräg und musterte sie

genau. Vanja glaubte zu erkennen, wie sie überlegte, welchen Vorteil sie durch eine Antwort erringen konnte.

«Wenn es so wäre, was ist Ihnen diese Information wert?», fragte sie dann auch tatsächlich.

«Was soll das heißen, wert?», fragte Vanja und tat vollkommen ahnungslos. Sie konnte genauso gut herausfinden, wie ihre Gegnerin dachte. Torkel hatte immer darauf bestanden, die dritte Staatsmacht nicht als Gegner oder Feind zu betrachten, aber Torkel hatte nicht immer richtiggelegen.

«Eine Abmachung», schlug Nazrin vor. «Ich gebe Ihnen die Namen derjenigen, von denen ich weiß, dass Angelica sie um Geld betrogen hat, und Sie geben mir das exklusive Recht auf gewisse Informationen über den Fall.»

«Also gibt es noch mehr Namen?»

«Als zwei? Ja.»

Vanja schwieg, sie überlegte erneut. Was würde es bedeuten, wenn sie eine Absprache mit dieser Frau traf? Wie würde es ihre Beziehung zu den übrigen Pressevertretern beeinflussen? War das überhaupt legal? Sie wusste viel zu wenig über solche Formalien. Beherrschte dieses Spiel nicht, nicht so wie Torkel. Sie wusste, dass er eine gute Beziehung zum früheren Kriminalreporter des *Expressen* gehabt hatte, Axel Weber. Der von dem Täter in Uppsala ermordet worden war. Torkel hatte aufrichtig um ihn getrauert und war auf seiner Beerdigung gewesen.

Zu viele Beerdigungen für ihn.

Vanja wusste, dass er in einzelnen Fällen Informationen mit Weber ausgetauscht hatte, in dem Maße, wie der Reporter sie hatte weitergeben können, ohne den Quellenschutz zu verletzen. Aber auf einem solchen Niveau?

Eine regelrechte Vereinbarung.

Das kam ihr nicht richtig vor. Nicht jetzt.

Außerdem – wenn Nazrin weitere Betrugsopfer von Angelica ausfindig machen konnte, wäre es doch wohl gelacht, wenn das Team der Reichsmordkommission mit allen verfügbaren Ressourcen nicht dasselbe schaffte.

«Ich kann Ihnen kein alleiniges Anrecht auf Informationen versprechen», machte sie deutlich.

«Na dann viel Glück. Melden Sie sich, wenn Sie Ihre Meinung ändern.»

Mit diesen Worten ging Nazrin Heidari. Vanja widerstand dem Impuls, ihr nachzurufen, damit sie umkehrte. Was sollte das nutzen? Vanja konnte sie nicht zwingen, ihnen die Namen zu geben, und sie wollte sich nicht auf einen Handel mit ihr einlassen. Also ging sie hinter dem Empfang entlang und steuerte auf die Treppe und ihr Büro im ersten Stock zu, hielt jedoch inne, als sie sah, wer ein paar Schritte weiter oben stand und auf sie wartete. Herman Göransson. Man brauchte kein Experte in Sachen Körpersprache zu sein, um zu erkennen, dass er aufgebracht war.

«Sie haben zu mir gesagt, Sie hätten kein Tatmotiv», sagte er gereizt, als sie auf ihn zukam.

«Wir wissen nicht, ob das Motiv Rache ist.»

«Es könnte aber sein.»

«Könnte, ja.»

«Ich hätte es zu schätzen gewusst, das vorher zu erfahren.»

«Warum?» Vanja spürte, wie etwas in ihr losbrach und die leise innere Stimme, die ihr sagte, dass sie sich zusammenreißen sollte, in einer aufsteigenden Welle der Enttäuschung und des Frusts unterging. «Was wollen Sie machen? Wollen Sie alle, die je Gegenstand einer polizeilichen Ermittlung waren oder vor Gericht freigesprochen wurden, dazu auffordern, doch lieber zu Hause zu bleiben? Ist das Ihr

Plan? Was passiert, wenn das nächste Opfer *nicht* in diese Kategorie fällt? Wenn Sie an die Öffentlichkeit gehen und behaupten würden, nur diese Menschen wären einem Risiko ausgesetzt, und kurz darauf wird irgendeine Nonne erschossen. Dann hätten Sie gelogen. Und das ist für Politiker nie vorteilhaft, oder? Vielleicht habe ich Ihnen also sogar einen Gefallen getan. Bitte sehr. Gern geschehen.»

Sie stieg weiter die Treppe hoch, blieb jedoch nach zwei Schritten stehen und drehte sich um.

«Und noch etwas. Ich entscheide, welche Informationen wir an Personen außerhalb des Ermittlerteams weitergeben, und es geht mir ehrlich gesagt sonst wo vorbei, was Sie zu ‹schätzen› wissen und was nicht.»

Sie wartete nicht auf die Reaktion des Kommunalpolitikers, sondern setzte mit schnellen Schritten ihren Weg in den ersten Stock fort. Während sie vor sich hinfluchte, spürte sie, wie die Tränen hinter ihren Augenlidern brannten, schluckte jedoch und hielt sie zurück. Der Abend war so schon schlimm genug gewesen. Sie stampfte ins Büro, und Carlos blickte von seinem Bildschirm auf.

«Wie lief's?»

Vanja warf ihm einen Blick zu, der ihn effektiv zum Verstummen brachte, ging weiter zu ihrem Schreibtisch und griff nach ihrem Handy.

Drei verpasste Anrufe. Alle von Jonathan.

Sie blickte auf die Uhr. Amanda war jetzt im Bett. Sie hatte es versäumt, mit ihr über Facetime zu sprechen. Schon wieder. Zu ihrer Wut und Enttäuschung gesellte sich jetzt auch noch das schlechte Gewissen. Aber sie würde Jonathan später anrufen und sich erkundigen, wie Amandas Tag gewesen war. Sich über das Leben ihrer Tochter auf dem Laufenden halten, das war ihr so wichtig, doch sie wollte damit noch ein wenig warten. Aus Angst, dass sie in Tränen ausbrechen würde, wenn sie jetzt Jonathan sehen und über Amanda sprechen würde.

Sie ging in den Flur hinaus und auf die Toilette. Pinkelte, wusch sich die Hände und betrachtete sich im Spiegel. Jetzt reichte es aber. Sie hatte den Job, den sie immer gewollt hatte, das beste Ermittlerteam in ganz Schweden arbeitete für sie, und sie hatte einen Freund, der nicht viel Aufhebens darum machte, dass er hin und wieder mehr Verantwortung für ihre kleine Familie übernehmen musste. Ihre erste Pressekonferenz war also ein Desaster gewesen. Na und? Es wurde Zeit, sich nicht länger selbst zu bemitleiden, sondern mit der Arbeit anzufangen.

Als sie zurückkam, stand Ursula an ihrem Tisch und hängte ihre Jacke auf. Vanja ging zu ihr.

«Hallo! Warst du bis jetzt in der Wohnung?»

«Nein, ich bin noch kurz bei den Kollegen vorbeigefahren, die oben in der Fogdelyckliggatan oder wie auch immer die Straße nun heißt, die Anwohner befragen.»

«Und was haben sie berichtet?»

«Nichts, was darauf hindeutet, dass der Schuss aus Richtung der Häuser an dieser Kreuzung kam.»

Vanja trat zu der Karte über Karlshamn, die an der Wand hing, suchte die Kreuzung Kungsgatan und Södra Fogdelyckegatan und markierte die dortigen Häuser mit einem Kreuz.

«Und die beiden?», fragte sie und zeigte auf die zwei niedrigen Häuser auf der Kungsgatan unterhalb des Glockenturms.

«Möglich, soweit ich weiß, war noch niemand dort, aber die Position der Leiche und die Blutspritzer deuten darauf hin, dass der Schuss von rechts kam.»

«Aber von wo?», fragte Vanja und drehte sich wieder zu der Karte um, als könnte sie die Antwort dort finden. «Saß dieser Dreckskerl etwa in dem Park da? Das klingt vollkommen unwahrscheinlich, bei Tageslicht.»

«In einem Auto vielleicht?»

«Kein Zeuge hat etwas von einem Auto gesagt, das anschließend von dort weggefahren wäre.»

Vanja holte tief Luft und atmete geräuschvoll aus. Wenn sie es sich erlaubte, in sich hineinzuhorchen, merkte sie, wie müde sie war, aber der Tag war noch lange nicht zu Ende, also erlaubte sie es sich auch nicht. Kaffee würde zweifellos dabei helfen, die Konzentration zu behalten.

«Möchtest du Kaffee?», fragte sie Ursula und ging zur Tür.

«Ja, warum nicht.»

«Komm doch mit, dann können wir währenddessen reden.»

Sie verließen gemeinsam das Büro, gingen in den Flur und bogen in Richtung der Küche ab, die rechter Hand am Ende des Gebäudes lag.

«Wie war es in der Wohnung?»

«Es war eine kleine Einzimmerwohnung.» Ursula zuckte mit den Schultern, als gäbe es nicht viel mehr zu erzählen. «Sie hatte sie seit November gemietet. Nicht viel mehr als ihre Kleidung und ihre Kosmetik.»

«Sie ist schon zweimal wegen Heiratsschwindel angezeigt worden», erklärte Vanja, als sie die kleine Personalküche betraten und zum Kaffeeautomaten gingen.

«Oh, verdammt», sagte Ursula. Vanja verstand, dass sie sofort dieselbe Verbindung gezogen hatte wie sie selbst. Wer aus Gründen der Selbstjustiz mordete, würde erneut zuschlagen. Sie stellte eine Tasse unter den Auslauf und wählte per Knopfdruck einen doppelten Espresso.

«Ich habe gehört, dass du eine Pressekonferenz abgehalten hast», bemerkte Ursula und stützte sich auf die Arbeitsplatte, während die Maschine brummend die Bohnen mahlte.

«Hast du auch gehört, wie es lief?»

«Ich habe gehört, dass es vielleicht besser hätte laufen können.»

Vanja schenkte ihr ein freudloses kurzes Lächeln. Besser hätte laufen können war die Untertreibung des Jahres. Erneut meldete sich die Enttäuschung und bedrückte sie. Anscheinend war es doch nicht so leicht, ihr eigenes Scheitern zu verdrängen, wie sie gehofft hatte.

«Ich bin wirklich nicht für diesen Job geeignet», hörte sie sich in einem völlig untypischen Anfall von Selbstzweifel ausstoßen. Doch es waren nur sie und Ursula in der Küche. Was sie auch sagte, was sie auch tat, würde niemals nach außen dringen.

«Das ist nicht wahr, und das weißt du auch», antwortete Ursula sachlich.

«Na gut, aber Torkel war besser.»

«Er hatte diese Stelle zwanzig Jahre lang, alles andere wäre ja wohl schlimm gewesen ...»

Vanja lächelte sie an, nahm ihre Tasse, stellte eine neue für Ursula hin und trat einen Schritt zur Seite. Ursula entschied sich für einen Cappuccino und drehte sich zu Vanja um, während die Maschine ihre Arbeit erledigte.

«Du kannst nicht immer gewinnen, und das ist Torkel auch nicht gelungen. Er war nur gut darin, seine Niederlagen zu verbergen.»

Vanja hörte, dass sich ein kleiner Schatten von Trauer in Ursulas Stimme geschlichen hatte, wie immer, wenn sie von Torkel sprach.

«Hast du in letzter Zeit mit ihm gesprochen? Wie geht es ihm?»

«Das ist schon ein paar Wochen her. Wenn es mir die Arbeit hier erlaubt, möchte ich am Wochenende hochfahren. Es ist der Jahrestag.»

Ein Jahr.
365 unendlich lange Tage.

Torkel erinnerte sich nicht an alle, bei weitem nicht, die Tage verschwammen, es gab kürzere und längere Phasen, vor allem direkt nach Silvester, die ihm allenfalls diffus im Gedächtnis blieben. Mitunter waren ganze Wochen nur ein einziges schwarzes Loch.

Wie sein Leben.

Was für ein beschissenes Jahr das gewesen war.

In vielerlei Hinsicht. In jeder Hinsicht. Für alle.

Aber was half ihm das? Kein bisschen. Sein Leid und seine Trauer wurden nicht weniger, nur weil andere es auch schwer hatten. Manchmal war seine Sehnsucht so groß, dass sie ihm körperliche Schmerzen bereitete. Aber er wusste, wie er den Schmerz betäuben konnte.

Er war schon einmal an diesem Punkt gewesen. Nach der Untreue und der schmutzigen Scheidung. Die dunkle, gemeine Stimme von vor vielen, vielen Jahren. Doch damals hatte er sein Team um sich gehabt und Freunde, die dafür gesorgt hatten, dass er alles überstand. Die seine Fehler korrigiert, ihn gedeckt und unterstützt und dafür gesorgt hatten, dass er wieder auf die Beine kam.

Jetzt gab es niemanden.

Jetzt hatte er nichts.

Er, der für einen kurzen Moment alles gehabt hatte. Er hatte Lise-Lotte gehabt. Eine alte Liebe. Sie waren zwei Jahre lang zusammen gewesen, als sie beide aufs Gymnasium gegangen waren. Dann hatte er seinen Wehrdienst abgeleistet, und sie hatte ein Studium in Linköping begonnen, da war die Distanz dann zu groß gewesen. Damals hatte sie mit ihm Schluss gemacht. Er war verzweifelt gewesen, wütend und enttäuscht. Aber er war jung. Er kam darüber hinweg. Das Leben ging weiter. Neue Beziehungen, Ehen, Scheidungen.

Dann waren sie sich erneut begegnet.

Er hatte seit vielen Jahren nicht mehr an sie gedacht, als sie wieder in seinem Leben auftauchte. In Ulricehamn. Bei den Ermittlungen in dem Fall, der von der Presse «Doku-soap-Morde» getauft worden war. Wie lange war das jetzt her? Etwas mehr als drei Jahre. Ja, im Juni wären es vier geworden.

Sie war schon nach wenigen Monaten in seine Stadt und in seine Wohnung gezogen. Im Jahr darauf hatten sie eine kleine Sommerhochzeit abgehalten. Ein knappes Jahr nachdem sie sich zum ersten Mal wiedergesehen hatten. Alles war schnell gegangen. Weil es richtig gewesen war. Daran gab es keinen Zweifel.

Er hatte sich in sein neues Leben gestürzt und sich völlig davon vereinnahmen lassen. Ihm war klar gewesen, was für ein Glückspilz er war, denn nicht viele Menschen bekamen so spät im Leben noch eine neue Chance. Viele bekamen gar keine. Er hatte die Hoffnung schon aufgegeben, sich noch einmal zu verlieben. Wieder zu lieben. Geliebt zu werden. Er hatte zwei gescheiterte Ehen hinter sich und eine wechselhafte Beziehung mit Ursula. Wobei er in sie verliebt gewesen war. Verliebt, ja, aber hatte er sie geliebt? Das hatte keine Bedeutung. Was auch immer zutraf, sie hatte die Liebe nie erwidert. Jetzt war sie mit Sebastian zusammen. Ausgerechnet. Aber auch das hatte keine Bedeutung. Nichts hatte mehr eine Bedeutung. Er hatte Lise-Lotte geliebt. Er war glücklich gewesen. Richtig glücklich. Zum ersten Mal seit langem.

Er schenkte sich Whisky nach, stand auf und ging auf etwas wackeligen Beinen zum Fenster, um hinauszusehen. Frühling. Es war ein schöner Tag in Stockholm gewesen. Die strahlende Sonne hatte ihren Weg durch die ungeputzten Scheiben gefunden. Ob es ihr gelungen war, die Luft zu wärmen, ob es ein richtig warmer Frühlingstag gewesen war, wusste er jedoch nicht. Er war nicht draußen gewesen. Nicht heute, nicht gestern. Das letzte Mal hatte er das Haus vor einigen Tagen widerstrebend verlassen, um seine Vorräte aufzufüllen.

Supermarkt und Systembolaget. Ein paar Lebensmittel, eine Menge Hochprozentiges.

Er kippte den Inhalt des Glases hinunter, ging wieder zum Tisch und füllte es aufs Neue. Dann warf er einen Blick auf den Bildschirm. Die Anzeige, die er bei der Staatlichen Aufsichtsbehörde für Pflege und Gesundheit einreichen wollte. Fast fertig. Aber er würde sie nicht heute abschließen. Und auf keinen Fall abschicken. Er sollte sie wirklich erst noch einmal durchlesen. In nüchternem Zustand. Das Problem war nur, dass er nie nüchtern war, nicht einmal, wenn er morgens aufwachte.

Allein in seinem Bett. Oder auf dem Sofa.

Manchmal auch auf dem Boden.

Aber er war gezwungen, das Dokument loszuschicken. Der Jahrestag näherte sich. Ganz insgeheim befürchtete er, dass er sich dann zu Tode saufen würde.

Mit dem Glas in der Hand setzte er seinen Weg ins Wohnzimmer fort. Der Fernseher lief. Wie immer, rund um die Uhr. Tagsüber gab das Gerät mitunter eine Illusion von Gesellschaft, und er schlief oft davor ein. Wenn es ihm ein seltenes Mal gelang, bis ins Bett zu kommen, war er zu betrunken, um den Apparat abzuschalten. Torkel setzte sich auf das Sofa, leerte das halbe Glas in einem Zug, lehnte sich zurück und schloss die Augen.

Heute war ein besonders harter Tag gewesen.

Die Vergangenheit hatte ihn eingeholt. So viele Erinnerungen. Er hatte endlich beschlossen, diese Anzeige in die Wege zu leiten. Die Aufsichtsbehörde. Ja, diese Leute sollten beaufsichtigt werden. Untersucht. Bestraft. Für das, was sie getan hatten. Oder besser gesagt: nicht getan hatten.

Sie war krank geworden. Im Frühjahr. Im letzten Frühjahr. Als viele Menschen krank wurden und noch viel mehr Menschen Angst davor hatten, sich anzustecken. Als alle zwei neue Wörter lernten.

Coronavirus und Covid-19.

Eine Pandemie, und Lise-Lotte wurde krank.

Fieber und Atemnot. Müdigkeit und Schwäche. Magenschmerzen. Doch sie hätte kein Covid, hieß es. Das hatte man per Schnelltest diagnostiziert, und als das Ergebnis negativ ausfiel, wurde ihre Priorität herabgestuft. Wie sich herausstellte, war die Gesellschaft schlecht auf eine Pandemie vorbereitet. Schlechter, als alle geglaubt und erwartet hatten. Die Krankenhäuser waren vollkommen überlastet. Man sollte es möglichst vermeiden, dort hinzukommen. Später hatte er erfahren, dass man die Infektion entdeckt hätte, wenn ein PCR-Test durchgeführt worden wäre, und dann wäre sie rechtzeitig und entsprechend behandelt worden und hätte überlebt. So war sie erst auf die völlig überlastete Intensivstation gekommen, als es schon zu spät war.

Torkel hatte ein drittes neues Wort gelernt. Sepsis.

Nicht genug damit, dass die Anzeige ihn dazu gezwungen hatte, wieder über Ereignisse nachzudenken, die er vergessen wollte. Zudem hatte sich der andere Teil seines alten Lebens ebenfalls in Erinnerung gebracht. Im Hintergrundrauschen all der Fernsehsendungen, denen er eigentlich gar keine Aufmerksamkeit widmete, hatte er eine Stimme gehört, die er wiedererkannte. Vanjas Stimme. Von einer Pressekonferenz irgendwo in Blekinge. Er hatte den Ton lauter gestellt und versucht, sich zu konzentrieren. Selbst durch seinen Alkoholnebel hindurch konnte Torkel sehen, dass es schlecht für sie lief. Um nicht zu sagen katastrophal. Für einen kurzen Moment erwartete er beinahe von sich, eine gewisse Schadenfreude zu verspüren, aber er spürte gar nichts.

Gut, dann tat der Whisky immerhin teilweise seine Wirkung. Die Nachrichtensendung ging mit einer Live-Schaltung aus einer menschenleeren Straße weiter, und Torkel verlor das Interesse. Nur ein kurzer Beitrag, der ihn allerdings daran erinnerte, dass er seinen Job los war. Den hatte Vanja ihm weggenommen. Nein, das war ungerecht. Nicht weggenommen. Sie hatte ihn bekommen. Nach dem Zwischenfall am Amtsgericht. Er hatte seinen Job geliebt. Sogar den Bereich, mit dem Vanja augenscheinlich noch zu kämpfen hatte. Er hatte Axel Weber gemocht, wie ihm jetzt aufging. Meine Güte, wie lange hatte er nicht mehr an Weber gedacht ... seit der Beerdigung.

Weber war auch gestorben. Alle starben.

Nachdem er den letzten Rest ausgetrunken hatte, kam er mühsam auf die Beine und wankte in die Küche. Dort sah er sich um, während er das Glas erneut füllte. Es war schon eine Weile her, seit er gespült, geputzt und in der Wohnung geräumt hatte. Er hatte genug anderes zu tun. Seine Tage bestanden zu gleichen Teilen aus Selbstmitleid und Selbsthass. Keines dieser Gefühle wusste er besonders zu schätzen, aber in einer Stunde würde er zu betrunken sein, um überhaupt noch irgendetwas zu fühlen. Und dann würde er in die Dunkelheit des Vergessens abgleiten, nach der er sich in jedem wachen Moment sehnte.

Der Abend war zur Nacht geworden und würde bald enden. Besonders viele waren nicht mehr da. Wenn sie ehrlich zu sich war, hatte Julia keine Ahnung, warum sie selbst nicht schon längst gegangen war. Oder doch, sie wusste es. Sie saß lieber in einer Ecke und sah zu, wie sich betrunkene Menschen einbildeten, sie hätten Spaß miteinander, als «nach Hause» in die Wohnung zu gehen, wo ihr Stiefvater – oder besser gesagt, der Mann, der ihre Mutter geheiratet hatte, denn sie weigerte sich, ihn als Vaterfigur anzusehen – mit irgendeinem seiner vielen aussichtslosen Projekte am Küchentisch saß. Ihre Mutter suchte sich immer Verlierer aus. Immerhin war dieser nicht gewalttätig.

Macke war mit Janet auf der Tanzfläche, und obwohl die schon ziemlich leer war, gelang es ihm, mehrere andere Leute anzurempeln, die seinen verschwitzten Armen auswichen, so gut es ging. Keiner beschwerte sich oder fragte ihn, was zum Teufel das sollte.

Der König der 9B.

Der Discjockey tat sein Bestes, damit sich alle noch einmal wie sechzehn fühlten. Hoffmaestro, Taio Cruz, Duck Sauce. Die perfekte Musik zu einer echten Scheißveranstaltung. Julia ließ sogar einen Remix von Mr. Saxobeat über sich ergehen, doch als der DJ beschloss, sanftere Töne anzuschlagen und Chris Medina aufzulegen, hielt sie es nicht mehr aus.

Sie leerte den zweiten Gin Tonic des Abends, verließ den Saal und ging wieder auf die Terrasse, wo die Luft auf ihren nackten Armen nicht mehr erfrischend oder abkühlend war. Sie war kalt. Julia entfernte sich so weit wie möglich von der Tür, bis «What Are Words» kaum noch zu hören war, ehe sie ihre Zigaretten hervorholte und sich eine ansteckte. Die wollte sie rauchen und vielleicht noch eine und dann nach Hause gehen. Das Fest verlassen, ein paar Stunden schlafen und Karlshamn danach so schnell wie möglich wieder entfliehen. Wobei sie versprochen hatte, sich mit Rasmus zu treffen. Okay, sie würde ihn treffen und Karlshamn dann so schnell wie möglich wieder verlassen.

Ein Kichern machte sie darauf aufmerksam, dass sie nicht länger allein auf der Terrasse war. Janet war herausgekommen und direkt hinter ihr Macke.

Sie blieben am Holzgeländer stehen, und Janet lehnte sich mit dem Rücken dagegen. Macke stellte sich neben sie und blickte hinab auf die dunkle Hintergasse und die Laderampe. Julia stand am anderen Ende, das Licht aus dem Festsaal erreichte sie kaum, aber sie zog sich dennoch so weit wie möglich zurück, weil sie auf keinen Fall gesehen werden wollte. Dass Macke sie bemerken würde, schien unwahrscheinlich. Er hatte nur Augen für Janet.

«Du bist so verdammt hübsch», hörte Julia ihn lallen. «Schon immer gewesen.»

«Danke.»

«Hast du dir die Brüste machen lassen?»

Janet sah ihn fragend an und warf einen schnellen Blick in ihren Ausschnitt, als wollte sie prüfen, wie er auf diese Idee gekommen war.

«Nein ...»

Er verließ seinen Platz am Geländer und stellte sich vor sie. Direkt vor sie. Janet lächelte etwas unsicher und versuchte, ihm zu entschlüpfen. Eine Bewegung, deren Bedeutung ein netterer und weniger betrunkener Mensch als Macke vermutlich richtig gedeutet hätte. Er hingegen presste seinen Körper gegen den ihren, damit sie keinen neuen Versuch unternahm, ihm zu entkommen. Julia stockte der Atem, sie wusste, wie es war, diesen schweren Körper so nah an sich zu fühlen, gegen sich gepresst. Wusste, wie klein man sich vorkam. Wie hilflos. Jetzt sah sie, wie Macke mit einer Hand Janets Kinn packte und ihr einen schnellen feuchten Kuss auf den Mund drückte.

«Das war doch wohl nicht schlimm?», fragte er mit einem betrunkenen Lachen.

«Macke ...», protestierte Janet schwach.

«Das war doch wohl nicht schlimm», wiederholte Macke und presste seine Lippen erneut auf die ihren. Selbst in dem dämmrigen Licht, das aus dem Hotel hinausdrang, konnte Julia sehen, wie er versuchte, die Zunge in Janets Mund zu pressen. Offenbar verlieh der Ekel Janet mehr Kraft, oder Macke war zu betrunken, denn es gelang ihr, ihn wegzustoßen.

«Ich habe einen Freund.»

«Aber der ist doch nicht hier?»

«Hör jetzt auf.»

«Komm schon, wir feiern eine Party, keiner muss was erfahren.»

«Ich will nicht.»

«Komm schon ...» Er packte sie am Handgelenk und versuchte, ihre Hand zu seinem Schritt zu führen.

«Ich will nicht! Kapier's doch endlich!»

Janet zog die Hand zurück und schubste ihn von sich. Doch Macke packte ihr Handgelenk sofort wieder, diesmal brutaler.

«Was zum Teufel hast du denn dann dadrinnen gemacht?» Jetzt klang seine Stimme wütend, und die kalten blauen Augen funkelten bestimmt ebenso, vermutete Julia und versuchte, sich in der Dunkelheit noch kleiner zu machen. Sie wollte einschreiten und sich zugleich verstecken. Sie hatte das Gefühl, dass sie nichts bewirken konnte, und sie wagte es auch nicht, weil sie nicht zur Zielscheibe eines aggressiven und betrunkenen Macke werden wollte. Das war schon einmal passiert, und damals war er nicht einmal wütend gewesen ...

«Ich habe getanzt», sagte Janet verächtlich.

«Klar, du hast getanzt, aber *wie* hast du getanzt?», fauchte Macke und versuchte erneut, ihre Hand zwischen seine Beine zu schieben. Julia sah, wie Janet tief Luft holte und zuließ, dass er ihre Hand in seinem Schritt platzierte, während sie sich vorbeugte, als wollte sie ihn sogar küssen. Er war vollkommen überrumpelt, als sie die Hand wegzog und ihm schnell und brutal das Knie zwischen die Beine rammte. Er schrie auf, und Janet wich zur Seite und schlüpfte an ihm vorbei. Ohne sich umzudrehen, eilte sie zurück in den Saal.

Zum Licht, zur Musik und in Sicherheit.

Julia blieb stehen und wagte es kaum zu atmen, als sie sah, wie Macke das Geländer umklammerte, wobei er Schimpfwörter, Obszönitäten und Drohungen murmelte, ehe er den Rücken streckte und ein paar prüfende, breitbeinige Schritte machte. In ihre Richtung. Dann fasste er sich in den Schritt und stöhnte vor Schmerz auf, bevor er sich erneut aufrichtete und stehen blieb.

«Der Gummitroll!»

Grinsend näherte er sich. Julia blickte zu Boden und unternahm einen Versuch, an der Hauswand entlang an ihm vorbeizukommen, aber er blockierte ihr rasch den Weg.

«Wo willst du hin?»

Sie antwortete nicht. Schweigen würde ihn vielleicht weniger provozieren als Worte. Sie wich zur Seite, aber nicht schnell genug. Wieder versperrte er ihr den Weg. Trat vor und zwang sie rückwärts. Zurück in die Dunkelheit.

«Hey, warte, wir können doch ein bisschen plaudern ... Wir mochten uns doch ...»

Nein, du hast mich vergewaltigt, wollte sie schreien, aber ihr Gehirn brachte keinen Satz zustande. Als sie den Mund öffnete, kam nur ein hilfloser, heiserer Schrei heraus, den er sofort erstickte, indem er seine Hand so brutal auf ihren Mund drückte, dass es schmerzte. Mit der anderen Hand fing er an, ihr Kleid hochzuziehen. Sie schlug gegen diese Hand, so fest sie konnte, und versuchte sich ihm zu entwinden. Macke ließ kurz von ihrem Mund ab und gab ihre eine heftige Ohrfeige.

«Hör endlich auf, sonst tue ich dir richtig weh.»

Damit legte er erneut die Hand auf ihren Mund und drängte sich gegen sie. Die Tränen rannen Julias Wangen herab, als er abermals an ihrem Kleid riss und sie die kalte Nachtluft an ihrem Bauch spürte. Er zog an dem Gummibund ihres Slips.

«Macke?»

Da erstarrte er und hielt inne. Julia konnte buchstäblich sehen, wie die dunkle Raserei in seinen Augen erwachte.

«Was ist denn jetzt wieder?», zischte er zwischen zusammengebissenen Zähnen, während die Rückseite seiner Hand noch immer auf ihrem Bauch lag und die Finger in ihrem Slip steckten, bereit, ihn mit einem Ruck herunterzureißen.

«Wir gehen jetzt und feiern noch ein bisschen bei Milos weiter.»

Philip kam ein paar zögerliche Schritte näher. Julia sah ihn über Mackes Schulter hinweg an. Vielleicht sah er die

Hand nicht, die auf ihrem Mund lag, aber er sah die Tränen. Musste die Tränen sehen. Und wie ihre Augen stumm um Hilfe flehten. Vor zehn Jahren hatte das nichts genutzt und keinen von ihnen daran gehindert. Aber jetzt, bitte, bitte, mach, dass sich etwas geändert hat ...

«Komm doch mit», sagte Philip leise, was eine leise Hoffnung in Julia weckte. «Lass das jetzt.»

«Keine Lust.»

«Macke, jetzt komm schon ...», wiederholte Philip in einem so vorsichtigen Ton, als würde er gerade einen knurrenden Pitbull beruhigen, und legte die Hand leicht auf Mackes Schulter. In derselben Sekunde fuhr Macke herum und verpasste ihm einen Fausthieb mitten ins Gesicht. Philip torkelte zurück und fasste sich an die Nase, und Julia konnte sehen, wie das Blut sofort zwischen seinen Fingern hindurch das Handgelenk hinabrann und den Ärmel seines Hemdes besudelte.

«Verpiss dich!»

Langsam ließ Philip die Hand sinken und betrachtete das Blut, als verstünde er nicht, wo es herkam. Es rann weiter über seine Lippen und das Kinn und landete in dicken Tropfen auf den Terrassenfliesen. Dann sah er wieder zu ihnen. Oder zu ihr. Nicht zu Macke.

Entschuldige, sagte sein Blick. *Entschuldige.*

Und weg war er.

Der Saal hatte sich merklich geleert. Die Tanzfläche war verwaist. An den kleineren Tischen saßen noch ein paar Grüppchen mit Drinks und unterhielten sich, aber die meisten Gäste hatten das Fest verlassen oder brachen gerade auf.

Rasmus ließ seinen Blick durch den Saal schweifen. Nirgends waren lila Haare zu sehen. Er war ein bisschen enttäuscht. Sie hatte zwar zugesagt, dass sie sich morgen treffen würden, aber konnte er das wirklich glauben, wenn sie sich nicht einmal verabschiedete, bevor sie ging? Ihre Telefonnummer hatte er auch nicht und wusste nicht, ob ihre Mutter immer noch unter derselben Adresse wohnte. Wenn nicht, würden sie sich wohl nicht sehen. Allein der Gedanke daran machte ihn ein wenig traurig, so wie es ihn glücklich gemacht hatte, sie zu sehen, denn, wie er ihr auch gesagt hatte, war er nicht davon ausgegangen, dass sie auftauchen würde. Gehofft hatte er es schon, geglaubt nicht. Dies war einer der Gründe dafür gewesen, dass er zugesagt hatte, ein paar Stunden schwarz zu arbeiten. Und weil er das Geld wirklich brauchte. Noch eine halbe Stunde, fünfundsiebzig Kronen. Das würde er schaffen. Insbesondere, weil er vorhatte, die Hälfte der Zeit Pause zu machen.

Rasmus ging zu einem der Stehtische in der Ecke und betrachtete die Gläser und Flaschen, die ein anderer Kellner dort gesammelt hatte. Eine Flasche Sekt war noch fast halbvoll. Mit einem festen Griff um den Flaschenhals eilte er Richtung Terrasse. An der Tür musste er einem Typen ausweichen, der gebückt hereinkam, weil er offenbar vergebens versuchte, nicht seine ganze Kleidung vollzubluten.

Rasmus sah ihm nach und trat auf die Terrasse. Es war kalt. Er sog die frische Luft ein und erwartete fast, sie in einer weißen Wolke wieder auszuatmen, aber so kalt war es offenbar doch nicht. Als er das Geländer erreichte, trank er einen Schluck Sekt und hatte Lust, eine zu rauchen.

Gerade wollte er wieder hineingehen, um irgendwo eine Kippe zu schnorren, als er ein Geräusch hörte, ein gedämpftes Schluchzen oder Stöhnen. Er blickte in die Richtung, aus der es kam. Nicht zu glauben, da standen zwei Personen und waren offenbar gerade wild dabei. Schön für sie. Er würde sie nicht stören. Wieder gab die Frau einen Laut von sich.

«Nein, nein ...»

Rasmus stutzte. Das erwartete man in einer solchen Situation eigentlich nicht. Er ging näher heran, auch wenn er sich wohl würde entschuldigen müssen, falls man ihn für einen perversen Spanner hielt. Dann sah er es. Hinter der Schulter des Mannes. Das lila Haar. Und er glaubte etwas zu hören, obwohl es noch leiser war, wie ein Flehen.

«Nein, bitte nicht ...»

Darauf reagierte er. Dachte nicht nach. Handelte nur. Drei schnelle Schritte, dann zog er dem Mann, der ihm den Rücken zukehrte, die schwere Flasche über den Kopf. Der glitt nahezu lautlos auf die Fliesen, als hätte jemand einen Stecker gezogen. Keuchend blieb Rasmus mit der Flasche in der Hand stehen, blickte auf den bewusstlosen Mann hinab und dann zu Julia auf. Ihr dunkles Make-up war verlaufen, sie blutete aus einer Wunde an der Lippe. Bei ihrem Anblick wusste er, dass er die Situation richtig gedeutet hatte. Zum Glück! Er hatte niemanden niedergeschlagen, mit dem sie freiwillig zum Knutschen verschwunden war. Julia warf einen kurzen, leeren Blick auf ihren Angreifer, ehe sie einen Schritt über ihn stieg und in Rasmus' Arme sank. Er spürte, wie sie zitterte, und hielt sie fest. Spürte ihren warmen Atem in der Frühlingskälte auf seiner Wange.

Er wusste nicht, wie lange sie so dagestanden hatten, ehe ihre Hand nach der seinen tastete und ihm die Sektflasche abnahm. Dann trat sie einen Schritt zurück, blickte ihm für einige Sekunden schweigend in die Augen, und er hätte schwören können, dass er ein kleines Lächeln auf ihrem Gesicht sah, ehe sie sich umdrehte, die Flasche über ihren Kopf hob und mit voller Wucht damit auf das Gesicht des Mannes einschlug, der vor ihr lag. Etwas krachte und brach. Sie schlug erneut zu. Diesmal spritzte das Blut. Sie schien es nicht einmal zu bemerken. Hob nur die Flasche und hieb weiter auf den Mann ein.

Wieder und wieder.

Sie wurde wirklich nicht schlau aus dieser Unterkunft. In den letzten Jahren hatte die Reichsmordkommission schon in unzähligen Hotels gewohnt. Luxuriös waren sie nie gewesen, denn sie wurden immerhin mit Steuergeldern finanziert. Das Wichtigste war, dass alles funktionierte. Ein gutes WLAN, hilfsbereites Personal, eine gewisse Flexibilität bei den Frühstückszeiten, vielleicht auch die Möglichkeit, noch spät am Abend etwas zu essen zu bekommen, wenn sie lange arbeiteten. Für sie spielte es tatsächlich keine Rolle, wie groß die Zimmer waren, sie hielten sich sowieso nur zum Schlafen dort auf. In neun von zehn Fällen registrierte Vanja nicht einmal, wie sie wohnten, ein Hotel war ein Hotel, sonst nichts. Aber während sie nun hier saß und auf Billy wartete, wunderte sie sich trotzdem.

Sie wunderte sich und war zugleich ein wenig fasziniert.

Versuchte herauszufinden, welches Konzept dahintersteckte.

Hinter den schwarz lackierten, modernen Korbstühlen rings um die höchst ordinären Kantinentische. Hinter dem verglasten Aufzug, der mitten in der Lobby in so etwas wie einem Bassin endete, mit blauen Kacheln, aber ohne Wasser oder wenigstens Pflanzen. Hinter den Wänden, die in einer Art naiven Malerei mit bekannten Gebäuden aus verschiedenen Weltstädten verziert worden waren. Mitten im Foyer stand ein weißer Flügel mit einer Vase Lilien neben der Kopie einer alten gasbetriebenen Straßenlaterne, die vermutlich ein Gefühl von Klasse und Stil vermitteln sollte, das jedoch sofort von einer großen graugrünen Anschlagtafel zerstört wurde, die eher in ein kommunales Altenpflegeheim gepasst hätte. Neben der hellen, modernen Rezeption lagen Sitzsäcke mit Marimekko-Muster dichtgedrängt neben einem Metallgestell mit Broschüren, das aus einem beliebigen Arbeitsamt in den achtziger Jahren hätte stammen können. Vermutlich war der Innenarchitekt – falls es überhaupt einen gegeben hatte – schizophren gewesen.

Billy kam zurück, ließ sich in den Korbstuhl gegenüber sinken und trank ein paar Schlucke von seinem Bier.

«Und, hast du den Fall inzwischen gelöst?»

«Leider nein, ich war zu sehr damit beschäftigt, die Einrichtung zu bewundern.»

Billy sah sich um und nickte nachdrücklich.

«Ja, diese Mischung aus Liberace-Flügel, Sitzsäcken, Pizzaofen und diskreter Behördenatmosphäre ist ziemlich spannend.»

Vanja lächelte ihn an. Das war nur eine der vielen Seiten, die sie an Billy mochte. Es gelang ihm immer, sie aufzuheitern. Aber dies war nicht der richtige Moment dafür.

«Mal im Ernst, Billy», sagte sie und stützte sich mit den Ellbogen auf den Tisch. «Was machen wir nur?»

«Mit dem Schützen? Ich fürchte leider, wir haben getan, was wir konnten», antwortete er mit einem leichten Achselzucken. «Momentan kommt mir der Fall vor wie eine dieser aussichtslosen Ermittlungen, bei denen man warten muss, bis der Täter einen Fehler macht.»

«Wenn er den Nächsten umbringt.»

«Oder wegen etwas anderem festgenommen wird und wir das Gewehr finden. Oder er vor einem Kumpel mit seinen Taten prahlt oder einen aufmerksamen Nachbarn hat, der misstrauisch wird.»

«Oder den Nächsten umbringt.»

«Okay, bei dir ist das Glas wirklich halbleer.»

«Entschuldige. Es war ein harter Tag.»

«Es ist ein harter Job. Du weißt, dass du mich um alles bitten darfst, wenn du meinst, dass ich dir helfen kann.»

«Ich weiß. Danke.»

Sie meinte es ernst. Billy war ein Fels in der Brandung. Sie wusste nicht, zum wievielten Mal sie feststellte, dass sie die letzten Monate ohne ihn nie überstanden hätte. Als Torkel verschwand und sie die Reichsmordkommission übernahm, war Billy tatsächlich zu ihrer rechten Hand geworden. Er hatte sie bei allem unterstützt. Der Gedanke, dass sie ihr gutes Verhältnis vor ein paar Jahren fast zerstört hätte, schmerzte sie. Jetzt hatten sie sogar auch privat Kontakt. Und Vanja war mit Freunden nicht gerade reich gesegnet. Es war ihr schon immer schwergefallen, welche zu finden, und noch schwerer, sie zu behalten. Aber Jonathan hatte Billy unbedingt kennenlernen wollen, nachdem er seinen Namen so oft gehört und begriffen hatte, wie wichtig er für sie war. Nicht aus Eifersucht, das lag ihnen beiden fern. Es war reines Interesse an ihrem Leben und vermutlich, auch wenn er es nie direkt gesagt hatte, auch ein Versuch, Vanjas kaum vorhandene private Seite weiterzuentwickeln.

Vanja hatte gezögert.

Nicht weil sie dachte, Jonathan und Billy würden sich nicht verstehen, sie war sich sogar sicher, dass die beiden sich mögen würden. Sie zögerte eher wegen Billys Frau. My. Eine Art Glücks-Coach, deren Aufgabe offenbar darin bestand, das «Potenzial der Menschen auszuschöpfen» und «das Gefühl von Wohlbefinden, Harmonie und Ruhe» zu steigern. Doch Vanja hatte sich auf einen Pärchenabend eingelassen und sich bemüht – was sie auch nicht gerade jeden

Tag machte –, und es war besser gelaufen, als sie gedacht hatte. Was an und für sich nicht viel bedeutete, denn sie hatte mit einer Katastrophe gerechnet. Inzwischen konnte sie My ertragen. Zu behaupten, sie würde sie mögen, wäre eine Übertreibung, aber sie fürchtete die Treffen nicht mehr und hatte aufgehört zu überlegen, wie sie diesmal absagen könnte. Jetzt hatten sie außerdem ein gemeinsames Gesprächsthema.

Schwangerschaft und Kinder.

Billy und My würden im Juli Zwillinge bekommen.

Vanja hatte sich hoch und heilig geschworen, nie eine Mutter zu werden, die von nichts anderem mehr sprach als von ihrem Kind, ständig drollige Anekdoten über die Kleinen zum Besten gab oder Zitate und persönlichkeitsrechtsverletzende Filme und Fotos in den sozialen Medien postete. Dieser ganze Kult, der Mutterschaft als etwas so Einzigartiges, beinahe Mystisches darstellte, dass man kaum noch über etwas anderes reden oder nachdenken konnte, war Vanja vollkommen fremd. Sie liebte Amanda mehr, als sie es je für möglich gehalten hatte, einen Menschen zu lieben. Aber es gab auch anderes in ihrem Leben, das ihr wichtig war. Nichtsdestotrotz sah sie sich lieber die neuesten Ultraschallfotos an oder sprach über Dammrisse, als sich unterschiedliche Versionen von *Carpe Diem* anzuhören.

Aber Billy und sie hatten sich erneut gefunden. Er war wieder mehr wie ein Bruder für sie denn ein Kollege und Freund. Amanda nannte ihn Onkel Billy, wenn er sie mitunter von der Kita abholte.

Vanja trank den letzten Rest aus ihrem Bierglas und erhob sich von dem schweren Korbmöbel.

«Ich werde auf mein Zimmer gehen und ein bisschen telefonieren.»

«Jonathan.»

«Unter anderem. Ich hatte auch überlegt, Sebastian zu fragen, ob er eine Idee zu unserem Fall hat.»

«Klar, schaden kann es sicher nicht.»

«Abgesehen davon, dass ich ihn dadurch noch mehr in seinem donnerechsengroßen Ego bestärke.»

«Aber er ist gut.»

«Er ist verdammt gut, das ist ja das Schlimme», entgegnete Vanja mit einem kleinen Lächeln. «Bis morgen.»

«Bis morgen. Grüß Sebastian von mir. Und Jonathan.»

«Das mache ich. Gute Nacht.»

«Gute Nacht.»

Billy sah, wie sie die Treppe hinaufging, ihre Zimmer lagen im ersten Stock, weshalb kein Grund bestand, den Las Vegas-Aufzug zu benutzen. Er lehnte sich mit dem Bier in der Hand zurück.

Vanja würde Sebastian anrufen.

Das war nicht schlimm, redete er sich ein. Sie würden über den Fall sprechen, darüber, was Sebastian über Heckenschützen wusste und nach welcher Täterpersönlichkeit sie suchen sollten. Aber sie würde ihn niemals in das Ermittlerteam holen, nach Karlshamn. Billy würde ihn nicht treffen müssen. Trotzdem, Sebastian war wirklich gut. Ein unverbesserlicher Dreckskerl, aber fähig. Er wusste viel über die dunklen, verborgenen Winkel der menschlichen Psyche.

Er wusste auch, dass Billy eine Katze ermordet hatte.

Sie erwürgt hatte. In seiner Hochzeitsnacht.

In den folgenden Monaten hatte er Billy im Auge behalten, sich fortlaufend erkundigt, wie es ihm gehe, vage Anspielungen gemacht oder sogar professionelle Hilfe durch ihn oder einen seiner Kollegen angeboten. Aber er hatte nicht mit Torkel oder jemand anderem im Team über dieses Geheimnis gesprochen. Über die Katze. So hatte alles weiter seinen Gang gehen können. Billy hatte beharrlich behauptet, er hätte kein Problem, keine Bedürfnisse oder Triebe, die sich nicht kontrollieren ließen. Sebastian brauche sich keine Sorgen zu machen.

Es sei nur diese eine Katze gewesen. Und das war alles.

Alles, was Sebastian wusste.

Er wusste nicht, dass Billy im Alkoholrausch Jennifer Holmgren getötet hatte, seine Kollegin und Geliebte, und dass er anschließend weitergemacht und nach Jennifer noch vier andere Menschen umgebracht hatte. Ganz nüchtern und vorsätzlich.

Weil er es wollte.

Weil er es genoss.

Sebastian hatte nicht mehr mit der Reichsmordkommission zusammengearbeitet, seit sie den Serienvergewaltiger in Uppsala gefasst hatten – der sich im Übrigen als eine Frau entpuppt hatte –, und sie waren sich nur kurz auf Lise-Lottes Beerdigung im letzten Jahr begegnet. Billy ging ihm aus dem Weg. Denn er befürchtete, dass Sebastian ihm seine Neigung und Taten auf irgendeine Weise ansehen könnte.

Dass er weitergemacht hatte.

Getötet und es genossen.

Er blickte sich in der großen Lobby um. Drei Tische weiter saß ein glatzköpfiger, etwas übergewichtiger Mann mit seinem Laptop. Am Empfang stand an diesem Abend eine Frau, vielleicht fünfundzwanzig Jahre alt, mit einer Reihe von Piercings in Augenbrauen, Nase und Lippe. Hinter dem Bartresen lehnte ein gelangweilter Mann, etwa im selben Alter, der seine Aufmerksamkeit auf sein Handy gerichtet hatte. Billy erlaubte sich den Gedanken, ihnen in der Sekunde vor ihrem Tod in die Augen zu sehen. Sich vorzubeugen und zu spüren, wie der letzte warme Atem aus ihnen entwich. Den magischen Moment zu erleben, in dem das Leben erlosch. Die berauschende Macht, und danach die vollkommene Befriedigung, wenn das Begehren gestillt, wenn die Schlange, die sich in seinem Bauch wand und immerzu lockte, forderte und ihn zu überreden suchte, endlich still und satt war.

Er spürte, wie er steif wurde, rückte mit seinem Stuhl näher an den Tisch heran und zwang sich, an etwas anderes zu denken.

Das war einmal. Nicht jetzt. So war er nicht mehr.

Der junge Mann aus Huddinge, im vergangenen Sommer, war sein letztes Opfer gewesen. Sverker Frisk hatte er geheißen, wie Billy später erfuhr, als er vermisst gemeldet worden war. Der Letzte. Für immer. Das hatte er damals noch nicht gewusst. Erst im Oktober war es ihm klargeworden, als My ihm erzählte, dass sie schwanger war.

Früher hatte er deutlich gesagt, dass er keine Kinder wollte, aber wie sich im Lauf der Zeit herausstellte, gab es vieles, von dem er nicht geahnt hatte, dass er es doch wollte.

Zusammenziehen, heiraten, ein Sommerhaus kaufen.

Er hatte nichts davon bereut, nicht eine Sekunde. Dabei bereute er so einiges, aber nicht in seinem Leben mit My. Als sie ihm sagte, sie würden ein Kind erwarten, kam es ihm vor, als würde sie ihm ein weiteres Geschenk machen. Ihm eine Chance bieten weiterzugehen, in ein «danach». In eine Zeit, in der die Schlange für immer verstummt sein würde. Ihm eine Möglichkeit eröffnen, noch einmal neu anzufangen und dabei alles richtig zu machen. Der Mann zu werden, der er trotz allem schon so lange hatte werden wollen und den My verdiente. Auf der Stelle traf er eine Entscheidung. Nie wieder. Er würde aufhören. Sofort. Er würde kein Vater sein, der Menschen tötete, würde es nicht riskieren, das Leben seines Kindes zu zerstören. Seiner beiden Kinder, wie sich auf dem ersten Ultraschallbild gezeigt hatte.

Im Winter hatte sich die Schlange dann erneut geregt. Hungrig und trotzig hatte sie nach Futter verlangt. Er war rastlos gewesen, gereizt, hatte schlecht geschlafen, sich schlecht gefühlt. Die Schlange flüsterte und lockte ihn. Sie wusste es. Wusste, was Billy helfen würde. Was er tun musste. Aber er hielt sein Versprechen an sich selbst. Wochen wurden zu Monaten, und die Schlange wurde zur Ruhe gezwungen – indem er an My und seine ungeborenen Kinder dachte und daran, was aus ihrem Leben werden würde, wenn er im Gefängnis landete. Wenn herauskäme, wer er wirklich war.

Ein Serienmörder. Ein Lustmörder.

Jetzt konnte er sich sogar die eine oder andere Phantasie erlauben, wie gerade eben über den Glatzkopf und das Hotelpersonal. So überzeugt war er davon, dass diese Phase in seinem Leben vorbei war. Jetzt begann eine neue.

Er würde Vater werden.

Er würde der perfekte Vater sein.

Sebastian wollte gerade ins Bett gehen, als das Telefon klingelte. Um halb elf am Abend. Es musste etwas passiert sein.

«Hallo, störe ich?», hörte er Vanja sagen. Er freute sich sehr, ihre Stimme zu hören, doch auf die Freude folgte die Unruhe, denn sie rief nur selten an, und nie so spät.

«Nein, kein Problem. Ist etwas passiert?», fragte er.

«Ich weiß nicht, ob du gehört hast, dass es seit heute ein drittes Opfer gibt», antwortete sie müde.

«Doch, das habe ich gesehen, und Ursula hat vorhin angerufen ...»

«Hast du auch schon von der Pressekonferenz gehört?», fragte sie und klang noch müder. Sebastian zögerte kurz. Er hatte vorhin auf *expressen.se* eine Aufnahme davon gesehen und mitgelitten, wollte aber kein Salz in die Wunde streuen.

«Nein, wie lief es denn?», log er.

Vanja lachte.

«Ich habe schon schönere Momente im Leben gehabt, um es so zu sagen. Aber ich habe es überlebt. Und es war eine Erfahrung.»

Es stimmte ihn zuversichtlich, dass sie es so sah. Sie hatte ein dickes Fell, aber sie musste auch lernen, mit Misserfolgen umzugehen, wenn sie es durchhalten wollte, die Reichsmordkommission zu leiten.

«Aber deshalb rufe ich nicht an», fuhr sie fort. «Wir haben eventuell ein Muster gefunden, das ich gern mit dir durchspielen würde.»

«Okay ...»

«Alle unsere Opfer standen schon einmal unter Tatverdacht oder sind bei der Polizei angezeigt worden, wurden aber nie verurteilt.»

«Also denkst du, es ist eine Art Selbstjustiz?»

«Das ist bisher jedenfalls die einzige Gemeinsamkeit zwischen den Opfern. Kannst du uns helfen? Wie sollen wir denken? Nach was für einem Typen suchen wir? Gab es schon ähnliche Fälle?»

Sebastian dachte fieberhaft nach. Er wollte sie so gern unterstützen, ihr zeigen, dass sie auf ihn zählen konnte. Wollte jemand sein, den sie auch weiterhin anrufen konnte, wenn sie es wollte. Aber er brauchte genauere Informationen und etwas mehr Zeit zum Nachdenken.

«Spontan fällt mir nichts ein», musste er zugeben. «Aber ich glaube, ihr habt recht, dass es ein deutliches Motiv gibt. Für einen Mord aus Lust oder aus einem Impuls heraus ist die Abfolge zu schnell.»

«Wie meinst du das?»

«Drei Opfer innerhalb einer Woche. Oder?»

«Acht Tage. Drei Tage zwischen dem ersten und dem zweiten. Fünf Tage zwischen dem zweiten und dem letzten.»

«Keine Abkühlungsphase, das heißt, die Tat erfolgt nicht aus sexuellem Antrieb oder aus anderen Phantasien heraus. Entweder hat er ein Motiv. Oder er ist komplett durchgeknallt, und wenn das zutrifft, habt ihr ein rein zufälliges Muster entdeckt. Das wäre der schlimmste Fall. Dann könnt ihr nur darauf hoffen, dass er einen Fehler macht.»

«Er?»

«Ich gehe davon aus, dass es ein Mann ist. In Anbetracht der Tatwaffe, denn es gibt nur sehr wenige weibliche Heckenschützen.»

«Aber wenn wir davon ausgehen, dass es kein Irrer ist?»

«Dann hast du den richtigen Ansatz. Warum ausgerechnet die drei? Gibt es eine andere Verbindung zwischen ihnen?»

«Nicht, soweit wir herausgefunden haben.»

«Weswegen standen sie unter Verdacht? Ließe sich da etwas finden?»

«Nein, es sind sehr unterschiedliche Straftaten, von fahrlässiger Tötung, kleineren Drogen- und Gewaltdelikten bis hin zu Heiratsschwindel.»

«Dann ist die einzige Gemeinsamkeit, dass sie nie verurteilt wurden.»

«Bislang ja. Und die meisten Straftaten liegen weit zurück.»

«Warum dann ausgerechnet jetzt?»

«Genau. Es muss einen Auslöser gegeben haben, oder?»

«Mein Rat wäre, sich das erste Opfer ein wenig genauer anzusehen. Meistens hat es besondere Bedeutung für den Täter. Etwas, das den Stein ins Rollen bringt. Wenn es einen Grund gibt, findet man ihn oft dort.»

Vanja seufzte tief.

«Das erste Opfer war eine Busfahrerin, die an einem Unfall beteiligt war, bei dem sieben Jugendliche starben und es viele Verletzte gab. Ich müsste die halbe Bevölkerung von Karlshamn überprüfen.»

«Du bist nicht allein, du hast ein Team und eine Menge Kollegen vor Ort, die du herumkommandieren kannst.»

«Das wäre kein Problem, wenn ich nicht den halben Tag damit verbringen würde, diesen dämlichen Bürgermeister und die Journalisten und trauernden Angehörigen und meine Chefs und ...»

Sie verstummte, weil sie sehr wohl merkte, dass all das verdächtig nach einer Ausrede klang. Und Vanja mochte keine Ausreden.

«Ich habe eigentlich nicht angerufen, um zu jammern», sagte sie schließlich, und ihre Stimme klang wieder professionell. «Ich wollte nur hören, ob du dich an einen ähnlichen Fall erinnerst.»

Sie tat Sebastian fast leid. Offenbar stand sie wirklich schwer unter Druck, wenn sie ihn so ratlos anrief. Als würde sie nach jedem noch so kleinen Strohhalm greifen.

«Melde dich gerne jederzeit bei mir. Ich kann mir die Unterlagen ansehen, wenn du einen zweiten Blick brauchst.»

Sie schwieg einen Moment. Vielleicht war er zu weit gegangen, aber er war einfach gezwungen, dies anzubieten. Ihr unter die Arme zu greifen. Die Möglichkeit, ihr zu helfen, würde sich nicht oft bieten. Vanja atmete auf, und noch ehe sie überhaupt antworten konnte, wusste er, dass sie seinen Vorschlag annehmen würde.

«Ich werde Ursula bitten, dir eine Kopie mitzubringen, aber unter einer Bedingung», sagte sie.

«Klar. Selbstverständlich.»

Nur eine? Er wäre auf weit mehr eingegangen.

«Du mischst dich nicht in unsere Ermittlungen ein. Du bist kein Störfaktor, sondern eine Unterstützung. Ich habe so schon genug zu tun, ich will mir nicht auch noch Gedanken darüber machen, ob du etwas Dummes anstellst.»

«Ich lese und sage dir Bescheid, wenn mir etwas auffällt», versprach er und machte sie nicht darauf aufmerksam, dass das zwei Bedingungen waren, wenn nicht sogar drei. «Für dich. Mehr nicht.»

«Mehr nicht.»

«Nicht mehr, nichts anderes», wiederholte er.

«Das bedeutet aber nicht, dass du wieder für uns arbeitest.»

«Schon klar.»

«Gut.»

Sie schwiegen beide. Das war eine neue Erfahrung. Ein Gespräch zwischen einer Chefin und einem ehemaligen externen Berater. Insgeheim wollte Sebastian doch glauben, dass sie sich nicht gemeldet hätte, wenn er nicht ihr Vater wäre.

«Übrigens habe ich heute Nachmittag Amanda gesehen», sagte er, denn das war doch eine gute Gelegenheit, ihr mitzuteilen, dass er ihr auch noch anderweitig helfen konnte.

«Ach, wirklich?», fragte sie verwundert.

«Ich habe mit Jonathan telefoniert, und er hatte gerade so viel um die Ohren, also habe ich sie abgeholt. Wir waren auf dem Spielplatz, und dann sind wir hierher gegangen und haben Pfannkuchen gegessen.»

«Ich habe es heute noch gar nicht geschafft, mit den beiden zu sprechen», sagte sie ein wenig bedrückt.

«Sie wird es verkraften», meinte Sebastian tröstend. «Es ist doch nur eine Woche, vielleicht etwas mehr. Tu, was du tun musst, und dann komm nach Hause. Alle Familien verkraften das. Und ich helfe auch gern. Zu euren Bedingungen.»

«Danke.»

Es wurde erneut still. Viel mehr gab es nicht zu sagen. Ein Gespräch, in dem sich Berufliches und Privates doch mehr vermischten, als er es zu hoffen gewagt hatte. Vielleicht war es trotzdem am besten, am Ende wieder auf den Anlass ihres Anrufs zurückzukommen. «Aber wie gesagt, fang bei der Busfahrerin an.»

«Die ja nur von halb Karlshamn gehasst wird.»

«Ich habe nicht gesagt, dass es leicht wird, ich habe nur gesagt, bei wem du vielleicht anfangen solltest.»

«Ich bereue es schon, dass ich dich überhaupt gefragt habe», entgegnete Vanja mit müder Stimme, aber Sebastian glaubte, auch ein Lächeln darin zu hören.

Vanja war früh aufgestanden, damit sie auf jeden Fall noch rechtzeitig mit Amanda und Jonathan auf Facetime sprechen konnte, ehe die beiden zur Kita und zur Arbeit aufbrachen. Sie hatte auf dem Bett im Hotelzimmer gesessen und zugesehen, wie ihre Tochter fröhlich plappernd ihr Frühstück aß, und für einen kurzen Moment hatte sie gespürt, wie sehr sie das Familienleben vermisste, an das sie sich so schnell gewöhnt hatte. Ihre Arbeit verlangte zeitweise eine große Aufopferung von ihr, aber sie wäre trotzdem nie auf die Idee gekommen, den Job, den sie liebte und in dem sie richtig gut war, aufzugeben, nur weil sie Mutter geworden war. Natürlich versetzte es ihrem Herzen ab und zu einen kleinen Stich, aber es war so, wie Sebastian gesagt hatte.

Amanda würde es verkraften.

Alle Familien verkrafteten das.

Das vergaß sie allzu leicht, wenn die Sehnsucht am größten war. Aber meistens hatte sie ganz normale Arbeitszeiten. Sie konnte Amanda in die Kita bringen und von dort abholen. Dann wieder wurden sie jedoch in zeitintensive Arbeitssituationen geworfen, weit weg von zu Hause. So wie jetzt. Doch als sie die neue Herausforderung angenommen hatte, wusste sie, worauf sie sich einließ.

Sie hatte sich für all das entschieden. Immer danach gestrebt.

Carlos wartete bereits am Eingang auf sie, als sie zur Polizeistation kam. Seine Kleidung war wie immer tadellos und vermutlich sauteuer gewesen. Es würde Vanja nicht wundern, wenn sie für ihre gesamte Garderobe weniger Geld ausgegeben hätte als Carlos für den Mantel, den er heute trug. Sie selbst hatte heute Morgen keinen Gedanken daran verschwendet, was sie anzog. Wieder einmal. Jeans, ein altes gelbes T-Shirt mit einem Aufdruck, darüber einen grünen Kapuzenpullover und eine Lederjacke. Dazu abgetragene Turnschuhe. Vielleicht sollte sie in ihrer neuen Funktion mehr über ihr Aussehen nachdenken, aber Torkel war schließlich auch nicht mit Anzug und Krawatte herumgelaufen.

«Musst du noch mal hoch?», fragte Carlos und deutete mit dem Kopf zu den Türen. Falls er eine Meinung zu ihrem Klamottenstil hatte, und Vanja wusste, dass dem so war, ließ er es sich nicht anmerken.

«Nein, wir können sofort los», sagte Vanja, und sie stiegen ins Auto.

Carlos startete den Motor und fuhr Richtung Osten. Nach Karlskrona.

Eine knappe Stunde später parkten sie vor dem ziemlich anonymen, orange-braunen, vierstöckigen Gebäude auf dem Järnvägstorget, dessen Räumlichkeiten sich die Staatsanwaltschaft mit der Polizei und dem Strafvollzug teilte. Staatsanwalt Tage Hjalmarsson, der damals die Gerichtsverhandlung gegen Kerstin Neuman geführt hatte, arbeitete nach wie vor dort und wartete an der Rezeption auf sie. Ein älterer, grauhaariger Mann, nur wenige Jahre von der Pensionierung entfernt. Nachdem er sie begrüßt und ihnen einen Kaffee angeboten hatte, führte er sie in den kleinen fensterlosen Besprechungsraum der Behörde. Auf dem Tisch in der Mitte warteten drei Aktenordner auf sie.

«Als ich gehört habe, dass Kerstin Neuman ermordet worden ist, habe ich schon geahnt, dass jemand vorbeikommen würde», sagte er und lud sie mit einer Geste ein, sich zu setzen. «Also habe ich die Akten aus dem Archiv bestellt. Sie enthalten die Voruntersuchung und die beiden Freisprüche.» Er schob die Ordner über den Tisch zu ihnen hin. Vanja glaubte ungefähr zu wissen, was sie enthielten.

Im Sommer 2010 hatte Kerstin Neuman einen Nebenjob als Busfahrerin angenommen. Sie hatte einen gemieteten Bus von Karlshamn zu einem Handballcup für Junioren in Skövde gelenkt. An Bord waren eine Mädchen- und eine Jungenmannschaft sowie Trainer, Funktionäre und mitreisende Eltern gewesen. Die Jungenmannschaft hatte gewonnen und war bis ins Finale gekommen, weshalb sie länger geblieben waren und noch ein bisschen gegessen und gefeiert hatten. Es war spät und dunkel geworden, als sie wieder aufbrachen. Gegen ein Uhr nachts, vielleicht fünfzig Kilometer hinter Jönköping, war der Bus dann von der Straße abgekommen und hatte sich auf einer steilen Böschung überschlagen.

Vier Mädchen und drei Jungen starben, und es gab mehrere Schwerverletzte.

Bei der Unfallermittlung wurden keine mechanischen oder technischen Mängel am Fahrzeug festgestellt, weshalb man annahm, dass die Fahrerin aller Wahrscheinlichkeit nach hinter dem Steuer eingeschlafen war. Aber Neuman bestritt die Vorwürfe vehement und behauptete stattdessen, sie sei einem Elch ausgewichen und habe dabei die Kontrolle über den Bus verloren, was allerdings weder durch Bremsspuren noch andere technische Untersuchungen belegt werden konnte. Daher wurde sie wegen fahrlässiger Tötung und Körperverletzung sowie Fahrlässigkeit im Straßenverkehr angeklagt, aber sowohl vor dem Amtsgericht als auch vor dem Oberlandesgericht in allen Anklagepunkten freigesprochen. Es ließ sich nicht zweifelsfrei beweisen, dass sie eingeschlafen war.

«Erinnern Sie sich an Kerstin Neuman?», fragte Vanja, während sie begann, ein wenig in den Akten zu blättern.

«Auf jeden Fall. Nicht mehr an alle Details, aber das Unglück hat die ganze Gegend erschüttert, und viele waren sehr aufgebracht, weil sie nicht bestraft wurde. Es war ein richtiger Zirkus, in den Medien und unter den Leuten. Das heißt, Zirkus ist vielleicht nicht das passende Wort, mehr eine Tragödie.»

«Warum wurde sie nicht verurteilt?», fragte Carlos.

«Sie wissen doch, wie das ist», antwortete Tage und zuckte mit den Schultern. «Ich hätte beweisen müssen, dass sie eingeschlafen ist, und das war nicht möglich. Kerstin Neuman hat es die ganze Zeit bestritten. Konsequent. Sie hat an ihrer Elchgeschichte festgehalten.»

«Aber glauben Sie denn, dass sie eingeschlafen war?», fragte Vanja.

«Ja, damals habe ich es geglaubt, sonst hätte ich sie nicht angeklagt.»

«Damals? Heute nicht mehr?»

Tage blickte ernst von Vanja zu Carlos und wieder zurück.

«Ehrlich gesagt weiß ich es nicht. Sie ist in Karlshamn geblieben und hat immer auf ihrer Unschuld beharrt. Es war faszinierend, wie beharrlich sie war. Sie wurde sozial ausgegrenzt und war äußerst unbeliebt.»

«Wurde sie bedroht?»

«Das sicher auch. Sie hat einen sehr hohen Preis gezahlt und wurde in verschiedener Hinsicht viel härter bestraft als durch eine Bewährungsstrafe, die sie sonst erhalten hätte.»

Er verschränkte die Hände auf dem Tisch und schüttelte leicht den Kopf. «Manchmal frage ich mich, ob sie nicht doch die Wahrheit gesagt hat, aber ich weiß es nicht.»

Sie schwiegen eine Weile. Das Leben hatte Kerstin Neuman zweifellos ein schweres Schicksal beschert. Die meisten anderen Menschen wären weggezogen, hätten noch einmal von vorn angefangen, ihr Leben neu aufgebaut, mit einer neuen Identität.

Nicht aber Kerstin. Sie blieb in Karlshamn. Sie beugte sich nicht.

In gewisser Weise fand Vanja das faszinierend.

«Gibt es jemanden, von dem Sie sich vorstellen könnten, dass er etwas mit ihrem Tod zu tun hat?», fragte Carlos.

«Ich habe tatsächlich darüber nachgedacht, als ich die Nachricht gehört habe, aber nein», sagte Tage nachdenklich.

«Niemand, der sich im Gerichtssaal auffällig verhielt? Der sie bedrohte oder Ähnliches?»

«Die Öffentlichkeit war vom Verfahren ausgeschlossen. Die Gefahr war zu groß.» Er beugte sich vor und betrachtete sie ernst. «Ich glaube, Sie wissen gar nicht, wie verhasst Neuman war.»

Sobald sie wieder in ihren Raum im Polizeigebäude in Karlshamn zurückkehrten, berichtete Vanja Billy von dem Treffen mit dem Staatsanwalt und überreichte ihm die drei Aktenordner. Wie immer erkannte er sofort Möglichkeiten, wie man das Material des Staatsanwalts strukturieren, katalogisieren und vergleichen konnte. Er richtete eine Datenbank ein, in die er alle Buspassagiere einspeiste und sie mit den ihm zugänglichen Registern abgleichen konnte.

Schon bevor die Reichsmordkommission eingetroffen war, hatten die Kollegen in Karlshamn das Waffenverzeichnis nach allen Waffen mit einem Kaliber von 6,5 × 55 mm im gesamten Blekinge Län durchforstet. Dies war eine der ersten Maßnahmen nach dem Mord an Kerstin Neuman gewesen, und nachdem dasselbe Kaliber auch beim zweiten Mord verwendet worden war, hatten sie die Suche intensiviert. Allerdings war dieses Kaliber in Schweden auch weitverbreitet, und es gab viel zu viele Treffer, um die Information effektiv zu verwerten.

Aber jetzt konnten sie die Suche eingrenzen.

Billy begann damit, die Kläger aufzulisten. Es handelte sich vor allem um die nächsten Angehörigen derjenigen, die bei dem Busunglück getötet oder verletzt worden waren. Dann erweiterte er die Liste, sodass sie auch die Geschwister und Großeltern enthielt. Als er deren Namen mit dem Ergebnis der Suche im Waffenverzeichnis abglich, erhielt er sieben Treffer. Sieben Personen, deren nahe Angehörige beim Busunglück ums Leben gekommen waren, besaßen eine Waffe des Kalibers 6,5 × 55 mm. Legal und registriert. Wenn der Täter jedoch eine illegale Waffe verwendet hatte, konnte ihnen kein Waffenverzeichnis der Welt weiterhelfen.

Dennoch war es ein guter und praktikabler Anfang.

Sechs der sieben Personen wohnten noch in der näheren Umgebung, sodass sie leicht zu befragen sein würden, wenn Vanja befand, dass es an der Zeit dafür wäre.

Anschließend suchte Billy noch im Strafregister nach diesen sieben und hoffte, weitere gravierende Fakten zu finden, aber die Suche ergab nur einige kleinere Verkehrsdelikte.

Im nächsten Schritt würde er nach einer Verbindung zwischen diesen Waffenbesitzern und Bernt Andersson forschen. Kerstin Neuman hatte nach der Katastrophe ein zurückgezogenes Leben geführt, Bernt wiederum einen regelrechten Raubbau an seinem Dasein betrieben. Es war bedrückend zu sehen, wie es schon von Kindesbeinen an schieflief. Zwangsverwahrung, Jugendeinrichtungen und Entziehungsanstalten, doch nichts von alldem schien ihn wieder auf die richtige Bahn gebracht zu haben. Bernt hatte eine klassische Drogenkarriere hingelegt, die entsprechenden Straftaten inklusive.

Er tauchte in einer ganzen Reihe von Ermittlungen und Protokollen mit verschiedenen Geschädigten und Staatsanwälten auf. Viele Frauen hatten ihn wegen häuslicher Gewalt und sexuellen Übergriffen angezeigt. Die Tatsache, dass er nie verurteilt worden war, erschien mindestens so deprimierend wie seine Lebensgeschichte, ließ sich vermutlich jedoch darin begründen, dass auch die Frauen eher am Rande der Gesellschaft standen und ihre Anzeigen mitunter wieder zurückgezogen hatten oder man ihre Glaubwürdigkeit angezweifelt hatte.

Jedenfalls war Bernt Andersson eindeutig ein Mann, der einige Feinde gehabt haben dürfte. Die Frage war nur, ob er auch welche mit Kerstin Neuman gemeinsam hatte.

Und so war es.

Billy rief Vanja zu sich. Ein Mann um die fünfzig starrte ihnen von einem typischen Passfoto entgegen, als Billy den Bildschirm in ihre Richtung drehte.

«Sven Sjögren. Er hatte Zugang zum richtigen Waffentyp und eine Verbindung zu den beiden ersten Opfern.»

«Du bist wirklich unglaublich», kam es beeindruckt von Carlos, der ebenfalls hinzugetreten war.

«Ja, ich bin schon verdammt gut», stimmte Billy zu und grinste diabolisch.

«Und was ist mit Angelica Carlsson?»

«Wir haben noch nicht alle Angaben über sie, die wir

brauchen», sagte Billy und warf Carlos über Vanjas Schulter hinweg einen Blick zu.

«Nein, die Banken sind sehr behäbig», erwiderte Carlos. «Aber das, was wir wissen, deutet darauf hin, dass diese Journalistin recht hatte. Die Kontobewegungen lassen darauf schließen, dass sie viel mehr Männer übers Ohr gehauen hat als die beiden, die sie angezeigt haben.»

«Ich möchte wissen, wen», sagte Vanja auffordernd, und Carlos schlich nickend zurück zu seinem Platz. «Schick mir Sjögren», forderte sie abschließend Billy auf und ging wieder an ihren Schreibtisch.

«Schon unterwegs», kam es nach ein paar Sekunden, und kurz darauf plingte ihr Computer. Sie öffnete die Datei, die Billy weitergeleitet hatte.

Sven Sjögren, achtundvierzig Jahre alt, verheiratet mit Emilia Sjögren, zweiundvierzig. Er arbeitete als Maschinenführer bei einer hiesigen Baufirma, Emilia als Pflegehelferin in einem Seniorenwohnheim. Sven hatte schon seit 1998 einen Waffenschein und eine Lizenz für drei Waffen, von denen eine das richtige Kaliber hatte. Das Paar war unter einer Adresse im Tararpsvägen gemeldet, nur fünfzehn Minuten entfernt vom Zentrum von Karlshamn. Keiner der beiden hatte einen Eintrag ins Strafregister.

Aber das Schicksal hatte sie schwer getroffen, die Familie Sjögren.

Ihr Sohn Hjalmar war einer der jungen Handballspieler, die bei dem Busunglück vor elf Jahren ums Leben gekommen waren. Gemeinsam mit anderen Angehörigen hatten die Eltern versucht, einen zivilrechtlichen Schadensersatzprozess gegen Kerstin Neuman zu führen, der jedoch anscheinend im Sande verlaufen war. Vermutlich war er zu teuer für sie gewesen.

Doch die Tragödie endete leider nicht mit dem Sohn.

Alva, ihre siebzehnjährige Tochter, war vor einigen Monaten an einer Überdosis gestorben. In einer Anzeige, die sie am 27. Januar bei der Polizei aufgegeben hatten, behaupteten Sven und Emilia, Bernt Andersson hätte ihr die Drogen verkauft. Daher wollten sie erreichen, dass die Polizei wegen fahrlässiger Tötung gegen ihn ermittelte. Die Voruntersuchung wurde eingestellt, als Bernt den Verkauf bestritt, und ohne Zeugen oder Beweise, die ihn mit Alva in Verbindung brachten, hatte man keine weitere Handhabe gegen ihn.

Es stand Aussage gegen Aussage.

Vanja rief Sara Gavrilis an und sagte, sie wolle mit jemandem sprechen, der mehr über Alva Sjögren wusste. Es dauerte nicht lang, bis Sara mit einer jüngeren uniformierten Kollegin zu ihr heraufkam. Ewa Brände, die sich gut an die Familie Sjögren erinnern konnte. Alva war ein junges, naives Mädchen, das leider unter die falschen Leute geraten war und angefangen hatte, Drogen zu nehmen. Vor allem Marihuana, manchmal auch Kokain. Ewa und ihre Kollegen hatten das Mädchen mehrmals nach Hause gefahren, um sie von den negativen und schädlichen Kreisen fernzuhalten, unter die sie geraten war. Die Beamten hatten nicht den Eindruck gehabt, dass es ein Problem mit den Eltern und dem heimischen Umfeld gegeben hatte. Im Gegenteil, die Mutter hatte immer sehr fürsorglich gewirkt und Alva nie besonders laut protestiert, wenn sie nach Hause gebracht worden war. Aber natürlich war die Stimmung auch nicht besonders fröhlich gewesen, die Familie war von Trauer belastet.

«Um den Sohn?», fragte Vanja.

«Hjalmar, ja.»

Man hatte Alvas Situation mit Sozialarbeitern und den

zuständigen Behörden diskutiert, aber ihre Suchtprobleme wurden nie als so ernst eingestuft, dass man Zwangsmaßnahmen in Betracht gezogen hätte. Alle waren verwundert, als sich herausstellte, dass sie Heroin gespritzt hatte.

«Aber vielleicht hat gerade ihre Unerfahrenheit zu der Überdosis geführt», beendete Ewa ihre Zusammenfassung.

Vanja dankte Sara und Ewa für die Hilfe, lehnte sich auf ihrem Bürostuhl zurück und betrachtete den Mann auf dem Passfoto. War er ein Mörder? Die Familie Sjögren hatte es nicht gut aufgenommen, dass die Untersuchung eingestellt worden war. Sie hatten mehrmals bei der Leiterin der Voruntersuchung angerufen und ihr mitgeteilt, dass sie die Unfähigkeit und das Versagen der Behörden nicht noch einmal tolerieren würden, ihr jedoch nie gedroht.

Aber sie hatten zwei Kinder verloren.

Alva vor nicht allzu langer Zeit.

Ob ihr Tod die Vorgänge ins Rollen gebracht hatte?

Zwar gab es bisher nur Indizien, aber ein Vater, der beide Kinder verloren hatte, besaß unweigerlich ein Motiv.

Es war Zeit, mit Sven Sjögren zu sprechen.

«Billy, du übernimmst die Banksache, Carlos, du begleitest mich», sagte sie, nahm ihre Jacke und verließ den Raum.

Draußen auf dem Parkplatz trafen sie Ursula, die gerade mit den lokalen Technikern sprach. Leider hatte sie nichts Neues zu berichten. Sie hatten sich Zugang zu den beiden niedrigen Häusern unterhalb des Glockenturms auf der Kungsgatan verschafft, um zu prüfen, ob die Kugel, die Angelica tödlich getroffen hatte, von dort gekommen war. Doch der Besuch bestätigte eigentlich nur, was sie schon wussten: Es gab keine Anzeichen dafür, dass sich der Schütze dort aufgehalten hatte, und der Winkel stimmte nicht überein. Jetzt konnten sie die Gebäude auf der Karte immerhin abhaken, auch wenn sie das bei der Suche nach dem Täter kein Stück weitergebracht hatte.

«Im besten Fall haben wir ihn schon. Wir erzählen es dir im Auto», erklärte Vanja.

Tim Cunningham saß Sebastian gegenüber.

Lang und schlaksig, zwischen vierzig und fünfzig Jahre alt, schwer einzuschätzen. Er trug einen marineblauen Anzug, hatte das Hemd bis zum Hals zugeknöpft, die Krawatte jedoch diesmal zu Hause gelassen, vermutlich wollte er zeigen, dass er sich in Sebastians Gesellschaft wohl fühlte. Er sah gut aus, offenbar gehörte er zu denjenigen, die genug Zeit und Geld hatten, um beides in ihre äußere Erscheinung und ihren Körper zu investieren.

Die Gesellschaftsschicht der Globalisierten, Multinationalen.

Er hatte in Sydney an einer Universität mit einem langen Namen Wirtschaft studiert, war Trainee bei McKinsey gewesen, dann folgte der erste Job bei Unilever. Sebastian hatte keine Ahnung, was diese ganzen Firmen eigentlich machten, aber er wusste, dass sie groß waren, Tim für Managerposten in unterschiedliche Länder entsandt wurde und jede Menge Geld verdiente.

Irgendwie hatte das Englische eine besondere Wirkung. Sebastian kam es so vor, als würde es allem, was dieser Mann sagte, zusätzliches Gewicht verleihen. Das war natürlich albern, aber schon als er in den 1980er Jahren an der FBI Academy in Quantico studiert hatte, war es ihm so erschienen. Und jetzt wurde der Eindruck dadurch verstärkt, dass Tim außerdem redegewandt und schlau war.

Sebastian hatte noch nicht einmal an seine schmutzigen Fenster gedacht.

Es war angenehm, mit einer intelligenten Person zu sprechen.

Tim kam zu ihm, weil seine Welt aus den Fugen geraten war. Der plötzliche Tod seiner Frau Claire hatte sein Leben zerbrochen, und er suchte Sebastians Hilfe, um wieder ein ganzer Mensch zu werden.

Claire und Tim hatten sich als Studenten kennengelernt und mit Mitte zwanzig geheiratet. Sie war sein fester Halt im Leben gewesen, seine beste Freundin. Vielleicht sogar die einzige Freundschaft in seinem rastlosen Dasein, dachte Sebastian. Vor zwei Jahren verschlug es die beiden nach Schweden, sie zogen nach Bromma und fühlten sich dort wohl.

«Ihr gefiel es besser als mir, an neue Orte zu ziehen», sagte Tim lächelnd und redete weiter darüber, wie phantastisch Claire gewesen sei. Schon bei ihrer ersten Sitzung hatte Sebastian bei Tim die Tendenz bemerkt, seine Frau und das Zusammenleben mit ihr zu romantisieren.

Er sprach nie über die Zeit davor.

Und nie über die Zeit danach. Nie über das Jetzt.

«Können Sie etwas mehr darüber erzählen, wie sie starb?», fragte Sebastian. Es war an der Zeit, das Gespräch zu dem Punkt zu lenken, weshalb sie hier saßen. Auf das Schmerzliche. Tim verstummte und sank ein wenig in seinem Sessel zusammen. «Wir müssen über das sprechen, was weh tut», fuhr Sebastian fort. «Eine Wunde kann nicht heilen, wenn man sie nicht vorher reinigt.»

«Nette Metapher», erwiderte Tim und versuchte sich an einem Lächeln.

«Danke. Es geht aber leider nicht anders.»

Tim schien es zu verstehen. Er verschränkte die Hände auf den Knien und sammelte sich. Sebastian wartete.

«Ich habe immer zu ihr gesagt, sie solle nicht im Dunkeln mit dem Rad fahren», sagte Tim leise. «Ich war gerade nach Hause gekommen, sie hätte das Auto nehmen können. Aber sie wollte nicht. Sie sagte, sie brauchte die Bewegung.»

Tim verstummte erneut. Sebastian sah ihn aufmunternd an.

«Reden Sie weiter.»

«Dann kam sie nicht nach Hause. Gegen zehn wurde ich unruhig und telefonierte herum. Gegen elf rief die Polizei an. Sie war angefahren worden.»

Erneutes Schweigen. Draußen auf der Straße piepste das Warnsignal eines ausparkenden Lastwagens.

«Dann war es vorbei», fuhr Tim fort. «Ein ganzes Leben, das einfach so endete. Sie haben den Fahrer nicht einmal ausfindig machen können.»

Der Lastwagen setzte weiter zurück. Tim saß mit gesenktem Kopf da und blickte auf seine verschränkten Hände. Sebastian hatte das Gefühl, er würde nicht mehr erzählen, deshalb unterbrach er die Stille.

«Was empfinden Sie, wenn Sie darüber sprechen?»

«Wut», antwortete Tim leise. «Ich bin wütend.»

«Weil sie starb?»

«Unter anderem.»

«Weshalb noch?»

Für einen Moment glaubte Sebastian, Tim hätte die Frage nicht gehört oder wollte sie nicht beantworten, aber dann hob er doch den Kopf und blickte ihn direkt an.

«Weil alles eine Lüge ist. Eine Lüge war.»

Sebastian betrachtete ihn verblüfft. Er begriff die plötzliche Wendung nicht ganz. Es schien, als näherte Tim sich jetzt etwas anderem, Tiefergehendem.

«Das verstehe ich nicht. Sie reden seit anderthalb Stunden ausschließlich darüber, wie gut es Ihnen beiden ging ...», bohrte Sebastian nach.

«Das war auch so. Als sie noch da war. Jetzt hat sie mich mit allem allein zurückgelassen. Mit den Lügen, damit, was sie getan hat, was wir getan haben.»

«Jetzt komme ich nicht ganz mit», gestand Sebastian. «Aber Wut ist eine absolut natürliche Reaktion auf tragische Ereignisse. Ich glaube, Sie haben andere Gefühle, die Sie noch nicht richtig sortiert haben. Aber deshalb sind Sie ja hier.»

«Ist das so?», fragte Tim und sah ihn kurz an, ehe er aufstand, zu den schmutzigen Fenstern ging und hinaussah. Sebastian wartete. Er hatte nichts dagegen zu warten. Dies war das Interessanteste, was ihm seit langem passiert war.

«Ich habe auch Sie angelogen.» Tim drehte sich um, sein Blick war schmerzlich und flehend. «Ich hatte Angst, dass Sie mich nicht annehmen würden, wenn ich die Wahrheit erzähle.»

Sebastian beugte sich vor. Jetzt wurde er richtig neugierig. Was meinte Tim?

«Warum hätte ich Sie ablehnen sollen? Was haben Sie mir nicht erzählt?»

Tim betrachtete ihn weiterhin schweigend. Allmählich gesellte sich eine ungeduldige Irritation zu Sebastians Neugier.

«Warum sind Sie hier? Hat es gar nichts mit Ihrer Frau zu tun?»

«Doch, es hat mit ihr zu tun. Alles hat mit ihr zu tun. Was sie getan hat, wozu sie mich gezwungen hat. Aber das ist wahnsinnig.»

«Ich bin Wahnsinn gewohnt, keine Sorge», entgegnete Sebastian.

Tim schien eine Weile über mögliche Alternativen nachzudenken, nickte ein wenig vor sich hin und setzte sich dann wieder, auf die äußerste Sesselkante, vorgebeugt, wie man sich positionierte, wenn man jemanden überzeugen oder überreden wollte. Oder im nächsten Moment fliehen.

«Als Claire starb, kam vieles wieder hoch ... Wir hatten einen Sohn, Frank ... der auch gestorben ist.»

«In dieser Nacht?»

«Nein. Claire und ich haben nie darüber gesprochen. Sie wollte es nicht, und ich habe es akzeptiert. Wir haben unser Leben weitergelebt, den Schmerz begraben. Getan, was wir konnten, nicht, was wir sollten ... Und als sie dann starb, war es, als würde die ganze Trauer, die ich mir verboten hatte ... zurückkommen.»

Seine Augen liefen über, und einzelne Tränen rannen seine gepflegten Wangen herab.

«Ich weiß nicht, wie ich das schaffen soll. Ich bin so wütend auf sie ... und gleichzeitig soll ich um sie trauern ... und um Frank. Und mit dem umgehen, was wir anschließend aus unserem Leben machten ... Ich kriege das nicht zusammen.»

Die vereinzelten Tränen gingen in ein stilles Weinen über. Sebastian streckte ihm die Schachtel mit den Papiertaschentüchern entgegen, die auf dem Tisch neben seinem Sessel stand. Tim zog mehrere heraus und begrub sein Gesicht darin. Sebastian fuhr so einfühlsam wie möglich fort.

«Ich verstehe nicht, was mich dazu bewegen sollte, Sie als Patienten abzulehnen.»

Tim schnäuzte sich geräuschvoll, knüllte die Taschentücher zusammen, nahm sich ein neues und wischte sich die Wangen ab. Dann schniefte er laut und holte tief Luft, als wollte er sich abhärten.

«Frank ist bei dem Tsunami in Thailand ums Leben gekommen. Genau wie Ihre Tochter», antwortete er schließlich. «Ich wollte zu jemandem gehen, der versteht, wie sich das anfühlt ...»

Sebastian erstarrte. Womit auch immer er gerechnet hatte – damit jedenfalls nicht. Für einige Sekunden wusste er nicht, wie er reagieren sollte. Die Wut war am nächsten. Und er entschied sich für sie.

«Sie haben über mich recherchiert! Sie sind hergekommen, weil ich ein Kind in dem Tsunami verloren habe? Was ist denn in Sie gefahren?»

«Entschuldigung. Ich war nur ganz besessen davon, jemanden zu finden, der versteht, wovon ich rede. Entschuldigung.»

«Im Leben nicht!»

Tim war für einige Sekunden das gelungen, was bisher nur wenige von Sebastians Patienten geschafft hatten. Ihn wütend zu machen. Es war ein kränkendes Gefühl, als wäre er überfallen worden. Tim stand auf und versuchte ihn zu beruhigen.

«Wir sind so falsch mit Franks Tod umgegangen ...» Er redete, als glaubte er, weitere Worte würden die Situation klären. Er täuschte sich, sprach jedoch weiter. «Ich weiß, dass es ein Fehler war, zu Ihnen zu kommen, aber ich dachte, Sie könnten mir helfen, ich glaube immer noch, dass Sie mir helfen können, dass wir uns gegenseitig helfen können», sagte er beinahe flehend.

«Wir werden uns nicht mehr sehen», entgegnete Sebastian hart, stand auf und öffnete die Tür. «Ihr Geld können Sie stecken lassen. Gehen Sie einfach.»

Nachdem Tim verschwunden war, sank Sebastian müde wieder auf seinen Sessel. Er fühlte sich gerädert, als hätte er einen Angriff aus dem Hinterhalt abgewehrt. Gleichzeitig irritierte es ihn, dass er sich so aus dem Konzept hatte bringen lassen. Er sollte doch professioneller sein. Erneut stand er auf. Zu viele Gedanken, zu viel Adrenalin, als dass er hätte stillsitzen können. Doch als er durch die Zimmer ging, fühlte er sich eingesperrt. Er musste etwas tun, um das Gleichgewicht wiederzufinden, die Ruhe. Die Wohnung war der falsche Ort dafür.

Als er auf die Grev Magnigatan kam, ging er automatisch nach rechts. Es war der Weg, den er immer nahm, wenn er Amanda abholte. Doch das kam ihm grundfalsch vor. Er verkraftete es nicht, dass seine beiden Welten gerade kollidierten, deshalb machte er kehrt und ging stattdessen den Strandvägen hinab. Er beschloss, einen langen Spaziergang zu unternehmen.

Das half normalerweise.

Ein weißer zottiger Hund größeren Modells war vor dem Hof im Tararpsvägen angebunden, der aus einem verfallenen zweistöckigen Wohnhaus aus Eternit mit einigen angrenzenden Schuppen und einem größeren blassroten, scheunenähnlichen Gebäude bestand. Das Grundstück wirkte verlottert, Baumaterial, Planen, einige rostige alte Autos, die vor dem Schuppen parkten. Ein schmutziger weißer Pickup älteren Jahrgangs, der fahrtüchtig wirkte, stand auf dem Kiesplatz. Also ist wahrscheinlich jemand zu Hause, dachte Vanja, als sie auf den Hof bogen und vor dem Haus parkten. Sie hatte beschlossen, unangemeldet hereinzuschneien, weil sie sehen wollte, wie das Ehepaar Sjögren reagieren würde.

Wollte die ersten, unvorbereiteten Momente einfangen.

Oft führte das zu nichts, aber mitunter konnte dadurch bei ihr ein Instinkt geweckt werden, ein Bauchgefühl. Im Laufe der Jahre hatte Vanja gelernt, mehr auf ihre Intuition zu vertrauen.

Vanja und Carlos gingen sofort zur Haustür, Ursula machte einen Abstecher zu dem weißen Pick-up. Der zottige Hund sprang auf sie zu, soweit es die Laufleine erlaubte, und bellte, wirkte aber nicht aggressiv. Vanja begrüßte ihn, und er leckte ihr fröhlich die Hand. Von nahem sah das Haus wohnlicher aus, und auf der einen Seite lag ein großer Küchengarten, in den jemand viel Zeit investiert hatte.

Gemeinsam stiegen sie die kleine Vortreppe hinauf. Carlos klingelte entschieden an der Tür. Zweimal hintereinander. Ursula gesellte sich zu ihnen, den Hund hatte sie ignoriert. Carlos klingelte erneut. Nach einer Weile öffnete Emilia Sjögren die Tür, sie hatte längeres Haar als auf dem Passfoto und wirkte erschöpfter.

«Guten Tag, ist Ihr Mann auch da? Wir müssten kurz mit Ihnen sprechen», sagte Vanja und zeigte ihre Dienstmarke. Carlos und Ursula zückten ihre ebenfalls.

«Worum geht es?», fragte Emilia, nachdem sie misstrauisch ihre Ausweise gemustert hatte.

«Es geht um Ihre Tochter Alva», antwortete Vanja knapp und beobachtete Emilia genau. Deren einzige Reaktion war, dass sie ein wenig in sich zusammensank, als sie den Namen hörte. Ihre Stimme wurde hingegen energischer und schärfer.

«Sie ist tot.»

«Das wissen wir.»

«Es tut uns sehr leid», ergänzte Carlos.

«Das glaube ich gern», sagte Emilia, und ihr ironischer Tonfall und Blick verrieten, dass sie Carlos' Bemerkung als bloße Floskel abtat.

«Was ist denn mit Ihrem Mann, ist er zu Hause?», fragte Vanja erneut, um auf den Punkt zu kommen.

«Er möchte Sie nicht treffen.»

«Ihm bleibt aber keine andere Wahl.»

Emilia musterte ihr Gegenüber einige Sekunden lang, als wollte sie prüfen, ob Vanja es ernst meinte, dann öffnete sie die Tür.

«Kommen Sie rein.»

Im Inneren des Hauses war es deutlich weniger unordentlich. Vielleicht etwas vollgestellt und mit zu vielen Ziergegenständen bestückt, aber dennoch machte dieses Zuhause den Eindruck, dass seine Bewohner eine gewisse Ordnung bevorzugten.

«Sven, die Polizei ist da!», rief Emilia ins Haus.

«Ich möchte nicht mit ihnen reden!», ertönte eine gedämpfte Männerstimme aus dem Inneren. Emilia drehte sich mit einem Was-habe-ich-Ihnen-gesagt-Blick zu Vanja um. Vanja zog die Augenbraue zu einer Das-interessiert-uns-aber-nicht-Miene. Emilia seufzte und führte sie weiter, an der Küche vorbei und zu einer geschlossenen Tür, die sie öffnete und zur Seite trat.

In einem fast völlig abgedunkelten Raum saß Sven in Jogginghose und einem weinroten Polohemd vor einem Großbildschirm auf dem Sofa. Im Fernsehen lief *Eurosport*, ein Fußballspiel aus der englischen Liga. Es roch muffig und verraucht. Aus dem kurzen Blick, den er ihnen zuwarf, sprach nichts als Verachtung.

«Was wollen Sie?», fragte er und wandte sich wieder dem Fußballspiel zu.

«Wir würden gern ein wenig über Kerstin Neuman und Bernt Andersson sprechen», sagte Vanja und betrachtete ihn so eingehend, wie es der finstere Raum erlaubte.

«Und warum?», fragte er, ohne seinen Blick vom Fernseher abzuwenden. Seine Reaktion auf die Namen verriet nichts. Vanja schielte zu Emilia hinüber, die schweigend und ausdruckslos einen Schritt hinter ihnen im Zimmer stand.

«Was glauben Sie?»

Diesmal brauchte sie sich nicht anzustrengen, um eine Reaktion zu erkennen. Sven drehte sich jäh um und starrte sie wütend an.

«Als Hjalmar und Alva gestorben sind, seid ihr nicht gekommen, da ist nichts passiert! Aber nachdem die beiden endlich gekriegt haben, was sie verdient haben, da steht ihr hier!»

Er zog eine Zigarette aus der Schachtel und steckte sie wütend an. Eine Zigarette von vielen, wie der übervolle Aschenbecher vor ihm auf dem Tisch bewies. Demonstrativ blies er den Rauch in Vanjas Richtung und wandte sich wieder dem Spiel zu. Vanja und Carlos wechselten einen schnellen Blick, ehe Carlos einige Schritte vortrat, sich demonstrativ vor Sven stellte und den Angriff von Liverpool mit seinem Körper verbarg.

«Verdienen? Was meinen Sie damit?»

«Was soll er schon damit meinen?», herrschte Emilia sie plötzlich an. «Die haben unsere Kinder umgebracht!»

Vanja drehte sich zu ihr um, der plötzliche Wutausbruch hatte ihr Interesse geweckt. Sie hatte Emilia nicht priorisiert, weil Sebastian gesagt hatte, dass sie vermutlich nach einem Mann suchten, aber sicher konnte man natürlich nie sein. Emilia trat einen Schritt auf sie zu und hob mahnend den Finger. Stille Zornestränen liefen ihre Wangen herab.

«Hjalmar und Alva waren Ihnen völlig egal, aber jetzt, jetzt kümmern Sie sich plötzlich? Jetzt sind Sie hier! Weil diese beiden Unmenschen tot sind!»

Sven kam vom Sofa hoch. Er war groß und muskulös, ein Mann, der sein Leben lang körperlich gearbeitet hatte. Vanja wich einen Schritt zurück und ließ ihre Hand unmerklich in Richtung ihrer Dienstwaffe wandern. Die Stimmung im Raum hatte sich massiv verändert. Sven hob beschwichtigend die Hand, ging um das Sofa herum zu seiner Frau und legte den Arm um sie. Schluchzend presste sie ihr Gesicht in sein Polohemd.

«Wir möchten, dass Sie jetzt gehen», sagte er leise mit zusammengebissenen Zähnen.

«Vorher würde ich mir gern Ihre Waffen ansehen», sagte Ursula, und sowohl Sven als auch Emilia wandten sich erstaunt zu ihr, als hätten sie ihre Anwesenheit vergessen.

«Nein.»

«Wir brauchen keinen Hausdurchsuchungsbefehl, falls Sie das glauben», sagte Vanja. «Das ist nur im Fernsehen so.»

Es wurde still im Raum, lediglich der Kommentator von *Eurosport*, der ekstatisch einen schönen Freistoß bejubelte, war noch zu hören. Emilia warf ihrem Mann einen Blick zu, den Vanja nicht ganz deuten konnte, aber davon abgesehen glaubte sie, mittlerweile genug über das Ehepaar Sjögren zu wissen, um sie auf das Revier bringen zu lassen.

Vanja informierte die Kollegen, die Sven und Emilia abholten, dass sie voneinander getrennt werden sollten, um sich nicht absprechen zu können. Außerdem entschied sie, dass nur die Reichsmordkommission die Vernehmung durchführen sollte. Sie überlegte, ob sie die Staatsanwältin anrufen und ihr berichten sollte, dass sie zwei Personen auf der Grundlage eines Anfangsverdachts festgenommen hatten, beschloss jedoch, damit noch zu warten. Sie würde es noch früh genug erfahren.

Vanja kehrte in das Haus zurück, wo Ursula inzwischen Svens Waffenschrank ausfindig gemacht hatte und bereits das Jagdgewehr untersuchte. Es war gepflegt und erst kürzlich gereinigt worden, was darauf hindeutete, dass es vor nicht allzu langer Zeit benutzt worden war. In einer Schublade fand sie außerdem ein teures Zielfernrohr, das perfekt zu dem Gewehr passte, sowie einige Schachteln Munition. Ursula kümmerte sich darum, dass alles verpackt und mit Etiketten versehen wurde, holte ihr Handy hervor und suchte den Kontakt, den sie brauchte. Gunnar Nordwall. Sie hatten vor ewigen Zeiten in Linköping zusammengearbeitet, als das NFC noch SKL hieß – Staatliches Kriminaltechnisches Labor. Ursula war zur Reichsmordkommission gegangen, er hatte beim NFC Karriere gemacht, aber sie waren in Kontakt geblieben. Gunnar schien sich über ihren Anruf zu freuen, und nachdem sie einige Höflichkeitsfloskeln gewechselt hatten, fragte er sie, womit er ihr dienen könne.

«Ich werde euch ein Jagdgewehr und Munition schicken und brauche so schnell wie möglich einen Schussvergleich», erklärte Ursula.

«Geht es um Karlshamn?»

«Ja. In zweiundsiebzig Stunden müssen wir über den Haftbefehl entscheiden.»

«Das schaffe ich bis dahin, du musst nur zusehen, es schnell zu uns zu bringen.»

Während Ursula noch ein bisschen mit ihrem ehemaligen Kollegen plauderte, machte Vanja einen Abstecher in das nächste Stockwerk. Carlos konzentrierte sich unterdessen auf das Erdgeschoss. Oben gab es vier Zimmer, drei Schlafzimmer und ein Bad. Das Zimmer der Eltern war am größten und unordentlichsten. Grüne Tapeten mit Goldmuster, ein großes, ungemachtes Doppelbett an der einen Wand, mit einem Nachttisch auf jeder Seite, eine schwarz gestrichene Kommode, ein Sessel, ein einfacher Schreibtisch und ein großer Schrank mit mehreren weißen Türen. Kleidung und verschiedene Gegenstände lagen kreuz und quer über alle Flächen verstreut. Sessel, Schreibtisch, Kommode.

Das Zimmer nebenan musste Alvas gewesen sein. Eine Kommode mit Duftkerzen, ein Spiegel, in dessen Rahmen Polaroidfotos steckten, und der große Teddybär auf dem weiß-rosa Bettüberwurf sorgten für das Klischee eines Mädchenzimmers.

Das Bett war ordentlich gemacht, der Raum aufgeräumt.

Das nächste Zimmer war Hjalmars. Ebenso sauber und ordentlich. Als wäre die Zeit stehengeblieben, Eminem-Plakate und Fotos einer Handballmannschaft von vor einem Jahrzehnt.

Beide Zimmer warteten immer noch darauf, dass diejenigen, die hier gewohnt und gelebt hatten, zurückkehren würden. Nach Hause kommen.

Es war ein Haus voll Verlust und Trauer.

«Vanja!», rief Carlos aus dem Untergeschoss und riss sie aus ihren Gedanken. Sie ging nach unten. Carlos stand in der Küche vor einer geöffneten Schublade und hielt eine Digitalkamera in der Hand. Auf dem LCD-Display waren die letzten Aufnahmen zu sehen.

«Guck mal, wen sie fotografiert haben. Dem Datum nach am Tag vor seiner Ermordung», sagte er, als sie zu ihm kam, und streckte ihr die Kamera hin. Sie blätterte sich langsam durch die Bilder. Mehrere Fotos, alle von Bernt Andersson. Aus der Entfernung aufgenommen. Eindeutig heimlich.

«Sie sind uns zweifellos eine Erklärung schuldig.»

Es war nicht einmal mehr ein Gesicht.
Nur Blut und Fleisch und Knochen und Haut, als hätte man jemandem, der noch nie ein Gesicht gesehen hatte, alle Teile zur Verfügung gestellt, damit er eines konstruierte, und er hätte irgendwann keine Lust mehr gehabt und alles nach dem Zufallsprinzip zusammengeklatscht.

Oder als hätte jemand mehr als ein Dutzend Mal mit einer schweren Glasflasche darauf eingeschlagen.

Julia sah aus, als wäre sie einem Horrorfilm entsprungen, als sie sich aufrichtete und Rasmus anblickte. Er wusste nicht, wie er reagieren sollte. Sein Gehirn konnte überhaupt nicht verarbeiten, was er gerade erlebt hatte. Und dabei war es nicht einmal schnell gegangen. Julia war überaus methodisch vorgegangen und hatte vor jedem Schlag mit der erhobenen Flasche innegehalten und gezielt.

Er hatte nicht versucht, sie daran zu hindern, hatte nicht geschrien und war auch nicht davongerannt.

Er hatte lediglich dagestanden und es geschehen lassen. So wie er auch jetzt dastand. Sein Kopf war vollkommen leer. Er sah den Körper, das Blut, Julia, die Flasche, aber nichts schien zusammenzupassen. Auf irgendeine Weise hatte das nichts mit ihm zu tun.

Stumm betrachtete er die blutverschmierte Frau mit den lila Haaren, die vor ihm stand, und ihm fiel auf, dass sie ruhig wirkte, also war vermutlich alles in Ordnung. Vielleicht war diese Szene nicht einmal real. Wie oft hatte er schon von Julia phantasiert. Allerdings nie so. Natürlich nicht so. Das hier war krank, unglaublich krank. Es konnte nicht wirklich passiert sein.

Julia ließ die Flasche sinken, machte einen Schritt über den leblosen Körper am Boden und ging auf Rasmus zu. Ihr blutbespritztes Gesicht war jetzt dicht vor seinem, und sie ergriff seine Hände. Ihre Hände waren kalt.

«Hilfst du mir?», flüsterte sie, und er nickte nur stumm. Er dachte, er sollte ihr helfen, die Polizei zu rufen, zu erklären, was passiert war, von dem Vergewaltigungsversuch berichten, als Zeuge aussagen, sie unterstützen, für sie da sein. Natürlich würde er ihr helfen.

«Hast du ein Auto?»

Jetzt war er verwirrt. Wozu brauchte sie ein Auto? Die Polizisten würden ins Hotel kommen, sie musste mit ihnen fahren. Doch er nickte erneut.

«Gut. Wir müssen ihn schnell von hier wegschaffen, bevor jemand kommt.» Sie ließ seine Hände los und stieg erneut über den Toten, beugte sich herab und packte ihn an den Beinen. «Jetzt mach schon.»

Er trat vor und packte den Toten unter den Armen, dabei drehte er sich weg, um nicht das sehen zu müssen, was einmal ein Gesicht gewesen war. Mit vereinten Kräften gelang es ihnen, den schweren Körper über das Geländer zu bugsieren. Als er hörte, wie die Leiche laut auf der dunklen, menschenleeren Hintergasse dort unten aufschlug, überlegte er, ob die Polizei ihn wegen Beihilfe zum Mord verhaften würde und ob er sich damit verteidigen könnte, dass er unter Schock gestanden hatte und deshalb nicht für seine Handlung verantwortlich gemacht werden durfte.

Kann man überhaupt noch denken, dass man unter Schock steht, wenn man unter Schock steht?

Er hatte keine Zeit, weiter darüber nachzugrübeln. Julia

trat zu ihm, nahm seine Wangen in ihre blutigen Hände und hielt ihn fest, zwang ihn dazu, ihrem auffordernden Blick zu begegnen, damit sie sich seiner vollen Aufmerksamkeit sicher sein konnte.

«Rasmus, wir machen es wie folgt. Du musst meinen Mantel holen und ihn mir zusammen mit einem Eimer Wasser bringen. Wenn jemand fragt, sagst du, ich hätte mich hier draußen übergeben. Hast du verstanden?»

Er nickte nur. Mantel holen, Eimer mit Wasser, Julia hat sich übergeben. Sie steckte die Hand in ihre Tasche und reichte ihm eine Garderobenmarke.

«Hol meinen Mantel und Wasser und komm, so schnell es geht, wieder.»

«Verstehe», sagte er und nickte wieder. «Verstehe.»

Dann drehte er sich um und ging. Erstaunt darüber, dass ihm seine Beine so gut gehorchten. Drinnen war es jetzt fast leer. Keiner tanzte mehr zur Musik, die letzten Gäste machten sich zum Gehen bereit. Er eilte die Treppe hinab, entschuldigte sich dafür, dass er sich vordrängelte, und gab die Garderobenmarke einem Mädchen, das, wie er glaubte, Lisa hieß. Als er ihr die Marke überreichte, bemerkte er, dass verschmiertes Blut daran klebte, aber Lisa schien es nicht aufzufallen. Sie kam mit dem dunklen Mantel zurück, er bedankte sich und lief wieder nach oben, in die Personalräume und zur Putzkammer. Dort nahm er sich einen Eimer und füllte ihn mit Wasser. Auf dem Weg zurück zur Terrasse und zu Julia fragte ihn keiner, wozu er das Wasser brauchte und wohin er wollte. Als ihm die kalte Nachtluft entgegenschlug, spürte er, wie er wieder ein wenig die Kontrolle über sich erlangte. Seine Hände begannen zu zittern, und er verschüttete etwas Wasser, aber seine Gedanken wurden klarer, zusammenhängender.

Jemand hatte versucht, Julia zu vergewaltigen. Rasmus hatte ihn niedergeschlagen. Julia hatte ihn getötet. Den Vergewaltiger. Er hatte Julia Schaden zufügen wollen. Er hatte es verdient.

Rasmus war sich nicht ganz sicher, ob Letzteres stimmte, aber der Gedanke half ihm.

Es war wirklich nicht einmal mehr ein Gesicht.

Sie hatten nichts, um ihn einzuwickeln, weshalb dies der erste Anblick war, der Rasmus begegnete, als er den Kofferraum wieder öffnete. Merkwürdigerweise hatte er sich inzwischen schon fast an den gesichtslosen Mann gewöhnt.

Macke. Marcus Rowell.

Der offenbar einmal «der König der 9B» gewesen war.

Julia hatte von ihm erzählt, als sie davongefahren waren. Nachdem sie sich und die Fliesen auf der Terrasse gesäubert hatte, so gut es ging, und Rasmus und sie gemeinsam das Hotel verlassen und sein Auto geholt hatten, um zu der Gasse hinter dem Haus zu fahren. Aus den geöffneten Fenstern im ersten Stock war noch immer Musik gedrungen, als sie die Leiche wegschleiften und mit vereinten Kräften in den Kofferraum bugsierten.

Die Leiche des Vergewaltigers. Der Julia Schaden zugefügt hatte. Der es verdient hatte.

Mit gemäßigtem Tempo waren sie von dort weggefahren, auf die Prinsgatan und am Kanal zum Västra Kajen entlang. Rasmus hatte darauf geachtet, alle Verkehrsregeln einzuhalten, nicht zu schnell zu fahren und auf Fußgänger aufzupassen.

«Weißt du, wer das war?», hatte Julia gefragt und so das Schweigen gebrochen.

«Nein, ich kannte ihn nicht.»

«Macke. Marcus Rowell. Der König der 9B.» Sie stieß ein kurzes freudloses Lachen aus, und er schielte zu ihr hinüber. Sie saß im Schneidersitz, sah durch das Seitenfenster und kaute auf einem Fingernagel. «Er hat mich in der Neunten auf einer Party vergewaltigt. Er und ein anderer Typ.»

Rasmus schwieg. Er wusste nicht, was er sagen sollte. Aber der Mann, der in seinem Kofferraum lag, hatte Julia tatsächlich Leid zugefügt, das begriff er. Und er war zunehmend davon überzeugt, dass dieser Mann seinen Tod verdient hatte.

«Was machen wir jetzt?», fragte er, als die Industriegebäude und die erleuchteten Zisternen des Hafens vor ihnen auftauchten.

«Wir lassen die Leiche verschwinden.»

«Und wo?»

«Irgendwo, wo sie niemand findet.»

Er hielt an, und sie diskutierten kurz, wo das sein könnte, und einigten sich auf ein Gewässer. Sie würden ihn versenken. Ob Rasmus etwas zum Beschweren im Auto hatte? Hatte er nicht, aber sie fanden Eisenschrott, Steine und Beton entlang des Kais, die hoffentlich reichen würden. Als sie wieder im Auto saßen, holte Julia ihr Handy hervor und öffnete die Karten.

«Långasjön, so wie es aussieht, gibt es genügend Straßen und Wege, die zum nördlichen Seeufer führen.»

Fünfundzwanzig Minuten später parkte Rasmus das Auto. Er ließ die Scheinwerfer an, sodass sie den dunklen, stillen See vor ihnen erleuchteten und das Auto wütende Warnsignale von sich gab, als sie ausstiegen, nach hinten gingen und den Kofferraum öffneten.

Es war wirklich nicht einmal mehr ein Gesicht.

Rasmus beugte sich herab und wollte die Gestalt gerade packen, als ein Handyklingeln die Stille zerriss. Er sah Julia an, die jedoch den Kopf schüttelte, und dann blickte er wieder in den Kofferraum. Das Klingeln kam von dort. Schweigend warteten sie, bis das Telefon verstummte, ehe Rasmus Mackes Taschen durchwühlte und das Handy suchte. Ein verpasster Anruf. Fille.

«Verdammt! Handys lassen sich orten.»

«Gib es mir.»

Er reichte ihr das Handy, und Julia ging zum See hinunter. Im weißen Scheinwerferlicht sah er, wie sie es wegschleuderte, und hörte einen kleinen Platsch, als es die Wasseroberfläche durchbrach, sank und verschwand.

«Was machen wir jetzt?», fragte er, als sie wieder in die Dunkelheit hinter dem Auto trat.

«Wir nehmen einen anderen See.»

Die Wahl fiel auf einen, dessen Namen sie nicht kannten. Fünfundzwanzig Kilometer von dem Ort entfernt, wo sie das Handy versenkt hatten. Mit vereinten Kräften hievten sie den toten Mann aus dem Kofferraum und stopften so viel Schrott und Steine wie möglich in seine Taschen, ehe sie ihn auf einige Klippen schleiften, die an einer Stelle abfielen, wo ihnen das Wasser tief genug erschien. Nach einer halben Minute verrieten nur noch einige Blasen an der Oberfläche, dass überhaupt etwas die Ruhe gestört hatte.

Sie gingen zurück. Rasmus schlug den Kofferraum zu und lehnte sich an das Auto. Plötzlich merkte er, wie müde er war. Vollkommen fertig. Wahrscheinlich hatte das mit dem abklingenden Adrenalinrausch zu tun. Er schloss die Augen, atmete tief ein und öffnete sie erneut, weil er fürchtete, tatsächlich einzuschlafen. Julia stand neben ihm.

«Danke», sagte sie leise.

Er konnte nicht antworten. Hatte keine Kraft mehr und konnte sich kaum noch aufrecht halten.

«Ich weiß, dass es ... widerlich war. Was ich getan habe. Es tut mir leid, dass ich ... dass du ... ich habe einfach nur noch rotgesehen.»

Er nickte nur. Was sollte er sagen? Was konnte er sagen?

Sie kam näher, drückte sich an ihn und ergriff wieder seine Hände. Mit einiger Mühe hob er den Kopf und sah sie an.

«Wie geht es dir?», fragte sie und drückte seine Hände.

«Gut.»

Sie legte den Kopf schief und betrachtete ihn, als wollte sie herausfinden, ob er die Wahrheit sagte, dann schlang sie die Arme um ihn, legte ihren Kopf an seine Brust, und er spürte, dass sie anfing zu weinen.

Leise, beinahe lautlos. Er drückte sie fester an sich und lehnte die Wange an ihr lila Haar.

Irgendwo auf der anderen Seite des Sees bellte ein Reh. Ansonsten war alles still. Rasmus blickte auf das dunkle Wasser. Nirgends waren Lichter zu sehen. Nur über ihnen die Sterne. Nur sie beide. Ganz dicht beieinander. Niemand sonst. Davon hatte er immer geträumt.

Ja, es ging ihm gut. Seltsamerweise.

Das Spazierengehen hatte nicht geholfen. Nichts half. Dieser verdammte Tim Cunningham.

Es war sein Fehler, dass Sebastian sich innerlich immer noch krümmte vor Wut und Furcht. Eine Weile hatte er überlegt, ob er Ursula anrufen sollte. Aber was hätte er ihr sagen sollen? Es war unmöglich, über Tim zu wettern, ohne den Grund zu nennen, und so weit wollte er nicht gehen. Sie wusste, wie er Sabine verloren hatte, aber er sprach nie mit ihr darüber. Und auch mit niemand anderem.

Sebastian stellte die Kaffeemaschine in der Küche an. Reglos stand er da und sah zu, wie sich die Kanne langsam füllte. Früher hatte er seine Angst mit ständigen Eroberungen und sinnlosem Sex betäubt.

Aber das war früher. Vor Uppsala.

Er versuchte, nicht mehr daran zu denken, wie sein fahrlässiges, destruktives Verhalten letzten Endes dazu geführt hatte, dass er der Vater von Vanjas Kind hätte sein können, so unwahrscheinlich das auch klingen mochte. Diese Angst hatte ihn ihre gesamte Schwangerschaft hindurch geplagt, und als Amanda geboren wurde, hatte er beschlossen, einen Gentest mit ihr zu machen. Zwar sah sie Jonathan unglaublich ähnlich, aber er musste sich vollkommen sicher sein. Und so hatte er heimlich eine Speichelprobe von ihr entnommen und sie an ein Labor geschickt, das im Internet Vaterschaftstests anbot. Die Tage, in denen er auf das Ergebnis gewartet hatte, waren schrecklich gewesen. Aber der Test war negativ ausgefallen. Amanda war Jonathans Kind.

Er hatte nicht alles zerstört.

Doch das war reines Glück gewesen, und deshalb hatte er beschlossen, sein Leben von Grund auf zu ändern.

Es war besser gegangen und leichter gewesen, als er es sich vorgestellt hatte, die destruktiven Triebe zu unterdrücken. Erst war er erstaunt gewesen, dann stolz auf sich. Amanda machte es ihm leichter. Dass Vanja ihn akzeptierte, trug auch dazu bei, genau wie die Beziehung zu Ursula. So wurde er ständig daran erinnert, was er zu verlieren riskierte, wenn er einen Rückfall erlitte.

Doch eigentlich hatte er lediglich ein schädliches, zerstörerisches Verhalten eingestellt und nicht an den wahren Gründen dafür gearbeitet. Den ursächlichen Faktoren, wie es so schön hieß. Er hatte die Wunde nicht gereinigt, und sie war noch immer offen und entzündet.

Vergiftete ihn weiter.

Er schenkte sich eine Tasse Kaffee ein und nahm sie mit ins Wohnzimmer.

Tim hatte etwas in ihm getriggert.

Und Sebastian hatte instinktiv reagiert, emotional. Das war vielleicht verständlich, aber nicht besonders konstruktiv. Seine Wut und Rastlosigkeit zu bejahen, würde zu nichts führen. Seine Stärke war die Intelligenz. Die richtigen Fragen zu stellen, um die richtige Antwort zu erhalten.

Warum war er so wütend geworden?

Was war der wahre Grund gewesen?

Tim hatte Sabine erwähnt. Daraufhin hatte sein Reptilienhirn die Kontrolle übernommen, und er hatte sich verletzt und ausspioniert gefühlt. Unterlegen, weil er unsicher war, wie viel Tim eigentlich wusste.

Wahrscheinlich wusste er nur von Sabine. Tim hatte jemanden treffen wollen, der ihn verstand, der die gleichen

Erfahrungen gemacht hatte. Dabei konnte er eigentlich nur wissen, dass Sebastian seine Tochter verloren hatte. In Sebastians Wikipedia-Eintrag stand zu lesen, wie Sabine und Lily gestorben waren, weshalb Tims Nachforschung nicht gerade eine massive Verletzung der persönlichen Integrität darstellte.

Warum war er dann so wütend geworden?

Tim hatte gelogen.

Wobei, hatte er das wirklich? Er war beunruhigt gewesen, wie Sebastian reagieren würde, und hatte erst eine Beziehung zu ihm aufbauen wollen, ehe er von seinem wirklichen Anliegen erzählte. Und wenn Sebastian eines unterschreiben konnte – es war fast schon sein Motto –, dann war es die Feststellung, dass es noch keine Lüge war, wenn man nicht alles erzählte.

Also, warum war er so wütend geworden?

Inzwischen glaubte er die Antwort zu kennen.

Er verstand Tim.

Er erkannte sich in Tim wieder.

Verdammt. Er *war* Tim.

Es war nun fast siebzehn Jahre her, dass ihm Sabine genommen worden war, aber genau wie Tim und Claire hatte er den Verlust nie verarbeitet. Er hatte ihn zwar nicht so verdrängt wie die beiden, aber auf keinen Fall verarbeitet.

Stattdessen hatte er in der Gegend herumgevögelt, sich von allem distanziert und immer wieder die falschen Entscheidungen getroffen.

Allerdings, er war damit allein gewesen.

Tim hatte Claire gehabt. Aber eigentlich war er genauso isoliert gewesen und hatte mit niemand anderem darüber sprechen dürfen oder können. Bis jetzt.

Sebastian lehnte sich in seinem Sessel zurück und nahm

einen Schluck Kaffee. Dies war besser. Kontrolle. Analyse. Jetzt erkannte er sich selbst wieder.

Plötzlich tauchte etwas in seinem Kopf auf. *Ich glaube, dass wir uns gegenseitig helfen können.* Sebastian trank erneut von seinem Kaffee und dachte, dass Tim recht haben könnte und es einen Versuch wert wäre. Wenn er zu nichts führte und ihm nichts gab, konnte er das Experiment ja einfach wieder beenden. Was auch immer das Ergebnis war, so würde er immerhin noch einige Sitzungen abrechnen können.

Er holte sein Handy hervor und suchte Tim in den Kontakten. Es klingelte. Lange. Dann sprang die Mailbox an.

«You have reached Tim Cunningham, please leave a message.»

Sebastian lehnte sich zurück und grinste vor sich hin.

«Kaufen Sie sich ein Los, heute ist Ihr Glückstag. Sie bekommen eine zweite Chance.»

Es wurde gerade hell, als sie sich hinlegten.

Rasmus war freudig überrascht gewesen, als sie ihn gefragt hatte, ob sie bei ihm schlafen dürfe. Natürlich durfte sie, aber warum? Sie wolle einfach nur nicht zu ihrer Mutter nach Hause, hatte sie gesagt, sondern lieber bei ihm sein. Auf dem Rückweg redeten sie kein Wort. Als sie etwa die halbe Strecke zurückgelegt hatten, schaltete er das Radio ein, aber sie stellte es wieder aus. Erst als sie in die Garageneinfahrt vor dem grau-blauen, einstöckigen Haus im Hagalundsvägen einbogen, brach sie das Schweigen.

«Wer hat das Haus behalten?»

«Mein Vater, aber der ist nicht zu Hause, er ist bei seiner Neuen.»

«Magst du sie?»

«Die ist in Ordnung.»

Sie stiegen aus und gingen ins Haus. Julia schlüpfte aus ihren Sneakers, ohne die Schnürsenkel zu öffnen, blieb hinter der Tür stehen und blickte in das Wohnzimmer, das direkt vor ihnen lag. Sie sah das, was sie sehen musste. Unmodern, zerschlissen, verwohnt.

«Es ist wie immer», sagte sie und bestätigte seine Gedanken, wenn auch mit anderen Worten.

«Nach Beccas Tod ist nicht viel passiert, und dann hat mein Opa sich das Leben genommen, und mein Vater hatte keine Kraft mehr, um sich um andere Dinge zu kümmern.»

Sie verließen den Flur, und zu seiner Verwunderung bog sie rechts ab, in die Küche.

«Möchtest du etwas essen oder trinken?»

«Nein.»

Sie ging zum Küchentisch und strich mit den Fingern darüber. Bei dem mehrere Zentimeter langen grünen Strich hielt sie inne. An den hatte Rasmus lange nicht mehr gedacht.

«Den habe ich gemalt. Ich wollte testen, ob ein Permanent Marker wirklich permanent ist.»

«Ist er.»

«An dem Abend hat sie gesagt, dass sie nicht zum Peace and Love mitkommen würde, weil die Mannschaft sie in Skövde brauche.»

So war es gewesen, das hatte er fast vergessen. Becca wollte mit dem Handball aufhören. Es war zu zeitraubend, sie wollte andere Dinge unternehmen, mehr Spaß haben, mit Julia und ihren anderen Freundinnen abhängen. Das war auch kein großes Problem für die Eltern. Wenn sie nicht mehr wolle, sei es eben so, aber sie habe versprochen, beim Sommerturnier in Skövde mitzuspielen, und das müsse sie auch einhalten. Allerdings konnte sie deswegen nicht mit zum Musikfestival nach Borlänge fahren, woraus sich ein großes Drama entwickelte. Es gab einen richtigen Kleinkrieg. Viele Tränen, viele Flüche und knallende Türen. Aber in diesem Punkt waren ihre Eltern hart geblieben. Man müsse halten, was man versprochen habe.

Rasmus wollte nicht einmal daran denken. Er wollte gar nichts mehr, außer ins Bett.

«Ich bin müde», sagte er, ohne auf Julias sicherlich schmerzliche Erinnerungen einzugehen. Der ganze Abend war wie ein Fiebertraum gewesen, dessen Wahnsinn sich in rasender Geschwindigkeit gesteigert hatte. Er musste entschleunigen. Er musste schlafen.

«Ich auch.»

«Du kannst in Papas Bett schlafen, dann wechsle ich die Bettwäsche, oder auf dem Sofa, wenn du willst.» In Beccas Zimmer stand auch immer noch ein Bett, aber das bot er gar nicht erst an.

«Ich möchte bei dir schlafen.»

Sie drehte sich zu ihm um, und sein Herz klopfte so heftig, dass er glaubte, sie könnte es sehen.

«Klar, wenn du willst», entgegnete er und spürte zu seiner Freude, dass er genauso entspannt klang, wie er es gehofft hatte.

Sie gingen an Beccas Zimmer vorbei. Die Tür war geschlossen, und Julia blieb nicht einmal stehen, sondern lief zum Ende des kleinen Flurs weiter, wo sein Zimmer lag.

«Hier hat sich doch ein bisschen was verändert», meinte sie, während sie den Raum musterte.

Wann war sie zum letzten Mal da gewesen? Es musste mehr als zehn Jahre her sein. Er erinnerte sich nicht mehr, wie es damals ausgesehen hatte, aber jedenfalls anders als heute. Zum Glück.

«Ich müsste duschen.»

«Du weißt ja, wo das Badezimmer ist, im Schrank sind Ersatzzahnbürsten. Über dem Waschbecken. Die Handtücher liegen darunter. Also, unter dem Waschbecken ...»

Sie lächelte ihn an, und er senkte den Blick, während sie an ihm vorbei und wieder in den Flur ging, und fluchte innerlich, dass er so nervös drauflosplapperte wie ein Pubertierender in einer amerikanischen Teenagerkomödie. Als er hörte, wie sie das Wasser in der Dusche aufdrehte, eilte er ins Gästebad. Dort hatte er keine Zahnbürste, aber es gab eine Tube Zahncreme für den Besuch, den sie nie hatten. Er drückte einen Klecks auf seinen Zeigefinger. Zurück in seinem Zimmer zog er die Hose, den Kapuzenpulli und die Strümpfe aus. Beim T-Shirt zögerte er. Sollte er es anbehalten, wenn sie das Bett teilten? Würde es seltsam wirken, wenn er mit nacktem Oberkörper im Bett lag, wenn sie hereinkam? Er behielt das Shirt an, kroch unter die Decke und drückte sich an die Wand. Julia duschte immer noch.

Draußen am See, die ganze Heimfahrt über und noch bis vor wenigen Sekunden hatte er geglaubt, dass er sofort einschlafen würde, sobald sein Kopf auf das Kissen sank, aber jetzt war er nicht mehr so erschöpft. Ganz im Gegenteil, als er hörte, wie die Badezimmertür geöffnet und geschlossen wurde, war er plötzlich hellwach. Sie kam in ein dunkelblaues Badetuch gewickelt herein, ließ ihr zerrissenes Kleid, das sie in der Hand hielt, auf den Boden fallen, ging zum Bett, ließ dort auch das Handtuch herabgleiten und kroch nackt zu ihm ins Bett. Er presste sich fest an die Wand, aber sie kam ihm trotzdem nah. Da spürte er die Wärme ihres Körpers und das nasse Haar, das seine Schulter streifte, und er roch den Duft von Shampoo und Seife. Sie legte ihre warme Hand auf seinen Bauch.

«Ist das für dich okay?», fragte sie und ließ ihre Hand zu seinem halbsteifen Schwanz herunterwandern, der vermutlich Antwort genug war.

«Mhm», brachte er hervor, und sie beugte sich über ihn und küsste ihn.

Anschließend hatte er zu kämpfen. Sein Körper, sein Kopf, alles war leer, ausgelaugt, erschöpft. Doch er wollte in diesem Moment verharren.

Sie beide. In seinem Bett.

Sie lag auf seinem Arm, hatte das Bein über seines gelegt und atmete ruhig an seinem Hals. Er hatte sich so danach gesehnt, hatte sich dies schon so lange gewünscht, so oft, dass es ihm unmöglich erschien, jetzt einzuschlafen. Dieser Moment würde nicht ewig währen.

«Wir werden nicht damit durchkommen, oder?», fragte er leise und strich ihr leicht mit den Fingern über das Haar. Julia antwortete nicht, und er vermutete erst, dass sie eingeschlafen war, aber dann sagte sie mit schläfriger Stimme doch etwas.

«Wahrscheinlich nicht.»

Das war vielleicht nicht die Antwort, die er sich erhofft hatte, aber merkwürdigerweise machte es ihm nicht viel aus. Solange er sie bei sich haben durfte. So eng bei ihr liegen, sich von ihr wärmen lassen konnte, diese Nacht, vielleicht auch noch einige weitere Nächte.

«Wie lange wird es wohl dauern, bis die Bullen kommen?»

«Erst muss ihn jemand vermissen.»

«Wir müssen den Kofferraum sauber machen.»

«Wir müssen wohl eine ganze Menge erledigen. Aber vorher sollten wir schlafen.» Sie gab ihm einen Kuss auf die Wange, ehe sie ihre Hand in seinen Nacken legte und seinen Kopf an ihre Stirn zog.

«Ich bin schon so viele Jahre in dich verliebt ...», murmelte er und schloss die Augen.

«Ich weiß.»

Frühstück. Oder besser gesagt Brunch. Es war schon fast zwölf. Sie hatten viele Stunden geschlafen. Er war vor ihr aufgewacht. Lange hatte er sich nicht bewegen wollen und ihre Nähe genossen. Sie wurde davon wach, dass er sie ansah. Er entschuldigte sich, falls es ihr unheimlich vorkam. Sie lächelte ihn nur an, gab ihm einen Kuss auf den Mund und fragte, ob er auch hungrig sei.

Jetzt saß sie am Küchentisch mit dem grünen Strich und bestrich einen Toast mit Marmelade. Der Kaffee lief durch den Filter der Maschine. Rasmus trank keinen Kaffee, sondern nahm sich ein Glas Saft.

«Warum hast du nichts Eigenes?», fragte sie und nahm einen großen Bissen von ihrem Brot.

«Wie, was meinst du genau?»

«Warum wohnst du noch hier? Wie alt bist du denn? Zweiundzwanzig, dreiundzwanzig?»

«Ich kann es mir nicht leisten.»

«Aha.»

«Ich wurde vor ein paar Jahren übers Ohr gehauen. Ich war Teilhaber einer Autowerkstatt, und dann hat sich herausgestellt, dass der andere Typ reihenweise Kredite in meinem Namen aufgenommen hatte, und schließlich stand der Gerichtsvollzieher vor meiner Tür.»

«Wie viel hatte er denn aufgenommen?»

«Etwas mehr als vierhunderttausend. Aber ich durfte Privatinsolvenz anmelden, und in fünf Jahren bin ich schuldenfrei. Dann bin ich siebenundzwanzig, das ist auch nicht die Welt.»

«Du musst doch wahnsinnig wütend gewesen sein.»

«Ja, aber letzten Endes bin ich selbst schuld, ich hatte einfach keinen Durchblick.»

«Sie wollen immer, dass man denkt, man wäre selbst schuld.»

«Wer will das?»

«Die Schweine. Die Dreckskerle. Alle ‹Mackes› dieser Welt. Und man redet sich selbst ein, dass sie recht haben, weil sie dann ungestraft davonkommen. Wenn sie selbst schuld wären, kämen sie doch wohl in den Knast und würden irgendwie bestraft werden, oder?»

«Ja, vermutlich schon ...»

Er wollte nicht an die gestrigen Ereignisse erinnert werden. Der Abend war schon verblasst wie ein böser Traum, und Rasmus war erstaunt, wie leicht er verdrängen konnte, was sie getan hatte und woran er sich beteiligt hatte. Er frühstückte in seiner Küche. Mit Julia. Sie hatten miteinander geschlafen. In diesem Moment wollte er verharren und nicht an das zurückdenken, was der Auslöser dafür gewesen war.

«Der Typ, der dich verarscht hat, dem geht es gut. Du bist ihm völlig egal», erklärte Julia, und ihre Stimme klang plötzlich hart. Anscheinend war das Thema für sie noch nicht beendet. Wie es Aakif wirklich ging, dem Typen, der ihn betrogen hatte, wusste Rasmus nicht, aber dass er ihm egal war, stimmte wahrscheinlich. Rasmus versuchte, nicht zu viel darüber nachzudenken, aber gerecht war es natürlich nicht. Er musste fünf Jahre lang vom Existenzminimum leben und war gezwungen, nebenher schwarz zu arbeiten, so wie gestern im Hotel, um wenigstens ein bisschen eigenes Geld zu haben. Deswegen war es unmöglich für ihn, von zu Hause auszuziehen, sich ein eigenes Auto zuzulegen, zu reisen und zu leben.

«Aber weißt du was», sagte Julia und beugte sich über den Tisch. «Zurückzuschlagen, diese Flasche in sein hässliches, ekliges Gesicht zu schmettern ... das hat sich gut angefühlt.»

Sie stand auf und ging um den Tisch herum und setzte sich rittlings auf seinen Schoß. Dann legte sie Rasmus die Hände auf die Wangen und zwang ihn, sie anzusehen. In ihrem Blick lag etwas Siegesgewisses, Triumphales.

«Ich möchte mich immer so fühlen.»

«Ich auch», sagte er und war sich sicher, dass sie sich ungefähr gleich fühlten, wenn auch aus unterschiedlichen Gründen.

«Ich glaube, wir schaffen das.»

Er blickte sie fragend an und hoffte, sie würde damit meinen, sie sollten wieder zurück in sein Zimmer gehen.

«Hast du Papier und Stift? Wir werden eine Liste erstellen.»

Du hast deine Meinung also nicht geändert?»

Ursula kannte die Antwort schon, fragte aber vorsichtshalber trotzdem. Es bestand doch immerhin eine winzige Chance, dass er ... nein, warum versuchte sie sich selbst zu belügen? Immerhin sprach sie mit Sebastian Bergman. Seine Meinung ändern, selbstlos andere unterstützen, für jemanden da sein, das war nicht unbedingt seine Sache.

«Auf keinen Fall», sagte er dann auch tatsächlich.

«Es geht um Torkel, er ist ein Freund, der schwere Zeiten durchmacht.»

«Er ist ein ehemaliger Kollege, der sich selbst in die Scheiße geritten hat», korrigierte Sebastian sie.

«Und mir zuliebe, wenn ich dich darum bitte?»

«Das würdest du nie tun.»

«Manchmal bist du wirklich unmöglich», sagte sie und setzte sich auf den kleinen Schemel hinter der Tür, um sich die Schuhe anzuziehen.

«Und manchmal bin ich so unglaublich wundervoll, dass sich das alles wieder ausgleicht.»

Sie hatte keine Lust, etwas darauf zu erwidern, schließlich wusste sie, worauf sie sich eingelassen hatte, als sie Sebastian erneut in ihr Leben gelassen hatte. Wenn sie irgendwann einmal ganz tief in ihre eigene Psyche abtauchte, würde sie vermutlich entdecken, dass sie genau das wollte und aktiv suchte.

Turbulenzen. Ein gewisses Maß an Chaos.

Eine «normale», unkomplizierte Beziehung oder, besser

gesagt, ein ebensolcher Mann, war nichts für sie. Wenn es nicht kompliziert war, sorgte sie selbst für Komplikationen.

Flucht, Manipulation, Untreue.

Früher war ihr Repertoire ziemlich vielfältig gewesen.

Was jetzt zwischen Sebastian und ihr lief, war relativ bequem, aus ihrer Perspektive betrachtet. Sie wohnten nicht zusammen, genossen die Gesellschaft des anderen, wenn sie sich sahen, und trafen sich nur, wenn sie es beide wollten. Zwischendurch konnte er ein richtiger Mistkerl sein, aber gleichzeitig war er auch intelligent, witzig und einfallsreich und manchmal sogar richtig fürsorglich, wenn er seinen Schutzpanzer ein wenig öffnete und es sich erlaubte, vielleicht nicht unbedingt glücklich zu sein, aber doch wenigstens zufrieden. In letzter Zeit kam das immer häufiger vor. Je besser seine Beziehung zu Vanja und Amanda lief, desto fröhlicher war er.

Als Ursula und er beschlossen hatten, es noch einmal miteinander zu versuchen, hatte er versprochen, nicht mehr in fremde Betten zu springen, und obwohl sie ihm kein bisschen über den Weg traute – immerhin hatte er sie sogar mit ihrer eigenen Schwester betrogen –, glaubte sie, dass er sein Versprechen bisher gehalten hatte. Nach den Ermittlungen in Uppsala, dem letzten Fall, bei dem Sebastian noch Mitglied des Teams gewesen war, schien er aus irgendeinem Grund das Interesse an diesen Eskapaden verloren zu haben. Und vermutlich hing das nicht damit zusammen, dass sie hin und wieder miteinander ins Bett gingen. Sex war nicht in erster Linie ein körperliches Bedürfnis für Sebastian, keine Quelle für Nähe und Intimität. Vielmehr füllte er eine innere Leere damit aus. Es war eine Flucht, eine Möglichkeit, Angst und Schmerz zu dämpfen.

Wie manche es mit Alkohol taten. Torkel zum Beispiel.

Sie stand von dem Schemel auf, ohne jede Vorfreude auf den Besuch, war aber gezwungen hinzugehen. Aus mehreren Gründen konnte sie nicht darauf verzichten. Vanja war es auch nicht recht gewesen, dass Ursula wegfuhr, obwohl sie nur noch vierundzwanzig Stunden Zeit hatten, um Beweise gegen die Sjögrens zu finden, aber Ursula hatte darauf bestanden. Es war wichtig, es war richtig. Wichtiger als eine Ermittlung.

Das stimmte natürlich, aber es hieß noch lange nicht, dass sie sich auf den Besuch freute.

«Ich komme anschließend wieder her», sagte sie und schlüpfte in ihre Jacke.

«Weißt du, wann?»

«Das kommt darauf an, in welchem Zustand er ist.»

«Ruf an, wenn du unterwegs bist.»

«Hast du einen Wein da?»

«Ja.»

«Gut. Dann bis später.»

«Schöne Grüße», hörte sie ihn noch sagen, ehe die Tür hinter ihr ins Schloss fiel, und sie wusste nicht, ob er scherzte.

Es tat weh, ihn so zu sehen.

Innerhalb von wenigen Monaten war er um Jahre gealtert, aber das lag nicht nur am Alkohol, auch die Trauer hatte ihren Teil dazu beigetragen. Dennoch hatte er sich Mühe gegeben, das sah sie. Er war geduscht und frisch rasiert, seine Kleidung wirkte sauber. Aber er hatte getrunken. Er war nicht betrunken, hatte aber definitiv schon einen leichten Pegel. Jemand, der ihn zum ersten Mal traf, hätte es vielleicht nicht bemerkt, aber ihr, die mit ihm zusammengearbeitet und mit ihm ins Bett gegangen war, fiel es auf.

Außerdem hatte sie jahrelang mit Micke zusammengelebt, der ein Quartalssäufer gewesen war.

«Wann hast du heute mit dem Trinken angefangen?», fragte sie, als er sie in die Wohnung ließ.

«Nachdem ich aufgestanden bin», antwortete er ehrlich, weil er vermutlich wusste, dass sie ihn sowieso durchschauen würde. «Aber nur Bier.»

«Wenn du trinkst, während ich hier bin, gehe ich sofort wieder.»

«Okay.»

Sie zog die Schuhe aus und betrat den Flur, in dem es muffig und nach abgestandenem Alkohol roch. Er hatte offensichtlich einen Ansatz unternommen, zu putzen und aufzuräumen, aber der Verfall hatte schon viel zu lange Einzug gehalten, als dass man ihn an einem Vormittag hätte vertreiben können.

«Ich habe Kaffee gekocht», sagte er und bat sie in die Küche.

«Hast du etwas zu essen da?»

«Bist du hungrig?»

«Nein, ich dachte an dich. Isst du überhaupt etwas?»

«Nicht besonders viel, ich habe keinen Appetit. Setz dich.»

Sie folgte seiner Aufforderung, und er nahm die Espressokanne von dem riesigen Gasherd, den Lise-Lotte und er nach der Hochzeit eingebaut hatten. Lise-Lotte hatte gerne gekocht. Er goss den Espresso in die Tassen, die zusammen mit einer kleinen Schüssel mit Schokokeksen auf dem Tisch standen.

«Ich habe leider keine Milch da», sagte er entschuldigend und setzte sich auf den Platz gegenüber.

«Brauche ich nicht.»

Eigentlich hätte er wissen müssen, dass sie keine Milch in

den Kaffee nahm. In den vergangenen Jahren hatten sie viele Tassen von wechselnder Qualität miteinander getrunken. Nachdem er einen kleinen Schluck getrunken hatte, stellte er die Tasse ab und erkundigte sich höflich nach den Ermittlungen in Karlshamn, und sie erzählte ihm so viel, wie sie für vertretbar hielt. Er stellte ein paar Folgefragen – aber keine darüber, wie es Vanja ging, und auch Billy erwähnte er nicht – und Ursula begriff, wie schmerzlich das alles für ihn sein musste. Die Arbeit, für die er einen Großteil seines Lebens aufgeopfert hatte, für die er alles gegeben hatte, mit zwei Scheidungen als Konsequenz. Jetzt ging es ohne ihn weiter.

Als wäre er einfach austauschbar. Ersetzbar.

Schließlich waren sie doch gezwungen, über das zu sprechen, weshalb Ursula gekommen war.

Lise-Lotte. Ihr Todestag, der sich jährte. Die wirkliche Trauer.

Das meiste hatte sie schon einmal gehört, unmittelbar nach Lise-Lottes Tod, nach der Beerdigung, an den Abenden, an denen er im Büro geblieben war, als er seinen Job noch hatte. Jetzt hatte sich allerdings eine Verbitterung in seine Stimme geschlichen, die vorher nicht hörbar gewesen war. Über das Gesundheitssystem, verständlicherweise, aber auch über seinen alten Arbeitgeber und die Kollegen. Ursula ließ ihn so lange reden, wie sie es für angemessen hielt, und schlug dann vor, einen Spaziergang zu machen. Wann er denn zum letzten Mal draußen gewesen sei?

Sie gingen über Långholmen, bogen links ab, am alten Gefängnis vorbei, am Kai entlang, wo bereits die ersten Boote für die Saison ins Wasser gelassen worden waren. Auf der anderen Seite spiegelte sich die blasse Frühlingssonne in den Fenstern der zehn quadratischen, vierstöckigen Häuser auf Reimersholme. Torkel setzte sich auf eine Holzbank am

Ende eines Anlegers. Ursula ließ sich neben ihm nieder. Zu ihrer Verwunderung zog er eine kleine Plastiktüte mit Brotkrumen hervor und fing an, sie ins Wasser zu werfen. Es dauerte nicht lange, bis sich eine Gruppe Stockenten paddelnd vor ihm scharte. Ursula wusste nicht, was sie sagen sollte, deshalb hielt sie den Mund. Sie schloss die Augen, genoss die erste Wärme und die frische Luft nach den knapp zwei Stunden in der stickigen Wohnung.

«Ich vermisse dich», sagte Torkel plötzlich, und sie wurde jäh wieder in die Wirklichkeit zurückgeworfen.

«Nein, du vermisst Lise-Lotte», erwiderte sie sachlich.

«Und dich. Wenn du zu mir zurückkämst, würde ich mich bessern.»

«Das kannst du mir nicht auferlegen, Torkel, ich habe nicht vor, das zuzulassen. Das ist Erpressung.»

«Ich sage doch nur, dass ich dich brauche.»

«Und ich bin für dich da», sagte sie und legte ihre Hand auf seinen Arm. «Ich würde dich auch zu den Treffen begleiten, wenn du dich dazu aufraffst. Ich würde dich auf jede erdenkliche Weise unterstützen, aber ich habe nicht vor, mich wieder mit dir einzulassen.»

«Weil du mit Sebastian zusammen bist.»

Wieder war die Bitterkeit in seiner Stimme nicht zu überhören.

«Selbst wenn ich es nicht wäre, würde ich nicht wieder mit dir zusammen sein wollen. Das will doch keiner von uns beiden.»

Er holte tief Luft, als wollte er protestieren, atmete dann aber wieder aus, ohne etwas zu sagen. Anschließend warf er den Enten noch ein paar Brotkrumen hin, richtete sich auf und blickte über das Wasser zu dem zarten Grün auf der anderen Seite.

«Genau hier habe ich gesessen. An Heiligabend. Es war nicht kälter als jetzt, also ... habe ich hier gesessen. Yvonne und die Kinder waren wieder in dem Ferienhaus vor Gävle, du weißt schon, wie an Weihnachten vor vielen Jahren, an dem Sebastian ihre Schwester gevögelt hatte.»

Ursula war sicher, dass dieses unwichtige kleine Detail ein Versuch war, sie zu verletzen, aber sie konnte es verkraften, vermutlich brauchte er das jetzt. Solange es nicht schlimmer wurde, würde sie ihn weiterreden lassen.

«Sie haben geheiratet, Christoffer und Yvonne. Wusstest du das?»

«Ja, das hattest du erzählt.»

«Na, jedenfalls, ich war gerade entlassen worden und habe mich geschämt und ... das Weihnachten davor war mein schönstes, seit die Kinder klein gewesen waren. Nur ich und Lise-Lotte. Am Vormittag kamen Vilma und Elin. Lise-Lotte hatte uns etwas zu Mittag gekocht, sie bekamen ein paar Geschenke, dann sind sie zu Yvonne und Christoffer gefahren. Die restliche Weihnachtszeit hat nur uns gehört. Und damals war es kalt, erinnerst du dich? Schnee. Alles war schön.»

«Vilma und Elin ...», sagte Ursula in einem Versuch, ihn von den Erinnerungen und der Sehnsucht wieder in die Wirklichkeit zurückzuholen, zu etwas Freundlicherem.

«Was ist mit ihnen?»

«Wie gehen sie damit um, dass du Alkoholiker bist?»

Sie hatte nicht vor, um den heißen Brei herumzureden. Früher hatten Micke und sie immer alles dafür getan, Mickes dunkle Phasen zu verheimlichen, vor Bella natürlich, aber auch vor den anderen. Lügen und Ausreden. Irgendwann waren sie so geschickt darin geworden, dass sie sich zwischendurch selbst einreden konnten, die Probleme wären kleiner, als sie es in Wirklichkeit waren, aber damit war niemandem geholfen gewesen, am allerwenigsten Micke.

«Sie finden es peinlich, schämen sich, manchmal, glaube ich, hassen sie mich auch.» Da war diese brutale Ehrlichkeit wieder. Ursula wusste sie zu schätzen, auch wenn ihr seine Worte einen Stich versetzten.

«Sie hassen es, dass du betrunken bist, aber sie hassen nicht dich.»

«Was in der Praxis kaum einen Unterschied macht, oder?»

«Triffst du sie denn?»

«Ab und zu. Wenn ich weiß, dass wir uns sehen, reiße ich mich zusammen. So wie heute. Wenn sie spontan vorbeikommen, was sie aber nicht mehr tun, mache ich nicht auf.»

Sie strich über seinen Unterarm, nahm seine Hand und drückte sie.

«Hör auf damit, Torkel», sagte sie und versuchte, möglichst viel Wärme in ihre Stimme zu legen. «Tu ihnen das nicht an, und dir auch nicht. Geh zu den Treffen. Nimm Hilfe an.»

«Nein.»

«Wieso nicht?»

Er wandte sich ihr zu, und sie schreckte beinahe zurück angesichts der bodenlosen Trauer, die in seinem Blick lag.

«Ich möchte nicht nüchtern sein. Ich glaube, ich würde das nicht aushalten.»

Ursula verstand, was er meinte. Er zweifelte nicht daran, dass er mit dem Trinken aufhören konnte, sondern daran, ob er dann die Trauer und den Verlust würde bewältigen können.

Hastig stand er auf und stopfte die nunmehr leere Plastiktüte in seine Manteltasche.

«Ich muss jetzt zurückgehen. Danke, dass du gekommen bist.»

«Ich kann auch noch ein bisschen bleiben, wenn du willst», bot Ursula an und kam ebenfalls auf die Beine.

«Nein, fahr du mal dorthin zurück, wo du gebraucht wirst.»

Damit drehte er sich um und ging so schnell zurück zum Weg, dass deutlich wurde, er wollte keine Begleitung.

Er wollte nach Hause.

Trinken. Vergessen. Trauern.

Ursula sah ihn davongehen, und auch wenn sie sich unsensibel vorkam, spürte sie, wie sehr sie sich nach Sebastian und diesem Wein sehnte.

Das Vernehmungszimmer war gerade groß genug für vier.

Vanja und Carlos saßen Sven Sjögren gegenüber, der wegen der schweren Tatvorwürfe einen Pflichtverteidiger bekommen hatte, ein schmächtiger Mann, welcher in erster Linie müde aussah und dessen Namen sich Vanja gar nicht erst gemerkt hatte.

Allmählich lief ihr die Zeit davon. In weniger als sechs Stunden würde sie gezwungen sein, den Staatsanwalt dazu zu bringen, einen Haftbefehl auszustellen. Ansonsten müssten sie die Sjögrens wieder freilassen. Das NFC hatte versprochen, den Schussvergleich des Gewehrs zügig durchzuführen, bislang aber noch keinen Ton von sich gegeben. Weil Ursula immer noch in Stockholm war, hatte Vanja stattdessen Billy gebeten, ihnen Druck zu machen. Klar war die Sache mit Torkel und Lise-Lotte traurig, aber Vanja konnte Ursulas Priorisierung nach wie vor nicht verstehen. Sie waren alle gezwungen, etwas zu opfern. Um diesen Fall zu lösen, mussten sie sich gegenseitig unterstützen.

Ihre Nachforschungen in Bezug auf die Familie Sjögren, die noch vor zwei Tagen so vielversprechend gewirkt hatte, waren ins Stocken geraten. Sie hatten Emilia erneut verhört, jedoch ohne Ergebnis. Obwohl Billy weitere heimliche Aufnahmen von Bernt Andersson auf Emilias Laptop gefunden hatte, weigerte sich Emilia nach wie vor, auf ihre Fragen zu antworten. Natürlich wuchs dadurch der Verdacht, dass sie etwas zu verbergen hatte, aber dem Staatsanwalt würde das nicht genügen. Er brauchte konkrete Beweise, die sie oder ihren Mann oder beide mit dem Mord in Verbindung brachten. Und die hatten sie noch nicht.

In einem letzten Versuch hatten sie daher Sven in die Mangel genommen. Er wirkte müder, verbrauchter. Die langen Befragungen und die Nächte in der Zelle hatten schwer an ihm gezehrt, und obwohl er bislang auch kein Geständnis abgelegt hatte, war er doch immerhin bereit, mit ihnen zu sprechen.

«Wir haben diese Bilder auf dem Laptop Ihrer Frau gefunden», sagte Carlos jetzt und legte eine Reihe von Ausdrucken vor Sven auf den Tisch. «Sie sind in der Nähe der Fitnessgeräte gemacht worden, wo Andersson am selben Tag ermordet wurde.»

Sven blickte zerstreut auf die Fotos und dann wieder zu Carlos.

«Ich sage es noch einmal: Wenn Sie Ihre Arbeit erledigt hätten, würde es solche Fotos gar nicht geben. Es war die Polizei, die keine Beweise dafür liefern konnte, dass er Drogen verkauft hat.»

«Sie behaupten also immer noch, Sie hätten lediglich versucht, Beweise gegen ihn zu sammeln.»

«Ich behaupte gar nichts. Das ist die Wahrheit.»

«Es ist also reiner Zufall, dass er nur ein paar Stunden später genau an der Stelle ermordet wurde, wo Sie die Fotos gemacht haben?»

«Ich habe sie nicht gemacht, das war Emilia.»

«Wer sie aufgenommen hat, ist dabei nicht wichtig.»

Sven schloss die Augen und kniff mit dem Daumen und dem Zeigefinger seine Nasenwurzel zusammen, als hätte er Kopfschmerzen oder würde damit kämpfen, nicht die

Geduld zu verlieren. Dann öffnete er seine geröteten Augen wieder und sah Carlos an.

«Ja. Es ist reiner Zufall.»

Vanja biss vor Frust die Zähne zusammen. Auch mit Sven würden sie nicht weiterkommen. Sie hatten nichts Neues, sondern stellten nur wieder und wieder dieselben Fragen auf unterschiedliche Weise und hofften, er würde irgendwann sich selbst widersprechen oder ihnen irgendetwas an die Hand geben, worin sie graben konnten.

Sie mussten eine neue Taktik ausprobieren.

Sie brauchten ein Geständnis.

Bislang hatten sie es mit Hilfe von Indizien, Mutmaßungen und kritischer Hinterfragung versucht. Also mussten sie die Strategie ändern. An Svens Gefühle appellieren, vor allem jetzt, wo er auf dem Zahnfleisch ging. Vanja legte Carlos die Hand auf den Arm, um ihn zum Schweigen zu bringen. Dann sah sie Sven ernst in die Augen.

«Ich habe ein Kind. Eine Tochter. Amanda heißt sie. Sie ist drei.»

«Aha», sagte Sven, der anscheinend unsicher war, warum sie ihm das erzählte. Der Blick, den Carlos ihr zuwarf, verriet ihr, dass es ihm ähnlich ging.

«Früher dachte ich immer, ich wüsste, was Liebe ist. Partner, Eltern, Freunde, doch als ich Amanda bekam ... wusste ich, dass ich eine solche Liebe noch nie erlebt hatte.»

Sie machte eine kurze Pause. Sjögren schien ihr immerhin zuzuhören. Sie lächelte ihn warmherzig an und lehnte sich ein wenig vor.

«Ich habe gehört, wie meine Freundinnen gesagt haben, sie würden ihre Kinder lieben, aber inzwischen habe ich verstanden, dass man seine Kinder wirklich *liebt.*»

Sie täuschte sich nicht, er nickte, wenn auch fast unmerklich. Er hörte ihr nicht nur zu, sie erreichte ihn auch, deshalb musste sie in der Form weiter vorgehen.

«Wenn mir jemand Amanda wegnehmen und nicht dafür bestraft werden würde ... Ich glaube, ich würde ihn umbringen wollen. Diese ... Schutzschicht der Zivilisation, die ist dünn, leicht zu entfernen, und darunter sind wir ziemlich primitive Wesen. Die Auge um Auge kämpfen.»

Diesmal war sie sicher. Sven nickte zustimmend.

«Entschuldigen Sie, aber wohin soll das bitte führen?», fragte der Pflichtverteidiger. Vanja brachte ihn mit einem finsteren Blick zum Verstummen und richtete dann wieder all ihre ehrliche Aufmerksamkeit auf Sven.

«Mein Freund, Amandas Vater, ist der zweite Mensch in meinem Leben, den ich liebe. Ich kann mir nicht vorstellen, was wäre, wenn mir jemand dann auch noch ihn wegnähme. Und ungestraft davonkäme. Derjenige, der Amanda umgebracht hätte – frei. Derjenige, der Jonathan umgebracht hätte – frei. Alles, wofür ich lebe, hätte man mir genommen.»

Zu ihrer Verwunderung hörte sie, wie ihre Stimme bei dem letzten Satz leicht zitterte. Ihr war tatsächlich schon einmal alles genommen worden. Ihr ganzes Leben war auf einer Lüge aufgebaut gewesen, und am Ende war sie gezwungen gewesen, mit denen zu brechen, die sie am meisten und längsten geliebt hatte. Anna und Valdemar. Ihre Eltern. Sie war eine rationale Macherin, die nur selten innehielt und in sich hineinhorchte, aber jetzt hatte ihre fiktive Geschichte einen Widerhall in ihr erzeugt. Sie schluckte und sprach mit noch einfühlsamerer Stimme weiter.

«Glauben Sie, es gäbe irgendeinen Menschen, der nicht verstehen würde, wenn ich meine Dienstwaffe nehmen und die Täter erschießen würde?»

Damit lehnte sie sich wieder zurück, schluckte noch einmal und machte eine resignierte Geste.

«Natürlich würde ich verurteilt werden, wir können ja nicht durch die Gegend laufen und Leute erschießen. Ich würde bestraft werden. Nicht hart, aber dennoch bestraft. Wir haben Gesetze, ein Rechtssystem, das leider manchmal versagt ...»

Sie verstummte erneut. Dann beugte sie sich über den Tisch und musste tatsächlich gegen den Impuls kämpfen, ihre Hände auf Svens verschränkte zu legen.

«Glauben Sie, es gibt irgendeinen Menschen, der nicht verstehen würde, warum Sie das getan haben? ... Das glaube ich nicht.» Sie senkte ihre Stimme, bis sie nur noch flüsterte. «Ich verstehe Sie.»

Im Raum herrschte nun völlige Stille. Lediglich das monotone Brummen der Klimaanlage war noch zu hören. Vanja sah Sven noch immer in die Augen. Versuchte, den Moment der Vertrautheit in die Länge zu ziehen, um diejenige zu sein, der er sich anvertrauen konnte.

«Meinen Sie das ernst?», fragte er nach einigen Sekunden leise.

«Ja.»

«Die ganze Zeit, schon als Hjalmar gestorben war ... hat das niemand verstanden. Vor allem die Polizei nicht.» Er holte tief Luft, seine Schultern senkten sich ein wenig, als er sich zu entspannen schien. «Aber ich habe diese Leute nicht erschossen. Und Emilia auch nicht.»

Vanja blieb keine Zeit zu überlegen, wie sie nun darauf reagieren sollte, weil es an der Tür klopfte und Billy schon in der nächsten Sekunde seinen Kopf hereinsteckte. Er sah sie entschuldigend an, hielt einen Ausdruck hoch und mimte mit den Lippen: NFC. Der Schussvergleich. Vanja brauchte nicht einmal in das Protokoll zu schauen. Sie kannte Billy gut genug, um seine Körpersprache und seinen Gesichtsausdruck zu deuten und zu wissen, was darin stand.

Keine Übereinstimmung.

Sie mussten zurück auf Start.

Die Glastüren glitten auf, und der feine Nieselregen traf Philip ins Gesicht, als hätte jemand eine Sprühflasche auf ihn gerichtet. Er schützte die Zellstoffrolle, die er trug, so gut es ging auf dem Weg zu der Halterung zwischen Zapfsäule drei und vier, die überdacht waren. Es tat gut, etwas zu tun zu haben. Deshalb freute er sich jedes Mal, wenn ein neuer Kunde kam, der etwas auswechseln oder nachfüllen musste, ja sogar, wenn er gezwungen war, die Kundentoilette zu putzen.

Doch sobald er nicht beschäftigt war, kehrten die Gedanken wieder zurück.

Die Gedanken an Julia. An die Nacht im Hotel natürlich, aber auch an eine andere Nacht, ein anderes Mal. Vor über zehn Jahren. Darüber hatte er auf dem Klassentreffen mit ihr reden wollen. *Beschlossen,* mit ihr darüber zu reden, dann aber den Mut verloren, als er sie gesehen hatte.

An diesem Abend war vieles nicht so gelaufen, wie er es sich erhofft hatte.

Es war sogar katastrophal schiefgelaufen.

Er hatte vorgehabt, sich zu distanzieren, vor allem von Macke. Das war schwierig, beinahe unmöglich, aber er hatte gehofft, die anderen ehemaligen Klassenkameraden, nicht zuletzt die weiblichen, die Macke nicht so oft traf, würden dafür sorgen, dass er schnell das Interesse an Philip verlor. Ihn ganz einfach vergaß. Sodass er sich Julia nähern konnte. Ihr zeigen, dass er sich verändert hatte, reifer und erwachsener geworden war und zu der Einsicht gekommen, dass er ihr an diesem Abend vor vielen Jahren weh getan hatte.

Er hatte sie um Verzeihung bitten wollen. Und auf Vergebung gehofft.

Das war jetzt unmöglich geworden.

Er war so oft mit sich ins Gericht gegangen und hatte zu verstehen versucht, was passiert war. Das heißt, eigentlich wusste er mit schmerzlicher Deutlichkeit, was passiert war, aber warum? Wie hatte er einfach abhauen können? Sie mit Macke allein lassen? Obwohl es so eindeutig war, was geschehen würde. Obwohl ihre tränenerfüllten Augen ihn direkt angesehen hatten. Mitunter versuchte er seine Schuldgefühle zu dämpfen, indem er sich einredete, dass es keine Rolle gespielt hätte, wenn seine Reaktion anders ausgefallen wäre, weil Macke eine Einmischung ohnehin nie zugelassen hätte. Philip hatte getan, was er konnte, als Macke ausgerastet war. Er wäre zu Schlimmerem fähig gewesen. Aber als Philip den Ballsaal anschließend wieder betreten hatte? Die Leute waren noch da gewesen. Er hätte Hilfe holen können. Seine gebrochene Nase hätte den Ernst der Lage verdeutlicht. Vielleicht hätten diejenigen, die Macke schon kannten, eher gezögert, aber es gab auch Personal vor Ort, Wachleute.

Aber er hatte rein gar nichts unternommen. Niemanden angesprochen.

Er war einfach nur auf die Toilette gegangen, hatte die Blutung gestoppt, soweit es ging, seine Jacke von der Garderobe abgeholt und sich auf den Heimweg gemacht. Mit Schuldgefühlen, die ihm Magenschmerzen bereiteten.

Das war nichts Neues für ihn.

Er kannte sie schon seit dem Tag vor drei Jahren, als er in der Stadt zufällig Tobias getroffen hatte. Sie waren während ihrer ganzen Kindheit Nachbarn gewesen, hatten sich besucht und miteinander gespielt, mitunter heimlich, wenn es Tobias peinlich war, dass er immer noch spielte, und noch dazu mit einem vier Jahre jüngeren Freund. Seither hatten sie sich ewig nicht mehr gesehen. Philip fragte, was er gerade mache, und warum er wieder in Karlshamn sei? Wie sich herausstellte, arbeitete Tobias für eine Gewerkschaft und besuchte irgendeine Konferenz. Sie verabredeten sich zum Mittagessen, weil es doch nett wäre, sich etwas länger zu sehen und ein bisschen zu unterhalten. Ihre Wahl fiel auf die Brasserie Fridolf in der Ågatan. Tobias bestellte als Erster. Im Ofen gegarte Rote Bete. Er war inzwischen Veganer. Philip hatte sich spontan dann auch für die vegane Alternative entschieden, weil es ihm beinahe provokant vorgekommen wäre, in dieser Situation Fleisch zu wählen.

Sie hatten gegessen, das Gespräch floss mühelos dahin und kreiste um harmlose, ungefährliche Themen, eine Mischung aus *wie geht es dir gerade* und *weißt du noch, wie ...?* Erst später, Philip erinnerte sich nicht mehr, wie sie darauf gekommen waren, sprachen sie über die Schulzeit und gemeinsame Bekannte, und Julias Name fiel. Er hatte gesehen, wie Tobias die Lippen zusammenpresste, wie sein Blick zu flackern begann und er offenbar unangenehm berührt war.

«Was ist denn?», hatte Philip gefragt.

«Nichts.»

«Komm schon, ich sehe doch, dass etwas ist. Habe ich etwas Falsches gesagt?»

«Nein, nichts, ich meine, es ist ...» Tobias zögerte einen Moment, traf dann aber eine schnelle Entscheidung. «Na gut. Es geht um Julia.»

«Was ist denn mit ihr?»

Tobias schien zu begreifen, dass er sich nicht mehr herausreden konnte. Wenn er A gesagt hatte, musste er auch B sagen, obwohl es ihn offenbar Überwindung kostete.

«Du redest von ihr, als ... du weißt schon, als wäre nichts passiert.»

«Was meinst du? Was soll denn passiert sein?»

«Okay, es ist so, dass ... Ich weiß nicht, ich habe nur Gerüchte gehört, und ich werde nicht ... weißt du was? Vergiss es. Vergiss es einfach.»

Doch Philip hatte darauf beharrt. Damals. Jetzt hätte er alles darum gegeben, alles dafür getan, es zu vergessen, aber damals wollte er es wirklich wissen. Er hatte darauf beharrt. Gebeten und gebettelt, war sogar etwas laut geworden, und schließlich hatte sich Tobias vorgebeugt und beinahe geflüstert, dass ein paar Mädchen in seiner Klasse Handball mit Rebecca gespielt hatten, die damals bei diesem Busunglück starb ...

«Ja, aber was hat das mit Julia zu tun?»

«Rebecca hat zu meinen Freundinnen gesagt, dass ... dass du und Macke sie auf einer Party vergewaltigt hätten. Also, Julia ...»

Philip hatte sich das Lachen nicht verkneifen können. Was für ein absurder Quatsch! Glaubten die Leute das wirklich? Dass er sie vergewaltigt hatte? Waren sie besoffen gewesen? Ja. In der Zeit waren alle auf allen Partys ständig besoffen gewesen. Ob er mit ihr geschlafen hatte? Aber klar. Nachdem Macke es auch getan hatte. Besonders stolz war er nicht darauf gewesen, aber eine Vergewaltigung? Auf keinen Fall. Er hatte sie nicht festgehalten, war nicht gewalttätig gewesen. Julia hatte ihm durch nichts signalisiert, dass sie es nicht wollte. Daran hätte er sich erinnert. So ein Typ war er wirklich nicht ...

Anschließend ließ sich die gute Stimmung nicht wiederherstellen, weshalb sie das Mittagessen schnell beendeten. Seither hatten sie sich nicht mehr getroffen. Erst später, als Philip sich selbst dabei ertappte, Tobias' Worte nicht mehr vergessen zu können, als er die wenigen Erinnerungen hervorholte, die er von dieser Party hatte, musste er gezwungenermaßen zugeben: Julia hatte ihm auch durch nichts signalisiert, dass sie Sex mit ihm *haben wollte*. Ganz im Gegenteil. Er erinnerte sich an ein Gefühl, es ... war langweilig gewesen. Julia hatte einfach nur dort gelegen. Den wenigen anderen Mädchen, mit denen er vorher im Bett gewesen war, schien es gefallen zu haben. Sie hatten etwas getan. Gestöhnt, sich bewegt, sich bemüht, möglichst erfahren zu wirken, obwohl sie es nicht waren. Julia hatte sich dagegen nicht gerührt. Sie hatte ihn nur angesehen. Mit Augen, die vollkommen leer gewesen waren, wie er erst jetzt begriff.

Er wurde sich immer sicherer, dass er sie tatsächlich vergewaltigt hatte.

Dann kam das Klassentreffen.

Eine Chance für ihn. Er konnte es nicht wiedergutmachen, wie sollte das auch funktionieren? Aber er konnte mit ihr reden, sich erklären, Verantwortung übernehmen.

Den Vorfall ein kleines bisschen kleiner machen, wenn das überhaupt möglich war.

Stattdessen hatte er alles nur noch viel schlimmer gemacht.

Von Macke hatte er nach der Party nichts mehr gehört. Und war froh darüber. Er hatte zwar nirgends gelesen, dass an diesem Abend eine Vergewaltigung bei der Polizei angezeigt worden wäre, doch er nahm trotzdem an, dass Macke sich eine Zeitlang zurückhielt. Vielleicht hatte er Karlshamn sogar verlassen, das wäre nicht das erste Mal. Wenn er wiederkam und erneut in Philips Leben auftauchte, wäre er gezwungen, mit ihm zu brechen. Und diesmal wirklich. Sie konnten sich nie wieder treffen.

Letzte Woche hatte er Julias Nummer herausgefunden und sie angerufen. Fünfmal. Doch hatte jedes Mal aufgelegt, bevor sie sich melden konnte.

Was hätte er sagen sollen? Was konnte er sagen?

«Verzeihung» würde bei weitem nicht reichen.

Erika hatte er natürlich auch nichts erzählt. Sie würde sofort mit ihm Schluss machen. Ihn verabscheuen. Sie wusste, dass er an jenem Abend eins auf die Nase bekommen hatte. Von Macke. Aber nicht warum. Sie ahnte nicht, von wem sie sich im Bett weggedreht hatte, als er nach Hause gekommen war, und definitiv nichts von dem Vorfall vor zehn Jahren.

Also, was sollte er machen?

Er dachte ununterbrochen daran. Konnte nur schwer einschlafen, wachte früh wieder auf. Es nagte immer noch an ihm. Hin und wieder gelang es ihm, die Sache zu verdrängen, aber diese Augenblicke wurden immer seltener und kürzer. Julia anzurufen wäre wohl doch das Beste. Oder würden seine Gewissensbisse mit der Zeit verschwinden? War es nur deshalb so schmerzhaft, weil es erst vor kurzem passiert war? Wenn er nichts tat, würde er dann künftig vielleicht nie wieder einen Gedanken daran verschwenden müssen und so tun können, als wäre es nie geschehen?

Er wusste es nicht. Er würde es nie erfahren.

Als er gerade die neue Papierrolle in die Halterung über den Abfalleimern zwischen Säule drei und vier eingehängt hatte, drang eine Kugel vom Kaliber 6,5 × 55 mm über seinem linken Auge in seine Stirn ein und tötete ihn auf der Stelle.

Eine Tankstelle.

Als Carlos noch nicht gewusst hatte, was er einmal werden wollte, hatte er selbst an einer gejobbt, in Varberg. Häufig nachts. An der Einfahrt der E6 aus Norden, zu der Zeit, als die Tankstellen noch Statoil hießen. Wie bestimmt auch diese, an der ein junger Mann gestorben war, der jetzt in dem kleinen weißen Zelt lag, das sie über ihm errichtet hatten. Carlos sah sich um. Das blau-weiße Absperrband flatterte im Frühlingswind. Um die Tankstelle herum war ein großes Gebiet abgeriegelt. Und das war auch gut, denn genau wie bei den anderen Tatorten hatten sie keine Ahnung, von wo aus der Schuss abgegeben worden war. Vanja stand ein Stück entfernt und redete mit der Presse. Einige ihrer Vertreter, darunter Nazrin Heidari, waren schon vor der Reichsmordkommission am Tatort und riefen ihnen ihre Fragen entgegen, kaum dass sie das Auto verlassen hatten.

Haben Sie eine Verbindung zwischen den Opfern gefunden?

Steht ein Durchbruch kurz bevor?

Was passiert mit dem Ehepaar, dass Sie festgenommen haben?

Hat die Polizei zu wenig investiert, wenn der wahre Täter anscheinend immer noch frei herumläuft?

Gibt es ein Tatmotiv?

Vanja hatte entschieden, dass sie sich genauso gut äußern konnte, um Spekulationen, Gerüchten und Falschmeldungen keinen Vorschub zu leisten. Vermutlich wollte sie auch ihren Eindruck von ihrer letzten Begegnung bei der Presse wiedergutmachen, tippte Carlos. Jedenfalls war sie mit entschlossenen Schritten zur Absperrung gegangen.

Carlos beneidete sie nicht.

Ihren Job wollte er nicht haben, auch nicht die damit einhergehende Verantwortung.

Sein ganzes Leben lang hatte er, vermutlich zu Recht, gehört, dass er alles schaffen könne, wenn er sich nur ein wenig mehr anstrenge.

Allerdings hatte ihn niemand gefragt, wie weit er eigentlich kommen wollte. Er hatte die Ausbildung absolviert und war erst Polizist geworden, dann Ermittler bei der Kriminalpolizei. Er hatte sich stets wohl gefühlt, war bei den Kollegen beliebt und wusste, dass er seinen Job gut machte – die Beförderung zur Reichsmordkommission war ebenfalls ein Beweis dafür. Warum sollte er nach Höherem streben? Warum sollte er sich dem Druck und dem Stress aussetzen, der zusätzlichen Arbeitsbelastung, der Verantwortung, die es bedeutete, Chef zu sein? Er war davon überzeugt, dass er noch weiter aufsteigen konnte, aber was sollte dort oben verlockend sein? Für ihn war es wichtig, dass es ein Gleichgewicht gab. Dass er zu Hause bei seiner Freundin sein konnte, an Modellflugwettbewerben teilnehmen und Zeit mit Familie und Freunden verbringen. Schon die derzeitige Situation – einige Tage verreist zu sein, aus denen, so wie es aussah, auch Wochen werden konnten – zehrte an ihm.

Eine Frau Mitte vierzig wurde durch die Absperrung gelassen und näherte sich. Carlos hoffte, es wäre die Rechtsmedizinerin. Er rieb die Hände in seinen mit Lammfell gefütterten Handschuhen aneinander und stampfte mit seinen blankpolierten Stiefeln auf den Boden. Es wehte ein eisiger Wind, der auf dem offenen Platz aus allen Richtungen zu kommen schien. Die Frau hatte ihn erreicht, stellte sich in breitem Malmöer Dialekt vor und erfüllte Carlos seinen Wunsch. Sie war die Rechtsmedizinerin, die gleich die Leiche untersuchen würde, und dazu brauchte sie Carlos' Hilfe nicht. Nach einer kurzen Übergabe, bei der er berichtete, was sie unternommen hatten (ein Zelt aufgestellt) und unterlassen hatten (im Grunde alles andere), durfte er gehen.

Dankbar verschwand er im Inneren der Tankstelle. Dort wurde er von einem jungen Mann von knapp zwanzig Jahren begrüßt, der mit einem Becher Kaffee in der Hand auf einem Hocker hinter dem Tresen saß. Er wirkte nicht unbedingt mitgenommen von den Ereignissen, doch Carlos wusste, wie unterschiedlich die Menschen solche Situationen verarbeiteten. Die Reaktion konnte Stunden, Tage, ja sogar Monate später eintreten.

«Hallo, ich heiße Carlos, wo steckt denn Billy?», fragte er und sah sich im Laden um. «Mein Kollege», fügte er sicherheitshalber hinzu.

«Im Büro», antwortete der Jüngling und deutete mit dem Kopf schräg hinter sich. «Er wollte die Filme aus der Überwachungskamera haben.»

«Hat er mit Ihnen über das gesprochen, was passiert ist?»

«Ein bisschen ... vor allem über die Kameras und ob ich etwas beobachtet habe und so.»

«Und, haben Sie?»

«Nein, nichts», sagte er mit einem leichten Schulterzucken. «Philip sollte draußen die Papierrolle austauschen», er deutete mit der Hand durch die Scheibe, zu der Stelle, wo die Rechtsmedizinerin, deren Namen Carlos nicht genau verstanden hatte, in dem kleinen weißen Zelt verschwunden war. «Ich war gerade im Lager.»

«Also haben Sie keinen Schuss gehört oder gesehen, wo er herkam?»

Wie erwartet erhielt er nur ein Kopfschütteln zur Antwort. Carlos spürte, wie sich ein leiser Verdruss in ihm breitmachte. Wie konnte man bei helllichtem Tage vier Menschen erschießen, ohne dass es jemand sah oder hörte? Hatte der Täter einfach nur wahnsinniges Glück, oder plante er seine Attentate besser, als sie glaubten?

«Ist Philip irgendwann einmal bei der Polizei angezeigt worden oder in einem Verfahren freigesprochen worden oder so ähnlich?»

«Das weiß ich nicht, warum interessiert Sie das?»

«Fällt Ihnen irgendeine Erklärung dafür ein, weshalb Ihr Kollege erschossen wurde?», fragte Carlos weiter und ignorierte die Gegenfrage.

«Ich kannte ihn kaum, ich arbeite erst seit zwei Wochen hier.»

Billy kam aus dem hinteren Bereich hervor und sah ungeheuer zufrieden aus. Carlos vermutete, er hatte gefunden, was er brauchte. Jedenfalls für den Moment. Es blieb noch viel zu tun für Billy. Vanja hatte ihm die Verantwortung für die Tatortuntersuchung übertragen, weil Ursula gerade in Stockholm war und ihren alten Chef besuchte. Dabei hatte Vanja Flüche ausgestoßen, die Carlos noch nie gehört hatte, als ihr klarwurde, dass sie das Ehepaar Sjögren wieder gehen lassen musste, und das schlechte Timing ihrer Kollegin deutlich kommentiert.

Die Türen zur Tankstelle glitten auf, und Vanjas Miene nach zu urteilen, war das Treffen mit den Pressevertretern diesmal immerhin nicht schlechter gelaufen als beim letzten Mal.

«Bist du hier fertig?», fragte sie, als sie hereinkam. Carlos warf dem jungen Mann hinter dem Tresen einen kurzen Blick zu, es schien nicht so, als würden sie noch mehr von ihm erfahren.

«Ja, sie arbeiten noch nicht lange zusammen, vielleicht sollten wir eher ein bisschen mit dem Chef reden?»

«Das muss Billy machen», sagte sie und sah Billy an. Der nickte stumm. «Ich möchte, dass wir mit der Freundin sprechen.»

Warum sie dafür zu zweit sein mussten, verstand Carlos nicht genau, aber wenn er seinen Schimpfwortschatz nicht noch erweitern wollte, sollte er wohl besser nicht nachhaken.

Erika Johansson war blass vom Schock und hatte Tränen in den Augen. Vor ihr stand eine unberührte Tasse Tee. Carlos und Vanja saßen ihr gegenüber in der sauberen und gemütlichen Zweizimmerwohnung auf dem Frälsegårdsvägen. Die neuen Möbel, die Fotos von Erika und Philip, die überall hingen, eine Tafel über dem Schlüsselhaken, auf der «Hab dich lieb» stand. Alles in dieser Wohnung verhieß eine gemeinsame Zukunft.

Jedenfalls bis heute.

Jetzt war es eher ein Ort für geplatzte Träume.

«Wann kommt denn Ihre Mutter?», fragte Carlos. Er würde sich nie an diese Sorte Besuche gewöhnen. Hoffte er. Gewöhnung konnte leicht zur Abstumpfung führen. Und Abstumpfung zu Unsensibilität. Solange es schwer und traurig war, solche Todesnachrichten zu überbringen, hatte man noch Empathie. Carlos kannte Kollegen, die auf einen ermordeten Jugendlichen nicht viel anders reagierten als auf Ladendiebstahl.

Um durchzuhalten, sagten sie.

Damit es sie nicht völlig kaputt machte.

Carlos verurteilte niemanden, man tat, was man konnte, um zu überleben, aber wenn er jemals gezwungen sein würde, vollkommen abzuschalten, um seine Arbeit erledigen zu können, würde er den Job wechseln.

«Bald. Sie ist unterwegs», antwortete Erika schluchzend. «Sie wohnt in Karlskrona.»

«Wir müssten Ihnen in der Zwischenzeit ein paar Fragen

stellen, wenn Sie das schaffen», erklärte Vanja und schlug ihren Notizblock so demonstrativ auf, als rechne sie gar nicht erst mit einem Nein.

«Wie ist er gestorben?», erwiderte Erika.

Als Vanja und Carlos von ihr hereingelassen worden waren, hatten sie nur gesagt, Philip sei leider umgekommen. Nicht wie. Nicht wo. Jetzt warf Carlos Vanja einen fragenden Blick zu, die unmerklich nickte. Es würde ohnehin bald überall zu lesen sein, wenn es nicht längst so war, da konnte Erika es genauso gut von ihnen hören.

«Er wurde erschossen.»

Erika schlug die Hand vor den Mund, als wollte sie einen Schrei unterdrucken, und riss ihre Augen auf.

«Von demselben Täter wie die anderen?»

«Es deutet fast alles darauf hin.»

«Warum?», fragte sie atemlos. Eine höchst berechtigte Frage, deren Antwort nicht nur Erika interessierte. Auf dem Weg zum Frälsegårdsvägen hatte Carlos eine schnelle Recherche gestartet, aber keine Anzeigen oder Verfahren gegen Philip Bergström gefunden. Vanja war mehr als genervt. Wenn sich die Selbstjustiz-Theorie nicht bestätigte, hatten sie rein gar nichts.

«Genau bei dieser Frage können Sie uns helfen», sagte Vanja und setzte den Stift auf das Papier. «Stimmt es, dass Philip noch nie angezeigt oder angeklagt worden ist?»

«Aus welchem Grund sollte er das?», Erika war ehrlich erstaunt.

«Warum auch immer. Es könnte auch lange her sein.»

«Nein, nichts in die Richtung.»

«Gab es niemanden, der ihm etwas vorgeworfen hat, auch wenn es nicht bei der Polizei gemeldet wurde? In den sozialen Medien zum Beispiel?»

Carlos verstand Vanjas Versuch, sie wollte verzweifelt ihre einzige Theorie zu einem Motiv retten. Erika war ihnen dabei jedoch keine Hilfe.

«Nein, er war ein guter Mensch ... Ich fasse das nicht ... Erst vor zwei Stunden hat er noch hier gestanden und sich für den Dienst fertiggemacht. Jetzt ist er nicht mehr da ...»

Ihre Augen liefen über, sie versuchte, nicht zu weinen, brach dann aber doch in Tränen aus. Carlos und Vanja schwiegen, sie konnten nicht viel tun, außer abzuwarten, bis der Anfall vorüber war. So würde das Leben für Erika noch lange weitergehen. Ein ständiges Auf und Ab.

«Wissen Sie, ob er eines der früheren Opfer kannte?», fragte Carlos und legte ihr die Fotos der Ermordeten vor, als sie nach einigen Minuten tief Luft holte, schniefte und in kurzen Stößen ausatmete. Sie versuchte, sich wieder unter Kontrolle zu bringen, und es gelang ihr auch.

«Wir kannten beide die Busfahrerin, wie alle in Karlshamn. Die zwei anderen kannte keiner von uns. Wir hatten sogar gerade erst noch darüber gesprochen», antwortete Erika und fuhr sich mit dem Pulloverärmel über das Gesicht, um Tränen und Rotz wegzuwischen.

«Gab es jemanden, der Philip nicht mochte?»

«Nein.»

«Fühlte er sich irgendwie bedroht?»

Ein neuerliches Kopfschütteln.

«Und in der letzten Zeit war nichts anders als sonst?»

Erika hielt für einen Moment inne. Carlos und Vanja sahen beide, dass ihr etwas einfiel.

«Nach diesem Klassentreffen ...»

«Was für ein Klassentreffen?»

«Sie hatten vor zehn Jahren die neunte Klasse abgeschlossen und das vor zwei Wochen bei einem Fest im Hotel gefeiert. Anschließend wirkte er ein bisschen fahrig und war ziemlich in sich gekehrt.»

«Hat er gesagt, warum?»

«Nein, er wollte gar nicht darüber sprechen. Es hing irgendwie mit Macke zusammen.»

«Macke?»

«Rowell. Ein richtiger Idiot. Sie haben sich auf dem Fest gestritten. Philip kam nach Hause und hatte aus der Nase geblutet. Sein ganzes Hemd war voller Blut. Er sah richtig schlimm aus.»

«Ist das oft passiert? Dass sie sich gestritten haben?»

«Mit Macke gibt es ständig Ärger. Aber nie so, er hat sich nie geprügelt. Jedenfalls nicht mit Philip», antwortete sie.

«Können Sie noch mehr über Macke erzählen? Ist das ein Spitzname für Marcus?»

«Glaub schon. Er ist ein echtes Schwein. Ein paarmal kam er her und stand unter Drogen. Wollte Geld leihen. Philip versuchte, ihm aus dem Weg zu gehen, aber er konnte nur schwer nein sagen.»

«Warum?»

«Macke wurde wütend, wenn Philip ihn nicht treffen wollte. Er ist so ein Freund, von dem man sich entfernt hat, den man aber nur schwer wieder loswird.»

«Aber Sie wissen nicht, was auf diesem Klassentreffen passiert ist?»

«Nein, das wollte Philip nicht erzählen.»

«Wissen Sie, wie wir diesen Macke erreichen können?», fragte Carlos.

«Ich glaube, er wohnt noch bei seiner Mutter. Aber ich weiß es nicht genau.»

Es klingelte. Erika stand auf und ging hinaus, um die Tür zu öffnen. Im Flur hörten sie eine Frau «armes Kleines» sagen, ehe Erika in untröstliches Weinen ausbrach, das gedämpft wurde, als die Mutter sie umarmte. Carlos und Vanja standen auf. Weitere Fragen würden ihnen jetzt nicht mehr beantwortet werden.

Sie mussten sich vorerst mit dem zufriedengeben, was sie hatten.

Marcus «Macke» Rowell war auf ihrem Radar aufgetaucht.

Billy hatte die Dateien der Überwachungsfilme von der Tankstelle Circle K erhalten. Auf dem Gelände gab es vier Kameras, und er hatte sicherheitshalber alle Aufnahmen aus den letzten achtundvierzig Stunden bestellt. Viel Material zu sichten, aber im Grunde stand ihm unbegrenzt Personal von der Polizei in Karlshamn zur Verfügung, und außerdem hatte er eine Lizenz für die neuste Motion-Detection-Software von Spectrum gekauft. Damit konnte der Computer die Filme selbst scannen und alle Abschnitte aussortieren, auf denen keine Bewegungen zu sehen waren. Angeblich verringerte das Programm die Menge des Materials, das man manuell durchgehen musste, um dreißig bis fünfzig Prozent. Sobald er von der Tankstelle zurück war, wollte er damit anfangen, aber jetzt musste er sich erst einmal auf die Tatortuntersuchung konzentrieren. Ursula würde sich garantiert beschweren, wenn er sie nicht nach ihren Vorstellungen durchführte. Sie war unterwegs, er hatte kurz mit ihr gesprochen, bevor sie in Arlanda in das Flugzeug nach Ronneby stieg. Vermutlich würde sie ein paar Stunden später hier eintreffen. Die Rechtsmedizinerin arbeitete noch immer in dem weißen Zelt, und Billy hatte allen deutlich gemacht, dass sie als Einzige Zutritt hatte. Ursula würde ihn in der Luft zerreißen, wenn es irgendeinem Provinzpolizisten gelänge, eventuelles Beweismaterial zu zerstören.

Er schickte einige Beamte los, um die Bewohner des Hauses gegenüber der Tankstelle und das Raststättenpersonal zu befragen, ob sie etwas gesehen hatten.

Er selbst telefonierte kurz mit dem Leiter der Tankstelle, nachdem er ihn endlich erreicht hatte. Der Mann war betroffen, beunruhigt und hilfsbereit, wusste aber nicht viel über Philip, wie sich herausstellte. Er arbeite seit zwei Jahren dort, habe sich immer vorbildlich verhalten und sei einer seiner besten Angestellten gewesen. Das war es auch schon. Keinerlei Auffälligkeiten. Ein netter junger Mann.

Billy dankte für die Hilfe, hoffte, dass Vanja und Carlos von der Freundin mehr erfahren würden, und wollte gerade wieder zur Rechtsmedizinerin gehen, um sich auf den neusten Stand zu bringen, als er einen uniformierten Polizisten auf sich zukommen sah.

«Hier ist eine junge Frau, die fragt, ob sie ihr Auto abholen kann? Es ist hinter die Absperrungen geraten, da drüben.» Der Polizist zeigte auf den Parkplatz außerhalb des Tankstellenbereichs, wo mehrere Wagen parkten. Einige davon innerhalb der blau-weißen Polizeiabsperrung.

«Sie muss ihre Mutter abholen und ist ein bisschen gestresst.»

«Welche ist es denn?», fragte Billy.

«Die da drüben, mit den lila Haaren», antwortete der Kollege und deutete auf eine Frau Mitte zwanzig, die neben der Absperrung stand und nervös auf ihrer Unterlippe kaute. Billy ging zu ihr.

«Entschuldigen Sie die Störung, aber ich habe meiner Mutter versprochen, sie im Krankenhaus abzuholen, und ich weiß nicht, was ich machen soll. Mein Auto steht direkt da drüben», sagte sie und zeigte auf einen älteren blauen Passat.

«Dann müssen Sie später wiederkommen», antwortete Billy knapp und entschieden. «Dies ist ein Tatort.»

«Aber sie wird wahnsinnig wütend werden. Ich habe wirklich versprochen, sie heute abzuholen.»

«Wir können leider keine Ausnahme machen.»

«Bitte? Nur eine einzige. Bitte ...»

Billy sah zu dem Auto, dann zu ihr.

«Wann haben Sie es dort abgestellt?»

«Heute früh, ich arbeite an der Schule dort drüben und durfte mir ihr Auto nur leihen, damit ich sie abholen kann. Bitte, bitte ...»

Vielleicht lag es an ihren flehenden Augen, vielleicht an dem lila Haar. Billy drehte sich zu dem Polizisten um, der ihn begleitet hatte.

«Bringen Sie die Frau dorthin und helfen Sie ihr, das Auto wegzufahren.»

«Danke, danke vielmals», sagte sie, und Billy hätte schwören können, dass sie einen kleinen Knicks machte.

«Kein Problem», erwiderte er lachend, «man darf seine Mutter schließlich nicht enttäuschen.»

Er folgte der jungen Frau mit dem Blick, während sie zusammen mit dem uniformierten Kollegen zu dem Passat ging, zückte schnell seinen Notizblock und schrieb das Nummernschild auf. Zu viel Dokumentation gab es nicht, behauptete Ursula immer. Es war besser, etwas auszusortieren, als etwas zu vermissen.

Er drehte sich um und ging erneut auf das weiße Zelt zu. Das Mädchen mit dem lila Haar hupte, als es vorbeifuhr, und winkte ihm fröhlich zu. Er winkte zurück. So, wie sich ihre Ermittlungen entwickelten, vermutete Billy, dass die Frau im Passat der einzige glückliche Mensch sein würde, den er an diesem Tag zu Gesicht bekäme.

Es war ein gutes Gefühl, dass er ihr hatte helfen können.

Julia hupte, winkte dem freundlichen Polizisten zu und fuhr weiter hinaus aus Karlshamn, auf die E22 Richtung Westen. Sie blickte regelmäßig in den Rückspiegel, sah aber keine Autos, die ihr folgten. Sicherheitshalber bog sie trotzdem bei Agerum auf einen Kiesweg und fuhr noch einige Kilometer über kleine Nebenstraßen, um sich weiter zu entfernen. Erst an der großen weißen Kirche von Gammalstorp, als sie sicher war, dass ihnen keiner gefolgt war oder sie beobachten konnte, bremste sie ab und rief nach hinten.

«Du kannst jetzt vorkommen!»

Sie hörte, wie er sich dort hinten rührte. Der Sichtschutz, der über den Kofferraum gezogen worden war, wurde gelöst und rollte sich automatisch mit einem Knall in die röhrenförmige Halterung an der Rückbank. Rasmus tauchte im Rückspiegel auf. Er sah steif und verfroren aus.

«Verdammt, was ist mir kalt», sagte er bibbernd. Sie sah ihn im Rückspiegel an.

«Ein Glück, dass ich das Auto bekommen habe. Wenn nicht, hättest du bis morgen da liegen müssen», sagte sie.

«Dann wäre ich wohl erfroren. Stell mal die Heizung an.»

«Die ist schon voll aufgedreht. Musst du pinkeln?»

Er lachte und hielt ihr eine Plastikflasche vor die Nase, die mit einer gelben Flüssigkeit gefüllt war.

«Nein, aber wir müssen die hier entsorgen.»

«Ein einfaches Nein hätte auch gereicht», entgegnete Julia und schnitt eine Grimasse.

Rasmus legte die Flasche ab, zog eine der Nackenstützen heraus und kletterte unbeholfen auf den Rücksitz. Während sie das Tempo auf der verlassenen Straße beschleunigte, beugte er sich vor und streichelte ihr den Nacken.

«Ich habe dich vermisst», sagte er zärtlich.

«Ich dich auch. Hast du gefilmt?»

«Ja, ich glaube, es ist besser geworden als beim letzten Mal.»

Julia sah ihn mit erwartungsvoller Freude in den Augen an und bremste am Wegrand. Das Auto hielt auf dem Kies. Sie wandte sich zu ihm um.

«Komm, setz dich vor zu mir.»

Rasmus lächelte, stieg aus und kletterte auf den Beifahrersitz. Sie beugte sich zur Seite, drückte ihren warmen Körper an seinen und gab ihm einen langen Kuss. Wie froh sie war, dass sie ihn getroffen hatte. Jemanden, der sie so sehr liebte, dass er sie nie verurteilen und nie im Stich lassen würde. Der sie gewissermaßen sogar vergötterte. Es war ein gutes Gefühl, das sie nie auch nur annähernd gekannt hatte, an das sie sich jedoch schnell gewöhnte.

Außerdem war er handwerklich begabt, eine Eigenschaft, die ihr selbst völlig abging. Problemlos hatte er die nötigen Umbauten am Auto vorgenommen. Direkt neben dem Nummernschild hatte er zwei kleine Löcher für die Gewehrmündung und das Zielfernrohr gebohrt. Dann zwei münzenförmige Metallstücke in derselben Farbe wie das Auto eingesetzt, die man hin- und herschieben konnte und die die Löcher vollständig verdeckten. Außerdem hatte er eine kleine Kamera montiert, die er mit seinem Handy verbinden konnte.

Alles für sie.

Keiner hatte je so viel für Julia getan.

Obendrein hatte er ihr das Gefühl gegeben, alles wäre möglich.

Alle Idioten dieser Welt könnten verschwinden. Alles Böse bekämpft werden.

Vermutlich ging es um Macht. Er hatte ihr Macht verliehen, ihr geholfen aufzustehen, die Kontrolle über ihr eigenes Leben zu erlangen. Dafür liebte sie ihn. Das sagte sie auch.

«Ich liebe dich.»

Sie lächelte, als sie sah, wie glücklich ihn das machte.

«Wirklich?»

«Mehr, als ich je einen anderen Menschen geliebt habe», bekräftigte sie ehrlich und küsste ihn erneut, ehe sie sich wieder nach vorn drehte, den Gang einlegte und losraste. Von der Playlist kam eines ihrer Lieblingslieder. «I Want the World to Stop», Belle and Sebastian. Keiner würde sie jetzt stoppen. Keiner würde sie aufhalten.

Sie würde mit diesem Auto bis ans Ende der Welt fahren.

Sebastian hatte eine Weile dagesessen und sich mit Vanjas Fall beschäftigt.

Er hatte versucht, sich in das umfangreiche Material einzulesen, sich einen Überblick zu verschaffen, jedoch zwischendurch aufgehört und angefangen, das Essen vorzubereiten, als Ursula anrief. Er wusste, dass sie fand, er wäre ein Charakterschwein, weil er nicht hatte mitkommen wollen. Dann war es eben so. Das war immer noch besser, als das Risiko einzugehen, dass der wahre Grund, warum er sich von Torkel fernhielt, an die Oberfläche gespült wurde. Er hatte Angst, dass eine Menge Dreck, den er nicht würde kontrollieren können, in sein Gehirn eindrang. Jetzt, wo es ihm doch zum ersten Mal seit fast zwanzig Jahren, ja, beinahe gutging.

Außerdem, wozu sollte das nützen? Was konnte er schon tun? Was hatte Sebastian Bergman an Lösungen anzubieten, wenn es darum ging, wie man wieder auf die Beine kam, nachdem ein geliebter Mensch gestorben war?

Torkel trank. Sebastian hatte in der Gegend herumgevögelt.

Same shit, different name.

«Ich muss absagen», erklärte Ursula, als er sich meldete.

Ein neuer Mord in Karlshamn. Sie war auf dem Weg in ihre Wohnung, um nur schnell ihren Koffer zu holen, und würde von dort direkt zum Flughafen fahren. Nichts zu machen. Sie musste arbeiten.

Der alte Sebastian wäre jetzt in einen Strudel der Enttäuschung geraten, wütend geworden und hinausgelaufen, um jemanden zu finden, mit dem er ins Bett gehen konnte. Jetzt wurde ihm voller Stolz bewusst, dass er Ursulas Absage als eine Chance erkannte, sich länger in den Fall zu vertiefen und seiner Tochter zu helfen. Und vielleicht auch, sich auf die nächste Sitzung mit Tim vorzubereiten. Doch kaum hatte er sein Handy wieder in die Tasche gesteckt, da klingelte es erneut.

Jonathan.

Der furchtbaren Stress hatte. Ob Sebastian ihm vielleicht noch einmal helfen könne?

Na, und ob er das konnte!

Jetzt ging er zur Tür und ertappte sich dabei, so breit zu lächeln, dass er Angst hatte, Amanda zu erschrecken, weil er womöglich aussah wie ein durchgeknallter Clown. Doch er konnte nicht anders. Kaum hatte er die Tür geöffnet, bekam er sofort eine Umarmung, die sein Lächeln womöglich noch breiter werden ließ. Jonathan fuhr den Buggy in den Flur und lud so viele Taschen und Tüten ab, als sollte seine Tochter für immer bei Sebastian einziehen, während er der Kleinen aus der Jacke half.

«Es ist so großartig, dass du einspringen kannst», sagte er ein wenig atemlos.

«Es ist mir eine Freude», antwortete Sebastian ehrlich.

«Irgendwie ist innerhalb von ein paar Minuten alles zusammengebrochen, die normale Babysitterin, meine Mutter, alle mussten absagen.»

«Wirklich kein Problem», bekräftigte Sebastian, beugte sich herab und knüpfte Amandas Schuhe auf, während er einen kleinen Stich der Enttäuschung angesichts der Information spürte, dass es eine «normale Babysitterin» gab.

Warum hatten sie eine Babysitterin? Jonathans Mutter, gut, das konnte er noch verstehen, aber Sebastian wohnte in fußläufiger Nähe, war immer zu Hause, immer nüchtern. Also, warum eine «normale Babysitterin»? Weil Vanja es so wollte, lautete die Antwort. Sie wollte ihre Unabhängigkeit beweisen, vielleicht auch ihre Macht – ich entscheide, wann und wie oft du meine Tochter triffst, denk daran.

«Weiß Vanja, dass sie hier übernachtet?», fragte er deshalb und stand wieder auf.

«Es war ihre Idee, dich zu fragen.»

«Wirklich?» So viel unverhohlene Freude in diesem kleinen Wort.

«Normalerweise schläft sie gegen halb sieben, sieben. Was sie für die Nacht braucht, ist alles hier», erklärte Jonathan und klopfte auf eine der Taschen. «Sie hat eigentlich selbst einen ziemlich guten Überblick, was sie an Schlafanzug, Windeln, Schnullern und Kuscheltieren und so weiter benötigt.»

«Wir kriegen das zusammen hin, oder?», fragte er und sah Amanda an, die ernst nickte, die schwarze Stofftasche an sich riss und zusammenknautschte.

«Wechselklamotten, Brei, Flaschen und alles andere ist in der hier», erklärte Jonathan und zeigte auf die größere der beiden Taschen.

«Gut.»

«Ich muss jetzt los, bekomme ich eine Umarmung?» Jonathan ging in die Hocke, und Amanda schmiegte sich in seine Arme. «Melde dich, wenn etwas sein sollte, bei mir oder Vanja.»

«Ich schaffe das. Oder? Wir kommen zurecht.»

Als die Verabschiedung beendet war, hob er Amanda hoch und setzte sie auf seine Hüfte.

«Ich hole sie morgen in der Kita ab», erklärte Jonathan.

«Tschüs. Wollen wir Papa winken?»

Amanda winkte, und nachdem Jonathan noch mehrmals in letzter Sekunde etwas eingefallen war, gelang es Sebastian, die Wohnungstür zuzuschieben und abzuschließen.

«Na, dann sind wir jetzt also unter uns. Was würdest du gern machen?»

«Backen.»

«Wirklich? Kein Buch lesen oder auf den Spielplatz oder so?»

«Backen.»

«Okay, das habe ich mir wohl selbst eingebrockt», murmelte er und begab sich in die Küche.

Heute musste es wirklich klappen.

Aus mehreren Gründen. Sie hatte es diese Woche schon zweimal nicht geschafft, und heute Abend würde Amanda bei Sebastian schlafen. Natürlich vertraute sie ihm voll und ganz, ansonsten hätte sie ihre Tochter gar nicht erst seiner Obhut überlassen, aber es war das erste Mal, dass Amanda über Nacht bei ihm blieb. Eigentlich sollte es keine Probleme geben, doch sie war eine durchsetzungsfähige und manchmal auch etwas launische Dreijährige. Was für sie wie eine tolle und spannende Idee klang, als ihr Vater ihr davon erzählte, musste nicht unbedingt genauso toll und spannend sein, wenn es dann so weit war.

Vanja warf einen Blick auf die Uhr. Noch war es nicht Zeit fürs Bett, aber Ursula war im Anmarsch, und wenn sie kam, würden sie alles durchsprechen, was Zeit brauchte und vermutlich zu neuen Aufgaben führen würde, die sie dann bis in die Nacht in Beschlag nehmen würden. Besser, sie meldete sich gleich.

Vanja nahm ihr Handy vom Schreibtisch und ging in den Flur hinaus. Dabei merkte sie, dass sie Hunger hatte. Wann hatte sie zum letzten Mal etwas gegessen? Die Ereignisse hatten sich wirklich überschlagen, der ganze Mist brach in einem ununterbrochenen Strom über sie herein und staute sich immer mehr. Die Sjögrens, der vierte Mord, das fehlende Tatmotiv, Ursula in Stockholm, die Presse, das Fernsehen und die Leute in den sozialen Medien, die alles taten, um die panische Stimmung zusätzlich aufzuheizen.

Die veränderte, verdichtete Stimmung war in der ganzen Stadt spürbar.

Sie brauchte einen Trost.

Sie brauchte Amanda.

Also tätigte sie einen Videoanruf bei Sebastian. Es dauerte eine Weile, bis er ranging, und Vanja lachte verwundert, als sie ihn dann sah. Er war vollkommen weiß im Gesicht, als hätte er versucht, die Szene in Scarface nachzustellen, in der Al Pacino in einen Berg Kokain abtaucht.

«Was macht ihr denn?»

«Wir backen.»

«Wir backen!», ertönte ein helles Stimmchen wie ein fröhliches Echo.

«Was backt ihr denn?»

«Kekse», rief die Stimme, die nicht im Bild war.

«Nach eigenem Rezept. Sie hat ungehinderten Zutritt zur Speisekammer.»

«Das klingt lebensgefährlich.»

«Es kann sein, dass ein bisschen zu viel Sweet-Chili-Soße im Teig ist, aber ich glaube, die Farfalle machen das wieder wett!», sagte Sebastian lächelnd und fuhr sich mit dem Unterarm über das Gesicht. Vanja spürte, wie ihre Augen feucht wurden. Sie konnte sich genau vorstellen, wie Amanda vor Lachen kaum noch Luft bekam, weil sie sich ungehindert in der Küche austoben durfte. Sie wäre jetzt auch gern dort und würde mitlachen.

«Wie geht es dir?», fragte Sebastian, senkte die Stimme und drehte sich von Amanda weg. «Ich habe von Ursula gehört, dass ...»

«Ich möchte nicht darüber reden», fiel Vanja ihm ins Wort. «Im schlimmsten Fall wählt er sie rein zufällig aus, und dann müssen wir noch bis Mittsommer hierbleiben.»

«Mama!», erklang Amandas Stimme jetzt wieder, und Vanja erkannte den Tonfall sofort. Es gab etwas zu zeigen.

«Lass uns später weitersprechen, gib das Telefon jetzt bitte mal Amanda.»

Sebastian tat, worum sie ihn bat, und Vanja wurde ganz warm ums Herz, als sie sah, wie glücklich ihre Tochter mit Sebastian zusammen war. Ihr Mund bewegte sich in einem fort, und Vanja bekam eine teilweise ziemlich unzusammenhängende Zusammenfassung des Tages. Hin und wieder fragte sie etwas, doch die meiste Zeit ließ sie Amandas Erzählfreude freien Lauf. Erst als ihr Wortfluss ein wenig versiegte, fragte sie ihre Tochter, was sie noch vorhätten, und erhielt einen ausführlichen Bericht darüber, was sie in ihre Übernachtungstasche gepackt hatte.

«Und baden wirst du auch», hörte sie Sebastian im Hintergrund feststellen.

«Ich werde auch baden», plapperte Amanda ihm nach.

«Das klingt gut.»

«Wann kommst du wieder nach Hause?»

Das war die Frage, die sie nicht hören wollte, aber jedes Mal gestellt bekam. Und die Antwort war immer dieselbe.

«So schnell ich kann.»

«Okay.»

«Ich vermisse dich, mein Schatz.»

Vanja hörte Schritte, die sich auf dem Steinboden näherten, drehte sich um und sah Ursula auf ihr Büro zukommen. Die hob die Hand zum Gruß, und Vanja winkte zurück.

«Ich muss jetzt Schluss machen, mein Schatz.»

Die Seifenblase war geplatzt. Sie wäre gern noch dabeigeblieben, hätte dank der Handyverbindung auf der Arbeitsplatte gesessen und zugesehen, wie sie backten, wäre mit ins Bad gegangen, hätte vielleicht ein Märchen vorgelesen und gesehen, wie Amanda einschlief. Aber die Wirklichkeit drängte sich wieder in den Vordergrund, und die Wirklichkeit lautete, dass jeden dritten Tag jemand erschossen wurde und alle erwarteten, dass sie diejenige war, die dem Ganzen ein Ende bereitete.

Wie geht es Torkel?», fragte Billy, als Ursula ins Büro kam und zu ihrem Schreibtisch ging.

«Nicht gut», sagte sie, während sie ihre Jacke auszog. «Ehrlich gesagt, gar nicht gut.»

«Wir haben einen vierten Mord», unterbrach Vanja sie und klang dabei unüberhörbar gereizt und gestresst.

«Ich weiß, deshalb bin ich ja auch direkt wieder hergeflogen», antwortete Ursula ruhig. Sie weigerte sich, Schuldgefühle zu empfinden oder um Entschuldigung zu bitten, weil sie einem alten Freund beigestanden hatte, auch wenn der die Geste nicht zu schätzen gewusst und sie eigentlich gar nicht hatte bei sich haben wollen. Sie ging zu der Pinnwand, auf der in ihrer Abwesenheit ein neues Gesicht hinzugekommen war. Ein junger Mann. Dunkelhaarig, mit ordentlichem Seitenscheitel und entspanntem Lächeln, den Blick direkt in die Kamera gerichtet, auf eine Zukunft, die er nicht mehr erleben würde.

«Das neuste Opfer, nehme ich an», sagte sie und tippte leicht mit dem Finger auf das Foto.

«Philip Bergström.»

Carlos hielt ihr einige Papiere hin. Sie trat zu ihm und griff danach.

«Hat er uns zu neuen Erkenntnissen geführt?», fragte sie, während sie die spärlichen Informationen überflog.

«Er hat uns von der Selbstjustiz-Spur weggeführt», erklärte Carlos mit einer gewissen Müdigkeit. «Keine Anzeigen, keine Freisprüche.»

«Also könnten die Opfer rein zufällig gewählt worden sein?», fragte Ursula weiter und verstand Vanjas Frustration sofort besser. Das einzige Motiv, das sie gehabt zu haben glaubten, existierte nicht mehr. Sie waren wieder am Anfang.

«Im schlimmsten Fall ja, im besten Fall gibt es immer noch eine Verbindung», sagte Billy und befestigte ein Foto von einem Mann in Philips Alter an der Pinnwand. Er hatte rotblonde Locken, eine breite Nase, die aussah, als wäre sie einmal gebrochen gewesen, und einen Schnauzbart über den auffällig schmalen Lippen. Schon auf Grundlage des Fotos konnte Ursula erkennen, dass dieser Mann einen bedeutend schlechteren Lebenswandel führte, als es offenbar Philips Art gewesen war. «Das hier ist Marcus ‹Macke› Rowell.»

«Okay, und der ist interessant, weil ...?»

«Das haben wir untersucht, Billy und Carlos sind gerade fertig geworden», erklärte Vanja und ging zur Pinnwand. «Aber wir wollten auf dich warten.»

War das schon wieder eine säuerliche Anspielung darauf, dass sie in Stockholm gewesen war? Ursula konnte verstehen, dass ihre Abwesenheit heute für Schwierigkeiten gesorgt hatte, sie waren nur zu viert, und alle mussten ihren Beitrag leisten. Sie wusste außerdem, dass Vanja unter Druck stand, und zwar mehr noch durch die Erwartungen, die sie selbst an sich stellte, als durch die der anderen, aber das machte es trotzdem nicht leichter. Also verkniff sich Ursula erneut einen Kommentar.

«Danke, das ist nett», erwiderte sie nur und klang dabei sogar halbwegs danach, als wüsste sie es wirklich zu schätzen. Vanja drehte sich zu Carlos um, der sich räusperte, während er aufstand und in einem neuen, dickeren Stoß

Unterlagen blätterte, den er aus seinem Schreibtisch hervorgeholt hatte.

«Marcus ‹Macke› Rowell, sechsundzwanzig Jahre alt, ein alter Bekannter der hiesigen Polizei, könnte man sagen. Verkehrsverstöße, Drogenbesitz, Gewalt, Einbrüche, Diebstahl, sexuelle Belästigung, die Liste ist lang.»

«Wenn ich mich richtig erinnere, hat Philips Freundin ihn als ‹echtes Schwein› bezeichnet», ergänzte Vanja.

«Jedenfalls ist er definitiv kein Sympathieträger», pflichtete Carlos ihr bei. «Er war zweimal im Knast. Beim ersten Mal für sechs Monate, beim zweiten Mal für ein Jahr und zwei Monate. Obendrein wurde er schon mehrmals zu Tagessätzen und Bewährungsstrafen verurteilt.»

Ursula verarbeitete das, was sie gerade gehört hatte. Sie wusste nicht, ob man jemandem tatsächlich ansehen konnte, dass er kriminell war, aber sie hatte jedenfalls keine Schwierigkeiten damit, den Mann auf dem Foto mit den soeben aufgezählten Straftaten in Einklang zu bringen. Verbrechen, für die er verurteilt und bestraft worden war.

«Aber tot ist er nicht», stellte sie fest.

«Nicht, soweit wir es wissen, allerdings ist er verschwunden.»

«Und hat eine Verbindung zu dreien unserer Opfer.»

Ein potenzieller Täter also. Ursula beugte sich interessiert ein wenig vor, während Vanja zur Pinnwand ging, wo die Fotos der vier Opfer in einer deprimierenden Reihe hingen, und wieder das Wort ergriff. Sie deutete auf das Bild von Kerstin Neuman.

«Wir haben mit Rowells Mutter gesprochen, bei der er übrigens auch wohnt. Sein Vater war Handballtrainer und auch in dem Bus, der verunglückt ist. Er wurde schwer verletzt, und als er wieder genesen war, verließ er seine Familie, um – ich zitiere – ‹sich selbst zu finden und ein besserer Mensch zu werden oder irgend so eine Scheiße›. Zitat Ende. Marcus Rowell hat offenbar auch mehrmals gesagt, sein Vater sei durch diesen Unfall verrückt geworden.»

«Und das wirft er Neuman vor?»

«Unklar, aber die Verbindung besteht zumindest.»

Anschließend legte sie ihren Finger auf das Foto von Bernt Andersson und sah auffordernd zu Carlos, der wieder in seine Ausdrucke abtauchte.

«Andersson, ja. Rowell und er haben sich mehrmals gegenseitig angezeigt. Diebstahl, Gewalt, Drohungen. Beide waren in Drogenkreisen unterwegs, haben gekauft und verkauft. Sie waren zwei richtige Zankhansel.»

«Zankhansel?», wiederholte Ursula grinsend.

Carlos blickte fragend auf.

«Ja, wieso?»

«Nein, ich glaube nur, als ich dieses Wort zum letzten Mal gehört habe, war der Farbfilm noch nicht erfunden, aber entschuldige ... mach weiter.»

«Wie bitte? Sagt ihr das denn nie? Zankhansel?», fragte Carlos und blickte Vanja und Billy an, die beide langsam den Kopf schüttelten. «Ich benutze das oft, wir sagen das auch zu Hause.»

«Das ist schön für euch, aber jetzt mach doch bitte weiter», entgegnete Vanja, doch auch sie musste lächeln, und das wärmte Ursula das Herz. Sie hatte Vanja schon lange nicht mehr lächeln sehen.

«Wir haben keine Verbindung zwischen Rowell und Angelica Carlsson gefunden.»

«Dafür haben wir in den letzten zehn Jahren acht größere Geldeingänge von unterschiedlichen Konten auf Carlssons gefunden», warf Billy ein. «Ich habe die Kollegen vor Ort darauf angesetzt, dem nachzugehen, und sie haben mit fünf der Absender gesprochen.»

«Was haben sie gesagt?»

«Einige haben zugegeben, dass sie übers Ohr gehauen wurden, andere bestehen immer noch darauf, dass es ein Geschenk war und sie das Geld freiwillig überwiesen haben.»

«Und die übrigen drei?»

«Diese Überweisungen scheinen Erlöse aus verschiedenen Verkäufen zu sein. Waldgebiete, eine Wohnung in Lidingö und ein kleinerer Bauernhof in Dalarna. Von den ehemaligen Besitzern ist einer gestorben, einer zu dement, um befragt zu werden, und den Dritten haben wir noch nicht identifiziert. Wir wissen also nicht genau, woher sie Carlsson kannten.»

«Gibt es denn irgendeine Verbindung zwischen Rowell und einem der drei?»

«Nein, bisher jedenfalls.»

Vanja übernahm wieder und legte den Finger auf das Foto von Philip.

«Unser neustes und hoffentlich letztes Opfer. Hier ist die Verbindung ganz eindeutig. Rowell und er waren Freunde, und wir haben den Eindruck, dass Philip Angst vor ihm hatte und Rowell ihn auf einem Klassentreffen vor zwei Wochen brutal geschlagen hat.»

«Und damit kommt auch sein Verschwinden ins Spiel», warf Carlos ein. «Seit diesem Fest vor zwei Wochen hat ihn niemand mehr gesehen.»

«Er ist schon seit zwei Wochen verschwunden?»

«Seit zwei Wochen verschwunden, seit einer Woche als vermisst gemeldet», verdeutlichte Carlos. «Anscheinend blieb er öfter für eine Weile weg, also haben sich weder seine Mutter noch seine Kollegen gleich zu Beginn Sorgen gemacht.»

«Hat jemand nach ihm gesucht? Die Polizei, Missing People?»

«Sieht nicht so aus. Vermutlich ist das zutiefst tragisch, aber die meisten scheinen eher erleichtert darüber zu sein, dass er nicht mehr da ist.»

«Und jetzt glauben wir, dass er angefangen hat, Leute zu erschießen», sagte Ursula, um die Informationen zusammenzufassen und zu sehen, ob die anderen denselben Schluss gezogen hatten.

«Er ist gewalttätig, manchmal auch sehr gewalttätig, das wissen wir», erwiderte Billy mit einem Schulterzucken, das ihre These bekräftigte.

«Kann er denn schießen, wissen wir das?»

«Bei der Armee war er nicht, aber er wohnt auf dem Land. Wenn ich meinen Vorurteilen hier einmal freien Lauf lassen darf, ist es deshalb wohl nicht unwahrscheinlich, dass er mit einem Gewehr umgehen kann.»

«Einen Waffenschein hat er aber nicht», ergänzte Carlos.

«Keine registrierten Waffen, aber eine alte Anzeige wegen unerlaubten Waffenbesitzes.»

«Ich habe mich schon ein bisschen mit seinem Handy beschäftigt», sagte Billy und drehte sich zu der Karte an der Wand um. «Er war zuletzt mit diesem Mast hier verbunden.» Er befestigte eine kleine rote Nadel auf einem Punkt an der Straße 29 knapp zehn Kilometer nördlich des Ortes. «Um 3.16 Uhr verschwindet es in der Nacht nach dem Fest dort aus dem Netz.»

«Sein Auto steht immer noch zu Hause bei seiner Mutter», fügte Carlos hinzu.

«Könnte er mit jemand anderem mitgefahren sein», fragte Vanja, während sie die Karte und die Platzierung der Nadel betrachtete. «Hat er vielleicht ein Auto gestohlen oder sogar ein Taxi genommen, haben wir das überprüft?»

«Bisher noch nicht, nein.»

«Gäbe es auch die Möglichkeit, dass er das erste Opfer ist?» An der Stille, die nach ihrer Frage entstand, konnte Ursula erkennen, dass bisher niemand auf diese Idee gekommen war. «Vielleicht ist er mit dem Mörder dorthin gefahren, und der hat sein Handy vernichtet oder ausgeschaltet?»

Sie sah, wie die Kollegen eilig versuchten, die neuen Teile, die sie ihnen gerade präsentiert hatte, zu dem Puzzle in ihrem Kopf hinzuzufügen.

«Dann hätte der Mörder anschließend aber seine Methode vollkommen geändert, indem er am helllichten Tage angefangen hat, Leute aus dem Hinterhalt zu erschießen», sagte Billy und fand damit als Erster ein Teil, das nicht ins Bild passte.

«Das spricht allerdings dagegen, stimmt», gab Ursula zu.

«Rowell hat Karlshamn an jenem Morgen um kurz nach drei verlassen, sein Handy wurde abgeschaltet, und seither ist er nicht mehr gesehen worden. Das wissen wir», stellte Vanja fest und wandte sich an ihre Kollegen. «Wir wissen auch, dass eine Woche später jemand angefangen hat, den Leuten Kugeln in den Kopf zu jagen.»

Alle nickten, Vanja hatte recht. Es war nicht sicher, dass diese beiden, an sich richtigen, Feststellungen etwas miteinander zu tun hatten, aber sie boten doch Anlass genug, um diese Theorie weiterzuspinnen, dachte Ursula.

«Wir halten alle Möglichkeiten offen, aber ich hätte trotzdem gern, dass wir Rowell finden. Schreibt ihn zur Fahndung aus», bestimmte Vanja, die anscheinend zu demselben Ergebnis gekommen war. «Haben wir noch etwas?»

«Ich habe auch damit angefangen, das Handy zu untersuchen, das Philip Bergström bei sich hatte, als er erschossen wurde», sagte Carlos. «Ein Großteil seiner Kontakte findet sich in seinem Adressbuch, oder es handelt sich um Kundendienste, Firmen, Behörden und so weiter. Alle bis auf eine Nummer.»

Er riss ein Stück von dem Blatt ab, das er in der Hand hielt, drehte es um, nahm einen Stift und kritzelte etwas auf die Rückseite. Dann ging er zu der Pinnwand und hängte den Zettel auf.

«070–1740 633. Der Anschluss gehört einer Julia Linde.» Er machte eine kleine Pause und betrachtete die anderen. «Die sicherlich auch auf diesem Klassentreffen war.»

«Wann hat Philip sie angerufen?»

«Am Tag nach dem Fest dreimal und dann am nächsten Tag, anschließend drei Tage darauf noch einmal. Sie hat die Anrufe nie angenommen.»

«Hatte er sie vorher schon einmal angerufen?»

«Nein, nie. Diese fünf Versuche waren die ersten und letzten.»

Vanja ging erneut zu der Pinnwand und betrachtete den abgerissenen Zettel mit der Telefonnummer, als könnte er ihr ein Geheimnis verraten.

«Dieses Klassentreffen ist es offenbar wert, dass wir es näher unter die Lupe nehmen.»

Marcus Rowell schien nicht der Einzige zu sein, der an jenem Abend verschwunden war.

Carlos lehnte sich zurück und sah sich im Büro um, seine Kollegen wirkten alle zutiefst konzentriert. Eigentlich gab es keinen Grund, sie zu stören, bevor er mehr wusste. Also rekapitulierte er noch einmal, was er getan und wozu es geführt hatte und was er außerdem noch herausfinden musste.

Julia Linde. Siebenundzwanzig Jahre alt. In Karlshamn geboren, wo ihre Mutter nach wie vor lebte. Sie hatte die neunte Klasse an der Grundviksskolan beendet und war dann auf das Vägga-Gymnasium gegangen, wo sie den künstlerischen Zweig gewählt hatte. Nach dem Abitur war sie sofort von zu Hause ausgezogen. Für die Jahre danach ließ sich ihr Weg etwas schwieriger rekonstruieren. Sie war immer noch bei ihrer Mutter gemeldet, wohnte aber offensichtlich über längere Zeiträume nicht dort. Die sozialen Medien nutzte sie kaum, sie hatte ein Facebook-Profil, war dort aber in den letzten vier Jahren nicht mehr aktiv gewesen. Auf anderen Plattformen tauchte sie nur sehr sporadisch auf. Vor zwei Jahren hatte sie angefangen, Graphikdesign auf der Södra Vätterbygdens Folkhögskola in Jönköping zu studieren.

Carlos hatte mehrmals vergeblich bei ihr angerufen und ihr dann eine SMS geschickt und sie gebeten, sich zu melden, aber nichts von ihr gehört. Soweit er es einsehen konnte, hatte sie jedoch keine anderen Handyverträge.

Anschließend hatte er sich wieder eine Weile mit Marcus

Rowell beschäftigt, und die Revival AB kontaktiert, die Firma, die das Fest in dem Hotel organisiert hatte, und die Mitarbeiter gebeten, ihm eine Gästeliste zu schicken. Wenn er Glück hatte, befand sich darauf ein Name, der ihnen weiterhelfen konnte. Auf der Homepage der Firma sah er, dass die Kunden dazu aufgefordert wurden, bei ihren Postings über das Event den Hashtag *#Revival21* zu verwenden, also ging er auf Instagram und scrollte durch eine schier unendliche Menge an Beiträgen. Trotzdem dauerte es nicht lange, ehe er eine Person entdeckte, die er wiedererkannte. Rowell. Wie sich herausstellte, war er auf einer ganzen Reihe von Fotos zu sehen. Offenbar hatte er sich einen Spaß daraus gemacht, immer ins Bild zu springen, wenn gerade jemand fotografierte. Nannte man das eine Fotobombe? Carlos wusste es nicht. Er hatte keine Kinder und auch nicht besonders viele Jugendliche in seinem näheren Umfeld. Er konnte Billy fragen, der kannte sich bestimmt aus. Er schien alles in sich aufzusaugen, was mit neuer Technik, Computern und sozialen Medien zu tun hatte. Und mit Rap. Oder war es Hiphop? Jedenfalls ein Genre, an dem Carlos vollkommen uninteressiert war, das er jedoch allzu oft aus den Kopfhörern seines Kollegen schallen hörte.

Das letzte Foto, auf dem Rowell auftauchte, war um 1.35 Uhr veröffentlicht worden – oder gepostet, sagte man wohl. Darauf sah man ihn tanzend, die Arme ausgestreckt wie eine Windmühle, mit wem, war nicht ganz klar, womöglich sogar allein. In der Nähe befand sich eine Frau in einem kurzen blauen Kleid, vielleicht tanzte er mit ihr. Im Hintergrund saß eine andere junge Frau mit lila Haaren auf einem Stuhl. Sie war allein und wirkte auch nicht so, als hätte sie Spaß. 1.35 Uhr. Anderthalb Stunden bevor das Handy draußen im Wald abgeschaltet worden war. Was hatte er in der Zwischenzeit getan? Darüber gaben die Fotos Carlos leider keine Auskunft, aber jetzt wussten sie immerhin, was Rowell angehabt hatte, als er verschwand. Ein rot-lila Hemd mit grobem Muster unter einem dunkelblauen Jackett, Jeans und rote Turnschuhe.

Carlos machte einen Screenshot von dem Foto und checkte noch einmal seine Nachrichten, obwohl er wusste, dass ihm niemand geschrieben hatte. Ein kurzer Blick auf die Uhr verriet ihm, dass es spät, aber nicht zu spät war. Er hätte Julia Linde so gern erreicht, um zu erfahren, warum Philip Bergström sie nach diesem Fest fünfmal angerufen hatte. Vermutlich ging es um irgendetwas, was dort vorgefallen war. War sie wütend auf Philip und deshalb nicht ans Telefon gegangen? Hatten sie etwas miteinander angefangen, und er wollte mehr als sie? In diesem Fall «ghostete» sie ihn, ein bisschen Slang hatte Carlos nämlich doch aufgeschnappt – und nach fünf misslungenen Versuchen hatte er den Wink mit dem Zaunpfahl verstanden. Was es auch war, es wäre schön, wenn Carlos sie abhaken und mit wichtigeren Angelegenheiten weitermachen könnte.

Eine halbe Stunde später war Julia Linde jedoch selbst eine wichtigere Angelegenheit.

Carlos war es gelungen, eine Studienkollegin von ihr zu erreichen, die sie seit zwei Wochen nicht mehr gesehen hatte.

«Nicht, seit sie zu diesem Klassentreffen gefahren ist.»

«In Karlshamn?», hörte Carlos sich fragen, obwohl es gar nicht anders sein konnte.

«Ja, genau, da kommt sie her.»

Also war sie nicht von dem Klassentreffen zurückgekehrt. Und Marcus Rowell war nicht der einzige Verschwundene. Carlos führte eine schnelle Recherche durch, aber Julia war nicht als vermisst gemeldet worden.

Er lehnte sich zurück und sah sich um. Eigentlich gab es wirklich keinen Grund, die anderen zu stören, ehe er mehr wusste. Er suchte nach Julias Mutter und googelte ihre Adresse. In fußläufiger Nähe. Zehn Minuten, wenn man zügig ging. Erneut warf er einen Blick auf die Uhr. Es war spät, vielleicht zu spät, aber er wollte es wirklich wissen.

«Ich dreh noch eine kurze Runde», sagte er, stand auf und zog seinen Mantel an. Vanja blickte von ihrer Arbeit auf.

«Gehst du zum Hotel?»

«Noch nicht. Ich will noch eine Sache im Zusammenhang mit dieser Julia Linde prüfen.»

«Okay, dann bis später.»

Er brauchte sogar nur acht Minuten, um das ordentlich verputzte, beigefarbene zweistöckige Wohngebäude mit den grünen verglasten Balkons auf dem Källvägen zu erreichen. Die Haustür stand offen. Im Treppenhaus schaltete er das Licht ein und prüfte anhand der Übersichtstafel an der Wand, ob die Etage stimmte, die er ausfindig gemacht hatte. Richtig, zweiter Stock.

Er ging die Treppe hoch, klingelte kurz an der Tür, an der neben einem anderen Nachnamen «Linde» stand, und zog seine Polizeimarke hervor, während er wartete, ob ihm jemand öffnete.

Jemand öffnete ihm. Aber nicht eine Person, die er erwartet hätte. Keineswegs.

Carlos war so überrascht, dass er sie einfach nur anstarrte.

«Ja?», sagte die junge Frau mit den lila Haaren, deren Hand noch immer auf der Klinke der halb geöffneten Tür lag.

«Sie müssen Julia Linde sein.»

«Ja, und wer sind Sie?»

«Carlos Rojas, Polizei. Reichsmordkommission.» Er zeigte ihr den Dienstausweis und glaubte zu sehen, wie sie zusammenzuckte und mit einem Mal angespannter war. Diese Reaktion war nicht ungewöhnlich. Der Name Reichsmordkommission deutete schließlich darauf hin, dass jemand gestorben war. Es konnte sich also unmöglich um einen angenehmen Besuch handeln.

«Darf ich hereinkommen?»

Julia trat zur Seite, und Carlos ging in den Flur und schloss die Tür hinter sich. Julia lehnte sich einige Meter von ihm entfernt an die Wand und verschränkte die Arme vor der Brust, es war deutlich, dass sie keine Polizei im Haus haben wollte.

«Wer ist denn da?», ertönte eine Männerstimme aus dem hinteren Teil der Wohnung.

«Die Polizei», rief Julia zurück, und es dauerte nicht lange, bis Carlos Schritte hörte und ein Mann Mitte fünfzig in Jogginghose, Lammwollpullover und mit Pantoffeln an den Füßen in den Flur kam und Carlos einen besorgten Blick zuwarf.

«Was machen Sie hier? Warum ... Ist etwas passiert?»

«Ich müsste mich kurz mit Julia unterhalten.»

«Worum geht es denn?»

«Heißt du Julia?», fragte Julia so boshaft entnervt, dass der Mann mit den Pantoffeln förmlich zusammenschrumpfte. «Geh bitte.»

Daraufhin drehte sich der Mann um und schlurfte wortlos dorthin zurück, von wo er gekommen war. Julia widmete ihre Aufmerksamkeit wieder Carlos. Sie sah ihn an, ohne dass er ihren Blick richtig deuten konnte. Neugierig war er nicht, aber auch nicht nervös und fragend wie bei den meisten anderen Menschen, wenn sie am späten Abend Besuch von der Polizei bekamen. Es lag etwas anderes darin, etwas Suchendes, möglicherweise auch Aggressives.

«Gut. Was wollen Sie?»

«In welcher Beziehung stehen Sie zu Philip Bergström?»

«Sind Sie deshalb hier? Weil er erschossen wurde?»

«Ja. Kannten Sie ihn?»

Julia zuckte leicht die Achseln.

«In der Mittelstufe waren wir in derselben Klasse. Und vor ein paar Wochen auf demselben Fest.»

«Ist da irgendetwas Besonderes vorgefallen? Zwischen Ihnen?»

«Nein, nichts. Wieso?»

«Weil er in der Woche danach versucht hat, Sie zu erreichen.»

«Ach, wirklich?»

«Ja, fünfmal sogar, aber Sie sind nie ans Telefon gegangen.»

Julia nickte ein wenig vor sich hin, als hätte Carlos gerade ein Rätsel für sie gelöst, über das sie schon eine Weile grübelte.

«Ach, dann war er es. Ich gehe nie ran, wenn eine unbekannte Nummer anruft. Die Leute sollen mir eine Nachricht schreiben, was sie wollen.»

«Und was wollte er, meinen Sie?»

«Ich weiß es nicht. Er hat mir nie eine Nachricht geschickt.»

«Ist auf diesem Fest irgendetwas passiert, weshalb er Sie möglicherweise erreichen wollte?»

«Nein ... Oder, na ja, er hat Prügel bezogen. Von Macke. Marcus Rowell.»

«Und warum sollte er Sie deshalb anrufen?»

«Weil ich es gesehen habe. Vielleicht brauchte er eine

Zeugin oder so. Ich weiß es nicht. Hat er deswegen Anzeige erstattet?»

«Nein.»

«Typisch. Er war immer schon ein derartiger Feigling. Mackes kleines Hündchen.»

«Haben Sie diesen Marcus Rowell nach dem Fest noch einmal gesehen?»

Julia lachte auf, ein hartes, humorloses, beinahe verächtliches Lachen.

«Nein, zum Glück nicht. Er ist ein Arschloch.»

Eine bittere Wut schwang in ihrem Ton mit. Es war überdeutlich, was sie von Rowell hielt. Offenbar war es schwer, ihn zu mögen. Sogar seine eigene Mutter schien Angst vor ihm gehabt zu haben. Carlos schwieg. Das Gespräch war ungefähr so verlaufen wie gedacht. Ein paar kurze Folgefragen, und dann konnte er sich wieder wichtigeren Dingen widmen.

«Ich habe an Ihrer Hochschule angerufen, dort wusste man nicht, dass Sie hiergeblieben sind», erklärte er und schlug den kleinen Spiralblock zu, auf dem er sich Notizen gemacht hatte.

«Nein, das hatte ich dort wohl auch nicht mitgeteilt.»

«Warum sind Sie denn noch hier?»

Julia lächelte breit, während sie ihn unter ihrem Pony anblickte, und da war irgendetwas mit ihren Augen, dachte Carlos. Als wüsste sie etwas oder als würde sie ihn testen wollen. Vor seinem inneren Auge tauchte ein Bild von Jack Nicholson in *The Shining* auf. Für einen Sekundenbruchteil durchzuckte ihn das Gefühl, dass sie gefährlich sein könnte, aber dann riss sie sich zusammen, und jetzt spiegelte sich das Lächeln auch in ihren Augen.

«Ich habe jemanden kennengelernt.»

«Auf dem Fest?»

«Am Tag danach. Bei einem Katerfrühstück. Sie wissen schon, wenn man verkatert ist, hat man Lust auf fettiges Essen und Sex.»

Das wusste Carlos nicht. Er trank nicht, und seine Freundin hatte nach Partys oder Abendessen mit Alkohol bisher keine erhöhte sexuelle Aktivität an den Tag gelegt. Aber Julia war siebenundzwanzig. Sie waren knapp vierzig.

«Gibt es sonst noch was?»

«Falls ich weitere Fragen habe, melde ich mich. Sollte Ihnen noch etwas einfallen, können Sie mich ja anrufen.»

Er zog eine Visitenkarte aus dem Portemonnaie und reichte sie ihr. Julia nahm die Karte und steckte sie unbesehen in die Gesäßtasche ihrer Jeans.

«Danke, dass Sie sich die Zeit genommen haben», fügte er noch hinzu, öffnete die Tür und trat hinaus in das Treppenhaus, wo das Licht inzwischen ausgegangen war.

«Keine Ursache», sagte Julia, zog die Tür hinter ihm zu und schloss von innen ab.

Carlos schaltete das Licht wieder ein und ging nach unten. Als er die Haustür öffnete, war er in Gedanken schon beim nächsten Tag. Dann würde er sich neuen Recherchen widmen. Das Wichtigste war, dass sie endlich ein Motiv fanden, eine Verbindung zwischen den Opfern. Denn die gab es, da war er sich sicher.

Während er den Källvägen entlangspazierte, hatte er die junge Frau mit den lila Haaren bereits als uninteressant für ihren Fall eingestuft und abgeschrieben. Er drehte sich kein einziges Mal um und sah deshalb auch nicht, wie sie am Fenster stand und ihm mit dem Blick folgte, bis er verschwunden war.

Um an dem Auto herumzubasteln, ohne neugierige Blicke auf sich zu ziehen, hatte Rasmus es in die Garage gefahren. Der Kofferraum war geöffnet. Er hatte gerade eine passend zurechtgeschnittene, weiche Schaumstoffmatte auf den Boden geklebt und wartete, dass sie antrocknete. Zufrieden legte er die Heißklebepistole auf den Werkzeugtisch. Die Matte würde für ein bisschen Komfort für ihn sorgen, vor allem aber würde sie den Boden gegen die Kälte isolieren.

Er zog das Gewehr hervor, das er unter einer Decke versteckt hatte. Eigentlich musste es noch nicht wieder gereinigt werden, seit dem letzten Mal hatte er erst einmal geschossen, aber irgendwie entspannte ihn die Waffenpflege. Zeit für Konzentration und Nachdenken, hatte sein Großvater immer gesagt. Er hatte Rasmus alles beigebracht, was er über Waffen wusste.

Er hatte ihm so vieles beigebracht.

In gewisser Weise war er sein bester Freund gewesen, vor allem, nachdem Becca gestorben und die Familie Stück für Stück auseinandergebrochen war. Ehe diese Schlampe dafür gesorgt hatte, dass sein Großvater sich umbrachte.

Rasmus schraubte das Endstück vom Putzstock, befestigte ein Baumwolltuch darauf und wollte gerade damit anfangen, den Lauf zu reinigen, als es an der Garagentür klopfte.

Energisch.

Vor Schreck zuckte er zusammen, wickelte das Gewehr rasch wieder in die Decke und schob sie unter den Tisch. Es klopfte erneut. Kraftvoller, anhaltender. Jemand, der nicht länger warten wollte.

«Ich komme!», schrie er und schlug gestresst den Kofferraumdeckel zu. Prüfend sah er sich um, ob er noch etwas anderes wegräumen müsste.

«Ich bin es.»

Als er die Stimme hörte, beruhigte er sich, rannte zur Garagentür und öffnete sie. Sie hatte eine viel zu große Tasche für einen kurzen Besuch dabei und sah sich gehetzt um, ehe sie in die Garage schlüpfte und die Tür hinter sich schloss. Etwas musste passiert sein.

«Bist du allein zu Hause?», fragte sie.

«Ja.»

Der Vater war bei seiner neuen Freundin, was Rasmus perfekt passte. So hatte er an dem Auto werkeln können, ohne dass jemand Fragen stellte. Wobei der Vater ohnehin nicht mehr viele Fragen stellte.

«Die Polizei war bei mir zu Hause.»

Rasmus wurde innerlich ganz kalt, er spürte, wie sein Puls sich beschleunigte und der Magen verkrampfte. Die Polizei, wie meinte sie das?

«Wann denn? Und warum?»

«Gerade eben. Sie haben gefragt, warum Philip mich angerufen hat.»

«Wie, angerufen? Wann?»

«Nach dem Fest. Er hat fünfmal angerufen, aber ich bin nicht drangegangen.»

«Wissen sie mehr?», fragte er und spürte zum ersten Mal, wie der Boden ein wenig unter seinen Füßen schwankte. Bisher war alles so leicht von der Hand gegangen. Sie hatten eine Liste von Menschen erstellt, die genau wie Macke Rowell eine Strafe verdient hatten.

Sie verhängten die Strafe, Julia und er. Gemeinsam.

Mit ihr fühlte er sich unbesiegbar. Auch wenn er tief in seinem Inneren wusste, dass sie irgendwann gejagt werden würden. Die Polizei arbeitete mit Hochdruck, und früher oder später würden Julia und er auf ihrem Radar auftauchen. Offenbar war es eher früher.

«Ich weiß es nicht, aber sie haben meinen Namen, also kann ich nicht mehr zu Hause wohnen.»

«Du weißt, dass du hierbleiben kannst.»

«Aber wenn sie mich finden, haben sie dich auch. Vielleicht nicht heute, aber eines Tages schon. Wir müssen verschwinden.»

Sie umarmte ihn. Er spürte ihren nach Rauch riechenden Atem, bei dem ihm immer die Knie weich wurden. Sie war so schön.

«Ich möchte nicht, dass sie uns aufhalten», sagte sie.

Nein, nichts durfte sie aufhalten. Sie würden für immer zusammen sein.

Er würde ihr folgen, wo auch immer sie ihn hinführte. Was auch immer sein Puls und Bauchgefühl sagten. Jetzt gab es kein Zurück mehr. Julia und er gegen den Rest der Welt.

«Ich weiß, wo wir hinkönnen», entschied er.

Sie packten das Auto, holten die Schlafsäcke und den unbenutzten Campingkocher vom Dachboden und leerten die Speisekammer von Pasta und Konserven. Nahmen alle Kerzen mit, die er finden konnte, und alle Munition. Die Angst und die Unruhe, die er gespürt hatte, wurden von einer Aufbruchstimmung abgelöst. Das große Abenteuer.

Während sie packten, sagte er ihr, wohin sie fahren würden. Er erzählte von der kleinen Hütte, die sein Großvater so sehr geliebt hatte. Auf einer Wiese tief im Wald oben in Högahult. Von der Hütte, die diese Frau ihm abgeluchst hatte. Sie hatte es ausgenutzt, dass er einsam und ein bisschen verwirrt gewesen war. Von dem Diebstahl, gegen den niemand etwas unternehmen konnte. Von dem Forstunternehmen, an das sie weiterverkauft hatte und das das Anwesen übernahm. Und wie sein geliebter Großvater daran zugrunde gegangen war.

Aber die Hütte stand noch.

Vor einigen Jahren hatte er sie gesehen. Verlassen. Sie hatten sie gestohlen und ließen sie einfach verfallen. Es war ihnen nur um den Wald gegangen.

Rasmus schrieb einen Zettel für seinen Vater, damit er sich keine Sorgen machte. «Bin zelten, du kannst mich auf dem Handy erreichen.» Er nahm das Geld, das er unter seinem Bett versteckt hatte. Was er verdiente, konnte er nicht zur Bank bringen und durfte auch keine Kreditkarten verwenden. Alles, was das Existenzminimum überstieg, ging direkt an den Gerichtsvollzieher.

Dann setzte er sich hinter das Steuer, und sie fuhren los. Er fühlte sich stark. Jetzt war er nicht mehr der Junge, dessen Leben durch die Privatinsolvenz ausgebremst worden war und der nicht mehr leben durfte. Jetzt lebte er. Mit ihr.

«Da ist eine Sache, die wir noch erledigen werden, ehe wir dorthin fahren», erklärte sie.

«Wir schaffen nicht mehr viel, wenn wir noch vor der Dunkelheit dort ankommen wollen», wandte er ein, sah jedoch die Entschlossenheit in ihren Augen funkeln.

«Wir fahren nach Malmö. Und nehmen uns den nächsten Kandidaten auf der Liste vor», sagte sie trocken.

«Sollten wir das nicht ein bisschen besser planen?», fragte er vorsichtig, doch noch bevor er seine Frage beendet hatte, wusste er, dass sie ihren Willen durchsetzen würde.

Wie immer.

Der kleine Kopf auf dem Kissen, das ausgebreitete dunkle Haar. Der Daumen im Mund. Das Stoffkaninchen unter dem Ärmel ihres Schlafanzugs, auf dem sechs Zeichentrick-Hunde mit verschiedenen Kopfbedeckungen posierten. Sie hatte deren Namen so oft wiederholen müssen, ehe er sie endlich verstanden hatte, dass sie beinahe wütend geworden war. *Paw Patrol.* Wenn Amanda das sagte, klang es eher wie Papatroll oder manchmal auch Popotroll. Es machte die Sache nicht leichter, dass sie ihm auch noch beibringen wollte, wie jedes einzelne dieser sechs Tiere hieß. Chase. Zuma. Rocky, dann irgendwas mit M und noch zwei andere. Er hoffte, sie würde ihn morgen beim Frühstück nicht abfragen.

Vermutlich sollte er jetzt irgendetwas machen. Statt nur im Dunkeln herumsitzen und den ruhigen, schnaufenden Atemzügen lauschen.

Es gab genug zu tun. Die Küche sah immer noch aus, als hätte eine Bombe eingeschlagen. Sie hatten gemeinsam das Schlimmste weggeräumt, solange es Amanda auch Spaß gemacht hatte, aber es gab Wichtigeres als putzen, wenn er sich schon einmal für ein paar Stunden um sein Enkelkind kümmern durfte. Die Kekse, die sie tatsächlich für ein paar Minuten im Ofen gebacken hatten, waren klein, platt und steinhart gewesen. Natürlich waren sie ungenießbar, was Amanda jedoch zu überraschen schien, als sie glücklich und stolz in einen hineinbiss.

Ein Gefühl von Zärtlichkeit, aber auch eine gewisse Trauer hatte ihn überkommen. Es gab so vieles, was sie noch lernen und verstehen musste, so vieles, was sie noch brauchte, um eines Tages in die Welt der Erwachsenen eintreten zu können. All die Träume, die unverstellte Freude, Spontaneität und Entdeckerlust, die verdrängt und vergessen und durch Verantwortung, Logik und konsequentes Denken und Handeln ersetzt werden mussten. Kind sein zu dürfen war ein flüchtiges Geschenk. Dieses Gefühl, dass alles möglich war und die Welt eine einzige, unerforschte Süßigkeitentüte, ließ sich nur schwer mit den Anforderungen vereinen, die das Leben an einen stellte, wenn man einen Platz am Erwachsenentisch einnehmen wollte.

Aber bis dahin würden noch viele Jahre vergehen. Wobei die Zeit raste. Ein Klischee, aber dennoch wahr. Nächstes Jahr würde Amanda älter sein, als es Sabine je gewesen war, rief er sich in Erinnerung. Also, warum sollte er nicht einfach dort sitzen und ihr beim Schlafen zusehen, wenn es ihn glücklich machte?

Lily und Sabine.

Was die beiden betraf, war die Zeit nicht ganz so schnell vergangen.

Bald siebzehn Jahre war es nun her, dass sein ganzes Leben in Trümmern gelegen hatte. Manchmal fühlte es sich an, als lebte er schon seit einer Ewigkeit allein, im Dunkeln. Als wären all diese Tausende von Tage zu einem einzigen langen, unendlich bedrückenden und ununterscheidbaren Einerlei verschmolzen, in dem seine kurzen sexuellen Eroberungen nie ein lustvoller Genuss gewesen waren, sondern nur ein Mittel zur Verdrängung, um seine Nase über die Wasseroberfläche zu recken und für einen kurzen Moment Luft zu bekommen.

Die Erinnerung an diesen einen Tag war immerzu so nah, so lebendig, als wäre es gestern passiert. Der späte Vormittag im Hotel. Der Spaziergang zum Strand. Sein großer Daumen, der unbewusst über den lila Metallring strich, den Sabine am Zeigefinger trug. Ein Schmetterling, ein paar Tage zuvor in der Hitze auf einem Markt gekauft. Wie sie diesen Ring geliebt hatte. Sie hatte ihn gar nicht mehr abnehmen wollen. Das letzte Stück bis zum Strand trug er sie auf den Schultern. Ihre zarten Hände auf seinen stoppeligen Wangen. Sie lachte glucksend, als er so tat, als würde er stolpern ...

Genug jetzt.

Er stand auf und ging zum Bett. Zog die Decke um Amanda zurecht und steckte sie fest, obwohl es nicht nötig war. Er erinnerte sich daran, wie Vanja vor langer Zeit einmal in diesem Zimmer übernachtet hatte. Ehe sie wusste, dass sie seine Tochter war. Damals hatte er ebenfalls an ihrem Bett gesessen und sie betrachtet, was natürlich bedeutend unheimlicher und schwerer zu erklären gewesen wäre, hätte sie plötzlich die Augen aufgeschlagen. Er hatte auch dem Bedürfnis widerstehen müssen, ihr einen Gutenachtkuss zu geben, bevor er ging. Das musste er jetzt nicht. Amanda war ein wenig verschwitzt vom Schlaf, roch aber noch sauber und frisch von ihrem Bad.

Leise schlich er aus dem Zimmer, ließ die Tür angelehnt, im Flur brannte das Licht. Amanda wusste, wo sie hingehen musste, wenn sie nachts aufwachte. Oder sie konnte einfach nach ihm rufen, er hatte im Gefühl, dass er nur leicht schlafen würde.

Nachdem er das Zimmer verlassen hatte, ging er zur Hutablage und dem Kleiderhaken mit seinem Mantel, zog die kleine Schachtel aus der Tasche und öffnete sie. Auf dem blau-lila Kissen lag ein Ring.

Ein Schmetterling.

Vor etwa einem Monat hatte er ihn im Schaufenster

eines Goldschmieds gesehen, bei dem er vorbeigekommen war. Zierliche Flügel, Silber mit kleinen roten Steinen, vermutlich aus Glas. Der zarte Körper aus einem blauen Stein oder Glasstück, zwei kleine silberne Antennen. Ganz ähnlich dem Ring, den Sabine besessen und geliebt hatte, aber keine Kopie. Es war eine reine Impulshandlung gewesen. Er hatte gedacht, es wäre ein schönes Geschenk für Amanda, doch als er nach Hause gekommen war, hatte er genauer darüber nachgedacht und kalte Füße bekommen.

War das nicht einfach nur seltsam? Ein bisschen krank und makaber?

Er konnte sich nicht entscheiden, einerseits hatte er sich jedes Mal unwohl gefühlt, wenn er kurz davor gewesen war, ihn Amanda zu geben, andererseits ihn dann doch in seiner Tasche gelassen.

Bis jetzt.

Er nahm die Schachtel mit in die chaotische Küche und legte sie auf die Fensterbank, eine der wenigen Stellen, die nicht mit irgendeiner Backzutat bedeckt war.

Morgen würde sie ihn bekommen.

Er war sicher, dass sie ihn lieben würde.

Allein als Letzter im Büro.

Es machte ihm wirklich nichts aus. Oft wollte er es sogar so. Eine Tasse Kaffee aus dem Automaten in der Küche, und er war bereit weiterzuarbeiten.

Die Aufnahmen der Kameras wurden achtundvierzig Stunden lang gespeichert. Er hatte die Aufgabe delegiert, die Nummernschilder der Autos, die auf der Tankstelle ein- und ausgefahren waren, mit verschiedenen Registern abzugleichen. Eigentlich glaubte er nicht, dass etwas dabei herauskommen würde, aber es musste vorsichtshalber erledigt werden.

Der Todesschütze, mit dem sie es zu tun hatten, war schnell.

Im Schnitt suchte er sich jeden dritten Tag ein neues Opfer.

Wenn er sie zufällig auswählte, wäre dieses Tempo nicht weiter erstaunlich, dann könnte er auch mehrere Menschen an einem Tag erschießen. Aber Billy hatte das Gefühl, es gäbe eine Verbindung zwischen den vier Toten. Denn es war ein Heckenschütze und niemand, der in einem Auto heranfuhr, die Scheibe herunterließ und auf Teufel komm raus eine Pistole abfeuerte oder durch ein Fenster schoss. Er hatte den Eindruck, dass der Täter die Tage zwischen den Morden nutzte, um sein nächstes Opfer zu beobachten und den besten Ort auszuspähen. Eine geeignete Position zu finden. Zu warten. Mit einem bestimmten Ziel. Er war auch ziemlich sicher, dass eine so sorgfältig agierende Person alles aus der Ferne registrierte und nicht den Fehler machte, sich an einem der Tatorte filmen zu lassen.

Er spulte den Film zurück an die Stelle, als die Glastüren aufglitten und Philip mit einer Zellstoffrolle in der Hand aus dem Laden kam, sie unter die Achsel steckte, um sie vor dem Regen zu beschützen, an den Zapfsäulen vorbeiging, die näher am Laden standen, und auf jene zu, die sich entfernter an der Straße befanden. Billy trank einen Schluck Kaffee und beobachtete, wie Philip den Plastikdeckel abzog, die leere Rolle herausnahm und die neue einsetzte. Billy beugte sich vor. Nachdem die Rolle am richtigen Platz hing, zuckte Philips Kopf unkontrolliert nach rechts, als die Kugel in seine Schläfe einschlug. Er sackte zur Seite und blieb reglos auf dem Boden liegen, da war er bereits tot.

Billy stoppte den Film und kehrte zu dem Augenblick zurück, als der junge Mann gerade die Papierrolle eingehängt hatte. Stoppte erneut. Holte die Kartenausdrucke und Bilder heraus, die sie von der Tankstelle hatten. Entschied sich für eine Luftaufnahme, auf der große Teile der Umgebung sichtbar waren, und eine, auf der die Tankstelle frontal fotografiert worden war. Dann betrachtete er das Standbild auf dem Computer und zeichnete Philips Standort in Form eines Kreuzes auf die Karte. In dem Moment klingelte das Telefon. Verwundert griff er danach. Normalerweise rief so spät niemand mehr an, was auch einer der Gründe war, warum er gern zu solchen Zeiten arbeitete. Kaum Störungen. Er warf einen Blick auf das Display, und in seine Verwunderung mischte sich Sorge. My meldete sich normalerweise definitiv nicht so spät.

«Hallo, ist etwas passiert?»

«Hallo, nein, wie kommst du darauf?»

«Du rufst sonst nie in der Nacht an.»

«Ich war nach der Arbeit auf dem Sofa eingeschlafen, und jetzt bin ich wieder richtig wach. Was machst du gerade?»

«Ich arbeite.»

«Wie läuft es denn?»

«Nicht so gut.»

«Und wie geht es Vanja?»

«Auch nicht so gut. Sie dreht gerade ziemlich am Rad mit ihrem Klassenbeste-Komplex.»

«Sie darf mich gerne anrufen, vielleicht kann ich ihr ja helfen?»

Sie findet deinen Job vollkommen lächerlich, dachte er. Das hatte sie ihm zwar nie gesagt, aber das brauchte sie auch nicht. Er kannte Vanja und wusste, was sie von Ratgebern, Lebenshilfe und Motivationscoaching hielt. Sie hasste das alles. Aber wenn es um My ging, gab sie sich wirklich Mühe.

Der Anfang war schwierig gewesen, Vanja hatte das Gefühl gehabt, My hätte ihre Freundschaft negativ beeinflusst und einen Keil zwischen sie getrieben. Und vielleicht hatte My tatsächlich ein kleines bisschen an ihrer Freundschaft gesägt, aber für den großen Axthieb, der sie auseinandergebracht hatte, war Vanja selbst verantwortlich gewesen. Doch inzwischen hatte sich alles wieder eingerenkt. Jetzt waren Vanja und er ein richtig eingespieltes Team, das sich besser verstand denn je, und Vanjas Beziehung zu My war gut und entspannt. Manchmal bildete Billy sich ein, dass Vanja sogar anfing, seine Frau ein bisschen zu mögen. Als Person. Das, was sie beruflich machte, war für Vanja nach wie vor die reinste Scharlatanerie.

«Ich werde es ihr ausrichten», sagte er, ohne sich anmerken zu lassen, was er dachte. Das konnte er gut. Seine Gedanken und Gefühle nicht durchschimmern zu lassen.

«Gut. Du, ich habe gerade über etwas nachgedacht.»

Na klar. So leitete sie ihre Gespräche oft ein. Meistens sagte sie dann etwas, über das sie nicht eine Sekunde nachgedacht hatte. Er nahm an, dass es diesmal nicht anders war, und gab als Antwort nur ein Brummen von sich.

«Ich glaube, ich würde die Kinder gern zu Hause bekommen», platzte sie heraus.

«Und warum?»

«Zu Hause würde ich mich geborgener fühlen, ich wäre entspannter, das Krankenhaus kann ja ziemlich ... stressig sein.»

«Aber auch ziemlich gut, wenn es doch zu Komplikationen kommt.»

«Ich bin gesund, meine Werte stimmen, die Kleinen liegen genau so, wie sie sollen ...»

«Spielt es überhaupt eine Rolle, was ich denke?»

Normalerweise ging es noch eine Weile so weiter. Er stellte sie in Frage, und sie kannte alle Statistiken, Gegenargumente und richtigen Antworten. Aber er wollte weiterarbeiten, deshalb übersprang er diesen Zwischenschritt.

«Aber natürlich», entgegnete sie. Was übersetzt hieß: *eigentlich nicht.*

«Ich finde, es klingt, als würde man ein unnötiges Risiko eingehen.»

«Wir müssen das ja jetzt noch nicht entscheiden, eine Weile dauert es ja noch. Wenn der Zeitpunkt näher rückt, überlegen wir, was wir davon halten.»

Er wusste genau, was er davon halten würde, wenn der Zeitpunkt näher rückte. Wie er gesagt hatte, dass eine Hausgeburt ein unnötiges Risiko darstellte, wenn es doch Krankenhäuser gab, die sowohl die Ausstattung als auch das Personal hatten, um auf alle erdenklichen Situationen zu reagieren. Und er wusste auch, dass er sich jetzt schon auf eine Zwillingsgeburt im Wohnzimmer einstellen konnte.

Er lehnte sich auf seinem Stuhl zurück und schloss die Augen. Manchmal, wenn er sich so wie jetzt insgeheim darüber ärgerte, wie sehr sie alles bestimmte, antrieb und durchsetzte, ertönte eine leise Stimme in seinem Kopf und fragte, was er denn glaube, wie sein Leben ohne sie ausgesehen hätte. Wäre es ihm besser ergangen als unverheirateter Junggeselle in einer kleinen Einzimmerwohnung, ohne das Sommerhaus am Risten? Die Antwort lautete immer nein, und eines musste er sich nie auch nur fragen: Ob er sie liebte.

«Das klingt gut, wir besprechen das, wenn ich wieder da bin.»

«Wann kommst du denn? Ich vermisse dich.»

«Ich vermisse dich auch, aber es wird wohl noch eine Weile dauern.»

«Was machst du denn gerade?»

«Das habe ich doch schon gesagt, ich arbeite.»

«Ja, aber woran? Etwas Interessantes?»

Billy warf einen Blick auf den Bildschirm, wo es, sobald er auf Play drückte, noch ungefähr zwei Sekunden dauern würde, ehe Philip Bergström eine Kugel in den Kopf bekäme.

«Ich gehe gerade die Filme von den Überwachungskameras einer Tankstelle durch.»

«Klingt langweilig.»

«Ist auch langweilig», log er.

«Dann lasse ich dich mal weitermachen, und ich werde versuchen, noch ein bisschen zu schlafen. Ich wollte dir nur sagen, dass ich glaube, ich möchte eine Hausgeburt.»

«Wir besprechen das, wenn ich wieder zurück bin. Schlaf gut.»

«Bussi. Ich hab dich lieb.»

«Ich hab dich auch lieb.»

Damit legte er auf und verdrängte den Gedanken daran, wie bescheuert es war, Geborgenheit und Entspannung für wichtiger zu halten als Sicherheit, Wissen und Technik. Dann konzentrierte er sich wieder auf seinen Job und das Kreuz auf der Karte. Er blickte erneut auf den Bildschirm, sah sich den Winkel an, in dem Philip stand, wechselte zu der Luftaufnahme und zog einen Strich nach links. Nachdem er noch einmal auf den Bildschirm geschaut hatte, zeichnete er einen weiteren Strich und markierte so den äußersten Winkel, aus dem der Schuss seiner Meinung nach hatte kommen können. Noch ein Stück weiter, und Philip wäre eher mitten in die Stirn getroffen worden.

Dann studierte Billy genau, was in dem Bereich zwischen den beiden Winkelschenkeln lag, der sich natürlich vergrößerte, je weiter sich die Linien von der Tankstelle entfernten. Eine Ecke des großen Parkplatzes, die Straße davor, einige Geschäfts- und Büroräume. Ein Teil dieser wirklich beträchtlichen Fläche lag innerhalb ihrer Absperrung, der größte Teil jedoch außerhalb. Doch jetzt hatten sie wenigstens eine Richtung. Immerhin etwas.

Billy stand auf und befestigte das Bild an ihrer Pinnwand, dann ging er zurück, und sein Blick fiel erneut auf den Computer. Er überlegte eine Weile. So würde er die Schlange füttern, die seit Monaten ruhig geblieben war. Aber dies war etwas anderes, redete er sich ein. Ein anderer hatte diesen Mann getötet. Dies war ein gewaltiger Unterschied. Bestenfalls konnte sein Vorhaben die Schlange besänftigten. Wenn es denn funktionierte.

Schnell setzte er sich wieder hin und spürte, wie die Erwartung wuchs, ja, er verspürte sogar eine gewisse Erregung, als er auf Philips Gesicht zoomte. Natürlich war ihm bewusst, dass Bilder nicht klarer und detaillierter wurden, wenn man sie vergrößerte. So funktionierte das nur in Film und Fernsehen. In Wirklichkeit war es umgekehrt, ein Bild mit niedriger Auflösung wurde bei Vergrößerung nur körniger. Doch der Film vor ihm hatte eine erstaunlich gute Qualität für eine Überwachungskamera. Zwar keinesfalls 4K, nicht einmal HD, aber er hoffte dennoch, dass es für seine Bedürfnisse ausreichte. Er zoomte so nah heran wie nötig und stellte sofort fest, dass es nicht funktionieren würde, drückte aber dennoch auf Play. Der verschwommene Kopf zuckte nach rechts und verschwand aus dem Bild.

Enttäuscht klickte er auf Pause und lehnte sich wieder zurück. Es war unmöglich, die Augen zu erkennen. Zwar war Philip auf der Stelle gestorben – nicht langsam und allmählich wie seine eigenen Opfer, bei denen er aus nächster Nähe hatte sehen können, wie das Leben keuchend erlosch – aber es gab auch bei Philip einen Augenblick, in dem er starb. Jener Moment, in dem ihn das Leben verließ.

Den wollte er sehen, das wollte er erleben dürfen.

Diese Sekunde.

Doch die Bildschärfe reichte nicht aus. Billys Versuch war gescheitert. Und die Schlange hatte langsam wieder begonnen, sich zu regen. Seine Gedanken wanderten zu Sverker Frisk und dem vergangenen Sommer in Hudiksvall. Als er sich wirklich viel Zeit gelassen hatte. Wie leicht es wäre, das zu wiederholen ...

Nein! Nein! ... Nein!

Sie würden zwei Kinder bekommen, er würde Vater werden, würde der Mann werden, von dem My glaubte, er wäre es bereits.

Liebevoll. Aufmerksam.

Mit hitzigen Bewegungen schaltete er den Computer aus und verließ das Büro. Verfluchte seine Idee auf dem ganzen Weg zum Hotel. Er würde sich hinlegen und schlafen. Morgen wieder zur Arbeit gehen. Seinen Job machen. Mit den Kollegen. Und seine schwangere Frau anrufen.

Er hatte ein Leben. Ein gutes Leben.

Nichts und niemand – und auf gar keinen Fall er selbst – durfte dieses Leben zerstören.

Als Amanda gegen halb sechs aufwachte, saß Sebastian schon seit über einer Stunde in der dunklen Küche. Er blickte aus dem Fenster zu den Wohnungen gegenüber, ohne irgendetwas wahrzunehmen, und hielt die kleine Schachtel mit dem Schmetterlingsring in der Hand.

Er war vollkommen unvorbereitet gewesen.

Nachdem die Küche wieder sauber und ordentlich gewesen war, hatte er sich für einige Stunden in Vanjas Fall vertieft und zwischendurch mehrmals nach Amanda gesehen. Nicht weil sie schlecht schlief oder aufwachte, sondern nur, weil er es wollte, weil er es konnte. Gegen elf Uhr war er ins Bett gegangen, Amanda war eine Frühaufsteherin. Die Tage, an denen sie nicht vor sechs Uhr aufwachte, waren eher die Ausnahme, wie er wusste. Meistens stapfte sie zwischen halb fünf und fünf Uhr morgens in Vanjas und Jonathans Schlafzimmer und verlangte nach deren Aufmerksamkeit. Ehe Sebastian die Nachttischlampe löschte, ertappte er sich selbst bei dem Gedanken, was für ein guter Tag es gewesen war. Das überraschte ihn. Zum einen, weil er sich solche sentimentalen Überlegungen über das Leben sonst nie erlaubte, zum anderen, weil er sich nicht erinnern konnte, wann er zuletzt gedacht hatte, er hätte einen guten Tag gehabt.

Deshalb war er vollkommen unvorbereitet gewesen.

Auf den Traum.

Er hatte ihn schon lange nicht mehr geträumt, hatte sogar vorsichtig zu hoffen gewagt, er käme nie wieder. Doch das tat er, wenn auch nicht in derselben Form. Er hatte sich verändert, war in seinem Unterbewusstsein zu etwas Neuem mutiert.

Schon als er begann, verstand Sebastian, dass es nicht ganz derselbe Traum war. Sie verließen das Hotel Hand in Hand und gingen zum Strand. Er und seine Tochter. Aber er wusste, dass es nur ein Traum war. All die anderen Male war er dort gewesen und hatte es wieder und wieder erlebt, jedes schmerzliche Detail, jeden Geruch, jedes Geräusch, als wäre es das erste Mal. Die Welle kam überraschend. Die Panik, die Qual und die Trauer, als er erwachte, waren real. Jeden Morgen hatte er Sabine erneut verloren.

Aber diesmal wusste er, dass er träumte. Er beobachtete wie von außen, dass sie das Hotel verließen und zusammen losgingen, Hand in Hand. Wie in einem Film, den er schon einmal gesehen hatte. Er spürte das dünne Metall des Schmetterlingsrings unter seinem Daumen. Als Sabine keine Lust mehr hatte zu laufen, hob er sie auf seine Schultern, und sie setzten ihren Weg zum Strand fort, wo sich das Wasser so seltsam zurückgezogen hatte. Jetzt wusste er, warum. Er wusste, dass es ein unheilverkündendes Zeichen war, setzte seinen Weg aber trotzdem fort.

Sabine entdeckte ein Mädchen, das mit einem aufblasbaren Delfin spielte, hellblau und schön.

«Papa, so einen will ich auch», sagte sie und deutete darauf. Ihm war bewusst, dass es ihre letzten Worte waren, an die er sich erinnern würde. Wahrscheinlich hatten sie auch beim Baden geredet und gelacht, ehe diese riesige Welle gekommen war, aber daran erinnerte er sich nicht mehr.

Die Sonne wärmte, obwohl es ein wenig bedeckt war, und er war froh, dass er daran gedacht hatte, Sabine mit Sonnenmilch einzucremen. Er konnte die Creme riechen, als er die

Arme hob, um seine Tochter von den Schultern zu heben und ihr anschließend im Laufschritt in das seichte, warme Wasser zu folgen.

Sie war nicht da.

Einige Sekunden tastete er mit den Händen in der Luft über seinem Kopf, wo sie hätte sitzen sollen. Wo sie noch vor ein paar Sekunden gesessen hatte. Warum hatte sie so einfach verschwinden können? Weil es nur ein Traum war, redete er sich ein. Aber wo war sie abgeblieben? Suchend drehte er sich um. Am Strand waren einige Leute, Kinder mit ihren Eltern, aber keine Sabine. Obwohl er wusste, dass in einem Traum alles möglich war, konnte er sich keinen Reim darauf machen. Zwar war es schon eine Weile her, seit er den Traum zuletzt gehabt hatte, aber viele Jahre lang hatte er ihn jede Nacht geträumt, war schweißgebadet aufgewacht, die rechte Faust so fest zusammengeballt, dass sich die Fingernägel in die Handfläche gebohrt hatten.

Diese Szene war also nicht vorgesehen.

Stattdessen würden sie ins Wasser gehen. Würden spielen und einen dieser schönen Vater-Tochter-Momente erleben, an deren Gefühl er sich nach all den Jahren noch immer erinnern und sie so sehr vermissen konnte, dass es schmerzte. Die Welle würde kommen. Mehrere Meter hoch. Eine undurchdringbare Wand aus Wasser. Er würde Sabine packen. Würde in diesem wirbelnden Chaos, das sie beide buchstäblich wegfegte, ihre Hand festhalten. Dabei hatte er nur einen klaren Gedanken. Er durfte nicht loslassen. Niemals loslassen.

Er ließ los. Und wachte auf.

So war es gewesen, so würde es enden. So endete der Traum immer. Noch nie hatte er am Strand gestanden und nach ihr gesucht. Aber das tat er jetzt. Sie war weg.

Noch bevor sie gebadet hatten. Vor den Wassermassen. Bevor er losließ.

Er drehte sich noch eine Runde im Kreis. Aber er konnte sie nirgends entdecken.

«Sabine!», rief er. Keiner der anderen Menschen am Strand reagierte. Sie sahen nicht einmal in seine Richtung. Merkwürdig – wenn es kein Traum gewesen wäre. «Sabine!», rief er erneut, diesmal lauter. Panik ergriff ihn. Was war passiert? Wo war sie? Was, wenn ihr etwas Schlimmes zugestoßen war? Er wusste, dass er sie in ein paar Minuten für immer verlieren würde, wusste, dass es ihn so sehr zerstören würde, dass es nie wieder heilen würde.

Aber doch nicht auf diese Weise.

Erneut brüllte er ihren Namen und lief mit schnellen Schritten durch den warmen Sand. Er hielt einen Mann mit blauer Badehose und einer Sonnenbrille an, der ein Handtuch über die Schulter geworfen hatte. Fragte ihn, ob er Sabine gesehen hätte, ob er seine Tochter gesehen hätte. Beschrieb sie, ihr Äußeres, was sie anhatte, sogar den Ring an ihrem Finger. Der Mann antwortete nicht, schüttelte nicht einmal den Kopf, sondern ging einfach nur weiter. Sebastian fing an zu rennen.

«Sabine!»

Er blieb stehen und sah sich erneut um. Schirmte seine Augen mit einer Hand gegen die Sonne ab, ließ seinen Blick über den Strand schweifen, über das Wasser, das immer noch flach und reglos dalag. Er spürte, dass er kurz davor war, in Tränen auszubrechen, die Fassung zu verlieren, die besinnungslose Furcht und Verzweiflung zuzulassen. Er hatte seine Tochter verloren.

Dann entdeckte er *sie*.

Darauf konnte er sich wirklich keinen Reim machen. Sie

sollte nicht dort sein. Konnte nicht dort sein. Er glaubte, er würde halluzinieren, sein Unterbewusstsein würde ihm einen Streich spielen, aber dann fiel ihm erneut ein, dass es ein Traum war und sein Unterbewusstsein die ganze Zeit am Steuer saß. Er konnte nichts anderes tun, als mitzufahren. Also rannte er durch den warmen Sand und blieb vor dem kleinen Mädchen stehen.

«Amanda? Was machst du hier?»

Sie sah mit einem leeren, unbeweglichen Blick zu ihm auf und schwieg.

«Wir müssen jetzt gehen, mein Schatz, gleich kommt eine Welle.»

Er beugte sich herab, hob sie hoch und setzte sie auf seine Hüfte, als er den Schmerz in seiner Wade spürte. Als hätten sich fünf spitze kleine Nägel hineingebohrt. Er blickte an sich hinunter. Sabine stand neben ihm und hatte ihre Finger in sein Bein gekrallt.

Aber nicht jene Sabine, die er an den Strand getragen hatte.

Das Haar fiel ihr in Strähnen ins Gesicht, aus einer großen Platzwunde an der Stirn war Blut herabgeronnen, und plötzlich wusste er ganz selbstverständlich, dass sie mit dem Kopf gegen das Trampolin geschleudert worden war, als sie zurück zu den Hotelanlagen gespült worden war. Ihr Körper war aufgedunsen und die Haut rissig und ledrig, nachdem sie zu lange im Wasser und in der Sonne gelegen hatte.

Ihre Augen waren blutunterlaufen. Vorwurfsvoll. Anklagend.

Du hast mich ausgetauscht.

In dem Moment war er aufgewacht, hatte aufrecht im Bett gesessen und war sich sicher, dass er geschrien hatte. Er atmete so keuchend, und sein Puls raste derart, dass er fürchtete, gleich einen Herzinfarkt zu erleiden. Der Traum blieb hängen, lag über ihm, erfüllte all seine Sinne, jede Pore seines Körpers. Fast wie ein physisches Wesen. Sebastian setzte sich auf die Bettkante, legte die Hände auf seine Oberschenkel und erlangte langsam wieder die Kontrolle über seinen Atem. Er lauschte in Richtung Flur. In der Wohnung war es still. Falls er geschrien hatte, war Amanda davon immerhin nicht wach geworden. Nach einer Weile kam er auf die Beine, zog eine Hose und ein Hemd an und ging in die Küche. Trotz der Dunkelheit sah er die kleine Schachtel auf dem Fensterbrett.

Hatte es an dem gelegen? War der verdammte Ring schuld?

Er ging zum Fenster und nahm ihn auf, zog sich einen Stuhl heraus und blieb dort sitzen. Mit der kleinen Schachtel mit dem Schmetterlingsring in der Hand.

Irgendwann hörte er kurze, tapsende Schritte, die näher kamen, und wurde wieder in die Wirklichkeit zurückgerissen. Er musste trotz allem lächeln, als er Amanda sah, wie sie verschlafen in ihrem Pyjama mit der Hundepatrouille und ihrem Plüschkaninchen in der Hand in die Küche kam. Sie strich sich das wirre Haar aus dem Gesicht, ehe sie sich auf den Stuhl gegenüber setzte.

«Hallo, mein Liebes, hast du gut geschlafen?», fragte Sebastian und ließ die unglückselige Schachtel in seiner Hosentasche verschwinden.

«Ich möchte etwas frühstücken!»

«Was würdest du denn gerne haben?»

«Toastbrot und Kakao.»

«Überaus nahrhaft und gesund», sagte Sebastian und stand auf. Allein ihr Anblick machte es ihm leichter, wieder zu funktionieren. Die Liebe, die er für sie empfand, war eine

Urkraft, stark genug, um ihn so sehr zu erfüllen, dass alles Negative beiseitegedrängt wurde. Fast alles. Das Schuldgefühl steckte nach wie vor in ihm wie ein Dorn und würde sich nicht so leicht wieder entfernen lassen. Aber es durfte auch nichts zerstören. Sie würden essen, reden, ins Bad gehen und schließlich zur Kita. Würden diesen gemeinsamen Vormittag erleben, auf den er sich so sehr gefreut hatte. Nichts und niemand durfte das zerstören.

Und danach? Er hatte wirklich keine Ahnung.

Der Anruf kam früh.

Vanja hatte schlecht geschlafen, war aufgestanden und zum Frühstücksbuffet im Hotel gegangen, um einen Kaffee zu trinken. Es war Kommissar Anders Lövgren von der Polizei in Malmö. Vanja kannte ihn flüchtig, sie hatten sich vor ein paar Monaten auf einer Fortbildung für Führungskräfte getroffen. Ein großgewachsener Mann, der durch nichts aus der Fassung zu bringen war, so hatte sie ihn in Erinnerung.

«Verzeihung, dass ich so zeitig anrufe, aber ich habe einen Erschossenen hier in Malmö, und der Fall erinnert an euren», sagte er in breitem Schonisch.

Vanjas Schläfrigkeit war sofort verflogen.

«Wann ist das passiert?»

«Am frühen Morgen. Ein Mann, der durch einen Schuss in den Kopf getötet wurde, als er seine Wohnung verließ. Kommt mir nicht so vor, als hätte es etwas mit Bandenkriminalität zu tun.»

«Warum glaubst du, dass es unser Täter war?»

«Wir haben das Opfer identifiziert, es handelt sich um Aakif Salim Haddad, der vor zwei Jahren hierherzog, aber in Karlshamn geboren und aufgewachsen ist. Als ich das gesehen habe, dachte ich, ich müsste mich melden.»

«Weißt du schon, was es für ein Kaliber war?»

«Nein, aber die Spurensicherung ist jetzt da. Sie werden noch eine Weile brauchen. Ich kann euch den Bericht schicken, sobald ich ihn bekomme.»

Vanja dachte nach. Sie wollte nicht warten. Wenn sich herausstellte, dass es derselbe Täter war, musste die Reichsmordkommission vor Ort sein. Das war wichtig.

Denn dann war es ihr Tatort. Ihre Ermittlung.

Niemand sollte behaupten können, sie würden nicht alles tun, was sie konnten, was auch immer nötig war. Sie stand auf und ging in Richtung Ausgang.

«Wir kommen sofort. Schick mir die Adresse per SMS.»

«Ja, natürlich. Und ich maile dir alles, was wir bisher haben, dann kannst du dich unterwegs einlesen.»

Sie fuhren die ganze Strecke mit Blaulicht. Vanja saß am Steuer und Ursula neben ihr, sie ging das spärliche Material durch, das Lövgren geschickt hatte. Das Opfer, Aakif Salim Haddad, war ein dreißigjähriger Mann, der in Karlshamn geboren und aufgewachsen war. Ein Automechaniker mit eigener Firma. Er hatte schon einige Pleiten hinter sich, war wegen Steuerhinterziehung und Finanzbetrugs angezeigt, aber nie verurteilt worden. Durch einen Kopfschuss getötet, als er heute am frühen Morgen seine Wohnung in der Lergöksgatan in Hyllie verließ. Es gab keine Augenzeugen, aber mehrere Anwohner hatten einen Schuss oder lauten Knall gehört. Mehr nicht.

Vanja hatte Billy gebeten, Haddad mit der schnell wachsenden Datenbank der anderen Opfer abzugleichen. Sie sorgte auch dafür, dass Macke Rowell in die Recherche mit einfloss, irgendetwas an ihm störte sie. Ob er nun Mörder oder Opfer war – auf irgendeine Weise war er in den Fall verwickelt.

«Weißt du, wer der Rechtsmediziner ist?», fragte Ursula und riss Vanja aus ihren Gedanken. Vanja schüttelte den Kopf.

«Lövgren hat es nicht gesagt, und ich habe vergessen zu fragen.»

«Ich dachte, ich rufe den zuständigen Kollegen mal an, denn wenn es unser Fall ist, hätte ich gern, dass wir die Tatortuntersuchung so schnell wie möglich übernehmen.»

«Genau deshalb bist du dabei.»

«Und warum bist du dabei?»

Vanja wandte ihre Aufmerksamkeit von der Straße ab und sah Ursula mit einem fragenden, irritierten Blick an.

«Du fährst mit Carlos mit, um ein paar Aktenordner zu holen, fährst mit zu dem Verhör von Philips Freundin», erläuterte Ursula. «Du kannst nicht immer überall sein. Du solltest mehr delegieren.»

Vanja antwortete nicht, sondern drückte das Gaspedal durch und überholte eine ganze Reihe von Autos. Ursula betrachtete sie besorgt. In letzter Zeit wirkte sie immer verbissener und gestresster. Kein Wunder. Dies war ihre Feuertaufe als Chefin, und Ursula wusste, wie sehr es Vanja belastete, dass sie gezwungen gewesen waren, die Sjögrens gehen zu lassen. Doch es war kein Fehler gewesen, Zeit auf sie zu verwenden. Ihre Namen waren die einzigen gewesen, die aufgetaucht waren, als sie die Daten abgeglichen hatten, und außerdem besaßen sie eine Waffe mit dem richtigen Kaliber.

«Du darfst Rückschläge und Widerstände nicht persönlich nehmen. Du hast den Job bekommen, weil du gut bist. Vergiss das nicht. Aber vergiss auch nicht, dass du ein hervorragendes Team hast, das dich unterstützt.»

Vanja warf ihr einen dankbaren Blick zu.

«Danke. Du weißt gar nicht, wie sehr ich es brauchte, das zu hören.»

«Deshalb habe ich es ja gesagt.»

Ein kleines Lächeln drang durch Vanjas momentan so verbissene Gesichtszüge.

«Ich meine es ernst», sagte Ursula. «Du bist eine richtig gute Ermittlerin, und du wirst eine ausgezeichnete Leiterin der Reichsmordkommission werden. Wenn du es wagst, uns zu vertrauen, und nicht vorher in den Burnout rennst.»

«Ich vertraue euch, so ist das nicht, es ist nur ...»

«Wenn man sichergehen will, dass etwas ordentlich gemacht wird, muss man es selbst machen.»

«Meine Lebensphilosophie.»

Schweigend fuhren sie weiter. Schließlich erfragte Ursula den Namen des zuständigen Rechtsmediziners, landete aber nur auf einer Mailbox. Sie hinterließ eine kurze Nachricht, in der sie betonte, wie wichtig es sei, dass sie die Leiche noch am Tatort sehen konnte. Die Wirklichkeit verriet am meisten. Bei Rekonstruktionen oder Berichten konnte die Deutung oder Meinung der anderen Personen einen in die falsche Richtung führen. Niemandem gelang es, vollkommen objektiv zu sein, und die Perspektive, die Ursula nun einmal am meisten bevorzugte, war ihre eigene.

Sie musterte Vanja erneut. Inzwischen wirkte sie etwas weniger gestresst und fuhr langsamer. Ursula überlegte, ob sie noch etwas sagen sollte. Als sie gestern gehört hatte, wie Vanja mit ihrer Tochter telefoniert hatte, war ihr die angestrengte Beziehung zu ihrer eigenen Tochter Bella in den Sinn gekommen.

«Ich habe gehört, wie du gestern mit Amanda gesprochen hast», begann sie und schnitt das Thema an, jetzt, wo sie ohnehin schon einmal offen redete. Wenn Vanja es in den falschen Hals bekam, brauchte Ursula es ja nicht zu vertiefen. «Sie ist groß geworden.»

«Ja, oder?»

«Vielleicht kannst du zwischendurch tagsüber mal hinfahren und sie besuchen.»

Vanja sah sie erneut fragend an, was sollte das denn jetzt?

«Warum?»

«Es klang, als würdest du sie vermissen.»

«Natürlich vermisse ich sie.»

Es war deutlich, dass sie immer noch nicht begriff, warum sie jetzt über ihre Tochter sprachen.

«Als ich dein Telefonat mitbekommen habe, musste ich an Bella denken. Wie oft ich selbst nicht zu Hause war, und dass ich es heute bereue», erklärte Ursula.

«Es sind nur ein paar Wochen im Jahr, das schafft sie schon.»

«Du sollst nicht ihretwegen hinfahren, sondern deinetwegen.»

«Ich verstehe nicht, was du meinst.»

Das war klar, Ursula verstand es ja selbst kaum. Sie bereute es, das Thema aufgegriffen zu haben. Eigentlich wollte sie nur einen guten Rat geben und Vanja davor bewahren, dieselben Fehler zu machen wie sie selbst, aber sie hätte es besser wissen sollen.

«Ich möchte nur, dass du darauf achtest, das richtige Gleichgewicht zu finden. Dabei geht es um dasselbe Thema wie eben. Es ist wichtig.»

«Ich vermisse sie, aber Jonathan ist zu Hause, und ich fühle mich in keinerlei Hinsicht wie eine schlechte Mutter.»

Ursula nickte vor sich hin. Das war der Unterschied.

Sie hatte sich wie eine schlechte Mutter gefühlt, weil sie eine schlechte Mutter gewesen war. Damals war sie viel häufiger nicht zu Hause, als es ihr Job erfordert hätte, und nicht besonders präsent, selbst wenn sie einmal anwesend war. Nicht groß an Bella und ihrem Leben interessiert. Phasenweise war sie sogar ganz von zu Hause ausgezogen und hatte sie mit Micke alleingelassen, der immer wieder zu viel trank.

Aber Vanja war nicht sie, Amanda war nicht Ursulas Tochter.

Sie würde nicht an den Punkt kommen, an den Bella und sie gelangt waren.

«Du hast recht, ich darf mich nicht einmischen. Ich bin der letzte Mensch, von dem ich selbst gerne Elterntipps bekommen würde.»

«Ich weiß es zu schätzen, dass du dich einmischst, dass du dich für uns interessierst. Wie geht es Bella denn eigentlich?»

«Ich weiß es nicht, deshalb bin ich auch die Letzte, auf die man in solchen Angelegenheiten hören sollte.»

Für einen kurzen Moment fürchtete Ursula, Vanja könnte zum Trost irgendeine Platitude von sich geben, etwa dass es sicher nicht so schlimm sei, wie sie selbst denke, aber zu ihrer Erleichterung fuhren sie schweigend weiter.

Als sie auf der Lergöksgatan mit ihren niedrigen Reihenhäusern aus gelben Ziegeln und den Holzdetails in verschiedenen Farben aus dem Auto stiegen, war Anders Lövgren schon da und nahm sie in Empfang. Die Absperrungen waren enger gehalten, als es Ursulas Meinung nach angemessen wäre, was sie auch sofort ansprach.

«Wenn ihr den Fall übernehmt, könnt ihr absperren, so viel ihr wollt», erwiderte er nur, ohne sich provozieren zu lassen, und führte sie zum Tatort.

«Wo ist die Leiche?», fragte Ursula, als sie sich der kleinen Rasenfläche näherten, die vor dem Haus mit seiner rosaroten Haustür und seinen farblich passenden Balken lag.

«Der Rechtsmediziner war schon fertig und hat sie mitgenommen.»

«Wie bitte? Sie wussten, dass wir kommen würden, und ich habe sogar angerufen und eine Nachricht hinterlassen, und trotzdem ist die Leiche abtransportiert worden? Was zum Teufel soll ich denn jetzt hier? Mir ein paar Blutspritzer angucken?»

Anders blickte sie ruhig an, groß und nicht aus der Fassung zu bringen stand er da, genau so, wie Vanja ihn in Erinnerung hatte. Sie schwieg und beobachtete die Szene. Dies war Ursulas Kampf, und sie musste ihn allein austragen.

«Okay, zwei ... nein, drei Dinge», sagte er schließlich und hielt Ursula ebenso viele Finger vors Gesicht. «Erstens: Das ist immer noch unsere Ermittlung, und es ist auch unser Tatort. Zweitens: Der Rechtsmediziner hat auch noch andere Sachen zu tun, als seine Mailbox abzuhören. Warum haben Sie denn nicht mich angerufen, wenn es so wichtig war? Und drittens: Spielen Sie bitte nicht die selbstherrliche Stockholmerin, die den Landeiern unbedingt eine Lektion erteilen muss. Das haben Sie doch gar nicht nötig.»

Ursula würdigte ihn keines Blickes mehr, nachdem er seinen Vortrag beendet hatte, und wandte sich direkt an Vanja.

«Ich nehme das Auto zur Gerichtsmedizin, dann besprechen wir später, wie wir wieder zurückkommen.»

Und weg war sie.

«Wie charmant», bemerkte Anders und begann zu berichten, was sie bisher herausgefunden hatten. Ein Zeitungsbote hatte kurz nach dem Mord ein dunkles Auto vom Tatort wegfahren sehen, sich aber weder die Marke noch das Modell gemerkt. Derzeit nahmen sie sich die Kameras in der näheren Umgebung vor und wollten gerade mit Emma

Spjut sprechen, Haddads Freundin, die noch geschlafen hatte, als er das Haus verließ.

«Ich habe ein paar Namen, von denen ich gern wüsste, ob sie sie kennt», sagte Vanja, und sie gingen zusammen hinein.

Doch bei dem Gespräch kam weniger als nichts heraus. Emma hatte die Namen auf Vanjas Liste noch nie gehört, nicht einmal Kerstin Neumans.

Sie stammte nicht aus Karlshamn. Viel mehr bekamen sie nicht aus ihr heraus, die meiste Zeit schüttelte sie nur den Kopf, wenn sie etwas fragten, sie stand eindeutig unter Schock. Also hielten sie die Befragung kurz.

Als sie wieder auf der Straße standen, überlegte Vanja, was sie als Nächstes tun sollten. Da klingelte ihr Handy. Es war Ursula, die verkündete, sie würden die Ermittlungen übernehmen.

Das Kaliber stimmte. Alles stimmte.

Sie hatten ein fünftes Opfer.

Rasmus hielt sich die ganze Fahrt über genau an die Geschwindigkeitsbegrenzungen. Julia schlief neben ihm, wachte jedoch auf, als er abbremste und bei dem Schild «Högahult 3 km» abbog. Sie sah sich verschlafen und ein wenig desorientiert um, und er fragte, ob sie etwas frühstücken wolle. Er hatte beim Tanken Saft und Brötchen gekauft, beides lag auf der Rückbank. Sie aß, während sie auf den Wald und die Felder hinausblickte, die draußen vorbeiflogen.

Nach einer Weile bogen sie auf einen überwucherten Waldweg ein, den man kennen musste, um ihn überhaupt zu entdecken, und der zu einer alten verfallenen Scheune führte. Gras und Gestrüpp kratzten am Unterboden des Autos, und Rasmus musste konzentriert lenken, um den großen aufragenden Steinen und den tiefen Schlaglöchern auszuweichen, die wohl von den groben Forstmaschinen hinterlassen worden waren. Die einfache rote Holzscheune war in einem schlechteren Zustand, als Rasmus sie in Erinnerung hatte, aber sie stand noch. Glück gehabt. Denn sie hatten keinen Plan B, um den Wagen zu verstecken. Er stieg aus, zerrte die großen Flügeltüren auf, die in ihren rostigen Angeln quietschten, und fuhr den Passat hinein.

«Wir müssen mehrmals gehen», sagte er und holte das Gewehr, das wichtigste Gepäck und eine graue Plane aus dem Kofferraum, die sie gemeinsam über das Auto breiteten. Sie verließen die Scheune, schlossen die großen Türen und traten einige Schritte zurück. Vom Waldweg aus konnte man das Auto unmöglich sehen. Julia lächelte Rasmus stolz an.

«Das ist perfekt.»

«Danke. Jetzt müssen wir noch ungefähr eine Viertelstunde laufen», erklärte er und deutete auf den Wald. Sie griffen sich das Gepäck, und Rasmus übernahm die Führung. Es duftete würzig nach Erde, Moos und dem heruntergefallenen Laub aus dem vergangenen Herbst. Überall zwitscherten die Vögel, und hier und da raschelte es in den Farnen und Büschen. Die Sonne strahlte durch die Bäume, die gerade ausschlugen, aber im Schatten darunter war es nach wie vor kühl.

Dies war der Wald, um den man seinen Großvater betrogen hatte.

Der Wald, den er als Kind und Jugendlicher geliebt hatte.

In dem er nun vor Julia herging, und von dem er erst in diesem Moment begriff, wie unendlich wichtig er ihm war. Hier draußen war er gewachsen. Hier wuchs er noch immer. Er ging aufrechter, selbstsicherer. Nun war er nicht mehr der Junge, den Julia vor ein paar Wochen auf einem Fest kennengelernt hatte. Er hatte sich verändert. Jetzt war er jemand.

Ihr Partner, Liebhaber und Komplize.

All das war er, so wie sie alles für ihn war.

Routiniert leitete er sie über einen Bachlauf und den dahinterliegenden Hügel hinauf. Hier gab es keine Wege, keine Orientierungspunkte. Nur Bäume. Aber er wusste genau, wo sie hinmussten, und führte sie tiefer und tiefer in den Wald hinein. Nach einer Weile blieb er oben an einem Hang stehen und rief sie zu sich. Vor ihnen lag eine Lichtung mit hohem gelbem Gras, teilweise auch Gestrüpp. Am Waldrand dahinter war eine rote Hütte mit weißen Ecken zu erahnen, halb von der Vegetation verborgen. Sie kamen näher und sahen, dass sie in einem erstaunlich guten Zustand war, obwohl sie seit mehreren Jahren leer stand. Lediglich eine kleine Scheibe in einem der Sprossenfenster war zerbrochen. Und an der Wand zur Lichtung, die dem Wind und dem Regen frei ausgesetzt war, blätterte die Farbe ab. Aus der Regenrinne wucherte langes Gras, und der Schornstein neigte sich beunruhigend zu einer Seite.

«Gefällt sie dir?», fragte Rasmus erwartungsvoll.

«Ich liebe sie.»

Sie zogen an der Tür. Abgeschlossen. Er hatte keinen Schlüssel, deshalb ging er zu der zerbrochenen Fensterscheibe, steckte die Hand hindurch, löste die Fensterhaken und kletterte hinein. Schon ein paar Sekunden später öffnete er die Tür von innen.

«Willkommen», sagte er in übertriebenem Ton und ließ Julia eintreten.

Es war staubig, und die Fensterbretter waren mit toten Fliegen übersät. Durch das kaputte Fenster war ein wenig Laub und Dreck hereingeweht, aber trotzdem wirkte alles irgendwie einladend. Ein Wohnzimmer mit rustikalen Holzmöbeln vor einem offenen Kamin, auf der anderen Seite eine einfache Küche mit einem holzbetriebenen Herd. Die rechte Tür führte in das kleine Schlafzimmer. Anspruchslos und unmodern, und dennoch wirkte die Hütte nicht verlassen. Eher so, als wäre jemand nur kurz weggegangen, um etwas zu erledigen, und dann nicht wieder zurückgekehrt.

«Sieht es hier so aus, wie du es in Erinnerung hast?», fragte sie ihn.

«Ja, tatsächlich. Ich hatte Angst, sie hätten alles zerstört. Wie findest du die Hütte?» Er wünschte sich wirklich, dass sie ihr genauso gut gefiele wie ihm.

«Es fühlt sich schon an wie unser Zuhause», sagte sie und

zog ihn an sich. «Du weißt, dass du das Beste bist, was mir je passiert ist.»

Es rührte ihn immer sehr, wenn sie ihm eine Liebeserklärung machte. Er hatte nicht viel Liebe erfahren nach Beccas Tod. Nachdem sich alles verändert hatte, kälter geworden war, stiller und einsamer.

«Du bist das Beste, was mir passiert ist», antwortete er leise und presste seine Lippen auf die ihren. Sie erwiderte seinen Kuss eifrig.

Sie liebten sich auf dem Boden.

Anschließend, als sie eng umschlungen dort lagen, fiel Rasmus auf, wie still es um sie herum war. Nur ihre eigenen Atemzüge und das leise Rauschen des Windes in den Bäumen waren zu hören. Als gäbe es niemanden sonst auf der Welt.

«Ich möchte, dass es immer so bleibt», sagte er.

«Ich auch.»

«Aber wir müssen uns jetzt aufraffen», mahnte er und stemmte sich auf den Ellenbogen. «Wir sollten die restlichen Sachen holen und alles herrichten, ehe es dunkel wird. Denn wenn es hier einmal dunkel ist, ist es wirklich dunkel.»

«Ich liebe die Dunkelheit», erwiderte sie ernst.

Einige Stunden später hatten sie die Handpumpe des Brunnens in Gang gebracht, der ein Stück entfernt stand. Sie mussten eine Weile kräftig pumpen, doch schließlich strömte kaltes Wasser heraus, das zwar eine gelbliche Farbe hatte, aber neutral roch und gut schmeckte, sodass sie es sicher verwenden konnten. Im Kamin brannte ein Feuer. Anfangs hatte es gequalmt, doch dann hatte Rasmus die Drosselklappe richtig eingestellt. Sie hatten ein wenig Brennholz im Holzschuppen gefunden, nicht viel, aber genug, damit es für einige Tage reichte. Julia kochte Nudeln, die sie mit Ketchup aßen.

Anschließend setzten sie sich zusammen und schmiedeten Zukunftspläne. Die Polizei hatte Julias Namen. Bislang war sie nur jemand, der von einem der Opfer angerufen worden war, aber das wiederum konnte die Ermittler zu Macke führen, der verschwunden war, und zu dem Klassentreffen. Möglicherweise standen sie dann erneut bei ihr vor der Tür. Dass Julia nicht zu Hause sein würde und niemand wusste, wo sie steckte, könnte vielleicht als Schuldeingeständnis gewertet werden. Doch daran ließ sich jetzt nichts mehr ändern. Getan war getan. Jetzt mussten sie sich darauf konzentrieren, nicht erwischt zu werden und schnell noch die restliche Liste abzuarbeiten.

Sie mussten wärmere Klamotten kaufen und einen größeren Lebensmittelvorrat. Eine Taschenlampe, weitere Streichhölzer. In der Küche fehlten einige notwendige Utensilien, und sie brauchten etwas, um die kaputte Scheibe abzudichten. Julia wollte außerdem, dass sie sicherheitshalber ein paar Kennzeichen stahlen, falls die Polizei darauf käme, was für ein Auto sie benutzten. Ihre Handys ließen sich nur orten, wenn sie eingeschaltet waren, deshalb hatten sie sie ausgestellt, bevor sie nach Malmö gefahren waren, und seither auch nicht wieder aktiviert.

Sie beschlossen, im Wohnzimmer ihr Bettenlager zu errichten, holten die feuchten, kalten Matratzen aus dem Schlafzimmer und legten sie mit ihren Schlafsäcken vor das Kaminfeuer. Es war ohnehin besser, vor dem Kamin zu schlafen, denn nachts konnte es kalt werden, noch dazu bei einer fehlenden Scheibe.

Als sie damit fertig waren, setzte sich Julia auf die einfache robuste Holzbank, die an der Wand stand.

«Ich möchte schießen lernen.»

Rasmus drehte sich zu ihr um und sah, dass sie zu dem Gewehr hinüberschaute, das in seiner schwarzen Transporttasche lag.

«Kannst du mir das beibringen?»

«Ich kann es versuchen», antwortete Rasmus, ging zu dem Gewehr, zog es routiniert aus seinem Futteral und reichte es ihr.

«Ich war acht Jahre alt, als ich zum ersten Mal schießen durfte. Mein Opa hat es mir beigebracht. Er hat gesagt, man kann nur ein guter Schütze werden, wenn man sich das Gewehr als verlängerten Arm vorstellt. Das ist das Geheimnis. Man darf keinen Respekt oder sogar Angst davor haben, sondern nur vor dem, was es anrichten kann.»

«Dein Opa scheint ein guter Typ gewesen zu sein.»

«Ja, das war er. Ich vermisse ihn.»

Julia saß mit dem Gewehr da, drehte und wendete es, dann legte sie es an ihre Schulter und zielte durch das Fenster.

«Also versuchen wir mal, dieses Ding zu einer Verlängerung meines Arms zu machen», sagte sie, senkte das Gewehr wieder und lächelte Rasmus an.

Außer der Polizei hatte bisher niemand die Verbindung hergestellt. Bisher.

Das lag tragischerweise daran, dass Schießereien mit tödlichem Ausgang in den größeren Städten des Landes inzwischen keine Seltenheit mehr waren, und bei einem Opfer namens Aakif Haddad gingen die Journalisten und die Twitter-Meute zunächst von Bandenkriminalität aus.

Es war die Ruhe vor dem Mediensturm.

Aber sie würde nicht lange anhalten, davon war Vanja überzeugt. Leider war es am wahrscheinlichsten, dass ein Kollege von der Polizei in Malmö über das Interesse der Reichsmordkommission plauderte, und dann hätten sie nicht nur ein fünftes Opfer, sondern auch einen Heckenschützen, der sich im Land bewegte und der an jedem beliebigen Ort auftauchen und jeden beliebigen Menschen töten konnte. Dass alle Toten eine Verbindung zur selben Stadt hatten, machte die Sache nicht besser. Dadurch konnte sich jeder, der jemals in Karlshamn gelebt hatte, als potenzielles nächstes Opfer sehen, und wenn Vanja die Boulevardpresse richtig einschätzte, war dies ein Thema, das sich prächtig ausschlachten ließ. Sie dachte an die Diskussionen, die sie mit Torkel über ihr Verhältnis zur Presse geführt hatte, darüber, dass sie den Informationsbedarf der Allgemeinheit natürlich verstanden, die Medien jedoch oft dazu neigten, schwierige und komplexe Zusammenhänge zu vereinfachen und sich auf die menschlichen Tragödien zu stürzen, wodurch sie mehr Misstrauen und Unsicherheit weckten als nötig.

Sie verkaufen keine Nachrichten, sie verkaufen Angst.

Doch ohne ein Motiv oder eine Verbindung zwischen den Mordopfern konnte sie den Medien nichts entgegensetzen. Derzeit war die einzige Gemeinsamkeit der Getöteten, dass sie aus Karlshamn kamen, noch dort wohnten oder einmal dort gewohnt hatten, und deshalb war streng genommen tatsächlich jeder ehemalige oder derzeitige Bewohner Karlshamns ein potenzielles Opfer.

Bislang zumindest.

Hoffentlich würde sich das ändern. Und zwar bald.

«Sagt bitte, dass ihr etwas gefunden habt», flehte sie, als sie zusammen mit Ursula in das Büro stapfte, wo Billy und Carlos hinter ihren Schreibtischen saßen. Doch sie wusste schon, dass die Antwort negativ ausfallen würde, denn wenn sie etwas entdeckt hätten, was auch nur annährend nach einem Durchbruch ausgesehen hätte, hätten sie Vanja längst angerufen. Sie warf ihre Jacke über den Bürostuhl und sah die Kollegen an. Carlos warf Billy einen Blick zu, als wäre es seine Aufgabe, die schlechten Nachrichten zu überbringen.

«Wenn wir mal mit Macke Rowell anfangen: Es deutet nichts darauf hin, dass er Aakif Haddad je getroffen hat.»

«Und was ist mit Haddad und den vier anderen? Gibt es da eine Verbindung?»

«Nein, keine», sagte Carlos. «Lediglich, dass Haddad bereits angezeigt, aber nicht verurteilt wurde.»

«Wie alle anderen außer Bergström», stellte Vanja fest, ging zu der Pinnwand und betrachtete das Bild des braven jungen Mannes mit dem Seitenscheitel. «Vielleicht haben wir nur übersehen, dass er auch schon Mist gebaut hat, eventuell geht es doch um Selbstjustiz», sagte sie und hörte selbst, wie müde und mutlos sie schon bei dem bloßen Vorschlag klang.

«Ich kann mir Rowell nur schwer als einen Typen vorstellen, der findet, dass alle Menschen für ihre Verbrechen bestraft werden sollten», erwiderte Billy.

«Vielleicht wurde er auch ermordet», warf Carlos ein.

«Er könnte immer noch unser erstes Opfer sein», hielt Ursula noch einmal fest.

«Wenn er das ist, müssen wir uns auf ihn konzentrieren», erklärte Vanja immer noch ein wenig resigniert. «Sebastian hat gesagt, der erste Mord sei wahrscheinlich persönlich motiviert. Was ist das denn hier?», fragte sie dann plötzlich und deutete auf ein Foto, das unter dem Porträt von Marcus Rowell festgepinnt war.

«Das letzte Foto von Rowell», antwortete Carlos. «Es wurde im Hotel aufgenommen, anderthalb Stunden bevor die Verbindung zu seinem Handy abbrach.»

«Wo hast du das gefunden?», überrascht ging Billy zu dem Foto hinüber.

«Instagram», antwortete Carlos, und Vanja kam es seltsamerweise so vor, als würde er das Wort mit einem gewissen Stolz aussprechen.

«Was zum Teufel ...» Billy beugte sich vor und nahm das Bild genauer in Augenschein.

«Was ist denn?»

«Das ist sie. Im Hintergrund, das Mädchen mit den lila Haaren.»

«Wie, das ist sie?»

Billy antwortete nicht sofort. Er ging zum anderen Ende der Pinnwand, wo er die Luftaufnahme von der Tankstelle aufgehängt hatte, studierte sie kurz und wandte sich dann zu den anderen um.

«Sie war in der Nähe der Tankstelle und wollte ihr Auto abholen, nachdem Bergström erschossen worden war. Es war genau hier geparkt.» Er drehte sich erneut um und deutete auf das Foto, exakt in die Mitte der beiden Striche, die er zuvor als möglichen Schusswinkel eingezeichnet hatte.

«Das ist Julia Linde», sagte Carlos. «Die nach dem Fest fünfmal von Bergström angerufen wurde. Ich habe gestern mit ihr gesprochen.»

«Erinnerst du dich noch daran, was für ein Auto sie abgeholt hat?», fragte Vanja Billy erwartungsvoll.

«Ja, ein dunkelblauer Passat.» Billy ging schnell wieder zu seinem Schreibtisch und schnappte sich den kleinen Notizblock, der dort lag. Vanja folgte ihm und stellte sich hinter ihn, während er blätterte und suchte. «Das Kennzeichen ist BRY 332.»

Carlos eilte zurück zu seinem Platz und tippte die Kombination ein.

«Nicht ihr eigenes. Es ist auf einen Tomas Grönwall zugelassen, der im Hagalundsvägen hier in Karlshamn wohnt.»

«Grönwall», sagte Billy vor sich hin. «Grönwall ...», wiederholte er, ging zurück zur Pinnwand und überflog die Liste mit den mehr als dreißig Namen, die neben dem Bild von Kerstin Neuman hing.

«Rebecca Grönwall ist bei dem Busunglück ums Leben gekommen. Im Alter von fünfzehn Jahren.»

«Seine Tochter?»

«Und was ist mit den anderen Opfern?», drängelte Vanja weiter. «Gibt es da auch einen Hinweis, der zu Grönwall führt?»

Für einige Minuten war nur das Geklapper von Tastaturen zu hören, dann sagte Carlos, nachdem er die alten Anzeigen im Polizeiregister im Internet durchgesehen hatte: «Haddad ist schon einmal angezeigt worden, weil er Grönwalls Sohn betrogen hat. Er hatte in seinem Namen einen Kredit beantragt.»

«Gut. Noch was?»

«Rebecca Grönwall und Philip Bergström sind in dieselbe Klasse gegangen», kam es von Ursula.

«Und nach diesem Klassentreffen hat Bergström bei Julia Linde angerufen, die Grönwalls Auto abgeholt hat», fuhr Carlos fort und deutete mit dem Kopf auf die Pinnwand. «Warum hat sie das getan?»

«Wahrscheinlich hat Papa Grönwall sie darum gebeten», schlug Vanja vor.

«Sie hat gelogen und behauptet, es wäre das Auto ihrer Mutter», stellte Billy fest, nachdem er erneut seinen Notizblock konsultiert hatte.

«Sie wusste also, dass mit dem Wagen etwas nicht stimmte?»

«Keine Ahnung, jedenfalls hat sie gelogen.»

«Wissen wir, ob sie sich kennen?»

«Linde ist in dieselbe Klasse gegangen wie Rebecca Grönwall und Philip Bergström», warf Ursula ein.

«Irgendetwas war mit ihr, als ich mit ihr gesprochen habe», sagte Carlos nachdenklich. «Es ist nur so ein Gefühl ... dass sie etwas wusste oder wissen wollte, was ich weiß.»

«Das ist jetzt weit hergeholt, aber ...» Billy tippte erneut mit dem Finger auf die Luftaufnahme. «Kann es sein, dass sie das Auto abgeholt hat, weil sich der Schütze noch darin befand? Könnte es sein, dass sie vom Wageninneren aus schießen? Und deshalb niemand gesehen hat, wie sie sich von den Tatorten entfernt haben?»

Alle schwiegen und ließen die neue Theorie sacken. Weit hergeholt, ja, aber nicht unmöglich. In den USA hatte es durchaus schon Heckenschützen gegeben, die sich in parkenden Wagen versteckt und von dort aus geschossen hatten.

«Stand in der Kungsgatan ein blauer Passat?», fragte Vanja und sah sich im Zimmer um. Achselzucken und unsichere Mienen.

Schließlich brach Ursula das Schweigen. «Nicht, dass ich mich erinnern würde. Aber wir haben viele Bilder ...»

«Wir gehen wie folgt vor», erklärte Vanja und übernahm erneut die Kontrolle. «Wir nehmen sie fest, mit aller Personalstärke, die uns zur Verfügung steht. Ich frage Krista, wen sie uns bereitstellen kann, notfalls müssen wir Verstärkung aus den anderen Polizeibezirken anfordern. Sie haben jetzt schon fünf Menschen umgebracht, wir dürfen kein Risiko eingehen.»

Alle nickten zustimmend, und Vanja verließ den Raum. Billy setzte sich wieder an den Laptop, und schon bald brummte der Drucker. Er stand auf, zog die Ausdrucke heraus und pinnte zwei Fotos von Tomas Grönwall und Julia Linde fest, die er im Passregister gefunden hatte.

«Hoffentlich gibt es verwertbare Spuren im Auto, damit wir nicht dieselbe Misere erleben wie bei den Sjögrens», sagte er und trat mit besorgter Miene einen Schritt zurück.

«Wir haben immerhin Julia, die dieses Auto an einem Tatort abgeholt hat», sagte Carlos.

«Das kann unzählige Gründe gehabt haben. Und wir können bisher nur eine Verbindung von zweien der fünf Opfer zu Tomas Grönwall herstellen.»

«Und Julia zu einem weiteren, zu Bergström», betonte Ursula.

«Wenn wir großzügig sind. Aber zu Bernt und Angelica – nichts.»

«Noch nicht.»

«Ich hoffe, wir haben recht», sagte Billy an sie gerichtet. «Hat denn einer von ihnen einen Waffenschein? Es gibt viele Gründe, sich das zu fragen, aber nicht zuletzt wäre Vanja endgültig am Boden zerstört, wenn wir uns noch einmal täuschen würden.»

«Ich überprüfe das», versprach Carlos, kam aber nicht dazu, weil sein Computer im nächsten Moment ein Mail-Signal von sich gab. Er öffnete die Datei, die er erhalten hatte.

«Guckt mal hier ...», sagte er und sah zu Billy und Ursula auf, die herbeikamen und sich neben ihn stellten. «Ich habe das Kennzeichen des Passat mit allen Straßen- und Geschwindigkeitsüberwachungskameras abgeglichen. Dieses Foto ist heute Morgen in Malmö aufgenommen worden.»

Billy und Ursula beugten sich vor, um das Schwarzweißbild genauer zu betrachten. Es hatte eine recht ordentliche Auflösung, jedenfalls war sie gut genug, um die junge Frau hinter dem Steuer zu erkennen. Julia Linde.

«Wer ist der junge Typ?», fragte Billy.

«Tomas Grönwall jedenfalls nicht», stellte Ursula fest. «Aber ich glaube, wir haben unsere Heckenschützen gefunden.»

Lisa Ohlsson mochte die Dunkelheit nicht.

Seit sie als Zwölfjährige ihr AOW-Zertifikat gemacht hatte, war sie nur einmal nachts zusammen mit ihrer Mutter tauchen gewesen, die schon mehr als neunhundert Tauchgänge vorweisen konnte. Voll Selbstvertrauen hatte sie die frühe Herbstnacht erwartet. Nach dem außergewöhnlich heißen und sonnigen Sommer war das Wasser immer noch lauwarm. Ihr Neoprenanzug war mehr als ausreichend. Sie hatte die Weste gefüllt, war von der Brücke hereingesprungen, hatte sich ein Stück weit abgestoßen, den Regler platziert und dann die Weste geleert und sich sanft nach unten sinken lassen. Doch schon nach ein paar Metern spürte sie, dass es ihr nicht gefallen würde. Und dabei liebte sie das Tauchen, liebte das Gefühl der Schwerelosigkeit, das bei einem perfekten Gleichgewicht in diesem stillen Universum erzeugt wurde.

Das nächtliche Tauchen führte dagegen bei ihr zu einem ganz anderem Gefühl. Einem schlechten.

Sie wurde von etwas erfasst, das nichts mit rationalem Denken zu tun hatte, einer instinktiven Urangst. So mussten sich die Steinzeitmenschen nachts gefühlt haben, dachte sie, voller Furcht vor dem Unbekannten, vor dem, was sich im Dunkel verbergen konnte. Es war eine Angst vor der Dunkelheit, die Lisa sich außerhalb des Wassers abgewöhnt hatte, doch gegen die der Schein ihrer Taucherlampe nicht ankam. Sie konnte ihren Atem nicht mehr kontrollieren, erreichte keinen neutral tarierten Auftrieb, und ohne

Referenzpunkte befand sie sich nicht mehr ausreichend in der Tiefe, das sah sie, als sie ihr Messgerät prüfte. Für einige Sekunden wusste sie nicht einmal, ob sie nach oben oder nach unten schwamm. Alles war einfach nur schwarz. Schon nach einer Viertelstunde hatte sie ihrer Mutter ein Signal gegeben, dass sie wieder nach oben wollte. Seither war sie nie wieder nachts tauchen gewesen und hatte es auch nicht mehr vorgehabt.

Doch als sie vor vielen Jahren beschlossen hatte, mit dem Tauchen anzufangen, oder besser gesagt: Als sie so lange gebettelt hatte, bis sie endlich mit dem Tauchen anfangen durfte, hatten sie sich darauf geeinigt, dass sie die Ausbildung nicht bei ihrer Mutter absolvieren wollte. Sie konnte Lisa bei der Theorie helfen, den Tabellen, den ganzen praktischen Tipps und Fragen, schließlich war sie einige Jahre um die Welt gereist und hatte als Tauchlehrerin gearbeitet. Vor dem Erwachsenendasein, vor Lisa. Dennoch sollte Lisa einen fremden Lehrer haben. Jemanden, zu dem sie ein ... konfliktärmeres Verhältnis hatte.

Jetzt kniete sie in neun Metern Tiefe neben dem Seil, das mit der Boje auf der Oberfläche verbunden war, und wartete darauf, dass Dagge, ihr Tauchlehrer, zurückkäme. Der Kurs, den sie heute hoffentlich erfolgreich beenden würde, hieß *Search and recover,* und dies war der letzte von vier Tauchgängen. In einem Binnensee. Seen mochte Lisa auch nicht. Das Meer war immer zu bevorzugen. Die Sicht war besser, das Wasser wirkte sauberer, weil weniger Sedimente vom Boden aufgewirbelt wurden und mehr Licht durch die Wasseroberfläche drang. An einem bewölkten Tag wie diesem in neun Metern Tiefe in einem Binnensee zu tauchen, erinnerte sie an ihren einzigen nächtlichen Tauchgang. An den sie nicht erinnert werden wollte. Außerdem trug sie diesmal einen Trockenanzug. Warm und, wie der Name schon sagte, auch trocken, aber gleichzeitig war es schwieriger, damit den Auftrieb zu regulieren. Sie schloss die Augen und zwang sich, tief und kontrolliert zu atmen, wie sie es gelernt hatte, gerade so stark, dass sie leicht vom Boden abheben und dann wieder zurücksinken konnte, wenn sie ausatmete. Wie ein schaukelnder Schwimmkörper.

Dann sah sie das Licht von Dagges Lampe und spürte, wie sie sich entspannte. Kein gutes Zeichen. Das bedeutete, dass sie angespannt gewesen war. Dabei musste sie ihre Gefühle unter Kontrolle behalten. Das konnte doch nicht so schwer sein. Nachdem sie es im Meer in der Nähe ihres Ferienhauses geschafft hatte, hatte sie keine Sekunde daran gezweifelt. Aber jetzt ...

Dagge schwamm zu ihr und fragte in Zeichensprache, ob alles in Ordnung sei, und sie antwortete mit einem stummen Ja. Er zog seine Schreibtafel hervor, und sie leuchtete mit der Taschenlampe darauf, während er schrieb.

Zehn Flossenschläge, dann neunzig Grad nach rechts. Weitere zwölf Flossenschläge, neunzig Grad nach links, und dann noch einmal vier. Dort würde das weiße Päckchen liegen, das sie holen sollte. Dagge deutete mit dem Finger auf sie und fragte, ob sie alles verstanden habe. Hatte sie. Er steckte die Schreibtafel wieder ein, zeigte ihr die Richtung, in der sie anfangen sollte, hakte das eine Ende des Seiles fest und gab ihr die Rolle.

Sie kontrollierte den Kompass an ihrem Arm und begann zu schwimmen, die Rolle in der einen Hand, die Lampe in der anderen.

1-2-3 ... sie zählte fünf Flossenschläge, während sie ruhig durch das dunkle Wasser schwamm. Kontrollierte ihren Tiefenmesser und sah, dass sie auf der relativ kurzen Strecke mehr als einen Meter nach oben getrieben war. Fluchend gab sie dem Trockenanzug die Schuld, ließ etwas Luft heraus und schwamm weiter.

4-5-6 ... jetzt lag sie richtig. Der Boden, auf dem sie gesessen und gewartet hatte, war sandig gewesen, aber je tiefer sie tauchte, desto deutlicher verwandelte er sich in schwarzen Schlamm, und Lisa wusste genau, wie es sich anfühlte, wenn man darauftrat und einige Zentimeter einsank, oder sogar mehr. Als würde man nie wieder freikommen. Als wäre er lebendig und wollte einen verschlingen. Ekelhaft. Einen solchen Boden gab es im Meer nicht. Sie hasste Binnenseen.

7-8-9-10 ... ein Blick auf den Kompass und eine scharfe Rechtskurve. Sie nahm die Rolle in die andere Hand und sorgte dafür, dass sich die dünne Leine weiter auswickelte. Dann begann sie erneut zu zählen.

1-2-3-4 ... wieder ein Blick auf den Kompass und den Tiefenmesser. Sie war erneut nach oben abgetrieben und ein kleines bisschen vom Kurs abgewichen, wollte aber nicht noch mehr Luft aus dem Anzug entweichen lassen, sondern schwamm mit einigen besonders kräftigen Zügen nach unten und achtete darauf, dass ihre Füße nicht am höchsten Punkt des Körpers hingen, weil sich die Luft in ihrem Anzug sonst dort sammeln und sie auf den Kopf drehen würde. Sie zählte weiter.

5-6-7 ... oder wie viele Züge war sie geschwommen, um wieder nach unten zu gelangen? War sie schon bei 8-9-10 ... vielleicht. Sie sollte zwölf Flossenschläge schwimmen und dann links abbiegen. Angenommen, sie hatte sich um ein oder zwei Schläge vertan? Es war kein Problem, wenn sie nicht direkt auf das Paket stieß. Sie wusste, wie man den Boden eines Gebiets systematisch absuchte. Also würde sie es finden.

11-12 ... links und dann 1-2-3-4 ... hier sollte es sein, aber hier war es nicht. Sie hielt inne, setzte vorsichtig die Flossenspitzen auf den Boden, ohne zu viele Sedimente und Schmutz aufzuwirbeln, und leuchtete um sich herum. Nirgends etwas Weißes, das in ihrem Lichtkegel aufleuchtete. Sie ging noch einmal im Kopf den Weg zu ihrem Standort durch. Am wahrscheinlichsten war es, dass sie auf der zweiten Strecke weiter vorangekommen war als gedacht, und in diesem Fall befände sich das Paket links von ihr. Sie fing dort an. Hob vom Boden ab, prüfte mit dem Kompass die Richtung und sorgte dafür, dass sich die Leine nicht in ihrer Ausrüstung verhedderte. Dann begann sie zu schwimmen. Ruhige Züge, während sie den Lichtkegel hin- und herschweifen ließ.

1-2-3-4-5 ... es war unwahrscheinlich, dass sie noch stärker von der Strecke abgewichen war. Also drehte sie sich um neunzig Grad nach rechts und wiederholte die Prozedur. 1-2-3-4-5. Das Licht hüpfte über den kargen, beinahe schwarzen Boden. Seit sie eine Rolle rückwärts vom Tauchboot gemacht hatte, war ihr nichts Lebendiges mehr begegnet. Meistens sah man wenigstens irgendeinen armen kleinen Barsch oder ein paar Rotfedern, aber hier war alles vollkommen tot. Keine Pflanzen, keine Tiere. Nur sie und die Dunkelheit. Sie drehte sich erneut.

1-2-3 ... endlich.

Weiter vorn traf ihr Lichtkegel auf etwas, das bedeutend heller war als der Boden ringsherum. Es leuchtete nicht gerade weiß, aber es sollte das sein, wonach sie gesucht hatte. Jetzt musste sie es nur noch aufheben und zur Boje und zu Dagge zurückkehren und hatte abermals einen Kurs bestanden. Ihren vierten. Und dabei war sie gerade mal fünfzehn Jahre alt. Nicht übel.

Sie stieß sich ein wenig kräftiger mit den Beinen ab, während sie ihr Ziel im Lichtkegel behielt. Dann hielt sie inne. Irgendetwas stimmte nicht. Das Paket sollte doch quadratisch sein. Knapp zwanzig Zentimeter mal zwanzig Zentimeter. Dieses hier schien rund zu sein. Oder eher oval. Noch bevor sie es erreicht hatte, verstand sie, was es war, und dennoch schwamm sie den ganzen Weg bis dorthin und hob es auf.

Ein Totenschädel. Halb verborgen in dem schlammigen Boden. Rippen, ein Brustkorb. Die Überreste eines Menschen.

Verdammt, wie sehr sie Binnenseen hasste.

Sie waren wieder in seinem Praxisraum.

Tim hatte vorgeschlagen, sie könnten sich in der Stadt treffen, aber Sebastian wollte sich in seiner Wohnung in der Grev Magnigatan verabreden. Er hatte das Gefühl, dadurch wieder ein wenig die Oberhand zu gewinnen, und das brauchte er dringend.

«Was hat Sie dazu bewogen, Ihre Meinung zu ändern?», fragte Tim, als er in dem einen Sessel Platz nahm.

«Ich wollte Ihnen noch eine Chance geben.»

«Ich hätte nicht gedacht, dass Sie der Typ sind, der den Menschen eine zweite Chance gibt.»

Die Antwort und das schiefe Grinsen erinnerten Sebastian wieder daran, warum er sich die ersten Male so gerne mit Tim unterhalten hatte. Er war schlau. Vielleicht verdiente er es sogar, die Wahrheit zu erfahren.

«Ich musste an eine Sache denken, die Sie gesagt haben. Dass wir einander vielleicht helfen könnten.»

«Das heißt, Sie sind jetzt nicht mehr mein Therapeut?»

Sebastian antwortete nicht sofort. Nachdem er beschlossen hatte, Tim erneut zu treffen, hatte er darüber nachgedacht, ob dies richtig oder falsch war. Wenn man von einem Verhaltenscodex für praktizierende Psychologen ausging, den es sicher irgendwo gab, war es falsch. Mehr als falsch, weil er Tim aus reinem Egoismus traf. Sebastian wollte sehen, ob er ihm in irgendeiner Weise nützen könnte. Er wollte ihn gewissermaßen ausnutzen. Inwieweit es für ihn persönlich richtig war, würde die Zukunft zeigen.

«Sie brauchen mich nicht zu bezahlen, wenn Sie nicht wollen», lautete seine Nicht-Antwort auf Tims Frage schließlich, nachdem er einige Sekunden lang geschwiegen hatte.

«Es ist vollkommen unwichtig für mich, ob ich bezahlen soll oder nicht», entgegnete Tim. «Ich möchte nur wissen, mit wem ich spreche.»

Wieder überlegte Sebastian kurz. Wer war er? Es ließ sich einfach festhalten, was Tim war: Im besten Fall die Lösung eines Problems. Der Traum war wieder da. Und hatte mehr Angst und Schuld im Schlepptau als früher. Das, in Kombination mit Tims Auftauchen, hatte ihn in diese Situation getrieben. Dafür gesorgt, dass er etwas tat, was er nie zuvor getan hatte.

Darüber zu sprechen.

Mit jemandem, dem er nichts erklären musste, der dasselbe erlebt, das Trauma und den Verlust auf eine ähnliche Weise verarbeitet hatte. Dem es nicht erlaubt worden war und der es sich selbst nicht erlaubt hatte zu trauern. Außerdem war Tim eine Person, zu der er keine dauerhafte Beziehung aufbauen musste. Er hatte gesagt, dass er nie länger als drei Jahre an einem Ort blieb, und in Stockholm war er schon seit zweien. Tim würde also bald wieder umziehen.

«Nennen wir es Gesprächspartner», antwortete Sebastian. «Zwei Männer, die ähnliche Erlebnisse besprechen.»

«Dann müssen Sie aber auch etwas sagen, nur damit das klar ist. Sonst ist es kein Gespräch», stellte Tim Cunningham fest und zog eine gespielt ernste Miene.

«*Fair enough*, was wollen Sie wissen?»

«Wie alt war Sabine, als Sie sie verloren haben?»

«Dreieinhalb Jahre. Wie alt war Frank?»

«Vier. Ich war für zwei Jahre nach Thailand versetzt worden, als es passierte. Normalerweise hatten wir versucht, über Weihnachten wieder nach Sydney zu fahren, aber diesmal wollte Claire, dass wir bleiben. Ein einfaches Weihnachten am Strand feiern. Nur wir drei.»

«Ja, bei uns war es auch Lilys Idee gewesen, Weihnachten in Thailand zu feiern», sagte Sebastian und spürte sofort, dass es nicht ganz verkehrt war, sich jemandem mitzuteilen, der nicht schockiert war oder Mitleid mit einem hatte und mit schiefgelegtem Kopf zu verstehen versuchte, sondern einfach nur ... wusste, wie es war.

«Wir hatten einen Bungalow direkt am Strand gemietet», fuhr Tim fort. «Sie wissen schon, so nah, wie man in einem anderen Leben am Meer gerne wohnen würde. Frank hat draußen gespielt, während wir das Frühstück abräumten ...»

Sebastian nickte nur. Tim brauchte nicht mehr zu sagen, keine Details zu berichten. Sie wussten beide, was folgte. Der Anfang von siebzehn Jahren Leid.

«Sabine und ich haben gebadet», hörte Sebastian sich sagen. «Lily war gerade joggen, und wir haben unten am Strand gespielt. Plötzlich war überall Wasser. Ich habe ihre Hand gehalten ... und sie verloren.»

Sebastian spürte, wie er unfreiwillig die rechte Hand zusammenballte und das wegblinzelte, was Tränen werden konnten. Das war ein bisschen zu viel, ein bisschen zu schnell. Er musste unbedingt einen Gang herunterschalten.

«Was glauben Sie, woran es lag, dass Claire nie über Frank reden wollte?», fragte er in einem Versuch, sich wieder ein Stück vom Persönlichen zu entfernen. Tim schien es ihm nicht übelzunehmen, er lehnte sich ein wenig in seinem Sessel zurück und überlegte.

«Ich weiß es nicht», antwortete er schließlich. «Sie hat es einfach nicht verkraftet. Es schien leichter für sie, wenn sie sich einredete, es hätte Frank nie gegeben, als sich einzugestehen, dass sie ihn verloren hatte.» Er blickte Sebastian fragend an. «Klingt das seltsam?»

«Menschen gehen sehr unterschiedlich mit Traumata um, und das war Claires Weg.»

«Sie hat mich dazu gezwungen, den Verlust auch zu meinem Trauma zu machen», sagte Tim traurig. «Sie hat mich in eine Lebenslüge hineingezwungen, die mich vollkommen ausgehöhlt hat. Ich habe gar nicht gemerkt, wie leer ich war, bis sie starb und ich es mir erlaubt habe, meine Empfindungen zuzulassen.»

Ausgehöhlt. Ein Wort, das Sebastian nie auf sich selbst angewandt hätte, doch es beschrieb das Gefühl perfekt.

«Haben Sie jemals darüber gesprochen?», fragte Tim. «Ich meine, richtig?»

Sebastian spürte, wie er zurückschreckte. Es war eine Sache, etwas zu erzählen und sich mitzuteilen, so ausführlich, wie er es wollte. Eine ganz andere Sache war es, ausgefragt zu werden. Verhört.

«Warum wollen Sie das wissen?», reagierte er defensiv.

«Ich habe einfach nur das Gefühl, Sie hätten es auch noch nie getan», fuhr Tim in entspanntem Ton fort. «Bis jetzt.»

«Es gibt ein paar Leute, die wissen, was passiert ist.»

«Mit Lily und Sabine?»

«Ja.»

«Wissen Sie auch, was mit Ihnen passiert ist?»

«Nein.»

«Wie haben Sie es dann verarbeitet?»

«Gar nicht», antwortete Sebastian ehrlich, und obwohl er es schon seit so vielen Jahren wusste, spürte er, wie schwer diese Wahrheit wog, als er sie aussprach. «Claire und ich sind uns da ziemlich ähnlich.»

«Ich weiß nicht, wie es Ihnen geht, aber ich schätze unser

Gespräch hier wirklich sehr», sagte Tim, beugte sich vor und sah ihm offen und eindringlich in die Augen.

«Ich auch», hörte Sebastian sich sagen, und ihm wurde bewusst, dass er auch diesmal nicht log.

Aus den fünfundfünfzig Minuten, die eine Sitzung normalerweise dauerte, wurden zwei Stunden. Sie redeten, wie Sebastian noch nie zuvor mit jemandem geredet hatte. Doch, mit Lily einmal, vor langer Zeit, aber seither nicht mehr. Er dachte nicht über seine Antworten nach, sie kamen einfach. Aus irgendeinem Grund fiel es ihm so leicht, über alles zu sprechen.

«Ich würde Ihnen gern etwas zeigen», sagte Tim, als Sebastian ins Zimmer zurückkehrte, nachdem er eine Flasche Mineralwasser und zwei Gläser geholt hatte.

«Was denn?», fragte Sebastian und schenkte seinem Gast Wasser ein.

«Nicht hier, dafür müssen wir ein Stück fahren.»

«Wohin denn?»

«Kommen Sie mit», forderte Tim ihn auf, stellte sein Glas ab und ging zur Tür. Sebastian blieb noch kurz sitzen und trank ruhig einige Schlucke Wasser. Er hatte nichts gegen Geheimnisse, solange er derjenige war, der sie hatte. Für Überraschungen hatte er nie besonders viel übriggehabt. Aber wenn das, was Tim ihm jetzt zeigen würde, eine Fortsetzung der beiden Stunden war, die sie heute gemeinsam verbracht hatten, wäre es den Ausflug vielleicht wert.

Er nickte und folgte ihm.

Waren Sie wirklich noch nie hier?»

Sebastian schüttelte den Kopf, während sie sich weiter von dem geparkten Auto entfernten. Er vergrub die Hände tief in seinen Hosentaschen und spürte, wie er seine Schultern unwillkürlich bis zu den Ohren hochzog. Nein, er war noch nie dort gewesen, und mit jedem Schritt, den sie auf das Monument zugingen, verfluchte er sich selbst mehr dafür, dass er sich hatte überreden lassen, mit hierherzufahren. Das Gefühl, das er zu Hause in seinem Praxisraum gehabt hatte, war verschwunden, sowie sie aus der Wohnung gegangen waren. Es hatte nur dort existiert, unter diesen Bedingungen. In einer Blase. Die Wirklichkeit hier draußen überlebte es nicht. Als er die runden, niedrigen Erdwälle sah, die die eigentliche Gedenkstätte ausmachten, bedeckt von Gras und den ersten Frühlingsblumen, blieb er abrupt stehen.

«Ich möchte das nicht.»

«Es ist schön.»

«Ganz bestimmt, aber ich möchte es nicht.»

Eine Tsunami-Gedenkstätte. Was zum Teufel hatte er sich dabei gedacht, diesem Ausflug zuzustimmen? Inzwischen gelang es ihm immerhin schon seit einer Weile, nicht jeden Tag an den zweiten Weihnachtstag des Jahres 2004 zu denken. Allmählich hatten einige der Wunden zu heilen begonnen, die so lange, viel zu lange, von der Trauer und dem Verlust offen gehalten worden waren. Endlich ging es mittlerweile ein wenig voran mit ihm. Und jetzt begab er sich zu einer Gedenkstätte.

Nur wenige Stunden nach diesem verdammten Traum.

Tim kam zu Sebastian und stellte sich direkt vor ihn, sodass Sebastian gar nichts anderes übrigblieb, als ihm in die Augen zu sehen.

«Diese Erdwälle sind wie eine Spirale angelegt, dieselbe Art von Doppelspirale, die es überall in der Natur gibt, von den Galaxien im Weltall bis hin zum Schneckenhaus. Sie nennt sich Fibonacci-Spirale.»

«Sehr faszinierend. Können wir jetzt bitte wieder zum Auto gehen?»

«Das ganze Monument symbolisiert die Energie, die entsteht, wenn die Kräfte der Natur freigesetzt werden», fuhr Tim unbekümmert fort, ohne auf Sebastians Bemerkung einzugehen. «Und gleichzeitig auch die Fähigkeit der Natur, zu heilen und zu erneuern.»

«Arbeiten Sie etwa hier? Bekommen Sie eine Provision für jeden armen Teufel, den Sie hierherschleppen?»

Tim betrachtete ihn ohne das geringste Zeichen von Irritation und mit einem nachsichtigen Lächeln.

«Meistens spricht die Kunst ja für sich, aber manchmal kann man sie besser schätzen, wenn man ein bisschen mehr darüber weiß.»

«Danke für die Einweisung, aber ich habe schon wieder alles vergessen. Irgendwas mit Flabbuccino ...»

«Sehen Sie es sich einmal an», sagte Tim und trat einen Schritt zur Seite. «Es ist kein Mausoleum, sondern ein lebendiger Ort, und ich möchte Ihnen eine Sache zeigen.»

Widerwillig ließ Sebastian seinen Blick zu den grünen, sanft gerundeten Erdwällen wandern, zwischen denen einige fröhlich kreischende Kinder umherliefen. Hier und dort saßen kleine Grüppchen und unterhielten sich, machten eine Kaffeepause oder lagen einfach nur in der Aprilsonne und genossen die Wärme. Viele fotografierten einander auf den unterschiedlich hohen Wällen, andere streiften langsam auf den Pfaden und Passagen dazwischen umher.

Sebastian dachte an Sabine.

Natürlich dachte er an Sabine.

An Lily auch, aber am meisten an Sabine.

Der Traum. Er wusste, dass ihm heute Abend davor grauen würde, sich schlafen zu legen. Er würde sich davor fürchten, die Augen zu schließen. Immer noch konnte er die spitzen Nägel spüren, die sich in seine Wade gebohrt hatten, konnte die rissige Haut sehen, den vorwurfsvollen Blick. Wenn Tim ihm also irgendetwas bei diesem verdammten Monument zeigen wollte, konnte es eigentlich gar nicht schlimmer sein.

«Hören Sie mit Ihrem Werbegequatsche auf, wenn ich mitgehe?»

«Versprochen.»

Mit dem sicheren Gefühl, dass er es erneut bereuen würde, folgte Sebastian ihm. Gemeinsam gingen sie zwischen einigen der metallverkleideten Schmalseiten der Wälle hindurch und weiter in Richtung ihres Zentrums. Sebastians Herz schlug schneller, er bekam nur noch schwer Luft und musste gegen den Impuls ankämpfen, umzudrehen und abzuhauen. Es war ein schöner Ort, das gab er zu. Die runden, sanften grünen Wellen, die sich in die Natur ihrer Umgebung ausbreiteten. Wären sie aus einem anderen Anlass hier angelegt worden, hätte er den Besuch vermutlich sogar genossen.

Sie gelangten in die Mitte und blieben vor einer großen ovalen Steinformation mit eingravierten Namen stehen. So viele Namen. Alle, die damals gestorben waren, vermutete Sebastian. Er wusste nicht, ob Lily und Sabine auch aufgeführt waren, oder ob man beantragen musste, dass die

Namen hier eingraviert wurden? Lily war keine schwedische Staatsbürgerin gewesen, Sabine schon. Ihr Name sollte doch wohl hier irgendwo stehen? Aber eigentlich war es nicht von Bedeutung. Tim wusste bestimmt, welche Namen auf dem Monument verzeichnet waren und wie und warum, aber Sebastian war schon zufrieden damit, dass er seinem Versprechen bisher nachkam und den Mund hielt.

Neben dem eigentlichen Gedenkstein standen einige brennende Kerzen, auf dem Boden lagen Blumen. Der Ort vermittelte ein seltsames Gefühl von Ruhe und Respekt, obwohl das Leben ringsherum lärmend weiterging. Sebastian sah sich um, entdeckte eine Bank und setzte sich. Tim ließ sich neben ihm nieder.

«Ich habe heute Nacht von ihr geträumt. Von Sabine», hörte Sebastian sich selbst sagen und war gleich doppelt überrascht. Darüber, dass er es überhaupt erwähnte, vor allem aber darüber, dass sich sein Eingeständnis erstaunlich gut anfühlte. «Sie hat mir vorgeworfen, dass ich sie ersetzt hätte.»

«Durch wen?»

«Durch Amanda. Meine Enkelin, sie war auch da. Im Traum.»

«Sie haben also auch ein erwachsenes Kind?», fragte Tim und beugte sich überrascht vor.

«Eine Tochter. Bis vor ein paar Jahren wusste ich gar nichts von ihr, das ist eine lange Geschichte ...»

«Wie war das denn? So plötzlich eine erwachsene Tochter zu haben?»

Sebastian antwortete nicht sofort. Er sah sich um und ließ den Ort auf sich wirken. Wäre er an einem anderen Ort gewesen, mit einem anderen Menschen, hätte er spätestens an dieser Stelle gemauert. Aber irgendetwas an Tims aufrichtigem Interesse, auf genau dieser Bank, an der Gedenkstätte für die Opfer jener Katastrophe, die sie beide getroffen hatte, ließ ihn weitersprechen.

«Es war ziemlich kompliziert», gab er mit einem kleinen Achselzucken zu. «Seit einigen Jahren haben wir eine Waffenruhe, aus der vielleicht ein dauerhafter Frieden werden könnte.»

«Warum war es denn kompliziert?»

«Ihre anderen Eltern hatten sie ihr ganzes Leben lang angelogen und nicht verraten, wer ihr Vater war, und ich war, ehrlich gesagt, auch nicht der beste Vater der Welt.»

«Glauben Sie, die beiden sind sich ähnlich? Ihre erwachsene Tochter und Sabine?»

«Vanja heißt sie», erklärte Sebastian, verstummte dann aber. Er hatte es sich nie erlaubt, darüber nachzudenken. Allerdings war es auch schwer zu sagen. Er hatte Vanja niemals als Kind erlebt, Sabine würde er nie als Erwachsene erleben.

«Ich weiß es nicht», antwortete er ehrlich. «Ich erkenne einen Teil von mir in Vanja wieder, aber ... ich weiß es nicht.»

«Es tut mir leid, dass Sie sich selbst dafür strafen, Amanda zu lieben.»

Zu Sebastians großer Verwunderung – und Irritation, wie er sich eingestehen musste – legte Tim ihm vorsichtig tröstend eine Hand auf den Unterarm. Das war eine Geste, die sich kaum jemand, wenn nicht sogar niemand, bei ihm erlauben durfte. Und definitiv kein Mann, den er erst seit ein paar Tagen kannte. Mit dieser klebrigen, aufdringlichen Intimität würde er nicht weit kommen.

«Was wissen Sie schon darüber?», fragte er und zog, keineswegs diskret, seinen Arm weg. «Sie hatten noch Ihre Frau, sind bei ihr geblieben, Sie haben keine weiteren Kinder bekommen, was wissen Sie schon von der Schuld, jemanden zu ersetzen?»

«Sie haben keine Ahnung von meiner Schuld.»

Seine Stimme klang plötzlich unerwartet scharf. Sebastian schielte zu ihm hinüber. In seinen Augen lag nackte Trauer – und etwas anderes. Ein so tiefer Ernst, dass Sebastian gar nicht wissen wollte, was Tim mit diesem Satz gemeint hatte. Jedenfalls nicht hier, nicht jetzt. Möglicherweise war das ein Faden, den sie bei ihrem nächsten Treffen aufnehmen würden. Aber er hatte das Gefühl, dass dieser Ort und die Umstände dazu geführt hatten, dass Tim einen Spaltbreit die Tür öffnete, die schon eine ganze Weile verrammelt und verriegelt war. Deshalb schien es keineswegs sicher, dass er zu Hause bei Sebastian wieder darauf zurückkommen würde.

«Gehen wir?», fragte Tim und stand auf, um nun deutlich zu markieren, dass dieser Augenblick vorbei war. Sebastian erhob sich ebenfalls.

Schweigend kehrten sie zum Auto zurück.

Obwohl sie sich so sehr nach einem Durchbruch gesehnt hatte, fühlte Vanja sich vor allem enorm unter Druck, als sie ihn endlich erreichten. Jetzt durfte auf keinen Fall etwas schiefgehen. Sie hatten zwei Tatverdächtige, die schwerbewaffnet waren und bisher kein Problem damit gehabt hatten, andere zu töten.

Sie trommelte alle in dem großen Besprechungsraum im Polizeirevier zusammen. Alle bis auf Ursula, die sie gebeten hatte, zwei Spurensicherungsteams zusammenzustellen, um die beiden Adressen, die sie jetzt hatten, vollständig durchsuchen zu lassen. Vanja hatte schusssichere Westen für alle angeordnet und auch dafür gesorgt, dass sie mit Maschinenpistolen ausgestattet wurden. Außerdem hatte der Chef der Polizeiregion Süd zügig Verstärkung in Form von vier uniformierten Streifen geschickt. Er hätte auch noch mehr Leute geschickt, doch Vanja wollte auch keine zu große Gruppe. Je mehr Menschen involviert wurden, desto größer war auch die Gefahr für Alleingänge, Missverständnisse und Fehler.

Auch das hatte sie von Torkel gelernt.

Qualität ging vor Quantität.

Sie stellte sich vor die zusätzlich einberufenen uniformierten Kollegen, während Billy die Schwarzweißfotos von dem Paar an die Wand projizierte. Alle waren überrascht, wie jung die beiden waren. Vanja fragte sich, wie sie sich derart hatten täuschen können. Man konnte nicht einfach so innerhalb von zwei Wochen fünf Menschen erschießen.

Doch dieser Überlegung mussten sie sich später widmen. Jetzt ging es darum, die Täter aufzuhalten, so schnell es ging.

«Rasmus Grönwall, den wir für den Schützen halten. Zweiundzwanzig Jahre alt. Julia Linde, siebenundzwanzig. Rasmus' ältere Schwester, Rebecca Grönwall, die 2011 bei dem Busunglück starb, war eng mit Linde befreundet. Sie kannten sich schon seit der Unterstufe. Linde studiert an der Fachhochschule in Jönköping, wo sie aber schon seit zwei Wochen nicht mehr aufgetaucht ist.»

Sie nickte auffordernd Billy zu, der eine Karte über Karlshamn an die Wand warf. Vanja drehte sich zu ihr um, während sie weitersprach.

«Soweit wir wissen, wohnt sie bei ihrer Mutter im Källvägen und Rasmus bei seinem Vater im Hagalundsvägen. Wir hoffen, dass wir sie dort schnappen können. Ganz ruhig und unaufgeregt. Ich möchte nicht, dass es zu aggressivem Verhalten oder einem Schusswechsel kommt. Keine Wildwest-Szenen.»

Alle im Raum machten deutlich, dass sie es verstanden hatten. Die uniformierten Kollegen wirkten konzentriert. Es waren etwas ältere Kollegen mit Erfahrung, wie Vanja gebeten hatte.

«Wir haben einen blauen Passat Jahrgang 2004 mit dem Kennzeichen BRY 332 zur Fahndung ausgeschrieben, der bei den Attentaten verwendet wurde. Also halten Sie auch danach Ausschau.»

Billy wechselte zu einem Foto des Fahrzeugs. Vanjas große Hoffnung war zugleich auch ihr Vorteil: Das Paar konnte auf keinen Fall wissen, wie dicht sie ihm auf den Fersen waren. Dass sie sowohl die beiden als auch das Auto identifiziert hatten.

«Eine Sache noch», sagte Vanja, nachdem Billy geendet

hatte. «Kannst du noch mal zum ersten Bild zurückgehen?» Sie drehte sich zu dem Paar um, das nun erneut an der Wand auftauchte. «Diese Fotos sind schon ein paar Jahre alt, Linde hat derzeit lila Haare.»

Anschließend teilten sie die uniformierten Kollegen in zwei Gruppen ein.

Carlos erhielt den Befehl über die eine und fuhr zum Källvägen. Billy, Vanja und der Rest machten sich auf den Weg zu Rasmus. Der Plan war, an beiden Orten gleichzeitig zuzugreifen. Ursulas Teams hielten sich bereit und warteten auf das Zeichen, um die beiden Wohnungen nach technischen Beweisen zu durchsuchen.

Es war ein guter Plan.

Jetzt musste er nur noch aufgehen.

Vanja und Billy standen ein Stück von dem Einfamilienhaus am Hagalundsvägen entfernt und beobachteten es. In einem Raum brannte Licht, wahrscheinlich war es die Küche. Dort drinnen bewegte sich ein Mann mittleren Alters. Ein weißer älterer Volvo parkte in der Einfahrt. Ihre schnelle Suche ergab, dass er wie auch der Passat auf Tomas Grönwall zugelassen war. Also handelte es sich bei dem Mann hinter dem Fenster vermutlich um ihn. Allerdings gab es auch eine Garage, wo der Passat stehen konnte, weshalb sich Rasmus durchaus ebenfalls im Haus aufhalten konnte.

Vanja beorderte zwei Polizisten in die Einfahrt, mit Sicht auf das Auto und die Garage, und schickte die beiden anderen zur Rückseite des Hauses, falls es dort noch eine Tür gab.

«Seid ihr bereit?», fragte sie über Funk.

«Wir sind auf Position. Gib einfach ein Signal, dann legen wir los», antwortete Carlos.

«Jetzt», sagte Vanja, und sie bewegten sich auf das Haus zu. Vanja wollte nicht gewaltsam eindringen, wenn der Vater da war, deshalb klingelte sie an der Tür. Mehrmals hintereinander, aggressiv. Schließlich öffnete der Mann, den sie zuvor im Fenster gesehen hatten. Er trocknete sich die Hände an einem Küchenhandtuch ab und zuckte zusammen, als er ihre maschinenpistolenbewaffneten Kollegen sah. Vanja hielt ihm ihre Dienstmarke hin.

«Ist Rasmus Grönwall zu Hause?», fragte sie und suchte mit ihrem Blick den Flur hinter dem Mann ab, der jetzt noch blasser geworden war.

«Nein, der ist nicht da. Was ist denn passiert?», fragte er besorgt. Vanja hatte ihn inzwischen eindeutig als Tomas Grönwall identifiziert.

«Hat er Zugang zu einem blauen Passat von 2004, der auf Sie zugelassen ist?»

«Ja, er ... er darf selbst kein Eigentum besitzen, deshalb ist der Passat auf mich zugelassen. Ist ihm etwas zugestoßen?»

«Können wir reinkommen?», fragte Vanja und zwängte sich an ihm vorbei in den Flur. Tomas Grönwall sah aus, als wollte er protestieren. «Wir kommen so oder so herein, ob es Ihnen gefällt oder nicht, ich hatte aus reiner Höflichkeit gefragt», stellte Vanja klar und ging weiter in die Wohnung. Tomas kapitulierte, trat zur Seite und ließ die anderen durch. Vanja nickte den Kollegen auffordernd zu, und sie verteilten sich im Haus. Tomas folgte ihr und sah sich dabei beunruhigt und wütend nach den Polizisten um.

«Jetzt erzählen Sie doch, was los ist», verlangte er. «Warum sind Sie hier?»

«Wir müssen Ihren Sohn befragen, weil sein Passat im Zusammenhang mit einem Verbrechen beobachtet wurde.»

«Wie bitte? Was für ein Verbrechen?» Er schien ein wenig erleichtert darüber, dass seinem Sohn nichts zugestoßen war, und gleichzeitig hatte er offenbar immer noch keine Ahnung, weshalb sie da waren. Vollkommen verständlich, dachte Vanja, aber sie hatte auch nicht vor, es ihm zu verraten. Jedenfalls nicht jetzt.

«Kennen Sie Julia Linde?», fragte sie stattdessen.

«Äh ... ja ... sie war Rebeccas beste Freundin. Rebecca war meine Tochter, sie ...»

«Ja, das wissen wir, wir sind über Rebecca informiert», fiel Vanja ihm ins Wort.

«Ich habe Julia schon ewig nicht mehr gesehen … Ich verstehe das alles nicht …»

«Sie wurde mit Rasmus zusammen beobachtet. Haben Sie eine Ahnung, wo die beiden sein könnten?»

«Nein, als ich nach Hause kam, hatte er einen Zettel hinterlassen, dass sie campen fahren. Ich habe ihn angerufen, aber sein Handy ist ausgeschaltet.»

Einer der uniformierten Polizisten trat zu ihnen, schüttelte den Kopf und stellte sich neben Vanja, die sich an Billy wandte.

«Ruf Ursula an und sag ihr, dass sie herkommen kann.» Dann richtete sie sich wieder an Tomas. «Wenn Sie Ihrem Sohn helfen wollen, müssen Sie uns erzählen, wo er Ihrer Meinung nach steckt.»

«In was, glauben Sie, ist er verwickelt?»

Vanja musterte den Mann und versuchte, die richtige Entscheidung zu treffen. Überlegte, ob er mehr oder weniger kooperativ wäre, wenn er erführe, was sie Rasmus zutrauten. Sie entschied sich für die Wahrheit.

«Es geht um einen Mordfall.»

Tomas lachte auf, als wäre diese Vorstellung vollkommen undenkbar, und schien sich zu entspannen. Die richtige Entscheidung, dachte Vanja. Er würde helfen, und sei es nur, um zu beweisen, wie sehr sie sich täuschten.

«Sollte er tatsächlich campen, gibt es nur einen Ort, den ich mir vorstellen kann. Die Wälder rings um Högahult.»

«Warum ausgerechnet die?»

«Der Wald gehörte meinem Vater, er hatte dort eine kleine Hütte, in der Rasmus viel Zeit verbrachte. Bis diese Frau meinem Vater den Wald abluchste.»

Billy, der gerade sein Telefonat mit Ursula beendet hatte, drehte sich hastig um und fixierte Tomas.

«Moment mal – Ihr Vater hieß nicht zufällig Tage Andersson?»

«Doch. Ich habe bei der Hochzeit den Namen meiner Frau angenommen.»

Billy blätterte hastig in seinem Notizblock, fand, was er suchte, und sagte zu Vanja: «Der Wald, den Angelica Carlsson an Södra Skogsägarna verkauft hat ... sein früherer Besitzer hieß Tage Andersson.»

«Anschließend hat mein Vater sich das Leben genommen», erklärte Tomas sachlich. «Er wollte nicht mehr ohne den Wald und seine Hütte leben.»

Endlich kannten sie auch Angelicas Rolle in dem Fall. Der letzte Rest Zweifel, ob sie auf der richtigen Spur waren, war damit auch für Vanja wie weggeblasen.

Es waren Rasmus und Julia.

Jetzt kannten sie die Täter und hatten hoffentlich auch eine Spur, wo sie sich aufhielten.

Rasmus hatte ein paar leere alte Flaschen vor einem Hügel aufgebaut.

Julia fragte sich mittlerweile, ob er ihr je etwas anderes erlauben würde, als die Flaschen einfach nur anzuglotzen. Schon eine halbe Ewigkeit hatten sie damit verbracht, die Waffe und ihre wichtigsten Funktionen durchzugehen.

Verschluss, Sichern, Repetieren, Laden des Magazins.

Sie hatte ihn gebeten, ihr das Schießen beizubringen, und stattdessen spielte er sich als Lehrer auf.

«Okay, wie lange dauert das hier denn noch?»

«Es ist wie mit allen Werkzeugen und Maschinen», erklärte er und sah sie ernst an. «Wenn man die Bedienung beherrschen will, muss man verstehen, wie sie funktionieren.»

«Hat das dein Großvater gesagt?»

«Ja.»

«Aber ich weiß, wie sie funktioniert. Kugel rein, zielen, abdrücken, Kugel raus. Ich will nicht an den Olympischen Spielen teilnehmen, sondern einfach nur Schießen lernen.»

«Okay», sagte er ein wenig gereizt. Sie sah ihm an, wie enttäuscht er darüber war, dass sie die Weisheit seines Großvaters nicht zu schätzen wusste.

Rasmus montierte das Zielfernrohr und reichte ihr das Gewehr. Was für ein Gewicht das hatte. Nicht die Waffe an sich, sondern sie zu halten, bewaffnet zu sein. Die Macht zu haben, die Möglichkeit, zurückzuschlagen, für sich einzustehen. Hätte sie das nur schon gekonnt, als sie noch jünger gewesen war, schwächer. Dann hätten so viele schlimme

Dinge gar nicht passieren müssen. Aber eigentlich war es sinnlos, so zu denken, das wusste sie, sie sollte sich eher darüber freuen, dass sie das, was sich damals nicht verhindern ließ, jetzt immerhin in Ordnung bringen konnte.

«Leg eine Patrone in den Lauf», sagte Rasmus, und sie tat es, mit geschmeidigen und schnellen Bewegungen, wie sie selbst fand.

«Wir fangen im Liegen an, das ist am einfachsten», fuhr er fort, und wieder gehorchte sie ihm. Ließ sich auf den Waldboden nieder, stützte sich auf die Ellbogen, legte den Kolben fest gegen die Schulter, presste das Auge an das Zielfernrohr.

«Du musst dafür sorgen, dass du so bequem wie möglich liegst», erklärte er, während er sich neben sie kniete. «Stell das Fernrohr ein und atme ruhig, du musst den Schuss ganz zärtlich kommen lassen, nicht forcieren, und dabei langsam ausatmen.»

Sie nahm die größte braune Flasche ins Visier und atmete so ruhig wie möglich weiter, aber immer, wenn sie ihre Lungen mit Luft füllte, hob sich das Gewehr ein wenig, und sie verlor das Ziel wieder aus dem Fadenkreuz. Für ein paar Sekunden schloss sie die Augen, holte tief Luft und sammelte sich, dann konzentrierte sie sich wieder auf die Flasche. Atmete noch tiefer. Als sie ausatmete, wartete sie, bis das Ziel mitten im Fadenkreuz lag, und drückte ab.

Der Schuss hallte zwischen den Bäumen, und einige Vögel flatterten erschrocken auf.

Verfehlt. Julia war enttäuscht, während sie sich mit einer Hand die Schulter rieb. Der Rückstoß war stärker gewesen, als sie es sich vorgestellt hatte. Der Kolben war brutal gegen ihre Schulter geprallt, und sie war sicher, dass sie einen ordentlichen blauen Fleck bekäme.

«Warum habe ich nicht getroffen?», fragte sie frustriert.

«Weil du zum ersten Mal mit einem Gewehr geschossen hast.»

«Wie oft muss man denn schießen, bis man trifft?»

«Das kommt ganz drauf an, aber versuch es doch noch einmal. Du hast deinen Körper angespannt, als du abgedrückt hast, dabei sollte nur der Finger bewegt werden, der Körper muss ruhig bleiben.»

Sie schob eine neue Kugel in den Lauf und ging wieder in Stellung. Jetzt wollte sie etwas ausprobieren. Sie legte das Auge an das Zielfernrohr, atmete ruhig aus und ein und stellte sich vor, die Flasche wäre Macke Rowell, der da drüben vor dem Hügel stand. Der König der 9B. Oder besser noch Lars Johansson. Eine Generalprobe. Sie hoffte, das Schießen schnell zu beherrschen, um Lars selbst aus dem Weg zu räumen. Sie hatte es wirklich genossen, die kurzen Filme anzusehen, die Rasmus vom Auto aus während der Schüsse aufgenommen hatte, tatsächlich hatte sie sich die Sequenzen sogar mehrmals angeschaut. Aber Bernt und Philip hätte sie gerne selbst erledigt. Auge um Auge. Jeder von ihnen hatte einen kleinen Teil von ihr vernichtet und etwas aus ihr gemacht, das sie nicht sein wollte.

Jetzt eroberte sie sich ihr Leben zurück.

Stück für Stück.

Schuss für Schuss.

Ja, Lars Johansson musste sein. Lars Johansson mit seinen ... Sie unterbrach ihre Gedanken. Fokus. Konzentration. Ruhig atmen, nur der Finger.

Sie ließ den Schuss kommen. Der Knall und das Geräusch von zersplitterndem Glas verschmolzen und wurden zu einem Ton.

«Wahnsinn!», rief Rasmus beeindruckt.

Eine zufriedene Wärme breitete sich in Julias Körper aus.

Sie würde das hier schaffen. Gleich der zweite Schuss ein Treffer. Eine kleine Flasche. Johansson war groß. Sie repetierte und legte eine neue Patrone in den Lauf.

Ja, sie würde das schaffen.

Vanja hatte das zusätzliche Personal, das ihr zur Verfügung gestellt worden war, auf dem Parkplatz von Halahult zusammengerufen, jenem Ort, in dessen Nähe sich Linde und Grönwall hoffentlich aufhielten. Eine Hundestaffel war unterwegs, aber es würde wohl noch eine halbe Stunde dauern, bis sie eintraf, vielleicht sogar länger. Vanja hatte nicht vor, auf sie zu warten, für den eigentlichen Zugriff brauchte sie die Tiere nicht. Sie konnten auch nachkommen.

Billy hatte mit dem Forstunternehmen gesprochen und genauere Informationen über Tage Anderssons früheren Waldbesitz erhalten. Er hatte ihn auf einer großen Karte eingezeichnet, die er auf einer der Motorhauben ausgebreitet hatte, und alle versammelten sich ringsherum.

«Diese fünfzig Hektar haben Andersson gehört, aber wie ihr seht, ist das Waldgebiet bedeutend größer. Die Hütte liegt hier», erklärte er und deutete auf ein kleines schwarzes Viereck auf der Karte. «Es ist am wahrscheinlichsten, dass sie sich dort befinden. Laut Forstunternehmen steht sie seit dem Verkauf leer.»

Vanja trat vor und übernahm.

«Ich möchte eine Gruppe, die von der Waldseite anrückt, und eine von vorn, ausgehend von dieser Lichtung hier. Die werde ich leiten, Billy übernimmt den Wald. Wir nehmen zwei Autos und parken hier, Billy die beiden anderen, ihr fahrt dorthin.» Sie deutete auf die Karte, während sie sprach, richtete sich dann aber auf und sah ihr erweitertes Team an.

«Wir sollten ungefähr gleichzeitig bei der Hütte ankommen und bleiben die ganze Zeit über Funk in Kontakt. Alle warten auf mein Signal.»

Dem gab es nichts hinzuzufügen. Schnell stiegen sie in ihre Autos und machten sich auf den Weg.

Während sie sich durch den Wald bewegten, berichtete Carlos weitere Details aus seinem Telefonat mit Julias Mutter. Bernt Andersson, Opfer Nummer zwei, hatte bei Lindes gewohnt und war etwas mehr als drei Jahre lang ihr «Stiefvater» gewesen, seit Julias achtem Lebensjahr. Julias Mutter hatte offen zugegeben, dass sie derzeit trockene Alkoholikerin war und zwischenzeitlich auch Drogen genommen hatte. Die Beziehung zu Bernt war wild und destruktiv gewesen, mit zahlreichen Streits, Drohungen und Gewalt. Julia habe er jedoch nie angerührt, behauptete die Mutter, aber natürlich seien es schwere Kindheitsjahre gewesen, mit einer Mutter, die zu viel trank und einen aggressiven Lebensgefährten hatte, der jederzeit Wutausbrüche bekommen und die Wohnung kurz und klein schlagen konnte – oder in manchen Fällen auch das Gesicht der Mutter. Einige Male sei die Polizei da gewesen, wenn es den Nachbarn zu laut geworden war, aber die Mutter hatte Bernt nie angezeigt. Erst später hatte sie verstanden, dass Julia in diesen Jahren versucht hatte, so unsichtbar wie möglich zu sein, in ständiger Angst, etwas zu tun, womit sie Bernts Zorn auf sich ziehen konnte. Aber damals war es der Mutter nicht klar gewesen. Bernt hatte sie immer tiefer in die Sucht mit hineingezogen und sie auch mit härteren Drogen in Berührung gebracht. Sie sei eine Alkoholikerin gewesen, als sie sich kennenlernten, und ein Junkie, als sie ihn vor die Tür gesetzt habe, hatte die Mutter gesagt. Dennoch war es ihr gelungen, mit ihm zu brechen. Als Julia kurz vor der Pubertät stand und Bernt ein mehr als nur stiefväterliches Interesse für sie zeigte, begriff die Mutter, dass es wirklich nicht mehr ging. Sogar für sie gab es Grenzen, und sie musste ihre Tochter schützen. Wenn auch viel zu spät, das wusste sie durchaus, aber so war es nun einmal.

Nach Carlos' Bericht ging Vanja eine Weile schweigend neben ihm her. Das Motiv für die Morde wurde immer deutlicher. Rasmus und Julia hatten es auf Menschen abgesehen, die ihnen auf irgendeine Weise geschadet hatten.

Kerstin, Bernt, Angelica, Aakif.

Wie Philip Bergström in das Bild passte, wussten sie noch nicht genau, aber sie konnten sich ausrechnen, dass auch er einem der beiden irgendetwas angetan hatte.

Carlos hatte angeboten, die Karte und das GPS zu nehmen, was Vanja ihm auch gerne überließ. Er führte die Gruppe mühelos voran und bewegte sich viel gewandter in Wald und Wiesen, als Vanja es erwartet hätte, wahrscheinlich, weil seine edle Garderobe nicht unbedingt für Pfadfinderabenteuer geeignet schien.

So viel Wald.

Sie hatten einen Helikopter in Bereitschaft, der innerhalb von zwanzig Minuten vor Ort sein konnte, wenn sie ihn brauchten. Das würde ihnen einen besseren Überblick ermöglichen, aber der Rotorenlärm würde das Paar auch warnen, deshalb wollte Vanja ihn noch nicht heranrufen. Als sie jetzt sah, wie unübersichtlich das Gelände war, bereute sie ihre Entscheidung. Zu spät. Sie mussten eben einfach dafür sorgen, dass ihnen die beiden nicht entwischten.

Billy meldete sich und berichtete, dass ihr Gebiet schwerer zu durchqueren war als erwartet und sie deshalb wohl einige Minuten auf seine Gruppe warten müssten.

Im selben Moment blieb Carlos abrupt stehen, duckte sich und gab den anderen ein Zeichen, dasselbe zu tun. Vanja schloss zu ihm auf, und sie schlichen gemeinsam das letzte Stück einen kleinen Hang hinauf. Vor ihnen lag die Lichtung, die nach dem Winter noch immer hauptsächlich gelb-braun war. Auf der anderen Seite war die kleine Hütte zu erkennen. Dünner Rauch stieg aus dem Schornstein. Vanja spürte eine Mischung aus Anspannung und Erleichterung. Jemand bewohnte das Haus. Es mussten die beiden sein. Jetzt waren sie ganz dicht dran.

Sie stieg wieder ein Stück den Hang hinab und meldete sich bei Billy. Er war nur wenige Minuten von seinem Ziel entfernt. Vanja sammelte ihre Leute und teilte sie in zwei Teams auf. Das eine sollte die linke Seite übernehmen, das andere die rechte, wobei sie die offene Lichtung meiden sollten, wo es keine Deckung gab, und sich stattdessen im Schutz der Bäume nähern. Dann hätten sie das Haus trotzdem noch von allen Seiten im Blick, und auf der Rückseite wäre ja Billys Gruppe.

Carlos setzte sich mit der einen Gruppe in Bewegung, Vanja mit der anderen. Als sie die Hütte fast erreicht hatten, erhielt Vanja eine kurze Mitteilung, dass auch Billy auf Position war. Vanja bat ihn zu warten, bis sie sich bereitgemacht hätten. Sie blickte zu Carlos' Gruppe hinüber, die ihren Standort ebenfalls fast erreicht hatte.

Konzentriert bewegte sich Vanja die letzten Meter voran. Das Haus war jetzt ganz nah. Alle waren auf ihrer Position und warteten nur auf ihr Signal.

Sie zog ihre Pistole.

Besser, man war auf das Schlimmste vorbereitet.

Rasmus hörte sie zuerst.

Nach Julias Schießübungen gingen sie zurück zum Auto, um weitere Munition und das letzte Gepäck zu holen. Sie wollten gerade einen der kleinen Kieswege überqueren, die kreuz und quer durch das Gebiet verliefen, als sie das dumpfe Motorengeräusch eines Wagens hörten, der sich nur langsam voranbewegte. Mit einer Geste hielt er Julia zurück, und sie schlichen tiefer zwischen die Bäume.

Es war ein Geländewagen. Ein VW Amarok, auf dessen Türen in großen Buchstaben POLIZEI stand, und weiter hinten prangte ein Hundekopf in einer Art Lorbeerkranz. Eine Hundestaffel? Der Wagen fuhr langsam, sie schienen nach etwas zu suchen. Rasmus folgte ihm mit dem Blick, bis das Auto außer Sicht war, und ihm wurde innerlich ganz kalt.

So nah. Jetzt schon.

Natürlich bestand eine klitzekleine Chance, dass sie in einer anderen Angelegenheit hier waren, vielleicht hatte sich jemand verlaufen, und die Hunde sollten ihn finden. Aber das schien unwahrscheinlich, und Rasmus wollte auf keinen Fall ein Risiko eingehen.

«Findest du die Scheune?», fragte er Julia und holte den Autoschlüssel aus der Tasche.

«Ich glaube schon ... was hast du vor?»

«Ich muss noch eine Sache abchecken, wir sehen uns dort.»

Er gab ihr die Schlüssel und rannte los. Sie rief ihm etwas nach, aber er blieb nicht stehen, sondern lief weiter in den Wald hinein, in Richtung Hütte. Er verstand es nicht. Wie war die Polizei ihnen auf die Spur gekommen?

Offenbar hatten sie mit seinen Eltern gesprochen.

Sie hatten sich auseinandergelebt, hatten zu einem bestimmten Zeitpunkt aufgehört, eine Familie zu sein. Erst waren sie zu drei Individuen geworden, die unter einem Dach lebten, dann zu zweien. Hatten einander nicht mehr erreichen, unterstützen, verbinden können. Aber er wollte sie gar nicht mehr verletzten. Er wusste selbst nicht, was er sich eigentlich gedacht hatte. Nichts, im Grunde. Er hatte einfach nur gehandelt, hatte sich von seiner Liebe zu Julia hinreißen lassen und von dem Gefühl, kein machtloses Vakuum mehr zu sein, sondern endlich etwas gegen die ganze Ungerechtigkeit unternehmen zu können, die ihm widerfahren war.

In Wahrheit hatte er nie ernsthaft daran geglaubt, dass man sie festnehmen würde.

Er umklammerte das Gewehr noch fester und beschleunigte, rannte, so schnell er konnte. Ließ nicht nach, ehe er den kleinen Hügel erreicht hatte. Vor ihm lagen die Lichtung und die Hütte, der sich schwarz gekleidete Gestalten mit Waffen in den Händen näherten.

Billy war als Erster drinnen. Mit gezogener Waffe. Anschließend kamen zwei der Uniformierten, auch sie mit erhobenen Maschinenpistolen. Vanja folgte ihnen, blieb jedoch einen Schritt hinter der Tür stehen, die Pistole neben dem Bein gesenkt. Das Haus war leer. Doch es war jemand da gewesen, und das war noch nicht lange her. Im Kamin schwelte noch die Glut, auf dem Tisch stand ein Topf mit Nudeln, und auf dem Boden waren zwei Schlafsäcke ausgerollt.

Vanja fluchte verärgert, ging hinaus und meldete sich per Funk bei der Hundestaffel. Hier gab es viele frische Spuren für die Tiere. Der Hundeführer entschuldigte sich, die Staffel wusste nicht genau, wo sie sich befand, und fuhr schon eine Weile suchend in der Gegend herum. Vanja fluchte erneut, einigte sich mit den Beamten auf einen leicht auffindbaren Ort auf der Karte und schickte einen Mann ihrer Zusatztruppe dorthin, um die anderen in Empfang zu nehmen. Sie mussten die Suche so schnell wie möglich aufnehmen. Linde und Grönwall konnten noch nicht weit gekommen sein.

«Vanja!»

Billy steckte den Kopf durch die Tür und winkte sie zu sich.

«Wenn wir uns vorher noch nicht sicher waren, dann ...», sagte er und reichte ihr eine ausgerissene Seite aus einem karierten Collegeblock, den er in eine Beweistüte gelegt hatte. Vanja nahm sie in Augenschein.

~~Kerstin Neuman~~
~~Bernt Andersson~~
~~Angelica Carlsson~~
~~Philip Bergström~~
~~Aakif Haddad~~
Lars Johansson
Ivan Botkin
Annie Linderberg
Peter Zetterberg
Milena Kovacs

Fünf durchgestrichene Namen.

Aber es blieben noch fünf übrig. Die beiden hatten erst die Hälfte geschafft.

Erschöpft und atemlos kehrte Rasmus zur Scheune zurück.

Julia hatte die Plane weggezogen und das Auto herausgefahren. Sie war sichtlich erleichtert, als sie ihn sah, und rannte ihm entgegen.

«Haben sie uns gefunden?», fragte sie aufgeregt.

«Ich habe noch nie so viele Polizisten auf einmal gesehen», antwortete Rasmus nickend.

«Okay, dann müssen wir schnell weg von hier.»

Rasmus betrachtete sie missmutig und schüttelte den Kopf.

«Wir werden ihnen nicht entkommen», sagte er resigniert. «Sie wissen, wer wir sind und welches Auto wir fahren. Alle suchen uns.»

«Suchen ist nicht dasselbe wie finden.»

Rasmus blieb stehen, noch immer verzagt und unschlüssig. Julia nahm sein Gesicht in beide Hände.

«Wir können jetzt nicht aufgeben.»

«Aber was sollen wir machen? Wohin sollen wir gehen?»

Er sah sie mit beinahe flehendem Blick an, als könnte sie alle Probleme lösen.

«Wir müssen weitermachen. Mit unserer Liste. Den Bullen ist es doch egal, ob wir fünf, sieben oder zehn erledigen, oder? Dieselbe Strafe. Aber mir ist es nicht egal. Wenn wir nach der Hälfte aufgeben, ist es so, als würden wir sie gewinnen lassen. Wenn die Hälfte ungeschoren davonkommt, verliert alles, was wir bisher getan haben, seine Bedeutung.»

Sie beugte sich vor und küsste ihn sanft auf die Lippen, umarmte ihn, drückte ihn an sich und atmete an seinem Hals.

«Wir wissen, wo der Nächste wohnt», flüsterte sie ihm ins Ohr. «Lars Johansson, das ist ein gewöhnlicher Name, selbst wenn sie die Liste haben ... suchen ist nicht dasselbe wie finden.»

Er spürte ihre Wärme. Sie hatte recht. Man musste abschließen, was man begonnen hatte. Das halten, was man versprach. Darauf hatten seine Eltern auch immer bestanden. Deshalb war Rebecca in diesem Bus gewesen.

Er nickte langsam, und sie drückte ihn noch fester an sich. Dann ging sie zurück zum Auto, und er folgte ihr.

Sie machten sich sofort an die Arbeit.

Vanja rief Krista Kyllönen an. Schickte ihr die Liste. Die Personen, die noch nicht durchgestrichen waren, mussten sofort identifiziert und lokalisiert werden. Dass Linde und Grönwall nicht in der Hütte gewesen waren, konnte bedeuten, dass sie bereits auf dem Weg zu ihrem nächsten Opfer waren, deshalb war es am wichtigsten, schnell herauszufinden, um welchen Lars Johansson es sich handeln konnte. Kyllönen versprach, auf der Stelle so viel Personal wie möglich darauf anzusetzen und sich zu melden, sobald es ihnen gelungen war, die Personen auf der Liste ausfindig zu machen.

Unterdessen traf die Hundestaffel ein. Die musste jetzt allein zurechtkommen. Vanja berichtete nur, dass sich zwei Personen in der Hütte befunden hatten und gefasst werden mussten.

Für einen kurzen Moment blieb sie ratlos und unentschlossen stehen. Es gab so vieles, was sie zu berücksichtigen hatte. Die Frage war, wo sie jetzt am meisten bewirken konnte.

Die Hunde hatten die Fährte sofort aufgenommen und verschwanden, die Nasen dicht über dem Boden, mit ihren Führern hinter der Lichtung. Sie sollten jeden eventuellen Fund melden, wo auch immer sie sich gerade befanden. Und die Täter festnehmen, wenn sie die beiden im Wald aufgriffen.

Nach und nach wären sie gezwungen, eine Spurensicherung in der Hütte durchzuführen, aber Vanja wollte die Techniker nicht dorthin schicken, bevor sie nicht wussten, ob Linde und Grönwall zurückkommen würden.

Das war der springende Punkt.

Wo konnte sie am meisten bewirken?

Sollte sie hier warten und darauf hoffen, dass sie hier aufkreuzen würden, oder sollte sie nach Karlshamn zurückfahren und die Arbeit koordinieren, um die potenziellen nächsten Opfer zu finden und zu warnen? Ihr Handy klingelte. Kyllönen.

«Wir haben Milena Kovacs lokalisiert», sagte sie, kaum dass sich Vanja gemeldet hatte. «Sie wohnt in Stenungsund, wir haben die Kollegen dort gebeten, sicherheitshalber eine Streife zu schicken.»

«Sie ist die Letzte auf der Liste und wohnt ein gutes Stück von hier entfernt», stellte Vanja fest und fühlte sich ein wenig ruhiger. Eine Person gefunden, noch vier übrig. «Wie läuft es mit Johansson?»

«Es gibt achtundzwanzig in Karlshamn, dreihundertsiebzehn im Regierungsbezirk, und in ganz Schweden sind es ...»

Kyllönen beendete den Satz nicht.

«Konzentriert euch auf die achtundzwanzig in Karlshamn», sagte Vanja.

«Wir können nicht überall Leute hinschicken.»

«Versucht, einige auszuschließen. Zu jung, erst vor kurzem hergezogen, diese Kriterien ... und fragt bei Tomas Grönwall nach, ob er irgendeinen Lars Johansson kennt.»

«Schon erledigt», sagte Kyllönen, und Vanja war wieder einmal von der Effektivität und Kompetenz der Kollegin beeindruckt. «Er kannte keinen.»

«Es könnte auch jemand sein, der Linde etwas angetan hat. Hast du auch mit ihrer Mutter gesprochen?»

«Ich hab's versucht, sie aber noch nicht erreicht.»

«Ich komme zurück», beschloss Vanja. «Halt mich weiter auf dem Laufenden.»

Nachdem sie das Telefonat beendet hatte, sah sie sich vor Ort um und überlegte, ob sie die richtige Entscheidung getroffen hatte. Ja, das hatte sie. Sie rief den Beamten aus dem Verstärkungsteam zu sich, der aussah, als hätte er die meiste Diensterfahrung, und beauftragte ihn damit, in der Hütte zu bleiben, falls die Täter zurückkehren würden. Carlos, Billy und sie würden wieder nach Karlshamn fahren.

Als sie nur noch wenige Minuten von der Stadtgrenze entfernt waren, rief Kyllönen erneut an. Voller Bedauern erklärte sie, dass es zu einem kleinen Missverständnis gekommen sei. Zwei ihrer Kollegen waren davon ausgegangen, dass der jeweils andere nach Botkin suchte, weshalb es letztlich keiner von beiden getan hatte. Doch inzwischen war er gefunden worden. Es gab nur einen Ivan Botkin in Schweden. Er wohnte ein Stück außerhalb des Ortszentrums.

Vanja bat sie, Kontakt zu Billy aufzunehmen. Er saß in einem anderen Auto und war sicher schneller gefahren als Carlos, weshalb er bereits in der Nähe sein dürfte, wenn er nicht sogar schon angekommen war. Er konnte in Kürze bei Botkin sein.

«Wie läuft es mit den anderen? Johansson, Zetterberg und Linderberg?»

«Zu viele Johanssons und Zetterbergs und keine Linderberg.»

«In Karlshamn?»

«Nirgendwo. Jedenfalls keine, die Annie mit Vornamen heißt.»

Vanja überlegte kurz, was das bedeuten konnte. War sie gestorben? Weggezogen? Hatte sie einen anderen Namen angenommen?

«Sucht weiter, aber Johansson hat Priorität.»

Sie saßen im Auto und beobachteten das kleine blassgelbe Reihenhaus, das in einem ziemlich verschlafenen Wohngebiet lag, eine knappe Viertelstunde vom Zentrum entfernt. Alles war ruhig und still. Keine Polizisten, keine Sirenen, die sich näherten, keine Fahrzeuge, von denen aus das Haus überwacht werden konnte. War die Polizei bereits da gewesen und hatte Lars Johansson an einen sicheren Ort gebracht? Aber dann hätte man sie doch wohl schon längst hier zu fassen versucht? Ihr blauer Passat stand vollkommen sichtbar auf der Straße gegenüber dem Reihenhaus, und das schon seit einiger Zeit. In der Einfahrt parkte ein gepflegter und frisch gewaschener weißer Audi, von dem sie wussten, dass er Lars gehörte. Aber sie wussten nicht, ob er zu Hause war.

«Was machen wir?», fragte Julia.

«Keine Ahnung. Wenn er da ist, müssen wir ihn nach draußen locken.»

Sie hatten nicht alle Zeit der Welt. Es gab viele Lars Johanssons, aber früher oder später würde die Polizei den richtigen finden. Plötzlich sah Julia eine Bewegung hinter dem Fenster.

«Da, es ist jemand zu Hause.»

«War er das?»

«Das konnte ich nicht erkennen, aber er wohnt allein, und es ist sein Auto, also ...»

«Okay, dann legen wir los. Bist du bereit?»

Julia nickte, und Rasmus ließ das Beifahrerfenster herunter, ehe er aus dem Wagen ausstieg. Langsam schlenderte er zu der Einfahrt auf der anderen Straßenseite, während sie auf die Rückbank kroch, das Gewehr nahm, das dort bereitlag, und in Position ging. Sie legte die Waffe auf die Rückenlehne des Beifahrersitzes und fand eine bequeme Stellung, leicht vorgebeugt. Durch das Zielfernrohr sah sie, wie Rasmus den Audi erreichte und sich kurz zu ihr umdrehte, ehe er Anlauf nahm und auf die Motorhaube sprang. Julia nahm die verschlossene Haustür ins Visier, während Rasmus anfing, auf dem Audi herumzuspringen. Auf und ab. Das Geräusch seiner Stiefel auf dem Blech, das sich beulte, drang durch die Sirene der Autoalarmanlage, die durch das Reihenhausgebiet schallte. Die Blinker des Wagens leuchteten wütend gelb auf. Rasmus hüpfte weiter, auf eine unerschrockene Art, die ihr gefiel. Nichts konnte ihn mehr aufhalten.

Er war phantastisch, und er gehörte zu ihr.

Sie sah, wie die Haustür aufgerissen wurde und ein Mann, den sie wiedererkannte, herausstürzte. Lars Johansson, groß wie ein Wasserbüffel. Zornig lief er auf Rasmus und das Auto zu.

«Was zum Teufel machst du da?», brüllte er. Rasmus hörte auf zu springen, blieb aber herausfordernd auf der Motorhaube stehen. Lars stoppte einen Meter vom Auto entfernt. «Runter mit dir, du Dreckskerl!»

Auf dem Rücksitz atmete Julia kontrolliert aus und drückte ab. Sie spürte sofort, dass sich mehr als nur ihr Finger bewegt hatte. Sie war ein bisschen zu eifrig gewesen und hatte sich genau im Moment des Schießens verkrampft.

Und richtig. Der Schuss hallte in ihren Ohren, als sie sah, wie die Kugel Lars Johansson in der linken Schulter traf. Lars schrie auf und wankte zurück. Seine Hand schnellte zur Schulter. Als er das Gleichgewicht wiedergefunden hatte, drehte er sich um und starrte verständnislos auf das Auto. Er brüllte erneut, aber diesmal vor Schmerz.

«Noch mal! Du musst noch mal schießen!», schrie Rasmus und sprang von der Motorhaube. Julia repetierte schnell trotz des beengten Platzes. Die leere Patrone flog heraus, und die nächste landete im Lauf. Lars schien zu begreifen, was gleich passieren würde, und rannte stolpernd zurück zum Haus. Julia folgte ihm konzentriert durch das Zielfernrohr. Dies war ihre letzte Chance.

Entspannen, ausatmen, den Finger auf den Abzug.

Lars hatte die Haustür fast erreicht, als das Gewehr losging. Ein Volltreffer. Blut und Hirnsubstanz spritzten gegen die Wand und die Tür, als die Kugel im Nacken eindrang und irgendwo im Gesicht wieder austrat. Wie ein riesiger Fleischberg sackte der Mann zu Boden. Julia senkte das Gewehr und starrte zitternd vor Adrenalin auf den großen, leblosen Berg in der Einfahrt, der noch vor ein paar Sekunden Lars Johansson gewesen war. Rasmus ging zu ihm und warf einen kurzen Blick auf die Leiche, ehe er zum Auto zurückrannte und auf den Fahrersitz sprang. Im Innenraum roch es verbrannt nach Schießpulver. Rasmus ließ den Motor an und fuhr davon.

«Ich hätte nie gedacht, dass du so schnell lernen würdest», sagte er und warf ihr im Rückspiegel einen respektvollen Blick zu.

«Wenn man etwas wirklich will, schafft man es auch», sagte sie, und ihre Augen glänzten vor Erregung. Sie beugte sich vor und umarmte ihn fest von hinten. «Ich hatte einen guten Lehrer.»

«Wollen wir uns jetzt den Russen vornehmen?», fragte er, als sie in die nächste Straße einbogen und beschleunigten.

«Nein, der Name ist so ungewöhnlich, den haben sie bestimmt schon gefunden. Wir pfeifen auf die Reihenfolge und erledigen erst einmal die, bei denen wir kein zu großes Risiko eingehen.»

Waren es nur Vorurteile, oder konnte man sofort erkennen, dass hier ein steinreicher Osteuropäer wohnte, dachte Billy, als er an den zwei riesigen Steinlöwen auf beiden Seiten der Einfahrt zu dem gepflegten Grundstück und dem Haus darauf vorbeifuhr. Oder besser gesagt, der Villa darauf. Billy schätzte, dass sie mindestens zweihundertfünfzig Quadratmeter groß war, wahrscheinlich mehr. Zwei Stockwerke mit gigantischen Fenstern, durch die man dank der dünnen weißen Gardinen nicht hineinsehen konnte. Die große Eingangstür aus Holz wurde von zwei riesigen Säulen flankiert, auf denen der Balkon darüber thronte, der hingegen gar nicht groß genug war, um eine derartige Stütze zu benötigen, weshalb die ganze Konstruktion einfach nur protzig wirkte. Aber wahrscheinlich war genau das beabsichtigt. Der Pool, der Außenwhirlpool und die beiden Tesla in der Einfahrt verstärkten den Eindruck.

Billy warf einen letzten Blick auf sein Handy und stieg aus.

Ivan Botkin. Zweiundvierzig Jahre alt.

Der Mann war vor sechzehn Jahren nach Schweden gekommen und hatte zunächst mit Kunstdünger und anderen Landwirtschaftsprodukten gehandelt. Sie erst importiert, dann eigene Produktionsstätten aufgebaut. Anscheinend war es gut gelaufen. Botkin wohnte an der Küste in jenem Stadtteil, der vermutlich der Speckgürtel von Karlshamn war, worauf der Meerblick und die Größe des Hauses schließen ließen. Knapp zehn Minuten vom Zentrum entfernt, sechs für Billy.

Er hatte vorher kurz angerufen und sein Anliegen erklärt, dass Botkin in Gefahr sei und das Haus nicht verlassen dürfe, von allen Fenstern fernbleiben und niemandem die Tür öffnen solle, außer Billy, der anrufen und Bescheid geben würde, wenn er angekommen sei. Was er jetzt auch tat, während er auf die Villa zuging. Botkin meldete sich nach dem ersten Klingeln.

«Ja?»

«Hallo, hier ist wieder Billy Rosén von der Reichsmordkommission. Ich bin jetzt da.»

«Aha.»

«Wenn Sie die Tür öffnen könnten, wäre das nett.»

«Zeigen Sie mir erst Ihren Dienstausweis.»

«Okay.»

Billy hielt seinen Polizeiausweis vor die Gegensprechanlage mit Kamerafunktion, die rechts neben den schweren Holztüren angebracht war. Botkin war eindeutig zufrieden mit dem, was er sah, denn er öffnete sofort. Eindeutig war auch, dass er Billy trotzdem nicht hereinlassen wollte. Er kam heraus, zog die Tür hinter sich zu und sah ihn fragend an.

«Also, worum geht es? Sie haben etwas von einer Gefahr gesagt, wer bedroht mich?»

«Sie haben doch von dem Heckenschützen gehört.»

Billy formulierte dies nicht einmal als Frage, denn eigentlich ließ sich der Umstand gar nicht vermeiden, vor allem, wenn man in Karlshamn wohnte. Und tatsächlich nickte Botkin auch.

«Wir haben eine Liste gefunden», fuhr Billy fort. «Fünf der Menschen, die darauf stehen, sind schon tot, und Ihr Name steht auch darauf.»

Falls der Mann vor ihm überrascht oder beunruhigt war, zeigte er es jedenfalls nicht.

«Wissen Sie, wer es ist?»

«Wir glauben schon, würden Sie aber gerne mit auf das Revier nehmen, bis wir sie festgenommen haben.»

«Sie? Ist es mehr als einer?»

Billy stellte fest, dass er sich verplappert hatte. Aber er kam sofort zu dem Schluss, dass es keine Rolle spielte, was Botkin wusste oder nicht wusste. Wenn sie Linde und Grönwall nicht innerhalb kürzester Zeit gefasst hätten, würden sie ihre Namen und Fotos herausgeben und die Öffentlichkeit um Mithilfe bitten. Die beiden waren zu gefährlich, um Anonymität und persönliche Integrität genießen zu dürfen.

«Es kann sein, dass es sich um mehr als einen Schützen handelt», räumte Billy ein.

«Wenn Sie wissen, wer es ist, warum haben Sie sie dann nicht festgenommen?», fragte Botkin und verschränkte überlegen die Arme vor der Brust.

Was war das für eine bescheuerte Frage? Nur weil sie wussten, nach wem sie suchten, bedeutete das doch noch lange nicht, dass sie auch wussten, wo sie suchen mussten.

«Das werden wir noch tun», antwortete Billy nur knapp.

«Wohl nicht, indem Sie hier herumstehen.»

Hatte er richtig gehört? Botkin sprach ausgezeichnet Schwedisch, im Prinzip ohne Akzent, es war also ausgeschlossen, dass er sich nur ungeschickt ausgedrückt hatte. Aber kritisierte er Billy ernsthaft dafür, verhindern zu wollen, dass Botkin eine Kugel in den Kopf gejagt bekam?

«Wie Sie sich vorstellen können, arbeiten zahlreiche Beamte an diesem Fall», sagte er und konnte seine Irritation nicht ganz verbergen. «Und einige von uns versuchen dafür zu sorgen, dass die potenziellen Opfer in Sicherheit gebracht werden.»

Botkin musterte ihn von oben bis unten mit einem

kleinen Lächeln im Mundwinkel, als versuchte er sich eine Meinung darüber zu bilden, ob einer wie Billy allen Ernstes jemanden beschützen konnte.

«Danke, aber ich kann mich durchaus selbst verteidigen.»

«Gegen eine Kugel, die aus einigen hundert Meter Entfernung mit einem Zielfernrohr abgeschossen wird?», fragte Billy, ohne genau zu wissen, aus welcher Distanz die bisherigen Schüsse eigentlich abgegeben worden waren.

«Ihr könnt doch wohl ein paar Polizisten hier postieren, die einen Ring um das Haus bilden und mich hier zu Hause schützen.»

«Waren Sie nicht gerade noch der Meinung, wir sollten unser Personal dafür einsetzen, stattdessen den Täter zu jagen?»

Sie fixierten einander. Botkins Augen strahlte eine Härte und Kälte aus, und Billy bekam das Gefühl, dass er keinen Widerspruch gewohnt war. Aber Billy hielt seinem Blick stand. Er spürte einen wachsenden Widerwillen gegen diesen Mann.

«Ich werde mich jedenfalls nicht in eine verdammte Zelle setzen», sagte Botkin schließlich.

«Haben Sie einen anderen Ort, an den Sie fahren könnten?», fragte Billy. «Der nicht Ihnen gehört, den man nicht mit Ihnen in Verbindung bringt?»

«Ich habe schon verstanden. Ich bin doch kein Idiot.»

Das kommt ganz darauf an, wie man dieses Wort interpretiert, dachte Billy, schwieg jedoch.

«Geben Sie mir zehn Minuten», sagte Botkin, drehte sich um und ging erneut in die Villa.

Nach siebzehn Minuten kam er wieder heraus. Mit einer Sporttasche in der Hand, die er auf die Rückbank von Billys Wagen warf, ehe er auf dem Beifahrersitz Platz nahm.

«Okay. Fahren Sie.»

«Wohin?»

«Erst durch die Stadt, dann lotse ich Sie.»

Billy ließ den Motor an und bog rückwärts auf die Straße. Sein *Classic Hip Hop Mix* startete automatisch auf Spotify, und er drehte den Ton ein wenig auf, als «Gravel Pit» kam.

«Das hören Sie sich freiwillig an?», fragte Botkin, nachdem das Lied eine knappe Minute gelaufen war.

«Ja, warum?»

Sein Passagier antwortete nicht, sondern beugte sich lediglich vor und stellte das Autoradio aus. Billy biss die Zähne zusammen. Das Radio wieder einzuschalten wäre eine zu kindische Geste, als dass er sich dazu herablassen sollte. Es war besser, Botkin einfach zu ignorieren, ihn dorthin zu fahren, wo er hinwollte, und ihm anschließend hoffentlich nie wieder zu begegnen. Einige Minuten später tauchte auf der linken Seite ein Meerbusen auf, und das grelle Sonnenlicht, das vom Wasser reflektiert wurde, konnte einen leicht glauben machen, es wäre wärmer als in Wirklichkeit.

Billy holte seine Sonnenbrille aus dem Fach in der Mitte und setzte sie auf. Kurz spielte er mit dem Gedanken, Botkin zu fragen, ob dies für ihn in Ordnung sei oder ob er sie lieber wieder absetzen solle, widerstand der Versuchung jedoch und sagte stattdessen: «Kennen Sie eine Julia Linde und einen Rasmus Grönwall?»

«Sind das die beiden Schützen?»

«Sagen Ihnen die Namen etwas?», hakte Billy nach.

«Grönwall ... ja, ich erinnere mich wohl an einen Grönwall.»

«Woher?»

Am liebsten hätte er Botkin gefragt, was er Rasmus angetan hatte, weil das Motiv ja Rache zu sein schien, doch der Russe wirkte nicht wie jemand, der gerne angeklagt wurde, deshalb blieb Billy möglichst neutral und professionell.

«Ich habe nicht vor, Ihnen das zu erzählen.»

«Warum nicht?»

«Es ist vermutlich noch nicht verjährt.»

Billy wandte den Blick kurz von der Straße ab und schielte zu seinem Beifahrer hinüber, um zu sehen, ob er scherzte. Aber nichts in seiner Miene deutete darauf hin.

Er starrte nur ernst vor sich hin. Billy trat aufs Gas.

Sie erreichten Karlshamn und fuhren auf die E22 Richtung Westen, und Botkins Anweisung bestand hauptsächlich aus «geradeaus, immer weiter geradeaus», bis sie zum Autobahnkreuz Pukavik kamen, wo Billy rechts abbiegen und ein Stück auf der Fernstraße 15 bleiben sollte, ehe es wieder Zeit war, linker Hand abzufahren, auf richtig schmale Straßen, die Billys inneren Rallyefahrer reizten, ihn jedoch auch dazu zwangen, das Tempo deutlich zu drosseln. Der erstaunlich dichte Wald wurde ab und zu von offenen Feldern unterbrochen, und Billy wollte gerade fragen, wie weit es noch war, als sie einige Häuser erreichten, die anscheinend eine Siedlung oder ein Dorf namens Axeltorp bildeten.

«Hier rechts und dann die zweite links», sagte Botkin, und Billy hatte das Gefühl, dass sie sich dem Ziel näherten.

Tatsächlich erreichten sie einige Minuten später eine rot gestrichene kleine Hütte, die nur zehn Meter von einem See entfernt lag.

«Wem gehört die?», fragte Billy, während er den Motor abstellte und das bescheidene Gebäude betrachtete.

«Nicht mir», antwortete Botkin, öffnete die Beifahrertür

und stieg aus, offenbar weiterhin fest entschlossen, so wenig Informationen wie möglich preiszugeben. Er öffnete die Tür zum Rücksitz und zog seine Sporttasche aus dem Auto.

«Sie brauchen nicht aussteigen», sagte er, als er sah, wie Billy den Sicherheitsgurt öffnete. «Sie können abhauen, ich komme allein zurecht.»

«So läuft das nicht.»

«Kann ich denn nicht auf Polizeischutz verzichten, wenn ich keinen möchte?», fragte Botkin.

«Doch, schon ...»

«Na dann», erwiderte der Russe, schlug die Autotür zu, warf seine Tasche über die Schulter und ging zu dem kleinen Haus. Billy blieb sitzen und sah zu, wie er um die Ecke verschwand. Vermutlich gab es auf der Rückseite ein Versteck für den Schlüssel, denn nach einigen Sekunden kam er zurück, ging rasch die wenigen Stufen zur Haustür hinauf, schloss die weiß gestrichene Tür auf, trat in die Hütte und war verschwunden.

«Vielen Dank für die Hilfe», knurrte Billy, startete das Auto und stellte erneut das Radio und seine Playlist an. Er ließ das Grundstück hinter sich und fuhr auf dem schmalen Waldweg zurück, während er Vanjas Nummer wählte. Sie meldete sich sofort.

«Hallo. Botkin ist an einem anderen Ort, will aber keinen Schutz dort haben. Wo hättest du mich gern?»

«Wir haben den richtigen Zetterberg gefunden, kannst du dorthin fahren?», fragte sie, und er hörte schon an dieser Frage, wie gestresst und unter Druck sie war.

«Wo ist er denn?»

«In Växjö.»

«Gibt es denn keine Kollegen in Växjö?», fragte Billy, während er an den Rand fuhr und Växjö in Google Maps eingab.

«Wenn etwas passiert und wir wussten, dass er in Gefahr war, rate mal, wer dann den Ärger kriegt?»

«Die Polizei in Växjö, die ihn beschützen sollte», schlug Billy vor, aber er wusste, dass er damit nicht bei ihr landen würde.

«So funktioniert das nicht», erwiderte sie dann auch.

Billy war sich zwar ziemlich sicher, dass es genau so funktionierte, aber wenn Vanja ihn in Växjö haben wollte, fuhr er nach Växjö, auch wenn es fast anderthalb Stunden entfernt lag. Es war keine große Sache. Sie hatte genug Probleme, da musste er nicht auch noch eines werden.

«Okay, ich fahre sofort los.»

«Danke.»

«Du brauchst dich nicht zu bedanken, aber vergiss nicht das Atmen, du wirst das schaffen, wir werden sie kriegen.»

«Ich muss aufhören, hier klingelt das Telefon. Kyllönen hat alle Informationen über Zetterberg, melde dich bei ihr.»

«Mache ich. Und vergiss nicht …» Doch sie hatte ihn schon weggedrückt.

Billy fuhr wieder los, drehte die Lautstärke auf und wettete gegen sich selbst, dass er die Strecke in siebzig Minuten schaffen würde.

«Scheiße!»

Ein einziges Wort, das die Situation treffend zusammenfasste.

«Scheiße!»

Es fühlte sich gut an, es laut auszusprechen.

«Scheiße!»

Vanja betrachtete sich selbst im Spiegel. Zu ihrer Freude sah sie nicht ganz so müde und niedergeschlagen aus, wie sie sich vorkam. Eher kampfeslustig.

Es war ihnen nicht gelungen, Lars Johansson zu retten. Soeben hatte sie die Nachricht erhalten, dass er vor seinem Haus erschossen worden war. Laut ersten Zeugenaussagen hatte ein schmaler junger Mann ihn aus dem Haus gelockt, indem er auf seinem parkenden Auto herumgesprungen war und die Alarmanlage ausgelöst hatte. Zwei Schüsse aus einem parkenden blauen Auto, in das der junge Mann anschließend eingestiegen war, um dann davonzufahren.

Sie wusch sich das Gesicht mit etwas kaltem Wasser, trocknete es ab und sah sich erneut im Spiegel an. Sie konnte sich nicht länger auf der Toilette verstecken. Nun waren sie gezwungen, noch einen Zahn zuzulegen, wie auch immer das gelingen sollte. Die beiden Täter waren zur landesweiten Fahndung ausgeschrieben, und jeder Polizist in Südschweden hatte ein Foto von ihnen und ihrem Auto erhalten. Der nächste Schritt wäre, mit dem Foto und der Identität der beiden an die Presse zu gehen, aber Vanja hatte beschlossen, damit noch zu warten.

Auf dem Rückweg ins Büro hatte sie die Gruppe angerufen, die bei der Hütte im Wald geblieben war, und sie ermahnt, besonders wachsam zu sein. Es bestand die Möglichkeit, dass die Täter nach dem jüngsten Mord dort wiederauftauchten.

Die Hundestaffel hatte Bericht erstattet, aber nicht viel Verwertbares geliefert. Die Hunde hatten die Spur bis zu einer alten Scheune mit offenem Tor zurückverfolgt, wo eine Plane zurückgelassen worden war. Auch hier bestand die Chance, dass sie wiederkämen und das Auto erneut dort verstecken wollten, weshalb Vanja einen Streifenwagen geschickt hatte, um das Objekt zu überwachen.

Sie selbst setzte sich an ihren Schreibtisch.

Sie war allein im Raum.

Billy war auf dem Weg nach Växjö, Ursula war mit ihrem Spurensicherungsteam beschäftigt – und das hatte weiß Gott genug zu tun –, und Carlos hatte Julias Mutter erreicht und war erneut in den Källvägen gefahren. Offenbar hatte es ein Missverständnis zwischen den Technikern und ihr gegeben, und sie hatte geglaubt, sie solle ihr Handy dort zurücklassen und sich von der Wohnung fernhalten.

Vor Vanja auf dem Schreibtisch lag eine Kopie der Liste. Sie nahm einen Kugelschreiber und strich Lars Johansson durch.

Noch vier Namen.

Botkin befand sich in Sicherheit, Kovacs ebenfalls. Billy war unterwegs, um die Bewachung von Zetterberg zu übernehmen. Wer ihr wirklich Sorgen bereitete, war Annie Linderberg, der achte Name auf der Liste. Sie konnten sie schlichtweg nicht ausfindig machen. Es gab keine Annie Linderberg in Schweden. Sie hatten zwei Linderbergs gefunden, die Anna hießen, doch es war nicht ihr Rufname. Es schien jedoch unwahrscheinlich, dass Linde und Grönwall den Namen falsch geschrieben hatten, denn sie machten den Eindruck, durchdacht und methodisch vorzugehen. Sicherheitshalber hatten sie sich dennoch bei beiden Annas gemeldet, aber keine von ihnen hatte eine Verbindung nach Karlshamn oder zu Julia Linde und Rasmus Grönwall. Auch Rasmus' Vater hatte den Namen noch nie gehört.

Doch sie mussten die Frau finden.

Vanjas Telefon klingelte, und sie hatte beinahe Angst, den Anruf anzunehmen, weil in letzter Zeit nur schlechte Nachrichten eingetroffen waren. Vielleicht wäre Carlos ja die erste Ausnahme.

«Ja?», fragte sie kurz und auffordernd.

«Hier ist Carlos», sagte er.

«Ich weiß», erwiderte Vanja schließlich, als ihr klarwurde, dass er auf ihre Reaktion wartete.

«Ich bin gerade bei Lindes zu Hause.»

«Auch das weiß ich», sagte Vanja und hoffte, ihr Ton würde ihn endlich dazu bringen, alle Selbstverständlichkeiten und unwesentlichen Informationen zu überspringen. «Warum rufst du an?»

«Julia schreibt schon ihr ganzes Leben lang Tagebücher, und ich habe Annie Linderberg gefunden.»

Annie Strauss stand neben der Kaffeemaschine und fragte sich, ob sie den letzten Rest nicht doch noch trinken sollte. Sie würde ohnehin nicht gleich zur Ruhe kommen. Gerade hatte sie eine weitere Evaluation für die Besetzung der Rektorenstelle hinter sich gebracht und war sich nicht sicher, wie sie sich geschlagen hatte. Sie war schon ihr ganzes Leben lang im Schuldienst und eigentlich kein Mensch, der behauptete, dass früher alles besser gewesen sei, aber was ihren Arbeitsplatz betraf ...

Herrgott, früher war alles so viel besser gewesen.

Jetzt wurden die Schule und die Lehrer danach bewertet und daran gemessen, wie sorgfältig sie Strategiedokumente ausfüllten, das Budget verwalteten und Werteziele erreichten, während die wichtigsten Ziele den Bach hinuntergingen. Niemand wollte über das sinkende Wissensniveau der Schüler sprechen. Sie wusste warum. Neuerdings waren die Schüler keine Schüler mehr, sondern Kunden, und die Lehrer verbrachten ihre halbe Arbeitszeit damit, Gespräche mit anspruchsvollen Eltern zu führen, die der Meinung waren, ihr Kind hätte zu schlechte Noten bekommen oder zu wenig Aufmerksamkeit oder nicht die nötige Unterstützung oder sei verletzt oder – Gott bewahre – gemaßregelt oder sogar des Klassenzimmers verwiesen worden. Das System mit freien Schulen, Privatschulen und dem Notenwettbewerb war die reinste Katastrophe. Selten hatte sie so viel Inkompetenz bei den Verantwortlichen erlebt wie in der Schulpolitik.

Sie schenkte sich den letzten Rest Kaffee ein, als es plötzlich eindringlich unten an der Tür klingelte. Ununterbrochen, als hätte sich jemand versehentlich gegen die Klingel gelehnt. Annie eilte zur Treppe.

«Ja, ich komme ja schon, mein Gott noch mal», rief sie, als sie bereits die Hälfte der Stufen zurückgelegt hatte, und es immer weiter schrillte. Derjenige, der dort draußen stand, musste sie gehört haben, denn das Klingeln verstummte abrupt. Sie schloss auf und öffnete die Tür so weit, wie es die Sicherheitskette erlaubte. Für eine Sekunde wurde sie von der tiefstehenden Frühlingssonne geblendet. Dann hörte sie eine Stimme.

«Ich heiße Vanja Lithner und bin von der Polizei. Hießen Sie früher einmal Linderberg?»

Annies Augen gewöhnten sich an das grelle Licht, und jetzt erkannte sie eine blonde Frau, die ihr eine Dienstmarke entgegenhielt und von zwei uniformierten Polizisten flankiert wurde. Ihr wurde innerlich kalt. Die Polizei bei ihr zu Hause. Was war geschehen?

«Ja, als ich noch nicht verheiratet war. Worum geht es denn?»

«Könnten Sie uns bitte hereinlassen, wir müssten mit Ihnen sprechen.»

«Worüber denn?»

«Können wir das bitte drinnen klären?»

«Darf ich Ihren Dienstausweis noch einmal sehen?», bat Annie. Man las so viel über Leute, die sich hinterlistig bei älteren Menschen Zutritt verschaffen wollten, deshalb konnte man nicht vorsichtig genug sein. Die blonde Frau hielt ihr erneut den Ausweis hin, und Annie meinte, eine gewisse Gereiztheit in ihrer Bewegung zu erkennen. Sie beugte sich vor, studierte den Ausweis sorgfältig, schloss dann die Tür weit genug, um die Sicherheitskette zu öffnen, und ließ die Polizistin herein.

Vanja bat die beiden uniformierten Kollegen, draußen zu warten. Dann betrat sie den ziemlich dunklen, fensterlosen Flur. An den Kleiderbügeln hingen immer noch überwiegend Winterjacken. Die Schuhe standen ordentlich darunter aufgereiht. Rechts führte eine Holztreppe ins Obergeschoss.

«Sind Sie allein zu Hause?», fragte Vanja und sah sich um.

«Ja. Worum geht es denn nun?», entgegnete Annie und führte sie in ein recht kleines, zurückhaltend möbliertes Wohnzimmer. Sauber, schön und stilvoll, das Zimmer von Menschen, die sich Gedanken darüber machten, wie sie wohnten.

«Waren Sie einmal Julia Lindes Klassenlehrerin? Vor sechzehn oder siebzehn Jahren an der Grundviksskolan?», begann Vanja. Annie war ein wenig überrascht von der Frage, dachte dann aber nach und kramte in ihrem Gedächtnis.

«Julia Linde ...»

«Ja, sie musste damals eine Klasse wiederholen und durfte nicht mit ihren Freundinnen in der Mittelstufe anfangen», erläuterte Vanja.

Annie nickte und lächelte, es war deutlich, dass sie sich erinnerte.

«Julia, ja ... Sie hat einen riesigen Zirkus veranstaltet wegen des Sitzenbleibens, aber sie hatte einfach zu viele Fehlzeiten, und die Verhältnisse bei ihr zu Hause waren ziemlich schwierig, wenn ich mich recht entsinne.»

Sie blickte Vanja mit einer Miene an, als hätte diese eine Meinung zu der sechzehn Jahre zurückliegenden Entscheidung.

«Ich glaube, eigentlich habe ich ihr damit geholfen. Manchmal ist es wichtig, dass Erwachsene eingreifen. Was ist denn mit Julia?»

«Wir glauben, dass sie die Heckenschützin ist, von der Sie sicher schon gehört haben, und dass Sie in Gefahr sein könnten.»

«Was? Warum? Wegen einem Ereignis, das sechzehn Jahre zurückliegt?»

«Ja, ich fürchte schon.»

Annie schüttelte nur den Kopf und wirkte leicht verwirrt. Es war deutlich, dass sie dies nicht glauben konnte. Sie wich einige Schritte zurück, als wollte sie sich von Vanja und der Vorstellung an sich distanzieren, und ging dann zum Fenster, genau dort, wo Vanja sie nicht haben wollte. Sie folgte ihr und packte sanft, aber bestimmt Annies Arm, um sie in Sicherheit zu geleiten, warf dabei instinktiv einen kurzen Blick aus dem Fenster und erstarrte. Draußen glitt soeben ein blaues Auto heran, langsam, es kroch geradezu. Jetzt sah Vanja, dass es ein Passat war. Er kam noch näher, und sie konnte das Nummernschild lesen. BRY 332.

Vanja tastete nach ihrem Funkgerät, während das Auto anhielt. Deutlich konnte sie Rasmus erkennen, der zum Haus sah, ehe er auf das Gaspedal trat und davonraste.

Die Polizisten vor der Tür.

Die beiden mussten sie gesehen haben.

«Bleiben Sie dort stehen», befahl sie Annie, während sie mit dem Funkgerät in der Hand zur Haustür rannte.

«An alle Einsatzkräfte. Linde und Grönwall befinden sich in dem blauen Passat auf dem Björnbärsstigen.»

Sie trat aus dem Haus und wagte sich so weit in die Einfahrt vor, dass sie das Auto gerade noch um die Ecke verschwinden sah. In einer Straße, deren Namen sie nicht kannte, in eine Himmelsrichtung, von der sie keine Ahnung hatte. Die Polizisten, die vor der Tür gewartet hatten, rannten zu ihrem Wagen.

«Einer von euch bleibt bei Annie», rief sie ihnen nach, bevor sie in ihr eigenes Auto sprang und losfuhr. Sie war so dicht dran. Sie hatte nicht vor, die beiden entkommen zu lassen.

Rasmus trat so stark auf das Gaspedal, wie er es wagte. Sie rasten die schmalen Wohnstraßen entlang. Julia drehte sich um und blickte durch die Heckscheibe. Niemand in Sicht, aber es war vermutlich nur eine Frage der Zeit. Die meisten Querstraßen, an denen sie vorbeikamen, waren Sackgassen, weshalb ihnen eigentlich nichts anderes übrigblieb, als weiter geradeaus zu fahren.

«Verdammter Mist!», schrie Julia, und er warf einen Blick in den Rückspiegel. Zwei Autos mit blinkendem Blaulicht waren nun hinter ihnen aufgetaucht. Sie mussten so schnell wie möglich aus dieser Wohngegend raus. Rasmus beschleunigte noch stärker. Es gab nur einen Weg hinaus aus dem engen Viertel. Beim Hagalundsvägen links. Anschließend würde er sie hoffentlich abschütteln.

Der Polizeifunk war eine Kakophonie aus Kommandos, Rufen und verschiedenen Stimmen. Aus allen Richtungen waren Streifen auf dem Weg zu ihnen. Vanja spürte, dass sie erneut gezwungen war, sich zu entscheiden. Momentan war sie diejenige, die an dem flüchtenden Passat am dichtesten dran war, aber direkt hinter ihr fuhr ein Streifenwagen. Sollte sie die Kollegen übernehmen lassen? Um stehen zu bleiben und zusammen mit Kyllönen und deren Ortskenntnis die Jagd zu koordinieren, anstatt sie aktiv anzuführen.

Es widerstrebte ihr.

Loszulassen, obwohl sie so dicht dran war.

Sie sah, wie der Passat kontrolliert nach links schleuderte

und aus ihrer Sicht verschwand. Rasmus war ein versierter Autofahrer, und außerdem kannte er sich aus. Dies war seine Heimatstadt, und es konnte schwer sein, an ihm dranzubleiben.

«Er ist gerade links auf den Hagalundsvägen abgebogen und fährt Richtung Westen», hörte sie einen der Polizisten hinter sich über Funk. Andere Wagen antworteten mit weiteren Straßennamen, möglichen Fluchtwegen und Ideen, wie man abkürzen und dem Passat den Weg abschneiden könnte. Vanja spürte, wie dankbar sie für das Wissen der Kollegen vor Ort war. Sie würde sich nächstes Mal daran erinnern, wenn Ursula sie wieder einmal schlechtmachen wollte.

Vanja bog ebenfalls ab und folgte dem Passat, während sie Kyllönen kontaktierte und sie bitten wollte, den Einsatz von der Polizeistation aus zu leiten. Vollkommen überflüssig – Krista war bereits dabei und hatte gemeinsam mit Gavrilis auf eigene Initiative hin die verschiedenen Streifenwagen koordiniert. Wenn Vanja dankbar über die Kollegen im Auto hinter ihr war, gab es kaum Worte dafür, was sie für Kyllönen und Gavrilis empfand. Sie gehörten zu den besten Polizistinnen, die sie in all ihren Jahren bei der Reichsmordkommission je getroffen hatte.

«Wagen 6519, der hinter dir ist, erstattet uns die ganze Zeit Bericht, wir haben die beiden also voll unter Kontrolle», versicherte Kyllönen.

Der Abstand zu dem Wagen vor ihr hatte sich vergrößert, offenbar war Vanja langsamer geworden, während sie telefoniert hatte. Per Funk antworteten die Kollegen in Wagen 6125, dass sie in der Nähe waren und auf einer Straße namens Blåvingevägen in nördlicher Richtung fuhren. Nur wenige Minuten entfernt.

Sie wurden immer mehr und kamen immer näher.

Mit etwas Glück würde es ihnen gelingen, die beiden einzukreisen.

Die Varggatan endete im breiteren Länsmansvägen. Dort würde Rasmus noch schneller fahren können.

«Was machen wir?», rief er hektisch, während er abwechselnd auf die Straße vor sich und in den Rückspiegel blickte.

«Wir müssen entkommen, das Auto verstecken.»

«Und dann?», fragte er. Er hatte irgendwo gelesen, wie unglaublich schwer es war unterzutauchen. Vor allem, wenn man gesucht wurde, so wie sie, kein Geld hatte und niemanden, der einen versteckte, wenn man ohne Kontakte und Hilfe war.

«Darüber denken wir später nach», erklärte Julia. «Erst müssen wir entkommen.»

Er bog knapp vor einem Auto auf den Länsmansvägen, der andere Wagen musste eine Vollbremsung hinlegen und hupte. Es kümmerte ihn nicht. Er beschleunigte noch mehr.

Am besten wäre es, auf die E22 zu biegen. Zu versuchen, die Polizei abzuschütteln und dann auf kleineren Wegen zu entkommen. Anschließend könnten sie das Auto stehen lassen und zu Fuß weiter flüchten.

Plötzlich entdeckte er ein blinkendes Blaulicht ein Stück weiter vorn auf der rechten Seite in einer Querstraße. Noch ein Polizeiauto, das bald auf den Länsmansvägen einbiegen würde. Vor ihnen.

Auf keinen Fall wollte er irgendwelche Polizisten vor sich haben.

Er drückte das Gaspedal durch.

Vanja fuhr weiter den Länsmansvägen hinunter, hatte den Passat aber aus den Augen verloren. Dafür wurde er von anderen gesehen.

«Wir haben sie im Blick, hinter der Kreuzung Länsmansvägen und Blåvingevägen. Wir sind direkt hinter ihnen», sagte eine Frauenstimme über Funk.

Vanja fuhr schneller. Das Blaulicht auf beiden Autos und die Sirenen der Streife hinter ihr sorgten dafür, dass die übrigen Verkehrsteilnehmer rasch an die Seite fuhren. Jetzt lagen drei Polizeiwagen hinter dem Paar, aber es musste ihnen gelingen, sich auch vor ihnen zu platzieren. Rasmus würde nicht freiwillig anhalten. Krista hatte begonnen, nach möglichen Orten für Straßensperren zu suchen. Immer mehr Streifenwagen meldeten sich.

Aus den Städten in der Umgebung war Verstärkung unterwegs.

Sie würden die beiden kriegen.

Das dritte Polizeiauto war nun nur wenige Meter hinter ihnen. Sie hatten es gerade noch geschafft, an einer Kreuzung an ihm vorbeizurauschen, ehe es ihnen den Weg abschnitt. Was auch immer das geholfen hatte. Jetzt war es so dicht hinter ihnen, dass es unmöglich wieder abzuschütteln war. Rasmus konnte kaum noch schneller fahren. Schon jetzt war er gezwungen, im Slalom um die anderen Autos auf der Straße herumzukurven, und wäre einige Male fast mit ihnen zusammengestoßen.

Julia saß schweigend neben ihm und blickte zurück auf die Polizeiwagen hinter ihnen. Dann löste sie ihren Sicherheitsgurt und beugte sich zum Rücksitz hinter ihr. Sie griff nach dem Gewehr. Rasmus streckte hastig den Arm aus und hielt sie auf.

«Was machst du?»

«Was glaubst du?»

«Wir erschießen keine Polizisten.»

«Aber wir können ihnen ein bisschen Angst einjagen.»

«Nein.»

Für einige Sekunden sah es so aus, als wollte sie auf seine Meinung pfeifen, doch dann setzte sie sich wieder.

Die große T-Kreuzung am Sölvesborgsvägen kam näher. Die Ampel zeigte Grün. Rasmus hatte vor, rechts abzubiegen und auf die E22 zu gelangen. Das schien ihre beste Möglichkeit zu sein.

Als es noch zwanzig Meter bis zur Kreuzung waren, sprang die Ampel auf Rot. Die anderen Autos stoppten. Ihre aggressiven Bremslichter standen wie eine Wand vor ihnen. Rasmus riss das Lenkrad nach links und raste auf die Gegenfahrbahn.

Vanja sah die rote Ampel und das dunkle Auto, das in den Gegenverkehr schlitterte. Die entgegenkommenden Wagen blendeten auf und wichen über den schmalen Rasenstreifen und auf den Bürgersteig aus. Jetzt nahm Grönwall immer mehr Risiken in Kauf, und Vanja spürte, dass sie sich hart an der Grenze dessen befanden, was als Gefahr für die Allgemeinheit galt. Die Regeln für eine Verfolgung waren umfassend und mitunter nur schwer zu deuten, doch der Text über die Gefahr für die Allgemeinheit war eindeutig. Vielleicht sollten sie die Jagd abbrechen oder zumindest den Abstand vergrößern. Gleichzeitig war es allerdings auch keine Alternative, die beiden entkommen zu lassen.

Jemand anders dachte offenbar gerade dasselbe.

«Jetzt gefährdet er andere. Sollen wir abbrechen?», kam es über Funk.

«Nein, vergrößert den Abstand ein bisschen, aber folgt ihm weiter.»

Ihre Ermittlung. Ihre Entscheidung.

Sie näherten sich der nächsten Kreuzung. Derzeit hatte er freie Fahrt, aber ein entgegenkommender Lkw, der überholen wollte, vermasselte ihm alles. Er zog bereits gemächlich auf Rasmus' Spur hinüber, und bei dem Tempo, mit dem sie unterwegs waren, würde es Rasmus nur schwer gelingen, die Rechtskurve auf die E22 zu nehmen, ohne gleichzeitig mit dem Ungetüm zu kollidieren.

Er musste ein Wagnis eingehen, stieg in die Eisen und riss im selben Moment das Lenkrad nach rechts herum, als er aus dem Augenwinkel ein Auto in hohem Tempo von hinten herannahen sah. Die Reifen des Passat quietschten, das Heck schwenkte aus, und für einen Moment schien es, als würde er die Kontrolle über den Wagen verlieren, doch dann fanden die Vorderreifen Halt. Dennoch touchierte er mit dem Heck den Lastwagen, während das hinter ihm kommende Auto ihm auswich und geradewegs in den Lastwagen hineinrauschte.

Es war ein ordentlicher Zusammenstoß. Glas-, Metall- und Plastikteile regneten auf die Straße, als Rasmus wieder die Kontrolle über den Passat erlangte. Er trat auf das Gas, und das Auto reagierte gut. Der Nahkontakt mit dem Lastwagen hatte nur eine kleine Beule hinterlassen. Sie fuhren in nördlicher Richtung weiter.

Vanja und die anderen näherten sich mit vermindertem Tempo dem Chaos auf der Kreuzung.

«Wir bleiben hier», kam es von der Streife, die vor ihr gelegen hatte und die sich nun, noch immer mit Blaulicht, mitten auf die Kreuzung stellte. Die Polizistin, die auf dem Beifahrersitz gesessen hatte, war bereits auf dem Weg zur Unglücksstelle.

Vanja schlängelte sich weiter mit ihrem Wagen voran. Sie warf einen Blick in das zerknautschte Auto. Ein benommener Mann, der angeschnallt war, hinter einem aufgeblasenen Airbag. Er würde es überleben. Dennoch hatte sich die Verfolgungsjagd als Gefahr für die Allgemeinheit erwiesen. Vanja gab eine Anweisung an alle heraus, dass sie dem Wagen weiter folgen sollten, aber mit größerem Abstand, ohne zu viel Druck auszuüben.

«Es besteht allerdings das Risiko, dass wir sie verlieren», erklang eine unbekannte Stimme.

«Besser so, als weitere unschuldige Menschen zu gefährden», antwortete Vanja. Das stimmte natürlich, aber der Gedanke, dass Linde und Grönwall vielleicht entkamen, war ziemlich unerträglich. Jetzt, da sie so kurz davor waren, die beiden zu schnappen.

«Wo ist mein Helikopter?», fragte sie Kyllönen ungeduldig.

«Der ist zu einem schweren Unglück geflogen. Ein Tanklaster ist mit einem Regionalzug zusammengestoßen.»

«Das hier ist aber wichtiger», betonte Vanja.

«Das habe ich denen schon zu erklären versucht.»

Vanja fluchte laut, während sie die Unfallstelle passierte und wieder Gas gab.

«Der Passat ist auf dem Weg auf die E22 Richtung Westen. Ich erkenne ihn in der Auffahrt.»

«Ich bin gerade auf der E22 Richtung Osten, ich sollte ihn bald sehen», erklang plötzlich Carlos' Stimme über Funk.

«Hinter ihm sind zwei Streifen», ergänzte Kyllönen. «Wir bauen nach Björkenäs eine Straßensperre auf.»

Vanja schöpfte neue Hoffnung.

Noch war es nicht zu spät.

Sie kamen auf die E22, und Rasmus beschleunigte auf hundertdreißig Stundenkilometer. Das Auto hatte einen ordentlichen Schlag abbekommen, reagierte aber nach wie vor gut.

Julia spähte wieder nach hinten, hielt nach den Polizisten Ausschau. Keine zu sehen. Jedenfalls nicht mit Blaulicht.

«Haben wir sie abgehängt?», fragte sie und blickte wieder nach vorn. Er warf einen kurzen Blick in den Rückspiegel und zuckte mit den Schultern.

«Wir haben sie abgeschüttelt, aber sie werden uns wiederfinden.»

Deshalb mussten sie abbiegen, auf die kleineren Straßen und Feldwege fahren und ein Versteck suchen. Er wollte nur zuerst ein Stück von Karlshamn wegkommen.

Die Tachonadel kletterte von hundertdreißig auf hundertvierzig und schließlich noch zehn Stundenkilometer höher.

«Ich studiere gar nicht Jura in Lund», sagte Julia plötzlich.

«Ich weiß, du gehst auf die Fachhochschule in Jönköping.»

Er sah, wie sie sich zu ihm wandte, konzentrierte sich jedoch weiter auf die Straße, aber er war sich sicher, dass sie grinste.

«Hast du mich etwa gestalkt?»

«Ich wollte dich nur ein bisschen im Auge behalten ...», sagte er und spürte, dass er errötete, er fühlte sich ertappt.

Sie sollte nicht erfahren, dass er sie all die Jahre «ein bisschen im Auge behalten» hatte oder sogar mehr, so gut es eben ging.

«Das ist ja süß», sagte sie und legte die Hand auf seinen Oberschenkel. «Ich bin wirklich froh, dass ich auf dieses Klassentreffen gegangen bin. Als ich die Einladung bekam, dachte ich: Im Leben nicht!»

«Warum hast du dich umentschieden?»

«Erst wollte ich nicht kommen, weil Macke und Philip dort sein würden, aber dann habe ich gedacht, dass ich gerade deshalb hingehen muss. Sie bloßstellen. Es allen erzählen. Richtig schlechte Stimmung machen.»

«Und, hast du es getan?»

«Nein, ich habe mich nicht getraut. Dafür habe ich mich selbst gehasst ... Aber das hier ist viel besser», fügte sie hinzu, rückte näher zu ihm heran und legte ihren Kopf an seine Schulter.

Für ein paar Sekunden befanden sie sich nicht mehr in dem gesuchten Auto, das von der Polizei verfolgt wurde. Auf der Rückbank lag kein Gewehr, und es gab auch keine Liste mit miesen Quälgeistern, die es noch zu ermorden galt.

Sie waren einfach nur ein verliebtes junges Pärchen in einem Auto, auf dem Weg irgendwohin.

Ein Blaulicht auf der Gegenfahrbahn holte Rasmus zurück in die Wirklichkeit.

«Wir müssen von der großen Straße runter.» Er nahm eine Hand vom Lenkrad und legte sie auf die ihre. «Wenn sie uns kriegen, werden wir für immer getrennt sein.»

«Deshalb müssen wir dafür sorgen, dass sie uns nie kriegen.»

Carlos hatte mittlerweile die Verfolgung aufgenommen, gehorchte jedoch Vanjas Anweisung und hielt Abstand. Mit einem Zivilfahrzeug war es leichter. Er lag hinter ihnen und gab ständig ihre Position durch. Er hatte die Wohnung von Julias Mutter sofort verlassen, als Vanja berichtet hatte, dass die Täter vor Annie Strauss' Haus aufgetaucht waren. Bei der Mutter hatte es nichts mehr zu tun gegeben. Auf dem Weg ins Zentrum der Ereignisse hatte er Billy angerufen. Der hatte den Funk ausgestellt gehabt, weil er auf dem Weg nach Växjö Musik gehört hatte, und deshalb ahnte er nicht, was gerade los war. Als er davon erfuhr, schaltete er den Funk wieder an und sagte, er werde sofort kehrtmachen. Er hatte gerade Olofström passiert, deshalb würde es vielleicht noch zwanzig oder fünfundzwanzig Minuten dauern, bis er zurück wäre.

Das blaue Auto sauste immer noch auf der linken Spur an den anderen Verkehrsteilnehmern vorbei. Rasmus fuhr jetzt schnell. Carlos hoffte, die halsbrecherische Verfolgungsjagd würde ein gutes Ende nehmen. Für alle. Er konnte Julias Tagebücher nicht vergessen.

Sie hatte mit den Aufzeichnungen begonnen, als sie acht Jahre alt gewesen war. Damals war sie in die zweite Klasse gegangen, und Bernt war gerade bei ihnen eingezogen. Ob sie deshalb mit den Tagebüchern angefangen hatte? Musste sie sich alle Gefühle von der Seele schreiben, an denen sie sonst zerbrochen wäre? Der Alkohol, der Streit, die Gewalt gegen die Mutter. Die permanente Angst an dem Ort, der ein sicherer Halt in ihrem Leben hätte sein sollen.

Er hatte von den Problemen gelesen, die in der Schule folgten. Von der Unsicherheit. Ihrem Außenseiterstatus. Dem vernichtenden Gefühl, nie irgendwo dabei sein zu können, sich nie etwas leisten zu können, nie jemanden zu haben, der einem bei den Hausaufgaben half. Wie sie in der Schule nicht mitkam, das Interesse verlor und zunehmend an sich selbst zweifelte. An mehreren Stellen hatte sie sich sogar als dumm bezeichnet.

Seite um Seite erzählten die Tagebücher von schlimmen Erlebnissen, von Julias Zerbrechlichkeit, von Hass und Selbsthass.

Der einzige Lichtblick in ihrem Leben schienen Rebecca Grönwall und deren Familie gewesen zu sein. Ihr Haus war ein Ort der Freiheit für Julia gewesen, an dem sie wirklich Kind sein konnte. Wenn man den Aufzeichnungen glaubte, hatte sie meist über das geschwiegen, was bei ihr zu Hause passiert war. Sie schämte sich. Nur Rebecca wusste Bescheid.

Auf den vielen handgeschriebenen Seiten hatte Carlos ein zutiefst unglückliches und verletztes Mädchen kennengelernt, und trotzdem konnte er sich noch keinen echten Reim auf die späteren Ereignisse machen. Er hatte aufgehört zu lesen, als sie zwölf Jahre alt gewesen war. Die Mutter hatte Bernt vor die Tür gesetzt, aber die junge Julia war resigniert, missmutig und beinahe entkräftet. An dieser Stelle hatte Carlos noch nicht das Gefühl, dass sie ein überbordendes Rachebedürfnis plagte, vielleicht war es erst später zum Vorschein gekommen, als sie älter wurde.

Möglicherweise war der Schlüssel zu der Entwicklung jedoch darin zu finden, dass sie mit Rasmus zusammenkam. Über ihn wusste Carlos nicht so viel, hatte seinen Vater jedoch so verstanden, dass sich auch sein Leben zum Schlechten gewendet hatte, nachdem seine große Schwester tödlich verunglückt war. Konnte ihr gemeinsamer Hass auf Kerstin Neuman der Auslöser gewesen sein, der die Mordserie ins Rollen gebracht hatte?

Hätte jeder von ihnen diese Taten auch allein vollbracht? Carlos glaubte es nicht. Allein war man selten stark. Zu zweit schon eher.

Er wurde aus seinen Gedanken gerissen, als der Passat ein anderes Fahrzeug überholte, um unmittelbar danach rechts abzubiegen, auf die Straße 15.

Carlos berichtete über Funk und folgte ihm.

Es fühlte sich besser an, die große Europastraße verlassen zu haben.

Kleinere Straßen, bessere Fluchtmöglichkeiten.

Als Rasmus die Chance bekam, in eine noch schmalere Straße Richtung Näsum einzubiegen, ergriff er sie. Schon nach etwa zehn Metern gabelte sie sich. Er bremste, kannte sich hier nicht sonderlich gut aus, aber ein Stück weiter rechts schien ein Wald zu liegen.

Ein Wald war gut. Im Wald fühlte er sich wohl. Das war schon immer so gewesen.

Gerade wollte er in den Weg einbiegen, der anscheinend Södra Värhultsvägen hieß, als ein weißer Audi im Rückspiegel auftauchte. Der Fahrer bremste abrupt, nachdem er ihr stehendes Auto sah. Rasmus meinte sich zu erinnern, den weißen Audi auch auf der E22 gesehen zu haben. Er war genauso schnell gefahren wie sie, aber nicht schneller, und hatte stets den gleichen, sicheren Abstand gehalten.

War es ein Zivilfahrzeug?

Natürlich war es ein Zivilfahrzeug.

Rasmus trat das Gaspedal durch und bog rechts ab. Ein einzelnes Auto, ein einzelner Polizist. Der Wald würde sie retten. Julia reagierte auf den Blitzstart und blickte Rasmus fragend an, ehe sie sich umdrehte und das Auto hinter ihnen sah.

«Ein Bulle?»

«Ich glaube schon.»

Im Rückspiegel beobachtete er, wie der Audi ihnen folgte, abermals in sicherem Abstand, als wollte er sie nicht unter Druck setzen. Zu spät. Rasmus erhöhte erneut die Geschwindigkeit, fuhr über eine kleine Straßenkuppe und war für einige Sekunden außer Sicht. Jetzt lag rechts vor ihm ein kleinerer Weg, auf den man über eine scharfe Haarnadelkurve gelangte. Er konnte nicht anders, sie mussten versuchen zu verschwinden. Rasmus hoffte, dass der Audi weiter geradeaus fahren würde.

Das war der einzige Plan.

Letzte Chance.

In viel zu hohem Tempo raste er in die Kurve. Das Auto verlor die Bodenhaftung und kam vom Weg ab, und das Heck, das ohnehin schon gelitten hatte, schlug krachend auf einem großen Stein auf. Rasmus schaltete in den ersten Gang und gelangte wieder auf die Straße, doch er merkte sofort, dass sie nicht weit kommen würden. Der Hinterreifen war geplatzt, und der Kotflügel schien dagegenzuschleifen. Also bezwang er das Auto, so gut er konnte, und versuchte außer Sichtweite der Straße zu gelangen, wo der Audi jede Sekunde auftauchen würde. Außerdem hatte der inzwischen Verstärkung bekommen. In der Ferne hörte Rasmus Sirenen, die sich näherten.

«Wir müssen raus. Wir müssen abhauen!», schrie er Julia zu und riss die Tür auf. Julia sprang auf der anderen Seite aus dem Wagen, und sie rannten gemeinsam in den dunklen Wald auf der gegenüberliegenden Straßenseite. Plötzlich blieb Julia stehen und drehte sich um.

«Das Gewehr!»

Sie hatten es vergessen, aber jetzt war der weiße Audi nur

noch wenige Meter von dem Passat entfernt. Es war zu spät. Rasmus ergriff Julias Hand und zog sie mit sich zwischen die schützenden Bäume.

Carlos stieg aus dem Auto und schnallte seine Schutzweste an, während er sah, wie sich Linde und Grönwall umdrehten und zu rennen begannen. Sie hatten reglos dagestanden und ihn angestarrt, als er kam. Oder das Auto angestarrt, das sie zurücklassen mussten. Es war ziemlich ramponiert. Er warf einen Blick durch die Seitenscheibe und entdeckte das Gewehr auf dem Rücksitz. Das freute ihn. Diese Tatsache würde das Risiko erheblich mindern. Für alle. Er kontaktierte Vanja per Funk, während er dem Paar hinterherrannte.

«Sie flüchten zu Fuß und sind wahrscheinlich unbewaffnet. Das Gewehr liegt noch im Auto. Die erste Abzweigung auf der rechten Seite, du wirst die Wagen sehen. Ich folge ihnen.»

Er rannte schneller, um sie nicht zu verlieren, war dankbar dafür, dass der Frühling gerade erst eingesetzt hatte, denn die Laubbäume waren immer noch kahl, und ab und zu konnte er das Paar zwischen den Bäumen ausmachen.

Über Funk hörte er, wie Vanja den Einsatz koordinierte.

Vier Streifen waren vor Ort oder in der näheren Umgebung. Wie Vanja erfuhr, hieß das Gebiet Skinsagylet Naturreservat. Die Hundeführer waren unterwegs. Dank Carlos, der das Paar die ganze Zeit über ungesehen verfolgt und ihre Position durchgegeben hatte, waren viele Kollegen in der Nähe und noch mehr unterwegs. Das Funkgerät lief heiß. Vielleicht gab es Hoffnung, doch sie durften keine Zeit verlieren. Carlos glaubte, dass sie geradewegs Richtung Westen rannten, weshalb Vanja ihre Einsatzkräfte so verteilte, dass sie die beiden hoffentlich einkreisen konnten.

Alle rannten in Zweierteams los, mit Schutzwesten und Maschinenpistolen in den Händen. Vanja hatte überlegt, ob sie anordnen sollte, die Schusswaffen abzulegen, nachdem Carlos berichtet hatte, dass die Täter wahrscheinlich unbewaffnet waren, doch sie entschied sich dagegen. Schließlich konnten sie nicht sicher sein, dass die beiden keine weiteren Waffen bei sich hatten, obendrein wurden sie verfolgt und waren nach wie vor verzweifelt.

Über Funk teilte Carlos ihnen weiterhin so genaue Orts- und Richtungsangaben wie möglich mit. Der letzte Stand war, dass sich die beiden noch immer Richtung Westen bewegten, es aber nicht mehr bergab ging, sondern ziemlich steil nach oben. Sie rannten eine Anhöhe hinauf.

«Vielleicht der Aussichtsplatz», schlug der Kollege vor, der neben Vanja lief.

«Was haben Sie gesagt?»

«Sie könnten auf dem Weg zum Aussichtsplatz sein. Das ist die einzige Stelle hier, wo es richtig steil hinaufgeht ...»

«Finden Sie dorthin?»

«Ja.»

Schweigend liefen sie weiter.

Julia war außer Atem. Sie konnte sich nicht erinnern, wann sie das letzte Mal so schnell und so weit gerannt war. Das Adrenalin trug sie ein bisschen, aber es ging immer steiler und steiler bergauf. Ihre Beine und ihre Lunge schmerzten. Sie blickte zurück. Er war immer noch hinter ihnen, der aufdringliche Typ aus dem weißen Audi. Plötzlich rutschte

Rasmus aus und stürzte. In der nächsten Sekunde schrie er laut auf. Er war mit dem Knie direkt auf einem aufragenden Stein gelandet. Maximales Pech. Vor Schmerz biss er die Zähne zusammen und versuchte sich wieder aufzurappeln. Julia half ihm hoch und sah, dass sein Hosenbein mit Blut durchtränkt war.

«Entschuldige ...», sagte er und stöhnte auf, als er das Bein belastete.

«Komm, wir müssen weiter», trieb sie ihn an und packte seinen Arm.

«Ja ...»

Beschwerlich setzten sie ihren Weg nach oben fort, es erschien ihnen der einzige Ausweg zu sein. Rasmus humpelte und verzog das Gesicht, aber Julia hoffte, die Schmerzen würden nachlassen, wenn er das Bein nur lange genug bewegte.

«Wir sind bestimmt gleich oben», sagte sie hoffnungsfroh. Sie waren immerhin in Blekinge. Hier gab es keine Berge. Der höchste Punkt lag vielleicht hundertachtzig Meter über dem Meer. Und es kam ihr so vor, als hätten sie die längst bewältigt. Sie drehte sich erneut um. Etwas weiter unten zwischen den Bäumen sah sie mehrere Gestalten herannahen. Schwarz gekleidet. Mit Waffen in den Händen. Bildete sie sich das nur ein, oder hörte sie jetzt auch Hundegebell?

Erneut packte sie Rasmus' Arm, damit er schneller lief. Sie näherten sich dem Gipfel. Was dahinterlag, wusste Julia nicht.

Hoffentlich ein Abhang, der wieder nach unten führte. Oder wenigstens ein Plateau.

Aber keines von beidem traf zu, wie sich herausstellte, als sie oben ankamen.

Doch, ein kleines Plateau von vielleicht zehn Metern gab es schon, das an einem niedrigen Holzgeländer endete. Dahinter lag allerdings ein Abgrund. Es ging mindestens vierzig Meter in die Tiefe. Eine Schlucht mit großen spitzen Steinen und ein paar umgestürzten Bäumen.

«Das Geländer muss doch irgendwo aufhören», sagte Rasmus keuchend. Er humpelte dorthin, aber sie folgte ihm, nahm seine Hand und hielt ihn auf.

«Nein, wir bleiben hier.»

Er sah sie fragend an. Sie half ihm zu dem Geländer. Schweigend blieben sie stehen. Die Aussicht war unglaublich schön. Sie konnten viel weiter in die Tiefe hinabsehen, als sie geglaubt hatten. Der Wald breitete sich in alle Richtungen aus und wurde hier und dort von einem See, einer Straße oder einigen Häusern unterbrochen. In der anderen Richtung sahen sie das Meer in der bleichen Nachmittagssonne glitzern.

«So habe ich mich mein ganzes Leben lang gefühlt», sagte sie. «Als würde ich an einem Abgrund stehen.» Sie schwang ein Bein über das Geländer und kletterte auf die andere Seite. «Aber jetzt bin ich nicht mehr allein.»

Ohne groß darüber nachzudenken, stieg auch Rasmus mit einiger Mühe über das Geländer. Auf ihre Seite. Warum nicht? Er würde ihr überallhin folgen. Alles, was er mit ihr gemeinsam getan hatte ... Er war derjenige gewesen, der abgedrückt hatte, aber jetzt hatte er das Gefühl, sie wäre die Schützin gewesen.

Alles war sie.

Es ließ sich schwer erklären. Nach Macke war es beständig leichter gegangen. Sie hatte es leichter gemacht. Julia machte das Unmögliche möglich.

Sie war einfach alles.

«Julia! Rasmus!»

Sie drehten sich zu der Stimme um, die einer blonden Frau mit Schutzweste und gezogener Pistole gehörte. Hinter ihr tauchten ein dunkel gekleideter Polizist mit einer Maschinenpistole und der Mann aus dem Audi auf. Er schien unbewaffnet zu sein.

«Kommt auf diese Seite des Geländers zurück», rief die Frau mit einer Stimme, die bestimmt und flehend zugleich war. Sie steckte ihre Waffe ins Holster und gab dem anderen Polizisten ein Zeichen, die seine zu senken, was er auch tat.

Dann trat die Frau einen Schritt auf sie zu und streckte ihnen die Hand entgegen.

«Kommt wieder auf diese Seite. Keiner muss hier Schaden nehmen. Wir werden eine Lösung finden.»

Rasmus hörte, wie Julia lachte, dann schlang sie die Arme um ihn. Er schwankte ein wenig, wegen der unerwarteten Bewegung, als sie ihren Körper an seinen presste.

Der Rand des Abgrunds, die Steine dort unten, kamen gefährlich nahe.

«Achtung, passt auf!», rief die blonde Frau.

Julia hob den Kopf und sah Rasmus an.

«Liebst du mich?»

«Das weißt du. Schon immer.»

Die Frau redete weiter, aber er hörte nicht länger zu. Er sah nur Julia. Sah in ihre Augen. Sah in sie hinein. Plötzlich waren sie wieder dort. In einer Welt, wo es keine bewaffneten Bullen in ihrer Nähe gab, kein Hundegebell und keine blonde Polizistin, die sie auf ihre Seite ziehen wollte, um sie ins Gefängnis zu stecken. Und sie voneinander zu trennen.

Sie waren einfach ein junges Paar, das sich auf einem Felsen mit einer herrlichen Aussicht umarmte. Alles war perfekt.

«Ich glaube, ich will das nicht», sagte er leise.

«Doch, du willst», antwortete sie, küsste ihn auf den Mund, und während sie ihn fest an sich zog, lehnte sie sich über den Abgrund, und sie stürzten hinab.

Als Billy gerade in hohem Tempo auf den Norra Värhultsvägen in das Skinsagylet Naturreservat einbog, hörte er über Funk, dass die jungen Täter keine Chance mehr hatten zu entkommen. Ein kurzes «wir haben sie» von Carlos über den offenen Kanal. Billy hatte keine Ahnung, wo oder wie, aber wenn dieser ganze Wald ringsherum zum Naturreservat gehörte, hatten sie wohl ziemlich Glück gehabt. Das wurde allerdings auch Zeit.

Es war unschwer zu erkennen, wo die Verfolgungsfahrt aufgehört hatte. Der blaue Passat stand mit plattem Reifen und zerknautschtem Heck auf der einen Straßenseite, Carlos' und Vanjas Autos zusammen mit zwei Polizeistreifen auf der anderen. Billy hielt hinter dem Passat, stieg aus und sah sich um, konnte aber nichts wahrnehmen. Er spazierte zu dem Fluchtauto und begutachtete die Schäden. Vermutlich überhöhte Geschwindigkeit in einer zu scharfen Kurve. Das passierte leicht. Er spähte in den Innenraum und sah ein Gewehr auf der Rückbank liegen. Das war ein wichtiges Beweismittel gegen die beiden, vielleicht sogar das wichtigste, deshalb sollte er dafür sorgen, dass es sicher verwahrt wurde. Die Kollegen schienen die Lage im Wald unter Kontrolle zu haben, daher brauchten sie ihn wohl nicht, und falls Carlos etwas übereilte Schlüsse gezogen hatte, inwiefern sie die beiden wirklich erwischt hatten, war es sicher gut, wenn jemand bei den Autos wartete, falls Linde und Grönwall auf die Idee kämen, die Waffe zu holen. Gerade wollte er zu seinem Auto zurückkehren, um Handschuhe zu holen und etwas, um das Gewehr einzuwickeln, als es im Funkgerät knisterte.

«Sie sind gesprungen. Scheiße, sie sind gesprungen.»

Billy blieb abrupt stehen, der Schock in Vanjas Stimme ließ ihn ebenso erstarren wie die Information. Hastig nahm er sein Funkgerät.

«Vanja, was ist passiert?»

«Sie sind gesprungen, vom Fels ...»

Es klang, als könnte sie es immer noch nicht glauben. «Sie sind tot.»

«Bist du sicher?»

«Ja, wir müssen irgendwie dort hinunterkommen, aber ... es geht sehr tief hinab, nur Felsen ...»

«Verdammt, Vanja ...»

Die Schlange in seinem Bauch erwachte plötzlich zum Leben und wand sich hungrig, als hätte sein Unterbewusstsein bereits ausgeheckt, was er tun konnte, ohne dass er den Gedanken selbst gedacht hatte. Er senkte sein Funkgerät und drehte sich wieder zu dem blauen Passat um. Auf dessen Rückbank das Gewehr lag. Die Schlange führte ihn dorthin, und jetzt sah er sie.

Die Möglichkeit, die er bekommen hatte.

Das perfekte Verbrechen.

Die Schlange flüsterte, es sei möglich, es würde funktionieren. Sie lockte und stachelte ihn an. Natürlich war er gezwungen, alles zu durchdenken, aber das musste schnell gehen.

«Wie lange wird das dauern, glaubst du?», fragte er Vanja, während er zu seinem Auto eilte und ein paar dünne Baumwollhandschuhe aus dem Kofferraum überstreifte.

«Weiß nicht, es ist steil und steinig ... Wo bist du?»

Die letzte Chance. Eine ehrliche Antwort würde es ihm

unmöglich machen, den nächsten Schritt zu gehen. Die Schlange würde weiterhin hungrig sein, wäre gezwungen, sich wieder zu beruhigen, und die Befriedigung wurde nie kommen. Wie er es sich selbst geschworen hatte. Wie er es My und ihren ungeborenen Kindern geschworen hatte, obwohl sie nichts davon ahnte.

Die Wahrheit war das, was er tun sollte. Die Lüge das, was er wollte. Nein, mehr als das. Was er tun musste.

«Ich bin auf dem Rückweg und stecke im Stau», sagte er und klang dabei angemessen gestresst und gereizt. «Ich werde in ...»

Eine kurze Rechnung im Kopf. Maximal zehn Minuten in jede Richtung, er konnte es in dreißig schaffen.

«... einer guten halben Stunde bei euch sein.»

«Okay, wir bleiben in Kontakt.»

«Es tut mir leid, dass es ein solches Ende genommen hat», fügte er hinzu, und es gelang ihm, einen warmen, einfühlsamen Ton in seine Stimme zu legen, obwohl er in Gedanken längst woanders war. «Passt auf euch auf.»

Er steckte das Funkgerät weg, riss die Hintertür des Passat auf und sah sich sicherheitshalber noch einmal um. Es war noch immer vollkommen einsam und still. Also beugte er sich ins Auto, riss das Gewehr an sich, schlug die Tür zu und ging mit schnellen Schritten zu seinem eigenen Wagen zurück. Vorsichtig stellte er die Waffe auf dem Boden vor dem Beifahrersitz ab und bemerkte, wie er vor Erwartung keuchte. Die Schlange zappelte und wand sich, und er wurde steif beim Gedanken an das, was vor ihm lag.

Mit einem erwartungsvollen Lächeln startete er den Wagen, wendete auf dem schmalen Weg und fuhr in hohem Tempo dieselbe Strecke zurück, die er gekommen war.

Drögsperydsvägen, links auf die Straße 116, und dann waren es noch etwas mehr als fünf Kilometer.

Billy warf ein Auge auf die Uhr auf dem Armaturenbrett. Knapp fünf Minuten waren vergangen, seit er das Naturreservat verlassen hatte. Einige weitere Minuten würde es noch brauchen, ehe er dort wäre. Bisher war alles nach seinem, gelinde gesagt, improvisierten Plan verlaufen.

Ein Problem hatte er immer noch nicht gelöst.

Wie konnte er ihn aus dem Haus locken?

Ihn anzurufen wäre undenkbar, denn natürlich würden sie Botkins Handy untersuchen, wenn sie ihn fanden. Anklopfen, sich hineindrängen? Mit einer Pistole hätte das wunderbar geklappt, aber das Gewehr war eine Abstandswaffe, und Linde und Grönwall hatten nie aus nächster Nähe oder im Haus geschossen. Dabei war es wichtig, ihrem Ablauf genau zu folgen, wenn dies tatsächlich klappen sollte.

Als er in den schmalen Waldweg einbog, hatte er eine Entscheidung getroffen.

Er fuhr so weit wie möglich die grasbewachsene Einfahrt vor dem kleinen roten Haus hinauf, hupte kurz, wie aus Versehen, ehe er ausstieg und laut die Fahrertür zuknallte. Botkin musste ihn gehört haben. Jetzt sollte er aus einem der Fenster gucken, das Auto wiedererkennen, Billy wiedererkennen, der nun mit schnellen Schritten vom Haus weg in Richtung der Bäume ging, die auf der Südseite bis zum Meer hinunterreichten. Das Gewehr wurde von seinem Körper verborgen.

Und tatsächlich hörte er im nächsten Moment, wie die Tür zur Hütte geöffnet wurde und Botkin rief: «Hallo! Was machen Sie da?»

Billy warf einen kurzen Blick über die Schulter und sah Botkin direkt vor seinem Haus stehen. Ohne zu antworten oder langsamer zu werden, setzte er seinen Weg fort und hörte, wie Botkin erneut nach ihm rief, diesmal mit deutlich mehr Irritation in der Stimme.

«Was um alles in der Welt treiben Sie hier?»

Billy war sich ziemlich sicher, dass der Russe nicht zu den Menschen gehörte, die lediglich den Kopf schüttelten und wieder ins Haus gingen. Als er sich rasch hinter einem Stein in Deckung begab und routiniert das Gewehr auf das Haus richtete, beobachtete er dann in der Tat, wie Botkin die wenigen Treppenstufen vor dem Eingang hinunterstieg und auf ihn zukam.

Die nächste Entscheidung. Alle früheren Opfer waren durch einen Kopfschuss getötet worden. Das war effektiv und ging schnell, aber Billy würde der magische Augenblick des Todes entgehen, diese Mikrosekunde, in der das Leben aus den Augen wich, in der er von dem berauschenden Machtgefühl erfüllt wurde, von dem er anschließend so lange zehren konnte. Botkin blieb etwa zehn Schritte von dem Gehölz entfernt stehen.

«Was zum Teufel ...», brüllte er.

Billy entschied sich. Man konnte sich leicht vorstellen, dass die beiden jungen Leute in großer Eile gewesen waren und deshalb zum ersten Mal keine ganz sichere Hand gehabt hatten. Er atmete langsam aus und gab den Schuss ab. Die Kugel traf Botkin seitlich am Hals, und durch das Zielfernrohr sah Billy, wie das Blut über die Hände sprudelte, die der Russe sofort auf die Wunde presste. Als er auf dem Rasen auf die Knie sank, stand Billy auf, verließ das Gehölz und ging zu ihm.

Botkin lag jetzt auf der Seite, der Boden unter ihm war rotgefärbt vom Blut. Billy hörte, wie der Russe röchelnd nach Luft rang, während er sich einen Meter entfernt neben ihn hockte. All seine anderen Opfer hatten etwas Flehendes im Blick gehabt, als sie spürten, dass der Tod nahte, aber Botkins Miene strahlte nur trotzigen Zorn aus. Er forderte ihn bis zuletzt heraus. Billy sah ihm in die Augen, ohne zu blinzeln. Das Blut strömte langsamer, der Atem wurde stoßweise flacher, und die Hände glitten herab und entblößten den zerschossenen Hals. Billy betrachtete die Wunde und erkannte, dass er genau wie erhofft die Halsschlagader zerfetzt hatte, was bedeutete, dass Botkin nicht mehr lange unter den Lebenden weilen würde. Billys Zeitplan würde aufgehen. Er konzentrierte sich erneut auf die Augen. Durfte den Moment nicht verpassen. Der Atem wurde schwächer, das Röcheln verstummte. Billy beugte sich vor, war wie elektrisiert vor Erwartung, konnte vor Erregung kaum stillhalten. Zu seiner großen Freude stierte Botkin ihn weiterhin an, er wollte ihm nicht den Triumph gönnen, indem er den Blick abwandte.

Dann folgte er.

Der letzte Atemzug.

Nicht mehr als ein schwaches Fauchen. Kurz darauf erloschen die finsteren Augen, und Billy wurde von jenen starken Gefühlen erfasst, die er durch nichts anderes hervorrufen konnte, auf keine andere Weise. Als würde das Leben, das Botkin verlassen hatte, auf ihn übergehen, sodass er für einige schwindelerregende Sekunden doppelt so intensiv lebte. Alles um ihn herum erschien schärfer und klarer, und gleichzeitig erlebte er eine tiefe Ruhe, eine existenzielle Verbundenheit mit der Welt, mit dem Kern all dessen, was er vermisste. Und diese Gefühle zwangen ihn, es wieder zu tun, erneut zu töten.

Oder nein, sie hatten ihn gezwungen. Dies war das letzte Mal gewesen. Das allerletzte Mal.

Er kam auf die Beine und spürte, wie er vor Adrenalin zitterte, doch er konnte dadurch auch klarer denken. Jetzt war er gezwungen zurückzufahren. Ein schneller letzter Blick auf die Leiche und die Umgebung. Er hatte Botkin nicht berührt, keine DNA-Spuren hinterlassen, keine Textilfasern, nichts. Wegen möglicher Reifenspuren musste er sich keine Sorgen machen, auch nicht wegen Schuhabdrücken. Es war kein Geheimnis, dass er hier gewesen war, nichts, was er verbergen musste.

Er konnte es sich nicht verkneifen, einen Triumphschrei auszustoßen, der über den See hallte, als er wieder zurück zum Auto ging.

Diesmal sah es hier anders aus.

Billy fuhr auf dem Södra Värhultsvägen an zwei Rettungswagen vorbei, ehe er auf den Norra Värhultsvägen einbog. Vermutlich hielten sie sich so nah wie möglich an dieser Klippe auf, von der Linde und Grönwall gesprungen waren. Dass die Wagen noch dort standen, musste bedeuten, dass sie die Leichen noch nicht geborgen hatten, was wiederum bestenfalls bedeutete, dass ihm noch etwas Zeit blieb, um das Gewehr wieder in das Fahrzeug der jungen Täter zu legen, ehe Vanja, Carlos und die anderen zurückkehrten. Ganz so leicht würde es aber nicht werden, musste er einsehen, als er sich dem geparkten Passat näherte. Inzwischen war die Straße abgesperrt, zwei weitere Polizeiautos waren eingetroffen, und er wurde von einem uniformierten Kollegen aufgehalten, als er sich näherte. Hastig zog Billy das Gewehr von der Rückbank in den Fußraum, wo es jetzt hoffentlich nicht mehr zu sehen war, ehe er das Fenster herunterkurbelte und sich lächelnd an den Polizisten wandte, der auf ihn zukam.

«Hallo. Ich bin Billy Rosén von der Reichsmordkommission», sagte er und hielt seine Dienstmarke hoch. Der junge Mann studierte den Ausweis eingehend und sah Billy an, ehe er zu dem blau-weißen Absperrband ging, das über die Straße gespannt war, und es anhob.

«Danke», sagte Billy, als er langsam vorbeifuhr und neben dem blauen Passat parkte. Er zog die dünnen Baumwollhandschuhe über, ehe er ausstieg und sich umsah. Der Kollege, der ihn durchgelassen hatte, war damit beschäftigt, das Absperrband wieder zu straffen, zwei weitere standen etwa fünfzig Meter entfernt bei der nächsten Absperrung und unterhielten sich. Eine Frau, die er aus der Polizeistation wiedererkannte, ging um Carlos' Auto herum und telefonierte. Sie hob die Hand zum Gruß, als sie Billy erblickte, und schlenderte dann weiter am Waldrand auf und ab.

Es würde funktionieren.

Billy öffnete die Tür zur Rückbank und nahm das Gewehr. Er richtete sich ein wenig auf, behielt es jedoch weiter im Auto und kontrollierte, ob die Kollegen auch nicht näher gekommen waren, ehe er sich Grönwalls Wagen zuwandte. Hastig öffnete er die Tür zur Rückbank des Passats, legte die Waffe zurück, ohne sich hineinzubeugen, zog die Handschuhe aus und steckte sie in die Tasche. Das Schlimmste war überstanden. Es sei denn, einer der Kollegen vor Ort hatte den Passat bereits vorher untersucht und hätte in diesem Fall unweigerlich ein Gewehr bemerken müssen, das gut sichtbar auf der Rückbank lag. Dann musste Billy improvisieren. Am besten, er fand es gleich heraus.

Entspannt schlenderte er zu dem Polizisten zurück, der ihn durchgelassen hatte.

«Wie lange seid ihr schon hier?»

«Eine Viertelstunde vielleicht.»

«Habt ihr euch das Auto angesehen?», fragte Billy und deutete das Fahrzeug.

«Nein, Ihre Chefin ... wie heißt sie noch ...»

«Vanja.»

«Ja, sie wollte unbedingt, dass einer von euch das Auto untersucht. Eine ... Ursula, kann das hinkommen?»

«Ja, das kann hinkommen. Danke.»

Er lächelte dem Kollegen aufmunternd zu, ging wieder zurück zu den parkenden Autos, setzte sich auf den Fahrersitz, schloss die Augen, sammelte sich und verdrängte die ekstatischen Wellen des Glücks, die nach wie vor durch seinen Körper wogten. Dann meldete er sich bei Vanja.

«Ich bin jetzt bei den Autos, was soll ich machen?»

«Nichts, wir kommen gleich.»

Wie sich herausstellte, war mit «gleich» weniger als zwei Minuten gemeint. Schon bei dem kurzen Satz hatte er ihr angehört, wie erschöpft und missmutig sie war, doch als er sie aus dem Wald kommen sah, war er dennoch überrascht. Falls sie nicht schon geweint hatte, sah es so aus, als würde sie jeden Moment in Tränen ausbrechen. Billy ging ihr entgegen und blieb vor ihr stehen. Es gab nicht viel zu sagen, deshalb breitete er nur die Arme aus, und sie sank dankbar hinein.

Sie sollten zufrieden sein.

Sie hatten schnell gearbeitet und waren effektiv gewesen.

Carlos hatte sich weiter durch Julias Tagebücher gearbeitet und Philip Bergström und Macke Rowell gefunden. Offenbar hatten die beiden sie auf einer Party in der neunten Klasse vergewaltigt. Bei der Untersuchung von Rasmus' Auto hatte Ursula Blutspuren im Kofferraum entdeckt, die bei einem ersten Schnelltest mit Rowell übereinstimmten, weshalb er vermutlich ebenfalls tot war.

Das erste Opfer.

In der Nacht nach dem Klassentreffen.

Er hatte nicht auf der Liste gestanden, deshalb war sein Tod vermutlich nicht geplant gewesen.

Sie wussten, mit welchem Mast sich sein Handy zuletzt verbunden hatte, und die örtliche Polizei würde das Gebiet weiträumig und mit Leichenspürhunden absuchen.

Vielleicht würden sie den Toten finden, vielleicht auch nicht.

Lars Johansson wurde ebenfalls in den Tagebüchern erwähnt, aber nur einmal im Zusammenhang damit, dass Julia im Gymnasium für einige Wochen einen Sommerjob bei ihm gehabt hatte. Was zwischen den beiden vorgefallen war und dazu geführt hatte, dass sie ihn auf ihre Todesliste aufgenommen hatte, wussten sie nicht.

Vermutlich mussten sie es auch nicht wissen.

Sie hatten die Mordwaffe und andere Beweise, und sie kannten das Tatmotiv.

Wenn man den Zeitraum von ihrer Ankunft in Karlshamn bis zur Lösung des Falls betrachtete, gab es auch nichts zu bemängeln. Dennoch herrschte eine resignierte Stimmung im Raum, als hätten sie den Fall nicht gelöst, sondern versagt.

Was gewissermaßen auch stimmte.

Julia Linde und Rasmus Grönwall waren tot. Zwei Leben, die viel zu früh geendet hatten. Das war schlichtweg eine Tragödie. Viele hätten dem nicht zugestimmt und gesagt, es sei doch besser so. Zwei mordende Jugendliche, die der Gesellschaft jetzt nicht mehr mit hohen Gerichts- und Haftkosten auf der Tasche liegen würden. Andere stellten sicherlich die Arbeit der Polizei in Frage und machten ihr dramatische Vorwürfe, weil sie die beiden mehr oder weniger in den Tod getrieben hatten.

Dass es dem jungen Paar gelungen war, fünf Menschen zu erschießen, ehe ihnen die Reichsmordkommission auf die Spur gekommen war, erschien natürlich sehr unglücklich. Dass sie das sechste Opfer ermordet hatten, nachdem die Reichsmordkommission den Mann angeblich an einen sicheren Ort gebracht hatte, machte einen noch viel schlechteren Eindruck und warf einen tiefen Schatten auf ihre Arbeit.

«Wie um alles in der Welt hatten Linde und Grönwall ihn dort finden können?»

«Könnten sie irgendwie darauf gekommen sein, dass Botkin genau dorthin fahren wollte?», fragte Carlos, nachdem sie einige Sekunden nachdenklich geschwiegen hatten.

«Aber wie? Das Haus hat ja nicht ihm gehört», entgegnete Billy. «Das hat er mir jedenfalls so gesagt.»

«Es gehörte ihm auch nicht», bestätigte Vanja. «Sondern einer seiner Angestellten. Die Frau hat angegeben, dass Botkin vorher erst einmal da gewesen sei.»

Sie verstummten erneut und grübelten über eine logische Erklärung. Schließlich richtete Ursula sich an Billy.

«Ich will niemandem einen Vorwurf machen, aber ... könnte es sein, dass sie dir gefolgt sind?»

«Wie, was meinst du?»

«Dass sie sich nach Johansson auf den Weg zu Botkin gemacht haben, du aber schon da warst und sie dir nachgefahren sind, dort gewartet haben, bis du weggefahren bist, und ihn dann erschossen haben.»

Vanja sah Billy an, sie hoffte und zugleich auch nicht, dass es so gewesen war. Das würde ihr die Antwort geben, die sie suchte, aber gleichzeitig wünschte sie sich wirklich nicht, dass er einen so fatalen Fehler begangen hatte. Billy schwieg und starrte auf den Boden, was Vanja das Gefühl vermittelte, Ursula könnte recht gehabt haben. Aber sie war gezwungen, es sicher zu wissen.

«Könnte es so gewesen sein?», fragte sie auffordernd, in diesem Moment mehr Chefin denn Freundin. Billy gab nur einen tiefen Seufzer von sich und starrte weiter auf den Boden.

«Könnte vielleicht schon ... Ich habe nicht ununterbrochen in den Rückspiegel geguckt.»

«Verdammt, verdammt, verdammt!» Vanja machte ein paar wütende Schritte durchs Zimmer, suchte nach einem Gegenstand, den sie treten konnte, fand aber keinen. «Verdammt!», fluchte sie stattdessen noch einmal.

«Ich bin nicht eine Sekunde auf die Idee gekommen, dass man mir folgen könnte», erwiderte Billy entschuldigend. Vanja blieb stehen, holte tief Luft, besann sich dann aber. Für einen flüchtigen Moment dachte sie darüber nach, wie ungewöhnlich es war, dass Billy so schnell einen Fehler einräumte und nicht einmal versuchte, andere Gründe zu finden. Aber vermutlich tat er es ihr zuliebe. Befreite sie von einem Teil der Verantwortung, damit sie sich ein bisschen besser fühlte.

Doch es ging ihr nicht viel besser, als sie anschließend in sich zusammengesunken auf ihrem Bürostuhl saß und zusah, wie Carlos alle Materialien von der Pinnwand abhängte und in ordentlichen Stapeln sortierte. In ein paar Stunden würden sie im Flugzeug nach Hause sitzen. Heute Nacht würde sie auf Zehenspitzen in Amandas Zimmer schleichen, sich in das kleine Kinderbett zwängen und ihre Tochter in die Arme nehmen. Morgen würde sie zusammen mit Jonathan zu Hause aufwachen, würde ihnen ein Frühstück machen und Amanda in die Kita bringen.

Das wahre Leben leben.

Das etwas bedeutete.

Doch nicht einmal diese Vorstellung konnte ihre dunklen Gedanken vertreiben. Sie war viel zu ehrgeizig, zu sehr darauf eingestellt, immer die Beste zu sein, um nicht damit zu hadern, dass die erste Ermittlung, die sie geleitet hatte, ein Misserfolg gewesen war. Was hatte Ursula gesagt? Dass Torkel auch oft gescheitert war, seine Niederlagen aber besser verbergen konnte. Doch nach dem, was sie an ersten Medienberichten im Internet gelesen hatte, würde es unmöglich sein, diese Niederlage zu vertuschen. Sie überlegte gerade, ob sie ihr Selbstmitleid endlich aufgeben und lieber anfangen sollte, ihre Sachen zu packen, als Billy kam, ihr eine Tasse Kaffee reichte, einen Stuhl für sich heranzog und ihr aufmunternd die Hand auf die Schulter legte.

«Hör auf, dir solche Gedanken zu machen.»

«Du solltest mich eigentlich besser kennen.»

«Okay, aber mal im Ernst, was glaubst du, wie lange du

diesen Job durchstehst, wenn du schon diese Ermittlungen für gescheitert hältst?»

Vanja erwiderte seinen offenen und klaren Blick und sah darin nur Fürsorglichkeit und Aufmunterung. Bevor er die Reichsmordkommission gezwungenermaßen verlassen musste, hatte Torkel mehrmals gesagt, dass er sich sie als Nachfolgerin wünsche, und sie hatte es sich ebenfalls erhofft. Wie lange sie diesen Job durchstehen würde, wusste sie nicht, vermutlich würden bessere Tage kommen und weitaus schlimmere, aber in diesem Moment war sie davon überzeugt, dass sie vieles schaffen konnte, solange Billy an ihrer Seite war. Abgesehen von Amanda und Jonathan war er jetzt gerade der wichtigste Mensch in ihrem Leben. Müde legte sie ihren Kopf auf seine Schulter.

«Wir hätten es besser machen können, darum geht es mir nur.»

«Wir haben den Fall in weniger als einer Woche gelöst.»

«Ja, aber sie sind gestorben ...»

«Sie haben es selbst so gewollt. Irgendeine dämliche Bonnie-und-Clyde-Masche. Die Sache mit Botkin war überflüssig und dumm, aber es war mein Fehler, du kannst alles auf mich schieben.»

«Wie verlockend ...», sagte sie und lächelte ihn an. «Aber: mein Team, meine Verantwortung.»

«Du bist zu hart zu dir selbst», stellte er fest und stand auf.

Das stimmte. Sie wusste es. Alle wussten es. Aber etwas zu wissen und es zu ändern, waren zwei sehr unterschiedliche Paar Schuhe.

«Hast du vor, noch länger hier sitzen zu bleiben, soll ich für dich packen?», fragte Billy und deutete mit dem Kopf zu ihrem Schreibtisch. Vanja blickte zu ihm auf, es war nur schwer zu glauben, dass sie denselben, fürchterlich langen Tag durchlebt hatten. Irgendwie hatte sie gedacht, dass ihn Botkins Tod härter treffen würde. Immerhin war es ein Mord, den sie hätten verhindern können. Doch dann erinnerte sie sich an Billys Talent, nach vorn zu sehen und solche tragischen Ereignisse hinter sich zu lassen. Er war schon zweimal dazu gezwungen gewesen, einen Menschen im Dienst zu töten, und beide Male hatte er es gut verarbeitet. Natürlich hatte es ihn nicht unberührt gelassen, aber er hatte sich professionelle Hilfe gesucht, um nicht daran zugrunde zu gehen, denn das konnte so schnell passieren. Doch jetzt wirkte er nicht nur relativ unbeeindruckt, sondern schien sogar Energie im Überfluss zu haben.

«Hast du eigentlich irgendetwas eingeworfen?», fragte sie scherzhaft.

«Nein, aber im Gegensatz zu dir finde ich, wir haben einen ordentlichen Job gemacht, und ich sehne mich wirklich nach zu Hause.»

«Ich auch», sagte Vanja, stand auf und knuffte ihn freundschaftlich gegen die Schulter.

«Du bist der Beste, das weißt du, oder?»

«Ja, ich bin einfach wahnsinnig gut.»

Billy und Ursula hielten die Stellung.

Vanja hatte gerade das Büro verlassen, um Amanda abzuholen. Seit sie wieder in Stockholm war, legte sie Wert darauf, ihre Tochter in die Kita zu bringen und wieder abzuholen, wozu Billy und Ursula sie auch kräftig ermunterten. Mit einer quirligen und neugierigen Dreijährigen, die ständig ihre Aufmerksamkeit forderte, konnte sie sich nicht mehr in dem Gefühl suhlen, versagt zu haben, das immer noch schwer auf ihr lastete.

Es waren vier harte Tage gewesen. Rosmarie Fredriksson, die Chefin der NOA, der die Reichsmordkommission unterstand, hatte Berichte und Erklärungen und Fakten verlangt, die belegten, dass sie nicht anders hätten handeln können und der Fall keinen anderen Ausgang hätte nehmen können. Sie tat es, um sich selbst zu schützen, vermutete Billy. Rosmarie war mehr Politikerin als Polizistin, immer darauf bedacht, Erfolge als ihre eigenen zu deklarieren, ohne die Verantwortung für eventuelle Misserfolge übernehmen zu wollen. Vanja hatte ihr Bestes gegeben, wurde aber ständig mit ihrem Vorgänger verglichen, und in den letzten Tagen hatte sie in Torkels gewaltigem Schatten gestanden. Deshalb war es gut, wenn sie so viel Zeit wie möglich mit ihrer Familie verbrachte.

Kinder. Familie. Bald wäre es bei ihm auch so weit.

Als er bei seiner Rückkehr die Wohnung in Vasastan betreten hatte, hatte er das Gefühl gehabt, Mys Bauch wäre in der einen Woche um den doppelten Umfang gewachsen.

Sie hatte ihn umarmt und geküsst und war zweifellos sehr glücklich gewesen, ihn wiederzusehen. Und in einigen Jahren würden zwei Kinder auf ihn zurennen und fröhlich «Papa!» rufen, wenn er nach Hause kam.

Das war der Mann, der er sein wollte.

Das Leben, das er führen wollte.

Sie hatten ein spätes Abendessen eingenommen, Mys zweites. Sie konnte sich so ziemlich alles einverleiben, zu jeder Zeit, in unbegrenzten Mengen. Als hätten sich die Zwillinge direkt an ihren Magen gekoppelt. Obwohl sie jeden Tag miteinander telefoniert hatten, während er weg gewesen war, gab es viel zu erzählen. Sie mieden jedoch die Frage, wo My gebären würde.

Nachdem sie den Tisch abgeräumt hatten, waren sie ins Bett gegangen. Sex hatten sie keinen gehabt, sondern hatten nur dagelegen und sich umarmt. Billy hatte seine Hand auf ihren Bauch gelegt und ab und zu gespürt, wie jemand dort drinnen zutrat. Das hatte ihn wahnsinnig glücklich gemacht. Und sie hatten weiter über den Fall geredet. My konnte Julia und Rasmus nicht beiseiteschieben, sondern wollte mehr über sie erfahren. Er erzählte, was er wusste.

«So schrecklich und tragisch», fasste sie die Ereignisse schließlich zusammen.

«Sie wären zu harten Strafen verurteilt worden», sagte er. «Lebenslänglich, ohne Aussicht auf Begnadigung. Also sind sie lieber gemeinsam gestorben, anstatt nie wieder zusammen sein zu dürfen.»

My drehte sich zu ihm um.

«Romantisierst du jetzt etwa einen Doppelselbstmord?»

«Nein ... oder vielleicht ein bisschen. Irgendwie ist es schon etwas Besonderes, wenn eine Liebe so stark ist, dass man lieber stirbt, als den anderen zu verlieren.»

«Vielleicht ...»

«Ich weiß nicht, was ich ohne dich machen würde.»

«In dem Zusammenhang klingt dieser Satz ein bisschen unheimlich», sagte sie lächelnd.

«Das war nur meine ungeschickte Art, dir zu sagen, dass ich dich liebe», entgegnete er.

«Ich liebe dich auch.»

Die Schlange war ruhig, die Zwillinge strampelten, My liebte ihn.

Das neue Leben.

Ein Klopfen an der Glastür, die zur offenen Bürolandschaft führte, riss Billy zurück in die Wirklichkeit. Er drehte den Kopf weit genug, um zu sehen, wie Roger Hansson im Beisein einer dunkelhaarigen Frau, die Billy nicht kannte, hereinkam und auf ihn zusteuerte. Er wandte sich zu Ursula um, die kurz die Augen verdrehte, als sie die Besucher erblickte.

«Hallo Reichsmord», grüßte Hansson lärmend. Er war immer laut und benahm sich konsequent so, als würde er alle ein bisschen besser kennen, als es eigentlich der Fall war. Billy hatte die Theorie, es läge daran, dass Hansson schon mehrmals vergebens versucht hatte, sich zu bewerben und einer von ihnen zu werden.

«Hallo, Hansson, was treibt dich dazu, zwei Treppen nach oben zu kommen?»

«Habt ihr Lena schon kennengelernt?», fragte Hansson, anstatt auf die Frage zu antworten.

«Nein. Hallo, ich bin Billy. Und das ist Ursula», sagte Billy und deutete mit dem Kopf in Richtung Ursula, die hinter ihrem Schreibtisch grüßend die Hand hob.

«Lena Gutestam», erwiderte die Frau neben Hansson. «Ich bin seit ein paar Wochen bei den Schwerverbrechen.»

«Womit können wir dir helfen?», fragte Billy.

«Es geht um Jennifer Holmgren, erinnert ihr euch an sie?»

Billy musste sich anstrengen, um eine neutrale Miene zu bewahren. Jennifer Holmgren. Ein Name, den er lange nicht mehr gehört und von dem er gehofft hatte, ihn nie wieder hören zu müssen. Sie hatten eine kurze Affäre gehabt, er hatte sie im Alkoholrausch versehentlich beim Sex getötet und anschließend sehr viel Zeit und Energie darauf verwendet, alles so aussehen zu lassen, als wäre sie in Frankreich allein beim Tauchen verunglückt.

Was ihm auch gelungen war. Bis jetzt, anscheinend. Oder?

Er war gezwungen, mehr zu erfahren, obwohl er das Schlimmste befürchtete.

«Jennifer aus Sigtuna, ja. Sie hat eine Zeitlang bei uns gearbeitet.»

«Man hat ihre Leiche gefunden, und der Fall ist auf unserem Tisch gelandet», erklärte Hansson.

«In Frankreich?», fragte Billy, weil er offiziell glauben musste, man hätte sie dort gefunden. Er sah, wie Hansson den Kopf schüttelte.

«Nein, im Erken, einem See außerhalb von Norrtälje. Eine Freizeittaucherin hat sie entdeckt.»

«Jemand hatte sie dort versenkt, und zwar nicht gerade amateurhaft, deshalb gehen wir davon aus, dass sie ermordet wurde», ergänzte Gutestam. Billy nickte stumm und hoffte, sein Schweigen würde als Schock und Verwunderung gedeutet werden. Rasch ging er im Kopf alles durch, was er an diesem Sommermorgen und am nachfolgenden Tag gemacht hatte. Jennifer hatte mehr als vier Jahre im Wasser gelegen, und er hatte sein ganzes Wissen über Kriminaltechnik eingesetzt, als er die Leiche verschwinden ließ und Jennifers Wohnung durchgegangen war. Es dürften also keinerlei Beweise zu finden sein, die auf ihn hindeuteten. Aber es würde eine Ermittlung geben. Hansson war kompetent, aber ziemlich faul, seine neue Kollegin hingegen wirkte aufgeweckt und wachsam. Eventuell konnte sich das als gefährliche Kombination erweisen.

«Du liebe Güte, das ist ja schrecklich», sagte Ursula und kam zu ihnen.

«Ja, furchtbar», pflichtete Billy ihr bei, und es gelang ihm, ein wenig betroffener auszusehen. «Ich habe sie gemocht, wir haben auch manchmal nach der Arbeit zusammen etwas unternommen.»

«Wir haben mit ihrem Vater gesprochen», erklärte Gutestam. «Er hat gesagt, du hättest ihm dabei geholfen herauszufinden, dass manche Postings von ihr in den sozialen Medien manipuliert waren.»

Seine Gedanken überschlugen sich. Von allen Leichen, die er versteckt hatte, war Jennifers jene, die man am leichtesten mit ihm in Verbindung bringen konnte. Er durfte jetzt bloß keinen Fehler machen. Musste ehrlich sein und die Wahrheit erzählen, soweit es irgend ging, und sich als engagierter Polizist und Kollege zeigen. Bestenfalls würde er dadurch auch einen besseren Einblick in die Ermittlung bekommen und im Auge behalten können, wie sie sich entwickelte. Vielleicht sollte er sogar seine Hilfe anbieten, jetzt, da die Reichsmordkommission nicht viel zu tun hatte?

«Das stimmt», sagte er. «Conny hatte das Gefühl, irgendetwas würde nicht stimmen, und er hatte recht. Es gab eine Voruntersuchung. Torkel wurde auch gefragt, ob wir ihn dabei unterstützen könnten, aber anschließend habe ich nie wieder etwas von der Sache gehört.»

«Es kam nichts dabei heraus», erklärte Gutestam. «Keine

Leiche, kein Verdächtiger, keinerlei Anhaltspunkte. Aber jetzt wird der Fall neu aufgerollt.»

«Deshalb hätten wir ein paar Fragen an dich, wenn du Zeit hast.»

«Bezüglich was?»

«Vor allem diesbezüglich, ob sich noch mehr über diese Manipulationen herausfinden lässt. Wenn ich ehrlich bin, haben wir sonst nicht viel, dem wir nachgehen könnten.»

«Klar, wir können uns hier reinsetzen», sagte Billy und deutete auf den Besprechungsraum. Er wollte dieses Gespräch nicht in Ursulas Beisein führen.

Eigentlich wollte er es gar nicht führen.

Aber diese Alternative gab es nicht.

Der Traum war zurückgekehrt.

Genau, wie er es erwartet hatte.

Unerbittlich, unbarmherzig.

Er stand da, am Strand, am zweiten Weihnachtstag, mit Amanda in den Armen, und sah in die Augen seiner toten Tochter, sah den Hass, die Trauer und das Gefühl, im Stich gelassen worden zu sein, als sie ihm vorwarf, sie ausgetauscht zu haben.

Eine einzige Nacht hatte er ungestört geschlafen. An dem Abend, als Ursula aus Karlshamn nach Hause zurückgekommen und bei ihm geblieben war. Sie hatten ein spätes Abendessen eingenommen, er hatte sich nach den Ermittlungen erkundigt, war aber vor allem daran interessiert gewesen, wie es Vanja ergangen war und wie es ihr jetzt ging. Er hatte trotzdem alles erfahren.

Als Ursula ihm den Fall erläuterte, hatte er gespürt, dass er ihn normalerweise spannend gefunden hätte. Das Motiv, die Antriebskräfte, die Dynamik zwischen den beiden Tätern, das Machtgefüge. Hätte er ihren Selbstmord verhindern können? Wahrscheinlich nicht. Vermutlich wäre er ohnehin nicht mit auf der Klippe im Wald gewesen, aber wenn ... vielleicht. Er hatte aber nicht vor, diese Theorie mit Vanja zu erörtern. Er hatte sie auch nicht angerufen, schließlich wollte er sich nicht aufdrängen. Laut Ursula war sie so viel mit Amanda beisammen, wie es ihr die Arbeit erlaubte.

Nach dem Abendessen hatten sie Sex gehabt und waren eng umschlungen eingeschlafen, und zu seiner großen Verwunderung hatte Ursula ihn am nächsten Morgen um neun erneut aufgeweckt. Aber das war eine Ausnahme, und schon am nächsten Tag war der Traum wieder da.

Genauso unerbittlich, genauso unbarmherzig.

Mit einem kleinen, aber nicht unbedeutenden Unterschied.

Nachdem er eine Weile in der Wohnung umhergetigert war und versucht hatte, seine Gedanken durch einen Spaziergang zu zerstreuen, hatte er Ursula angerufen und sie gefragt, ob sie Zeit und Lust hätte, mit ihm zu Mittag essen zu gehen.

Hatte sie. Wo sie sich treffen sollten? Er hatte eine Idee.

Er konnte sehen, wie überrascht sie war, als sie begriff, wohin sie unterwegs waren.

«Warst du schon mal hier?», fragte er, als sie das Auto parkte.

«Nein, du?»

«Einmal. Tim, ein Klient oder Kunde oder wie auch immer man die heutzutage korrekt nennt, hat mich hergeschleift.»

Sie verließen das Auto und gingen zu dem grünen, welligen Monument. Sebastian trug die Sandwiches und den Kaffee vom Espresso House in einer Tüte. Bereute er es? Er horchte in sich hinein und kam zu dem Ergebnis, dass es nicht so war. Er musste sich öffnen und die Dinge wieder in Ordnung bringen. Entscheidungen über seine Zukunft treffen. Und die Einzige, mit der er das konnte und wollte, war Ursula.

«Es ist schön hier», sagte sie, während sie zwischen den Wällen entlang zum Mittelpunkt gingen.

«Ja.»

Das Monument erschien ihm jetzt grüner als vor ein paar Wochen. Auf jeden Fall blühten mehr Blumen. Sogar bei dem Gedenkstein mit den vielen Namen. Ursula beugte sich vor und betrachtete ihn näher.

«Stehen Sabine und Lily auch hier?»

«Sabine vielleicht, Lily war ja keine Schwedin. Um ehrlich zu sein, weiß ich es nicht.»

Ursula schmiegte ihre Hand in seine. Er ließ es zu, auch wenn er der Meinung war, Händchen halten wäre nur etwas für kleine Kinder, damit sie nicht verlorengingen. Für einige Minuten blieben sie so stehen. Schweigend. Sebastian war sich ziemlich sicher, dass Ursula von ihm erwartete, irgendeine Initiative zu übernehmen. Immerhin hatte er diesen Ort vorgeschlagen.

Tsunami-Monument. Sein Heimspiel.

Er ging zu der Bank, wo er auch zusammen mit Tim gesessen hatte, und ließ sich nieder. Dann packte er die Tüte mit den Sandwiches aus. Brie und Salami für ihn, Hummus für sie. Zwei Cappuccino. Sie aßen, ohne sich zu unterhalten.

Sebastian sah sich um. Das Licht, die Blumen, die Steine, die Menschen. Er konnte es genauso gut gleich angehen. Es hinter sich bringen.

«Ich habe immer von Sabine geträumt», sagte er und brach damit das unangenehme Schweigen zwischen ihnen. «Jede Nacht, derselbe Traum. Wir waren am Strand baden. Ich habe ihre Hand gehalten, als die Welle kam, wie ich es auch in Wirklichkeit getan habe. Durfte nicht loslassen. Wenn ich aufwachte, war meine Hand so fest zusammengeballt, dass ich Krämpfe hatte.»

Die kurze Version, die aber vermutlich genug vermittelte. Ursula rutschte näher an ihn heran und legte die Hand auf sein Bein. Grundkurs Trost und Sympathie: Körperkontakt und Nähe.

«Dann hörte ich auf zu träumen. Nach Uppsala, als wir

beide uns öfter sahen, als Amanda geboren wurde. Der Traum verschwand einfach.»

«Das ist wohl ein gutes Zeichen.»

«Jetzt ist er wieder da. Aber diesmal anders.»

Dann erzählte er. Jetzt detaillierter. Von dem neuen Traum, oder besser gesagt Albtraum. Vom Strand, der Sonne, von Amanda, den Nägeln in seiner Wade, dem harten Blick seiner Tochter.

Du hast mich ausgetauscht.

«Du hast niemanden ausgetauscht, du bist nur ein Stück weitergekommen», sagte Ursula leise, als er geendet hatte. Sebastian zuckte mit den Schultern. Klar, das klang anders, besser, aber war es nicht ein und dasselbe?

«Es sitzt wirklich tief, oder?», fragte Ursula und drückte seine Hand, blickte ihn an und zwang ihn, ihr in die Augen zu sehen. «Mir fällt gerade ein, was du damals gesagt hast, dass du denkst, du würdest es nicht verdienen, glücklich zu sein.»

«Damals» war an einem Abend vor vielen Jahren in seiner Küche gewesen. Sie war betrunken gewesen, er traurig. Er erinnerte sich kaum noch an das, was er gesagt hatte, sie offensichtlich schon. Ja, hinter ihrer rauen Schale verbarg sich wirklich ein guter Mensch.

«So viele Schuldgefühle. Erst, weil es dir nicht gelungen ist, sie zu retten, und jetzt, weil du ohne sie glücklich bist.» Sie deutete auf den Stein mit den Namen. «Glaubst du wirklich, dass alle Angehörigen der Menschen auf diesem Stein denken, sie würden es nicht verdienen, glücklich zu sein?»

«Es spielt keine Rolle, was andere denken.»

«Wenn du der Einzige bist, der anders denkt, vielleicht schon.»

Sebastian erwiderte nichts. Sie hatte ja recht. Er erlaubte es sich nicht, glücklich zu sein, verdiente es nicht. Aber wenn er wirklich in sich hineinhorchte, dann war er jetzt glücklich. Mit Vanja und Amanda, mit seinem Leben. Mit Ursula.

Das war sein eigentliches Problem. Das ihm sein Dasein so erschwerte. Er hatte ihr einiges erzählt, aber nicht alles.

Nicht alles über den neuen Traum.

Der ein klein wenig anders war, aber der Unterschied war nicht unbedeutend.

Er begann wie immer. Sie verließen das Hotel gemeinsam, Sabine und er, unter seinem Daumen spürte er das dünne Metall des Schmetterlingsrings. Sie sahen das Mädchen mit dem aufblasbaren Delfin.

«Papa, so einen will ich auch.»

Die Sonne, die Wärme, der Geruch von Sonnencreme. Dann war sie plötzlich nicht mehr da. Verschwunden. «Sabine!», rief er. Die Panik wuchs. Im nächsten Moment erblickte er Amanda. Hob sie auf seine Hüfte. Anschließend der Schmerz. Die kleinen spitzen Nägel in seiner Wade. Der harte, anklagende, vorwurfsvolle Blick.

Du hast mich ausgetauscht.

Diesmal bestand der Unterschied darin, dass ihn die Worte nicht weckten. Der Traum ging weiter. Er war immer noch am Strand. Mit Amanda in den Armen versuchte er, vor Sabine zurückzuweichen, doch sie folgte ihm, er sah nie, wie sie sich bewegte, dass sie ging, sie rückte einfach nur näher.

War an seiner Seite. Die ganze Zeit.

Er fühlte sich beobachtet. Drehte sich um und erblickte eine verschwommene Gestalt in etwa zwanzig Metern Entfernung. Er fand es seltsam, dass die Person nicht klar auszumachen war. Alles ringsherum und dahinter sah er in perfekter Schärfe. Es war eine Frau, so viel konnte er erkennen.

Und es wirkte, als würde sie Trainingskleidung tragen. Er ging ein paar Schritte auf sie zu, aber sie war weiterhin unscharf. Trotzdem wusste er jetzt, wer sie war.

Natürlich, wer sonst? Lily.

Er rief nach ihr, bat sie zu kommen und Sabine zu holen, ihn von ihr zu befreien. Doch Lily rührte sich nicht. Zu seiner großen Verwunderung, selbst im Traum, begann er zu lachen. Ein lautes, herzliches Lachen. Sabine bohrte ihre Nägel tiefer in sein Bein, aber er hörte nicht auf zu lachen. Er betrachtete Amanda und war erleichtert, wurde von Glück erfüllt und mehr von ihr gewärmt, als die Sonne es je vermocht hätte. Das Lachen sprudelte einfach glücklich aus ihm heraus.

Da sah er wieder zu Lily hinüber, diesmal mit Freudentränen in den Augen, und sie schien zu schrumpfen, im Sand zu verschwinden. Je mehr er lachte, desto kleiner wurde sie. Aber er konnte nicht aufhören, wollte es nicht.

Bald war sie weg. Vom Erdboden verschluckt.

Als hätte es sie nie gegeben.

Sabines Nägel bohrten sich tiefer in seine Wade.

In dem Moment wachte er auf. Erschüttert, benommen, aber vor allem beinahe wütend darüber, dass sein Unterbewusstsein so dick auftrug. Kein bisschen Finesse.

Er lachte, war glücklich – und Lily verschwand.

Also wirklich, er war doch wohl zu Besserem fähig? Banaler und überdeutlicher ging es ja wohl nicht. Aber davon abgesehen ... Der Traum war nun einmal da und erklärte ihm, was er tief in seinem Inneren empfand. Wie es ihm wirklich ging. Und jetzt war es an ihm, etwas aus dieser Information zu machen.

Die jüngste Version des Traums hatte ihn dennoch erstaunt. Er hatte sich nie an Lilys Tod schuldig gefühlt. Er hatte um sie getrauert, das ja, und zwar lange und intensiv, aber sie war draußen joggen gewesen und nicht in seiner Nähe. Er hätte sie nicht retten können. Ihre Hand war zu weit entfernt gewesen, um sie auch nur zu ergreifen, geschweige denn loszulassen. Aber Lily gehörte zu Sabine. Die beiden waren seine Familie. Die Dreieinigkeit. Und jetzt war er dabei, auch sie zu ersetzen. Durch Ursula.

Er erhob sich von der Bank, entsorgte die Essensreste in einem Mülleimer.

«Ich bin sehr froh, dass du mich hierhin mitgenommen hast», sagte Ursula, als er zurückkam.

«Warum?»

«Weil es mir viel bedeutet, dass du mir etwas Persönliches über dich selbst erzählt hast.»

«Ich habe nicht alles erzählt», antwortete er wahrheitsgemäß.

«Niemand erzählt alles», erwiderte Ursula und stand ebenfalls auf. «Jedenfalls nicht alles auf einmal.»

Sie beschlossen, noch einen Spaziergang über Djurgården zu machen. Sie hakte sich bei ihm unter, und sie gingen ganz dicht nebeneinanderher. Es gefiel ihm. Im Großen und Ganzen war er mit dem Tag zufrieden – und mit sich selbst. Es war richtig gewesen, sich Ursula zu öffnen. Er war einen Schritt näher an der Entscheidung, die er würde treffen müssen.

«Ist es in Ordnung, wenn ich etwas Berufliches erzähle?», fragte sie und riss ihn aus seinen Gedanken.

«Ja, natürlich, warum sollte es das nicht sein?»

«Ich dachte eben, du ... du hättest ganz andere Sorgen.»

«Nein, nein. Schieß los.»

«Heute waren zwei Kollegen von der Abteilung für

Schwerverbrechen bei uns. Sie haben Jennifers Leiche gefunden. Jennifer Holmgren, erinnerst du dich an sie?»

Das tat er. Und sofort war er in Gedanken bei Billy.

«Die Kollegin, die damals in Jämtland mit uns zusammengearbeitet hat», ergänzte Ursula, die offenbar dachte, sein Schweigen würde bedeuten, dass er gerade in seinem Gedächtnis wühlte und überlegte, von wem sie sprach. «Sie wurde ermordet, in einem See versenkt.»

«Oh, verdammt», brachte Sebastian hervor, aber in seinem Kopf überschlugen sich Edward Hinde, Charles Cederkvist, Billys Hochzeit und die vage Erinnerung daran, dass es in jenem Sommer, als Jennifer verschwand, eine Woche gegeben hatte, in der My glaubte, Billy würde arbeiten, und Torkel glaubte, Billy würde Urlaub mit My machen.

Ursula riss ihn aus seinen Gedanken. «Ich muss wieder zurück. Wollen wir uns heute Abend sehen?»

«Nein, ich muss noch etwas erledigen.»

«Okay», sagte sie und hakte sich wieder bei ihm unter. Sie wusste, dass es sich gar nicht erst lohnte nachzufragen.

Er hätte ohnehin lügen müssen, weil er ihr nicht sagen konnte, dass er den Rest des Tages mit Recherchen darüber verbringen würde, ob einer ihrer engsten Kollegen eventuell ein Mörder war.

Er tigerte in der großen Wohnung hin und her. Von einem Zimmer ins nächste. Grübelte. Zwar liebte er es, wenn er recht hatte, in diesem Fall hoffte er aber dennoch, dass es nicht so wäre. Ob er seinen Verdacht einfach ignorieren sollte? Es klang verlockend. Den Ermittlungen ihren Lauf zu lassen und von Ursula zu erfahren, was dabei herauskam? Sich damit abzufinden? Das zu verdrängen und zu vergessen, was er zu wissen glaubte. Sehr verlockend.

Doch wenn Billy tatsächlich Jennifer ermordet hatte ...

Sebastian hatte es gewusst.

Er hatte nach den tödlichen Schüssen auf Hinde und Cederkvist das Fehlen einer natürlichen Reaktion bei seinem Kollegen festgestellt. Er wusste von der Katze, die Billy in seiner Hochzeitsnacht erdrosselt hatte. Hatte schon länger geahnt, dass es bei Billy eine gelinde gesagt ungesunde Verbindung zwischen Macht, Töten und Genuss gab. Er hatte ihm sogar selbst gesagt, dass Tiere das neu erwachte Bedürfnis nicht für immer decken würden.

Gehandelt hatte er jedoch nicht. Nur einige Male mit Billy darüber gesprochen, der ihm überzeugend versichert hatte, dass die Lage unter Kontrolle sei, er damit aufgehört habe und etwas Ähnliches nie wieder passieren werde. Die Katze sei ein spontaner Impuls gewesen, ein Experiment, nach dem er eingesehen hatte, dass er auf einen Abgrund zusteuerte. Und gleichzeitig war sie eine Warnung für ihn gewesen.

Er hatte My, ein Leben, eine Karriere.

Er wollte und konnte nichts davon riskieren.

Hatte Sebastian ihm damals wirklich geglaubt, oder hatte er ihm nur glauben wollen? Weil es einfacher gewesen war? Weil er Angst davor gehabt hatte, wie Vanja reagieren würde, wenn er eine Ermittlung gegen Billy vorangetrieben und vielleicht für dessen Versetzung gesorgt hätte? Aber wie würde sie reagieren, wenn sie erführe, was er jetzt befürchtete? Zwar redete er sich ein, dass es keine Rolle spielte. Er konnte es aber auch nicht außer Acht lassen. Nicht jetzt. Nicht, nachdem sie die Leiche einer ehemaligen Kollegin aus einem See gefischt hatten.

Sebastian zwang sich dazu, auf dem Stuhl im Arbeitszimmer Platz zu nehmen, und zog sich einen Notizblock heran. Kurz überlegte er, ob er es doch Ursula erzählen sollte, er brauchte jemanden, mit dem er seine Gedanken durchspielen konnte. Aber er wollte diesen schrecklichen Vorwurf gegen einen ihrer engsten Kollegen nicht vorbringen, ohne wirklich etwas in der Hand zu haben. Doch was er bisher hatte, konnte man nicht einmal als Verdacht bezeichnen, sondern eher als ... Gefühl. Er brauchte mehr. Etwas, das wenigstens Teile seiner Theorie bestätigte. Das besagte, dass er – leider – auf der richtigen Spur war. Etwas oder jemandem. Sich Billy zu nähern wäre schwierig, aber es gab einen Menschen, der das meiste über Jennifer und ihr Verschwinden wusste.

Nach einer Google-Recherche hatte er eine Telefonnummer.

«Hallo, mein Name ist Sebastian Bergman, und ich habe mit ihrer Tochter zusammengearbeitet, während sie bei der Reichsmordkommission war», stellte er sich vor, als Conny Holmgren sich nach einer Weile meldete. «Ich habe gerade erfahren, was mit Jennifer geschehen ist, und wollte Ihnen mein Beileid ausdrücken.»

«Danke.»

«Wir haben alle gern mit Jennifer zusammengearbeitet, sie war eine Kollegin, die man schnell ins Herz geschlossen hat.»

«Sie war wahnsinnig stolz darauf, mit Ihnen und den anderen zusammenarbeiten zu dürfen. Sie wollte gern dauerhaft bei Ihnen bleiben», erwiderte Conny. Er klang gefasst, aber nicht niedergeschlagen.

«Sie wäre ein willkommener Gewinn für uns gewesen.» Sebastian machte eine kurze Pause, ehe er das Thema wechselte. «Wie geht es Ihnen jetzt?»

«Um ehrlich zu sein, bin ich wohl vor allem erleichtert. Ich habe gespürt, dass sie nicht mehr am Leben ist, aber jetzt habe ich Gewissheit. Ich habe endlich eine Antwort.»

«Und was sagt die Polizei?»

«Tja, was sagt sie? Immerhin hat sie den Fall wiederaufgenommen. Das wurde allerdings auch Zeit. Aber was die Ermittler genau machen, wissen Sie wohl besser als ich.»

«Ich arbeite nicht mehr bei der Reichsmordkommission. Ich bin auch nicht mehr für die Polizei tätig, aber ich helfe den Kollegen immer noch, wenn sie mich darum bitten und wenn ich es kann.»

«Auch dabei, den Mord an meiner Tochter aufzuklären?», fragte Conny.

«Wir alle wollen den Fall lösen, und ich bin Profiler, also kann mir alles, was Sie über Jennifer wissen, dabei helfen herauszufinden, wer sie ermordet hat», antwortete Sebastian und war zufrieden, dass er das Gespräch in die richtige Richtung gelenkt hatte. «Wenn Sie es wollen, versteht sich.»

Das wollte Conny. Es war, als hätte Sebastian ein Schleusentor geöffnet. Conny war wie ein Nachschlagewerk, er erinnerte sich an alles, hatte jedes Datum und jedes Detail im Kopf. Sebastian stellte sich vor, dass er vor einer Wand mit allen Informationen saß, mit Berichten, Fotos, Zeitungsausschnitten und Verbindungslinien, die kreuz und quer gezogen waren. Wie ein besessener Privatdetektiv. Doch er äußerte keine Theorien, keine Mutmaßungen, was passiert sein könnte.

Nur Fakten. Nur das, was Sebastian brauchte.

Während sie redeten, füllte sich sein Notizblock:

- Keiner hat Jennifer nach dem 20. Juni lebend gesehen.
- Der anschließende Kontakt lief nur über SMS und Messenger; keine Telefonate (was darauf hindeutete, dass sie damals schon ermordet worden war).
- Irgendjemand hat sie noch einen Monat lang in den sozialen Medien «am Leben» gehalten.
- Die wenigen Fotos, auf denen sie zu sehen ist, wurden alle manipuliert.
- Ihr Handy verschwand Anfang Juli (ab da wurden auch die Fotos nicht mehr aktualisiert).
- Nach einer knappen Woche gab es ein neues Handy. Es wurde vom 17. bis 21. Juli in Frankreich verwendet. Keine Gespräche, weiterhin nur schriftliche Kommunikation.
- Keine Aktivität nach dem 21. Juli. Kein Handy, keine Kreditkarte, nichts in den sozialen Medien.
- Alle Ausgaben wurden mit Kreditkarte bezahlt, aber niemand hat sie gesehen. Weder im Hotel noch im Bus, noch in Restaurants.
- Am 13. Oktober hat die französische Polizei ihre Kleidung und ihren Führerschein in einem französischen Grottensystem gefunden. Man vermutete, sie sei bei einem Tauchunglück gestorben.
- Aber in Wirklichkeit: im Erken außerhalb von Norrtälje versenkt.

Nach dem Gespräch saß Sebastian eine Weile schweigend da und sammelte sich. Jennifer war am 20. Juni gestorben, da war er sich sicher. Doch das und alles andere waren bedeutungslose Informationen, wenn er sie nicht mit dem verglich, was er über Billy wusste oder zu wissen glaubte. Also ergänzte er seine Liste um Fragen und Informationen, die er nicht von Conny erhalten hatte. Er erstellte eine neue Spalte: Billy.

- Hat kein Alibi für die Woche nach dem 20. Juni.
- Weiß, wie man Fotos manipuliert und mit sozialen Medien umgeht.
- Hatte mit jemandem eine Affäre (es könnte Jennifer gewesen sein).
- Wo war er in jener Woche im Juli, als Jennifers Handy «verschwunden» war? Urlaub mit der Familie? Konnte er nichts posten?
- Wo befand er sich, als Jennifer in «Frankreich» war?
- Sein psychologisches Profil.

Sebastian musste das alles jemandem erzählen. Die Frage war nur, wem. Am natürlichsten wäre es wohl, jemanden zu kontaktieren, der an den Ermittlungen im Fall Jennifer mitarbeitete, aber bisher standen keinerlei Beweise auf seiner Liste, es war lediglich eine Indizienkette.

Was sollte die Polizei schon machen? Was konnte sie machen?

Nicht viel.

Im schlimmsten Fall würden sie Billy darauf aufmerksam machen, dass sie ihm auf der Spur waren. Sebastian überlegte weiter. Er hatte bereits festgestellt, dass er diesen Verdacht mit keinem Mitarbeiter der Reichsmordkommission teilen konnte. Auch nicht mit Ursula, noch nicht. Auf keinen Fall mit Vanja. Sie war eine überragende Polizistin, aber bei der komplizierten Beziehung, die sie beide hatten, würde sie ihm ganz einfach nicht glauben.

Wer blieb also noch übrig?

Hallo, bietest du mir einen Kaffee an?»

Sebastian schwenkte eine Tüte mit Zimtschnecken, die er gerade im 7-Eleven erstanden hatte. Für einen kurzen Moment hatte er das Gefühl, Torkel würde ihm die Tür wieder vor der Nase zuschlagen, doch dann trat er beiseite. Sebastian machte sich nicht die Mühe, die Schuhe auszuziehen, denn die Wohnung war sowieso nicht gerade sauber und ordentlich. Er folgte Torkel in die Küche.

«Was willst du?», fragte der, während er eine Schublade öffnete und eine Plastiktüte herauszog.

«Wie geht es dir?», fragte Sebastian und versuchte zu bestimmen, wie betrunken Torkel war und ob es überhaupt Sinn hatte, sein eigentliches Anliegen vorzubringen.

«Seit wann interessiert dich das?», murmelte Torkel und fing an, die Bierdosen, die auf der Arbeitsfläche standen, in die Tüte zu werfen, als würde er nach einer Party aufräumen und nicht völlig offensichtlich versuchen, seinen jahrelangen Alkoholismus zu verbergen.

«Ich war nicht gut darin, mich zu melden, das stimmt», gab Sebastian zu und öffnete das Fenster, ohne Torkel vorher um Erlaubnis zu fragen. Die Küche stank nach Sucht, Schmutz und Einsamkeit.

«Meine Frau ist gestorben, ich dachte, du könntest dich in eine solche Situation hineinversetzen.»

«Vielleicht bin ich gerade deshalb nicht gekommen. Ich kann mit Trauer nur schlecht umgehen. Mit meiner eigenen und der anderer Leute.»

«Oder du versuchst mit deinem Psychologengeschwätz nur davon abzulenken, dass du ein Arschloch bist.»

«Das eine schließt das andere nicht aus.»

Die Plastiktüte war voll, und Torkel stellte sie auf den Boden. Sie fiel um, und drei Dosen rollten heraus. Torkel machte keine Anstalten, sie einzusammeln. Sebastian betrachtete ihn. Ungepflegte Haare, die Bartstoppeln mehrerer Tage in dem abgemagerten Gesicht, die fleckige, schlotternde Kleidung. Es gab kein passenderes Wort als traurig, um dieses Bild zusammenzufassen. Unerträglich traurig.

«Wie viel hast du heute schon getrunken?», fragte Sebastian. Torkel drehte sich zu ihm um, seine Augen waren glasig und rot geädert. Er hatte definitiv etwas getrunken, hatte einen leichten Rausch, war aber nicht dicht.

«Du bist der größte Dreckskerl, den ich kenne», sagte Torkel und deutete mit einem leicht zitternden Finger auf ihn.

«Das stimmt vermutlich.»

«Und du hast Ursula, du bist glücklich, das ist verdammt noch mal nicht gerecht.»

Sebastian fiel es schwer, Torkels Blick zu erwidern, jenen Augen, die er als wach und interessiert in Erinnerung hatte. Es war wirklich rasant abwärtsgegangen mit ihm.

«Wir wissen beide, dass niemand Ursula *hat,* und du hast keine Ahnung, wie glücklich ich bin, aber ja, es ist ungerecht.» Er ging auf Torkel zu und trat so dicht an ihn heran, dass er eine Hand auf dessen Schulter hätte legen können, wenn er es gewollt hätte. «Es tut mir leid, dass sie gestorben ist, Torkel. Ich bin ein Scheißfreund, aber ich weiß, was du gerade durchmachst, und ich leide mit dir.»

Torkel wich seinem Blick aus, nickte nur, schniefte ein wenig, aber es ließ sich nur schwer sagen, ob aus Rührung, oder weil er in schlechter Verfassung war.

«Was willst du?», fragte er erneut und wich scheinbar planlos einen Schritt zur Seite, als wollte er sich ein wenig distanzieren, zumindest räumlich.

«Ich glaube, Billy hat Jennifer Holmgren ermordet.»

Torkel fuhr herum und sah ihn an. Die Überraschung schien seine Trunkenheit ein wenig in den Hintergrund zu drängen. Er öffnete den Mund, fand jedoch offenbar keine Worte.

«Was ist denn jetzt», fragte Sebastian. «Hast du einen Kaffee für mich oder nicht?»

Torkel schob die Liste beiseite, die Sebastian ihm vorgelegt hatte, und nahm seine Lesebrille ab. Es war ihm tatsächlich gelungen, sich zusammenzureißen. Ob es an dem fast ungenießbar starken Kaffee lag oder an seinem Anliegen, wusste Sebastian nicht, aber wenn man von der Schnapsfahne, dem Pennerlook und der Tatsache absah, dass die geräumige Wohnung aussah wie eine Fixerbude, konnte man wieder eine Spur von dem alten Torkel erahnen.

«Viele Indizien, keine Beweise.»

«Ich weiß.»

«Warum zeigst du mir das?»

«Es ist eine ziemlich verrückte Theorie, du warst immer ein guter Polizist, und es wäre hilfreich, dich an meiner Seite zu haben, wenn ich dem Ganzen weiter nachgehe.»

«Ziemlich verrückt ist noch untertrieben. Billy ... ich habe ihn eingestellt, und ich habe ihn fünfzehn Jahre lang fast jeden Tag gesehen.»

«Erinnerst du dich noch an etwas anderes aus dieser Woche nach Mittsommer?», fragte Sebastian. «Als du gedacht hast, er wäre im Urlaub, und My dachte, er würde arbeiten.»

«Als Jennifer verschwand.»

Torkel kaute ein wenig auf seinem Brillenbügel, während er nachdachte. Sebastian ertappte sich bei dem Gedanken, wie viel Erinnerungsvermögen Torkel wohl schon durch das Trinken verloren hatte. Wie schnell ging so etwas? Er war erst seit ein paar Monaten so völlig am Boden zerstört. Es wäre schade, wenn das so weiterginge. Torkels Gehirn gehörte eigentlich zu den scharfsinnigen.

«Nein, nichts Besonderes», sagte Torkel und schüttelte den Kopf. «Wie gesagt, ich dachte, er wäre im Urlaub.»

«Wirkte er irgendwie verändert, als er im Herbst wieder zur Arbeit kam?»

«Du hast ihn doch in Uppsala getroffen, er war wohl wie immer?»

Ja, so war es, was Sebastian noch mehr erschreckte, als er es zugeben wollte. Wenn Billy das getan hatte, was Sebastian vermutete, war er dazu fähig, es perfekt zu verbergen. Er war kein exzentrischer Einzelgänger, er hatte einen Job, eine Familie, ein soziales Umfeld. All das ohne das geringste Anzeichen von Reue, Unruhe oder irgendeiner anderen Reaktion aufrechtzuerhalten, deutete darauf hin, dass er ein Psychopath war, allerdings mit Impulskontrolle und dem Vermögen, allen sozialen Normen gerecht zu werden.

Mit anderen Worten: extrem gefährlich.

«Was empfindest du jetzt für ihn?»

«Bist du deshalb zu mir gekommen?», fragte Torkel mit einem kleinen Grinsen, als hätte er Sebastian enttarnt. «Hattest du ein schlechtes Gewissen, weil ich dir sonst wo vorbeigegangen bin, und glaubst jetzt, mir würde es bessergehen, wenn ich Billy wegen etwas in den Knast bringen könnte?»

«Ein schlechtes Gewissen ist nicht Teil meines Repertoires.»

Torkel musterte ihn, aber Sebastian hatte schon so viele

Menschen angelogen und so oft, dass man ihm unmöglich ansehen konnte, ob er die Wahrheit sagte. Was ausnahmsweise zutraf. Er hatte kein schlechtes Gewissen.

Nicht jetzt, nie zuvor.

Aber er spürte ein gewisses Mitleid mit Torkel und hoffte, man sähe es ihm an.

«Ich würde lügen, wenn ich behaupten würde, dass ich nicht ein klein wenig verbittert bin», gab Torkel zu und bekam einen harten Zug um den Mund. «Er hätte mir doch einfach die Pistole geben können, ohne es Vanja zu erzählen.»

«Hättest du es dann geschafft, dich zusammenzureißen?»

Torkel warf ihm einen missbilligenden Blick zu. Und Sebastian hörte selbst, wie seine Frage geklungen hatte. Er hatte Torkel auf eine herablassende Weise angezweifelt.

«Ich spreche aus eigener Erfahrung», sagte er in einem Versuch, die Situation ein wenig zu retten. «Ich bin so oft gewarnt worden, habe so viele Menschen verletzt und einfach weitergemacht. Trauer und Verzweiflung lassen sich nur schwer kontrollieren.»

«Es hat keinen Zweck, noch weiter darüber zu spekulieren, es ist, wie es ist», sagte Torkel achselzuckend und machte deutlich, dass er nicht mehr über den Vorfall im Rathaus sprechen wollte. Also setzte er sich wieder die Brille auf die Nase und deutete auf Sebastians Liste.

«Was meinst du an dieser Stelle mit ‹Billys psychologisches Profil›?», fragte er.

«Er tötet gerne.»

«Woher weißt du das?»

«Ich habe gesehen, wie er in seiner Hochzeitsnacht eine Katze erwürgt hat.»

Sebastian sah Torkel an, dass dies allen verrückten Sachen die Krone aufsetzte, die er bisher bei seinem Besuch gesagt hatte und von denen er gehofft hatte, Torkel würde sie glauben oder zumindest ernst nehmen. Torkel musste denken, Sebastian machte Scherze.

«Er hat eine Katze erwürgt?»

«Ja, und er hat es genossen. Meiner Theorie nach ist irgendetwas passiert, als er Hinde und Cederkvist erschossen hat. Irgendwie wurde dadurch eine ungesunde Kopplung zwischen Gewalt und Genuss erzeugt, oder vermutlich eher Gewalt und Macht, die ihm etwas gibt ...»

«Du hast gesehen, wie er eine Katze erwürgt hat», fiel Torkel ihm ins Wort, als hätte er Sebastians kleinen Exkurs gar nicht gehört.

«Ja.»

«Auf seiner Hochzeit?»

«Ja.»

«Und du hast es mir nicht gesagt?»

Da war es. Er hatte es im Hinterkopf gehabt, seit Ursula von Jennifer erzählt hatte. Was wäre passiert, wenn er es Torkel berichtet hätte, zu seinem Chef gegangen wäre? Sebastian war zu dem Ergebnis gekommen, dass es vermutlich keinen Unterschied gemacht hätte. Billy wäre einer genauen Prüfung unterzogen und vielleicht versetzt worden, möglicherweise hätte man besondere Maßnahmen ergriffen, aber er hätte Jennifer trotzdem töten können. Sie oder einen anderen Menschen. Man hätte es einzig und allein verhindern können, indem man ihn in seiner Bewegungsfreiheit eingeschränkt hätte, überwacht und eingesperrt, und für solche Maßnahmen reichte eine tote Katze allein nicht aus.

Hatte Sebastian sich jedenfalls eingeredet.

Denn die zweite Möglichkeit war so viel schlimmer, undenkbar eigentlich. Dass ein Gespräch mit Torkel den weiteren Verlauf beeinflusst und Jennifer gerettet hätte. Doch

Jetzt spielte das im Grunde keine Rolle mehr, das waren nur Hypothesen und Gedankenexperimente. Er würde es nie erfahren.

«Nein, das habe ich nicht ...»

«Weil du etwas gegen ihn in der Hand haben wolltest.»

«Nein, wir haben anschließend mehrmals darüber gesprochen, ich habe ihn im Auge behalten, und er schien sich unter Kontrolle zu haben. Er hat eingesehen, was er getan hat, und ...»

«Du wolltest etwas gegen ihn in der Hand haben», fiel Torkel ihm erneut ins Wort. «Oder du hast gerade so wenig gemacht, dass du dir selbst einreden konntest, es wäre genug.»

Sebastian sah ihn erstaunt an. Jetzt war sein Blick vollkommen fest. Hatten sie sich trotz allem doch nähergestanden, als Sebastian gedacht und in Erinnerung gehabt hatte? Torkel schien ihn jedenfalls gut zu kennen.

«Ja, da ist etwas dran ...», räumte er ein.

«Du bist ein verdammter Idiot.»

«In vielen Fällen ja.»

«Es ist vollkommen unglaublich, dass Ursula sich für dich entschieden hat.»

Jetzt waren sie schon wieder an dem wunden Punkt. Ermüdend, aber nicht unerwartet. Man brauchte kein Beziehungsexperte zu sein, um zu erkennen, dass Torkel bei seinem ziemlich seltsamen Verhältnis zu Ursula mehr gewollt hatte. Gleichzeitig war er mit Lise-Lotte wirklich glücklich gewesen. Beinahe euphorisch. Dass er sich jetzt über Ursula ereiferte, war wohl eher eine nostalgische Sehnsucht nach jener Zeit, in der sein Dasein zwar durchaus kompliziert, aber dennoch erträglich gewesen war. Sebastian konnte ihn verstehen, aber es gab doch Grenzen dafür, wie oft er den

Mund halten oder gar Zustimmung heucheln konnte. Um es mit Torkels eigenen Worten auszudrücken: Es war, wie es war. Zeit, diese Tür endlich zu schließen.

«Ja, das ist umso erstaunlicher, weil du ja gerade ein richtig toller Fang bist.»

Torkel warf ihm über den Rand seiner Lesebrille einen finsteren Blick zu. War er zu weit gegangen? Würde Torkel ihn hinauswerfen? Das wäre allerdings dumm, denn er hatte seine Aussage ernst gemeint, dass es hilfreich wäre, seinen alten Kollegen an seiner Seite zu haben. Torkel grunzte, und Sebastian glaubte, er hätte sich verguckt, als er die Andeutung eines Grinsens zwischen seinen Bartstoppeln erahnte. Vielleicht war es auch ein Tick. Oder irgendeine Entzugserscheinung ...

«Was meinst du? Wie soll ich weiter vorgehen? Kannst du mir helfen?», fragte er, um wieder auf den eigentlichen Anlass seines Besuchs zurückzukommen.

Torkel stand auf, streckte sich und ging rastlos in der Küche auf und ab. Unentschlossen. Schließlich blieb er stehen.

«Glaubst du ernsthaft, er könnte das getan haben?», fragte er.

«Ich denke, er wäre dazu fähig, ja.»

«Das ist ganz und gar nicht der Billy, den ich kenne.»

«Nein, das ist der Billy, den nur er selbst kennt.»

Torkel trat ans Fenster und blickte hinaus. Sebastian wartete. Torkel war lange genug Polizist gewesen, um zu wissen, dass die Indizien, die Sebastian ihm vorgelegt hatte, zumindest ausreichend waren, um der Sache weiter nachzugehen. Gleichzeitig war er auch Billys Chef gewesen, sein Kollege, vielleicht sogar Freund, seit vielen Jahren. Zahlreiche Menschen, die erfahren mussten, dass eine nahestehende Person ein Doppelleben führte, konnten selbst nach deren Verurteilung oder Geständnis kaum glauben, dass es so war.

«Wir müssen die Ermittlungsunterlagen zu Jennifers Fall lesen, sowohl zu ihrem Verschwinden als auch zu dem Mord», sagte Torkel und nahm seine Tasse vom Tisch, um sie neu zu füllen. «Wenn du recht hast und das passiert ist, während er bei mir arbeitete, muss ich es wissen.»

Sebastian atmete aus. Nicht allein, weil der Polizist in Torkel die Entscheidung getroffen hatte, sondern weil er noch dazu «wir» gesagt hatte. Er hatte vor, aktiv zu helfen.

«Kommst du denn an die Unterlagen heran?»

«Was glaubst du?», fragte Torkel und warf ihm einen Blick zu, der ihn als Idioten einstufte.

«Kennst du jemanden, der uns helfen kann?»

«Nicht in diesem Fall, es gibt wohl niemanden, der seine Karriere für einen gewissenlosen Sexsüchtigen und einen rachedürstenden Alkoholiker riskieren würde.»

«Du verkaufst uns ja wirklich gut.»

«Aber genau das sind wir gerade für die meisten.»

Sebastian musste einsehen, dass Torkel vermutlich recht hatte. Welcher Mensch, der im Vollbesitz seiner geistigen Fähigkeiten war, würde die Unterlagen aus einer laufenden Ermittlung an zwei zivile Unbeteiligte herausgeben? Niemand. Selbst wenn die beiden Unbeteiligten früher einmal bei der Polizei gearbeitet hatten.

Doch, einen gab es. Vielleicht.

Er hatte gehofft, dass es nicht so weit kommen müsste. Jedenfalls noch nicht. Es war ihm ein bisschen zu wichtig, was sie über ihn dachte, und sie stand ihm etwas zu nah, in jeder Hinsicht. Außerdem war die Wahl seines neuen Arbeitspartners alles andere als optimal.

«Mir würde vielleicht jemand einfallen», sagte er dennoch.

Torkel drehte sich von der Arbeitsfläche zu ihm um, und Sebastian sah sofort, dass er verstanden hatte, wen Sebastian meinte.

«Wir könnten es wenigstens versuchen», meinte er.

Torkel trank einen Schluck Kaffee und schien abzuwägen. Sebastian wollte gerade sagen, dass er nicht mitzukommen brauchte, als Torkel seine Tasse wieder abstellte.

«Gib mir eine Stunde Zeit, um mich ein bisschen wiederherzurichten.»

Ihm gefiel das Gesicht nicht, das aus dem Spiegel zurückstarrte.

So, wie es zu ihm gehörte und doch wieder nicht. Es wirkte auf eine merkwürdige Weise aufgedunsen und abgemagert zugleich. Er sah älter aus, als er sich fühlte, was nicht gerade wenig hieß. Hoffentlich würde es etwas besser, wenn er diese altherrenhaften grauen Bartstoppeln los war. Er drückte ein wenig Rasierschaum aus der Flasche und verteilte ihn. Hielt inne und grinste sich an. Im Kontrast zu dem weißen Schaum wirkten seine Zähne noch gelber. An mehreren Stellen war das Zahnfleisch entzündet. Was kam als Nächstes? Dass ihm die Zähne ausfielen. Er nahm den Rasierer vom Waschbeckenrand und legte los.

In der Dusche hatte er über Sebastians Besuch nachgedacht. Als er ihn mit den Zimtwecken vor seiner Tür stehen sah, hätte er sie am liebsten sofort wieder zugeschlagen.

Vor Sebastians Nase, vor diesem Teil seines Lebens.

Jetzt war er ziemlich froh, es nicht getan zu haben. Natürlich wäre es schrecklich, wenn sich die Theorie bei ihren Nachforschungen bewahrheiten würde. Eine Katastrophe. Für ihn, für die Reichsmordkommission, für alle. Er hoffte, dass sich Sebastians Verdacht als falsch herausstellte. Gleichzeitig spürte er ein leises Hoffnungsgefühl, das daraus entsprang, dass er heute schon etwas geleistet hatte. Das war schon ewig nicht mehr der Fall gewesen.

Vielleicht zuletzt im vergangenen Herbst.

Es war eine harte Zeit gewesen.

Nach Lise-Lottes Tod hatte er sich eine Zeitlang freigenommen, war aber ziemlich schnell wieder ins Büro zurückgekehrt. Hatte viele Stunden gearbeitet, lange Tage, versucht, die große Leere auszufüllen, die Lise-Lotte hinterlassen hatte. Doch der Job allein hatte nicht ausgereicht. Als sie Ende des Sommers den Fall in Hudiksvall übernahmen, trank er bereits jeden Tag. Fing morgens damit an, vorbeugend, um den Schmerz und die Angst zu dämpfen, die ihn sonst überkommen würden.

Es hatte funktioniert.

Er hatte funktioniert.

Seinen Job erledigt. Möglicherweise hatte man es ihm an manchen Tagen angemerkt, aber er glaubte es nicht. Nicht oft genug, als dass jemand einen ernsten Verdacht gehegt hätte. Er hatte ein gutes Pokerface und Minzpastillen.

An den Wochenenden trank er mitunter zwanzig Stunden am Stück.

Er erinnerte sich, wie er zum ersten Mal in sein Bett gebrochen hatte. Eine ordentliche Warnung, die ihn dazu veranlasst hatte, fast eine Woche mit dem Trinken aufzuhören.

Dann fing er wieder an. Trank mehr, häufiger, länger.

Irgendwie war es ihm trotzdem gelungen, seiner Arbeit nachzugehen. Einmal nahm Ursula ihn zur Seite und fragte ihn, wie es ihm gehe, und sagte, dass er ziemlich mitgenommen aussehe. Natürlich sah er so aus. Lise-Lotte war gestorben. Es blieb bei diesem einen Mal.

Später, als der Herbst in den Winter überging, fing er an, kleine Fehler zu machen. Nichts Ernstes, und meistens gelang es ihm, sie zu vertuschen. Sein Team bemerkte, dass er nicht in Höchstform war, nahm aber an, es läge an dem tragischen Ereignis im Frühjahr. Nicht am Alkohol. Und so hatte er sein Doppelleben weiterführen können. Tagsüber

Chef. Abends und an den Wochenenden Alkoholiker. Natürlich blieb es nicht auf Dauer dabei. Der Chef wurde Stück für Stück beiseitegedrängt, der Alkoholiker übernahm die Kontrolle.

Aber es hatte funktioniert.

Bis zu der ersten Woche im Dezember.

Ein Montag. Dunkel, kalt und abscheulich. Er hatte morgens ein paar Bier getrunken. Nichts Stärkeres, nur ein paar Bier, um sich körperlich und seelisch zu stabilisieren. Nach dem Wochenende hatte er ein wenig gezittert. Aber so war er pünktlich gewesen, als er Billy vor dem U-Bahn-Eingang zum Rathaus getroffen hatte. Sie mussten gemeinsam in einer Verhandlung vor dem Amtsgericht als Zeugen aussagen. Ein Fall von Bandenkriminalität mit vielen Beteiligten, der nun endlich vor Gericht gekommen war. Die Voruntersuchung war unglaublich umfassend gewesen, und weil die Reichsmordkommission gerade nicht mit etwas Eigenem beschäftigt war, hatte Billy dabei geholfen, SMS wiederherzustellen, Chat-Konversationen zu entschlüsseln und eine Übersicht zu erstellen, in welche Handymasten die Geräte der Verdächtigten eingewählt gewesen waren. Torkel hatte gemeinsam mit dem Ermittlungsleiter eine der Personen verhört, die jetzt vor Gericht standen.

Billy und er. Gegen den er jetzt heimlich Nachforschungen anstellte, um herauszufinden, ob er eine Kollegin ermordet hatte und die Leiche verschwinden lassen. Das war wirklich verrückt. Damals war er einfach nur Billy gewesen. Fleißig, technisch versiert, umgänglich, beliebt im Team.

Sie waren durch die mit Grünspan überzogenen Metallpforten in das stattliche Gebäude getreten und weiter vorbei an den doppeltverglasten Türen gegangen, wo sie ihre Jacken ausziehen und die Taschen von Schlüsseln, Portemonnaies und Handys entleeren mussten. Torkel hatte seine Dienstwaffe in den grauen Plastikbehälter an der Sicherheitskontrolle gelegt, bevor sie durch den Metalldetektor gegangen waren. Billy hatte ihn fragend angesehen.

«Du hast deine Waffe dabei?»

«Ja.»

«Ich dachte, du bist direkt von zu Hause gekommen?»

«Ich habe gestern vergessen, sie abzuliefern», sagte Torkel mit einem Achselzucken.

Sie gingen unter der gewölbten Decke entlang tiefer in das Gebäude hinein. Ihre Schritte hallten über den Steinboden. Dann erreichten sie das Schwarze Brett, welches ihnen verriet, dass der Verfahrensbeginn um fünfundvierzig Minuten verschoben worden war. Sie beschlossen, noch einen Kaffee zu trinken, und ließen sich in zwei Sesseln im Café Glasade Gården im Innenhof nieder, um dort zu warten.

Nach einer Viertelstunde entschuldigte Torkel sich, er musste auf die Toilette. Durch das Trinken hatte er einen unruhigen Magen, seine Gedärme hatten sich schon seit Monaten nicht mehr erholt. Er zog die Pistole aus dem Gürtelholster und legte sie auf den Behälter für die Papierhandtücher, ehe er sich setzte. Dann kämpfte er einige Sekunden symbolisch mit sich selbst, ehe er die Hand in die Innentasche seines Jacketts steckte und die kleine Plastikflasche hervorzog. Fünf Zentiliter. Genau die richtige Menge, um während der Verhandlung einen klaren Verstand zu bewahren. Er kippte den Inhalt in einem Zug herunter. Dann schob er die Flasche wieder in seine Tasche, steckte eine Minzpastille in den Mund und beendete seinen Toilettenbesuch.

Billy stand auf, sobald er zurückkam.

«Ich müsste auch mal, kannst du kurz auf unsere Sachen aufpassen?»

Torkel nickte und setzte sich. Er schaute sich um, auf einem kleinen Tisch in der Ecke lag ein Stapel mit Zeitschriften. Er ging die wenigen Schritte dorthin und schnappte sich die oberste. *Tara.* Schon beim Überfliegen der Überschriften sah er, dass er, im Gegensatz zu modebewussten Frauen über vierzig, nicht zur Zielgruppe gehörte. Dennoch blätterte er verstreut darin weiter, bis er eher spürte als sah, dass Billy zurückgekommen war. Er wirkte gelinde gesagt verbissen.

«Verdammt noch mal, Torkel», sagte er leise.

«Was ist denn?»

Billy schielte auf seine verschränkten Hände, die er vor sich hielt, eng am Körper. Darin befand sich Torkels Dienstwaffe.

«Die lag auf der Toilette», erklärte Billy überflüssigerweise und setzte sich. Nachdem er sich hastig im Raum umgesehen hatte, reichte er Torkel unter dem Tisch die Waffe.

«Verdammt noch mal, Torkel», wiederholte er.

Ja, das war dumm gewesen. Es hätte sogar schicksalhaft sein können, aber so weit würde es nicht kommen. Jetzt war es lediglich ein bedauerlicher Fehler, von dem nur er und Billy etwas wussten. Das würde sich klären.

Damals wusste er allerdings nicht, dass Billy vorhatte, Vanja davon zu erzählen. Eigentlich war das nicht überraschend gewesen, ihre Beziehung war so eng, als hätte man ein Ehepaar im Büro sitzen. Wenn das so weiterging, würden sie noch anfangen, die Sätze des anderen zu beenden. Also erzählte er ihr natürlich auch, dass ihr Chef seine Dienstwaffe auf der Toilette des Amtsgerichts vergessen hatte.

Daraufhin wurde eine Lawine losgetreten, die auch zum Vorschein brachte, dass er seinen Alkoholismus schlechter vertuscht hatte als gedacht. Torkel war wütend geworden, war in die Defensive gegangen und hatte ihnen Vorwürfe gemacht. Sie hatten also von seinem Problem gewusst und alle einen Bogen darum gemacht? Hätten sie nicht versuchen können, ihm zu helfen, wenn sie schon gesehen hatten, dass es ihm schlechtging?

Wie sich herausstellte, hatten sie das mehrmals getan. Sie hatten ihn zwar nicht auf das Sofa in seinem Büro gedrückt und ihm direkt ins Gesicht gesagt, dass er Alkoholiker war, aber sie zählten die vielen Situationen auf, in denen sie ihm schon geraten hatten, mit jemandem zu reden, sich Hilfe zu suchen, früher nach Hause zu gehen und sich auszuruhen, ihn auf seine Fehler aufmerksam gemacht und ihn gefragt hatten, ob er etwas brauche. Ihm sogar vor Besprechungen ein Kaugummi angeboten hatten.

Vanja hatte das Richtige getan. Sie hatte erst ihn darüber informiert, was sie zu tun gedachte, und dann seine Vorgesetzten darüber informiert, was passiert war, und seine Abhängigkeit thematisiert. Rosmarie Fredriksson, von der Torkel normalerweise nicht viel hielt, hatte erstaunlich gut reagiert. Anstelle von einer Beurlaubung, Reha-Maßnahmen und einer möglichen Versetzung hatten sie sich darauf geeinigt, dass er unter guten Bedingungen in Frührente gehen konnte. Von außen betrachtet war er ein älterer Mann, der seine lange und erfolgreiche Karriere nach dem tragischen Tod seiner Frau etwas früher beendete als geplant.

In Wahrheit war er gefeuert worden, was dem hemmungslosen Trinken Tür und Tor geöffnet hatte.

Doch heute hatte er erst wenige Dosenbier getrunken, ehe Sebastian gekommen war, wenn man unter «wenige» fünf verstand. Er war frisch geduscht und rasiert und auf dem Weg aus dem Haus, um Menschen zu treffen. Ursula zu treffen. Ihm gefiel das Gesicht immer noch nicht, das ihm aus dem Spiegel entgegenstarrte, aber er konnte sich nicht erinnern, wann es ihm das letzte Mal so verhältnismäßig gutgegangen war.

Es war ein seltsames Gefühl, dachte Torkel, als Sebastian und er zusammen durch die großen gläsernen Drehtüren traten. Wieder dort zu sein, zurück zu sein – aber nicht einfach bei der Schleuse die Passierkarte durchziehen und zum Aufzug weitergehen zu können, um hinauf ins Büro zu fahren. Er blieb stehen und sah sich in dem Gebäude um, das so viele Jahre wie ein zweites Zuhause für sie beide gewesen war.

Er hatte nicht damit gerechnet, jemals hierher zurückzukommen.

Jetzt spürte er, wie sehr er das vermisst hatte. Nicht den Ort an sich, aber die Zugehörigkeit. Eine Aufgabe zu haben. Vielleicht hatte er sich deshalb auf Sebastians wahnsinnige Idee eingelassen, wie ihm jetzt bewusst wurde. Weil er verzweifelt nach einem Zusammenhang suchte, weil er Teil von etwas sein wollte.

Doch Torkel kam nicht dazu, weiter über sein Motiv nachzudenken, denn in dem Moment trat Ursula aus dem Aufzug auf der anderen Seite der Schleusen und ging auf sie zu. Er hob die Hand zum Gruß und freute sich, sie zu sehen. Sie stutzte, als sie ihn erblickte, anscheinend hatte Sebastian nicht erzählt, dass er in Begleitung kommen würde. Für einen kurzen Moment schien sie zu überlegen, ob sie auf dem Absatz kehrtmachen sollte, dann setzte sie ihren Weg aber doch mit einer skeptisch verwunderten Miene fort.

Dabei hatte sie noch nicht einmal gehört, was die beiden ihr zu sagen hatten.

«Billy hat also Jennifer ermordet?», fasste sie ihren Bericht vorgebeugt und mit leiser Stimme zusammen. Sie saßen an einem Tisch in der hintersten Ecke der Cafeteria im Erdgeschoss. Alle drei mit unangetasteten Kaffeetassen vor sich. Das Wort Skepsis reichte nicht aus, um Ursulas Miene zu beschreiben. Sie sah Torkel und Sebastian an, als hätten sie beide völlig den Verstand verloren. Sebastian hörte selbst, wie seine These klang, wenn man sie laut aussprach. Ursula würde lange brauchen, um diese Möglichkeit auch nur ansatzweise in Betracht zu ziehen, wenn sie es überhaupt täte.

«Ich weiß nicht», sagte er, in dem Versuch, ihre Behauptungen ein wenig abzumildern. «Es könnte sein ... ja. Vielleicht hat er auch nichts damit zu tun, aber es würde uns helfen, die Unterlagen zu Jennifers Verschwinden und dem Mordfall lesen zu dürfen.»

«Du musst doch aber zugeben, dass diese Aktion damals, sie sozusagen weiterleben zu lassen, etwas ist, was nur Billy gelingen kann», warf Torkel ein.

«Ihm und Hunderten anderen. Wie kommt ihr überhaupt auf so etwas? Was ist denn in euch gefahren?» Sie wurde unwillkürlich lauter, und Sebastian legte seine Hand auf ihren Arm, doch Ursula schüttelte sie ab.

«Wir haben doch gesagt, warum ...»

«Du bist sauer auf Billy», sagte sie an Torkel gerichtet.

«Nicht so sauer, dass ich ihm so etwas grundlos unterstellen würde.»

Ursula verstummte, lehnte sich zurück und ließ ihren Blick zwischen ihnen hin- und herwandern, während sie versuchte, die Schwächen in ihrer Argumentation zu finden, genau wie er selbst es auch getan hätte.

«Er hat ihrem Vater geholfen», sagte sie mit einem Anflug von Triumph in der Stimme. «Billy war derjenige, der die falschen Bilder gefunden hat. Warum sollte er das getan haben, wenn er selbst der Täter ist?»

«Ihm blieb keine andere Wahl. Ich habe mit Conny gesprochen, er ist einer, der niemals aufgibt. Wenn Billy ihm nicht geholfen hätte, wäre er zu einem anderen gegangen. Indem Billy die Aufgabe selbst übernahm, blieb ihm noch eine gewisse Kontrolle.»

Er konnte sehen, dass Ursula nicht überzeugt war. Es klang immer noch zu verrückt. Dass einer der ihrigen derart die Grenze überschritten haben sollte.

«Er hat eine Katze getötet», raunte Torkel. «In seiner Hochzeitsnacht. Und Sebastian hat ihn gesehen.»

Sebastian seufzte laut. Jetzt klang ihre These nicht weniger verrückt, ganz im Gegenteil. Ursula starrte ihn mit einem Blick an, der ihm sofort recht gab.

«Du hast gesehen, wie er eine Katze getötet hat?», fragte sie so langsam, als hätte sie etwas falsch verstanden.

«Ja, ich habe beobachtet, wie er eine Katze getötet hat, habe aber nichts gesagt. Weder zu Torkel noch zu dir oder irgendwem sonst. Ich hätte es vermutlich tun sollen, aber ich habe es unterlassen. So ist es.»

Ursula starrte ihn nur weiter an, und er hatte das Gefühl, dieses Thema würde noch nicht beendet sein. Noch lange nicht.

«Aber wenn wir uns nur einmal die Unterlagen ansehen dürften», sagte Torkel und brachte das Gespräch wieder auf die richtige Spur. «Dann finden wir doch hoffentlich irgendetwas, das unsere Theorie widerlegt. Wir wollen ja gar nicht recht behalten.»

Ursula lehnte sich erneut zurück und verschränkte die Arme vor der Brust. Ihr Mund war nur noch ein Strich. Sebastian sah, dass sie sich schon entschieden hatte.

«Es tut mir leid, aber das kann ich nicht für euch regeln. Das kann mich den Job kosten. So wie es euch schon passiert ist.»

«Ich war rein formal gesehen nie bei euch angestellt, er dagegen ...», begann Sebastian und machte eine Handbewegung in Torkels Richtung, um die Stimmung ein bisschen aufzuheitern. Völlig vergebens, die Bemerkung kam nicht gut an. Ursula schob ihren Stuhl zurück und stand auf. Sebastian unternahm einen letzten Versuch.

«Du kennst uns doch. Dermaßen verrückt bin ich auch wieder nicht, und Torkel ist nicht rachsüchtig, er ist ein verdammt guter Polizist. Wir sind beide verdammt gut.»

«Dann müsst ihr mit Hansson reden. Es hindert euch niemand daran, zu ihm zu gehen.»

«Wir haben nicht genug Informationen beisammen, um zu jemand anderem zu gehen», hielt Torkel sachlich fest.

«Von mir bekommt ihr sie aber nicht», stellte Ursula klar, drehte sich um und ging. Sebastian überlegte kurz, ob er ihr hinterherrufen und sie fragen sollte, ob sie sich heute Abend sehen würden, aber vermutlich käme das weder bei ihr noch bei Torkel gut an.

Verdammt, wie er diese ganze Sache hasste.

Verdammt, wie sie diese ganze Sache hasste.

Bislang war es nur ein vages Gefühl gewesen, eine leise Ahnung ganz hinten in ihrem Kopf. Dass irgendetwas nicht stimmte. Doch das Gefühl war so diffus, dass es stets wieder verblasste und ungreifbar wurde, wenn sie versucht hatte, es zu fassen. Sebastians und Torkels Besuch hatte jetzt dafür gesorgt, dass es Form annahm.

Ursula schielte zu Billy hinüber, der tief versunken vor seinem Bildschirm saß. Anscheinend spürte er, dass sie ihn betrachtete, denn er drehte sich mit einem fragenden Lächeln zu ihr um.

«Was ist denn?»

«Ich muss die ganze Zeit an Jennifer denken», sagte Ursula, was nicht gelogen war.

«Ja, das ist echt nicht zu fassen.»

«Wie geht es dir denn? Ihr wart doch ziemlich gut befreundet.»

Billy rückte mit dem Stuhl vom Schreibtisch ab, lehnte sich zurück und zuckte mit den Schultern.

«Ich dachte, sie wäre vor vier Jahren in Frankreich ertrunken, also habe ich schon damals um sie getrauert ...»

«Aber jetzt sieht es ja so aus, als wäre sie ermordet worden.»

«Ja, das macht mich einfach nur so ... so wütend, dass jemand ihr das angetan hat, aber der Verlust und die Trauer haben sich ja nicht verändert.»

«Was hat Hansson denn gesagt?»

«Nicht viel.» Billy zuckte erneut die Achseln. «Er wollte wissen, ob man noch mehr darüber herausfinden könnte, wer diese Postings und Fotos damals manipuliert hat.»

«Und, ist es so?»

«Nein, soweit ich weiß, nicht.»

Womit Hansson sich auch zufriedengeben würde. Er ging dieser Frage garantiert nicht weiter nach und würde auch nicht um eine zweite Meinung bitten. Dass Ursula anders dachte, lag an Sebastian und Torkel.

Verdammt, wie sie diese ganze Sache hasste.

«Wir müssen wohl abwarten, ob wir noch weiter an dem Fall beteiligt werden oder nicht», sagte sie abschließend und wandte sich wieder ihrem Bildschirm und den Nachforschungen über Ivan Botkin zu. Die Beweislage war um einiges dünner als bei den anderen Opfern. Nachdem man festgestellt hatte, dass dieselbe Waffe verwendet worden war, ging man davon aus, dass er ebenfalls von Linde und Grönwall erschossen worden war. Doch Ursula hatte die ganze Zeit dieses leise Unbehagen gespürt, wie einen kleinen Stein im Schuh. Billy, der verfolgt worden war, ohne es zu merken, der Zufall, dass Linde und Grönwall genau zur richtigen Zeit gekommen waren, um zu sehen, wie die beiden zu dem Sommerhaus gefahren waren, der kleine, aber nicht unbedeutende Unterschied, dass Botkin am Hals getroffen worden war und nicht in den Kopf. Dies konnte daran liegen, dass der Schütze oder die Schützin schlechter gewesen war, nicht ganz so geübt, es konnte aber auch ...

Sie war nicht einen Augenblick auf die Idee gekommen, dass Billy auf irgendeine Weise involviert sein könnte, sondern hatte nur das Gefühl gehabt, dass es Kleinigkeiten rund um den Mord an Botkin gab, die nicht zusammenpassten, aber jetzt hallten Sebastians Worte von Macht und Kontrolle über den Tod in ihren Ohren. Botkin war am Blutverlust gestorben. Ein ziemlich langsamer und qualvoller Tod, verglichen mit einem Kopfschuss. Wenn die jungen Täter ihn erschossen hatten, warum waren sie dann nicht näher gekommen und hatten ihm einen zweiten Schuss verpasst, als er schutzlos dagelegen hatte? Um ganz sicherzugehen, dass er tot war, ehe sie weitergefahren waren? Sie hatten es eilig gehabt. Annie Strauss, ehemals Linderberg, hatte gewartet.

Sebastian hatte recht. Sowohl er als auch Torkel waren verdammt gut. Wenn sie einen solchen Verdacht hegten, und wäre er noch so verrückt, gab es einen guten Grund, ihn nicht einfach abzutun. Immerhin hatte auch sie das Gefühl gehabt, dass einiges nicht zusammenpasste, und wenn man das Material mit der Billy-Brille las, wozu Sebastian und Torkel sie gezwungen hatten, war das Ergebnis nicht gerade beruhigend.

Abgesehen von dem Bericht des Gerichtsmediziners beinhalteten die Unterlagen eigentlich lediglich Billys Schilderungen. Wie er Botkin abgeholt hatte, direkt zu dem Sommerhaus gefahren war und ihn dort abgesetzt hatte, wie er auf dem Weg nach Växjö gewesen war, als Carlos' Nachricht eingetroffen war, dass sie die Täter verfolgten. Es gab keine Zeitangaben und keine anderen Zeugen, und Ursula hatte auch nicht den Eindruck, dass größere Bemühungen unternommen worden waren, Details zu eruieren.

Sie öffnete Google Maps auf ihrem Laptop, ging auf Karlshamn und gab Lars Johanssons Adresse im Kolleviksvägen ein. Sie wussten exakt, wo er erschossen worden war, und hatten Billys Angaben dazu, wann er Botkins Haus verlassen hatte. Linde und Grönwall wären gezwungen gewesen, in weniger als zehn Minuten, nach dem Mord an Johansson, zu Botkins Villa zu fahren. Laut Google war das möglich, die

Fahrt von Johanssons Haus dorthin dauerte angeblich acht Minuten. Anschließend waren Billy und Botkin nach Axeltorp zu dem Sommerhaus gefahren. Ursula wollte gerade die Adresse eingeben, als sie einsah, dass es eine viel bessere Methode gab. Doch sie hielt inne.

Was machte sie hier eigentlich?

Dann kamen ihr jedoch Torkels Worte wieder in den Sinn. Sie wollten dem Verdacht nachgehen, um ihn entkräften zu können. Um schwarz auf weiß zu haben, dass sie sich getäuscht hatten. Um zu beweisen, dass das Unmögliche nach wie vor unmöglich war.

Sie ging in die Küche und rief Krista Kyllönen in Karlshamn an.

Verdammt, wie sie diese ganze Sache hasste.

00.00.00

Sara Gavrilis begann am Kolleviksvägen.

Sie stellte ihren Wagen in die Richtung, in die der Zeuge den blauen Passat hatte fahren sehen, nachdem der letzte Schuss auf Lars Johansson abgegeben worden war. Dann holte sie die Stoppuhr heraus. Die Stockholmer wollten ihre Unterlagen offenbar um die genaue Fahrtdauer ergänzen, weshalb sie nun die Strecken abfuhr, die die jungen Täter genommen hatten.

Aus welchem Grund, wusste sie nicht und hatte auch nicht nachgefragt.

Vielleicht wusste es Kyllönen.

Sara tippte aber darauf, dass jemand in Frage gestellt hatte, ob die Täter es tatsächlich hatten schaffen können, die letzten beiden Opfer zu ermorden und pünktlich zu dem Zeitpunkt bei Annie Strauss anzukommen, an dem sie dort gesichtet worden waren. Bestimmt steckte das dahinter. Sara hatte sich selbst gewundert, wie zum Teufel das möglich gewesen war, nachdem man den Russen tot aufgefunden hatte.

Die erste Strecke musste sie in unter zehn Minuten fahren. Laut ihrem Navigationsgerät kein Problem. Sie hatte beschlossen, sich größtenteils an die Geschwindigkeitsbegrenzungen zu halten und sie nur hin und wieder zu überschreiten. Um höchstens zehn Stundenkilometer. Schließlich musste sie davon ausgehen, dass Grönwall und Linde damals nicht in eine Radarkontrolle geraten oder unnötig auffallen wollten, indem sie zu aggressiv fuhren. Gleichzeitig waren die beiden aber auch gestresst.

Sara startete den Motor, drückte auf die Stoppuhr und fuhr auf schnellstem Wege zu Ivan Botkins Haus.

00.07.45

Sieben Minuten und fünfundvierzig Sekunden später tauchte Botkins luxuriöse Villa vor ihr auf. Wenn die Täter etwa im selben Tempo gefahren waren, wären ihnen über zwei Minuten Zeit geblieben, um Billy und Botkin zu entdecken und die Entscheidung zu treffen, ihnen zu folgen. Und selbst wenn sie sich streng an die Geschwindigkeitsbegrenzungen gehalten hätten, wäre dies machbar gewesen. Sara wendete, um die Fahrt fortzusetzen. Von hier aus war Billy direkt zum Sommerhaus in Axeltorp gefahren. In der Theorie gingen sie davon aus, dass ihm die beiden jungen Täter gefolgt waren. Doch das Wichtige war nicht der Weg dorthin, sondern zurück nach Karlshamn und zu Annie Strauss. Sie hatten Billys Angaben darüber, wann er bei dem Haus angekommen war und wann er Botkin verlassen hatte, aber sie wollten jede Strecke noch einmal kontrollieren, deshalb startete Sara erneut die Stoppuhr und verließ das Wohngebiet, um in Richtung Karlshamn zu fahren.

00.35.52

Die Fahrt nach Axeltorp verlief reibungslos.

Sara versuchte, in demselben Tempo zu fahren wie Billy, der im Bericht angegeben hatte, dass er die gesetzlich vorgegebene Geschwindigkeit auf der E22 um zwanzig bis fünfundzwanzig Stundenkilometer überschritten hatte und auf den kleineren Straßen so schnell gefahren war, wie es der Belag erlaubt hatte. Nun bog Sara vor der roten Hütte ein, wo noch immer Fetzen des blau-weißen Absperrbandes im lauen Wind flatterten. Sie stoppte die Uhr, stieg aus dem Auto und sah sich um. Sie hatten Botkin ein Stück vom Haus entfernt auf dem Rasen gefunden. Ringsherum Wald. Sara stellte mit einem schnellen Blick fest, dass es mehrere Stellen gab, an denen sich das Paar versteckt haben könnte, um von dort aus zu schießen. Die Frage war wohl eher, wie sie ihn aus dem Haus locken konnten, aber vielleicht hatte es ausgereicht, dass ein Auto vorgefahren war.

Billy hatte vor seinem Aufbruch von dort mit Vanja gesprochen, weshalb sie eine ziemlich genaue Zeitangabe hatten, wann er von der Hütte weggefahren war.

Jetzt kam es darauf an.

Laut Polizeibericht war das Paar neunundzwanzig Minuten später bei Annie Strauss im Björnbärsstigen aufgetaucht.

01.01.37

Sara stand vor dem Reihenhaus im Björnbärsstigen.

Sie war schnell gefahren, aber nicht so schnell, dass sie Aufmerksamkeit erregt hätte. Man konnte nicht wissen, mit welcher Geschwindigkeit Linde und Grönwall unterwegs gewesen waren, aber sie hätten durchaus auch langsamer fahren können. Bei ähnlichem Tempo hätten sie drei Minuten und fünfzehn Sekunden gehabt, um Botkin aus dem Haus zu locken und zu erschießen. Das erschien Sara unwahrscheinlich kurz, war aber natürlich nicht unmöglich. Wenn sie schneller gefahren wären, hätte sich der Zeitraum bei der Hütte auf vier, vielleicht auch fünf Minuten erweitern lassen. Doch auch hier hatte Sara das Gefühl, es wäre an der Grenze des Realistischen, aber ihre Aufgabe bestand schließlich nicht darin zu spekulieren. Sie sollte nur berichten. Also notierte sie alle Zeiten, stellte die Uhr auf null und fuhr in gemächlichem Tempo zurück zur Polizeistation.

Carlos stand neben seinem Schreibtisch und machte sich zum Gehen bereit. Billy hatte ihn heute kaum gesehen und wusste nicht genau, was er eigentlich gemacht hatte, aber so war das in diesen Tagen. Vanja beispielsweise war am Morgen erst spät gekommen und früh wieder gegangen, um ein paar Stunden mit Amanda zu verbringen, und gerade noch einmal im Büro aufgetaucht. Carlos würde jetzt mit einem Kollegen in eine Kneipe gehen, wie Billy bei einem Telefonat belauscht hatte.

Inzwischen verfolgte er aufmerksamer, was um ihn herum vor sich ging. Er fühlte sich unwohl und unruhig. Hanssons Besuch hatte ihn erschüttert. Ihr Gespräch war zwar nicht schlecht gelaufen, ganz im Gegenteil. Er hatte dem Kollegen erklärt, wie er beweisen konnte, dass die Bilder von Jennifer manipuliert worden waren, und gesagt, er hätte alle Informationen gesammelt, die man sammeln konnte und die für ihre Ermittlung von Interesse gewesen waren. Hansson hatte fröhlich geplaudert, jedoch nichts berichtet, was für Billy neu gewesen wäre. Jennifers Leiche war auf eine Weise versenkt worden, die darauf hindeute, dass sich der Täter auskannte und darauf geachtet hatte, dass die Leiche nicht nach oben trieb, wenn sie verweste und von Gasen aufgebläht wurde. Deshalb würden sie nun im Register nach Personen suchen, die diese Methode schon einmal angewandt hätten, hatte Hansson erklärt. Billy hatte ausgeatmet. Wenn dies ihre Priorität war, gab es eindeutig keine neuen heißeren Spuren. Hansson gehörte nicht zu den

Polizisten, die große Ideen entwickelten oder Überstunden machten, um etwas zu erreichen. Diese Neue jedoch, Gutestam, bereitete ihm Sorgen. Er hatte ihren Hintergrund kurz recherchiert, und was er über sie erfahren hatte, beruhigte ihn nicht gerade. Klassenbeste, sorgfältig, ehrgeizig, eine Aufstrebende. Eine Vanja, ganz einfach.

Jetzt klingelte drüben an Ursulas Tisch das Telefon. Billy wollte gerade drangehen, aber Carlos war schneller.

«Carlos an Ursulas Apparat. Hallo ... Ach, hallo, Krista, danke für die gute Zusammenarbeit, oder was auch immer man sagt ...»

Billy lauschte. Er kannte nur eine Krista. Sicher war es nur ein Routineanruf. Karlshamn hatte nichts mit Jennifer zu tun, aber er fühlte sich etwas ruhiger, wenn er insgesamt aufmerksamer war.

«Nein, die ist gerade nicht da, kann ich ihr etwas ausrichten?», fragte Carlos, und Billy sah, wie er ein Post-it und einen Stift heranzog.

«Nein, das wusste ich nicht, aber schieß los.»

Er fing an zu schreiben und gab ab und zu ein bestätigendes Brummen von sich. Nach einer Minute richtete er sich auf und legte den Stift beiseite.

«Okay, das sage ich ihr, aber am besten, du mailst es ihr auch. Hast du ihre Adresse? ... Super, ja. Mach es gut.»

Carlos legte den Hörer auf. Billy kam zu ihm.

«Wer war das denn?»

«Krista Kyllönen aus Karlshamn. Anscheinend hatte Ursula sie gebeten, noch eine Sache nachzuprüfen.»

«Und was?»

«Offenbar ging es darum, wie es die Täter geschafft haben, von Johansson zu Botkin und zu Strauss zu fahren. Anscheinend ist das zeitlich ziemlich knapp. Sie wollte das

Ergebnis auch per E-Mail schicken, falls es dich interessiert.»

Das war die zweite kalte Dusche des Tages. Was zum Teufel trieb Ursula da? Es gab keinerlei Grund, die Zeiten der letzten Morde abzugleichen. Es sei denn, man hatte den Verdacht, dass mit dem Tod des Russen etwas nicht stimmte. Er spürte, wie sich sein Magen verkrampfte.

Doch diesmal war es nicht die Schlange, sondern etwas ganz anderes.

Angst.

«Bist du noch eine Zeitlang da? Kannst du das Ursula ausrichten?», fragte Carlos und ging zu ihrer kleinen Garderobe.

«Auf jeden Fall, ich halte die Stellung», sagte Billy und versuchte, ganz nonchalant und entspannt zu klingen.

Was nicht gerade leicht war.

Er wartete, bis der dick vermummte Carlos zum Abschied einen Handschuh hob und durch die Glastüren verschwand, ehe er zu Ursulas Tisch ging und die Zettel las, die der Kollege hinterlassen hatte. Dort stand nicht viel mehr als das, was ihm Carlos bereits erzählt hatte. Neu war nur, dass Linde und Grönwall zwischen drei und fünf Minuten gehabt hatten, um Botkin zu erschießen.

Es wäre möglich gewesen. Durchführbar.

Das stellte also keine direkte Bedrohung für ihn dar.

Aber warum hatte Ursula überhaupt angefangen, sich für diese Zeitspannen zu interessieren und für den Todeszeitpunkt des Russen? Und warum hatte sie ihm nichts davon erzählt? Stand er unter Verdacht? Und wenn ja, wer verdächtigte ihn dann? Carlos wusste von nichts, das war deutlich daran erkennbar gewesen, wie er den Anruf entgegengenommen und die Informationen weitergegeben hatte. Aber Vanja? Ahnte sie etwas?

Auf Ursulas Schreibtisch fand er keine weiteren Hinweise. Für eine Sekunde überlegte er, ob er sich in ihren Computer einloggen sollte, er kannte ihr Passwort, kannte alle Passwörter. Mit einem schnellen Blick hätte er ihre E-Mails und ihren Suchverlauf durchsehen können. Doch er hielt sich zurück.

Die Unruhe durfte nicht die Oberhand gewinnen, ihn nicht lenken.

Denn wenn es erst einmal so weit war, fing man an, Fehler zu machen.

Die Lage war unter Kontrolle, redete er sich ein, während er wieder zu seinem Platz ging. Wenn die anderen etwas wüssten und Beweise hätten, würden sie sich nicht so verhalten. Wahrscheinlich hatte Ursula lediglich das Material aus Karlshamn durchgelesen, war der Meinung gewesen, dass der Zeitverlauf nicht ganz stimmig schien, und um eine Überprüfung gebeten. Jetzt hatte sie diese bekommen. Für die Täter war es zeitlich durchaus möglich gewesen, diese Runde zu schaffen. *Case closed.*

Aber ... wenn Ursula der Meinung war, dass etwas faul war an den Abläufen, hatte sie es sicher Sebastian erzählt. Und das war nicht gut. Sebastian wusste von dieser verdammten Katze. Und wenn er erst einmal auf einer Fährte wäre, würde er weitersuchen.

Erneut krampfte sich sein Magen zusammen.

Er musste sich zusammenreißen.

Das waren doch alles nur Hirngespinste. Die Entdeckung von Jennifers Leiche hatte ihn aus dem Gleichgewicht gebracht, und jetzt sah er überall nur Probleme und Katastrophen. Das war verständlich, aber seine Angst musste noch lange nicht recht haben. Selbst wenn sie glaubten, dass es bei Botkin ein anderer Täter gewesen war, schien der Schritt dahin, *ihn* zu verdächtigen, doch ungeheuer groß. Obwohl Botkin mit derselben Waffe erschossen worden war und nicht viele wussten, wo er sich versteckt hatte ... Nein! Die Phantasie durfte nicht mit ihm durchgehen. Jetzt kam es darauf an, wieder die Kontrolle zu erlangen. Im ersten Schritt musste er herausfinden, ob Ursula nur eine fixe Idee gehabt hatte oder ob Vanja auch wusste, dass es im Karlshamn-Fall noch offene Fragen gab. Wen hatte er gegen sich?

Er warf einen kurzen Blick durch das Fenster zum Nachbarbüro, sah Vanja konzentriert an ihrem Schreibtisch arbeiten, ging in die Küche und füllte zwei Tassen mit Kaffee aus der Maschine. Dann ging er zu ihrem Zimmer, klopfte an und trat mit einem entspannten Lächeln ein.

«Störe ich?»

«Nein, ganz und gar nicht», sagte sie, streckte sich und rieb sich müde die Augen. «Ich verstehe nicht, wie Torkel diesen ganzen Papierkram geschafft hat, das dauert ewig.»

«Er hatte kein Privatleben», erwiderte Billy und stellte die Tasse vor ihr ab, ehe er sich auf eines der Sofas setzte. Er überlegte, ob er das Gespräch mit etwas Freundschaftlichem, Vertrautem einleiten sollte oder direkt zur Sache kommen. Schließlich entschied er sich für Letzteres.

«Ich habe gerade gehört, dass Ursula Kyllönen gebeten hat, die Zeitpunkte der letzten Morde in Karlshamn noch einmal zu überprüfen. Habe ich irgendetwas verpasst?»

Vanjas Reaktion bot ihm, was er wissen musste. Denn sie war keine große Schauspielerin. Möglicherweise wäre es ihr gelungen, auf überzeugende Weise verständnislos auszusehen, aber eine derartige Verwunderung hätte sie niemals vortäuschen können.

«Nein, warum hat sie das denn gemacht?»

«Ich weiß es nicht genau, aber Krista hat angerufen und

gesagt, sie hätten nachgeprüft, in welcher Zeit die Täter von Johansson zu Botkin und Strauss gefahren sein konnten.»

Vanja sah ihn erstaunt an. Sie hatte ganz eindeutig keine Ahnung, wovon er sprach.

Also steckte nur Ursula dahinter. Und vermutlich auch Sebastian.

«Ich habe sie nicht darum gebeten», sagte sie.

«Ich wollte nur wissen, ob ich bei irgendetwas helfen kann.»

Vanja blickte an ihm vorbei in die Bürolandschaft, wo Ursula gerade wieder an ihren Platz zurückgekehrt war, und Vanja stand auf und ging hinüber. Billy folgte ihr.

«Hast du Kyllönen gebeten, die Fahrzeiten in Karlshamn zu überprüfen?», fragte sie ohne Umschweife, als sie bei Ursula angekommen waren.

«Ja, dieser Teil des Berichts schien mir noch etwas dünn, deshalb wollte ich nur noch einmal sichergehen.» Das klang nicht wie eine Lüge. Es klang, als hätte sie die Unterlagen gelesen, den Eindruck gehabt, dass der Ablauf ein wenig unklar wirkte, und um eine Kontrolle gebeten. Genau, wie Billy gedacht hatte. Er hatte sich unnötig aufgeregt.

«Ich möchte, dass solche Anfragen über mich laufen. Das gibt ein riesiges Durcheinander, wenn jeder seine eigenen kleinen Nachforschungen anstellt. Worum ging es denn?»

«Ob Linde und Grönwall es überhaupt zeitlich schaffen konnten, die letzten beiden Morde zu begehen, ehe sie bei Strauss auftauchten.»

«Aber das wissen wir doch, es war dieselbe Waffe.»

«Ich wollte nur sichergehen ...»

Da! Irgendetwas in ihrer Stimme. Wie sie den Satz nicht beendete. Da lauerte irgendetwas Falsches. Ursula war nicht nur der Meinung gewesen, dass der Bericht ein wenig dünn wirkte. Sie hatte einen Verdacht, sie verdächtigte ihn also doch. Die Ruhe, die er noch vor wenigen Sekunden gespürt hatte, wurde von einem unkontrollierbaren, brodelnden Zorn abgelöst.

Sie und dieser verdammte Sebastian konnten sein Leben zerstören!

Für einen kurzen Moment wurde ihm buchstäblich schwarz vor Augen. Er spürte, wie der Puls in seinen Schläfen pochte. Als er wieder klar denken konnte, merkte er, wie Ursula ihn musterte. Für einige Sekunden trafen sich ihre Blicke, ehe er wegsah, sich entschuldigte und wieder zu seinem Schreibtisch ging.

Er hatte erfahren, was er wissen musste.

Vanja wusste nichts. Ursula hingegen hatte einen Verdacht. Und Sebastian mischte irgendwo im Hintergrund mit.

Die Spielaufstellung war klar.

Eigentlich hätten sie sich heute nicht gesehen, aber gegen neun hatte Ursula ihn angerufen, weil sie zu ihm kommen wollte. Er dürfe nicht nein sagen, betonte sie. Schließlich seien Torkel und er es gewesen, die das Ganze ins Rollen gebracht und dafür gesorgt hätten, dass sie jetzt keine Ruhe mehr finden und nicht allein sein könne. Und tatsächlich sah sie sehr besorgt und betrübt aus, als sie in seine Wohnung trat und ihren Mantel aufhängte.

«Hast du schon etwas gegessen?», fragte Sebastian, während sie in die Wohnung gingen.

«Ich habe mir ein Brot gemacht und ein Glas Wein dazu getrunken.»

«Möchtest du noch mehr von dem einen oder anderen?»

Er kannte die Antwort auf die Frage und kam kurz darauf mit einem Glas Chardonnay ins Wohnzimmer, wo sie sich niedergelassen hatte. Er setzte sich neben sie auf das Sofa. Sie trank einen Schluck Wein und schien über etwas nachzudenken, ehe sie die Hand in die Tasche schob, einen zusammengefalteten Post-it-Zettel herauszog und ihn Sebastian reichte.

«Was hat dich dazu bewogen, deine Meinung zu ändern?», fragte Sebastian, nachdem er den Zettel geöffnet und die E-Mail-Adresse und das aus zehn Ziffern bestehende Passwort gesehen hatte.

«Ich habe Kyllönen angerufen, um noch einmal die Tatzeitpunkte und die Fahrtdauer mit dem Mord an Botkin abzugleichen.»

«Der Russe in Karlshamn?»

«Irgendetwas kam mir daran die ganze Zeit komisch vor», gab Ursula zu. Dann erzählte sie ausführlicher von Billy, wie er den Russen abgeholt hatte, verfolgt worden war, ihn abgeliefert hatte. Und wie sie nach dem Gespräch mit Torkel und ihm auf den Gedanken gekommen war, dass es Billy gewesen sein könnte.

«Aber wurde der Russe denn nicht mit demselben Gewehr wie die anderen erschossen?», fragte Sebastian und konnte sich keinen Reim darauf machen.

«Das in dem am Waldrand abgestellten Passat lag. Wo Billy auch parkte. Viel später als alle anderen», fasste Ursula zusammen. «Na, jedenfalls habe ich daraufhin Kyllönen angerufen.»

«Und was hat sie gesagt?», fragte er, obwohl er sich auch diesmal ziemlich sicher war, wie Ursulas Antwort ausfallen würde.

«Dass es *möglich* ist, dass Linde und Grönwall es rechtzeitig dorthin geschafft haben, um ihn zu erschießen ...»

Dahinter stand ein so großes Aber, dass man es eigentlich gar nicht auszusprechen brauchte. Er tat es dennoch.

«Aber nicht wahrscheinlich.»

Ursula trank noch einen Schluck Wein, sah ihn ernst an und schüttelte den Kopf.

«Nicht wahrscheinlich.»

Jetzt hatte sie Tränen in den Augen. Sebastian konnte sich nicht erinnern, Ursula je weinen gesehen zu haben. Nicht einmal damals, als er sie am meisten verletzt hatte.

«Verstehst du, was es bedeutet, wenn du recht hast?»

«Dass ich der Beste bin», scherzte er versuchshalber, merkte aber gleich, dass es nicht gut ankam. «Entschuldige ...»

«Wir arbeiten seit fünfzehn Jahren zusammen. Wir waren

alle auf seiner Hochzeit. My ist schwanger. Ich meine ... es geht um Billy!»

«Er ist nicht gesund.» Sebastian sah sofort, dass dies als Erklärung oder Trost nicht ausreichte. Bei weitem nicht. «Du musst dir das vorstellen wie bei einem ... Demenzkranken. Er ist nicht mehr der, der er früher einmal war, und er kann kaum etwas dagegen unternehmen.»

«Was ist denn mit ihm passiert?»

Sebastian wusste es natürlich nicht sicher, erläuterte ihr jedoch seine Theorie. Hinde und Cederkvist, die ungesunde Dreireihung von Macht, Kontrolle und Gewalt, wie sie zu einem Zwang wurde, einer Voraussetzung, um funktionieren zu können.

«Ich weigere mich, daran zu glauben», hielt sie entschieden fest. «Aber gleichzeitig habe ich ihn heute gesehen, nachdem er erfahren hat, dass ich mich bei Kyllönen gemeldet hatte ...»

«Er weiß, dass wir ihn überprüft haben?», unterbrach Sebastian sie und fühlte, wie ein Klumpen des Unbehagens in seinem Magen landete. Nicht weil er glaubte, Billy würde eine Bedrohung für sie darstellen, so durchgedreht war er dann doch nicht. Aber jetzt würde er alle Vorgänge noch einmal aus seiner Perspektive sichten, und wenn es irgendwo auch nur den Hauch eines Beweises gäbe, würde er ihn vernichten. Die Chance, ihn zu überführen, wurde geringer, wenn er von ihren Nachforschungen wusste.

«Er hat jedenfalls mitbekommen, dass ich dort angerufen und mich nach den Fahrstrecken erkundigt habe», antwortete Ursula. «Aber dieser Blick ...»

Sie beendete den Satz nicht, und Sebastian glaubte zu erkennen, wie sie ein wenig schauderte. Es war schwer, ja beinahe unmöglich zu begreifen, wenn sich eine Person, die man so lange kannte, plötzlich als jemand ganz anderes entpuppte. Tatsache gegen Gefühl – da hatte die Tatsache meistens keine Chance.

«Ich glaube, du könntest recht haben, aber ich hoffe, dass es nicht so ist», sagte Ursula und fasste seine Gedanken damit in Worte.

«Ich auch», antwortete er ehrlich.

«Deshalb bekommst du meine Zugangsdaten», fuhr sie fort, mit einem Blick auf den Zettel, den sie auf den Couchtisch gelegt hatte. «Ich habe auch einen Laptop aus dem Präsidium mitgebracht, damit ihr die Akten untersuchen und zu dem Ergebnis kommen könnt, dass er es nicht war.»

Sebastian nahm den Zettel vom Tisch und steckte ihn in die Tasche. Viel mehr gab es über diese Sache gerade nicht zu sagen. Er deutete auf ihr halbleeres Glas.

«Möchtest du noch etwas trinken, und bleibst du über Nacht?»

Beides bejahte sie.

Sie schlief tief und fest.

Zu ihm gewandt, den Mund leicht geöffnet, ihr Atem an der Grenze zum Schnarchen. Doch es waren nicht die Geräusche, die ihn wachhielten.

Ihm ging so vieles durch den Kopf.

Er hatte Torkel angerufen, der erwartungsvoll, ja beinahe glücklich geklungen hatte, als Sebastian ihm erzählt hatte, was Ursula ihnen gegeben hatte, um weiterzuforschen, und sie beschlossen, sich am nächsten Morgen zu treffen. Insgeheim war Sebastian ebenfalls ziemlich froh darüber, dass er sich mit Billys Fall beschäftigen konnte. Natürlich plagte ihn auch eine leise Schuld, aber sie war nichts gegen jene, mit der er jeden Morgen aus dem Traum aufwachte.

Du hast mich ausgetauscht übte Nacht für Nacht dieselbe Wirkung auf ihn aus.

Hatte er zu viel an sich gerissen?

War er zu gierig geworden und hatte geglaubt, er könnte alles noch einmal haben?

Ohne Narben keine Heilung, irgendetwas musste zwangsläufig in seinem Leben bleiben oder, besser gesagt, weiterhin fehlen, als ständige Erinnerung daran, dass er nie verlangen durfte, und es auch nicht verdient hatte, alles noch einmal zu bekommen.

Das war natürlich bescheuert. Als müsste er die eine Sache opfern, um eine andere behalten zu dürfen. Es gab keine Sabine, die ihn verfolgte, auch keine Lily, nur ihn selbst und seine Schuld, mit der er anscheinend nie zu leben lernte.

Aber seit einigen Jahren war es besser geworden, was hatte er also geändert?

Seine Liebe zu Amanda festigte sich mit jedem Tag, und dasselbe galt auch für seine Beziehung zu Ursula.

Er war jetzt glücklich. Mit ihr.

Das war das Neue. Und er gestand es sich selbst ein. Dass er zum ersten Mal eine Zukunft vor sich sehen konnte, in der es ihm mit einer anderen Frau gutging. Doch das verdiente er nicht, das konnte er nicht zulassen.

Das machte ihm der Traum jede Nacht deutlich.

Es war ihm gelungen, sich aus dem Sumpf von Trauer und Schmerz zu befreien, in dem er so viele Jahre umhergewatet war. Jetzt wurde er erneut hineingezogen, und er war gezwungen, ein wenig Ballast abzuwerfen, um sich an der Oberfläche halten zu können.

Amanda würde er niemals aufgeben. Das war undenkbar. Die Liebe zu ihr war dauerhaft, nicht verhandelbar. Nicht einmal mit seiner toten Tochter.

Aber würde er an Amanda festhalten können, wenn jemand Lilys Platz einnahm? War der Preis dafür, seine Enkelin zu lieben, dass er künftig allein leben musste?

Er drehte sich auf die Seite und betrachtete Ursula, die tief und fest schlief. Vorsichtig legte er die Hand auf ihre Wange. Was für idiotische Gedanken so spät in der Nacht. Er verdrängte sie wieder. Dachte stattdessen lieber an etwas, das im Vergleich dazu einfach und konkret erschien, nämlich dass sein ehemaliger Kollege mindestens zwei Menschen getötet hatte.

Torkel öffnete die Tür schon nach dem zweiten Klingeln. Ein gutes Zeichen. Sebastian grüßte, trat ein, hängte seinen Mantel auf und ging in die Küche. Die Wohnung war nicht mehr ganz so verwahrlost. Torkel hatte sich Mühe gegeben und die schlimmste Unordnung beseitigt. Die Küche wirkte beinahe einladend. Die Arbeitsfläche war leer und abgewischt. Auf dem sauberen Küchentisch standen zwei Tassen, und der Duft von frisch gebrühtem Kaffee verdrängte den alten Mief. Sebastian legte den Polizeilaptop ab.

«Hast du geputzt?»

«Ja, als ich gestern nach Hause kam, habe ich mir ein Stündchen Zeit dafür genommen.»

«Das ist der Vorteil dabei, wenn man völlig abstürzt. Dann braucht es gar nicht viel, bis es wieder besser aussieht», kommentierte Sebastian und zog sich einen Stuhl heran. «Hast du heute getrunken?»

«Nur ein Bier.»

Torkel schenkte ihnen Kaffee ein und setzte sich neben ihn. Sebastian trank einen Schluck. Sogar der Kaffee schmeckte heute besser. Wahrscheinlich, weil Torkel in der Lage gewesen war, die Löffel zu zählen, die er hineingegeben hatte. Sebastian berichtete, was Ursula ihm gestern erzählt hatte. Über Ivan Botkin. Dass sie beide einen Verdacht bei ihr geweckt hatten, der Anlass dafür war, dass sie jetzt hier mit ihren Zugangsdaten und einem Polizeilaptop saßen. Torkel zog ihn zu sich heran, und Sebastian rückte näher, um den

Bildschirm sehen zu können, während Torkel sich routiniert einloggte, zu suchen begann und schon bald die Unterlagen zum Fall Jennifer fand.

Sie waren sorgfältig geschrieben, offensichtlich davon beeinflusst, dass Jennifer eine Kollegin gewesen war. Im Vermisstenfall hatten die ersten Ermittler wirklich jeden Stein umgedreht. Sie hatten die Kreditkarten- und Kontobewegungen gesammelt, jeden Eintrag in den sozialen Medien ausgedruckt, mit Nachbarn, Freunden und Arbeitskollegen gesprochen.

Sie hatten auch in engem Kontakt mit der französischen Polizei gestanden, die anscheinend ebenfalls sehr gründlich gearbeitet hatte. Das Grottensystem, wo Jennifers Kleidung gefunden worden war, war mehrmals mit Tauchern und Draggen abgesucht worden, und man hatte in allen Hotels und Läden nachgeforscht, in denen die Kreditkarte benutzt worden war. Dort konnte sich niemand an die Schwedin erinnern.

Je mehr sie lasen, desto deutlicher fiel ihnen auf, wie gut Jennifers inszenierte Frankreichreise geplant gewesen war. Keine Orte, an denen es Kameras gab, nur Hotels mit Self-Check-in, keine Bargeldentnahmen am Automaten, keine Restaurants, nur Take-away. Irgendjemand hatte viel Mühe darauf verwendet, es so aussehen zu lassen, als wäre sie in einem anderen Land, obwohl sie in Wirklichkeit längst auf dem Grund des Erken lag.

Anschließend gingen sie den vorläufigen Bericht der Rechtsmedizin durch.

Von der Leiche gab es keine Weichteile mehr, nur das Skelett war übrig. Ausgehend vom pH-Wert des Sees, der Tiefe des Fundortes und der dauerhaft verhältnismäßig niedrigen Wassertemperatur konnte man davon ausgehen, dass die Leiche länger als zwei Jahre dort gelegen hatte. Die Karpalknochen wiesen kleine Frakturen auf. Sebastian und Torkel mussten googeln. Wie sich herausstellte, handelte es sich dabei um eine Gruppe kleinerer Knochen, die Teil des Handgelenks waren. Dem Gerichtsmediziner zufolge konnte das darauf hindeuten, dass Jennifers Hände zum Zeitpunkt ihres Todes gefesselt gewesen waren. In diesem Fall hätte sie hart gekämpft, um sich zu befreien. Die Todesursache ließ sich nicht mehr feststellen, aber starke äußere Gewalteinwirkung, die zu Trümmerbrüchen geführt hätte, konnte ausgeschlossen werden. Außerdem zeigten die Knochen auch keine Spuren von Stich- oder Schussverletzungen.

Die letzte Aktualisierung an dem Fall war gestern von den neuen Ermittlern Hansson und Gutestam ergänzt worden. Sie hatten mit Billy über die manipulierten Fotos gesprochen und erfahren, dass man daraus keine weiteren Erkenntnisse gewinnen konnte. Außerdem hatten sie recherchiert, ob es weitere Leichen gab, die auf dieselbe Weise im Wasser versenkt worden waren, bisher aber nichts gefunden.

Im Großen und Ganzen nicht viel Neues, bis auf den Fund an den Handgelenken. Folter oder ein Sexspiel, das aus dem Ruder gelaufen war? Beides war absolut denkbar. Dass Billy auf SM-Sex stand, konnte Sebastian sich unschwer vorstellen.

Dominanz, Kontrolle, Macht.

Er wurde aus seinen Überlegungen gerissen, als Torkel aufstand und ein wenig auf und ab ging, als wollte er seine Gedanken sammeln. Was auch immer er gleich sagen würde, Sebastian hatte das Gefühl, es würde ihm nicht gefallen.

«Ich glaube ...», begann Torkel ein wenig zögerlich. «Vor

vier Jahren hat er Jennifer ermordet. Und vielleicht jetzt den Russen. Du bist der Psychologe, aber ich habe schon einige Serienmörder gejagt. Wenn er derjenige ist, für den du ihn hältst, gibt es noch mehr Opfer.»

Sebastian war ausnahmsweise sprachlos. So weit hatte er nicht gedacht, nicht zu denken gewagt. Aus verständlichen Gründen. Jennifer war schlimm genug, Botkin verlieh dem Ganzen noch mehr Gewicht, aber wenn es weitere Opfer gab ... Er hatte gewusst, dass mit Billy etwas nicht stimmte, aber nicht gehandelt. Hatten deswegen noch mehr Menschen ihr Leben verloren? Schon der bloße Gedanke daran, welche Schuld er selbst womöglich auf sich gezogen hatte, war zu viel.

Torkel setzte sich wieder an den Rechner, schloss die Ermittlungsunterlagen und startete eine neue Suche.

«Was machst du?», brachte Sebastian hervor.

«Ich suche nach vermissten Personen.»

Sebastian sah ihn verständnislos an.

«Billy ist Polizist. Er weiß, dass es ohne Leiche nahezu unmöglich zu einer Verurteilung kommen kann. Oder überhaupt zu einer Anklage.»

Torkels Finger flogen über die Tastatur. Sein Handeln hatte plötzlich eine Schärfe, eine neue Intensität. Es war fast so, als säße Sebastian wieder mit dem alten Torkel zusammen. Wer ihn in diesem Moment zum ersten Mal gesehen hätte, wäre nicht darauf gekommen, dass er ein schwerer Alkoholiker war. Er fing an, eine Auswahl aus der Datenbank zu extrahieren.

«In einem Vermisstenfall wird auch nie so genau ermittelt wie in einem Mordfall», fuhr er fort, studierte die Liste, die er erstellt hatte, und grenzte sie weiter ein, indem er Jennifers Tod als Anfangsdatum eingab.

«Wenn er also noch weitere Menschen umgebracht hat, wurden sie vermisst gemeldet, aber nie gefunden», erklärte Torkel. Sebastian nickte nur. In Schweden wurden jedes Jahr mehr Menschen vermisst gemeldet, als man glauben sollte. Die meisten waren noch am Leben, einige hatten Suizid begangen, eine Minderheit wurde Opfer eines Verbrechens. Diejenigen, die einfach verschwanden und nie wiedergefunden wurden, zählten zur Ausnahme. Wenn man jene aussortierte, die einen guten Grund hatten, freiwillig unterzutauchen, wurden es noch weniger. Torkel lehnte sich zurück. Er hatte eine Liste mit etwa dreißig Menschen vor sich auf dem Bildschirm. Knapp dreißig Menschen, die in den letzten vier Jahren spurlos verschwunden waren.

Sebastian beugte sich vor und blendete die leise Stimme aus, die ihm weiterhin einflüstern wollte, er könnte möglicherweise indirekt dafür verantwortlich sein, dass einer oder mehrere dieser Menschen nicht mehr am Leben waren. Denn momentan konnte er daran rein gar nichts ändern. Jetzt war die höchste Priorität, Billy daran zu hindern, je wieder einem lebenden Wesen Schaden zuzufügen. Aber wo sollten sie anfangen? Es waren lediglich Namen, Männer und Frauen verschiedener Altersgruppen in verschiedenen Teilen des Landes. Wie sollten sie jemanden davon mit Billy in Verbindung bringen?

«Was ist denn mit ihm hier?», schlug Sebastian vor und deutete auf einen Namen auf der Liste. Hugo Sahlén, siebzehn Jahre alt, am 3. November 2017 in Uppsala verschwunden.

«Was soll mit ihm sein?», fragte Torkel.

«Waren wir da nicht gerade in Uppsala?»

Sebastian war sich ziemlich sicher, dass er recht hatte. Dieser Fall, diese Tage Ende Oktober, Anfang November hatten sich ihm für immer ins Gedächtnis gebrannt. Torkel stand erneut auf, verließ kurz die Küche und kam mit einem Kalender wieder. Er blätterte zu dem betreffenden Datum und nickte.

«Das war unser letzter Tag dort.»

Sebastian sah Torkel an, musste aber nichts weiter sagen. Es wäre einen Versuch wert. Torkel verließ die Küche erneut und kehrte mit anderen Kalendern zurück.

2018, 2019, 2020.

Eine Viertelstunde später lehnten sie sich beide zurück. Torkel wirkte zwar nicht zufrieden, aber dennoch erfüllt und davon beseelt weiterzuarbeiten. Sebastian hätte alles darum gegeben, die Zeit zurückzudrehen, zurück zu Billys Hochzeitsnacht. Dem Montag danach. An dem er zu Torkel hätte gehen und ihm erzählen sollen, was der Vorfall bedeuten konnte und dass sie handeln mussten ... An dem sie möglicherweise, wahrscheinlich, eine Mordserie hätten verhindern können. Möglicherweise, wahrscheinlich, die vier Personen hätten retten können, deren Namen jetzt vor ihnen auf dem Bildschirm standen.

Die vier, die alle spurlos am jeweils letzten Tag verschwunden waren, an dem die Reichsmordkommission ihre Arbeit in der jeweiligen Stadt beendet hatte und wieder nach Stockholm gefahren war. Die vier, die nie gefunden worden waren.

Hugo Sahlén, 17 Jahre, Uppsala, November 2017
Tina Svensson, 52 Jahre, Borås, September 2018
Katarina Holmkvist, 33 Jahre, Falun, Mai 2019
Sverker Frisk, 45 Jahre, Hudiksvall, August 2020

Sie hatten nach wie vor keine Beweise. Aber Ursulas und nicht zuletzt Sebastians eigene Hoffnung, dass sie sich Billy betreffend getäuscht hatten, erschien zunehmend unwahrscheinlich.

Hast du mal eine Minute?»

Carlos sah von seiner Arbeit auf. Ursula stand neben seinem Schreibtisch und hatte bereits ihre Jacke an.

«Klar, worum geht's?»

«Könntest du mitkommen? Und zieh dir etwas über, du frierst doch so leicht.»

Mit fragend gerunzelter Stirn tat er, was ihm gesagt worden war. Ursula wollte eindeutig nichts darüber preisgeben, warum er mit ihr mitgehen sollte. Nicht hier, nicht jetzt. Er zog seinen gefütterten Mantel über den Kaschmirpullover mit V-Ausschnitt von Fynch-Hatton. Mütze, Schal und Handschuhe, dann war er bereit. Ursula lotste ihn aus dem Büro und in den Aufzug.

«Wohin gehen wir?», fragte er, als sie auf *EG* drückte.

«Raus.»

Carlos verstummte. In der relativ kurzen Zeit, die er Ursula kannte, hatte er begriffen, dass Smalltalk nicht ihr Ding war und sie ihre Informationen auf das Nötigste beschränkte. Konnte ihr Ausflug etwas mit diesem Anruf von Kyllönen zu tun haben? Vanja war gar nicht erfreut gewesen, als sie davon erfahren hatte. Eigeninitiative kam anscheinend nicht gut an. Gut zu wissen für die Zukunft. Hatte Ursula auf eigene Faust in dem Fall weiterermittelt? Falls ja, war er sich nicht sicher, ob er es wirklich erfahren wollte. Er hatte keine Lust, in irgendeinen Loyalitätskonflikt zwischen Vanja und Ursula zu geraten.

Sie verließen den Aufzug, gingen durch das riesige Drehkreuz und den Eingang und gelangten unter das große Glasdach auf der Polhemsgatan. Carlos schloss einen weiteren Knopf seines Mantels, als ihm der laue Wind aus dem Kronobergsparken entgegenwehte. Sie bogen links ab und bewegten sich mit schnellen Schritten. Nach nur hundert Metern schob Ursula eine grüne Holztür auf, und sie gingen eine halbe Treppe hinab in einen orange gestrichenen Raum, in dem ein paar dunkle Holztische standen. Ein Café. An dem Tisch ganz hinten in der Ecke saßen zwei Männer, die Carlos wiedererkannte. Torkel Höglund und Sebastian Bergman. Vor ein paar Jahren hatten sie in Uppsala zusammengearbeitet. Wenn Carlos alles richtig verstanden hatte, war Torkel im Winter vorzeitig in Pension gegangen, und Sebastian war Vanjas Vater. Und ein ziemlich unmöglicher Typ, wenn man den Gerüchten glaubte. Die außerdem besagten, dass er mit Ursula zusammen war.

«Möchtest du etwas trinken?», fragte sie mit einem Blick zum Kaffeetresen.

«Gerne einen Cappuccino.»

«Setz dich doch, ich bringe ihn dir gleich.»

Auf dem Weg zu dem Tisch in der Ecke öffnete Carlos seinen Schal und nahm die Mütze ab.

«Hallo! Schön, dass du kommen konntest», sagte Torkel zur Begrüßung. «Lang ist's her.»

«Das stimmt. Wie geht es dir?», fragte Carlos, zog einen Stuhl heran und setzte sich.

«Hat Ursula erzählt, warum du hier bist?», fragte Sebastian, ehe Torkel etwas antworten konnte. Anscheinend wollte er alle Höflichkeitsfloskeln schleunigst überspringen.

«Nein.»

Torkel und Sebastian sahen einander an, als müssten sie entscheiden, wer von ihnen anfangen sollte.

«Das, worüber wir hier sprechen, muss unter uns bleiben», betonte Torkel und senkte die Stimme.

«Aha ...»

«Erinnerst du dich an Hugo Sahlén?»

«Ja, der junge Typ, der in Uppsala verschwunden ist, als ihr auch gerade da wart.»

«Damals warst du der zuständige Ermittler.»

«Das stimmt.»

«Wir haben die Unterlagen zu dem Fall gelesen, aber gibt es irgendetwas, woran du dich erinnerst, was nicht in den Berichten auftaucht?»

«Was denn zum Beispiel?» Carlos sah mit großen Augen vom einen zum anderen und versuchte nicht einmal zu verbergen, dass er rein gar nichts verstand.

«Irgendein Gedanke, eine Spur, die dich nicht weitergeführt hat, die damals nicht wichtig schien.»

«Nein, in den Akten ist alles enthalten. Viel ist es nicht, ich weiß, ein junger Mensch – gewissenhaft, aus guten Verhältnissen –, der eines Tages mit dem Fahrrad wegfährt und spurlos verschwindet ... Warum reden wir über ihn?»

Die Herren wechselten erneut einen Blick, aber diesmal war offenbar Sebastian an der Reihe.

«Eine ganz andere Sache. Karlshamn, jetzt, letzte Woche.»

«Ja?»

«Das Gewehr der jungen Leute. Hast du gesehen, was damit passiert ist?»

«Sie hatten es im Auto liegenlassen, als sie wegrannten und ... Ich verstehe nicht ganz, es wurde doch wohl in Verwahrung genommen und ist nach wie vor ein Beweismittel?»

«Wer hat es in Verwahrung genommen?»

«Billy.»

«Also war er … in der Nähe des Autos der Täter?»

«Ja, er hatte direkt daneben geparkt … Worum geht es denn hier eigentlich?»

«Wir glauben, das Billy Boktin erschossen hat», sagte Ursula und stellte eine Tasse Cappuccino mit einem perfekt geformten Kakaoblatt im Milchschaum vor ihm ab. Carlos war sich sicher, dass er sich verhört haben musste. Das war doch vollkommen …

«Verrückt, das wissen wir, aber wir haben ziemlich starke Indizien.»

«Warum? Warum sollte er Botkin erschießen?»

«Er macht es einfach», stellte Sebastian fest. «Botkin ist nicht der Erste.»

«Meint ihr das ernst?»

Das konnten sie nicht wirklich glauben. Er mochte Billy. Sehr sogar. Hielt ihn für einen der besten Kollegen, die er je gehabt hatte. Verwirrt wandte er sich Ursula zu, die jedoch mit keiner Miene andeutete, dass sie ihn auf den Arm nahmen. War das eine Art Test? Irgendetwas in der Art musste es sein. Was auch immer, aber jedenfalls kein Ernst.

«Hattest du Kyllönen deshalb gebeten, die Zeiten zu kontrollieren?», fragte er.

«Ja.»

Er musste nachdenken. Versuchen, die Informationen im Kopf zu sortieren. Es war offensichtlich, dass sie keine Scherze machten. Mit ihm am Tisch saßen der ehemalige Leiter der Reichsmordkommission, Schwedens anerkanntester Kriminalpsychologe und Profiler und außerdem Ursula, eine der besten Forensikerinnen des Landes. Wenn diese Leute aus irgendeinem Grund glaubten, dass Billy ein schweres Verbrechen begangen hatte, ließ sich das nicht einfach abtun.

Aus dem Nichts kam ihm ein Gedanke. Ein Gedanke, der offenbar schon lange in seinem Hinterkopf geschlummert und nur auf den richtigen Impuls gewartet hatte, um sich zu materialisieren.

Botkin, Zeiten und Billy.

Oder hauptsächlich Zeiten und Billy.

«Entschuldigt mich kurz», sagte er, schob seinen Stuhl zurück und stieß beim Aufstehen so heftig mit dem Bein gegen den Tisch, dass der Kaffee überschwappte. «Ich muss telefonieren.»

«Diese Sache bleibt unter uns», erinnerte Sebastian ihn, während Carlos die Treppen hinaufeilte.

Er trat auf die Straße und begann sofort zu frieren, Mantel, Mütze und Handschuhe hatte er im Café liegenlassen. Doch er ignorierte die Kälte, zog sein Handy hervor und wählte Kyllönens Nummer. Sie meldete sich sofort. Als er seinen Namen nannte, stellte sie amüsiert fest, dass sie ja ziemlich oft anrufen würden.

«Vermisst ihr uns?»

«Nein, oder ja, aber ich bräuchte schon wieder deine Hilfe.»

«Natürlich, worum geht es?»

«Der Tag, an dem Grönwall und Linde gesprungen sind, du weißt schon. Gab es da irgendwelche Staus oder Verkehrshindernisse auf der Fernstraße 15 von Olofström Richtung Süden oder auf der 116 Richtung Süden?»

«Keine Ahnung, aber das kann ich schnell nachsehen.»

«Danke, ich bleibe dran.»

Ein leises Tippen war zu hören. Carlos ging ein paar Schritte auf dem Bürgersteig auf und ab. Jetzt, nachdem es ihm bewusst geworden war, wurde er den Gedanken nicht mehr los, wie merkwürdig er es gefunden hatte, dass Vanja nach dem Todessprung der Täter am Handy gesagt hatte, Billy wäre in einer knappen halben Stunde in Skinsagylet. Bei seinem Gespräch mit Carlos hatte er gerade in Olofström gewendet. Von dort brauchte man zehn Minuten. Höchstens.

«Bist du noch da?», erklang Kyllönens Stimme.

«Ja, ich bin da.»

«Keine Verkehrsstörungen oder andere Probleme auf der 15 oder 116 zu der betreffenden Zeit.»

«Bist du sicher?», fragte er, nicht weil er ihr in irgendeiner Weise misstraute, sondern um sich selbst zu vergewissern. Um es noch einmal zu hören.

«Ganz sicher.»

«Okay, danke für die Hilfe. Vielleicht hören wir uns noch mal.»

«Ihr wisst, wie ihr uns erreichen könnt.»

Carlos beendete das Telefonat. Eine Weile blieb er grübelnd stehen und starrte vor sich hin. Dann überkam ihn ein Schauer, und das nicht nur wegen der Kälte. Er ging wieder ins Café und zu dem Ecktisch und setzte sich.

«Wie kann ich euch unterstützen?»

Carlos versuchte, nicht über den Grund nachzudenken. Warum er in Uppsala war.

Warum er in der Kantine seines früheren Arbeitsplatzes saß und mit Lenny über einen drei Jahre alten Vermisstenfall redete.

Warum er die Unterlagen dazu ausgedruckt und vor sich ausgebreitet hatte.

Hugo Sahlén, der ihn von dem Bild ganz oben anlächelte. Ein Foto aus seiner Schulzeit. Vor blauem Hintergrund, den Kopf in der klassischen Schulfotoneigung. Schwarzer Kapuzenpullover, schwarzes strähniges Haar, ein Piercing über dem einen Auge, spärlicher Bartwuchs am Kinn. Er sah ziemlich cool aus, aber Carlos hatte während der Ermittlungen herausgefunden, dass er eigentlich ein freundlicher, ein etwas einsamer Junge mit nur wenigen Freunden war, die er eher im Internet bei Onlinespielen traf als im realen Leben.

Oder *IRL*, wie Billy zu sagen pflegte.

Dieser verdammte Billy.

Carlos wollte nicht darüber nachdenken, warum er hier war.

Hugo Sahlén. An einem Nachmittag im November 2017 verschwunden. Damals hatte er sein Fahrrad genommen und gesagt, er würde zu Liam fahren, einem Kumpel. Bei dieser Fahrt wurde er das letzte Mal gesehen. Einige Überwachungskameras am Rande von Uppsala hatten ihn auf dem Weg Richtung Osten eingefangen, aber danach ... keine

Spur mehr. Liam hatte keine Ahnung, wo Hugo abgeblieben sein könnte. Sie waren an diesem Tag gar nicht verabredet gewesen.

«Warum wühlst du wieder in dem alten Fall?», fragte Lenny und biss von seinem Leberwurstbrot ab. Carlos überlegte, obwohl er damit gerechnet hatte. Man kam nicht um die Frage nach dem Grund herum. Aber gleichzeitig konnte er sie nicht ehrlich beantworten.

«Das Verschwinden könnte im Zusammenhang mit einem anderen Fall stehen, an dem ich gerade arbeite.»

«Und wie ist es so bei der Reichsmordkommission?», fragte Lenny und hielt sich die Hand vor den Mund, um einen Rülpser zu verbergen. Ein Gestank nach Leberwurst schlug Carlos entgegen. Er hasste Leberwurst. Den Geschmack, den Geruch, die Konsistenz. Es war ein Brotbelag, der ihm nicht ins Haus kam.

«Es ist gut, ich fühle mich wohl.»

Eine Gesprächspause entstand. Eigentlich gab es auch nicht viel mehr zu sagen. Lenny und er waren keine Freunde. Sie waren Kollegen gewesen, die ab und zu zusammengearbeitet hatten, mehr nicht. Sie standen sich nicht einmal nahe genug, um über die Familie, über Urlaube oder Freizeitaktivitäten zu sprechen. Lenny empfand das offenbar ähnlich, denn er biss erneut von seinem Brot ab und deutete auf das Dokument, das zwischen ihnen auf dem Tisch lag.

«Was ist das denn für ein Fall, in dem der Junge wiederaufgetaucht ist?», fragte er zwischen zwei Bissen, und Carlos musste sich zusammenreißen, um angesichts seines Leberwurstatems nicht das Gesicht zu verziehen.

«Ich kann nicht mehr darüber sagen, tut mir leid.»

«Weil du jetzt mit den großen Jungs spielst», neckte Lenny ihn.

Carlos dachte an Sebastian, Torkel und Ursula, mit denen er gerade zusammenarbeitete.

«Ja, so ist es», erwiderte er ehrlich.

«Und wozu brauchst du mich dann?»

«Ich wollte mit dir ein bisschen Brainstorming betreiben, ob es etwas gibt, an das du dich erinnerst, was nicht hier auftaucht ...» Er legte die Hand auf den aufgeschlagenen Ordner. «Ein Gefühl, ein Gedanke, irgendetwas, das wir damals nicht wichtig fanden, aber vielleicht doch noch einmal prüfen sollten.»

Lenny wischte sich mit einer Serviette den Mund ab.

«Ich finde, wir haben getan, was wir konnten.»

«Auf jeden Fall, ich suche auch nicht nach Fehlern, ich suche nach ... Ich weiß nicht, wonach ich suche. Irgendwas.»

«Klingt ein bisschen verzweifelt.»

«Bin ich wohl auch», räumte Carlos ein.

Er sah, wie der Kollege seine Aufmerksamkeit auf ein Geschehen richtete, das hinter Carlos' Rücken vor sich ging, und für einen Moment glaubte er ein erwartungsvolles Lächeln in Lennys Gesicht zu erahnen.

«Es gibt noch mehr Kollegen, die wissen, dass du hier bist.»

Carlos drehte sich um. Anne-Lie Ulander kam auf ihn zu und lächelte, als sie sah, wie er sich zu ihr umwandte, doch ihre Augen blieben neutral. Das Lächeln war alles andere als herzlich.

«Hey. Ich habe gehört, dass du im Haus bist, und da dachte ich, ich komme mal vorbei und sage hallo», erklärte sie, als sie zu ihnen trat.

«Nett von dir, hallo, wie geht's?»

«Du weißt schon, *same, same*.»

Carlos wusste, dass hinter dieser höflichen Plauderei

mehr steckte. Es war kein Geheimnis, dass Anne-Lie auch zur Reichsmordkommission wollte. Am liebsten als Chefin, schon während ihrer Zusammenarbeit mit dem Team in Uppsala hatte sie es auf Torkels Stelle abgesehen gehabt, doch dann war er in Pension gegangen, Vanja hatte die Leitung übernommen und Carlos ins Team geholt ... Anne-Lie hatte also einiges zu schlucken gehabt.

«Was machst du hier?» Sie warf ein Auge auf die Unterlagen. «Ist das Hugo Sahlén?»

«Ja.»

«Warum interessiert ihr euch für ihn?»

Schon wieder dieses Warum. Lenny hatte Carlos' Geheimniskrämerei mit Humor genommen. Anne-Lie würde glauben, er wollte sich nur wichtigmachen. Nicht dass es eine Rolle spielen würde ...

«Sein Verschwinden könnte eine Verbindung zu einem anderen Fall haben.» Sein schroffer Ton lud nicht zu weiterem Nachhaken ein. Aber es gab anderes, worüber sie sprechen konnten. Anne-Lie kannte er besser, bei ihr wäre es nicht seltsam, sich nach der Familie zu erkundigen. Doch noch ehe er fragen konnte, wie es ihrem Mann und den Kindern ging, machte sie eine Geste in Richtung Tür.

«Na gut, ich muss dann auch los ... Nett, dich zu sehen. Ich hoffe, du fühlst dich wohl bei den anderen.»

«Ja, das tue ich.»

«Das glaube ich.»

Und weg war sie. Carlos sah ihr nach und hatte ein bisschen Mitleid mit ihr. Er beschloss, ihr vorzuschlagen, einen Kaffee trinken zu gehen, wenn diese Sache hier durchgestanden wäre.

«Während du mit Little Miss Sunshine gesprochen hast, ist mir eine Sache eingefallen», sagte Lenny.

«Was denn?»

«Erinnerst du dich noch an Liam?»

«Ja, schon.»

«Ich hatte das Gefühl, dass irgendetwas merkwürdig war bei unserem Gespräch mit ihm ...»

«War er nicht einfach nur nervös?»

«Willst du Hilfe oder nicht?»

«Sorry ...»

«Aber dann ist er ein paar Monate später wegen Drogenbesitzes verknackt worden, ein bisschen Marihuana im Rucksack, und ich dachte, wahrscheinlich war er deshalb so aufgeregt, als wir bei ihm zu Hause waren, wahrscheinlich saßen wir sozusagen auf seiner Bong.»

«Okay ...»

«Aber was, wenn er sich nicht deshalb so verhalten hat?»

«Weswegen dann?»

«Das weiß ich doch nicht. Du hast um irgendetwas gebeten und irgendetwas bekommen.»

Carlos nickte und fing an, seine Papiere zusammenzusuchen. Er war nicht ganz der Meinung, dass Lennys Gedanke irgendetwas war. Eher nichts.

Carlos saß im Auto vor dem achtstöckigen Gebäude, das viele Jahre lang sein Arbeitsplatz gewesen war. Was war der nächste Schritt? Er war kurz davor, auf alles zu pfeifen und nach Hause zu fahren. Die Sache war zu groß, zu verrückt. Angenommen, Sebastian, Torkel und Ursula hatten recht. Und Billy hatte all diese schrecklichen Verbrechen begangen.

Was wären dann die Konsequenzen?

Würde es die Reichsmordkommission anschließend überhaupt noch geben?

Glück im Unglück, dass Torkel in Pension gegangen war, denn er würde seinen Posten definitiv räumen müssen. Ein hochrangiger Polizeichef, der jahrelang einen Serienmörder in seinen eigenen Reihen gehabt hatte, das war nicht tragbar. Vielleicht würde nicht einmal Vanja den Skandal überstehen. Rosmarie Fredriksson würde auf jeden Fall einen Sündenbock suchen und eventuell die Chance ergreifen, die jetzige Organisation aufzulösen. Schließlich war die Beziehung zwischen ihr und der Reichsmordkommission nicht gerade innig. Vielleicht bekäme Anne-Lie doch noch eine Chance.

Aber jetzt griff er den Ereignissen vor. Bislang hatten sie nur Indizien, gravierende zwar, aber keine Beweise. Deshalb war er in Uppsala. Aber was sollte er tun? Was konnte er tun? Er hatte keine Ahnung.

Mit einem resignierten Seufzer startete er den Motor und fuhr auf die Svartbäcksgatan.

Er musste irgendwo anfangen.

Mit Liam.

«In der Holzabteilung», sagte der Mann, der laut dem Namensschild auf seiner Brust Miro hieß, und deutete zum anderen Ende des großen Baumarktes. Carlos bedankte sich und ging durch die Halle, vorbei an Werkzeug, Farben, Beschlägen, Leisten, Schrauben, Kabeln und allem anderen, das er niemals selbst angefasst hätte. Er war nicht unbedingt praktisch veranlagt. Sicher könnte er sich einiges aneignen, wenn es ihn auch nur im Geringsten interessieren würde, aber schon beim Gedanken an ein eigenes Heimwerkerprojekt fielen ihm fast die Augen zu.

Er erreichte die Holzabteilung und erblickte Liam sofort. Er hatte sich kaum verändert, wirkte jedoch ein wenig selbstsicherer, erwachsener, ein junger Mann, kein Junge mehr.

«Hallo, erinnern Sie sich an mich?», fragte Carlos, als er vor ihm stand. Liam schien ein wenig im Gedächtnis kramen zu müssen, wurde dann aber fündig.

«Sie sind Polizist.»

«Genau. Wir haben miteinander gesprochen, nachdem Hugo verschwunden war.»

«Haben Sie ihn gefunden?»

Carlos war fast ein wenig gerührt, als er sah, wie sich Liam über diese Aussicht freute. Schade, dass er ihn enttäuschen musste.

«Leider nein. Können wir uns kurz unterhalten?»

«Jetzt?»

«Das wäre gut.»

Liam ging zur Kasse, wechselte ein paar Sätze mit der Frau dort, deutete auf Carlos, und sie nickte. Daraufhin führte Liam Carlos in die Gartenabteilung zu einem Bereich mit Gartenmöbeln, und sie setzten sich auf zwei weiße Plastikstühle. Liam schob sich eine Portion Snus unter die Unterlippe und lehnte sich mit verschränkten Armen zurück.

«Wie geht es Ihnen?», fragte Carlos, um das Eis ein wenig zu brechen.

«Gut. Wieso?»

Er nahm eindeutig eine Verteidigungshaltung ein. Carlos hatte sowieso keine große Hoffnung, dass dieses Gespräch zu etwas führen würde, aber mit einem bockigen Liam war es eindeutig die reine Zeitverschwendung.

«Ich wollte mich wirklich nur mit Ihnen unterhalten, das ist kein Verhör, niemand verdächtigt Sie wegen irgendetwas, und ich interessiere mich für nichts anderes als Hugos Verschwinden. Wirklich nichts.»

Seine kleine Rede schien den erwarteten Effekt zu haben. Liam ließ seine Schultern ein wenig sinken und wirkte entspannter.

«Ist Ihnen noch irgendetwas zu Hugo eingefallen, seit wir uns das letzte Mal gesehen haben?»

«Wie zum Beispiel?»

«Irgendwas.»

Schon wieder. Anscheinend war es das, womit er sich derzeit zufriedengab. Das sprach wohl eigentlich dafür, dass sie nur unglaublich wenige Anhaltspunkte hatten.

«Ich versuche, nicht zu oft an ihn zu denken», sagte Liam leise.

«Sie vermissen ihn.»

Liam nickte nur, als hätte er Angst, seine Stimme würde versagen.

«Dann lassen Sie mich gleich zum Thema kommen», sagte Carlos und rückte etwas näher mit dem Stuhl an ihn heran. «Ein Kollege von mir hatte den Eindruck, Sie wären nervös gewesen, als wir Sie damals trafen. Dann hat man Sie wegen der Drogen geschnappt, und er nahm an, es wäre deshalb gewesen ...»

«Ich habe damit aufgehört.»

«Wie gesagt, das ist mir völlig egal ... aber trotzdem gut, keine Macht den Drogen.»

Liam grinste, und Carlos sah ein, dass er soeben einen biederen Aufklärungsslogan aus den Neunzigern verwendet hatte.

«Aber lag es daran? Waren Sie nervös? Haben Sie damals irgendetwas gedacht, was Sie nicht sagen wollten oder konnten?»

Carlos sah sofort, dass er ins Schwarze getroffen hatte. Liam biss sich auf die Unterlippe, sein Blick flackerte, und er wand sich auf dem Stuhl. Carlos beugte sich vor.

«Liam ... bitte.»

Die Situation war dem jungen Mann eindeutig unangenehm, er sah zu dem Parkplatz hinüber und seufzte. Dann entschied er sich offenbar und richtete sich auf dem Stuhl auf.

«Die Polizei, also ihr, habt mal die Praxis seines Vaters dafür genutzt, um ein Bordell zu beobachten, das auf der anderen Straßenseite lag.»

Sahléns. Die Tierarztpraxis auf der Norrforsgatan. Natürlich. Carlos hatte den Zusammenhang nicht hergestellt. Als sie in jenem Herbst den Serienvergewaltiger gejagt hatten, war Carlos nie Hugos Vater begegnet, und später bei den Gesprächen über das Verschwinden seines Sohnes hatte er ihn nur zu Hause oder im Präsidium getroffen. Er fluchte vor sich hin. Wenn der Zusammenhang bemerkt worden wäre, hätten sie möglicherweise etwas mehr Zeit darauf verwendet zu prüfen, ob die Nähe zu dem Bordell im Zusammenhang mit Hugos Verschwinden gestanden hatte.

«Hugo hat Wind davon bekommen, dass es dort ein Bordell gab, deshalb ... hat er angefangen, die Leute zu fotografieren, die rauskamen, und anhand ihrer Nummernschilder herausgefunden, wer sie waren.»

«Und sie erpresst.»

«Ja, aber es war nicht viel Geld», beteuerte Liam. «Tausend Kronen oder so. Dann haben wir uns irgendwas Cooles davon gekauft.»

«Hat er Probleme mit jemandem bekommen? Hat ihn jemand bedroht?»

Liam schwieg. Jetzt kostete es ihn wirklich Überwindung, das konnte Carlos sehen.

«Liam ...»

«Das letzte Mal ... Er war unterwegs, um fünftausend Kronen abzuholen, als er verschwand.»

«Warum so viel diesmal?», fragte Carlos, war sich aber ziemlich sicher, dass er die Antwort schon kannte.

«Der Freier war ein Bulle. Wir dachten, er hätte mehr zu verlieren.»

«Haben Sie die Bilder gesehen?», fragte Carlos und konnte kaum mehr ruhig auf seinem Stuhl sitzen.

«Es war nur eines. Hugo hat es ausgedruckt und per Post verschickt. Dann hat er es gelöscht, damit es keine Beweise mehr auf seinem Handy gab.»

«Aber haben Sie den Polizisten auf dem Foto gesehen?»

«Nein, ich weiß nicht, wer es war.»

Doch Carlos wusste es.

Ja, ich erinnere mich an ihn.»

Stella Simonsson schob das Bild zurück über den Tisch. Es blieb an etwas verschüttetem Kaffee kleben. Carlos nahm es und wischte die Unterseite mit einer der dünnen Servietten ab, die unter seinem Karamellkuchen lagen.

Er hätte sie fast nicht wiedererkannt, als sie das Café betrat. Das kurze schwarze Haar, der Kajalstift und die knallroten Lippen waren verschwunden. Sie war jetzt blond – anscheinend ihre natürliche Haarfarbe – und diskret geschminkt. Statt Lederjacke und kniehohen Stiefeln trug sie einen Strickpulli und Chelseaboots. Sie hatte das Café in der Vaksalagatan vorgeschlagen, weil es in der Nähe ihrer Arbeitsstelle lag. Er hatte gegrübelt, inwiefern die Frage unsensibel wäre, ob sie immer noch Prostituierte war – oder Sexarbeiterin, wie sie sich selbst genannt hatte. Damals war sie sehr offen damit umgegangen und hatte sich kein bisschen geschämt, doch er beschloss trotzdem, sich nicht danach zu erkundigen.

«Er war einer derjenigen, die in diesem Vergewaltigungsfall ermittelt haben, bei dem ich vor ein paar Jahren ihr Lockvogel war. Ein Kollege von Ihnen. Aus Stockholm.»

«Kennen Sie ihn noch aus anderen Zusammenhängen?», fragte Carlos und steckte das Foto von Billy wieder in seine Aktentasche. Stella lächelte amüsiert.

«Wäre die Frage, ob ich mit ihm geschlafen habe, zu suggestiv?»

«Haben Sie?»

«Ja, er war eine Zeitlang mein Kunde.»

Carlos konnte seine Verwunderung nicht verbergen. Er erinnerte sich zwar daran, dass Stella immer Klartext geredet hatte, aber es konnte nicht besonders gut für ihr Geschäft sein, wenn sie ihre Kunden so freimütig preisgab. Nicht einmal ehemalige Kunden.

«Besonders diskret sind Sie ja nicht gerade ...»

«Warum sollte ich?», fragte sie achselzuckend. «Wenn ein anderer Zivilbulle, der in Mordfällen ermittelt, nach ihm fragt, gehe ich davon aus, dass er etwas Schlimmeres angestellt hat, als Sex zu kaufen.»

«Was hat er gewollt, als Sie sich trafen, können Sie das auch beantworten?»

«Ist das wirklich wichtig für die Ermittlung, oder sind Sie bloß neugierig?» Wieder dieses neckende Lächeln. Carlos hatte den Eindruck, dass sie die Situation unterhaltsam fand.

«Wollte er dominant sein und hat die Kontrolle mehr genossen als den eigentlichen Sex?» Carlos wiederholte Sebastian Bergmans Worte aus dem psychologischen Profil, das der von Billy erstellt hatte.

Stella lachte, strich sich eine blonde Strähne aus dem Gesicht und grinste ihn vielsagend an.

«Du liebe Güte, waren Sie etwa auch mit ihm im Bett? Sie sind schwul, oder?»

Carlos erlaubte sich ein breites Grinsen.

«War er auch bei Ihnen, als Sie in der Norrforsgatan gearbeitet haben?», fragte er und kippte den letzten Rest seines lauwarmen Kaffees herunter.

«Ja, mehrmals.»

Carlos hob seine Aktentasche vom Boden und rückte mit dem Stuhl vom Tisch ab. Er hatte alles, was er brauchte.

Noch immer keine konkreten Beweise natürlich, aber die Indizien türmten sich inzwischen geradezu, und wenn der Stapel hoch genug war, würden sie ausreichen.

«Danke, das war alles», sagte er und stand auf.

«Wollen Sie es nicht wissen?»

Er blieb stehen und konnte sich ein Lächeln nicht verkneifen. Ihre provokante, entspannte Art amüsierte ihn.

«Was denn?», fragte er harmlos.

«Sie wissen schon, was.»

«Und, sind Sie es noch?»

Jetzt musste sie lächeln.

«Danke für den Kaffee.»

In Anbetracht der Umstände verließ er das Café mit erstaunlich beschwingten Schritten und ging zum Auto. Doch die Wirklichkeit holte ihn schon bald ein. Das Schwierigste lag zweifelsohne noch vor ihm.

Seine Ergebnisse mit seiner Chefin zu besprechen.

Die gleichzeitig auch Billys beste Freundin war.

Als Carlos und Ursula in ihr Büro kamen, konnte Vanja ihnen sofort ansehen, dass sie ihr etwas Unerfreuliches mitteilen würden.

Sie hatte recht.

«Wo ist Billy?», fragte Ursula statt einer Einleitung.

«Er musste ein paar Sachen zu Hause erledigen, vielleicht kommt er später noch mal rein. Wieso?»

Darauf gingen die beiden gar nicht ein, sondern sahen sich nur gegenseitig an und schlugen dann vor, sich auf die Sofas zu setzen, die Vanja von Torkel geerbt hatte, so wie im Prinzip alles in diesem Raum. Abgesehen von einigen Fotos, einer Zimmerpflanze und einer Schreibtischlampe, die sie installiert hatte, um nicht immer nur unter der Deckenbeleuchtung zu arbeiten, sah das Zimmer noch genauso aus, wie Torkel es hinterlassen hatte. Es war ein gemütliches Büro, in dem sie sich immer wohl gefühlt hatte, und sie wusste, wie sehr Torkel es gerngehabt hatte, deshalb mochte sie es auch nur ungern neu möblieren.

«Was wollt ihr?»

Sie kam direkt auf den Punkt, nachdem sie Platz genommen hatten, also konnten sie es genauso gut gleich hinter sich bringen.

«Es wird schwer für dich sein, das zu begreifen ...»

«Uns zu glauben», ergänzte Carlos.

«Ja, aber wir haben diesen Prozess auch schon durchlaufen, die ganzen Zweifel erlebt, deshalb hätten wir gern, dass du uns in Ruhe anhörst.»

«Worum geht es?», fragte Vanja erneut, jetzt weiter vorgebeugt, unruhig. Die Sache schien unerhört ernst zu sein. Aber warum sollte sie ihnen nicht glauben? Es gab nur wenige Menschen, denen sie mehr vertraute.

Sie berichteten.

Vanja glaubte ihnen nicht.

Schlimmer noch, sie dachte ernsthaft, dass sie vollkommen durchgeknallt waren. Entweder das, oder dass sie einen Scherz machten. Einen ziemlich geschmacklosen Scherz. Und keine der beiden Möglichkeiten besserte ihre Stimmung.

Sie warfen Billy, ihrem Billy, furchtbare Sachen vor. Undenkbare Sachen.

«Was zum Teufel treibt ihr eigentlich?» Die Wut und die Enttäuschung in ihrer Stimme waren nicht zu überhören. «Ist das ein schlechter Witz, oder was?»

«Kannst du uns nicht einfach weiter zuhören?», bat Ursula.

«Nein, das kann ich nicht.» Vanja stand auf, um zu verdeutlichen, dass dieses Gespräch beendet war. Mit schnellen Schritten begab sie sich wieder hinter ihren Schreibtisch.

Ursula und Carlos blieben sitzen.

«Ihr könnt jetzt gehen», sagte sie und deutete mit dem Kopf zur Tür. Vanja war zu wütend, um ihnen in die Augen sehen zu können. Was war nur in sie gefahren? Es kam ihr vor, als hätten sie plötzlich gesagt, die Erde wäre eine Scheibe, sie würde von Echsen aus dem Weltall regiert, und in allen Impfstoffen wäre ein Chip integriert, damit Bill Gates die Bevölkerung kontrollieren könnte. Im Vergleich zu dem, was die beiden wirklich vorgetragen hatten, klangen diese drei Behauptungen beinahe glaubwürdig.

Ursula und Carlos blieben sitzen.

«Jetzt mal im Ernst, was denkt ihr euch eigentlich?»

«Du musst uns zuhören», versuchte es Ursula erneut.

«Nein, das muss ich auf keinen Fall», bestimmte Vanja ein für alle Mal und stand wieder auf. Wenn sie das Büro nicht verlassen wollten, würde sie es eben selbst tun. Es war zwar ihr eigenes, aber sie wollte keine Sekunde länger mit ihnen im selben Raum sein.

«Dann gehen wir zu Rosmarie, und wenn sie erst einmal handelt – und das wird sie –, weißt du nicht, was passiert. Diese Tragödie wird der Reichsmordkommission sowieso schon mehr als genug schaden.»

Vanja hielt inne. Anscheinend meinten sie es bitterernst. Und in der Tat, wenn sie mit ihren durchgeknallten Behauptungen zu Rosmarie Fredriksson gingen, würde die reagieren. Falls nicht auf die Informationen, dann zumindest auf die Tatsache, dass Vanja zwei Drittel ihres Teams nicht mehr im Griff hatte.

Sie verkniff sich ihre Wut, ging wieder zu den Sofas, setzte sich den beiden gegenüber, lehnte sich zurück und verschränkte demonstrativ die Arme über der Brust.

«Okay, ich höre zu», sagte sie mit einem gewissen Triumphgefühl. Denn sie hatte zwar doch keinen dramatischen Abgang hingelegt, aber am Ende würden schließlich Ursula und Carlos ihr Büro verlassen und nicht umgekehrt.

Die beiden schoben ihr eine Mappe über den Tisch und erläuterten ihr die wichtigsten Details aber auch mündlich.

Hinde und Cederkvist.

Ja ... Billy hatte ihren Tod erstaunlich gut verkraftet, und in Karlshamn hatte sie selbst Grund gehabt, über seine Robustheit nachzudenken.

Aber ... Menschen reagieren eben unterschiedlich.

Jennifer Holmgren.

Ja ... Sie hatte sich schon gedacht, dass es irgendwie um Jennifer ging, als Billy ihr anvertraut hatte, dass er My untreu gewesen war.

Aber ... das bedeutete schließlich noch lange nicht, dass er sie umgebracht und ihre Leiche in einem See verschwinden lassen hatte.

Ja ... wenn jemand dazu in der Lage war, sie dank sozialer Medien, Computer und falschen Postings am Leben zu halten, dann war das Billy.

Aber ... er war trotzdem nicht der Einzige, es gab sicherlich genügend Nerds da draußen, die ihr ganzes Leben vor einem Bildschirm gehockt hatten und so etwas noch besser konnten.

Ivan Botkin.

Ja ... wenn man nachrechnete, ob Linde und Grönwall es tatsächlich geschafft haben konnten, ihn zu erschießen, ging es um Sekunden.

Aber ... selbst laut Ursula war es möglich, und es galt immer noch «im Zweifel für den Angeklagten».

Die vermissten Personen.

Ja ... dass sie jedes Mal in einer Stadt verschwunden waren, in der die Reichsmordkommission zu diesem Zeitpunkt gerade ermittelt hatte, und immer am letzten Tag vor ihrer Abreise, war ein merkwürdiger Zufall.

Aber ... es gab keine Leichen und keine technischen Beweise, und deshalb konnte es auch genau das sein: ein merkwürdiger Zufall.

Hugo Sahlén und Stella Simonsson.

Ja ... dass der Junge einen Polizisten erpresst hatte, weil er zu einer Prostituierten ging, und Simonsson zugegeben hatte, dass Billy ihr Kunde gewesen war, schien gravierend.

Aber ... sie *wussten* nicht mit Sicherheit, wen Hugo treffen wollte, und vielleicht wollte Simonsson Billy nur in etwas hineinreiten.

Aber ja ... Rosmarie würde auf die Informationen aus der Mappe reagieren. Sofort. Als neue Leiterin der Reichsmordkommission hatte sie schon seit ihrem ersten Tag das Gefühl gehabt, dass Rosmarie eine weitere Umstrukturierung plante, nach der es die Gruppe nicht mehr geben würde.

Jedenfalls in ihrer derzeitigen Form. Mit ihrer derzeitigen Chefin.

Als Carlos und Ursula mit ihrem Bericht am Ende waren, saß sie schweigend da. Was sollte sie sagen? Was konnte sie sagen? Ursula meinte, sie verstehe, dass das alles sehr viel auf einmal sei und nur schwer zu verkraften, dass Vanja es erst einmal verdauen müsse, war jedoch der Meinung, sie sollten sich schon morgen wieder sprechen. Vanja könne jederzeit anrufen, wenn sie reden wolle.

Das wollte sie nicht. Sie wollte nachdenken.

Also gingen die beiden und hinterließen das Material, das sie zusammengestellt hatten. Gemeinsam mit Torkel und Sebastian, wie Vanja jetzt sah. Natürlich war Sebastian auch involviert. Wann immer in den letzten Jahren etwas in ihrem Leben für Komplikationen gesorgt hatte oder komplett schiefgelaufen war, hatte Sebastian bewusst oder unbewusst seine Finger im Spiel gehabt. Klar, dass er auch jetzt wiederauftauchte.

Aber ... er war gut. Das stellte niemand ernsthaft in Frage. Unmöglich, aber brillant. Und seine Beziehung zu Amanda war ihm überaus wichtig. Er würde sie niemals riskieren, indem er mit ihr aneinandergeriet. Er wusste, was Billy ihr bedeutete. Deshalb musste er überzeugt sein, dass der Inhalt der Mappe der Wahrheit entsprach.

Sie selbst war es nicht. Bei weitem nicht.

Gefühlsmäßig war das die längste Reise, die sie innerhalb von so kurzer Zeit je gemacht hatte. Nachdem sie zuerst fast bereit gewesen wäre, Ursula und Carlos für ihre infamen Lügen über ihren besten Freund zu entlassen, überlegte sie jetzt, ob nicht doch ein Körnchen Wahrheit darin steckte.

Ja ... es war eine überzeugende Indizienkette.

Aber ... es war Billy. Das war undenkbar.

Oder ...

Ja ... das war es.

Aber ... kein Aber.

Der Traum.

Die beiden Mädchen am Strand, Lily im Hintergrund, die verschwand, sich auflöste. Der Schmerz, der parallel mit dem Glück wuchs.

Dennoch war er dem neuen Schuldgefühl vorzuziehen, das jetzt aufgetaucht war.

Nachdem Torkel und er einen Zusammenhang zwischen vier der Vermissten und der Reichsmordkommission gefunden zu haben glaubten, zogen sie sich Fotos von den verschwundenen Personen aus dem Passregister. Bekamen Gesichter zu den Namen. Das machte das Ganze noch schlimmer, als es ohnehin schon war.

Ein Gymnasiast, eine Krankenpflegerin, ein Jurist und eine Assistentin.

Deren Familien, Freunde und Kollegen besorgt und trauernd waren. Die Pläne und Träume gehabt hatten. Ein Leben. Das ihnen ein Serienmörder weggenommen hatte. Ein Serienmörder, den Sebastian mit erschaffen hatte.

Nein, das stimmte nicht, redete er sich ein. Aber er hatte nicht alles getan, um ihn aufzuhalten. Das war die Wahrheit, und an dieser Einsicht kam er nicht vorbei. Und auch nicht daran, dass er hier gerade Haarspalterei betrieb. Am Ende war und blieb es sein Fehler. Hätte er von Anfang das Richtige getan, wie es jeder vernünftige Mensch an seiner Stelle getan hätte, wären Jennifer, die vier anderen und Botkin vermutlich noch am Leben.

Es war eine unerträglich schwere Schuld.

Die einzige Chance, wie er sein Gewissen ein klein wenig erleichtern könnte, bestand darin, dass er Billy überführte. Ihn enttarnte und für seine Verurteilung sorgte. Ihn für lange Zeit hinter Gitter brachte, vielleicht für immer.

Aber sie hatten nichts Konkretes gegen ihn in der Hand. Obwohl sie so viel hatten. Doch wenn er in all den Jahren bei der Polizei eines gelernt hatte, dann war es die Erkenntnis, dass etwas *wissen* und etwas *beweisen können* zwei völlig verschiedene Paar Schuhe waren. Jede Polizeistation in Schweden kannte Fälle, die «polizeilich aufgeklärt» waren, bei denen man also wusste, wer das Verbrechen begangen hatte, es aber unmöglich beweisen konnte. Und Billy könnte, würde wahrscheinlich sogar, ein weiteres Beispiel dafür werden.

Die Frustration breitete sich in seinem Körper aus wie ein Gift, und er konnte nicht stillsitzen. Also tigerte er wieder hin und her. Am liebsten würde er sich mit Billy in einen Vernehmungsraum setzen, die Tür schließen und nicht eher wieder herauskommen, bis er ein Geständnis hatte. Wenn er genug Zeit hätte, würde er ihn früher oder später knacken, das wusste er. Aber dazu würde es nicht kommen. Wenn Billy nur die Ruhe bewahrte und eventuelle Fragen parierte – mit logischen Erklärungen oder völligem Unverständnis – würde er ungeschoren davonkommen.

Sebastian hielt inne. Es war schwieriger, die Ruhe zu bewahren, wenn die eigene Welt aus dem Gleichgewicht geriet. Wenn jemand sie ins Wanken brachte ... Bisher hatte er sich dieser Sache von der falschen Warte aus genähert, das ging ihm jetzt auf. Er hatte mit Polizisten zusammengearbeitet, mit aktiven und ehemaligen. Mit Polizisten, die Regeln hatten, an die sie sich halten mussten. Sebastian war kein Polizist. Er konnte gegen Regeln verstoßen. Und das gehörte zu den wenigen Dingen, die er richtig gut konnte.

Wenn jemand eine kleine Welt aus den Angeln heben konnte, dann er.

Es war ein knapp fünfundvierzig Minuten langer Spaziergang, aber das passte ihm gut. Er musste die unterschiedlichen Alternativen durchdenken. Eine Art groben Plan aufstellen, auf dessen Grundlage er improvisieren konnte. Ihm fiel auf, dass er sich zu warm angezogen hatte. Der Wintermantel war nicht mehr nötig, er schwitzte leicht und verlangsamte seine Schritte, schließlich wurde er ja nicht erwartet. Ganz im Gegenteil. Und genau das war der Gedanke.

Fast eine Stunde nachdem er seine Wohnung verlassen hatte, stand er vor dem dreistöckigen gelben Haus in einem Sträßchen namens Sätertäppan. Eine Adresse und ein Stadtteil, wo er noch nie gewesen war. Er hatte eine vage Erinnerung, dass Ellinor Bergkvist irgendwo in der Gegend gewohnt hatte. Ein weiterer Grund dafür, nicht mehr promiskuitiv zu leben. Sie hatte ein One-Night-Stand bleiben sollen, sich dann jedoch zu einer durchgeknallten Stalkerin entwickelt und schließlich Ursula angeschossen. Ellinor saß jetzt in der Haftanstalt Lövhaga. Hoffentlich für immer. Sebastian verdrängte den Gedanken und konzentrierte sich auf das, was vor ihm lag. Er nahm sein Handy und wählte die Nummer, die er zu Hause vor seinem Aufbruch gespeichert hatte. Sie meldete sich nach dem dritten Klingeln.

«Ja, hier ist My.»

«Hallo, hier ist Sebastian Bergman, der Psychologe, der früher mal mit Billy bei der Reichsmordkommission gearbeitet hat. Wir haben uns einmal bei Torkel und Lise-Lotte kennengelernt.»

«Ja, ich weiß, wer Sie sind.»

«Ich stehe vor Ihrer Tür, dürfte ich vielleicht hochkommen?», fuhr Sebastian fort und sah zu den Fenstern hinauf. Er hatte keine Ahnung, welche davon zu Billys und Mys Wohnung gehörten.

«Billy ist leider nicht zu Hause», sagte My, und ihre Stimme klang bedauernd, als wäre ihr Mann sicher traurig, wenn er nach Hause käme und erführe, dass er einen Besuch von Sebastian verpasst hatte.

Wenn sie wüsste ...

«Umso besser», sagte Sebastian in einem hoffentlich ansteckend fröhlichen Ton. «Eigentlich wollte ich nämlich mit Ihnen sprechen.»

«Warum das denn? Ist etwas passiert?»

«Nein, nein, gar nichts. Würden Sie mich denn hereinlassen?»

Es folgten einige Sekunden nachdenklicher Stille.

«Worum geht es denn?», fragte sie schließlich.

«Um Billy», gab Sebastian zu und hoffte, das würde ihre Neugier in ausreichendem Maße wecken. «Aber ich kann das nicht am Telefon besprechen ...»

Erneutes Schweigen. Er hörte sie atmen. Dann sah er ein, dass die Sache vermutlich gelaufen war. Wenn er seine Einleitung überdachte, hätte er sich selbst wohl auch nicht hereingebeten.

«Der Code ist 3612. Zweiter Stock.»

Dann legte sie auf. Sebastian tippte die Ziffern an dem Codeschloss neben der Tür ein und öffnete sie.

Jetzt oder nie.

Er hatte nicht damit gerechnet, dass Vanja noch da war. Den größten Teil des Tages hatte er mit seiner schwangeren Frau verbracht. Hatte ausgeschlafen. Denn gestern Abend hatte er nur schwer einschlafen können. Sein ganzer Körper war von einer rastlosen Unruhe erfasst worden, nachdem er eingesehen hatte, dass Ursula die Zeiten in Karlshamn überprüft hatte, weil sie einen Verdacht hatte.

Einen Verdacht gegen ihn.

Er hatte neben einer ruhig schnaufenden My gelegen und war den Ablauf noch einmal im Kopf durchgegangen. Was sie wissen konnten, was sie nur glaubten oder ahnten, was sie beweisen konnten. Dass man Jennifers Leiche gefunden hatte war ein heftiger Schlag, aber Billy war vollkommen sicher, dass es keinerlei Spuren gab, die zu ihm führen konnten. Nachdem er alles gedreht und gewendet hatte, war er zu dem Schluss gekommen, dass sie nicht genügend Indizien haben konnten, um dem Verdacht weiter nachzugehen. Er hatte wie ein Polizist gedacht und gehandelt. Er wusste, über welche Fehler andere gestolpert waren, und hatte diese Fallen sorgfältig gemieden. Die Schlange hatte ihn angestachelt und gelockt, aber seine Gefühle hatten nie die Macht über ihn erlangt. Außer im Moment des Todes natürlich, aber das war eine andere Sache. Wenn er jetzt nur nichts Dummes, Unüberlegtes tat, würde er durchkommen. Vor allem durfte er nicht die Initiative übernehmen, sondern nur reagieren, wenn es nötig wurde. Nicht agieren.

Die Ruhe bewahren.

Schlimmstenfalls wäre er gezwungen, eine Affäre zuzugeben, um diese eine Woche nach Mittsommer zu erklären, aber vermutlich wäre nicht einmal das nötig. Nichts würde auf ihn zurückzuführen sein, da war er sicher.

Zufrieden und um einiges ruhiger war er gegen drei Uhr nachts eingeschlafen. Um zehn war er wieder wach geworden und aufgestanden, hatte My in der Küche angetroffen und sie von hinten umarmt, seine Hände auf ihren großen Bauch gelegt und Sex in der Dusche vorgeschlagen. Den hatten sie dann gehabt. Anschließend machten sie einen Spaziergang im Schlosspark Karlsberg und aßen auf dem Rückweg in einem der vielen Restaurants auf der Rörstrandsgatan zu Mittag.

Ein richtig schöner Tag. Einer von vielen, die noch vor ihm lagen.

Vor ihm und seiner kleinen Familie.

Den Nachmittag hatten sie einfach nur zu Hause verbracht. Hin und wieder waren seine Gedanken zur Reichsmordkommission zurückgewandert, zu Ursula, und was Sebastian und sie gerade machten. Da hatte ihn erneut eine nagende Unruhe befallen, und er hatte beschlossen, doch noch kurz im Büro vorbeizuschauen. Nur sicherheitshalber. Um ein Gefühl für die Lage zu entwickeln. Zu sehen, was der Bericht von Kyllönen eigentlich genau aussagte. Vanja hatte sicher dafür gesorgt, dass er dem ganzen Team zugänglich war.

Er nahm die Treppen nach oben. Zwei Stufen auf einmal. Wie an einem gewöhnlichen Tag. Erstaunlich entspannt, wenn man bedachte, was um ihn herum vor sich ging. Oder eigentlich nur in der Peripherie, denn er hatte tatsächlich das Gefühl, dass Ursulas und Sebastians hoffnungsloses

Projekt in einer von ihm weit entfernten Umlaufbahn ablief und sie sicher nicht so dumm wären, es näher heranzutragen, an ihn, an Vanja, an ... wen auch immer.

Die offene Bürolandschaft war leer. Weder Carlos noch Ursula saßen auf ihren Plätzen. Fast schade, er hatte sich beinahe darauf gefreut, ihr zu begegnen. Er hätte nicht einmal so tun müssen, als wäre er völlig unberührt – er wäre es tatsächlich. Als er seinen Schreibtisch erreichte, warf er einen Blick zu Vanjas Büro hinüber.

Sie hatte nicht damit gerechnet, dass Billy so spät tatsächlich noch kommen würde.

Immer noch saß sie hinter ihrem Rechner und versuchte zu arbeiten, es gab genug zu tun. Rosmarie hatte «vervollständigende Informationen» verlangt, was lediglich hieß, dass sie noch mehr Papiere und Dokumente haben wollte, die bewiesen, dass Vanja ihren Job gemacht hatte, falls die Ermittlungen in Karlshamn negativ auf sie zurückfallen würden. Derzeit sah es nicht so aus. Die Medien hatten viel über die jungen Täter geschrieben, über ihr tragisches Schicksal, vor allem über Julia, deren Geschichte vom Opfer, das sich erhebt und rächt, perfekt in die Dramaturgie der heutigen Zeit passte. Dass eine Person erschossen worden war, die unter Polizeischutz stehen sollte, und es der Polizei nicht gelungen war, einen Doppelselbstmord zu verhindern, war eher im Hintergrund geblieben. Offenbar schien die erste Ermittlung, die sie selbst geleitet hatte, allmählich als Erfolg gewertet zu werden.

Zum Glück, denn sie hatte ganz andere Sorgen. Die viel größer waren als das Risiko einer dienstlichen Verwarnung. Billy, den sie so gut kannte, vielleicht sogar besser als Jonathan. Billy, der Bruder, den sie nie gehabt hatte. Am liebsten hätte sie Ursulas und Carlos' Bericht einfach beiseitegeschoben und vielleicht sogar disziplinarische Maßnahmen gegen die beiden in Erwägung gezogen. Doch ihre Gedanken kehrten die ganze Zeit zu dem zurück, was sie vorgelegt hatten. Und wenn Vanja einmal davon absah, um wen es ging – was natürlich unmöglich war –, wäre es ein grobes Dienstvergehen, einer so überzeugend dargebrachten und stichhaltigen Indizienkette nicht weiter nachzugehen. Aber sie konnte nicht einmal im Kopf einen Gedanken formulieren, wie das vonstattengehen sollte. Das einzige Mal in ihrem Leben, als sie dasselbe Gefühl von Unwirklichkeit erlebt hatte, war damals gewesen, als Sebastian ihr erzählt hatte, er sei ihr Vater.

Sie hatte es überstanden.

Sie würde auch dies überstehen.

Aber erst musste sie überzeugter sein. Vor einigen Jahren hatte Billys und ihre Freundschaft einen ordentlichen Dämpfer abbekommen. Nicht auszumalen, was passieren würde, wenn er erführe, dass sie bereit gewesen war, ihn als Serienmörder zu betrachten, und er sich dann als unschuldig erweisen würde.

Deshalb war sie gezwungen, mehr zu erfahren.

In dem Moment erregte eine Bewegung in der Bürolandschaft vor ihrem Fenster ihre Aufmerksamkeit. Billy. Sie hatte nicht damit gerechnet, dass er so spät tatsächlich noch kommen würde, und spürte, wie sich ihr Magen zusammenkrampfte. Am besten, sie brachte es gleich hinter sich.

«Billy!»

Er winkte durch das Fenster und kam zu ihr herüber. Vanja holte tief Luft, ließ sie langsam wieder entweichen und nestelte an dem Foto herum, das auf dem Stapel auf ihrem Schreibtischrand ganz oben lag. Dies war die schlimmste

Situation, die sie seit langem erlebt hatte, aber es gelang ihr trotzdem, ihn mit einem warmen Lächeln zu begrüßen, als er hereinkam.

«Hallo, ich hätte gar nicht gedacht, dass ich dich heute noch zu Gesicht bekommen würde.»

«Ich hatte mir eine kleine Auszeit mit My gegönnt, weil wir ja gerade alles ganz gut im Griff haben. Oder ist irgendetwas passiert?»

«Nein, Rosmarie macht Druck, aber die nervt ja immer», erwiderte sie und deutete lächelnd auf den Bildschirm.

«Gib Bescheid, wenn ich irgendwie helfen kann», sagte Billy, kam einige Schritte näher und erblickte das Foto. Vanja hatte das Gefühl, in seiner Miene eine Sekunde des Wiedererkennens zu sehen, aber vielleicht war das reine Interpretation.

«Wer ist das denn?», fragte Billy mit vollkommen normaler Stimme.

«Hugo Sahlén, ein Jugendlicher aus Uppsala. Anne-Lie Ulander, erinnerst du dich an sie?»

«Ja, klar.»

«Sie hat angerufen und gefragt, ob wir ihr ein bisschen helfen könnten.»

«Womit denn?», fragte Billy und nahm das Bild in die Hand. Vanja beobachtete ihn genau.

«Es ist ein alter Vermisstenfall. Carlos hat daran gearbeitet, ehe er zu uns kam ... Erkennst du den Jungen?»

«Was, nein, wieso sollte ich?»

Vanja wurde innerlich ganz kalt, und sie spürte, wie ihr die Tränen kamen. Sie blinzelte sie schnell weg. Seit Jahren hatte sie den Ruf, in Vernehmungen unentbehrlich zu sein. Torkel hatte mehrmals gesagt, sie wäre ein menschlicher Lügendetektor. Es war nur eine Nuance, die Andeutung von einer zusätzlichen Ebene in der Stimme desjenigen, der in alltäglichem Ton versuchte, überzeugend zu lügen. Vanja konnte es nicht genauer beschreiben. Aber sogar Billy, der Vanja besser als jeder andere kannte, nicht einmal er konnte sie anlügen.

«Du hast ausgesehen, als würdest du ihn wiedererkennen», sagte sie mit einem Schulterzucken und merkte zu ihrer Erleichterung, dass ihre Stimme unverändert klang.

«Nein, aber melde dich, falls Carlos Hilfe braucht», sagte Billy und legte das Foto zurück auf den Schreibtisch.

Damit du diese Ermittlungen auch genau mitverfolgen kannst, dachte Vanja zu ihrer eigenen Überraschung. Billy hatte den Jungen wiedererkannt und es ihr gegenüber abgestritten. Diese Lüge bedeutete noch nicht, dass er schuldig war, aber sie führte dazu, dass sie Ursulas und Carlos' private Nachforschungen nicht einfach in den Mülleimer befördern konnte.

Sie war gezwungen, die Ermittlungen zu vertiefen.

Die Frage war lediglich, wie und mit wem.

Es war ein Gefühl, das sie nicht oft erlebte, aber plötzlich ertappte sie sich selbst dabei, dass sie gerne mit Sebastian darüber reden würde. Trotz all seiner Fehler und Mängel war er der Einzige, den sie kannte, der wieder ein wenig Ordnung in diese ganze Geschichte bringen könnte.

«Wolltest du noch etwas Bestimmtes? Sonst mache ich erst einmal mit meinen Sachen weiter», sagte Billy mit einer Geste zu der offenen Bürolandschaft drüben.

«Ja, nein, ich wollte nur hallo sagen ...»

«Ich mache mir einen Kaffee, willst du auch einen?»

«Nein danke, ich werde nicht mehr so lange bleiben.»

Billy lächelte sie flüchtig an und verließ das Büro. Vanja

blieb sitzen und sah ihm nach. Dann wandte sie sich wieder dem Bildschirm zu. Aber heute Abend würde kein einziger Bericht an Rosmarie mehr zustande kommen.

Es fühlte sich an, als würde er in die Tiefe stürzen. Und es gab nichts, woran er sich festhalten konnte. Ein Gefühl, als würde sein ganzes Leben auseinanderbrechen.

Vanja war noch eine Viertelstunde im Büro geblieben, hatte sich mit einem «Tschüs, wir sehen uns morgen» verabschiedet, als wäre alles ganz normal, wie immer. Doch so war es nicht. Ganz und gar nicht. Wenn sie vorher nicht gewusst hatte, warum Ursula diese Zeitaufstellungen bei Kyllönen bestellt hatte, dann wusste sie es jetzt.

Hugo Sahlén. Auf ihrem Schreibtisch.

Das konnte unmöglich ein Zufall sein. Ob es dumm von ihm gewesen war, sie zu fragen, wer das war? Interesse zu zeigen? Hätte er einfach ignorieren sollen, dass ein Foto von einem seiner Opfer bei ihr lag? Wahrscheinlich wäre es besser gewesen. Aber zu spät.

Sie hatten Hugos Leiche nicht gefunden, da war er sicher. Ihn im dichten Wald von Fiby zu ermorden war ein spontaner Einfall gewesen, weshalb er sicher einige Spuren hinterlassen hatte. Wenn sie die Leiche gefunden hätten, würden sie vor ihm verbergen, dass sie ihm auf den Fersen waren. Dann läge sein Foto nicht einfach so herum.

Stattdessen versuchten sie wohl, ihn zu verunsichern.

Ihn dazu zu bringen, einen Fehler zu machen.

Jetzt waren alle gegen ihn. Alle bis auf My.

Er konnte keine Sekunde länger im Büro sitzen, sondern hatte das sehnliche Bedürfnis, nach Hause zu kommen. Die Hände auf Mys runden Bauch zu legen, zu spüren, wie seine

Kinder strampelten und lebten. Er brauchte einen sicheren Hafen. Eine Erinnerung daran, was alles auf dem Spiel stand. Das würde ihm helfen zu fokussieren, die Situation zu analysieren und klarer zu sehen.

Rasch fuhr er den Rechner herunter, schlüpfte wieder in die Jacke und eilte nach Hause. Als er in den klaren Frühlingsabend hinaustrat, verdrängten die frische Luft und seine schnellen Schritte bereits die schlimmsten Gedanken. Sie hatten allenfalls einen Verdacht. Er konnte, musste, weiter die Ruhe bewahren. Den Sturm vorüberziehen lassen.

Vielleicht würde gegen ihn ermittelt werden, und eventuell wäre er gezwungen, die Reichsmordkommission zu verlassen. Aber bedeutete das die Welt? Das war sein altes Leben. Sein neues, perfektes Leben wartete in Vasastan, in der Sätertäppan in der Wohnung im zweiten Stock, in die sich My so verliebt hatte, dass sie sie in einer Auktion gekauft hatten. Eine vollkommen absurde Summe, 101300 Kronen pro Quadratmeter, aber My wollte genau diese Wohnung haben, hatte gesagt, in genau dieser Wohnung würden sie glücklich werden, und er hatte ihr geglaubt. Bisher hatten all ihre Vorschläge und Entscheidungen sein Leben verbessert.

Jetzt sprang er die Treppen mit dem schönen roten Teppichbelag hoch, steckte den Schlüssel ins Schloss und trat in sein Heim.

«Hallo», rief er in die Wohnung, während er seine Schuhe abstreifte, die Jacke aufhängte. Keine Antwort. War sie weggegangen? Zu einer Freundin vielleicht. Auf dem Weg ins Wohnzimmer nahm er sein Handy und wollte ihr gerade eine Nachricht schreiben, als er abrupt innehielt. My saß auf dem Sofa und umklammerte ein Zierkissen. Bei dem Blick, den sie ihm zuwarf, zuckte er vor Sorge zusammen. Irgendetwas war passiert. Irgendetwas, das nicht gut war, ganz und gar nicht gut ...

«Was ist denn passiert? Ist alles in Ordnung mit dir? Ist etwas mit dem Bauch?», fragte er hastig hintereinander und lief zum Sofa. Sie schüttelte den Kopf. Er registrierte, dass sie ein Stück wegrückte, dachte aber nicht weiter darüber nach.

«Du siehst vollkommen am Boden zerstört aus, was ist denn los? Was ist? Erzähl es mir.»

«Sebastian Bergman war hier», antwortete sie leise, und er sah, wie eine einzelne Träne an ihrer Wange herablief. Da spürte er, wie ein heftiger Zorn in ihm aufflammte. Er wusste nicht einmal, was Sebastian hier gewollt hatte, aber allein die Tatsache, dass er My zum Weinen gebracht hatte, machte ihn rasend.

«Was hat er denn hier gemacht?»

«Er hat von Jennifer erzählt.»

Natürlich. Dieses verdammte Schwein. Nur, was hatte er gesagt? Hatte er lediglich unschuldige Fragen gestellt oder hinausposaunt, weshalb sie Billy verdächtigen. Immerhin handelte es sich um Sebastian Bergman, ihm war alles zuzutrauen. Mys Reaktion deutete jedenfalls darauf hin, dass er mehr getan hatte, als sie bei einer Tasse Kaffee ein wenig auszuhorchen.

«Was hat er denn von ihr erzählt?», fragte er und gab sich Mühe, vollkommen ahnungslos zu klingen und seine Wut zu verbergen.

«Er hat über die Woche gesprochen, in der sie verschwunden ist.»

Billy schwieg. Er wusste, was jetzt folgen würde, hatte jedoch vor, weiter vollkommen unwissend zu wirken.

«Als ich gedacht habe, du würdest arbeiten, und die

Reichsmordkommission anscheinend dachte, du würdest Urlaub machen.»

«Liebes ...», begann er und wünschte, er hätte sich eine bessere Ausrede einfallen lassen als die Arbeit, aber jetzt war es zu spät, um daran noch etwas zu ändern. «Ich habe gearbeitet. Nach diesen Dokusoap-Morden hatten wir wahnsinnig viel zu tun, das weißt du.»

«Und warum wussten deine Kollegen das nicht?»

«Keine Ahnung, vielleicht gab es einen Fehler in den Urlaubslisten, was weiß ich? Aber ich war in Stockholm und habe gearbeitet.»

«Und im gleichen Sommer, vom 17. bis 21. Juli. Wo warst du da?»

Billy stieß einen tiefen Seufzer aus, das erste Anzeichen dafür, dass er diese Fragerei allmählich leid war. Er würde noch eine Weile mitspielen, dann wurde es Zeit, verärgert zu sein. Zum Gegenangriff überzugehen. Ihr schlechtes Gewissen zu aktivieren.

«Ich habe wieder gearbeitet. Ich war in Helsingborg, in Ulricehamn, habe dort die Ermittlungen begleitet und abgeschlossen.» Er schüttelte verständnislos den Kopf. «Liebes, was soll das alles?»

«Er hat gesagt, sie würden gerade untersuchen, ob du etwas mit Jennifers Verschwinden zu tun hast.»

Kein Wunder, dass sie hier saß, das Kissen an sich presste und weinte. Sebastian war sicherlich überzeugend gewesen, ruhig und sachlich. Vertrauenseinflößend mit einem Hauch von Mitgefühl.

Billy zweifelte keine Sekunde daran, dass My ihn liebte. Sie hatte keinen Grund, irgendetwas von dem zu glauben, was Sebastian ihr erzählt hatte. Aber auf irgendeine Weise war es dem trotzdem gelungen, ein leises Misstrauen in ihr zu wecken. Jetzt musste Billy allmählich beleidigt reagieren. Verletzt. Er öffnete die Arme und sprang auf.

«Jennifer ist nicht verschwunden, sie ist tot. Glaubst du etwa, ich hätte sie umgebracht?»

«Nein, natürlich nicht ...»

«Ich begreife das nicht», fiel er ihr aufgebracht ins Wort. «Ich begreife nicht, was für ein Spiel Sebastian da treibt, ich kapiere nicht, wo er das herhat, aber vor allem nicht, warum du hier sitzt und diesen ganzen Dreck zu glauben scheinst.»

«Das tue ich nicht ...»

«Offenbar glaubst du genug davon, um mich auszufragen. Als ich nach Hause gekommen bin, hast du nicht gesagt: ‹Schatz, Sebastian war hier, und er muss vollkommen durchgeknallt sein.›»

«Aber warum sollte er herkommen und dich beschuldigen?»

«Das habe ich doch gerade gesagt, er ist komplett durchgeknallt!»

«Wer ist Stella?»

Darauf war er überhaupt nicht vorbereitet. Diesen Namen zu hören, zumal von My. Stella war ein Teil seiner Vergangenheit, die er in der Zukunft, die er gerade aufzubauen versuchte, vergessen wollte. Er erstarrte für einige Sekunden und bekam kein Wort mehr heraus.

«Weiß ich nicht», antwortete er schließlich.

«Stella Simonsson.»

«Nein, ich weiß nicht, wer das ist.»

«Aha. Gut.»

«Wer soll das denn sein?»

«Spielt keine Rolle.»

«Doch, anscheinend tut es das.»

«Nein, tut es nicht.» Sie sah zu ihm hoch, die Tränen

waren jetzt versiegt. In ihrem Blick lag etwas anderes. Entschlossenheit? Reue, vielleicht. «Entschuldige, es ist nur ... er war so überzeugend, und er wusste alles über diese Wochen, als ich an der Westküste war und du nicht dabei und ...»

«Schon gut, schon gut», sagte Billy und setzte sich wieder neben sie auf das Sofa. «Aber denk doch mal nach. Du kennst mich besser als jeder andere Mensch. Du kannst doch nicht ernsthaft glauben, ich hätte etwas mit Jennifers Tod zu tun?»

«Warum glaubt er es dann? Warum ist er hergekommen?»

«Er ist ein alter, einsamer, verbitterter Mann mit zu viel Zeit. Vielleicht denkt er, es wäre meine Schuld gewesen, dass Torkel gehen musste, was weiß ich.» Er streckte die Hand aus und legte sie auf die ihre. Sie machte keine Anstalten, sie wegzuziehen. «Ich werde dem nachgehen.»

Schweigend saß sie da und kaute nachdenklich auf ihrer Unterlippe. Sie schien immer noch aufgewühlt zu sein und musste das, was sie gehört hatte, erst verarbeiten. Er durfte es jedoch nicht riskieren, dass sie zu viel darüber nachdachte, denn das würde zu weiteren Fragen führen. Er drückte ihre Hand.

«Ich liebe dich und würde dich niemals belügen.»

Das klang so wunderbar aufrichtig und ehrlich, dass er fast selbst daran glaubte.

My hatte kein Auge zugetan.

Wie gern wollte sie ihrem Mann glauben. Und das tat sie. Alles andere wäre vollkommen verrückt. Die Alternative wäre ... Irrsinn. Er hatte recht, sie kannte ihn so gut, besser als er sich selbst, wie sie mitunter dachte. Trotzdem ging ihr Sebastians Besuch nicht mehr aus dem Kopf. In den letzten Jahren hatte Billy viel von ihm erzählt. Er wirkte wie ein äußerst unsympathischer Mann. Egoistisch, empathielos, vielleicht sogar selbst ein bisschen gestört. Warum sollte sie sich also auch nur eine Sekunde länger mit dem beschäftigen, was Sebastian behauptet hatte?

Weil sie selbst durchaus schon – auch wenn sie es sich nicht eingestehen wollte – überlegt hatte, ob Billy und Jennifer vielleicht mehr als nur gute Freunde gewesen waren. Es gab keine konkreten Hinweise darauf, es war lediglich ein nagender Verdacht. Sie neigte wirklich nicht zur Eifersucht, aber Sebastian hatte gesagt, auch er glaube, die beiden hätten ein Verhältnis gehabt. Aber daraus den Schluss zu ziehen, dass Billy in ihren Tod verwickelt war? Irrsinn.

Über Stella Simonsson hatte er aber gelogen. Diese Prostituierte, von der Sebastian gesprochen hatte. In allen anderen Punkten hatte Billy ehrlich und aufrichtig gewirkt, als sie gestern miteinander gesprochen hatten.

Nur bei ihrer Frage nach Stella nicht.

Da hatte er gelogen.

Am Morgen war die Stimmung zwischen ihnen angespannt gewesen, aber sie hatten erneut darüber gesprochen.

Er hatte seine Unschuld beteuert, sie hatte gesagt, sie glaube ihm, aber Sebastians Besuch hätte sie trotzdem aus der Fassung gebracht. Billy wiederholte, dass er Sebastian zur Rede stellen werde. Sie bat um Verzeihung. Er auch, weil er wütend geworden war, und sie einigten sich darauf, dass sie die Geschichte hinter sich lassen müssten.

Nachdem Billy zur Arbeit gegangen war, öffnete sie trotzdem ihre Banking-App, loggte sich ein und sah sich die alten Kontoauszüge an. Vom Juli von vor vier Jahren.

Damals waren sie schon verheiratet gewesen und hatten seither ein gemeinsames Konto. Sie suchte den Zeitraum zwischen dem 17. und dem 21. Juli. Kein einziger Ausgang. Nichts in Helsingborg. Nichts in Ulricehamn. Stattdessen hatte Billy am 16. einen außergewöhnlich hohen Betrag abgehoben. Mit dem man für ein paar Tage über die Runden kommen konnte. Fünf Tage sogar. Allein in Frankreich ...

Sie schloss die App wieder und blieb mit dem Telefon in der Hand sitzen. Ihre Gedanken überschlugen sich. Sie war gezwungen, mehr zu erfahren, alles zu wissen, wenn es ihr wirklich gelingen sollte, die Angelegenheit hinter sich zu lassen. Und sie wusste genau, wer ihr dabei helfen konnte.

Jetzt saß sie im Auto vor dem Eingang des Polizeigebäudes in Kungsholmen und wartete. Als Vanja durch die Glastüren trat, stieg My aus dem Wagen und winkte ihr zu. Mit einem erstaunten Lächeln überquerte Vanja die Straße.

«Hallo, das ist ja eine Überraschung!»

In der Tat, denn wenn sie sich getroffen hatten, waren immer Billy und Jonathan dabei gewesen. My konnte sich nicht daran erinnern, je mit Vanja allein etwas unternommen zu haben.

«Ja, ich muss mit dir sprechen.»

«Okay, klar ... Wollen wir ins Café gehen?», fragte Vanja und deutete hinter sich auf das Polizeipräsidium.

«Nein, könnten wir uns vielleicht ins Auto setzen?»

Vanja wirkte ein wenig verwundert, ging dann aber zur Beifahrertür.

«Sebastian war gestern bei mir», erklärte My, kaum dass Vanja sich gesetzt und die Tür hinter sich zugezogen hatte.

«Aha», sagte Vanja ein wenig verhalten. My verstand sofort warum. Hier ging es keinesfalls nur um die seltsamen privaten Ermittlungen eines verbitterten einsamen Mannes. Es waren noch mehr Personen eingeweiht. Vanja zum Beispiel.

«Er hat schlimme Sachen über Billy erzählt ... aber davon weißt du ja.»

Sie sah, dass Vanja zögerte, anscheinend überlegte sie, wie sie das Gespräch am besten führen sollte, was sie erzählen konnte und was nicht. Polizeichefin contra Freundin.

«Ja, davon weiß ich», sagte sie schließlich.

«Also, was ...» My spürte, wie ihr die Luft wegblieb. So hatte sie sich das Treffen nicht vorgestellt. Eigentlich hatte sie gehofft, Vanja würde ihr bestätigen, dass Sebastian auf der falschen Spur war und es keinen Grund zur Beunruhigung gab.

Vanja sah dagegen so aus, als gäbe es einigen Grund zur Beunruhigung.

«Stimmt das denn? Das wäre ja ... das ist ... das kann einfach nicht wahr sein.»

Sie spürte, wie ihr erneut die Tränen kamen, und kramte ein Päckchen Taschentücher aus dem Fach zwischen den Sitzen hervor. Vanja blickte sie offen an.

«Wir wissen nicht, ob es stimmt, wir ... ermitteln.»

«Aber er hat gearbeitet. Er hat in der Woche nach Mittsommer hier gearbeitet», fuhr My fort, als hätte sie Vanja gar nicht gehört.

«Nein, das hat er nicht. Ich habe all seine Login- und Passierdaten, die Stempelkarte und die Lohnauszahlungen durchgesehen. Er war nicht hier. Es tut mir leid.»

«Und im Juli?»

«Wir haben ihn nicht gefragt, aber er hat immer so geklungen, als wäre er damals mit dir zusammen im Urlaub gewesen.»

My spürte, dass sie kurz vor einer Panikattacke stand. Ihr Atem wurde immer flacher. Hektisch drehte sie den Zündschlüssel um, damit sie das Fenster herunterlassen und ein bisschen Sauerstoff einatmen konnte. Vanja legte vorsichtig ihre Hand auf Mys.

«Ich werde alles ganz genau untersuchen. Ich will es auch nicht glauben, das weißt du. Aber ich muss meinen Job machen.»

My nickte, rang immer noch nach Luft. Sie schloss die Augen und spürte, wie die Zwillinge zu strampeln begannen. Plötzlich wurde ihr übel.

«Was soll ich nur machen?», hauchte sie jämmerlich. «Wir bekommen Kinder, was soll ich denn nur machen?»

«Warte erst einmal ab. Wir wissen es noch nicht, My. Wir ermitteln, aber wir wissen nichts.»

«Aber ihr glaubt ...»

Ihr klingelndes Telefon unterbrach sie. Sie steckte die Hand in die Tasche und warf einen Blick auf das Display.

«Er ist es», flüsterte sie Vanja zu, als könnte er sie hören, obwohl sie den Anruf noch nicht angenommen hatte.

«Lass es klingeln.»

My blickte auf das Handy, Vanjas Rat war sicher klug, aber wenn sie nicht ranging, wäre das eine Kapitulation. Als würde sie zugeben, dass sie verloren hatte. Sie hasste verlieren. Daher holte sie tief Luft und nahm den Anruf an.

«Hallo», sagte sie und fand, dass sie ganz ruhig klang.

«Hallo, was machst du gerade?», hörte sie ihn an ihrem Ohr. Er klang genau wie immer. Ihr Mann. Ihr Billy. Der Vater ihrer Kinder.

«Nichts Besonderes.»

«Bist du unterwegs?», fragte Billy.

In dem Moment fuhren zwei Autos an ihrem offenen Fenster vorbei, deshalb konnte sie das nicht leugnen.

«Ja, ich bin gerade auf dem Weg zum Einkaufen, wir brauchen noch ein paar Sachen.»

«Ich wollte nur sagen, dass es heute Abend ein bisschen später werden könnte.»

«Okay, wie spät denn?»

«Ich weiß es nicht genau, vielleicht acht oder neun.»

«Gut, dann sehen wir uns nachher. Ich hebe dir was zu essen auf.»

«Danke. Bis später zu Hause. Bussi.»

«Bussi.»

Billy beendete das Gespräch, steckte das Handy ein und blickte noch einmal zu dem Auto auf der anderen Straßenseite hinüber. Es war ihm doch gleich sehr bekannt vorgekommen. Drinnen saßen zwei Personen. Er konnte sich denken, wer, noch bevor er sie aussteigen sah. Vanja ging um das Auto herum und umarmte My. Er erinnerte sich nicht, dass sich die beiden je vorher umarmt hatten. Das war wirklich nicht Vanjas Ding. Entweder standen sie sich inzwischen richtig nah. Oder My musste getröstet werden.

Er sah Vanja die Straße hinuntergehen. Nun würde er das Präsidium nicht mehr betreten. Nicht jetzt. Nie wieder. Es war aus. Er hatte alles verloren. Er zog sich in den Schatten des Gebäudes zurück, als My den Motor anließ und vorbeifuhr. Sie verschwand in Richtung Hantverkargatan.

Jetzt waren alle gegen ihn. Alle.

Und er wusste genau, wessen Schuld das war.

Anna-Clara saß ihm gegenüber.
Sie war in Tränen ausgebrochen, hatte sich jedoch mittlerweile beruhigt. Ihre Tochter hatte sich geweigert, einen Gedenktag für Pyttsan zu feiern, und jetzt fühlte sie sich selbst von ihrer engsten Familie im Stich gelassen. Oder so ähnlich. Sebastian hörte ihr schon seit geraumer Zeit nicht mehr zu. Sie redete jedoch immer weiter, und er schnappte nur Bruchstücke auf, die aber genügten, damit er an den richtigen Stellen zustimmend brummen und hin und wieder irgendeine unspezifische Frage stellen konnte.

Er war in seiner eigenen Welt.

Alles kreiste um Billy.

Ursula hatte erzählt, dass Vanja beschlossen hatte, schon am Nachmittag Rosmarie Fredriksson zu informieren. Offenbar war My da gewesen und hatte Vanjas Verdacht noch erhärtet. Sein Besuch bei Billys Frau hatte also gefruchtet, aber sie tat ihm leid. Er war schonungslos gewesen, hatte sie mit Wahrheiten konfrontiert, auf die sie nicht vorbereitet gewesen war, und gewissermaßen ihr Leben zerstört. Aber es hatte seinen Preis, mit einem Serienmörder verheiratet zu sein, und Billy musste gestoppt werden.

Es würde ein Großeinsatz werden. Vier Vermisstenfälle, die plötzlich zu Mordfällen wurden. Mehr Personal, größere Aktionen im ganzen Land. Das bedeutete auch, dass er keine Rolle bei den weiteren Nachforschungen spielen würde. Nach ihrer Besprechung mit Rosmarie würden sie auch nicht mehr in Vanjas Hand liegen. Wenn er Rosmarie richtig einschätzte, würde sie wie ein Bulldozer vorgehen. Schwedens berühmtestes Ermittlerteam hatte einen Mörder in seinen eigenen Reihen gehabt. Die Medien, die Polizeiführung und die Politiker würden verlangen, dass man dem Skandal auf den Grund ging. Was die Existenz der gesamten Reichsmordkommission bedrohen konnte. Schließlich ließ sich mit Handlungsstärke politisch punkten. Vanja hatte schon erwähnt, dass sie glaubte, die Angelegenheit würde eine Umstrukturierung zur Folge haben.

«Hören Sie mir zu?»

Anna-Clara hatte sich jetzt vorgebeugt und sah ihn an, in ihrem Blick lag ein Anflug von Enttäuschung. Er war mit seinen Gedanken wirklich sehr weit weg gewesen. Hatte sie eine Frage gestellt? Ihn um seine Meinung gebeten?

«Natürlich höre ich zu», entgegnete er und richtete sich ein wenig auf.

«Sie sagen aber nichts.»

«Wissen Sie, warum?», fragte Sebastian und beugte sich zu ihr vor, als wollte er ihr ein Geheimnis verraten. «Weil ich glaube, Sie haben viele Menschen in Ihrem Umfeld, die mit Ihnen reden und eine Meinung zu allem haben, aber nur wenige, die Ihnen wirklich zuhören.»

Er beugte sich wieder zurück. Wenn das funktioniert hatte, war es beinahe unmoralisch, Geld von ihr zu nehmen. Beinahe. Er sah, wie sie vor sich hinnickte und gerade wieder losplappern wollte, als das Handy in seiner Tasche vibrierte. Normalerweise stellte er es während seiner Therapiesitzungen ganz aus, aufgrund der Ereignisse der letzten Tage hatte er es jedoch nur auf lautlos. Er entschuldigte sich und holte das Handy hervor.

«Ich muss leider kurz drangehen, das ist wichtig», erklärte er und stand auf, als er sah, wer anrief. Das Handy vibrierte in seiner Hand, während er eine verwunderte Anna-Clara zurückließ und ins Wohnzimmer ging.

«Billy», sagte er, nachdem er die Tür hinter sich geschlossen hatte.

Anfangs blieb es still. Im Hintergrund war Verkehrslärm zu hören, Stadtgeräusche, er hatte also nicht aufgelegt, sondern schwieg lediglich.

«Billy ...», sagte Sebastian erneut.

«Du bist zu My gegangen», hörte er Billy jetzt sagen, und in seiner Stimme lag ein finsterer Ernst, der Sebastian unfreiwillig erschaudern ließ. «Du hast sie gegen mich aufgehetzt. Ich habe nichts mehr zu verlieren. Du aber schon.»

«Billy», versuchte Sebastian es erneut, verstummte aber sofort.

«Jemand, den du liebst, wird sterben. Du wirst ihr Blut an deinen Händen kleben haben.»

Dann wurde es vollkommen still.

Billy hatte aufgelegt.

Sebastian stand mit dem Telefon in der Hand da und spürte, wie ihm innerlich eiskalt wurde.

Amanda.

Billy musste Amanda gemeint haben.

Er rannte in den Flur, zog hastig seine Schuhe an und riss eine Jacke von der Garderobe. Dann öffnete er die Wohnungstür und schlug sie hinter sich zu. Im Hausflur fiel ihm ein, dass Anna-Clara noch in der Wohnung war, aber er hatte jetzt keine Zeit, sich um sie zu kümmern. Während er die Treppen hinunterrannte, holte er erneut sein Handy hervor.

«Billy hat mich angerufen! Ich glaube, er will Amanda etwas antun!», schrie er, als Vanja sich meldete. «Ist sie in der Kita?»

«Wie? Was meinst du ...», erwiderte Vanja, die natürlich

nicht begriff, was passiert war. Er riss die Haustür auf und rannte die Straße nach rechts hinunter.

«Billy weiß, dass My mit dir gesprochen hat, er ist außer sich und verzweifelt», erklärte er atemlos. «Ich glaube, er will Amanda etwas antun. Oder dir.»

«Aber warum sollte er ...»

«Das ist doch jetzt egal! Ruf in der Kita an. Frag, ob Amanda noch da ist, und sorge dafür, dass sie dortbleibt. Ich bin unterwegs! Nimm dich vor Billy in Acht!»

Mit diesen Worten beendete er das Gespräch, er konnte nicht gleichzeitig rennen und reden. Eigentlich konnte er nicht einmal nur rennen, seine Kondition war miserabel, schon nach hundert Metern brannte seine Lunge. Aber er zwang sich dazu. Schneller zu laufen, als er es je getan hatte.

Wie ich Vanja schon am Telefon gesagt habe, hat Onkel Billy sie vor ungefähr einer halben Stunde abgeholt.»

Sebastian starrte die Leiterin der Kita nur fassungslos an. Er fühlte sich immer noch, als hätte er einen Fünftausendmeterwettkampf hinter sich. Als er angekommen war, hatte er kaum ein Wort hervorgebracht, und vor lauter Erschöpfung konnte er sich kaum noch auf den Beinen halten.

«Wie bitte, Sie haben sie einfach so gehen lassen?!», fragte er mit einer wütenden Panik in der Stimme. Das konnte nicht wahr sein. Das durfte nicht wahr sein! Die Leiterin trat einen Schritt zurück.

«Nein, wir haben sie nicht einfach so gehen lassen. Billy Rosén stand auf der Liste derjenigen, die sie abholen dürfen. Genau wie Sie.»

«Hat er gesagt, wo er hinwollte?», fragte er verzweifelt.

«Nein.»

Dreißig Minuten Vorsprung mit dem Auto. Sie konnten überall sein. Er würde sie nie finden.

Mit einem Mal verließen ihn all seine Kräfte. Er sank auf die Bank, die als Schuhgrenze galt. Zwischen Kinderoveralls und kleinen Stiefeln blieb er sitzen.

Er spürte, dass er das nicht überleben würde.

Noch ein Kind zu verlieren.

«Können wir etwas machen ... jemanden anrufen?», fragte die Leiterin beunruhigt. Offenbar war ihr die Situation nicht ganz geheuer. Sebastian winkte sie nur weg und spürte, wie ihm die Tränen herunterliefen, während er erneut sein

Handy hervorzog. Er war gezwungen, alles zu versuchen. Es klingelte. «Bitte geh ran, bitte ...», murmelte er. Gerade als er aufgeben wollte, nahm Billy das Gespräch an. Diesmal war kein Verkehrsrauschen zu hören. Es war vollkommen still. War das ein gutes oder ein schlechtes Zeichen?

«Billy, bitte, bitte, tu ihr nichts an. Ich habe es verdient, aber nicht Vanja und nicht Amanda. Bitte ...»

Die Stille veränderte sich. Billy hatte erneut aufgelegt. Sebastian wollte ihn gerade wieder anrufen, als sein Handy ein Signal von sich gab.

Eine SMS. Von Billy. Ein Foto.

Sebastian starrte auf das Telefon. Er war gezwungen, die Nachricht zu öffnen, das wusste er, aber was, wenn ... was, wenn es sein schlimmster Albtraum wäre. Was, wenn es seine Amanda wäre. Tot. Bestraft für etwas, das er getan hatte. Er würde es nicht verkraften, aber er musste es wissen. Mit zitternden Händen öffnete er das Bild. Es dauerte einige Sekunden, bis er verstand, was er sah, aber dann kam er auf die Beine und verließ im Laufschritt die Kita.

Ursula sammelte alle Aufzeichnungen und Kopien der Laborberichte in einer Mappe. Die Röntgenbilder waren das einzig Neue, was ihr Besuch in der Gerichtsmedizin ergeben hatte. Sie hatte ein genaueres Röntgenbild der Halswirbel bestellt, und Nummer drei und vier wiesen deutliche Druckschäden auf. Das deutete auf einen Mord hin und war der Durchbruch. Jennifer war erwürgt worden.

Normalerweise war sie zufrieden, wenn sie und ihre Kollegen etwas Entscheidendes entdeckten. Oft war es ihre Arbeit, die zu einer Verurteilung des Täters führte, aber jetzt fühlte sie sich nur traurig und leer. Alles, was ihre Theorie bestätigte, bedeutete eine Tragödie. Für alle Beteiligten.

Sie gab ihren Besucherausweis an der Rezeption ab und ging zum Eingang. Eigentlich hätte sie nicht persönlich kommen müssen, sie hätte sich die Bilder schicken lassen können, aber sie hatte Jennifer noch einmal sehen wollen. Immerhin war sie eine Kollegin gewesen, mit der sie zwar nicht lange zusammengearbeitet hatten, aber Ursula hatte sie gemocht. Eine Kollegin, die von einem Mitarbeiter ihres Teams umgebracht worden war.

Die Glastüren glitten auf, und sie ging auf den Parkplatz und zu ihrem Auto. Es war ein schöner Tag. Das Wetter bot einen jähen Kontrast zu ihrer Stimmung. Als sie das Auto erreicht hatte, blieb sie trotzdem stehen und hielt das Gesicht in die wärmende Sonne.

Da piepste ihr Handy. Eine SMS. Von Torkel.

«Liebe Ursula, ich kann nicht mehr. Es ist vorbei. Verzeih mir.»

Ursula blickte auf die Worte und versuchte sie zu begreifen. Als sie sich zuletzt gesehen hatten, schien es ihm besserzugehen. Sie hatte das Gefühl gehabt, die Beschäftigung mit dem Fall Billy hätte ihm gutgetan. Sebastian war derselben Meinung gewesen, er hatte den alten Torkel wieder aufblitzen sehen. Und der hatte definitiv weniger getrunken.

Was war passiert? Was hatte ihn dazu gebracht, wieder aufzugeben?

Lag es daran, dass er jetzt nicht länger Teil der Ermittlungen sein würde? Die neue Aufgabe hatte immerhin bewirkt, dass er weniger trank. Sich konzentrierte. Er hatte ein Ziel gehabt und einen Grund, um morgens aufzustehen.

Sie versuchte ihn anzurufen, doch die Mailbox sprang sofort an. Ihr kam der Gedanke, dass dies vielleicht nur ein verzweifelter Versuch war, Aufmerksamkeit zu erlangen und sie wieder in sein Leben zu holen. Ein Gedanke, auf den sie nicht sonderlich stolz war. Aber Torkel war ihr zu wichtig, um das Risiko einzugehen.

Sie sprang ins Auto, startete den Motor und fuhr Richtung Söder.

Sebastian rannte erneut.

Er ignorierte die brennende Lunge, den Blutgeschmack im Mund, die schweren Beine. Gab sein Äußerstes. Der Schweiß lief ihm in Strömen herab. Dieses Foto, das er bekommen hatte: Amanda, die an einem kleinen runden Tisch saß, mit einem Saftglas und einer großen Zimtschnecke auf einem Teller vor sich. Sie lächelte in die Kamera. Sebastian wusste, wo es aufgenommen worden war. Amanda und er waren schon mehrmals dort gewesen. Die Konditorei Kringlan in der Linnégatan.

Jetzt sah er die schwarz-weiß gestreifte Markise. So nah ... Er verlangsamte seine Schritte. Ein paar Meter vor der Tür war er gezwungen, kurz stehen zu bleiben und sich mit der Hand an der Wand abzustützen. Er keuchte nicht, er röchelte. Musste sich vorbeugen, während schwarze Punkte vor seinen Augen tanzten. Er holte mehrmals hintereinander Luft, so tief, wie es sein Körper erlaubte, und richtete sich auf. Dann lief er weiter. Schwitzend, atemlos und mit hochrotem Kopf schob er die Tür auf und stürmte herein.

Sie saß allein am Tisch neben dem Fenster unter zwei großen, gerahmten Schwarzweißfotografien und blickte ein bisschen missmutig drein, doch ihr Gesicht erhellte sich sofort, als sie ihn sah.

«Sebastian!», rief sie fröhlich, rutschte vom Stuhl und rannte auf ihn zu. Sebastian ließ sich auf den nächsten Stuhl fallen. Völlig erledigt, aber unglaublich erleichtert. Er war kurz davor, wieder in Tränen auszubrechen.

Sie war hier. Ihr ging es gut.

Er umarmte sie, drückte sein Gesicht an ihren Hals und hatte das Gefühl, dass er sie nie wieder loslassen wollte.

«Kennen Sie das Mädchen?» Er blickte auf. Eine junge Frau stand vor ihnen. Mit Schürze und Namensschild. Lucinda.

«Sie ist meine Enkelin», antwortete er, immer noch keuchend. Behutsam ließ er Amanda los und kam etwas wackelig auf die Beine.

«Du kennst ihn?», fragte Lucinda Amanda.

«Ja, das ist Sebastian.»

Offenbar war Lucinda mit dieser Antwort zufrieden, denn sie richtete sich wieder an Sebastian.

«Wir hatten uns schon Sorgen gemacht. Sie war eine Weile allein hier.»

Amanda war das Gerede der Erwachsenen anscheinend leid, denn sie ging zurück zu dem Tisch, an dem sie gesessen hatte. Sebastian ließ sie nicht aus den Augen.

«Der Mann, mit dem sie gekommen ist, hat gesagt, er müsste nur kurz etwas erledigen, und mich gebeten, auf sie aufzupassen, aber dann ist er nicht mehr aufgetaucht.»

«Jetzt bin ich ja hier, das wird sich alles klären», erwiderte Sebastian so überzeugend wie möglich. «Danke für Ihre Hilfe.»

Er ging zu Amanda, die gerade dabei war, ein großes Stück Schokoladenkuchen in sich hineinzustopfen. Nicht die Zimtwecke, die er auf dem Foto gesehen hatte. Wahrscheinlich war Lucinda gezwungen gewesen, sie zu bestechen, als ihr die Wartezeit zu lang wurde.

«Onkel Billy ist gegangen», stellte Amanda mit vollem Mund fest. Sebastian nickte nur, er wollte sich auf keinen Fall anmerken lassen, was er von Onkel Billy hielt.

«Ja, aber er hat mich geschickt», sagte Sebastian und

lächelte sie warmherzig an. Dann nahm er sein Handy. Sie meldete sich sofort.

«Ich habe sie.» Er hörte einen erleichterten Schluchzer und dass Vanja weinte. Er wollte sie rasch beruhigen: «Billy hat sie in einem Café zurückgelassen und ein Foto geschickt. Sie sitzt hier vor mir. Warte mal.» Er hielt Amanda das Handy hin. «Da ist Mama.»

Amanda fing an zu erzählen, was sie alles gegessen habe und dass Billy gegangen sei, aber stattdessen sei jetzt Sebastian da. Sebastian lauschte der fröhlichen Kinderstimme, lehnte sich kraftlos an die Wand und schloss die Augen. Das Adrenalin rauschte nach wie vor durch seinen Körper, doch allmählich setzte auch die völlige Erschöpfung ein. Irgendwo in seinem Hinterkopf dräute die Frage, warum Billy diese Aktion veranstaltet hatte. Zu welchem Zweck? War es eine Machtdemonstration? Oder wollte er ihm nur einen Schreck einjagen? In diesem Fall war es ihm wirklich gelungen.

Sebastian öffnete die Augen wieder, und sein Blick fiel auf den Tisch. Langsam richtete er sich auf. Neben Amandas leerem Saftglas erblickte er eine kleine Schachtel. Eine Arzneimittelverpackung. Daneben lagen einige Blister, aus denen sämtliche Tabletten herausgedrückt worden waren. Coumadin 5 mg. Sebastian hatte keine Ahnung, was dieses Medikament bewirkte, aber es konnte nichts Gutes sein. Für einige Sekunden blieb er sitzen und starrte vor sich hin. War das Billys Plan gewesen? Hatte er ihn hierhergelockt, damit er Amanda sterben sah?

Seine Panik steigerte sich, als er von den Blistern zu dem Saftglas und zu Amanda sah, die noch immer mit Vanja telefonierte.

«Rufen Sie einen Krankenwagen!», schrie er Lucinda zu.

Ursula war es gelungen, einen Parkplatz auf dem Bergsunds strand zu finden, und sie eilte zu Torkels Haustür. Auf dem ganzen Weg dorthin hatte sie versucht, ihn zu erreichen, doch es sprang immer nur seine Mailbox an. Das beunruhigte sie. Aber die Nachricht war ein Hilferuf gewesen. Man rief ja wohl nicht nach Hilfe, um der Person, die einem helfen sollte, anschließend jede Unterstützung unmöglich zu machen? Warum ging er dann nicht ans Telefon?

Sie gab den Türcode ein und rannte die Treppen hinauf. Erreichte seine Wohnungstür und klingelte. Kurz wartete sie in dem stillen Treppenhaus. Aber keiner öffnete die Tür. Von drinnen waren weder Geräusche noch Bewegungen zu hören. Sie klingelte erneut. Länger, eindringlicher. Ihre Besorgnis wuchs. In der Zeit, in der sie miteinander ins Bett gegangen waren, hatte sie es immer abgelehnt, einen Schlüssel zu bekommen, aber den wünschte sie sich jetzt. Sie drückte die Klinke herunter, und zu ihrer Verwunderung war die Tür nicht abgeschlossen.

In der Wohnung war es dunkel, die Jalousien waren heruntergelassen. Sie trat in den Flur und schaltete das Licht an. Seit ihrem letzten Besuch hatte Torkel ein wenig aufgeräumt und geputzt, wie sie sofort bemerkte.

«Torkel ...», rief sie in die dunkle Wohnung. Plötzlich hörte sie aus der Küche etwas, das wie ein gedämpfter Schlag klang.

«Torkel?»

Keine Antwort, aber ein neuerlicher Schlag. Als würde jemand gegen Metall klopfen. Vor ihrem inneren Auge sah sie bereits, dass Torkel sich aufgehängt hatte und strampelte, um nicht zu ersticken. Oder er hatte eine Art Krampf durch eine Alkoholvergiftung ... Sie stürmte zur Küche.

Genauso dunkel wie der Rest der Wohnung. Sie blieb in der Tür stehen und sah dennoch sofort, wo die Schläge herkamen. Torkel saß mit ausgestreckten Beinen neben dem großen Gasherd. Die Hände über dem Kopf, mit Kabelbindern am gusseisernen Kochplattengitter festgebunden. Klebeband über dem Mund. Als er sie sah, gab er hinter seinem Knebel Geräusche von sich und schlug erneut den Kopf gegen den Herd. Mit panischem Blick.

Im selben Moment, als Ursula begriff, dass er sie warnen wollte, registrierte sie, wie jemand von hinten an sie heranglitt. Sie fuhr herum, nahm aber nur noch wahr, wie sich etwas mit großer Wucht auf ihren Kopf zubewegte.

Dann spürte sie einen stechenden Schmerz.

Und danach nichts mehr.

Der Krankenwagen war in weniger als zehn Minuten da. Mit Blaulicht und Sirenen rasten sie zum Astrid-Lindgren-Kinderkrankhaus. Amanda fand es großartig. Es war zwecklos, sie dazu bringen zu wollen, auf der Trage liegen zu bleiben. Denn es gab so viele spannende Dinge, die man angucken und anfassen konnte. Erst nachdem sie mit einem kleinen Stofftier bestochen wurde, hielt sie endlich so lange still, dass die Rettungssanitäterin, die in Kontakt mit einer Intensivmedizinerin im Krankenhaus stand, ihren Blutdruck messen konnte.

«Wie viele Coumadin könnte sie genommen haben?», fragte sie über Amanda gebeugt.

«Ich weiß nicht, ein oder zwei Blister.»

«Wie lange ist das her?»

«Das weiß ich auch nicht genau, ungefähr vielleicht eine halbe Stunde.»

Die Sanitäterin sah ihn erstaunt an.

«Ich war nicht dabei, als es passiert ist», sagte Sebastian mit gereizter Sorge in der Stimme und merkte sofort, dass sie vermutete, er hätte seine Aufsichtspflicht verletzt. Sei es drum. Sie konnte denken, was sie wollte, er hatte nicht vor, überhaupt nur zu versuchen, die ganze Lage zu erklären.

«Coumadin, was ist das genau? Wie wirkt es?», fragte er nervös, als Amanda für einen kurzen Moment mit dem kleinen Teddybären abgelenkt war. «Sie können ihr doch helfen, oder?»

«Das ist ein starker Blutgerinnungshemmer, den man zum Beispiel Herzpatienten verabreicht.»

«Und wie wirkt es?»

«Zu viel davon kann zu inneren Blutungen führen, und wenn das Blut nicht gerinnt ...»

«Aber Sie können doch etwas dagegen tun, den Magen auspumpen oder es ... neutralisieren. Sie wird doch durchkommen.»

Das war keine Frage. Sondern ein Flehen. Ein verzweifeltes Flehen.

«Wir tun, was wir können.»

Die Rettungssanitäterin wandte sich ab und telefonierte weiter mit dem Krankenhaus. Sebastian wurde das Gefühl nicht los, dass sie eigentlich gesagt hatte: «Nein, sie wird nicht durchkommen.»

Er wandte sich Amanda zu, die ihn zufrieden anlächelte. Es brach ihm fast das Herz. Sabine hatte ihn auch angelächelt, kurz bevor sie ihm für immer genommen worden war.

Nicht noch einmal. Bitte, lieber Gott, lass es nicht noch einmal passieren!

«Komm und setz dich ein bisschen auf meinen Schoß», sagte er und streckte ihr die Arme entgegen.

«Nein.»

«Wenn du dich zu mir setzt, gehen wir später in den Spielzeugladen, und du darfst dir aussuchen, was du willst.»

Amandas Gesicht hellte sich auf, und sie krabbelte eifrig zu ihm hinüber. Er schlang die Arme um sie und schloss die Augen, während ihm Tränen über die Wangen liefen.

Ein stechender Schmerz in ihrem Kopf. Vor ihren Augen war alles verschwommen.

Ursula begriff, dass sie aus der Küche weggeschleift worden war, sie meinte sich zu erinnern, dass sie versucht hatte aufzustehen, ihre Beine ihr jedoch nicht gehorchen wollten. Die Kabelbinder, mit denen sie an Armen und Beinen gefesselt worden war, schnitten in ihre Haut. Alles ringsherum wirkte unscharf. Dann spürte sie etwas Kaltes am Kopf und im Gesicht. Richtig kalt. Sie konnte wieder klarer sehen und blinzelte mehrmals. Ihr Kopf fühlte sich an, als würde er gleich platzen, doch die Kälte linderte das Gefühl ein wenig. Sie unternahm einen halbherzigen Versuch, sich zu befreien, doch sie wusste, dass es unmöglich war. Sie hockte an einen Sessel gefesselt in Torkels Arbeitszimmer. Die lindernde Kühle verschwand, und Billy stellte sich vor sie und legte ein zusammengeschnürtes Küchenhandtuch, das vermutlich Eis enthielt, auf Torkels Schreibtisch.

«Es tut mir leid, Ursula», sagte er mit gesenktem Kopf, den Blick auf den Teppich gerichtet.

«Was machst du hier?», brachte sie hervor.

Ihre Stimme schien irgendetwas in Billy auszulösen. Er sah sich um, griff nach dem Küchenhandtuch, und die Eiswürfel fielen prasselnd zu Boden, als er sich zu ihr herabbeugte und ihr den Stoff in den Mund presste. Dann nahm er eine Rolle Klebeband und wickelte es mehrmals um ihren Mund und Kopf.

Nachdem er damit fertig war, stellte er sich wieder vor sie, lehnte sich gegen den Schreibtisch, sah sie jedoch nach wie vor nicht an.

«Das ist alles Sebastians Schuld.»

Ursula grunzte gedämpft hinter ihrem Knebel.

«Es ist nicht persönlich gegen dich gerichtet, aber ich habe ihn angerufen und geschworen, dass ich jemand töten werde, den er liebt. Wer Wind sät, wird Sturm ernten.»

Torkel hörte in der angrenzenden Küche jedes Wort.

Billy wollte Ursula umbringen. Er war wirklich vollkommen durchgedreht.

Torkel verfluchte sich dafür, dass er die Tür geöffnet hatte, ohne vorher einen Blick durch den Spion zu werfen. Als Billy erst einmal im Flur gewesen war, hatte er Torkel mühelos überwältigt. Dann hatte er sein Handy genommen und diese SMS verschickt, mit der er Ursula anlocken konnte. Anschließend hatte er abgewartet, bis sie kam.

Torkel verdrängte alle Gedanken, er musste sich befreien. Wie um alles in der Welt das auch gelingen sollte. Billy hatte sorgfältig gearbeitet, und Torkel war sich ziemlich sicher, dass er nicht zum ersten Mal jemanden gefesselt hatte.

Bislang hatte er vergeblich gezogen und gezerrt. Die Kabelbinder würden nicht nachgeben. Außerdem war seine Kraft aufgrund seiner Sitzhaltung beschränkt. Auf dem Boden, mit den Händen über dem Kopf, die Beine vor sich ausgestreckt. Es gab auch nichts, wogegen er sich hätte stemmen können, und seine Schultern schmerzten bereits, weil sie seit über einer Stunde in dieser unnatürlichen Haltung verrenkt waren. Das Kochplattengitter, an das er gefesselt war, würde sich nicht lockern lassen, er fixierte es mit seinem Gewicht. Der Gasherd war ein massives Modell. Lise-Lotte hatte ihn ausgewählt. Sie hatte das Kochen geliebt.

Er musste etwas Scharfes finden. Vielleicht auf der Arbeitsplatte über ihm? Zwar hatte er aufgeräumt, aber eventuell lag trotzdem noch ein Messer dort herum. Er drehte den Kopf und versuchte, etwas auf den Flächen in der Nähe des Herdes zu erkennen. Doch wie sollte er es erreichen? Er konnte ein wenig zur Seite rutschen, musste aber auch nach oben reichen. Vorausgesetzt, dort lag überhaupt etwas. Die Chancen waren gering, aber ihm fiel nichts anderes ein. Theoretisch konnte er die Füße unter den Körper ziehen und in eine Art Hocke gelangen. Wenn ihm das glückte, könnte er sich hochdrücken. Also hob er den Hintern vom Boden und machte sich ans Werk.

Es war furchtbar schwer.

Und furchtbar schmerzhaft, weil er sein Körpergewicht im Grunde nur mit den Händen nach oben zog, die über seinem Kopf gefesselt waren. Dass der Kunststoffteppich jedes Mal wegglitt, wenn er sich mit seinen gefesselten Füßen hochstemmte, machte die Sache nicht leichter. Nach vier Versuchen war er immer noch exakt in derselben Position, nur deutlich erschöpfter.

Aber er musste es schaffen.

Der Rettungswagen erreichte das Kinderkrankenhaus, und sie wurden schon erwartet. Das Personal stand bereit, und Amanda wurde auf der Trage in den zweiten Stock geschoben. Man nahm ihr Blut ab, ohne groß auf ihren weinenden Protest einzugehen, und maß erneut ihren Blutdruck, sie arbeiteten schnell und effektiv. Amanda wirkte trotz allem immer noch aufgeweckt. Bis auf die piksende Nadel schien sie das alles für einen spannendes Abenteuer zu halten.

Wie wenn man mit seinem Vater im großen Meer schwimmen ging.

Vanja und Jonathan waren eingetroffen und direkt zu ihr gerannt. Amanda hatte sich wahnsinnig gefreut, war im Bett aufgesprungen und hatte ihnen die Arme entgegengestreckt. Sie hatten sie beide umarmt. Dabei hatte Vanja Sebastian über die Schulter ihrer Tochter hinweg einen langen Blick zugeworfen.

Seine Augen waren verweint, seine Miene panisch und resigniert zugleich.

Sie setzten sich auf das Bett und spielten eine Weile mit ihrer Tochter. Sebastian hielt sich im Hintergrund. Genauso hilflos, wie er gegenüber der Wand aus Wasser gewesen war. Dann las Jonathan Amanda ein Märchen vor, und Vanja ging hinaus in den Flur und bedeutete Sebastian mitzukommen.

«Ihr scheint es gutzugehen. Sie ist putzmunter.»

«Ja ...»

«Verdammt, was ist passiert, Sebastian?», fragte Vanja

und konnte ihre Tränen nicht länger zurückhalten. Sebastian sah, wie verzweifelt sie war. Dass sich ihr Freund und Kollege als Mörder entpuppt hatte, war schon schwer zu verkraften, aber dass er ihre Tochter vergiftet hatte und sie Amanda vielleicht verlieren würde, war unbegreiflich. Und es gab nichts, was Sebastian tun konnte, um ihr zu helfen.

«Ich weiß nicht. Er hat mich angerufen und gesagt, er würde jemanden umbringen, den ich liebe.»

«Warum? Er liebt Amanda doch auch?»

«Weil ich zu My gegangen bin und ihn verraten habe.»

«Das ist nicht ...» Vanja beendete den Satz nicht. Dann schüttelte sie den Kopf. «Der Angriff auf Amanda schadet mir doch viel mehr als dir.»

«Ich glaube, so denkt er nicht. Er weiß, wie viel mir Amanda bedeutet.»

Vanja ging ein paar Schritte den beige-grünen Korridor entlang, schluchzte und schüttelte fassungslos den Kopf.

«Haben sie dir etwas gesagt?», fragte sie mit einem Blick zu dem Krankenzimmer, das sie gerade verlassen hatten. Sebastian verstand, was sie meinte.

«Sie tun, was sie können.»

Vanja begann erneut zu weinen, und er ging zu ihr und umarmte sie. Sie ließ es geschehen und schluchzte bitterlich an seiner Schulter. Plötzlich näherten sich Schritte, eine Ärztin kam auf sie zu. Vanja löste sich aus der Umarmung und wischte sich mit den Händen über das Gesicht.

«Hallo, mein Name ist Amina Rajez», sagte die Frau. «Sind Sie sicher, dass man Amanda Coumadin verabreicht hat?»

Vanja blickte verständnislos von ihr zu Sebastian.

«Das stand auf der Schachtel», sagte er.

«Ich frage nur aus dem Grund, weil wir in den Blutproben

keine Spuren davon finden können, und das würden wir natürlich, wenn sie dieses Mittel wirklich bekommen hätte. Vor allem in einer solchen Menge.»

«Wie? Was bedeutet das?»

«Wir sehen keinerlei Anzeichen dafür, dass sie überhaupt vergiftet wurde, aber Coumadin können wir ganz definitiv ausschließen.»

«Ist das wahr?» Vanja wankte kurz, eine unendliche Last war von ihren Schultern genommen worden. Dann liefen ihr erneut die Tränen, aber diesmal lachte sie.

«Wir würden sie gerne noch zur Beobachtung dabehalten», fuhr die Ärztin beruhigend fort. «Aber wie gesagt, die Ergebnisse deuten eigentlich alle auf eine gesunde Dreijährige.»

Sebastian wurde schwindelig, und er sah sich nach einem Stuhl um. Nachdem die Anspannung von ihm abfiel, hatte er ganz weiche Knie. An einer Wand stand ein Klappstuhl, und er setzte sich, stützte die Ellbogen auf die Knie und den Kopf in die Hände. Er war kurz vor einer Ohnmacht. Schließlich bemerkte er, dass Vanja neben ihm stand, und richtete sich langsam wieder auf.

«Willst du nicht reingehen und es Jonathan erzählen?», fragte er.

«Doch, gleich. Aber ich verstehe das alles nicht. Er holt sie in der Kita ab, schickt das Foto und sorgt dafür, dass wir sie und die Tablettenschachtel finden. Was hat er vor?»

«Es wirkt so, als wollte er uns beschäftigen.»

«Ja, aber warum?»

Er sah ihr an, dass sie die Antwort auf ihre eigene Frage vielleicht schon kannte. Sie blickte ihn ernst an.

«Hat Billy gesagt, er würde jemanden umbringen, den du liebst?»

«Ja, deswegen brauchen Amanda und du auch Polizeischutz, bis wir ihn finden.»

«Was ist mit Ursula?»

Das war das perfekte Verbrechen. Botkin.»

Billy war eine Weile verschwunden und schließlich mit einem langen bunten Tuch zurückgekehrt. Falls er es nicht mitgebracht hatte, musste es Lise-Lotte gehört haben.

«Oder es wäre das perfekte Verbrechen gewesen, wenn man Jennifer nicht gefunden hätte. Wenn Sebastian nicht angefangen hätte, über den Fall nachzudenken.»

Ursula sah, wie er das lange Tuch beinahe geistesabwesend mehrmals um jede Hand wickelte. Sie folgte ihm mit dem Blick, aber er schielte nur hin und wieder kurz zu ihr hinüber. So wenig Blickkontakt wie möglich.

«Ihr wärt niemals auf mich gekommen. Botkin war der Letzte. Ich hatte beschlossen, es nie wieder zu tun.»

Er bückte sich zu ihr herunter, und sie versuchte zurückzuweichen, doch er legte den weichen Stoff um ihren Hals. Wickelte ihn zweimal herum, trat einen Schritt zurück und zog leicht an den Enden, um ihn zu spannen. Gerade so stark, dass Ursula etwas schlechter Luft bekam.

«Ich hätte My gehabt. Die Zwillinge. Eine Familie. Ich wäre der beste Ehemann und Vater gewesen. Ich wollte aufhören, weil ich es nicht riskieren konnte, meine Familie zu verlieren.»

Jetzt packte Billy die Enden beherzter.

«Und dann habe ich es doch noch einmal getan.»

Zum ersten Mal sah er sie an, und in seinem Blick lag eine beängstigende, merkwürdige Mischung aus Zärtlichkeit und Erwartung.

«Es tut mir leid», sagte er und zog fester.

Brutal.

Ursula spürte, wie er ihr jetzt sämtliche Luft abschnürte. Ihr Hals schmerzte. Ihr ganzer Körper spannte sich wie eine Stahlfeder, sie wand sich, zog an ihren Fesseln und versuchte, mit aller Kraft loszukommen. Es half nichts. Billy erhöhte den Druck, und Ursulas Panik wuchs. Der Schal zog sich immer fester um ihren Hals. In ihren Ohren begann das Blut zu rauschen, ihr Kopf pulsierte. Von irgendwoher hörte sie trotzdem noch ein Handy klingeln.

Es klingelte und klingelte.

Abrupt ließ Billy den Schal los, und als der Druck nachließ, gelang es ihr, ein wenig nach Luft zu ringen. Ihre gierigen Atemzüge waren schmerzvoll, ihre Lunge schrie verzweifelt nach Sauerstoff, doch weil sie nur mit der Nase atmen konnte, war es unmöglich, genug einzusaugen. Vor Anstrengung zitterte sie am ganzen Körper. Wie durch einen Nebel sah sie, wie Billy irritiert sein Handy hervorholte und das Gespräch wegdrückte, ehe er das Telefon ausschaltete.

«Sebastian», sagte er. «Jetzt weiß er, um wen es geht, aber nicht, wo er uns findet.»

Torkel hörte, was nebenan geschah. Er hatte nicht mehr viel Zeit und fluchte panisch vor sich hin. Wenn verzweifelte Mütter Autos anheben konnten, um ihre Kinder zu retten, musste es ihm doch verdammt noch mal gelingen, sich so weit hochzustemmen, dass er seine Füße unter den Körper bekam.

Mit aller Gewalt zog er sich an dem gusseisernen Gitter über den Kochfeldern hoch, obwohl es qualvoll war. Seine Hände schrien vor Schmerz, seine Schultern und Ellenbogen auch, doch diesmal gelang es ihm, die Beine unter sich zu ziehen. Für einen kurzen Moment ruhte er sich auf den Fersen aus und gönnte seinen Händen und Armen eine Erholung, aber nicht lange.

Er hatte den Plan aufgegeben, an ein Messer heranzukommen. Erneut dieser Schmerz, als er sich wieder nach oben stemmte, doch das Gitter gab ein wenig nach. Es ließ sich sogar ganz hochklappen, wenn man die Kochfelder reinigen wollte. Schließlich gelang es ihm, in der Hocke das Gleichgewicht zu halten. Langsam drehte er sich ein wenig, bis er dem Herd seitlich zugewandt war und einen der Anschaltknöpfe an seiner Schläfe spürte.

Plan B. Die einzige Chance, die er bekommen würde.

Die Schlange war hellwach.

Sie wand sich, zischte, hatte ihn unter Kontrolle und verlangte nach mehr. Bisher war er von der Mischung aus Hass und dem Wissen über seinen Verlust getrieben gewesen, doch jetzt, da ihm Ursula tatsächlich gegenübersaß, kostete es ihn Überwindung.

Sie kannten sich so lange. Hatten zwar privat nie etwas zusammen unternommen, waren aber trotzdem befreundet gewesen. Er war eine Weile für sie eingesprungen, als sie damals angeschossen worden war. Sie war zufrieden mit ihm gewesen. Er war an ihrem Lob gewachsen. Ihre Meinung war ihm immer wichtig.

Sebastian dagegen ...

Sebastian war nicht wichtig. Er war kein Freund. Sebastian hatte sein Leben zerstört. Er verdiente das hier. Durch den Tod seiner Frau und seiner Tochter war er ohnehin schon erschüttert. Das Wissen, dass er die Schuld an Ursulas Tod trüge, würde ihn vernichten.

Billy warf das Handy auf den Boden und ging wieder zu

Ursula. Sie sah ihn erschöpft an, als er erneut die Enden des Tuchs ergriff, sie um seine Handgelenke wickelte und wieder zu ziehen begann.

Diesmal noch entschlossener.

Ursula gab ein dumpfes, grauenhaftes Gurgeln von sich. Ihr Körper zitterte. Billy beugte sich näher heran und sah ihr tief in die Augen. Atmete schneller, wurde steif. Die Schlange warf sich vor und zurück. Die Macht berauschte ihn.

Torkel hörte, wie Ursula um ihr Leben kämpfte.

Er beugte den Kopf ein weiteres Mal zu dem Drehknopf und versuchte, ihn mit der Stirn zu bewegen, um die Flamme einzuschalten. Er verrenkte seine Schulter so weit wie möglich, nahm den Knopf zwischen die Zähne, und plötzlich hörte er das leise metallische Klicken, als die Flamme sich entzündete. Er hoffte, ihre Hitze würde ausreichen, um die Kabelbinder zu schmelzen.

Es wurde warm an seinen Händen, aber nicht heiß genug.

Die Kabelbinder waren zu weit entfernt, die Flamme zu klein.

Im Zimmer nebenan wurden Ursulas Geräusche immer leiser. Mit einem Stöhnen drückte er den Kopf fest gegen den Knopf, und es gelang ihm, das Gas maximal aufzudrehen. Die hohe blaue Flamme leckte an seinen Fingern, doch die Kabelbinder an seinen Handgelenken waren noch immer nicht nah genug. Mit aller Willensstärke, die er aufbringen konnte, drückte er sich nach oben, um das Gitter anzuheben und durch den veränderten Winkel die Hände in die Flamme zu halten.

Der Schmerz war unmittelbar und so stark, dass Torkel fürchtete, er könnte ohnmächtig werden. Der Gestank von verbranntem Haar und Fleisch erfüllte die Küche. Er versuchte, nicht zu schreien, aber das war unmöglich. Er brüllte so laut, dass er fürchtete, seine Halsschlagader könnte platzen. Der Knebel dämpfte die Laute, aber nicht vollkommen.

Billy hörte den Lärm aus der Küche.

Er war so nah dran, so kurz davor ... Das Geräusch störte ihn. Er versuchte es auszublenden, aber die Schlange zischte verärgert. Die Ablenkung zerstörte ihm das Vergnügen. Mit einem irritierten Fluchen ließ er erneut das Tuch los. Das hier musste er später beenden, anscheinend war er erst gezwungen, Torkel zu erledigen.

Erschieß ihn, flüsterte die Schlange. *Lass ihn bluten. So wie Botkin ...*

Billy zog seine Dienstwaffe aus dem Holster und verließ das Arbeitszimmer. Sobald er in den kleinen Flur kam, nahm er den Gestank von verbranntem Fleisch und Haar wahr. Er lief in Richtung Küche. Brannte etwas auf dem Herd? Er sah Torkel nicht mehr gefesselt auf dem Boden sitzen. Abrupt blieb er direkt vor der Küchentür stehen. Was war hier vor sich gegangen?

In der nächsten Sekunde bekam er eine Bratpfanne ins Gesicht und taumelte zurück. Torkel war hinter der Tür aufgetaucht. Billy drückte aus reinem Reflex ab. Als er das Gleichgewicht wiedererlangte, sah er, dass der Schuss Torkel in den Bauch getroffen hatte. Doch der blieb stehen, seine Augen brannten vor Wut, die Hände, die noch immer die schwere, gusseiserne Pfanne umklammerten, waren nur noch eine blutige, rußige Masse. Er wankte auf ihn zu. Billy blinzelte das Blut weg, das aus der Platzwunde über seinem Auge rann, und drückte erneut ab. Er war sich sicher, dass er wieder traf, denn es lagen nur wenige Meter zwischen ihnen.

Doch Torkel näherte sich weiter. Billy zielte auf seinen Kopf, konnte jedoch kein drittes Mal schießen, ehe Torkel ihm die Bratpfanne schwungvoll von der Seite gegen das Gesicht schlug. Billy hörte, wie sein Wangenknochen und der Kiefer zersplitterten, während er zu Boden ging.

Torkel hob die Bratpfanne erneut.

Eine Reihe von Rettungs- und Polizeiwagen mit blinkendem Blaulicht versperrte die Straße und den Eingang zum Haus. Sebastian war fünfzehn Minuten nach dem ersten Streifenwagen angekommen, musste jedoch hinter der Absperrung warten. Keiner der Polizisten vor Ort wollte ihn durchlassen. Soeben wurde der offensichtlich bewusstlose Billy in Handschellen auf einer Trage in einen Rettungswagen geschoben, der mit ihm davonfuhr.

Kurz darauf wurde Torkel hinausgetragen. Bei Bewusstsein, aber an einen Tropf angeschlossen und mit beiden Händen in einem dicken, weißen Verband. Er schien große Schmerzen zu haben und stöhnte bei jeder kleinen Erschütterung. Vielleicht verbargen sich Verletzungen unter der Decke, die Sebastian nicht sah. Er schien jedenfalls in einer sehr schlechten Verfassung zu sein.

Was zum Teufel war dort drinnen passiert?

Sebastian wusste, dass Schüsse gemeldet worden waren, aber die Polizisten vor Ort waren ebenso wenig daran interessiert, ihn über die Geschehnisse in der Wohnung zu informieren, wie daran, ihn durchzulassen. Und so war er gezwungen, besorgt zuzusehen, wie sie Torkel in den Rettungswagen schoben.

Dann erblickte er Ursula. Ein uniformierter Polizist führte sie aus dem Haus, und er atmete auf. Dieser Tag war die reinste emotionale Achterbahnfahrt gewesen. Sorge, Erleichterung und Glück in rascher Folge. Erst Amanda, jetzt Ursula.

«Ursula!», rief er, und sie blickte in seine Richtung, befreite sich von dem stützenden Arm und ging langsam und wankend auf ihn zu. Als sie näher kam, sah er die kräftigen rot-blauen Blutergüsse und Risse an ihrem Hals, die grauenhafte Druckverletzung. Sie sah unglaublich mitgenommen aus. Aber sie lebte.

«Ursula ...» Er wusste nicht, was er sagen sollte. Am liebsten hätte er sie umarmt, aber sie war ein Stück hinter der Absperrung stehen geblieben.

«Ist das wahr?», fragte sie mit einer krächzenden, schwachen Stimme.

Sebastian verstand nicht, was sie meinte. Was sollte wahr sein? Meinte sie Billy? Sie wusste doch wohl, dass ...

«Hat er dich angerufen?», fuhr sie fort. Jetzt verstand er es. Leider. «Hat er damit gedroht, jemanden umzubringen, den du liebst?»

«Ursula ...»

«Und du kamst nicht auf die Idee, mich anzurufen und mich zu warnen?»

«Ich dachte, er hätte es auf Amanda abgesehen. Oder Vanja.»

«Die du liebst.»

«Die ... meine Familie sind.»

Er hörte selbst, wie lahm das klang. Sollte er sagen, dass es tatsächlich so gewesen war? Anfangs hatte Billy ja wirklich Amanda entführt ... aber das klänge nur wie eine schlechte Ausrede. Also hielt er den Mund.

Ursula sah ihn an.

Sie wirkte nicht wütend, nicht traurig, nicht aufgewühlt.

Nur unendlich müde.

Dann drehte sie sich um und ging wieder zurück.

«Ursula ...», rief Sebastian erneut, aber sie blieb nicht stehen, wandte sich nicht um. Sie steuerte auf den Rettungswagen zu, in dem Torkel lag und der sich zur Abfahrt bereitmachte.

«Warten Sie. Ich begleite ihn», krächzte sie. Die Sanitäter halfen ihr hinein, und sie setzte sich neben den Verletzten.

Sebastian sah ihr mit leeren Augen nach, und sie erwiderte seinen Blick, ehe die Hintertüren des Rettungswagens geschlossen wurden und sie davonfuhren.

War es an der Zeit, das Doppelbett abzuschaffen? Wozu brauchte er es noch? Lily und er hatten es gekauft. Vor zwanzig Jahren. Dass er je wieder Bedarf an einem hundertachtzig Zentimeter breiten Bett haben würde, schien unwahrscheinlich. Er hatte keine Pläne, sein altes Leben wiederaufzunehmen. Die Ereignisse des vorherigen Falls in Uppsala wirkten immer noch wie ein sexuelles Entwöhnungsmittel, und sollte er wider Erwarten je wieder Lust auf eine flüchtige Bekanntschaft haben, würde er sie garantiert nicht mit nach Hause nehmen.

Ursula würde nicht zu ihm zurückkehren.

Sie verlangte keinesfalls nach einer romantischen Liebe mit Valentinsgeschenken, aber dass sie nicht ansatzweise in seinem Bewusstsein aufgetaucht war, als Billy damit gedroht hatte, einen geliebten Menschen in Sebastians Leben umzubringen, war – zu Recht – zu viel gewesen.

Er hatte analysiert, was passiert war, hatte die Ereignisse gedreht und gewendet und war zu dem Ergebnis gekommen, dass es nicht nur eine rationale Entscheidung gewesen war. Dass sein erster Gedanke Amanda gegolten hatte, war nicht weiter merkwürdig gewesen. Billy wusste, was es für Sebastian bedeutete, dass er Sabine verloren hatte. Wer ihm ernsthaft schaden wollte, und das hatte Billy gewollt, würde ihm ein weiteres Kind nehmen.

Ein Enkelkind oder eine Tochter.

Amanda und Vanja.

Aber dass er Ursula nicht einmal angerufen hatte, um

ihr zu erzählen, was gerade passierte, und sie zu bitten, vorsichtig zu sein ... Doch wenn er es getan hätte, wäre sie dann nicht zu Torkel gefahren?

Die Frage war unmöglich zu beantworten und eigentlich uninteressant.

Er hatte sie nicht angerufen, und sie war zu ihm gefahren.

Interessant war hingegen die Frage nach dem Warum. Auch wenn «lieben» ein großes Wort war, bedeutete Ursula ihm doch viel. Er mochte sie, war glücklich mit ihr gewesen. Darin lag die Antwort. Unterbewusst war es ihm offenbar gelungen, sich selbst davon zu überzeugen, dass es nicht so sein durfte.

Mit seiner Ausbildung, seiner Kenntnis und Erfahrung wusste er genau, was in seinem Gehirn passierte. Wie es rationalisierte, Umwege nahm, Ursachen- und Wirkungszusammenhänge erfand. Anderen Menschen hätte er vermutlich dabei helfen können, diese Gedanken umzulenken und sich stattdessen für bessere zu entscheiden, für gesündere. Aber was war sein Leben in den letzten siebzehn Jahren anderes gewesen als eine unendliche Aneinanderreihung von Fehlentscheidungen?

Jetzt musste er mit einer weiteren leben.

Einen einzigen Lichtblick gab es dennoch. Vanja gab nicht ihm die Schuld für das, was passiert war, sondern Billy. Immerhin etwas.

Jetzt wollte er schlafen. Es war zwar erst Nachmittag, aber er wollte seine Gedanken loswerden. Und testen, was ihm sein Unterbewusstsein als Matinee zeigen würde. Hoffentlich nichts. Er schloss die Augen und versuchte abzuschalten, als es an der Tür klingelte.

Verdammt, ihm fiel ein, wer das war, er hatte vergessen,

anzurufen und den Termin abzusagen. Eilig stand er auf, ging in den Flur und öffnete die Tür.

«Hallo, wie geht's?», fragte Tim und machte einen Ansatz hereinzukommen, wurde jedoch von Sebastian daran gehindert.

«Entschuldigung, ich habe vergessen anzurufen, wir müssen den Termin heute leider ausfallen lassen.»

«Was? Nein.»

«Doch. Es tut mir leid, wir vereinbaren einen neuen.»

«Ich müsste aber dringend mit Ihnen reden», sagte Tim, und jetzt registrierte Sebastian den nervösen Eifer, den er ausstrahlte. Als wüsste er nicht, wohin mit seiner Energie.

«Das geht nicht.»

«Ich habe mich entschieden. Ich kann nicht länger warten.»

Das klang zweifellos vielversprechend, aber nicht vielversprechend genug. Sebastian wollte schlafen. Traumlos. Er wollte vergessen.

«Das müssen Sie aber», sagte er und schloss die Tür.

Tim blieb einen Moment stehen und starrte auf die Tür. Er überlegte, noch einmal zu klingeln. Sich dieses Gespräch zu erzwingen, das er heute zu führen beschlossen hatte. Er konnte es nicht länger aushalten. Jetzt oder nie. Höchstwahrscheinlich Letzteres.

Doch inzwischen kannte er Sebastian Bergman gut genug, um zu wissen, dass man ihm nichts aufdrängen konnte, und er wollte Tim heute eindeutig nicht treffen.

Die Nervosität und Angst wie Billardkugeln im Bauch, begann Tim, die breite Steintreppe hinabzusteigen. Er hatte mehrere Tage lang nachgedacht, sich gequält, überlegt, was der beste Zeitpunkt wäre, und festgestellt, dass es keinen besten Zeitpunkt gab, nicht einmal einen guten, alle waren gleich schlecht, und er hatte allen Mut zusammengenommen und beschlossen, es heute zu erzählen. Er hatte sogar einen Plan. Er wollte an das Gespräch anknüpfen, das sie bei der Gedenkstätte geführt hatten, und auf den Verlust und die Sehnsucht zu sprechen kommen, das Problem, weiterzugehen im Leben und sich mit jemandem auszutauschen.

Dabei spielte es eigentlich keine Rolle, wie er sein Geständnis einleiten würde. Er wollte auch nicht versuchen, seine Fehler wiedergutzumachen. Sehr bald würde herauskommen, dass er gelogen hatte. Eine Lüge, die so groß war, so vernichtend, dass er sogar fürchtete, Sebastian könnte auf ihn losgehen. Doch er hätte es verdient. Er hätte alles verdient, was ihm anschließend widerfahren würde.

Es hatte so lange gedauert, Sebastian zu finden. Als es Tim endlich gelungen war, löste sich das Problem, wie er sich ihm nähern könnte, da sich herausstellte, dass er Psychologe war, eine Praxis hatte und Patienten annahm. Also hatte es sich doppelt gelohnt, ihn zu finden.

Weil er ja wirklich reden musste. Hilfe brauchte. Eine Absolution.

Nicht alles war gelogen gewesen. Er war tatsächlich mit Claire verheiratet gewesen, und sie war gestorben. Allerdings nicht bei einem Verkehrsunfall in Bromma, sondern vor ein paar Jahren in Rom. Und damals hatte er mit der aufwendigen Aufgabe begonnen, die schließlich dazu führte, dass er Sebastian suchte.

Es war auch nicht gelogen, dass er Weihnachten 2004 in Thailand gewesen war und in einem einfachen Bungalow am Strand gelebt hatte. Er, Claire und ihr einziges Kind. Sie hatte viele Jahre versucht, schwanger zu werden. Nach teuren Behandlungen, zahlreichen Sorgen, Enttäuschungen und Phasen der Hoffnungslosigkeit war es endlich geglückt. Eine vollendete Schwangerschaft.

Ein Kind. Ihr Kind.

Aber nicht Frank. Sie hatten nie einen Sohn gehabt. Sie hatten Cathrine gehabt, die nach Claires Großmutter benannt war. Seine Cathy. Am zweiten Weihnachtstag 2004 war sie dreieinhalb Jahre alt gewesen.

Tim bog links in die Storgatan ein und ging die wenigen Meter bis zur nächsten Kreuzung und dem Café, wo sie warten sollte. So hatten sie es verabredet. Eine Glocke bimmelte, als er die Tür aufschob und sich im Raum umsah. Sie saß ganz hinten in der Ecke und las ein Buch, vor ihr auf dem Tisch standen eine Kaffeetasse und ein leerer Teller. Als sie ihn erblickte, legte sie mit einer fragenden Miene das Buch beiseite.

«Ich dachte, du wolltest eine Nachricht schicken», sagte sie, während er den Mantel auszog.

«Die Sitzung ist ausgefallen», erklärte er und setzte sich.

«Warum das denn?»

«Er konnte mich heute nicht treffen, ich habe nicht gefragt, weshalb.»

«Hattet ihr denn keinen Termin vereinbart?»

«Doch, aber wir müssen das Gespräch wohl verschieben.»

«Na gut. Möchtest du etwas?» Sie blickte zum Tresen hinüber. «Oder sollen wir gehen?»

«Vielleicht einen Kaffee und ein Sandwich», sagte er, obwohl er keinen Hunger hatte. Er wollte noch eine Weile hier sitzen bleiben. Auf neutralem Boden. Wieder in das Haus in Bromma zurückzukehren würde ihn nur daran erinnern, dass es ihm heute nicht gelungen war. Nach all den Jahren spielten ein paar Tage mehr oder weniger auch keine Rolle, könnte man meinen, aber er war sich nicht sicher, ob er noch einmal den erforderlichen Mut aufbringen würde. Er hatte es ja selbst heute kaum geschafft.

«Ich kümmere mich darum. Bleib sitzen», sagte sie und zwängte sich an ihm vorbei zum Tresen, um etwas zu bestellen.

Cathy. Seine Tochter. Gerade zwanzig geworden.

In jeglicher Hinsicht wunderbar. Schlau, neugierig und gebildet. Großzügig, sozial und offen, und sie fand leicht Freunde. Zum Glück, denn sie war ihr ganzes Leben lang in der Weltgeschichte herumgezogen.

Oder jedenfalls, seit sie dreieinhalb war.

Manchmal, vor allem in ihrer frühen Jugend, hatte sie gefragt, weshalb sie Freunde finden solle, wenn sie sowieso gezwungen sei, sie früher oder später zu verlassen. Aber das hatte sich gelegt. Jetzt gefiel es ihr sogar, an neuen Orten zu sein, fremde Länder zu entdecken und in neuen Städten zu leben.

Sie hatte keine Erinnerung daran, dass sie früher schon in Stockholm gewesen war.

Keine Erinnerung an den zweiten Weihnachtstag 2004.

Es war ein herrlicher Morgen gewesen.

Leicht bedeckt, aber warm und angenehm. Das Weihnachtswochenende gehörte zu den wenigen Tagen, an denen normalerweise keiner anrief oder Nachrichten schickte. An denen er keine Termine hatte. Er genoss jede einzelne Sekunde. Wachte früh auf, ohne sich den Wecker zu stellen, zog seine Badehose an und lief die wenigen Schritte bis zum Wasser. Schwamm und entspannte sich, ehe er zurückging und das Frühstück herrichtete.

Der Morgen wurde zum Vormittag, aber das gemächliche

Nichtstun setzte sich fort. Sie hatten keine Verpflichtungen, keine Aufgaben zu erledigen.

Er war einfach frei. Zusammen mit seiner kleinen Familie.

Lesend saß er in einem Korbstuhl auf ihrer kleinen Veranda, die aufs Meer hinausging. Cathy beschäftigte sich unten mit den Dingen, die sie am Abend zuvor geschenkt bekommen hatte. Eine Menge Strandspielzeug. Spaten, Harke und Eimer, Förmchen für Sandkuchen und ein kleines Wasserrad, das sie konzentriert mit dem feinen Sand füllte.

«Du kannst auch zum Meer gehen und dir Wasser holen, wenn du willst», sagte er, nachdem er ihr eine Weile zugesehen hatte. Cathy blickte zu ihm auf.

«Da», sagte er und zeigte auf das Wasser. «Nimm deinen Eimer mit.»

Cathy war aufgestanden, den Eimer mit dem Marienkäfermuster fest in der Hand, und war losgestiefelt. Sie hatten zwar auch im Bungalow einen Wasseranschluss, aber das Meer war ihm sicher vorgekommen. Außerdem konnte er sie die ganze Zeit im Auge behalten. Nur flacher, weißer Strand. Wenn sie unten angekommen wäre, wollte er aufstehen und ihr auf ihrem Rückweg entgegenlaufen. Den Eimer tragen. Aber es war sinnvoll, dass sie in kleinen Schritten ein wenig Unabhängigkeit erlangte. Manchmal waren sie ein bisschen überbehütend, Claire und er, das wusste er.

Cathy war erstaunlich schnell auf ihren kurzen Beinen. Er lachte, als er sie mit ihrem kleinen Sonnenhut auf dem Kopf davonwackeln sah, den Eimer über den Boden schleifend.

Als die Welle heranrollte, war Cathy schon viel zu weit entfernt, als dass er eine Chance gehabt hätte, sie einzuholen. Aber er versuchte es. Noch nie in seinem Leben war er so schnell gerannt wie in dem Moment, als er begriff, was passieren würde, aber es war zu weit, und er musste mit ansehen, wie sie von der Wasserwand mitgerissen wurde, ehe diese ihn selbst erfasste.

Irgendwie gelang es ihm, sich im Strudel die meiste Zeit an der Oberfläche zu halten. Er wurde zu einem der Hotels gespült, die tiefer im Landesinneren lagen, hinter Palmen und Büschen. Schließlich wurde er gegen eine Treppe geworfen, hielt sich krampfhaft am Geländer fest und konnte sich nach und nach hochziehen. Gerettet.

Als das Wasser nicht länger heranrauschte, sondern nur noch langsam durch die Straßen floss, zwischen Häusern hindurch, über Spielplätze und Parkplätze, begann er zu suchen.

Trümmer und Chaos. Überall. Er rief nach ihnen. *Claire! Cathy!* Und sein Schrei mischte sich in einen Chor aus Namen in unterschiedlichen Sprachen, der zum Himmel aufstieg. Er eilte weiter und pflügte sich durch die zerstörten Überreste des Ferienparadieses. Sah überall Leute, die apathisch und unter Schock dasaßen oder suchten, riefen, nach ihren Angehörigen oder um Hilfe, die räumten und zerrten, die versuchten, Ordnung zu schaffen, zu helfen, etwas zu tun, obwohl es aussichtslos war.

Schließlich fand er Claire. Sie hatte Abschürfungen im ganzen Gesicht, und das Blut lief auf ihre dünne Tunika herunter, die eher rosarot als weiß war. Außerdem hatte sie Schnittwunden und Prellungen am ganzen Körper. Ihr linker Arm war gebrochen, aber sie schien es nicht einmal zu bemerken. Anscheinend hätte es schwererer Verletzungen bedurft, um sie von der Suche abzuhalten.

Denn sie suchte. Stundenlang. Unermüdlich. Fragte alle, die ihr begegneten, alle, die sie sah, bekam keine Antwort. Hörte von einer Sammelstelle für Vermisste, und sie gingen dorthin. Keine Cathy. Enttäuscht setzten sie ihren Weg fort. Claire versuchte zu erkennen, in welche Richtung das Wasser abfloss, wohin ihre Tochter gespült worden sein könnte. Autos, Gebäudeteile, Bretter und Bäume, Lehm und Sand.

So vieles, das im Weg lag.

So vieles, woran man hängen bleiben, worunter man begraben werden konnte.

Aber sie suchte weiter. Stundenlang. Unermüdlich.

Als die Dunkelheit die weitere Suche bald unmöglich machen würde, fanden sie sie endlich. Sie saß auf der Hüfte einer thailändischen Frau, die im oberen Stockwerk eines Gebäudes umherging, an dem sie unterwegs vorbeikamen. Sicher einen Kilometer oder mehr von dem Ort entfernt, wo ihr Bungalow gestanden hatte. Die Frau lief zwischen den westlichen Touristen herum, fragte auf Thai und deutete auf das Kind. Leere, schockierte Blicke und Kopfschütteln.

Claire stürmte herbei. Weinend versuchte sie der Frau das Mädchen zu entreißen, während sie wieder und wieder ihren Namen rief.

Cathy, meine geliebte Cathy ...

Sie hätte das Kind fast fallen gelassen, als die Frau es übergab. Ihr linker Arm wollte ihr nicht gehorchen. Doch dann hatte sie das Mädchen. Sie hatte sie wiederbekommen. Ein Wunder. Die Tränen in dem blutigen Gesicht, das Weinen, in das sich Lachen mischte. Claire sah ihn an, während das Mädchen seine Arme um ihren Hals schlang. Es gab nicht genügend Worte, um all die Gefühle zu beschreiben, die ihr geschundenes Gesicht ausdrückte. Vor allem aber war es ein Glück, das er so noch nie zuvor bei ihr oder irgendeinem anderen Menschen gesehen hatte.

Da beging er den ersten Fehler. Einen von so vielen ... Machte seinen ersten Schritt in Richtung dieser siebzehn

Jahre währenden Lüge, die ihn langsam auffressen würde. Er tat so, als würde er den Funken entschlossenen Wahnsinns in Claires Blick nicht erkennen. Er ignorierte, dass er in diesem Moment, für eine Sekunde, wusste, dass sie es auch wusste, aber nie, nie, niemals zugeben würde.

Dass das Mädchen, das sie in ihren Armen hielt, nicht Cathy war.

«Wann trefft ihr euch denn das nächste Mal, du und dieser Sebastian Bergman?», fragte sie, als sie einen schwarzen Kaffee und ein Brötchen mit Käse und Schinken vor ihm abgestellt hatte und sich erneut setzte.

«Ich weiß es nicht. Er wird mich anrufen.»

«Aber soll ich dann denn auch wieder mitkommen?»

«Ja, ich möchte wirklich, dass er dich kennenlernt.»

«Warum?»

«Das ist eine lange Geschichte ...» Und sie wird vieles zerstören, für uns alle, aber ich muss, dachte er und betrachtete traurig die junge Frau, die Claire und er aufgezogen hatten, die er wie seine Tochter liebte und die nun unbewusst den kleinen Schmetterlingsring betastete, den sie an ihrem Finger getragen hatte, als sie sie fanden. Der jetzt an einer dünnen Kette um ihren Hals baumelte.

Wie konnte es dazu kommen?, dachte Thomas Haraldsson, während er dort an seinem Schreibtisch saß, in dem kleinen engen Raum, der in keiner Weise verriet, dass er der Chef war.

Wie konnte es dazu kommen?

Es war noch gar nicht so viele Jahre her, da hatte alles anders ausgesehen. Gut ausgesehen. Zunächst hatte er eine steile Karriere gemacht, war vom Streifenpolizisten zum Kommissar aufgestiegen und schließlich zum Leiter von Lövhaga befördert worden, einer der größten Justizvollzugsanstalten mit Sicherheitsverwahrung. Er war verheiratet gewesen, hatte ein Kind bekommen – die kleine Ingrid-Marie, für die er einen Apfelbaum gleichen Namens im Garten gepflanzt hatte. Er hatte das Leben gehabt, das er sich vorgestellt hatte.

Dann war es passiert. Oder besser gesagt: *Er* war passiert. Edward Hinde. Ein Insasse in Lövhaga, dem die Flucht gelungen war. Dank seiner Hilfe, wie Haraldsson gezwungenermaßen zugeben musste. Er hatte hoch gepokert, hatte der Reichsmordkommission imponieren oder sie übertrumpfen wollen, er erinnerte sich nicht mehr genau, was sein Antrieb gewesen war, aber er war hinters Licht geführt worden. Seine damalige Frau, inzwischen Exfrau, war entführt worden, zwei Justizvollzugsbeamte zu Tode gekommen. Der Fall hatte für Schlagzeilen gesorgt und interne Untersuchungen und Maßnahmen nach sich gezogen. Seine Mitschuld hatte sich nicht beweisen lassen, doch bald darauf hatte eine personelle Umstrukturierung in Lövhaga begonnen. Man wollte versuchsweise eine Doppelleitung einführen.

Der eine Chef war für die täglichen Abläufe zuständig, hatte Personalverantwortung, schrieb Visionsdokumente und hielt den Kontakt zum Strafvollzug.

Der andere, Haraldsson, wurde «administrativer Verantwortlicher». Er durfte nie auch nur irgendeine Entscheidung treffen. Seine Aufgaben bestanden darin, Dokumente auszudrucken, zu verschicken, zu sortieren, zu kopieren, zu archivieren und hin und wieder einmal seine Unterschrift neben die des richtigen Chefs zu setzen, um die Illusion einer geteilten Führung weiter aufrechtzuerhalten.

So wie jetzt, als er einen Beschluss zur Vollzugslockerung inklusive Freigang unterschrieb. Er überflog das Dokument, signierte es und stempelte das Datum darauf. So, fertig.

Ab dem 1. Mai würde Ellinor Bergkvist eine mehr oder weniger freie Frau sein.

Hjorth & Rosenfeldt bei Rowohlt Polaris, Wunderlich und rororo

Der Mann, der kein Mörder war

«Der beste Schwedenkrimi des Jahres.» *Die Welt*

«Ein beeindruckendes Krimidebüt – psychologisch dicht, mit unerwarteten Wendungen und einem ungewöhnlichen Ermittler.» *3sat, Kulturzeit*

Die Frauen, die er kannte

«Ein Krimi, wie er besser nicht sein kann.» *NDR Info*

«Eines der intelligentesten und interessantesten Produkte, das in den letzten Jahren aus der schwedischen Thrillerproduktion lanciert wurde.» *taz*

Die Toten, die niemand vermisst

«Fesselnd bis zum Schluss.» *SAT 1, Buchtipp*

«Ein tolles Buch, mit einem eigenwilligen Protagonisten.» *Süddeutsche Zeitung, Buchhändlerin Monika Dobler*

Das Mädchen, das verstummte

«Das schwedische Autorenduo ist einmal mehr ein verdienter Senkrechtstarter ... Spannend, anspruchsvoll, mit unerwarteten Wendungen.» *Der Standard*

«Hjorth & Rosenfeldt auf der Höhe ihres Könnens. Starke Figuren, starker Plot und fast 600 Seiten Hochspannung.» *Bayerischer Rundfunk*

Die Menschen, die es nicht verdienen

«Hjorth & Rosenfeldt zählen mittlerweile zu den erfolgreichsten und zu den besten skandinavischen Krimiautoren.» *Hamburger Abendblatt*

«Der fünfte Band steigert das hohe Niveau der Reihe noch einmal. Clever konstruiert und spannend erzählt. Am Ende bewegt den Leser nur eine Frage: Wie geht es mit Bergman und Co. weiter?» *Rhein-Neckar-Zeitung*

«Ein absolutes Muss.» *WDR 4*

Die Opfer, die man bringt

«Wie man seine Hauptfigur in menschliche Abgründe stürzt, führt das Autoren-Duo hier meisterhaft vor.» *Gala*

«Hjorth & Rosenfeldt verstehen es einfach, ihre Krimis spannend und überraschend zu gestalten. Das gilt auch für die Porträts der Ermittler.» *Neue Westfälische*

«Dieses Duo hat einen Plan. Hoffentlich lassen sie uns nicht zu lange warten – Sie wissen ja, die Sucht!» *Nordkurier*

Die Früchte, die man erntet

«Endlich ist der langersehnte siebte Band der ‹Bergman-Reihe› erschienen. Und das Warten hat sich gelohnt!» *WDR 5, Der Buchhändler empfiehlt*

«Ein neuer Fall für Sebastian Bergman, den man nicht aus der Hand legen kann.» *Westfälische Nachrichten*

«Hjorth und Rosenfeldt sind Meister der Cliffhanger. Wieder sind es zwei. Und einer davon ist mit Fug und Recht genial zu nennen. So ist man nach ein paar Stunden richtig guter Krimilektüre am selben Punkt wie davor: Man wartet gespannt auf den nächsten Band.» *Freie Presse*

Die Sebastian-Bergman-Kurzkrimis in Anthologien (**Tatort Tannenbaum/Jul-Morde**), als E-Book only und in der Auszeit-Reihe:

Feste feiern, wie sie fallen
Im Schrank

ROSEN
HANS
FELDT
WOLFSSOMMER | THRILLER
SPIEGEL
Bestseller
WUNDERLICH

Eine tote Wölfin.

Ein schiefgelaufener Drogendeal.

Eine Profi-Killerin.

Polizistin Hannah Wester steht ein Sommer bevor, der sie an ihre Grenzen bringen wird.

In der schwedischen Stadt Haparanda, nahe der finnischen Grenze, findet man eine tote Wölfin, in ihrem Magen menschliche Überreste. Als Polizistin Hannah Wester und ihre Kollegen in den Wäldern die männliche Leiche entdecken, führt sie die Spur zu einem Drogendeal, der in Nordfinnland blutig endete. Doch wie und warum ist der Tote in den Wäldern von Haparanda gelandet? Wo ist das Geld, wo sind die Drogen?

Das fragt sich auch Profi-Killerin Katja, die den Auftrag hat, beides zurückzubeschaffen. Doch sie ist nicht die Einzige, die auf dem Weg nach Haparanda ist.

Plötzlich wird die kleine Grenzstadt zum Schauplatz brutaler Ereignisse, die schlimmer sind als alles, was Hannah Wester und das Team von der Polizei in Haparanda sich jemals hätten vorstellen können.

«Hans Rosenfeldt gelingt als Soloautor aus dem Stand ein Meisterwerk der Kriminalliteratur (...). Kaum hat man das Buch zugeklappt, wünscht man sich schon sehnlichst eine Fortsetzung.» *WDR 5 «Bücher»*